O desaparecimento de
Stephanie Mailer

O desaparecimento de Stephanie Mailer

Joël Dicker

Tradução de André Telles

Copyright © Éditions de Fallois, 2018

TÍTULO ORIGINAL
La Disparition de Stephanie Mailer

PREPARAÇÃO
Ilana Goldfeld

REVISÃO
Juliana Souza
Luisa Tieppo

DIAGRAMAÇÃO
Carolina Araújo | Ilustrarte Design e Produção Editorial

CIP-BRASIL. CATALOGAÇÃO NA PUBLICAÇÃO
SINDICATO NACIONAL DOS EDITORES DE LIVROS, RJ

D545d
Dicker, Joël, 1985
    O desaparecimento de Stephanie Mailer / Joël Dicker ; tradução André
Telles. - 1. ed. - Rio de Janeiro : Intrínseca, 2018.
    576 p. ; 23 cm.

    Tradução de: La disparition de Stephanie Mailer
    ISBN 978-85-510-0363-3
    ISBN 978-85-510-0389-3 [ci]

1. Ficção suíça. I. Telles, André. II. Título.

18-51238

CDD: 839.73
CDU: 82-3(494)

[2018]
Todos os direitos desta edição reservados à
EDITORA INTRÍNSECA LTDA
Av. das Américas, 500, bloco 12, sala 303
22640-904 – Barra da Tijuca
Rio de Janeiro – RJ
Tel./Fax: (21) 3206-7400
www.intrinseca.com.br

Caros leitores,

antes de vocês mergulharem neste livro, eu gostaria de homenagear meu editor, Bernard de Fallois, que nos deixou em janeiro de 2018.

Era um homem fora do comum, com um faro editorial excepcional. Devo-lhe tudo. Foi uma grande sorte tê-lo em minha vida. E eu sentirei muita falta dele.

Vamos à leitura!

Para Constance

LISTA DE PERSONAGENS

Jesse Rosenberg: capitão da polícia estadual de Nova York

Derek Scott: sargento da polícia estadual e antigo parceiro de Jesse

Anna Kanner: assistente do chefe de polícia de Orphea

Darla Scott: esposa de Derek Scott

Natasha Darrinski: noiva de Jesse Rosenberg

Alan Brown: prefeito de Orphea

Charlotte Brown: esposa de Alan Brown

Ron Gulliver: atual chefe de polícia de Orphea

Jasper Montagne: assistente do chefe de polícia de Orphea

Meghan Padalin: vítima do quádruplo homicídio de 1994

Samuel Padalin: marido de Meghan Padalin

Joseph Gordon: prefeito de Orphea em 1994

Leslie Gordon: esposa de Joseph Gordon

Cody Illinois: dono da livraria de Orphea

Buzz Leonard: diretor do espetáculo *Tio Vânia* em 1994

Ted Tennenbaum: antigo proprietário do Café Athena

Sylvia Tennenbaum: atual proprietária do Café Athena, irmã de Ted Tennenbaum

Michael Bird: editor responsável pelo *Orphea Chronicle*

Miranda Bird: esposa de Michael Bird

Steven Bergdorf: editor responsável pela *Revista Literária de Nova York*

Tracy Bergdorf: esposa de Steven Bergdorf

Skip Nalan: assistente do editor da *Revista Literária de Nova York*

Alice Filmore: funcionária da *Revista Literária de Nova York*

Meta Ostrovski: crítico da *Revista Literária de Nova York*

Kirk Harvey: antigo chefe de polícia de Orphea

Jerry Éden: CEO do Canal 14

Cynthia Éden: esposa de Jerry Éden

Dakota Éden: filha de Jerry e Cynthia Éden

Tara Scalini: amiga de infância de Dakota Éden

Gerald Scalini: pai de Tara Scalini

A RESPEITO DOS ACONTECIMENTOS
DE 30 DE JULHO DE 1994

Apenas as pessoas familiarizadas com a região dos Hamptons, no estado de Nova York, souberam do que aconteceu em 30 de julho de 1994 em Orphea, uma pequena e badalada cidade balneária.

Naquela noite, Orphea inaugurava seu primeiro festival de teatro, e o evento, de alcance nacional, atraíra um bom público. Desde o fim da tarde, os turistas e a população local haviam começado a se aglomerar na rua principal para participar das diversas festividades organizadas pela prefeitura. Os bairros residenciais ficaram tão vazios que lembravam uma cidade fantasma: não havia mais pessoas nas calçadas, casais nos portões, nem crianças andando de patins na rua, ninguém nos jardins. Todo mundo estava na rua principal.

Por volta das oito horas da noite, no bairro completamente deserto de Penfield, o único sinal de vida era um carro que percorria lentamente as ruas abandonadas. Ao volante, um homem espreitava as calçadas com um fulgor de pânico no olhar. Nunca se sentira tão sozinho no mundo. Não havia ninguém para ajudá-lo. Não sabia o que fazer. Procurava desesperadamente sua mulher: ela saíra para correr e não voltara.

Samuel e Meghan Padalin eram dois dos poucos moradores que decidiram ficar em casa na primeira noite do festival. Não conseguiram ingressos para a peça de abertura, pois haviam se esgotado rapidamente, e não lhes apeteceu a ideia de se misturar às festividades populares da rua principal e da marina.

No fim da tarde, Meghan saíra por volta das seis e meia para correr, como fazia todos os dias. A não ser no domingo, quando dava um descanso ao corpo, fazia sempre o mesmo percurso todas as noites. Saía de casa e subia a Penfield Road até o Penfield Crescent, que formava um semicírculo ao redor de um pequeno parque. Parava ali para praticar uma série de exercícios no gramado — sempre os mesmos —, depois voltava para casa pelo mesmo caminho. Tudo durava exatamente 45 minutos. Às vezes cinquenta, quando prolongava os exercícios. Nunca mais que isso.

Às sete e meia, Samuel Padalin achou estranho que sua mulher ainda não tivesse voltado.

Às 19h45, começou a ficar preocupado.

Às oito horas, passou a andar de um lado para outro na sala.

Às 20h10, não aguentando mais, resolveu percorrer o bairro de carro. Pareceu-lhe que o mais lógico seria refazer o percurso da habitual corrida de Meghan. Então foi o que fez.

Entrou na Penfield Road e foi até o Penfield Crescent, onde pegou uma bifurcação. Eram 20h20. Não havia uma pessoa sequer. Parou um instante para observar o parque, mas não viu ninguém ali. Ao retomar o percurso, notou uma forma na calçada. A princípio julgou ser um monte de roupas, até compreender que era um corpo. Saiu rapidamente do carro, o coração acelerado. Era sua mulher.

À polícia, Samuel Padalin disse que inicialmente tinha acreditado que havia sido um mal-estar, por causa do calor. Temera um ataque cardíaco. Contudo, ao se aproximar de Meghan, vira o sangue e o buraco na parte de trás da cabeça.

Começou a gritar, a clamar por ajuda, sem saber se devia ficar junto de sua mulher ou correr e bater nas portas das casas para que alguém ligasse para o socorro. Sua visão estava embaçada, tinha a impressão de que as pernas não o sustentavam mais. Seus gritos acabaram alertando um morador de uma rua paralela, que chamou o socorro.

Alguns minutos depois, a polícia já isolava o bairro.

Foi um dos primeiros agentes a chegar ao local que, no momento de estabelecer o perímetro do cordão de isolamento, percebeu que a porta da casa do prefeito, perto de onde fora encontrado o cadáver de Meghan, estava entreaberta. Aproximou-se, intrigado. Constatou que a porta havia sido arrombada. Sacou a arma, subiu aos saltos os degraus da escada da frente e se anunciou. Não obteve resposta. Empurrou a porta com a ponta do pé e viu que um cadáver de mulher jazia no corredor. Chamou reforços imediatamente, antes de adentrar lentamente a casa com a arma na mão. À sua direita, numa pequena sala, descobriu, horrorizado, o corpo de um menino. Em seguida, na cozinha, encontrou o prefeito numa poça de sangue, assassinado como os outros.

Toda a família fora trucidada.

PRIMEIRA PARTE

Nos abismos

-7

Desaparecimento de uma jornalista

SEGUNDA-FEIRA, 23 DE JUNHO – TERÇA-FEIRA, 1º DE JULHO DE 2014

JESSE ROSENBERG

Segunda-feira, 23 de junho de 2014
33 dias antes da abertura do 21º festival de teatro de Orphea

A primeira e última vez que vi Stephanie Mailer foi quando ela participou da pequena recepção organizada para comemorar minha saída da polícia do estado de Nova York.

Naquele dia, um grande número de policiais de todas as brigadas se reuniu sob o sol do meio-dia diante do palanque de madeira que era montado para ocasiões especiais no estacionamento do centro regional da polícia estadual. Eu estava no palanque ao lado do meu superior, o major McKenna, que havia sido meu comandante ao longo de toda a minha carreira e me fazia uma homenagem.

— Jesse Rosenberg é um capitão jovem, mas, visivelmente, está com pressa de ir embora — disse o major, suscitando risadas no público. — Nunca imaginei que ele partiria antes de mim. A vida tem dessas: todo mundo queria que eu fosse embora, e continuo aqui. Todo mundo queria que Jesse ficasse, mas ele vai embora.

Eu tinha 45 anos e deixava a polícia sereno e feliz. Após 23 anos de serviço, me decidira pela aposentadoria à qual agora tinha direito, a fim de concluir um projeto que me motivava havia muito tempo. Eu ainda tinha uma semana de trabalho até o dia 30 de junho. Depois disso, começaria um novo capítulo da minha vida.

— Lembro-me do primeiro caso complicado de Jesse — prosseguiu o major. — Um quádruplo homicídio horrível, que ele resolveu brilhantemente, quando ninguém na brigada o julgava capaz disso. Ainda era um policial bem jovem. A partir desse momento, todos ficaram cientes de como Jesse é de fato. Todos que conviveram com ele sabem que foi um investigador excepcional. Acho que posso dizer, inclusive, que foi o melhor de todos nós. Nós o apelidamos de "Capitão 100%", por ter resolvido todas as investigações de que participou, o que faz dele um investigador único. Policial admirado pelos colegas, perito respeitado e instrutor da academia de polícia durante muitos anos. Deixe-me lhe dizer uma coisa, Jesse: faz vinte anos que sentimos inveja de você!

A plateia riu novamente.

— Ainda não entendemos direito esse seu novo projeto, mas desejamos-lhe boa sorte na empreitada. Saiba que sentiremos sua falta, a polícia sentirá sua falta e, sobretudo, nossas mulheres sentirão sua falta, pois passavam as festinhas da polícia devorando-o com os olhos.

Uma chuva de aplausos se seguiu ao discurso. O major me deu um abraço amistoso, depois eu desci do palanque para cumprimentar todos os amigos presentes antes que eles corressem para o bufê.

Sozinho por um instante, fui então abordado por uma mulher muito bonita, na casa dos 30 anos, que eu não me lembrava de ter visto antes.

— Então o senhor é o famoso Capitão 100%? — perguntou ela com um tom sedutor.

— Parece que sim — respondi, sorrindo. — Por acaso nos conhecemos?

— Não. Meu nome é Stephanie Mailer. Sou jornalista do *Orphea Chronicle*.

Trocamos um aperto de mão. Então ela continuou:

— Vai ficar chateado se eu o chamar de Capitão 99%?

Franzi a testa.

— Está insinuando que não resolvi algum dos meus casos?

Como resposta, ela tirou da bolsa a fotocópia de um recorte do *Orphea Chronicle* de 1º de agosto de 1994 e a passou para mim.

CHACINA EM ORPHEA:
PREFEITO E SUA FAMÍLIA SÃO ASSASSINADOS

Sábado à noite, o prefeito de Orphea, Joseph Gordon, sua mulher e seu filho, de apenas 10 anos, foram mortos a tiros dentro de casa. A quarta vítima do homicídio chama-se Meghan Padalin, de 32 anos. A mulher fazia sua corrida diária quando os fatos ocorreram e provavelmente foi uma desafortunada testemunha do crime. Acabou assassinada por disparos vindos da rua, em frente à casa do prefeito.

Ilustrando a matéria, havia uma foto minha e de meu parceiro na época, Derek Scott, no local do crime.

— Aonde pretende chegar? — perguntei.

— O senhor não resolveu esse caso, capitão.

— Será que estou ouvindo direito?

— Em 1994, o senhor se enganou quanto ao culpado. Achei que gostaria de saber disso antes de deixar a polícia.

Logo pensei numa brincadeira de mau gosto dos meus colegas, até perceber que Stephanie estava muito séria.

— Por acaso está fazendo uma investigação por conta própria? — questionei-a.

— De certa maneira, capitão.

— *De certa maneira?* Terá de falar um pouco mais sobre isso se quiser que eu acredite no que está dizendo.

— Estou falando a verdade, capitão. Tenho um encontro daqui a pouco em que talvez eu consiga uma prova irrefutável.

— Encontro com quem?

— Capitão — disse ela num tom divertido —, não sou uma iniciante. Esse é o tipo de furo que um jornalista não quer correr o risco de perder. Prometo dividir minhas descobertas com o senhor na hora certa. Enquanto isso, tenho um favor a lhe pedir: gostaria de ter acesso aos arquivos da polícia estadual.

— Chama isso de favor? Para mim é chantagem! — rebati. — Primeiro me fale sobre sua investigação, Stephanie. São alegações muito graves.

— Tenho consciência disso, capitão Rosenberg. E por isso mesmo não pretendo ser superada pela polícia estadual.

— Lembro que a senhorita tem o dever de compartilhar com a polícia todas as informações importantes que obtiver. Está na lei. Eu também poderia ordenar uma averiguação no seu jornal.

Stephanie pareceu decepcionada com a minha reação.

— Então azar, Capitão 99% — respondeu ela. — Supus que isso pudesse interessá-lo, mas o senhor já deve estar pensando na sua aposentadoria e nesse novo projeto que o major mencionou no discurso. Do que se trata? Dar uma ajeitada em algum barco velho?

— Isso não é da sua conta — rebati secamente.

Ela deu de ombros e fez menção de partir. Eu tinha certeza de que estava blefando, e, de fato, ela parou após alguns passos e se virou na minha direção.

— A resposta estava na sua cara, capitão Rosenberg. O senhor simplesmente não a enxergou.

Eu me senti ao mesmo tempo intrigado e irritado.

— Não sei se estou entendendo, Stephanie.

Ela então ergueu a mão e a posicionou na altura dos meus olhos.

— O que está vendo, capitão?

— Sua mão.

— Eu mostrei os dedos — corrigiu ela.

— Mas eu vejo sua mão — repliquei, sem compreender.

— Esse é o problema. O senhor viu o que queria ver, e não o que estavam lhe mostrando. Foi isso que o senhor deixou escapar há vinte anos.

Foram suas últimas palavras. Ela foi embora, me deixando com seu enigma, seu cartão de visita e a fotocópia da reportagem.

Ao avistar Derek Scott junto ao bufê, meu ex-parceiro que agora vegetava na divisão administrativa, corri até ele e mostrei o recorte de jornal.

— Você continua igual, Jesse — disse ele, sorrindo, divertindo-se ao ver aquela matéria tão antiga. — O que aquela mulher queria com você?

— É uma jornalista. Segundo ela, a gente errou feio em 1994. Ela afirma que na verdade não solucionamos a investigação, pois nos enganamos de culpado.

— O quê? — Derek parecia surpreso. — Mas isso não faz sentido.

— Eu sei.

— O que ela disse exatamente?

— Que a resposta estava na nossa cara e que não a enxergamos.

Derek ficou perplexo. Também aparentava estar abalado, mas decidiu afastar essa ideia da mente.

— Não acredito em nada disso — concluiu ele, resmungando. — É só uma jornalista de segunda categoria que quer se promover às nossas custas.

— É, pode ser — respondi, pensativo. — Mas pode ser que não.

Ao vascular o estacionamento com o olhar, vi Stephanie entrar em seu carro. Ela me fez um sinal e gritou:

— Até logo, capitão Rosenberg!

Mas não houve "até logo".

Porque foi nesse dia que ela desapareceu.

DEREK SCOTT

Lembro-me do dia em que toda essa história começou. Era um sábado, 30 de julho de 1994.

Naquela noite, Jesse e eu estávamos de serviço. Tínhamos parado para jantar no Blue Lagoon, um restaurante da moda, onde Darla e Natasha trabalhavam como garçonetes.

Nessa época, Jesse já namorava Natasha havia anos. Darla era uma de suas melhores amigas. As duas planejavam abrir um restaurante juntas e dedicavam seus dias a esse projeto: tinham encontrado o lugar e agora se organizavam para conseguir a licença para as obras. Nas noites e nos fins de semana, elas eram garçonetes no Blue Lagoon, e separavam metade do que ganhavam para investir no futuro estabelecimento.

Poderiam perfeitamente ter assumido a gerência do Blue Lagoon ou trabalhar na cozinha, mas o dono do estabelecimento lhes dizia: "Com essas carinhas bonitas e essas bundinhas lindas, o lugar de vocês é no salão. E não reclamem, vocês ganham muito mais em gorjetas do que se trabalhassem na cozinha." Nesse último ponto, ele não estava errado: muitos clientes iam ao Blue Lagoon só para serem servidos por elas. Eram bonitas, meigas, risonhas. Tinham tudo a seu favor. Não havia sombra de dúvida de que o restaurante delas seria um tremendo sucesso; todo mundo já falava nele.

Darla era solteira. E confesso que, depois que a conheci, só pensava nela. Eu enchia o saco de Jesse para tomar um café no Blue Lagoon quando Natasha e Darla estavam lá. E nas ocasiões em que as duas se reuniam na casa de Jesse para trabalhar no projeto do restaurante, eu me intrometia para tentar impressionar Darla, mas minhas tentativas iam de mal a pior.

Por volta das oito e meia daquela fatídica noite de 30 de julho, Jesse e eu estávamos jantando no bar, alegres, e trocávamos algumas palavras com Natasha e Darla, que zanzavam à nossa volta. De repente meu bipe e o de Jesse começaram a apitar ao mesmo tempo. Olhamos preocupados um para o outro.

— Para os dois bipes tocarem ao mesmo tempo, deve ser grave — comentou Natasha.

Ela nos indicou a cabine telefônica do restaurante, bem como um aparelho no balcão. Jesse foi até a cabine, eu optei pelo balcão. As duas ligações foram breves.

— Recebemos um chamado geral para um caso de quádruplo homicídio — expliquei a Natasha e Darla, depois de desligar, dirigindo-me até a porta.

Jesse estava colocando o casaco.

— Anda logo! — repreendi-o. — A primeira unidade da divisão de homicídios que chegar ao local ficará com a investigação.

Éramos jovens e ambiciosos. Aquela era uma ótima oportunidade para nossa primeira investigação importante. Eu era mais experiente do que Jesse e já tinha a patente de sargento. Meus comandantes gostavam muito de mim. Todo mundo dizia que eu faria uma bela carreira na polícia.

Corremos pela rua até o carro e entramos apressadamente, eu ao volante, Jesse no banco do carona.

Arranquei à toda e Jesse pegou a sirene que estava no chão do veículo. Ligou-a e colocou a mão para fora da janela para instalá-la no topo da nossa viatura sem identificação policial, iluminando a noite com um brilho avermelhado.

Foi assim que tudo começou.

JESSE ROSENBERG

Quinta-feira, 26 de junho de 2014
30 dias antes da abertura do festival

Eu tinha imaginado que passaria minha última semana na polícia zanzando pelos corredores e tomando café com meus colegas para me despedir deles. Mas já fazia três dias que me trancava no meu escritório de manhã cedo e só saía tarde da noite, mergulhado no dossiê da investigação do quádruplo homicídio de 1994, que eu desenterrara dos arquivos. A visita de Stephanie Mailer me deixara abalado: não conseguia pensar em outra coisa a não ser naquela reportagem e na frase que ela pronunciara: "A resposta estava na sua cara, capitão Rosenberg. O senhor simplesmente não a enxergou."

Mas me parecia que tínhamos visto tudo. Quanto mais eu percorria o dossiê, maior era a certeza de que se tratava de uma das investigações mais consistentes que eu realizara em minha carreira: todos os elementos estavam ali, as provas contra o homem acusado pelos assassinatos eram esmagadoras. Derek e eu havíamos trabalhado com seriedade e minúcia implacáveis. Eu não via nenhuma falha. Como poderíamos, então, ter nos enganado quanto ao culpado?

Naquela tarde, Derek apareceu na minha sala.

— O que está fazendo aí, Jesse? Todo mundo está à sua espera na cantina. Os colegas do secretariado fizeram um bolo para você.

— Já estou indo, Derek. Desculpe. Estou meio avoado.

Ele observou os documentos espalhados sobre a mesa. Pegou um deles e falou:

— Ah, não! Não vai me dizer que comprou as maluquices daquela jornalista!

— Derek, eu só queria me assegurar de...

Ele não deixou que eu terminasse a frase.

— Jesse, o dossiê era bem contundente! Você sabe disso tão bem quanto eu. Vamos, venha, está todo mundo esperando.

Assenti.

— Só mais um minuto, Derek. Estou indo.

Ele suspirou e saiu da sala. Peguei o cartão de visita à minha frente e liguei para Stephanie. O celular estava desligado. Eu já havia tentado ligar na véspera, sem sucesso. Ela não voltara a fazer contato depois do nosso encontro de segunda-feira e decidi não insistir mais. Stephanie sabia onde me encontrar. Acabei concluindo que Derek tinha razão: nada permitia duvidar das conclusões da investigação de 1994, então foi com paz de espírito que me juntei aos meus colegas na cantina.

Só que, ao voltar à minha sala uma hora mais tarde, encontrei um fax da polícia estadual de Riverdale, nos Hamptons, comunicando o desaparecimento de uma mulher: Stephanie Mailer, 32 anos, jornalista. Não tinham notícias dela desde segunda-feira.

Fiquei desnorteado. Arranquei a página do aparelho de fax e corri até o telefone para contatar o posto de Riverdale. Do outro lado da linha, um policial me explicou que os pais de Stephanie Mailer tinham aparecido no posto no começo da tarde, preocupados porque a filha não fizera contato desde segunda-feira.

— Por que os pais procuraram a polícia estadual e não a polícia local? — perguntei.

— Eles fizeram isso, mas a polícia local aparentemente não levou o caso a sério. Então pensei que o melhor era reportar os acontecimentos à divisão de buscas. Talvez não seja nada, mas achei melhor repassar a informação.

— Fez bem. Vou cuidar disso.

Liguei imediatamente para a mãe de Stephanie, que parecia preocupadíssima. Sua última conversa com a filha datava da manhã de segunda-feira. Depois, nada. O celular estava fora de área. Nenhuma das amigas de Stephanie conseguira fazer contato com ela. Por fim, a mãe decidira ir até o apartamento da filha com a polícia local, mas não havia ninguém lá.

Fui logo procurar Derek em seu gabinete da divisão administrativa.

— Stephanie Mailer, aquela jornalista que veio aqui na segunda-feira, desapareceu — contei.

— Será que ouvi direito, Jesse?

Estendi para ele o comunicado do desaparecimento.

— Veja com os próprios olhos. Temos de ir a Orphea. Precisamos verificar o que está acontecendo. Isso tudo não pode ser coincidência.

Ele suspirou.

— Mas você não está prestes a sair da polícia, Jesse?

— Só daqui a quatro dias. Ainda sou policial até lá. Segunda-feira, quando a encontrei, Stephanie disse que ia ter um encontro que talvez lhe desse as provas que faltavam à sua investigação...

— Passe o caso para um de seus colegas — sugeriu ele.

— Isso está fora de questão! Derek, essa mulher me garantiu que em 1994...

Mais uma vez, ele não deixou que eu terminasse a frase.

— A investigação está encerrada, Jesse! Isso é passado! O que deu em você? Por que cismou em mergulhar de novo nesse caso? Realmente quer reviver tudo aquilo?

Lamentei sua falta de apoio.

— Então não quer ir a Orphea comigo?

— Não, Jesse. Sinto muito. Acho que você está delirando.

Então fui sozinho a Orphea vinte anos depois de ter colocado os pés lá pela última vez. Desde o quádruplo homicídio.

Eu teria pela frente uma hora de viagem desde o centro regional da polícia estadual, mas, para ganhar tempo, me livrei das restrições de velocidade ao ligar a sirene do carro. Peguei a autoestrada 27 até a bifurcação para Riverhead, depois a autoestrada 25 na direção noroeste. Em seu último trecho, ela atravessava uma natureza suntuosa, composta por uma floresta luxuriante e lagoas repletas de ninfeias. Não demorei a alcançar a rodovia 17, uma reta sem fim e deserta, que dava acesso a Orphea e pela qual voei como uma flecha. Uma placa imensa logo anunciou que eu finalmente tinha chegado.

BEM-VINDO A ORPHEA, ESTADO DE NOVA YORK
FESTIVAL NACIONAL DE TEATRO, DE 26 DE JULHO A 9 DE AGOSTO

Eram cinco horas da tarde. Entrei na rua principal, verdejante e colorida. Vi de passagem os restaurantes, as varandas e as lojas. Um ambiente pacífico e caloroso. Com a proximidade das festividades do Quatro de Julho, os postes haviam sido enfeitados com faixas de bandeiras dos Estados Unidos, e painéis anunciavam fogos de artifício para a noite do feriado. Ao longo da marina, ladeada por canteiros de flores e arbustos podados, as pessoas caminhavam entre os quiosques, que ofereciam passeios de observação de baleias e locação de bicicletas. A cidade parecia o cenário de um filme.

* * *

Minha primeira parada foi no posto da polícia local.

Ron Gulliver, chefe de polícia de Orphea, recebeu-me em sua sala. Não precisei lembrar-lhe de que já havíamos nos encontrado vinte anos atrás: ele não tinha se esquecido de mim.

— O senhor não mudou nada — comentou, ao apertar minha mão.

Eu não pude dizer o mesmo dele. O homem envelhecera mal e tinha engordado muito. Embora não fosse mais hora do almoço e faltasse muito para o jantar, ele estava comendo espaguete num recipiente de plástico. Enquanto eu lhe explicava as razões da minha vinda, ele engoliu metade da comida de uma forma bastante nojenta.

— Stephanie Mailer? — perguntou, espantado e de boca cheia. — Já resolvemos esse caso. Não se trata de desaparecimento. Expliquei isso aos pais dela, que cá entre nós são uns chatos de galocha. É praticamente impossível se livrar deles!

— Talvez sejam apenas pais preocupados com a filha — argumentei. — Estão sem notícias de Stephanie há três dias e dizem que isso não costuma acontecer. O senhor compreende que desejo tratar o caso com a presteza necessária, não é?

— Stephanie Mailer tem 32 anos. Ela pode fazer o que quiser, não acha? Acredite em mim, se eu tivesse pais como os dela, teria vontade de fugir, capitão Rosenberg. O senhor pode ficar tranquilo, Stephanie apenas resolveu ficar um tempo fora.

— Como pode ter certeza disso?

— Foi o chefe dela, o editor do *Orphea Chronicle*, quem me disse. Ela mandou uma mensagem de texto para o celular dele justamente na noite de segunda.

— A noite do desaparecimento — comentei.

— Repito que ela não desapareceu! — irritou-se Gulliver.

A cada exclamação, perdigotos de molho de tomate saíam de sua boca. Recuei um pouco para evitar que aterrissassem em minha camisa impecável. Após deglutir, Gulliver continuou:

— Meu assistente foi com os pais de Stephanie até a casa dela. Abriram a porta com a cópia da chave e inspecionaram: estava tudo em ordem. A mensagem recebida pelo editor confirmou que não havia motivo para preocupação. Stephanie não deve satisfação a ninguém. O que ela faz não é da nossa conta. Quanto a nós, fizemos nosso trabalho corretamente. Então, por favor, não venha encher meu saco.

— Os pais estão muito preocupados — insisti —, e, com sua permissão, gostaria de verificar eu mesmo se está tudo bem.

— Se tem tempo a perder, capitão, não se importe comigo. É só esperar meu assistente, Jasper Montagne, voltar de sua patrulha. Foi ele que cuidou de tudo.

Quando o sargento Jasper Montagne finalmente chegou, me vi diante de um brutamontes de músculos saltados e expressão assustadora. Ele explicou que tinha acompanhado os pais de Stephanie até a casa dela. Entraram no apartamento: ela não estava. Nada que chamasse a atenção. Nenhum sinal de briga, nada fora do comum. Em seguida, Montagne dera uma geral nas ruas adjacentes, à procura do carro da moça, em vão. O empenho o fizera chegar ao ponto de ligar para os hospitais e postos de polícia da região: nada. Stephanie Mailer simplesmente se ausentara de casa.

Como eu queria dar uma espiada no apartamento dela, ele se ofereceu para me acompanhar. Stephanie morava na Bendham Road, uma ruazinha calma, nas proximidades da rua principal, num prédio estreito e baixo. Uma loja de ferragens ocupava o térreo, alguém alugava o apartamento do primeiro andar e Stephanie o do segundo.

Toquei insistentemente a campainha do apartamento. Bati à porta, gritei, mas em vão: claramente não havia ninguém.

— Como pode ver, ela não está em casa — disse Montagne.

Girei a maçaneta: a porta estava trancada.

— Será que podemos entrar? — perguntei.

— Está com a chave?

— Não.

— Eu também não. Foram os pais dela que abriram no outro dia.

— Então não podemos entrar?

— Não. E não vamos começar a arrombar a porta das pessoas sem motivo! Se quiser ter certeza absoluta de que está tudo bem, vá até o jornal e fale com o editor, ele lhe mostrará a mensagem que Stephanie enviou na noite de segunda-feira.

— E o vizinho de baixo? — perguntei.

— Brad Melshaw? Interroguei-o ontem, ele não viu nem ouviu nada estranho. Não adianta bater na casa dele, é cozinheiro no Café Athena, o restaurante badalado no alto da rua principal, e está lá agora.

Não me deixei abalar por isso: desci um andar e toquei na casa de Brad Melshaw. Mais uma vez em vão.

— Eu disse.

Montagne suspirou e desceu a escada enquanto eu permanecia ali, esperando que alguém abrisse a porta.

Quando segui até a escada para descer também, Montagne já havia saído do prédio. Chegando ao hall de entrada, aproveitei que estava sozinho para inspecionar a caixa de correspondência de Stephanie. Ao espiar pela abertura, vi que havia uma carta e consegui pegá-la com a ponta dos dedos. Dobrei-a ao meio e a coloquei discretamente no bolso de trás da minha calça.

Após nossa parada no prédio de Stephanie, Montagne me levou à redação do *Orphea Chronicle*, perto da rua principal, para que eu pudesse falar com Michael Bird, editor do jornal.

A redação ficava num prédio de tijolos vermelhos. O lado de fora tinha uma boa aparência, já o interior, no entanto, estava caindo aos pedaços.

Michael Bird nos recebeu em sua sala. Ele já estava em Orphea em 1994, mas eu não me lembrava de ter cruzado com ele. Bird me explicou que, por uma confluência de fatores, assumira as rédeas do *Orphea Chronicle* três dias após a chacina e passara a maior parte desse período mexendo em papelada, sem sair para fazer apurações jornalísticas.

— Há quanto tempo Stephanie Mailer trabalha para vocês? — perguntei a Michael Bird.

— Cerca de nove meses. Contratei Stephanie em setembro do ano passado.

— Ela é uma boa jornalista?

— Muito boa. Subiu o nível do jornal. Isso é importante para nós, porque é muito difícil sempre ter conteúdo de qualidade. Sabe como é, o jornal vai mal financeiramente. Continuamos funcionando porque nosso prédio é cedido pela prefeitura. As pessoas não leem mais jornal impresso hoje em dia, os anunciantes não estão mais interessados. Antes éramos uma publicação regional importante, lida e respeitada. Mas, atualmente, por que alguém leria o *Orphea Chronicle* quando pode ler o *The New York Times* on-line? E não estou nem falando daqueles que não leem mais nada, que se contentam em se informar no Facebook.

— Quando viu Stephanie pela última vez? — continuei.

— Segunda de manhã. Na reunião semanal da redação.

— E notou alguma coisa diferente? Algum comportamento incomum?

— Não, nada. Sei que os pais de Stephanie estão preocupados, mas como expliquei ontem a eles e ao sargento Montagne, ela me enviou uma mensagem segunda à noite, bem tarde, avisando que teria de se ausentar.

Ele pegou o celular no bolso e me mostrou a mensagem, recebida à meia-noite de segunda para a terça.

Precisarei me ausentar de Orphea por certo tempo.
É importante. Explicarei tudo depois.

— E não teve notícias depois dessa mensagem? — perguntei.

— Não. Mas, sinceramente, isso não me preocupa. Stephanie é uma jornalista bem independente. Ela avança em suas matérias em um ritmo próprio. Não me meto no que ela faz.

— Sobre o que ela está trabalhando atualmente?

— Sobre o festival de teatro. Todos os anos, no final de julho, temos um importante festival de teatro em Orphea...

— Sim, estou sabendo.

— Pois bem, Stephanie queria cobrir o festival e se envolver intimamente com o evento. Está redigindo uma série de reportagens. Decidiu entrevistar os voluntários que garantem a continuidade do festival.

— É do feitio dela *desaparecer* assim? — quis saber.

— Eu diria *ausentar-se* — ressaltou Michael Bird. — Sim, ela volta e meia se ausenta. Sabe, a atividade jornalística costuma exigir que deixemos nossos escritórios.

— Por acaso Stephanie lhe falou de uma investigação importante que estava fazendo? — insisti. — Ela declarou ter um encontro relevante a esse respeito na segunda à noite...

Permaneci vago, não queria dar mais detalhes. Mas Michael Bird balançou a cabeça.

— Não — disse ele —, ela nunca falou disso.

Ao sair da redação, Montagne, que julgava não haver com o que se preocupar, me incentivou a deixar a cidade.

— O chefe Gulliver quer saber se o senhor vai embora agora.

— Sim — respondi —, acho que já vi tudo.

De volta ao carro, abri o envelope que encontrei na caixa de correspondência de Stephanie. Era uma fatura de cartão de crédito. Examinei-a atentamente.

Além das despesas do dia a dia (gasolina, compras no supermercado, alguns saques no caixa eletrônico, compras na livraria de Orphea), observei vários débitos de pedágio em Manhattan: Stephanie viajara muito a Nova York nos últimos tempos. Mas o mais curioso era a compra de uma passagem de avião para Los Angeles: uma rápida ida e volta, de 10 a 13 de junho. Algumas despesas no local — em especial um hotel — confirmavam que tinha de fato feito essa viagem. Talvez tivesse um namorado que morava na Califórnia. Em todo caso, era uma mulher que não ficava no mesmo lugar por muito tempo. Não havia nada de espantoso no fato de ela ter se ausentado. Eu compreendi perfeitamente a polícia local: nenhum fator corroborava a hipótese de desaparecimento. Stephanie era maior de idade e livre para fazer o que bem entendesse sem ter que dar satisfação a ninguém. Sem dados concretos, eu estava prestes a desistir daquela investigação quando um detalhe me chamou a atenção. Algo estava errado: a redação do *Orphea Chronicle*. Aquele cenário não tinha nada a ver com a imagem que eu criara de Stephanie. Eu não a conhecia, tudo bem, mas o jeito dela ao me interpelar três dias antes fizera com que eu a imaginasse muito mais adequada ao estilo do *The New York Times* do que ao de um jornal local de uma cidadezinha balneária nos Hamptons. Foi esse detalhe que me incitou a cavar um pouco mais fundo e a fazer uma visita aos pais dela, que moravam em Sag Harbor, a vinte minutos dali.

Eram sete horas da noite.

No mesmo momento, na rua principal de Orphea, Anna Kanner estacionou em frente ao Café Athena, onde tinha combinado de jantar com Lauren, sua amiga de infância, e Paul, marido da amiga.

Lauren e Paul eram os amigos que Anna mais via desde que deixara Nova York para se estabelecer em Orphea. Os pais de Paul tinham uma casa de veraneio em Southampton, a cerca de 25 quilômetros dali, onde passavam fins de semana prolongados, já que costumavam sair de Manhattan na quinta-feira para evitar o trânsito.

Quando Anna se preparava para sair do carro, viu Lauren e Paul já sentados à uma mesa na varanda do restaurante, mas sua atenção se concentrou no homem que os acompanhava. Assim que entendeu o que estava acontecendo, Anna ligou para Lauren.

— Você me arranjou um encontro, Lauren? — perguntou, quando a amiga atendeu.

Houve um instante de silêncio constrangedor.

— Talvez — confessou Lauren. — Mas como você sabe?

— Intuição — mentiu Anna. — Enfim... Lauren, por que você fez isso comigo?

A única crítica que Anna fazia à amiga era que ela vivia se metendo em sua vida amorosa, tentando juntá-la com o primeiro que aparecia.

— Esse você vai adorar — garantiu Lauren, após se afastar um pouco da mesa para que o homem que os acompanhava não ouvisse a conversa. — Confie em mim, Anna.

— Sabe o que é, Lauren? É que na verdade hoje não vai dar. Ainda estou no escritório e tenho uma tonelada de papéis para ver.

Anna se divertiu ao ver Lauren se contorcer na varanda.

— Anna, eu proíbo você de me dar um bolo! Você tem 33 anos, precisa de um cara! Há quanto tempo você não transa, hein?

Esse era o argumento que Lauren usava como último recurso. Mas Anna realmente não estava com ânimo para um encontro arranjado.

— Sinto muito, Lauren. Além disso, estou de plantão...

— Ah, nem comece com esse papo de plantão! Nunca acontece nada nessa cidade. Você também tem o direito de se divertir!

Nesse instante, um motorista buzinou, e então Lauren ouviu o mesmo som na rua e ao celular.

— Ah, minha querida! Agora você está ferrada! — exclamou, correndo até a calçada. — Onde você está?

Anna não teve tempo de reagir.

— Estou vendo você! — falou Lauren. — Está achando que vai dar no pé e me deixar plantada aqui? Não sei se você se dá conta de que passa a maior parte das suas noites sozinha, feito uma vovozinha! Sabe, às vezes eu me pergunto se você fez a escolha certa quando decidiu se enfurnar nesse lugar...

— Ah, por favor, Lauren! Parece que estou ouvindo um sermão do meu pai!

— Mas se continuar assim vai ficar sozinha a vida toda!

Anna caiu na risada e saiu do carro. Se tivessem lhe dado uma moeda a cada vez que ouvira aquilo, estaria nadando numa piscina de dinheiro. Por outro lado, era de fato obrigada a confessar que, naquele estágio, não podia desmentir Lauren. Era recém-divorciada, não tinha filhos e morava sozinha em Orphea.

Segundo Lauren, havia duas causas para os sucessivos fracassos amorosos de Anna: de um lado, sua má vontade, e, de outro, sua profissão, que "aterrorizava os homens". "Nunca digo para eles com o que você trabalha", explicara Lauren diversas vezes, ao conversar sobre os encontros que arranjava para a amiga. "Acho que isso os intimida."

Anna caminhou até a varanda. O pretendente do dia se chamava Josh. Tinha aquele semblante pavoroso dos homens muito seguros de si. Ele cumprimentou Anna, devorando-a com os olhos de uma maneira constrangedora, e suspirou, parecendo cansado. Ela soube na hora que não seria naquela noite que encontraria seu príncipe encantado.

— Estamos muito preocupados, capitão Rosenberg — disseram em uníssono Trudy e Dennis Mailer, pais de Stephanie, na sala de sua bela casa em Sag Harbor.

— Telefonei para Stephanie na manhã de segunda-feira — explicou Trudy Mailer. — Ela me disse que estava numa reunião na redação do jornal e que retornaria a ligação. Não ligou mais.

— Stephanie sempre liga de volta — assegurou Dennis Mailer.

Eu entendi na hora por que o Sr. e a Sra. Mailer haviam conseguido irritar a polícia. Com eles, tudo ganhava uma dimensão dramática, até mesmo o café que eu recusara quando cheguei.

— Não gosta de café? — desesperara-se Trudy Mailer.

— Talvez queira chá — sugeriu Dennis Mailer.

Assim que finalmente consegui atrair a atenção deles, fiz algumas perguntas preliminares. Stephanie tinha problemas? Não, afirmaram de modo categórico. Ela se drogava? Também não. Tinha um noivo? Um namorado? Não que eles soubessem. Haveria alguma razão para que ela sumisse de circulação? Nenhuma.

Os Mailer me garantiram que sua filha não era do tipo que escondia alguma coisa dos pais. Mas eu logo descobri que não era exatamente assim.

— Por que Stephanie foi a Los Angeles duas semanas atrás? — perguntei.

— A Los Angeles? — espantou-se a mãe. — Como assim?

— Há duas semanas, Stephanie fez uma viagem de três dias à Califórnia.

— Não fazíamos ideia disso — queixou-se o pai. — Não é do feitio dela ir para Los Angeles sem nos avisar. Será que tem alguma coisa a ver com o jornal? Ela é sempre bastante discreta a respeito das matérias em que está trabalhando.

Eu duvidava que o *Orphea Chronicle* pudesse se dar ao luxo de enviar seus jornalistas para fazer reportagens do outro lado do país. E era justamente o fato de trabalhar nesse jornal que ainda levantaria certo número de questões.

— Quando e como Stephanie chegou a Orphea? — perguntei.

— Ela morava em Nova York nos últimos anos — explicou Trudy Mailer. — Estudou literatura na Universidade Notre Dame. Desde pequena, queria ser escritora. Já publicou contos, dois na *The New Yorker*. Depois de terminar o curso, trabalhou na *Revista Literária de Nova York*, mas foi demitida em setembro.

— Qual foi o motivo?

— Corte de custos, aparentemente. As coisas aconteceram relativamente rápido: ela arranjou um emprego no *Orphea Chronicle* e resolveu voltar a morar na região. Parecia contente por se afastar de Manhattan e encontrar um local mais calmo.

Houve um momento de hesitação. Em seguida, o pai de Stephanie disse:

— Capitão Rosenberg, não somos do tipo que incomoda a polícia à toa, acredite. Não teríamos tentado registrar o desaparecimento se minha mulher e eu não estivéssemos convencidos de que está acontecendo algo fora do comum. A polícia de Orphea já nos explicou que não há nenhuma prova fatual. No entanto, mesmo quando fazia um bate e volta a Nova York, Stephanie nos enviava uma mensagem ou nos telefonava na volta para dizer que correra tudo bem. Por que ela enviaria uma mensagem apenas ao editor do jornal? Se ela não queria que nos preocupássemos, deveria ter nos enviado uma mensagem também.

— Aliás, sobre Nova York, por que Stephanie vai tanto a Manhattan?

— Eu não disse que ela ia muito — esclareceu o pai —, só estava dando um exemplo.

— Não é bem assim, ela vai bastante a Nova York — falei. — Em geral nos mesmos dias e horários. Como se tivesse um compromisso de rotina. O que ela vai fazer lá?

Mais uma vez, os pais de Stephanie pareciam não saber do que eu estava falando. Trudy Mailer, percebendo que não tinha conseguido me convencer completamente da gravidade da situação, me perguntou:

— O senhor foi à casa dela, capitão Rosenberg?

— Não, eu gostaria de averiguar o apartamento, mas a porta estava trancada e eu não tinha a chave.

— Quer dar uma olhada lá agora? Talvez perceba alguma coisa que não vimos.

Aceitei de imediato, com o único objetivo de encerrar o caso definitivamente. Uma espiada na casa de Stephanie me convenceria de que a polícia de Orphea tinha razão: não havia nenhuma prova que confirmasse um desaparecimento preocupante. Stephanie podia ir a Los Angeles ou Nova York quando bem quisesse. Quanto a aceitar o emprego no *Orphea Chronicle*, podia-se perfeitamente considerar que, depois de sua demissão, ela se agarrara à primeira oportunidade que havia surgido enquanto não encontrava algo melhor.

Eram exatamente oito horas da noite quando chegamos ao prédio de Stephanie, na Bendham Road. Subimos até o apartamento. Trudy Mailer me deu a chave para que eu abrisse a porta, mas, quando a girei na fechadura, nada aconteceu. Estranhamente, a porta não estava trancada. Senti uma forte onda de adrenalina: havia alguém lá dentro. Era Stephanie?

Forcei levemente a maçaneta e a porta se entreabriu. Fiz sinal para que os pais dela ficassem calados. Empurrei devagarinho a porta, que se abriu sem fazer barulho. Percebi imediatamente a desordem na sala: alguém viera vasculhar o local.

— Desçam — murmurei para os dois. — Voltem para o carro e esperem até eu chamá-los.

Dennis Mailer assentiu e arrastou a esposa para longe dali. Saquei minha arma e dei alguns passos no interior do apartamento. Estava tudo revirado. Comecei inspecionando a sala: as estantes estavam tombadas, as almofadas do sofá rasgadas. Diversos objetos espalhados no assoalho chamaram minha atenção e não percebi o vulto ameaçador que se aproximava de mim pelas costas, em silêncio. Foi ao me virar para verificar os outros cômodos que dei de cara com uma sombra que borrifou meu rosto com gás lacrimogêneo. Meus olhos arderam, eu não conseguia respirar. Meu corpo se vergou, eu estava cego. Levei um soco.

Então tudo ficou preto.

Às 20h05 no Café Athena

Parece que o amor sempre chega sem avisar, mas não restava qualquer dúvida de que o amor decidira ficar em casa aquela noite, infligindo o jantar a Anna. Já fazia uma hora que Josh falava sem parar. Seu monólogo constituía uma proeza. Anna, que já não o escutava, divertia-se contando os *eu* e *meu* que saíam de sua boca como pequenas baratas repugnantes que a deixavam enojada a cada palavra. Lauren, que não sabia mais onde enfiar a cara, já estava em sua quinta taça de vinho branco, enquanto Anna se contentava com drinques não alcoólicos.

Por fim, sem dúvida esgotado por sua falação, Josh pegou um copo d'água e o tomou de uma vez só, o que o forçou a se calar. Após esse bem--vindo instante de silêncio, ele se voltou para Anna e lhe perguntou num tom forçado:

— E você, Anna, com o que trabalha? Lauren não quis me dizer.

Nesse momento, o celular de Anna tocou. Ao ver o número que surgiu na tela, ela soube na hora que se tratava de uma emergência.

— Sinto muito — desculpou-se —, preciso atender essa ligação.

Levantou-se da mesa e deu alguns passos para se afastar um pouco, antes de voltar rapidamente e comunicar a todos que, infelizmente, preci- sava ir embora.

— Mas já? — lamentou-se Josh, visivelmente decepcionado. — Não tivemos nem tempo de nos conhecer.

— Sei tudo a seu respeito, você foi... apaixonante.

Ela deu um beijo em Lauren e também no marido da amiga, então cum- primentou Josh com um aceno que significava "até nunca mais!", depois saiu rapidamente da varanda do restaurante. Anna deve ter impressionado o po- bre Josh, porque ele foi atrás dela e a acompanhou pela calçada.

— Quer que deixe você em algum lugar? — perguntou. — Tenho uma...

— Mercedes-Benz Coupé — interrompeu ela. — Eu sei disso. Você já falou duas vezes. É gentil de sua parte, mas estacionei bem ali.

Ela abriu o porta-malas do carro. Josh permanecia imóvel atrás dela.

— Vou pedir seu número a Lauren — disse ele. — Costumo vir bastan- te a essa região, podemos tomar um café.

— Ótimo — respondeu Anna, apenas para que ele sumisse dali.

Ela abriu uma grande bolsa de tecido que ocupava quase todo o porta- -malas.

— Na verdade, você ainda não me disse qual é a sua profissão — insistiu Josh.

No momento em que ele terminava a frase, Anna retirou da bolsa um colete à prova de balas e o vestiu. Enquanto ajustava os fechos em volta do corpo, viu os olhos de Josh se arregalarem e se deterem no escudo reluzente no qual estava escrito em letras maiúsculas: POLÍCIA.

— Sou assistente do chefe de polícia de Orphea — disse ela, pegando o coldre que guardava sua arma e o prendendo no cinturão.

Josh fitou-a, atordoado e incrédulo. Ela entrou no carro sem identificação policial e arrancou à toda, fazendo cintilar no crepúsculo as luzes azuis e vermelhas da sirene antes de acionar o som do aparelho, atraindo os olhares de todos os passantes.

Segundo a central, um agente da polícia estadual havia acabado de ser agredido num prédio ali perto. Todas as patrulhas disponíveis, bem como o oficial de plantão, tinham sido chamadas para intervir.

Ela desceu a rua principal com o pé no acelerador: os pedestres que atravessavam a rua voltaram para a calçada para se proteger e, nas duas mãos da via, os carros abriam caminho ao vê-la se aproximar. Anna seguiu no meio da pista a toda a velocidade. Tinha experiência em chamados urgentes em Nova York bem na hora do rush.

Quando chegou ao prédio, uma viatura da polícia já estava no local. Ao entrar no hall, deu com um de seus colegas descendo a escada.

— O suspeito fugiu pela porta dos fundos! — gritou ele para Anna.

Ela percorreu todo o térreo do prédio até a saída de emergência, na parte de trás do imóvel, que dava para um beco deserto. Imperava um estranho silêncio: ela ouviu com atenção, à espreita de um som que pudesse orientá-la, antes de retomar seu caminho e chegar a um pequeno parque deserto. Mais uma vez, silêncio total.

Anna julgou ouvir um barulho em meio ao matagal: sacou sua arma do coldre e se dirigiu para o interior do parque. Nada. Subitamente, teve a impressão de ver uma sombra correndo. Pôs-se em seu encalço, mas logo perdeu os vestígios. Acabou parando, desorientada e sem fôlego. Sentia as têmporas latejarem. Ouviu um barulho atrás de uma sebe de arbustos: aproximou-se devagar, o coração acelerado. Viu uma sombra que avançava furtivamente. Esperou o momento propício, depois saltou, apontando sua arma para o suspeito e ordenando-lhe que não se mexesse. Era Montagne, que também mirava na direção dela.

— Porra, Anna. Você está maluca? — bradou ele.

Anna suspirou e guardou outra vez a arma no coldre, curvando-se para respirar melhor.

— O que você está fazendo aqui, Montagne? — quis saber ela.

— Deixe eu perguntar o mesmo, afinal, você não está de serviço esta noite!

Como assistente principal do chefe de polícia, Montagne tecnicamente era seu superior hierárquico. Ela era apenas a segunda assistente.

— Estou de sobreaviso — explicou Anna. — A central me convocou.

— E pensar que eu estava prestes a encurralá-lo! — irritou-se Montagne.

— Encurralá-lo? Cheguei antes de você. Só havia uma viatura em frente ao prédio.

— Vim pela rua de trás. Você deveria ter fornecido sua posição pelo rádio. É o que os parceiros fazem. Passam informações, não agem de modo inconsequente.

— Eu estava sozinha, não tinha rádio.

— Tem um no seu carro, não? Você enche o saco, Anna! Desde o primeiro dia aqui você enche o saco de todo mundo!

Ele cuspiu no chão e voltou na direção do prédio. Anna seguiu-o. A Bendham Road agora estava dominada pelos carros de emergência.

— Anna! Montagne! — repreendeu-os o chefe de polícia Ron Gulliver, vendo-os chegar.

— Perdemos o cara, comandante — resmungou Montagne. — Eu poderia tê-lo agarrado se Anna não tivesse botado tudo a perder, como sempre.

— Vai se foder, Montagne! — gritou ela.

— Vai se foder você, Anna! — vociferou Montagne. — Pode ir para casa, o caso é meu!

— Não, o caso é meu! Cheguei antes de você.

— Faça um favor para todo mundo e suma daqui! — bradou Montagne.

Anna voltou-se para Gulliver, em busca de alguma declaração.

— Chefe... poderia intervir?

Gulliver detestava conflitos.

— Você não está de serviço, Anna — disse ele num tom tranquilo.

— Estou de sobreaviso!

— Deixe o caso com Montagne — decidiu Gulliver.

Montagne abriu um sorriso triunfante e se dirigiu ao prédio, deixando Anna e Gulliver sozinhos.

— Isso não é justo, comandante! — censurou ela. — Como o senhor permite que Montagne fale comigo dessa forma?

Gulliver não queria ouvir nada.

— Por favor, Anna, não faça uma cena! — pediu gentilmente. — Todo mundo está olhando para cá. Não preciso disso agora.

Ele a fitou com um olhar curioso, depois perguntou:

— Você estava em um encontro?

— Por que está perguntando isso?

— Você passou batom.

— Passo batom com frequência.

— Mas tem algo diferente. Você está com cara de quem estava em um encontro. Por que não volta para lá? Nos vemos na delegacia amanhã.

Gulliver se dirigiu para o prédio, deixando-a sozinha. De repente Anna ouviu uma voz a chamando e virou a cabeça. Era Michael Bird, editor do *Orphea Chronicle*.

— Anna, o que está acontecendo? — perguntou ele ao se aproximar dela.

— Não tenho nada a declarar — respondeu ela. — Não estou encarregada do caso.

— Logo estará — disse ele sorrindo.

— Como assim?

— Ora, quando você assumir a direção da polícia da cidade! Era por isso que estava discutindo com o policial Montagne?

— Não sei do que está falando, Michael — afirmou Anna.

— Sério? — respondeu ele com uma falsa expressão de surpresa. — Todo mundo sabe que você será a próxima chefe da polícia.

Ela se afastou sem responder e retornou ao seu carro. Tirou o colete à prova de balas, jogou-o no banco traseiro e arrancou. Poderia ter voltado ao Café Athena, mas não estava com a mínima vontade. Foi para casa e ficou por um tempo na varanda, com um copo e um cigarro na mão, aproveitando a noite amena.

ANNA KANNER

Cheguei a Orphea num sábado, 14 de setembro de 2013.

De Nova York até aqui, foram apenas duas horinhas de estrada: no entanto, eu tinha a impressão de ter cruzado o mundo. Eu passara dos arranha-céus de Manhattan para esta cidadezinha tranquila, banhada por um sol suave de fim de dia. Após percorrer a rua principal, atravessei meu novo bairro para me instalar na casa que havia alugado. Segui lentamente, observando de dentro do carro os pedestres, as crianças que se aglomeravam diante da carrocinha de um vendedor de sorvete, os moradores dedicados que cuidavam de seus jardins. Reinava ali uma calma absoluta.

Finalmente cheguei à casa. Uma nova vida surgia diante de mim. Os únicos vestígios da vida que eu deixara para trás eram meus móveis, que tinha trazido de Nova York. Destranquei a porta, entrei e acendi a luz do hall, imerso na escuridão. Para minha surpresa, vi que o chão estava atulhado com minhas caixas de mudança. Percorri o térreo às pressas: os móveis estavam todos embalados, nada havia sido montado, meus pertences estavam todos amontoados em caixas empilhadas pelos cômodos.

Liguei na hora para a empresa de mudanças que eu havia contratado. Mas a pessoa que me atendeu respondeu num tom seco:

— Acho que está enganada, Sra. Kanner. Estou com sua ficha na mão e a senhora claramente marcou os itens errados. O serviço contratado não inclui o desempacotamento.

Ela desligou. Saí de casa para não ver mais aquela bagunça e me sentei nos degraus da entrada. Estava desanimada. Um vulto surgiu com uma garrafa de cerveja em cada mão. Era meu vizinho, Cody Illinois. Já tinha encontrado com ele duas vezes: quando fui conhecer a casa e depois no dia da assinatura do contrato, quando também preparei minha mudança.

— Quero desejar as boas-vindas, Anna.

— Muito gentil de sua parte — respondi, fazendo uma careta.

— Não parece bem-humorada.

Dei de ombros. Ele me estendeu uma cerveja e sentou-se ao meu lado. Contei-lhe minhas desventuras com a empresa de mudanças. Ele se ofereceu para me ajudar a desencaixotar as coisas e minutos depois já estávamos montando a cama no meu futuro quarto.

— O que eu poderia fazer para me integrar à cidade? — perguntei.

— Não precisa se preocupar, Anna. As pessoas vão gostar de você. E ainda pode se candidatar à voluntária para o festival de teatro, no ano que vem. É um ótimo evento para confraternizar.

Cody foi a primeira pessoa em Orphea com quem estabeleci algum tipo de relação. Ele é dono de uma livraria maravilhosa na rua principal, que logo se tornaria uma espécie de segunda casa para mim.

Naquela noite, após Cody ir embora e enquanto eu estava ocupada abrindo caixas com roupas, recebi uma ligação do meu ex-marido.

— Está brincando, Anna? — disse ele assim que eu atendi. — Você se mudou de Nova York sem se despedir de mim!

— Eu já me despedi de você há muito tempo, Mark.

— Ai! Essa doeu!

— Por que está ligando?

— Quero falar com você, Anna.

— Mark, não estou com vontade de "falar". Não voltaremos. Acabou.
Ele ignorou minha observação.

— Jantei com seu pai hoje à noite. Foi incrível.

— Poderia deixar o meu pai em paz?

— É culpa minha se ele me adora?

— Por que faz isso comigo, Mark? Para se vingar?

— Você está de mau humor, Anna?

— Sim — elevei a voz —, estou de mau humor! Tenho um monte de móveis desmontados que não sei como montar, então realmente tenho mais o que fazer do que escutar você!

Logo me arrependi dessas palavras, pois ele aproveitou a oportunidade para oferecer ajuda.

— Precisa de ajuda? Já estou no carro, daqui a pouco chego aí!

— Não, tudo menos isso!

— Estarei aí em duas horas. Passaremos a noite montando seus móveis e falando de como o mundo poderia ser melhor... Como nos bons e velhos tempos.

— Eu proíbo você de vir aqui, Mark.

Encerrei a ligação e desliguei o celular para ter um pouco de paz. Mas na manhã seguinte tive a péssima surpresa de ver Mark surgir na minha casa.

— O que está fazendo aqui? — indaguei num tom desagradável, ao abrir a porta.

Ele me lançou um enorme sorriso.

— Mas que ótima recepção! Vim ajudá-la.

— Quem deu meu endereço para você?

— Sua mãe.

— Ah, não é possível. Eu vou matar a minha mãe!

— Anna, ela sonha em nos ver juntos novamente! Quer netos!

— Até logo, Mark.

Ele deteve a porta no momento em que eu tentei fechá-la na sua cara.

— Espere, Anna: deixe-me pelo menos ajudá-la.

Eu precisava muito de uma mãozinha para conseguir recusar. Além disso, ele já estava ali. Representou seu papel de homem perfeito: carregou móveis, colocou quadros nas paredes e instalou uma luminária.

— Vai morar sozinha aqui? — perguntou entre duas sessões de furadeira.

— Vou, Mark. É aqui que começa a minha nova vida.

A segunda-feira seguinte foi meu primeiro dia na delegacia. Eram oito da manhã quando me apresentei na recepção à paisana.

— É para uma queixa? — perguntou o policial, sem tirar o nariz do jornal.

— Não — respondi. — Sou sua nova colega.

Ele pousou os olhos em mim, sorriu de modo amistoso, depois gritou para ninguém em particular:

— Ei, pessoal, a garota chegou!

Vi surgir um destacamento de policiais, que me observaram como se eu fosse um animal exótico. O chefe de polícia Gulliver deu um passo à frente e me estendeu a mão de modo cordial.

— Bem-vinda, Anna.

Fui recebida calorosamente. Cumprimentei meus novos colegas um a um, trocamos algumas palavras, me ofereceram café, fizeram um monte de perguntas. Alguém exclamou alegremente:

— Ei, pessoal, vou começar a acreditar em Papai Noel! Um policial velho e enrugado se aposenta e é substituído por uma gata incrível!

Todos caíram na risada. Infelizmente, o clima agradável e divertido não ia durar por muito tempo.

JESSE ROSENBERG

Sexta-feira, 27 de junho de 2014
29 dias antes da abertura do festival

Bem cedinho, eu já estava na estrada para Orphea.

Queria compreender de qualquer maneira o que acontecera na véspera no apartamento de Stephanie. Para o chefe de polícia Gulliver, tratava-se de um simples roubo. Não acreditei nisso nem por um instante. Meus colegas da polícia científica tinham ficado no local até tarde da noite tentando coletar impressões digitais, mas não encontraram nada. A julgar pela força do golpe que recebi, eu tendia a acreditar fortemente na hipótese de que o agressor era homem.

Eu precisava encontrar Stephanie. Sentia que o tempo estava correndo. Seguindo agora pela rodovia 17, acelerei na última reta antes da entrada da cidade, não havia ligado a sirene.

Só quando passei pela placa que indicava os limites de Orphea notei a viatura policial sem identificação, e ela imediatamente seguiu no meu encalço. Parei no acostamento e vi pelo retrovisor uma mulher bonita de uniforme sair do veículo e vir em minha direção. Preparei-me para conhecer a primeira pessoa que aceitaria me ajudar a desvendar aquele caso: Anna Kanner.

Quando ela se aproximou da janela aberta, sorri e mostrei meu distintivo.

— Capitão Jesse Rosenberg — ela leu na identificação. — Uma emergência?

— Acho que a vi ontem rapidamente na Bendham Road. Sou o policial que foi atacado.

— Anna Kanner, assistente do chefe de polícia — apresentou-se a mulher. — Como vai a cabeça, capitão?

— Minha cabeça vai muito bem, obrigado. Mas confesso que fiquei abalado com o que aconteceu naquele apartamento. O chefe Gulliver acredita num roubo, mas com certeza não foi isso. Pergunto-me se não caí de paraquedas num caso bem estranho.

— Gulliver é um grande idiota — comentou Anna. — Mas fale do seu caso, isso me interessa.

Compreendi então que ela poderia ser uma aliada valiosa em Orphea. Depois descobri que, além disso, era uma policial excepcional.

— Anna, posso chamá-la só pelo primeiro nome? Gostaria de convidá--la para tomar um café. Aí eu poderia lhe contar tudo.

Alguns minutos mais tarde, à mesa de um pequeno e tranquilo restaurante de beira de estrada, expliquei à Anna que tudo havia começado quando Stephanie Mailer viera me procurar no começo da semana para falar de uma investigação que ela estava fazendo sobre o quádruplo homicídio que acontecera em Orphea em 1994.

— Quais são os detalhes do quádruplo homicídio de Orphea?

— O prefeito e sua família foram assassinados — expliquei. — Além de uma mulher que praticava corrida e passou em frente à cena do crime. Uma verdadeira chacina. Era noite de abertura do festival de teatro de Orphea. Aliás, foi a primeira grande investigação que realizei. Eu resolvi o caso com meu parceiro da época, Derek Scott. Mas na segunda-feira passada Stephanie veio me dizer que achava que tínhamos nos enganado: a investigação não estava encerrada e havíamos culpado a pessoa errada. Depois disso, desapareceu, e ontem alguém visitou seu apartamento sem ser convidado.

Anna parecia bastante intrigada com a minha história. Depois do café, fomos ao apartamento de Stephanie, fechado e ainda isolado pela polícia. Os pais dela haviam deixado a chave comigo.

O local fora completamente revirado, estava tudo de pernas para o ar. A única evidência contundente de que dispúnhamos era que a porta do apartamento não havia sido arrombada.

Continuei dizendo a Anna:

— Segundo o Sr. e a Sra. Mailer, a única cópia estava com eles. Isso significa que a pessoa que entrou no apartamento tinha a chave de Stephanie.

Como eu havia mencionado anteriormente a mensagem enviada por Stephanie a Michael Bird, editor do *Orphea Chronicle*, Anna então conjecturou:

— Se alguém está com a chave de Stephanie, talvez também esteja com o celular dela.

— Você quer dizer que pode não ter sido ela quem mandou a mensagem? Mas então quem foi?

— Alguém que queria ganhar tempo — sugeriu ela.

Retirei do bolso traseiro da calça o envelope que havia pegado da caixa de correspondência de Stephanie na véspera e passei-o para Anna.

— É a fatura do cartão de crédito de Stephanie — expliquei. — Ela fez uma viagem a Los Angeles no começo do mês, e ainda falta descobrirmos o motivo. De acordo com minhas verificações, ela não pegou o avião de volta. Se foi embora porque quis, então foi de carro. Emiti um pedido de busca pela placa: se ela estiver na estrada em algum lugar, a polícia rodoviária vai encontrá-la rapidamente.

— Você não perdeu tempo — comentou Anna, impressionada.

— Não temos tempo a perder — rebati. — Também requeri as contas de celular e as faturas de cartão de crédito dos últimos meses. Espero ter tudo no fim da tarde.

Anna deu uma espiada nos papéis.

— O cartão de crédito foi usado pela última vez na noite de segunda-feira, às 21h55, no Kodiak Grill — constatou ela. — É um restaurante da rua principal. Deveríamos ir até lá. Alguém pode ter visto algo.

O Kodiak Grill ficava na parte de cima da rua principal. O gerente, após consultar a escala da semana, indicou, entre os funcionários presentes, aqueles que estavam de serviço na noite de segunda-feira. Uma das garçonetes que interrogamos reconheceu de imediato Stephanie na foto que lhe mostramos.

— Sim, eu me lembro dela — disse a mulher. — Estava aqui no começo da semana. Uma moça bonita, sozinha.

— Alguma coisa em especial chamou sua atenção para que se lembre dela em meio aos tantos clientes que passam por aqui diariamente?

— Não foi a primeira vez que ela veio. Pedia sempre a mesma mesa. Dizia que estava esperando alguém, mas essa pessoa nunca aparecia.

— E na segunda-feira, o que aconteceu?

— Ela chegou por volta das seis da noite, logo depois que abrimos. E esperou. Acabou pedindo uma salada Caesar e uma Coca-Cola, e depois foi embora.

— Em torno das dez da noite, certo?

— É possível. Não me lembro da hora, mas ela ficou bastante tempo aqui. Pagou e foi embora. Isso é tudo que lembro.

Ao sair do Kodiak Grill, observamos que o prédio vizinho era um banco, e havia um caixa eletrônico do lado de fora.

— Com certeza há câmeras aqui — disse Anna. — Stephanie talvez tenha sido filmada na segunda-feira.

Alguns minutos depois, estávamos no cubículo do vigilante do banco, que nos mostrou o enquadramento das diversas câmeras do prédio. Uma delas filmava a calçada e era possível ver a varanda do Kodiak Grill. Ele avançou o vídeo das gravações de segunda-feira até as seis da noite. Analisando os passantes que desfilavam na tela, identifiquei-a subitamente.

— Pare! — gritei. — É ela, é Stephanie!

O vigilante congelou a imagem.

— Agora volte um pouco o vídeo — pedi.

Na tela, Stephanie andou para trás. O cigarro que ela tinha nos lábios se reconstituiu, depois ela o acendeu com um isqueiro dourado, pegou-o entre os dedos e o guardou dentro de um maço que recolocou em sua bolsa. Ela recuou mais um pouco e mudou a trajetória na calçada até um pequeno carro azul, no qual entrou.

— É o carro dela — falei. — Um Mazda azul. Na segunda-feira eu a vi entrando nele, no estacionamento do centro regional da polícia estadual.

Pedi ao vigilante para passar novamente as imagens no sentido correto e vimos Stephanie sair do carro, acender um cigarro, fumá-lo, dando alguns passos pela calçada, antes de se dirigir ao Kodiak Grill.

Avançamos em seguida a gravação até 21h55, hora em que Stephanie pagou o jantar com seu cartão de crédito. Dez minutos depois, a vimos surgir outra vez. Caminhou até o carro demonstrando nervosismo. No momento de entrar, pegou o celular na bolsa. Alguém estava ligando para ela. Ela atendeu, a chamada foi curta. Parecia que ela não falava, apenas escutava. Após desligar, sentou-se dentro do carro e permaneceu imóvel por um instante. Era possível vê-la nitidamente através do vidro do carro. Procurou um número na agenda do celular e ligou, mas desligou logo em seguida. Talvez não tivesse completado a ligação. Esperou cinco minutos, sentada ao volante do carro. Parecia nervosa. Em seguida fez uma segunda chamada: dessa vez, vimos Stephanie falando. A conversa durou uns vinte segundos. Em seguida, ela finalmente deu partida no carro e desapareceu na direção norte.

— Esta talvez seja a última imagem de Stephanie Mailer — murmurei.

Passamos metade da tarde interrogando os amigos de Stephanie. A maioria morava em Sag Harbor, onde ela nasceu.

Nenhum deles tinha notícias de Stephanie desde segunda-feira e todos estavam preocupados. Ainda mais que os pais dela também haviam ligado para eles, o que só aumentara a preocupação. Tinham tentado contatá-la pelo celular, por e-mail, pelas redes sociais, foram até sua casa, mas não a encontraram.

Das diversas conversas, pude concluir que Stephanie era uma mulher correta em todos os aspectos. Não se drogava, não exagerava na bebida e se dava bem com todo mundo. Seus amigos sabiam mais sobre sua vida íntima do que seus pais. Uma de suas amigas afirmou ter conhecido o namorado dela recentemente.

— Sim, tinha um cara, um tal de Sean, que ela trouxe a um dos nossos encontros. Era um pouco estranho.

— O que era estranho?

— A química entre eles. Algo não combinava.

Outra nos garantiu que Stephanie vivia imersa no trabalho.

— Quase não víamos mais Stephanie nos últimos tempos. Ela dizia estar sobrecarregada de trabalho.

— Em que ela estava trabalhando?

— Não sei.

Uma terceira pessoa nos falou de sua viagem a Los Angeles.

— Ela fez uma viagem a Los Angeles há uns quinze dias, mas me pediu para não comentar nada.

— E qual era o propósito da viagem?

— Não sei.

O último amigo a falar com ela havia sido Timothy Volt. Stephanie e ele tinham se visto na noite de domingo.

— Ela passou lá em casa — explicou ele. — Eu estava sozinho. Tomamos uns drinques.

— Ela lhe pareceu nervosa, preocupada? — perguntei.

— Não.

— E como Stephanie é?

— Uma mulher incrível, brilhante, mas com um temperamento difícil, diria até mesmo que é cabeça-dura. Quando tem uma ideia, vai até o fim.

— Ela o mantinha a par do que estava fazendo?

— Um pouco. Dizia que estava trabalhando em um projeto grandioso, mas sem entrar em detalhes.

— Que tipo de projeto?

— Um livro. Foi por isso que ela voltou à região.

— Como assim?

— Stephanie é bastante ambiciosa. Sonha em ser uma escritora famosa, e com certeza vai chegar lá. Costumava fazer alguns trabalhos para um jornal literário, mas em setembro parou... não lembro bem o nome...

— É — assenti. — A *Revista Literária de Nova York*.

— Isso mesmo. Mas realmente não passava de um extra para pagar as contas. Quando foi dispensada, afirmou que queria retornar aos Hamptons para ficar sossegada e conseguir escrever. Lembro que um dia ela me disse: "Estou aqui apenas para escrever um livro." Acho que ela precisava de tempo e tranquilidade, e encontrou tudo isso aqui. Por que outro motivo teria aceitado trabalhar para o jornal local? Repito, ela é bem ambiciosa. Quer conquistar até a lua. Se veio a Orphea, é porque tem uma boa razão. Talvez não conseguisse se concentrar em meio à agitação de Nova York. Os escritores costumam procurar o interior, o verde. Isso é muito comum, não é mesmo?

— Onde ela escrevia?

— Na casa dela, acredito.

— Usava o computador?

— Não faço ideia. Por quê?

Ao sair da casa de Timothy Volt, Anna chamou minha atenção para o fato de que não havia computador na casa de Stephanie.

— A menos que a "visita" de ontem o tenha roubado — eu disse.

Aproveitamos que estávamos em Sag Habor para passar na casa dos pais de Stephanie. Eles nunca tinham ouvido falar do tal namorado chamado Sean, e Stephanie não havia deixado o computador na casa deles. Por precaução, pedimos para dar uma olhada no quarto dela. Não tinha sido ocupado por ninguém desde que Stephanie terminara a escola e permanecera intacto: os pôsteres na parede, os troféus de campeonatos esportivos, os bichos de pelúcia na cama e os livros escolares.

— Faz anos que Stephanie não dorme aqui — explicou Trudy Mailer. — Depois da escola, ela foi para a universidade e ficou em Nova York até a demissão, em setembro, da *Revista Literária de Nova York*.

— Há uma razão específica que tenha levado Stephanie a se estabelecer em Orphea? — perguntei, sem revelar o que Timothy Volt me contara.

— Como eu lhe disse ontem, ela ficou sem emprego em Nova York e tinha vontade de voltar para os Hamptons.

— Mas por que Orphea? — insisti.

— Porque é a maior cidade da região, imagino.

Aventurei-me a fazer mais uma pergunta.

— E Stephanie tinha inimigos em Nova York, Sra. Mailer? Estava briga-da com alguém?

— Não, de jeito nenhum.

— E morava sozinha?

— Uma colega dividia o apartamento com ela, uma moça que tam-bém trabalhava na *Revista Literária de Nova York*. Alice Filmore. Cruza-mos com ela uma vez, quando fomos ajudar Stephanie a pegar seus poucos móveis depois que decidiu deixar Nova York. Na verdade, tinha apenas algumas bugigangas, trouxemos tudo direto para o apartamento de Orphea.

Como não encontramos nada na casa dela nem na de seus pais, decidi-mos voltar a Orphea e verificar o computador de Stephanie na redação do *Orphea Chronicle*.

Eram cinco da tarde quando chegamos à sede do jornal. Foi Michael Bird que nos guiou em meio às áreas de trabalho de seus funcionários. Apontou a mesa de Stephanie, bem-arrumada, na qual havia um monitor, um teclado, uma caixa de lenços, uma quantidade astronômica de canetas idênticas dentro de uma xícara de chá, um bloco de anotações e papéis soltos. Dei uma olhada neles rapidamente, sem encontrar nada muito in-teressante, então perguntei:

— Nesses últimos dias, alguém pode ter acessado o computador dela em sua ausência?

Enquanto falava, apertei o botão que a princípio ligaria a tela.

— Não — respondeu Michael —, os computadores são protegidos por uma senha pessoal.

Como o computador não ligava, apertei novamente o botão, e então continuei a interrogar Michael.

— Não houve então nenhuma possiblidade de alguém ter usado o com-putador de Stephanie sem seu consentimento?

— Nenhuma — assegurou Michael. — Só Stephanie sabia a senha. Mais ninguém, nem mesmo o técnico de informática. Aliás, nem sei como vão acessar o computador dela sem saber a senha.

— Temos especialistas que se encarregarão disso, não se preocupe. Mas queria conseguir ligá-lo agora.

Abaixei e me posicionei sob a mesa para me certificar de que a torre do computador estava conectada à tomada, mas não havia torre. Não havia nada.

Levantei a cabeça e perguntei:

— Onde fica o computador de Stephanie?

— Ora, aí embaixo! — respondeu Michael.

— Não, aqui não tem nada!

Michael e Anna se abaixaram imediatamente para constatar que só havia cabos soltos. Michael exclamou, parecendo perplexo:

— Alguém levou o computador de Stephanie!

Às seis e meia, viaturas da polícia de Orphea e da polícia estadual estacionavam diante do prédio do *Orphea Chronicle*.

Na redação do jornal, um oficial da polícia científica nos confirmou que de fato havia ocorrido um roubo com arrombamento. Michael, Anna e eu o seguimos até uma sala de máquinas no subsolo que servia também de depósito e saída de emergência. No fundo do local, uma porta dava para uma escada íngreme que levava até a rua. O vidro tinha sido quebrado, então provavelmente bastara enfiar a mão para girar a maçaneta de dentro e abrir a porta.

— Vocês nunca vêm a essa sala? — perguntei a Michael.

— Nunca. Ninguém costuma vir ao subsolo. Aqui ficam só os arquivos antigos, que nunca são consultados.

— E não tem alarme, nem câmera? — indagou Anna.

— Não. Quem ia querer pagar por isso? Acreditem em mim, se houvesse dinheiro, com certeza seria para reparar os encanamentos.

— Tentamos detectar vestígios nas maçanetas — explicou o agente da polícia científica —, mas há uma superposição de impressões digitais e sujeiras de todo tipo, ou seja, não serve para nada. Também não encontramos qualquer pista próxima à mesa de Stephanie. Na minha opinião, ele entrou por essa porta, subiu até o térreo, pegou o computador e foi embora pelo mesmo caminho.

Voltamos para a redação.

— Michael, alguém da redação poderia ser responsável por isso? — perguntei.

— Não! Claro que não! — Michael se ofendeu. — Como pode imaginar uma coisa dessas? Tenho total confiança nos meus jornalistas.

— Então como explica o fato de que um estranho pudesse saber qual era o computador de Stephanie?

— Não faço ideia.

Michael suspirou.

— Quem é o primeiro a chegar de manhã? — quis saber Anna.

— Shirley. Em geral, é ela quem abre o escritório todas as manhãs.

Mandamos chamar Shirley.

— Por acaso, ao chegar aqui pela manhã nos últimos dias, constatou alguma coisa fora do comum? — perguntei.

A princípio Shirley pareceu perplexa, fez um esforço para tentar se lembrar de algo e seu olhar se iluminou de repente.

— Eu mesma não vi nada. Na verdade, na manhã de terça-feira, Newton, um dos jornalistas, me disse que seu computador estava ligado. Ele sabia que tinha desligado tudo na véspera, pois havia sido o último a sair. Fez uma cena, afirmando que alguém havia ligado o computador sem falar com ele, mas pensei que simplesmente tinha se esquecido de desligar.

— Onde fica a mesa de Newton? — questionei.

— É a primeira ao lado da mesa de Stephanie.

Apertei o botão para ligar o computador, sabendo que não devia mais haver impressões digitais aproveitáveis ali, uma vez que fora utilizado nesse ínterim. O monitor acendeu:

COMPUTADOR DE: *Newton*

SENHA:

— Ele ligou o primeiro computador — falei. — Viu o nome aparecer e percebeu que não era o certo. Então ligou o segundo e o nome de Stephanie apareceu. Não precisou ir muito longe.

— O que prova que foi alguém de fora da redação que fez isso — interveio Michael, tranquilo.

— A questão principal é que isso significa que o roubo aconteceu na noite de segunda para terça-feira — prossegui. — Ou seja, a noite do desaparecimento de Stephanie.

— O desaparecimento de Stephanie? — repetiu Michael, intrigado. — O que quer dizer com *desaparecimento*?

Em resposta, apenas perguntei:

— Michael, poderia imprimir para mim todas as matérias que Stephanie escreveu desde sua chegada ao jornal?

— Naturalmente. Mas vai me dizer o que está acontecendo, capitão? Acha que aconteceu alguma coisa com Stephanie?

— Acho que sim — admiti. — E acho que é grave.

Ao sair do prédio do jornal, nos deparamos com o chefe de polícia Gulliver e o prefeito de Orphea, Alan Brown, que discutiam a situação na calçada. O prefeito me reconheceu imediatamente. Parecia ter visto um fantasma.

— O senhor? Aqui? — disse em tom surpreso.

— Teria preferido encontrá-lo em outras circunstâncias.

— Que circunstâncias? — perguntou ele. — O que está acontecendo? Desde quando a polícia estadual se desloca por conta de um simples roubo?

— O senhor não tem autoridade para atuar aqui! — acrescentou o chefe de polícia Gulliver.

— Houve um desaparecimento nesta cidade, chefe Gulliver, e os desaparecimentos são da alçada da polícia estadual.

— Um desaparecimento? — disse o prefeito Brown com dificuldade.

— Não há nenhum desaparecimento! — exclamou o chefe de polícia Gulliver, exasperado. — O senhor não tem prova alguma, capitão Rosenberg! Ligou para o escritório do promotor? Já deveria ter feito isso se tivesse tanta certeza! Será que eu mesmo terei de fazer uma ligação?

Não respondi nada e fui embora.

Nessa noite, às três da manhã, a central dos bombeiros de Orphea foi chamada para um incêndio no número 77 da Bendham Road, o endereço de Stephanie Mailer.

DEREK SCOTT

30 de julho de 1994
A noite do quádruplo homicídio

Eram 20h55 quando chegamos a Orphea. Nós havíamos atravessado Long Island em tempo recorde.

Com a sirene a mil, viramos na esquina da rua principal, que estava interditada por causa da abertura do festival de teatro. Uma viatura da polícia local, estacionando ali, abriu caminho para que percorrêssemos o bairro de Penfield, que estava completamente isolado, tomado por veículos de emergência vindos de todas as cidades vizinhas. Faixas de isolamento foram colocadas pela polícia em volta de Penfield Lane, atrás das quais curiosos se espremiam. Havia pessoas desde a rua principal tentando não perder um segundo do espetáculo.

Jesse e eu fomos os primeiros investigadores da divisão de homicídios a chegar. Kirk Harvey, chefe da polícia de Orphea, nos recebeu.

— Sou o sargento Derek Scott, da polícia estadual — apresentei-me, mostrando meu distintivo. — E este é meu assistente, o inspetor Jesse Rosenberg.

— Sou o chefe Kirk Harvey. — O policial nos cumprimentou, visivelmente aliviado por poder passar a bola para alguém. — Não nego que estou completamente perdido. Nunca tivemos um caso como esse. São quatro mortos. Uma verdadeira chacina.

Policiais corriam em todas as direções, gritando ordens e contraordens. De fato eu era o oficial mais graduado ali, então decidi tomar as rédeas da situação.

— Precisamos fechar todas as estradas — declarei para o chefe Harvey. — Instale barreiras. Estou pedindo reforços da polícia rodoviária e de todas as unidades disponíveis da polícia estadual.

A vinte metros, jazia o corpo de uma mulher em trajes esportivos, banhada pelo próprio sangue. Nós nos aproximamos lentamente. Um policial estava de serviço nas proximidades e esforçava-se para não olhar.

— Foi o marido quem a encontrou. Ele está numa ambulância, logo ali, se quiser interrogá-lo. Mas o pior está lá dentro — disse ele, apontando para a casa ao lado. — Um garoto e a mãe...

Seguimos imediatamente em direção à casa. Decidimos cortar caminho pelo gramado e nos vimos com os sapatos imersos em água.

— Merda! — praguejei. — Estou com os pés encharcados, vou sujar tudo. Por que toda essa água aqui? Faz semanas que não chove.

— Um duto da irrigação automática estourou, sargento — explicou um policial de serviço que já estava na casa. — Estamos tentando fechar o registro.

— Não toquem em nada — ordenei. — Vamos deixar tudo como está até a chegada da polícia científica. E coloquem as faixas de isolamento dos dois lados do gramado para que as pessoas usem o caminho de pedra. Não quero que a cena do crime seja alterada pelo vazamento.

Sequei os pés na medida do possível nos degraus da entrada. Em seguida, entramos na casa: a porta fora arrombada com chutes. Bem à nossa frente, no corredor, uma mulher estendida no chão, crivada de balas. Ao lado dela, uma mala aberta, não totalmente cheia. À direita, uma saleta, na qual jazia o corpo de um menino de cerca de 10 anos, morto a tiros, e que havia caído sobre as cortinas, como se ceifado antes de conseguir se esconder. Na cozinha, um homem na casa dos 40 anos deitado de bruços, prostrado em uma poça de sangue: fora atingido em plena fuga.

O cheiro de morte e de entranhas estava insuportável. Saímos rapidamente da casa, lívidos e chocados com o que tínhamos acabado de ver.

Pouco tempo depois, nos chamaram na garagem do prefeito. Policiais haviam encontrado bagagens no porta-malas do carro. O prefeito e sua família claramente estavam de partida.

A noite estava quente e o jovem vice-prefeito Brown suava em bicas dentro de seu terno: descia a rua principal o mais depressa que podia, abrindo caminho por entre a multidão. Havia deixado o teatro tão logo fora alertado sobre os incidentes e decidira ir a pé até o Penfield Crescent, convencido de que seria mais rápido andando do que de carro. Tinha razão: o centro da cidade, praticamente um formigueiro, estava impraticável. Na esquina da Durham Road, moradores, informados do inquietante boato, o avistaram e de imediato o cercaram para obter notícias: ele nem sequer respondeu e pôs-se a correr feito louco. Virou à direita, na altura da Bendham Road, e seguiu até uma área residencial. Primeiro passou por ruas desertas e casas às escuras. Depois, percebeu a agitação ao longe. À medida que se aproximava, via o halo das luzes e as crepitações das sirenes dos veículos se intensificarem. A multidão de passantes aumentava. Alguns o interpelavam, mas ele os ignorou e não parou. Abriu caminho até as faixas de isolamento. Ao notá-lo, Ron Gulliver, o assistente do chefe de polícia, permitiu que passasse prontamente. Alan Brown ficou boquiaberto diante da cena: o barulho, as luzes, um corpo coberto por um lençol branco na calçada. Não sabia para onde se dirigir. Viu então, com alívio, o rosto familiar de Kirk Harvey, o chefe da polícia de Orphea, com quem Jesse e eu conversávamos.

— Kirk — disse o vice-prefeito Brown ao chefe de polícia, indo em sua direção. — Pelo amor de Deus, o que está acontecendo? O boato então é verdade? Joseph e sua família foram assassinados?

— Os três, Alan — respondeu o chefe Harvey num tom grave.

Apontou com a cabeça para a casa; os policiais entravam e saíam do local.

— Encontramos os três dentro da casa. Um verdadeiro massacre.

O chefe Harvey nos apresentou ao vice-prefeito.

— Vocês têm alguma pista? Indícios? — questionou Brown.

— Por enquanto, nada — respondi. — O que não me sai da cabeça é o fato de isso ter acontecido na noite de abertura do festival de teatro.

— Acha que tem alguma ligação?

— É cedo demais para afirmar isso. Aliás, não entendo nem o que o prefeito estava fazendo em casa. Já não deveria estar no Teatro Municipal?

— Sim, marcamos de nos encontrar às sete horas da noite. Como ele não chegava, telefonei para a casa dele, mas ninguém atendeu. A peça estava prestes a começar, então improvisei um discurso de abertura e o assento dele permaneceu vazio. Foi no intervalo que me informaram o que estava acontecendo.

— Alan — chamou o chefe Harvey —, encontramos algumas malas no carro do prefeito Gordon. Ele e sua família pareciam estar de partida.

— *De partida*? Como assim *de partida*? Para onde?

— Todas as hipóteses continuam em aberto — expliquei. — Mas por acaso não achou que o prefeito estava muito preocupado nos últimos tempos? Ele se referiu a ameaças? Estava em alerta quanto à própria segurança?

— Ameaças? Não, nunca me falou nada. Será que... Será que posso dar uma olhada lá dentro?

— Melhor evitar qualquer possibilidade de alterar a cena do crime — dissuadiu o chefe Harvey. — Além disso, não há nada bonito lá dentro, Alan. Uma verdadeira carnificina. O garoto foi morto na sala, Leslie, a mulher de Gordon, no corredor, e Joseph na cozinha.

O vice-prefeito Brown percebeu que vacilava. De repente sentiu as pernas bambas e sentou-se na calçada. Seu olhar voltou-se novamente para o lençol branco a poucos metros dali.

— Mas se todos foram assassinados dentro da casa, então quem está ali? — perguntou, apontando para o corpo.

— Uma moça, Meghan Padalin — respondi. — Praticava corrida. Deve ter topado com o assassino no momento em que ele saía da casa e foi morta também.

— Mas não é possível! — disse o vice-prefeito, levando as mãos ao rosto. — Isso tudo é um grande pesadelo!

O assistente Ron Gulliver juntou-se a nós nesse momento. Dirigiu-se sem rodeios a Brown:

— A imprensa está fazendo muitas perguntas. Alguém precisa dar uma declaração.

— Eu... não sei se consigo enfrentar isso — gaguejou Alan, com o rosto lívido.

— Alan — falou o chefe Harvey —, é preciso. Você agora é o prefeito desta cidade.

JESSE ROSENBERG

Sábado, 28 de junho de 2014
28 dias antes da abertura do festival

Eram oito horas da manhã. Enquanto Orphea despertava lentamente, a agitação estava no auge na Bendham Road, tomada por caminhões de bombeiros. O prédio onde Stephanie morava não passava de uma ruína fumegante. Seu apartamento fora totalmente destruído pelas chamas.

Na calçada, Anna e eu observávamos o vaivém dos bombeiros que se esfalfavam para enrolar as mangueiras e guardar o equipamento. O chefe dos bombeiros aproximou-se de nós.

— Foi um incêndio criminoso — declarou em tom categórico. — Felizmente não há feridos. Só o locatário do primeiro andar estava no prédio e teve tempo de sair. Foi ele quem nos avisou. Poderiam vir comigo? Queria mostrar uma coisa.

Seguimos o chefe dos bombeiros até o interior do prédio, depois até as escadas. O ar estava enfumaçado e acre. Ao chegarmos ao segundo andar, descobrimos que a porta do apartamento de Stephanie estava aberta. Parecia intacta, assim como a fechadura.

— Como vocês entraram sem arrebentar a porta nem quebrar a fechadura? — perguntou Anna.

— É justamente isso que eu queria mostrar — respondeu o chefe dos bombeiros. — Quando chegamos, a porta estava escancarada, como estão vendo agora.

— O responsável pelo incêndio tinha as chaves — observei.

Anna me olhou com o semblante sério.

— Jesse, acho que o cara que você flagrou aqui na noite de quinta-feira veio terminar o trabalho.

Fui até a entrada do apartamento para espiar o interior: não restava mais nada. Móveis, paredes, livros, estava tudo carbonizado. A pessoa que ateara fogo no apartamento tinha apenas um objetivo: queimar tudo.

* * *

Na rua, Brad Melshaw, o morador do primeiro andar, estava sentado nos degraus de um prédio vizinho, envolto num cobertor e tomando café. Ele contemplava a fachada do prédio enegrecido pelas chamas. Explicou que tinha encerrado seu expediente no Café Athena por volta das onze e meia da noite.

— Fui direto para casa — afirmou. — Não notei nada estranho. Tomei uma chuveirada, assisti a um pouco de TV e fui dormir no sofá, como costumo fazer. Por volta das três horas da manhã, acordei assustado. O apartamento havia sido invadido pela fumaça. Logo percebi que ela vinha do vão da escada, e ao abrir a porta de casa vi que o andar de cima ardia em chamas. Desci na hora para a rua e liguei do meu celular para os bombeiros. Aparentemente, Stephanie não estava em casa. Ela está com problemas, é isso?

— Quem lhe contou isso?

— É o que todo mundo está falando. Nossa cidade é bem pequena.

— E por acaso conhece bem Stephanie?

— Não. Apenas nos esbarramos de tempos em tempos, às vezes nem isso. Nossos horários são muito diferentes. Ela se mudou para cá em setembro do ano passado. É simpática.

— Ela comentou se estava planejando viajar? Falou em se ausentar?

— Não. Como eu disse, não éramos próximos a ponto de ela me contar essas coisas.

— Ela lhe pediu para regar suas plantas ou pegar sua correspondência?

— Ela nunca me pediu esse tipo de favor.

De repente, o olhar de Brad Melshaw pareceu vago. Então ele exclamou:

— Claro! Como pude me esquecer disso? Ela discutiu com um policial outra noite!

— Quando?

— No sábado à noite.

— O que aconteceu?

— Eu estava voltando do restaurante a pé. Era por volta de meia-noite. Havia uma viatura policial estacionada em frente ao prédio e Stephanie falava com o motorista. Ela disse: "Não pode fazer isso comigo, preciso de você." E o homem respondeu: "Não quero mais ouvir falar em você. Se me ligar de novo, vou prestar queixa." Ele arrancou com o carro e foi embora. Ela ficou um tempo na calçada. Parecia completamente desamparada. Esperei na esquina, de onde assistira à cena, até ela subir para casa. Não queria constrangê-la.

— Que tipo de viatura policial era? — perguntou Anna. — Da polícia de Orphea ou de outra cidade? Da polícia estadual? Rodoviária?

— Não faço ideia. Não prestei atenção na hora. E já era noite.

Fomos interrompidos pelo prefeito Brown, que veio para cima de mim.

— Imagino que tenha lido o jornal de hoje, capitão Rosenberg! — exclamou num tom furioso, desdobrando à minha frente um exemplar do *Orphea Chronicle*.

Na primeira página, estava estampado o retrato de Stephanie e logo acima a seguinte manchete:

VOCÊ VIU ESSA MULHER?

> *Stephanie Mailer, jornalista do* Orphea Chronicle, *não dá sinal de vida desde segunda-feira. Outros estranhos incidentes parecem ter a ver com seu desaparecimento. A polícia estadual está investigando o caso.*

— Eu não estava sabendo dessa matéria, senhor prefeito — afirmei.

— Sabendo ou não, capitão Rosenberg, é o senhor que está criando toda essa agitação! — disse o prefeito Brown, irritado.

Voltei-me para o prédio destruído pelas chamas.

— E o senhor continua achando que não está acontecendo nada em Orphea?

— Nada de que a polícia local não possa se encarregar. Então não venha piorar ainda mais esse caos, está bem? A saúde financeira da cidade não é das melhores e todo mundo conta com a temporada de verão e o festival de teatro para reaquecer a economia. Se os turistas ficarem com medo, não virão.

— Preciso insistir, senhor prefeito. Acho que pode ser um caso muito sério...

— O senhor não tem a pista principal, capitão Rosenberg. O chefe Gulliver me disse ontem que o carro de Stephanie não é visto desde segunda-feira. E se ela simplesmente decidiu ir embora? Dei alguns telefonemas para saber a seu respeito, parece que o senhor vai se aposentar na segunda-feira, não é?

Anna me fitou com uma expressão estranha.

— Jesse, você está de saída da polícia? — perguntou ela.

— Não vou a lugar nenhum sem tirar essa história a limpo.

* * *

Compreendi que o prefeito Brown era bastante influente após deixar a Bendham Road, quando Anna e eu nos dirigíamos à delegacia de Orphea e recebi uma ligação do meu superior, o major McKenna.

— Rosenberg, o prefeito de Orphea está me infernizando ao telefone. Ele afirma que você está semeando o pânico na cidade dele.

— Major, uma mulher desapareceu e isso pode estar relacionado à chacina de 1994 — expliquei.

— O caso da chacina foi solucionado, Rosenberg. E você deveria saber disso, já que foi você mesmo quem o resolveu.

— Sei disso, major. Mas começo a me perguntar se não deixamos escapar alguma coisa na época...

— Que história é essa agora?

— A mulher que desapareceu é uma jornalista que tinha reaberto essa investigação. Isso não é sinal de que precisamos investigar mais?

— Rosenberg — continuou McKenna, irritado —, segundo o chefe da polícia local, você não tem nenhuma prova. Está estragando meu sábado e vai passar por idiota a dois dias de deixar a polícia. É realmente isso que você quer? — Fiquei calado e McKenna prosseguiu, num tom mais amistoso: — Escute. Vou passar o fim de semana com a minha família no lago Champlain, e vou fazer questão de esquecer meu celular em casa. Ficarei incomunicável a partir de amanhã à noite e estarei de volta ao escritório na manhã de segunda-feira. Portanto, você tem até segunda-feira de manhã, na primeira hora, para descobrir algo concreto a me apresentar. Caso contrário, voltará bonitinho para o escritório, como se nada tivesse acontecido. Tomaremos uma bebida para comemorar sua aposentadoria e não quero mais ouvir falar nessa história. Fui claro?

— Entendido, major. Obrigado.

Era muito pouco tempo. Na sala de Anna, começamos a prender as diferentes pistas num quadro magnético.

— Segundo o depoimento dos jornalistas — comecei —, o roubo do computador na redação teria acontecido na noite de segunda para terça. A invasão do apartamento na noite de quinta-feira, e finalmente tivemos o incêndio esta noite.

— Aonde quer chegar? — perguntou Anna, me estendendo uma xícara de café bem quente.

— Muito bem, tudo dá a entender que o que essa pessoa procurava não estava no computador da redação, o que a obrigou a vasculhar o apartamento de Stephanie. Decerto não conseguiu o que queria, uma vez que assumiu o risco de voltar no dia seguinte à noite e atear fogo no lugar. Por que agir assim, se não fosse para tentar destruir documentos, já que não conseguiu colocar as mãos neles?

— Então o que estão procurando talvez ainda esteja intacto! — exclamou Anna.

— Exatamente — concordei. — Mas onde?

Eu havia trazido as contas de telefone e os extratos bancários de Stephanie, que pegara na véspera no centro regional da polícia estadual, e os coloquei na mesa.

— Vamos começar tentando descobrir quem telefonou para Stephanie na saída do Kodiak Grill — falei, revirando a papelada até encontrar a lista das últimas chamadas realizadas e recebidas.

Stephanie recebera uma chamada às 22h03. Depois telefonara duas vezes seguidas para um mesmo número. Às 22h05 e 22h10. A primeira ligação tinha durado apenas um segundo, a segunda, vinte.

Anna se sentou diante de seu computador. Ditei o número que realizara a chamada recebida por Stephanie às 22h03 e ela entrou no sistema de busca para identificar o proprietário da linha.

— E essa agora, Jesse?! — exclamou Anna.

— O quê? — perguntei, aproximando-me do monitor.

— O número corresponde ao orelhão do Kodiak Grill!

— Alguém ligou do Kodiak Grill para Stephanie logo depois que ela saiu de lá? — espantei-me.

— Alguém estava observando Stephanie — concluiu Anna. — Durante todo o tempo em que ela esperava, alguém a observava.

Peguei de volta a conta telefônica e sublinhei o último número discado por Stephanie. Ditei-o para Anna, que mais uma vez procurou no sistema.

Ela ficou chocada com o nome que surgiu na tela do computador.

— Não é possível. Deve ser um erro! — disse Anna, subitamente lívida.

Pediu que eu repetisse o número e o digitou freneticamente no teclado, mais uma vez buscando a sequência de algarismos.

Aproximei-me do monitor e li o nome.

— Sean O'Donnell. Qual é o problema, Anna? Você o conhece?

— Conheço muito bem — respondeu ela, aterrorizada. — É um dos meus policiais. Sean O'Donnell é um policial de Orphea.

Ao analisar a conta de telefone, o chefe Gulliver não pôde impedir que eu interrogasse O'Donnell. Ordenou que ele retornasse da patrulha e o policial foi levado até uma sala de interrogatório. Quando entrei, acompanhado de Anna e do chefe Gulliver, Sean se levantou, mas não completamente, como se estivesse com as pernas bambas.

— Vão me dizer o que está acontecendo? — exigiu, num tom preocupado.

— Sente-se — ordenou Gulliver. — O capitão Rosenberg tem algumas perguntas a fazer.

Ele obedeceu. Gulliver e eu nos sentamos atrás da mesa, de frente para ele. Anna ficou em um canto, apoiada na parede.

— Sean, sei que Stephanie Mailer ligou para você na noite de segunda-feira. Você foi a última pessoa com quem ela tentou fazer contato. O que está nos escondendo? — perguntei.

Sean baixou a cabeça e levou as mãos ao rosto.

— Capitão — gemeu ele —, eu fiz uma grande merda. Deveria ter falado com Gulliver. Aliás, era o que eu queria fazer! Estou tão arrependido...

— Mas não foi o que você fez, Sean! Então precisa contar tudo agora.

Ele só conseguiu falar depois de um longo suspiro.

— Eu estava saindo com Stephanie, mas não durou muito. Nós nos conhecemos em um bar, há algum tempo. Eu a abordei e, para ser sincero, ela não parecia muito empolgada. Finalmente aceitou que eu lhe pagasse um drinque, conversamos um pouco, achei que aquilo não iria adiante. Até eu lhe dizer que era policial aqui em Orphea. Isso pareceu seduzi-la imediatamente. Ela mudou de atitude na mesma hora e de repente se mostrou interessada por mim. Trocamos telefones e nos vimos algumas vezes. Só isso. Mas há umas duas semanas as coisas começaram a ir muito rápido. Dormimos juntos. Só uma vez.

— Por que a relação não durou mais? — perguntei.

— Porque percebi que o grande interesse dela não era eu, e sim a sala dos arquivos da delegacia.

— *A sala dos arquivos?*

— Sim, capitão. Era muito estranho. Ela falou várias vezes sobre isso. Queria que eu a levasse lá de qualquer jeito. Eu pensava que ela estava brincando, então dizia que era impossível, claro. Mas há cerca de quinze dias estava na cama dela e quando acordei Stephanie exigiu que eu a levasse à sala dos arquivos. Como se eu lhe devesse alguma coisa por ela ter passado a noite comigo. Fiquei extremamente magoado. Fui embora furioso, deixando claro que não queria mais vê-la.

— Não teve curiosidade de saber por que ela se interessava tanto pela sala dos arquivos? — perguntou chefe Gulliver.

— Claro que sim. Uma parte de mim queria muito saber. Mas eu não queria mostrar a Stephanie que a história dela me interessava. Sentia que estava sendo manipulado, e como realmente gostava dela aquilo me machucou.

— E tornou a encontrá-la?

— Só uma vez. Sábado passado. Naquela noite, ela me ligou várias vezes, mas não atendi. Eu achava que ela se cansaria, mas ligou sem parar. Eu estava de serviço e a insistência dela foi insuportável. Finalmente, já com os nervos à flor da pele, falei para que me encontrasse na calçada em frente a sua casa. Nem saí do carro, falei que se ela voltasse a ligar eu prestaria queixa. Ela me contou que precisava de ajuda, mas não acreditei nela.

— O que ela disse exatamente?

— Que precisava consultar um dossiê ligado a um crime cometido aqui e sobre o qual ela tinha novas informações. Disse: "Há uma investigação que foi encerrada indevidamente. Há um detalhe, uma coisa que ninguém enxergou na época, e que, no entanto, estava mais do que evidente." Para me convencer, me mostrou a mão e me perguntou o que eu estava vendo. "Sua mão", respondi. "Eram meus dedos que você devia ver." Pensei que ela estava me tratando como idiota ao contar aquela historinha. Fui embora, deixando-a plantada na rua, e jurei nunca mais cair nas ladainhas dela.

— Nunca mais? — perguntei.

— Nunca mais, capitão Rosenberg. Desde então não falei mais com ela.

Deixei pairar um curto silêncio antes de lançar meu trunfo.

— Não ache que somos imbecis, Sean! Sei que você falou com Stephanie na noite de segunda-feira, na noite de seu desaparecimento.

— Não, capitão! Juro que não falei com ela!

Peguei a conta de telefone e coloquei diante dele.

— Pare de mentir, está escrito aqui: vocês se falaram por vinte segundos.

— Não, não nos falamos! — gritou Sean. — Ela me ligou, é verdade. Duas vezes. Mas não atendi! Na última chamada, ela deixou uma mensagem na minha caixa postal. Nossos telefones de fato estabeleceram uma ligação, como indica a conta, mas não nos falamos.

Sean não estava mentindo. Ao vasculharmos o celular dele, descobrimos uma mensagem recebida segunda-feira às 22h10, com a duração de vinte segundos. Apertei o botão e a voz de Stephanie surgiu subitamente.

Sean, sou eu. Preciso muito falar com você, é urgente. Por favor...
[Pausa] *Sean, estou com medo. Estou com muito medo.*

A voz dela deixava transparecer certo pânico.

— Não escutei a mensagem na hora. Achei que era a ladainha de sempre. Só fui ouvir na quarta-feira, depois que os pais dela vieram à delegacia comunicar o desaparecimento — explicou Sean. — E não soube o que fazer.

— Por que não falou nada? — perguntei.

— Tive medo, capitão. E vergonha.

— Por acaso Stephanie demonstrava se sentir ameaçada?

— Não... De qualquer forma, nunca mencionou nada a respeito. Foi a primeira vez que afirmou estar com medo.

Anna, eu e o chefe Gulliver nos entreolhamos, depois me dirigi a Sean.

— Preciso saber onde você estava e o que fazia na segunda-feira por volta das dez horas da noite, quando Stephanie tentou fazer contato com você.

— Estava num bar em East Hampton. Um amigo meu é gerente do lugar, estávamos em um grande grupo de amigos. Passamos a noite lá. Vou lhe dar todo os nomes. Pode verificar.

Várias testemunhas confirmaram a presença de Sean no bar em questão, das sete horas da noite até uma da manhã, na noite do desaparecimento. Na sala de Anna, escrevi no quadro magnético o enigma de Stephanie: *O que estava na nossa cara, em 1994, e não conseguimos enxergar.*

Achávamos que Stephanie queria ir aos arquivos da delegacia de Orphea para ter acesso ao dossiê de investigação do quádruplo homicídio de 1994. Fomos então à sala de arquivos e encontramos sem dificuldade a caixa de papelão que supostamente continha o mencionado dossiê. Contudo, para nossa grande surpresa, a caixa estava vazia. Não havia nada. Dentro dela, só uma folha de papel amarelada pelo tempo, na qual haviam datilografado: *Aqui começa a NOITE NEGRA.*

Como se fosse o início de uma caça ao tesouro.

* * *

A única pista concreta de que dispúnhamos era o telefonema do Kodiak Grill logo depois que Stephanie saíra de lá. Fomos até o local e reencontramos a funcionária interrogada na véspera.

— Onde fica o telefone público? — perguntei.

— Pode usar o do balcão — respondeu ela.

— Obrigado, mas eu queria checar o telefone público.

Ela nos conduziu pelo restaurante até a parte de trás, onde ficavam duas fileiras de cabides presos na parede, os banheiros, um caixa eletrônico e, num canto, um orelhão.

— Há alguma câmera aqui? — indagou Anna, observando o teto.

— Não, não há nenhuma câmera no restaurante.

— Esse telefone é muito utilizado?

— Não sei, tem sempre muito vaivém por aqui. O banheiro é destinado aos clientes, mas há sempre gente que entra e pergunta inocentemente se tem algum telefone público. Respondemos que sim. Mas não sabemos se realmente precisam fazer uma ligação ou xixi. Hoje em dia todo mundo tem celular, certo?

Nesse exato instante, o celular de Anna tocou. Haviam acabado de achar o carro de Stephanie nas proximidades da praia.

Anna e eu seguimos a toda a velocidade pela Ocean Road, que saía da rua principal e dava na praia de Orphea. A estrada terminava num estacionamento, um enorme círculo de cimento onde os banhistas estacionavam seus carros desordenadamente e sem limite de tempo. No inverno, havia apenas os poucos carros de turistas e de pais de família que vinham soltar pipa com os filhos. O lugar começava a encher nos belos dias da primavera. Em pleno verão, ficava lotado desde o início das manhãs quentes, e o número de carros que conseguia se espremer naquele espaço era impressionante.

A cerca de cem metros do estacionamento, havia uma viatura policial no acostamento. Um agente nos fez um sinal com a mão e parei atrás do carro dele. Naquele ponto, uma pequena trilha se embrenhava pela floresta.

— Foram algumas pessoas passeando que viram o carro. Aparentemente, está estacionado aqui desde terça-feira. Quando leram o jornal hoje de manhã, fizeram a associação. Verifiquei a placa, e corresponde à do carro de Stephanie Mailer.

Tivemos de caminhar cerca de duzentos metros para chegar ao carro, que convenientemente estava estacionado numa reentrância. Era de fato o Mazda azul filmado pelas câmeras do banco. Coloquei as luvas de látex e contornei-o rapidamente, inspecionando o interior através dos vidros. Quis abrir a porta, mas estava trancada. Anna acabou dizendo em voz alta a ideia que persistia na minha cabeça.

— Acha que ela está no porta-malas, Jesse?

— Só há um jeito de saber — respondi.

O policial trouxe um pé de cabra. Introduzi-o na fresta do porta-malas. Anna estava bem atrás de mim, prendendo a respiração. A fechadura cedeu com facilidade e o porta-malas se abriu bruscamente. Fiz menção de recuar; depois, me debruçando para ver melhor o interior, constatei que estava vazio.

— Não tem nada — informei, me afastando do carro. — Vamos chamar a polícia científica antes que a cena seja alterada. Dessa vez, acho que o prefeito aceitará tomar medidas mais drásticas.

A descoberta do carro de Stephanie mudava efetivamente todo o cenário da investigação. O prefeito Brown, informado da situação, dirigiu-se ao local com Gulliver e, ao aceitar que era preciso dar início a operações de buscas e que a polícia local logo não daria conta da situação, mandou chamar os efetivos da polícia das cidades vizinhas.

Em uma hora, a Ocean Road estava isolada da metade da via até o estacionamento da praia. As polícias de todo o condado tinham mandado homens para o local, e recebiam o apoio das patrulhas da polícia estadual. Grupos de curiosos haviam se aglomerado por toda a extensão das faixas de isolamento.

Na parte da floresta, os homens da polícia científica, usando macacões brancos, executavam seu balé em torno do carro de Stephanie, no qual passaram um pente-fino. Equipes com cães também haviam sido enviadas ao local.

Pouco depois, o chefe da brigada canina pediu que comparecêssemos ao estacionamento junto à praia.

— Todos os cães estão seguindo o mesmo trajeto — disse ele quando chegamos ao local. — Partem da viatura e pegam essa trilha sinuosa, que vai da floresta, passando pelo matagal, até aqui.

Com o dedo, apontou o percurso do atalho usado pelos visitantes para ir da praia até a trilha florestal.

— Todos os cães indicam o estacionamento. Bem no ponto onde estou. Em seguida, perdem o rastro.

O policial estava literalmente no meio do estacionamento.

— O que isso significa? — perguntei.

— Que ela entrou em algum carro exatamente neste ponto, capitão Rosenberg. E que foi embora nesse veículo.

O prefeito voltou-se para mim.

— O que acha disso, capitão? — indagou.

— Acho que alguém estava esperando Stephanie. Ela tinha um encontro. A pessoa com quem ela marcou no Kodiak Grill certamente a observava numa mesa no fundo do restaurante. Quando ela saiu, essa pessoa deve ter decidido ligar para ela do telefone público para marcar um encontro na praia. Stephanie estava preocupada: pensava num encontro num local público e se viu obrigada a se dirigir à praia, com certeza deserta àquela hora. Ela ligou para Sean, que não atendeu. Decidiu finalmente estacionar na trilha florestal. Talvez para ter a chance de recuar? Ou para espreitar a chegada da pessoa a esse misterioso encontro? De todo jeito, ela trancou o carro. Foi até o estacionamento e entrou no carro de sua fonte. Para onde a levou? Só Deus sabe.

Houve um silêncio arrepiante. Em seguida, o chefe Gulliver, como se estivesse avaliando a situação, murmurou:

— Então é assim que começa o desaparecimento de Stephanie Mailer.

DEREK SCOTT

Naquela noite de 30 de julho de 1994 em Orphea, demorou um tempo até que os primeiros colegas da divisão de homicídios, bem como nosso chefe, o major McKenna, enfim chegassem à cena do crime. Após um balanço da situação, ele me chamou a um canto e perguntou:

— Você foi o primeiro a chegar ao local, Derek?

— Sim, major — respondi. — Faz mais de uma hora que estamos aqui, vim com Jesse. Por ser o oficial mais graduado, tive que tomar algumas decisões, especialmente sobre estabelecer barreiras na estrada.

— Agiu bem. E a situação me parece bem administrada. Sente-se capaz de cuidar deste caso?

— Sim, major. Ficaria muito honrado com isso.

Eu sentia que McKenna hesitava.

— Seria seu primeiro grande caso — continuou ele —, e Jesse ainda é pouco experiente.

— Rosenberg tem um bom instinto policial — garanti. — Confie em nós, major. Não o decepcionaremos.

Após refletir por um instante, o major concordou:

— Quero lhe dar uma chance, Scott. Gosto muito de você e de Jesse. Mas não façam merda. Porque quando seus colegas souberem que entreguei um caso dessa envergadura a vocês dois, vão ficar putos. Por outro lado, eles já tinham que estar aqui! Onde estão todos, cacete?! De férias? Idiotas...

O major chamou Jesse, depois anunciou bem alto para que nossos colegas também ouvissem:

— Scott e Rosenberg, esse caso está nas mãos de vocês.

Jesse e eu estávamos decididos a fazer com que o major não se arrependesse de sua decisão. Passamos a noite em Orphea reunindo as primeiras pistas de nossa investigação. Eram quase sete da manhã quando deixei Jesse em frente à sua casa, no Queens. Ele me convidou para entrar e tomar um café, e aceitei. Estávamos esgotados, mas ansiosos demais com aquele caso para conseguir dormir. Na cozinha, enquanto Jesse ajeitava a cafeteira, fiz algumas anotações.

— *Quem odiava o prefeito a ponto de matá-lo e também assassinar sua mulher e seu filho?* — perguntei em voz alta, anotando a frase numa folha que ele prendeu na geladeira.

— Temos que interrogar a família e pessoas próximas — sugeriu Jesse.

— O que estavam fazendo em casa na noite de abertura do festival de teatro? Deveriam estar no Teatro Municipal. Sem falar nas malas cheias de roupas que encontramos no carro. Acho que estavam se preparando para ir embora.

— Estariam fugindo? Mas por quê?

— Isso, Jesse, é o que temos de descobrir — respondi.

Prendi uma segunda folha, na qual escrevi: *O prefeito tinha inimigos?*

Natasha apareceu na porta da cozinha, ainda meio dormindo; sem dúvida fora acordada pelo barulho da nossa conversa.

— O que aconteceu ontem à noite? — perguntou ela, aconchegando-se em Jesse.

— Uma chacina — respondi.

— *Assassinatos no festival de teatro?* — leu Natasha em frente à porta da geladeira, antes de abri-la. — Parece uma boa trama policial.

— Poderia ser uma — concordou Jesse.

Natasha pegou leite, ovos e farinha. Colocou tudo no balcão para preparar panquecas e se serviu de café. Olhou mais uma vez as anotações e perguntou:

— Então, quais são as primeiras hipóteses?

JESSE ROSENBERG

Domingo, 29 de junho de 2014
27 dias antes da abertura do festival

As buscas para encontrar Stephanie não deram em nada.

A região fora mobilizada havia quase 24 horas, sem sucesso. Equipes de policiais e voluntários esquadrinhavam o condado. Equipes com cães, mergulhadores, bem como um helicóptero, também estavam em ação. Voluntários colavam cartazes nos supermercados e percorriam lojas e postos de gasolina na esperança de que algum cliente ou funcionário tivesse visto Stephanie. O Sr. e a Sra. Mailer tinham feito uma declaração à imprensa e às emissoras de TV locais, mostrando um retrato da filha, pedindo que qualquer pessoa que a tivesse visto entrasse em contato com a polícia imediatamente.

Todo mundo queria participar da empreitada: o Kodiak Grill ofereceu refrigerante a quem ajudasse nas buscas. O Palácio do Lago, um dos hotéis mais luxuosos da região, situado no condado de Orphea, colocou um de seus salões à disposição da polícia, que o utilizava como base de apoio para os voluntários que queriam se juntar às forças oficiais, de onde em seguida eram encaminhados para a área de buscas.

Na delegacia de Orphea, Anna e eu estávamos sentados diante de nossas mesas e dávamos prosseguimento à investigação. A viagem de Stephanie a Los Angeles permanecia um completo mistério. Fora após o retorno da Califórnia que, subitamente, se aproximara do policial Sean O'Donnell, insistindo para ter acesso à sala de arquivos da polícia. O que ela havia descoberto lá? Entramos em contato com o hotel onde ela se hospedara, mas não adiantou nada. Em contrapartida, focando em suas regulares idas e vindas a Nova York — denunciadas pelos pagamentos de pedágio em sua fatura de cartão de crédito —, descobrimos que ela havia recebido multas por estacionamento proibido ou por ultrapassar o tempo permitido; seu carro fora até mesmo rebocado, e tudo sempre no mesmo endereço. Anna descobriu sem dificuldade a lista dos diferentes estabelecimentos da rua: restaurantes, médicos, advogados, massagistas, lavanderia. Mas havia um que se destacava: a redação da *Revista Literária de Nova York*.

— Como isso é possível? — questionei. — A mãe de Stephanie afirmou que a filha saiu da revista em setembro, razão pela qual veio para Orphea. Por que teria continuado a ir até lá? Não faz o menor sentido.

— De toda forma, as datas de passagem pelos pedágios coincidem com as multas recebidas — respondeu Anna. — E, pelo que vejo aqui, os lugares onde ela foi multada parecem ficar bem perto do prédio da revista. Vamos ligar para o editor da *Revista Literária de Nova York* e lhe pedir explicações — sugeriu ela, pegando o telefone.

Não teve tempo de discar o número, pois nesse mesmo instante bateram à porta da sala. Era o chefe da divisão científica da polícia estadual.

— Tenho em mãos o resultado do que encontramos no apartamento e no carro de Stephanie Mailer — disse, agitando um pesado envelope. — E acho que isso vai interessar aos senhores.

Ele se sentou na beirada da mesa.

— Vamos começar pelo apartamento. Confirmo que foi um incêndio intencional. Os cômodos foram aspergidos com produtos inflamáveis. E se tinham alguma dúvida, com certeza não foi Stephanie Mailer quem provocou o incêndio.

— Como tem certeza disso? — indaguei.

O policial balançou um saco plástico contendo maços de cédulas.

— Encontramos 10 mil dólares em espécie no apartamento, escondidos numa cafeteira italiana. Estão intactos.

Então Anna disse:

— De fato, se eu fosse Stephanie e tivesse escondido 10 mil dólares em espécie na cafeteira, teria me dado ao trabalho de resgatá-los antes de colocar fogo no apartamento.

— E no carro, o que descobriram? — perguntei ao policial.

— Infelizmente nenhum vestígio de DNA a não ser o da própria Stephanie. Conseguimos comparar com uma amostra de seus pais. No entanto, encontramos um bilhete bastante enigmático debaixo do assento do motorista, e a letra parece ser dela.

O policial enfiou outra vez a mão no envelope e tirou um terceiro saco plástico, contendo uma folha arrancada de um caderno escolar, na qual estava escrito:

Noite negra → *Festival de teatro de Orphea*
Falar sobre isso com Michael Bird

— *Noite negra!* — exclamou Anna. — O mesmo nome que encontramos no dossiê da polícia sobre o quádruplo homicídio de 1994.

— Precisamos falar com Michael Bird — decidi. — Pode ser que ele saiba mais do que se dispôs a falar.

Encontramos Michael em sua sala na redação do *Orphea Chronicle*. Ele nos preparara um dossiê com as cópias de todas as matérias que Stephanie havia escrito para o jornal. A maior parte era de notícias locais: festas escolares, o desfile do Dia de Colombo, a comemoração em comunidade do Dia de Ação de Graças para aqueles que estivessem sozinhos, o concurso de melhor abóbora para o Halloween, acidentes de trânsito e outros assuntos irrelevantes. Enquanto eu folheava as matérias, perguntei:

— Qual é o salário de Stephanie no jornal?

— Mil e quinhentos dólares por mês — respondeu ele. — Por que está perguntando isso?

— Pode ser relevante para a investigação. Não escondo que continuo tentando entender por que Stephanie deixou Nova York e veio para Orphea escrever matérias sobre o Dia de Colombo e concurso de abóboras. A meu ver, não faz nenhum sentido. Não me leve a mal, Michael, mas isso não combina com o perfil ambicioso que seus pais e amigos traçaram.

— Compreendo perfeitamente sua pergunta, capitão Rosenberg. Aliás, já me perguntei a mesma coisa. Stephanie me disse que tinha ficado decepcionada com a demissão da *Revista Literária de Nova York*. Queria algo novo. É uma idealista, como sabe. Quer mudar as coisas. O desafio de trabalhar num jornal local não a assusta, pelo contrário.

— Acho que tem mais alguma coisa — falei, antes de mostrar a Michael o pedaço de papel encontrado no carro de Stephanie.

— O que é? — perguntou ele.

— Uma anotação de Stephanie. Menciona o festival de teatro de Orphea e acrescenta que precisa falar sobre isso com você. O que sabe que não nos contou, Michael?

Ele suspirou.

— Prometi a ela não revelar nada... Dei minha palavra.

— Michael, acho que não está entendendo a gravidade da situação.

— O senhor é que não está entendendo — replicou ele. — Talvez haja uma boa razão para Stephanie ter decidido desaparecer por um tempo. E o senhor está comprometendo tudo ao mobilizar a população.

— Uma boa razão? — balbuciei.

— Ela talvez soubesse que estava correndo perigo e decidiu se esconder. Ao vasculhar a região, o senhor pode comprometê-la: a investigação dela é mais importante do que pode imaginar, os que a procuram nesse momento talvez sejam justamente aqueles de quem ela está se escondendo.

— Quer dizer que seria um policial?

— É possível. Ela pareceu muito misteriosa. Mesmo assim insisti para que me contasse mais, mas ela nunca quis me revelar toda a história.

— Isso lembra bastante a Stephanie que encontrei outro dia. — Suspirei. — Mas qual é a ligação com o festival de teatro?

Embora a redação estivesse deserta e a porta da sala fechada, Michael passou a falar mais baixo, como se temesse ser ouvido.

— Stephanie achava que havia algo sendo tramado no festival. Queria entrevistar os voluntários sem que ninguém suspeitasse do que se tratava. Sugeri a ela que fizesse uma série de reportagens para o jornal. Era a cobertura perfeita.

— Entrevistas falsas?

— Não exatamente falsas, porque nós as publicávamos depois... Já mencionei as dificuldades econômicas que o jornal enfrentava. Stephanie tinha me garantido que a publicação dos resultados de sua investigação permitiria reestruturar nosso caixa. "Quando publicarmos isso, as pessoas vão brigar para comprar o *Orphea Chronicle*", ela me disse um dia.

De volta à delegacia, finalmente conseguimos falar com o ex-chefe de Stephanie, o editor da *Revista Literária de Nova York*. Chamava-se Steven Bergdorf e morava no Brooklyn. Foi Anna quem ligou para ele. Colocou o telefone no viva-voz para que eu pudesse ouvir a conversa.

— Pobre Stephanie — lamentou-se Steven Bergdorf, após Anna ter informado a situação. — Espero que não tenha acontecido nada grave com ela. É uma mulher inteligentíssima, excelente jornalista literária, tem um belo texto. E é muito educada. Sempre amável com todo mundo, não é do tipo que faz maledicências ou cria aborrecimentos.

— Se minhas informações estiverem corretas, vocês a demitiram no último outono...

— Exatamente. Foi um drama: uma moça brilhante. Mas o orçamento da revista ficou bem apertado durante o verão. As assinaturas não paravam de cair. Era imprescindível fazer economias e dispensar alguém.

— Como ela reagiu a essa decisão?

— Não ficou muito satisfeita, como pode imaginar. Mas nossa relação continuou excelente. Eu inclusive escrevi para ela em dezembro para saber notícias. Ela deu a entender que naquele momento trabalhava para o *Orphea Chronicle* e que estava gostando muito. Fiquei contente por ela, até mesmo um pouco surpreso.

— Surpreso?

Bergdorf esclareceu o que se passava em sua mente.

— Uma jornalista como Stephanie Mailer tem calibre para estar no *The New York Times*. O que ela foi fazer num jornal de segunda categoria?

— Sr. Bergdorf, por acaso Stephanie voltou à redação da sua revista após ser demitida?

— Não. Ao menos não que eu saiba. Por quê?

— Porque temos provas de que o carro dela ficou estacionado nas proximidades desse prédio diversas vezes nos últimos meses.

Após encerrar a ligação, Steven Bergdorf permaneceu atordoado por certo tempo em seu escritório na redação da revista, deserta naquele domingo.

— O que está acontecendo, Stevie? — perguntou Alice, 25 anos, sentada no sofá da sala, pintando as unhas com esmalte vermelho.

— Era a polícia. Stephanie Mailer desapareceu.

— Stephanie? Ela era uma tremenda idiota.

— Como assim *era*? — inquietou-se Steven. — Está sabendo de alguma coisa?

— Claro que não, eu disse *era* porque não a vi mais desde que foi embora. Ela sem dúvida continua idiota.

Bergdorf levantou-se de sua cadeira e se postou diante da janela, pensativo.

— Stevie, amorzinho — papparicou Alice —, não vai começar a ficar nervoso, não é?

— Se você não tivesse me obrigado a mandá-la embora...

— Não comece, Stevie! Você fez o que precisava ser feito.

— Você não falou mais com Stephanie depois que ela foi embora?

— Talvez tenha atendido uma ligação. Isso muda alguma coisa?

— Pelo amor de Deus, Alice, você acabou de dizer que não a viu...!

— Não a vi. Mas falei com ela ao telefone. Só uma vez. Foi há duas semanas.

— Não me diga que você ligou para menosprezá-la! Será que ela sabe o verdadeiro motivo da demissão?

— Não.

— Como pode ter tanta certeza?

— Porque foi ela que me ligou para pedir um conselho. Parecia preocupada. Falou: "Preciso conseguir alguns favores de um homem." Respondi: "Os homens não são nada complicados: você chupa o pau deles, promete o rabo e, em troca, eles dão sua fidelidade incondicional."

— Mas era sobre o quê exatamente? Talvez devêssemos avisar à polícia.

— Deixe a polícia fora disso... Seja bonzinho e agora fique quieto.

— Mas...

— Não me deixe de mau humor, Stevie! Você sabe o que acontece quando fico nervosa. Tem outra camisa para trocar? A sua está toda amarrotada. Fique bonito, estou com vontade de sair hoje à noite.

— Não posso sair hoje à noite, tenho...

— Eu disse que estou com vontade de sair!

Bergdorf, cabisbaixo, saiu da sala para pegar um café. Ligou para sua mulher, alegou alguma complicação no fechamento da edição da revista e disse que não voltaria a tempo do jantar. Quando desligou, levou as mãos ao rosto. Como chegara àquele ponto? O que dera nele para, aos 50 anos, começar uma relação com aquela mulher?

Anna e eu tínhamos a convicção de que o dinheiro encontrado na casa de Stephanie era uma das pistas de nossa investigação. De onde vinham aqueles 10 mil dólares em espécie? Stephanie ganhava 1.500 dólares por mês: tirando o aluguel, o carro, as compras e outras despesas básicas, não devia sobrar muito. Se estivesse economizando para alguma coisa, aquela quantia certamente estaria no banco.

Passamos o fim do dia interrogando os pais de Stephanie, bem como seus amigos, a respeito da existência daquele dinheiro. Mas em vão. O Sr. e a Sra. Mailer afirmaram que a filha sempre se virara sozinha. Conseguira uma bolsa para pagar os estudos na universidade e depois sempre vivera do próprio salário. Os amigos, por sua vez, nos garantiram que Stephanie ralava bastante para conseguir pagar suas contas. Não viam como ela poderia ter economizado tanto dinheiro.

* * *

Quando ia embora de Orphea, seguindo pela rua principal em vez de continuar em direção à rodovia 17 para pegar a autoestrada, praticamente sem pensar virei na direção do bairro de Penfield e fui até o Penfield Crescent. Contornei a pequena praça e estacionei em frente à casa que fora do prefeito Gordon vinte anos antes, onde tudo começara.

Fiquei ali por um bom tempo, depois, a caminho de casa, não pude deixar de passar na casa de Derek e Darla. Não sei se era porque eu precisava ver Derek ou simplesmente porque não estava com vontade de ficar sozinho, e eu não tinha ninguém além dele.

Eram oito horas da noite quando cheguei à casa deles. Fiquei parado por um instante diante da porta, sem ousar tocar a campainha. Dali de fora, eu podia ouvir as conversas alegres e as vozes que vinham da cozinha, onde todos estavam jantando. Aos domingos, Derek e sua família costumavam comer pizza.

Aproximei-me discretamente da janela e observei a refeição. Os três filhos de Derek ainda estavam na escola. O mais velho ia entrar na faculdade ano que vem. De repente, um deles notou minha presença. Todos se voltaram na direção da janela e me encararam.

Derek saiu de casa, terminando de mastigar seu pedaço de pizza, com o guardanapo ainda na mão.

— Jesse, o que está fazendo aí fora? — Parecia espantado. — Venha comer com a gente.

— Não, obrigado. Não estou com muita fome. Preste atenção, estão acontecendo coisas estranhas em Orphea...

— Jesse, não me diga que passou o fim de semana lá!

Derek suspirou.

Fiz um rápido resumo dos últimos acontecimentos.

— Não há mais qualquer dúvida — afirmei. — Stephanie tinha descoberto novas provas a respeito do quádruplo homicídio de 1994.

— São apenas suposições, Jesse.

— Mas há essa anotação sobre a *Noite negra* que foi encontrada no carro de Stephanie, e as mesmas palavras no papel deixado no lugar do dossiê do homicídio, que desapareceu! — bradei. — E ela fez uma ligação de tudo isso com o festival de teatro, cuja primeira edição foi justamente no verão de 1994, caso não se lembre! Não são provas bem tangíveis?

— Você está vendo as ligações que quer ver, Jesse! Por acaso já se deu conta do que significa reabrir o caso de 1994? Quer dizer que erramos.

— E se tivermos errado? Stephanie disse que deixamos escapar um detalhe essencial. Algo que, no entanto, estava bem na nossa cara.

— Mas qual foi o nosso erro naquela época? — irritou-se Derek. — Diga-me o que fizemos de errado, Jesse! Você se lembra muito bem do afinco com que trabalhamos. Nosso dossiê era irrefutável! Acho que sua aposentadoria está fazendo você remoer más recordações. Não podemos voltar atrás, nunca poderemos voltar atrás! Então por que está fazendo isso com a gente? Por que deseja reabrir esse caso?

— Porque é preciso!

— Não, não é preciso nada, Jesse! Amanhã é seu último dia como policial. Por que quer se enfiar numa confusão que não lhe diz mais respeito?

— Pretendo suspender minha aposentadoria. Não posso deixar a polícia desse jeito. Não vou conseguir viver com esse ressentimento!

— Bom, mas eu, sim!

Ele fez menção de voltar para casa, como se tentasse encerrar aquela conversa que não queria ter.

— Ajude-me, Derek! — gritei. — Se até amanhã eu não levar ao major uma prova categórica da ligação entre Stephanie Mailer e a investigação de 1994, ele me obrigará a encerrar definitivamente o caso.

Ele se virou.

— Por que está fazendo isso, Jesse? — perguntou ele. — Por que quer mexer em toda essa merda?

— Seja meu parceiro, Derek...

— Faz vinte anos que não vou a campo, Jesse. Então por que quer que eu vá?

— Porque você é o melhor policial que conheço. Sempre foi melhor do que eu. Deveria ter sido o capitão da nossa unidade no meu lugar.

— Não venha me julgar ou dar lição de moral sobre a maneira como eu deveria ter conduzido minha carreira, Jesse! Você sabe muito bem por que passei os últimos vinte anos diante de uma mesa preenchendo papeladas.

— Acredito que temos a oportunidade de consertar tudo, Derek.

— Não há nada que possamos consertar, Jesse. Você é bem-vindo para comer um pedaço de pizza com a gente, se quiser. Mas o assunto da investigação está encerrado.

Ele empurrou a porta de casa.

— Tenho inveja de você, Derek!

Quando eu disse isso, ele se virou.

— Inveja? Mas inveja por quê?

— Por amar e ser amado.

Ele balançou a cabeça, desapontado.

— Jesse, faz vinte anos que Natasha se foi. Você deveria ter reconstruído sua vida há muito tempo. Às vezes tenho a impressão de que é como se você esperasse que ela voltasse.

— Todo dia, Derek. Todo dia eu digo a mim mesmo que ela vai reaparecer. Todas as vezes que entro em casa tenho a esperança de encontrá-la.

Ele suspirou.

— Não sei o que dizer. Sinto muito. Você deveria encontrar alguém. Precisa seguir em frente, Jesse.

Ele entrou e eu retornei para o carro. Quando dei partida, Darla saiu de casa e veio na minha direção, nervosa. Parecia com raiva e eu sabia por quê. Abaixei o vidro e ela gritou:

— Não faça isso com ele, Jesse! Não venha despertar os fantasmas do passado!

— Escute, Darla...

— Não, Jesse. Você é quem tem que escutar! Derek não merece que você faça isso com ele! Deixe-o em paz sobre essa história de dossiê! Não faça isso com ele! Você não é bem-vindo aqui se é para remoer o passado. Preciso lembrar a você que isso aconteceu há vinte anos?

— Não, Darla, não precisa! Ninguém precisa me lembrar. Eu mesmo me lembro disso diariamente. A cada porra de dia, Darla. Está ouvindo? A cada manhã de merda, ao levantar, e todas as noites ao dormir.

Ela me fitou com um olhar triste e compreendi que havia se arrependido de ter feito aquela abordagem.

— Sinto muito, Jesse. Venha jantar, ainda tem pizza e fiz um tiramisù.

— Não, obrigado. Vou para casa.

Arranquei com o carro.

Ao chegar em casa, preparei um drinque e peguei uma pasta em que não tocava havia muito tempo. Dentro dela, recortes de jornal de 1994. Observei-os demoradamente. Um deles chamou a minha atenção.

A POLÍCIA CELEBRA UM HERÓI

O sargento Derek Scott foi condecorado ontem, em uma cerimônia no centro regional da polícia estadual, por sua coragem ao ter

*salvado a vida de seu parceiro, o inspetor Jesse Rosenberg, durante
a prisão de um perigoso assassino, culpado pela morte de quatro
pessoas nos Hamptons durante o verão.*

A campainha tocou e me despertou de minhas reflexões. Olhei a hora:
quem poderia ser tão tarde? Peguei minha arma, que havia deixado na
mesa à minha frente, e me aproximei da porta sem fazer barulho, desconfiado. Dei uma espiada pelo olho mágico: era Derek.

Abri a porta e o fitei um instante, em silêncio. Ele notou minha arma.

— Então acha que é mesmo sério, hein? — disse ele.

Assenti.

— Mostre-me o que você tem aí, Jesse — acrescentou ele.

Peguei todas as pistas de que dispunha e as espalhei na mesa da sala
de jantar. Derek analisou as fotos que conseguimos a partir das câmeras de vigilância, o isqueiro, o bilhete, o dinheiro em espécie e as faturas
de cartão de crédito.

— É evidente que Stephanie gastava mais do que ganhava — expliquei
a Derek. — Só a passagem para Los Angeles custou 900 dólares. Ela certamente tinha outra fonte de renda. Falta descobrir qual.

Derek mergulhou na análise das despesas de Stephanie. Percebi em seu
olhar um brilho que não via fazia muito tempo. Após ter destrinchado as
despesas do cartão de crédito, ele pegou uma caneta e circulou um débito
mensal de 60 dólares que começara em novembro.

— Esses débitos foram feitos em nome de uma empresa chamada
SVMA — disse ele. — Essa sigla lembra alguma coisa?

— Não, nada — respondi.

Ele pegou meu laptop na mesa e fez uma busca na internet.

— É uma empresa em Orphea que aluga unidades de armazenamento,
um guarda-móveis — concluiu ele, virando a tela para mim.

— Um guarda-móveis? — espantei-me, lembrando de minha conversa
com Trudy Mailer. — Segundo a mãe de Stephanie, ela tinha poucos pertences em Nova York, e trouxera tudo para o apartamento de Orphea. Então por que alugar um guarda-móveis desde o mês de novembro?

O guarda-móveis ficava aberto 24 horas por dia e decidimos ir até lá
imediatamente. O vigia de plantão consultou seu livro de registro após eu
mostrar meu distintivo e nos indicou o número da unidade de armazenamento alugada por Stephanie.

Atravessamos um labirinto de portas e persianas de ferro e chegamos diante de uma cortina metálica, trancada com um cadeado. Eu levara um alicate e venci facilmente o ferrolho. Levantei a porta de enrolar, enquanto Derek iluminava o espaço com uma lanterna.

O que descobrimos ali nos deixou perplexos.

DEREK SCOTT

Início de agosto de 1994. Uma semana havia se passado após o quádruplo homicídio.

Jesse e eu dedicávamos todo o nosso tempo à investigação, trabalhando nela dia e noite, sem nos preocuparmos com sono, folga ou horas extras.

Estabelecemos nossa base no apartamento de Jesse e Natasha, muito mais acolhedor do que a fria sala do centro da polícia estadual. Havíamos nos acomodado na sala, na qual dispusemos duas camas de armar, e circulávamos bem à vontade. Natasha cuidava da gente. Às vezes levantava-se no meio da noite para preparar alguma coisa para comermos. Dizia que era uma boa maneira de testar os pratos que entrariam no cardápio de seu restaurante.

— Jesse, por favor, se case com esta mulher — eu dizia de boca cheia, me deliciando com o que Natasha preparara. — Ela é fantástica.

— Está nos meus planos — respondeu Jesse certa noite.

— Quando?! — perguntei, entusiasmado.

Ele sorriu.

— Em breve. Quer ver o anel?

— Claro que quero!

Ele saiu um instante e voltou com uma caixinha que guardava um diamante magnífico.

— Meu Deus, Jesse, é incrível!

— Era da minha avó — explicou ele antes de guardar às pressas a caixinha no bolso, pois Natasha estava voltando.

As análises balísticas eram categóricas: fora utilizada uma única arma, uma pistola Beretta. Havia apenas uma pessoa envolvida nos assassinatos. Os peritos julgavam tratar-se de um homem, não só pela brutalidade do crime, mas pelo fato de a porta da casa ter sido arrombada com um forte chute. Aliás, não estava sequer trancada.

A pedido do escritório do promotor, uma reconstituição permitiu comprovar o seguinte: o assassino arrombara a porta da casa da família Gordon. Primeiro se deparara com Leslie Gordon no hall da entrada, e então atirara quatro vezes em seu peito, praticamente à queima-roupa. Em seguida, vira a criança na sala e a matara com duas balas nas costas, disparadas do corredor. O assassino então havia se dirigido à cozinha, sem dúvida após ouvir algum barulho. O prefeito Joseph Gordon tentava fugir para o jardim pela porta dos fundos. O atirador disparara quatro vezes nas costas da vítima, voltara para o corredor e saíra pela porta de entrada. Nenhuma bala havia errado o alvo, portanto era um atirador experiente.

Ele saíra da casa pela porta principal e deparara com Meghan Padalin, que praticava corrida nas proximidades. Ela certamente havia tentado escapar e ele a fuzilara com dois tiros nas costas. Provavelmente o atirador não estava usando nada para encobrir o rosto, pois em seguida disparou uma bala à queima-roupa na cabeça da mulher, como se para certificar-se de que estava mesmo morta e não contaria nada a ninguém.

Dificuldade extra: embora houvesse duas testemunhas indiretas, elas não estavam em condições de contribuir para a investigação. No momento dos fatos, o Penfield Crescent estava praticamente deserto. Das oito casas da rua, uma estava à venda e os moradores das outras cinco estavam no Teatro Municipal. A última era a residência da família Bellamy, e apenas Lena Bellamy, jovem mãe de três filhos, ficara em casa naquela noite. Ela cuidava de seu recém-nascido de apenas três meses. Terrence, seu marido, estava na marina com os dois mais velhos.

Lena Bellamy de fato ouvira os disparos, mas pensara que eram fogos de artifício lançados na marina por conta do festival. Notara, contudo, logo antes das deflagrações, uma caminhonete preta com um grande logo estampado no vidro traseiro, mas que ela não conseguia descrever. Lembrava-se de um desenho, mas não prestara atenção suficiente para dizer o que representava.

A segunda testemunha era um homem, Albert Plant, que morava sozinho numa casa de uma rua paralela. Acabara condenado à cadeira de rodas depois de um acidente, e não saíra de casa naquela noite. Ouvira os tiros enquanto jantava. Uma série de explosões que havia atraído sua atenção a ponto de fazê-lo ir até a porta espreitar o que estava acontecendo nas redondezas. O homem teve a presença de espírito de consultar o relógio: eram 19h10. Mas como o silêncio se instalara outra vez, pensou que eram apenas crianças soltando bombinhas. Ficou junto à soleira da porta, desfrutando da noite amena, até que cerca de uma hora mais tarde, por volta das 20h20, ouviu um homem gritar e pedir ajuda. Ligou imediatamente para a polícia.

Uma de nossas primeiras dificuldades foi a ausência de motivo. Para descobrir quem matara o prefeito e sua família, tínhamos de saber quem podia ter uma boa razão para cometer o crime. As primeiras evidências da investigação não deram em nada: havíamos interrogado os habitantes da cidade, os funcionários municipais, as famílias e os amigos do prefeito e de sua esposa, tudo em vão. A vida dos Gordon parecia bastante tranquila. Nada de inimigo, dívida, drama, passado nebuloso. Nada. Uma família comum. Leslie Gordon, a esposa do prefeito, era uma professora primária muito querida em Orphea. Quanto ao prefeito, mesmo que os qualificativos a seu respeito não fossem extremamente elogiosos, era um homem tido em relativa alta conta por seus concidadãos, e todos acreditavam que ele seria reeleito nas eleições municipais de setembro, nas quais seu vice, Alan Brown, seria seu adversário.

Uma tarde, quando estudávamos pela enésima vez os documentos da investigação, eu disse a Jesse:

— E se os Gordon não estivessem prestes a fugir? E se desde o início estivermos deixando algo de lado?

— Aonde quer chegar, Derek? — perguntou Jesse.

— Muito bem, nós nos detivemos ao fato de que Gordon estava em casa, de malas prontas, e não no Teatro Municipal.

— Você há de admitir que é muito estranho que o prefeito decida não aparecer na abertura do festival que ele mesmo criou — objetou Jesse.

— Talvez estivesse apenas atrasado — argumentei. — Talvez estivesse de saída para lá. A cerimônia oficial só deveria começar às sete e meia da noite, ele ainda tinha tempo de chegar ao Teatro Municipal. Não são nem dez minutos de carro. Quanto às malas, os Gordon talvez tivessem programado sair de férias. A mulher e o filho estavam à toa o verão inteiro. Faz todo o sentido. Planejavam partir no dia seguinte bem cedo e queriam fazer as malas antes de ir ao Teatro Municipal, pois sabiam que voltariam tarde.

— E como explica que tenham sido mortos? — questionou Jesse.

— Um assalto que deu errado — sugeri. — Alguém que achava que os Gordon já estariam no teatro nesse momento e que o acesso à casa estava liberado.

— Está esquecendo um detalhe importante: o suposto assaltante não roubou nada além da vida deles. E o chute para arrombar a porta? Não é um método muito discreto. Além disso, nenhum funcionário municipal indicou que o prefeito partiria de férias. Não, Derek, é outra coisa. Quem os atacou queria eliminá-los. Uma violência desse porte não deixa qualquer dúvida.

Jesse pegou do dossiê uma foto do cadáver do prefeito, tirada na casa, e examinou-a antes de me perguntar:

— Não há nada que chame sua atenção nesta foto, Derek?

— Você quer dizer além do fato de o prefeito estar banhado pelo próprio sangue?

— Ele não estava de terno e gravata — observou Jesse. — Usava roupas casuais. Que prefeito iria à abertura de um festival nesses trajes? Isso não faz o menor sentido. Sabe o que eu acho, Derek? Acho que o prefeito nunca teve a intenção de assistir a essa peça.

As imagens da mala aberta ao lado de Leslie Gordon revelavam álbuns de fotos e um bibelô.

— Veja só, Derek — continuou Jesse. — Leslie Gordon estava colocando objetos pessoais na mala quando foi morta. Quem leva álbuns para as férias? Estavam fugindo. Fugindo provavelmente daquele que os matou. Alguém que sabia que eles não estariam no festival de teatro.

Natasha entrou na sala no momento em que Jesse terminava a frase.

— Então, rapazes — ela sorriu para nós dois —, já têm alguma pista?

— Nada. — Suspirei. — A não ser por uma caminhonete preta com um desenho no vidro traseiro. O que é bastante vago.

Fomos interrompidos pela campainha.

— Quem é? — perguntei.

— Darla — respondeu Natasha. — Veio ver as plantas da reforma do restaurante.

Recolhi os documentos e guardei-os numa pasta de papelão.

— Não comente com ela sobre a investigação — instruí Natasha quando ela foi abrir a porta.

— Tudo bem, Derek — garantiu ela num tom indiferente.

— É sério, Nat — repeti. — A investigação corre sob sigilo. Não deveríamos estar aqui. Você não deveria estar vendo tudo isso. Jesse e eu poderíamos ter problemas.

— Tudo bem. Eu prometo — afirmou Natasha. — Não direi nada.

Ela abriu a porta e, ao entrar no apartamento, Darla logo notou a pasta que eu tinha nas mãos.

— E então, como anda a investigação? — perguntou ela.

— Vai bem — respondi.

— Vamos, Derek, isso é tudo que tem para me contar? — reclamou Darla num tom queixoso.

— É uma informação sigilosa — limitei-me a dizer.

À minha revelia, a resposta havia sido um pouco seca. Darla fechou a cara.

— Informação sigilosa é o cacete! Tenho certeza de que Natasha está por dentro de tudo.

JESSE ROSENBERG

Segunda-feira, 30 de junho de 2014
26 dias antes da abertura do festival

Acordei Anna à uma e meia da manhã para que ela viesse encontrar a mim e Derek no guarda-móveis. Ela conhecia o lugar e chegou vinte minutos depois. Nós nos encontramos no estacionamento. A noite estava quente, o céu estrelado.

Após apresentar Derek a ela, eu disse:

— Anna, foi Derek quem descobriu onde Stephanie estava escondendo os documentos de sua investigação.

— Num guarda-móveis? — espantou-se ela.

Derek e eu assentimos com um gesto de cabeça antes de arrastar Anna pelas alamedas de portas de enrolar metálicas. Paramos em frente ao número 234-A. Levantei a porta e acendi a luz. Anna observou o cubículo de dois por três metros, completamente atulhado de documentos, todos dedicados ao quádruplo homicídio de 1994. Havia matérias publicadas em diversos jornais da época, especialmente uma série de reportagens do *Orphea Chronicle*. Havia também ampliações das fotos de cada uma das vítimas e uma da casa do prefeito Gordon, tirada na noite do assassinato e sem dúvida extraída de uma reportagem. Eu aparecia em primeiro plano, junto de Derek e de um grupo de policiais, em torno de um lençol branco que cobria o corpo de Meghan Padalin. Stephanie escrevera à caneta na foto:

O que estava na nossa cara e ninguém viu

A mobília limitava-se a uma mesinha e uma cadeira, na qual imaginávamos que Stephanie havia passado inúmeras horas. Nessa escrivaninha improvisada, papel e canetas. Na parede, uma folha presa, bem visível, na qual estava escrito:

Encontrar Kirk Harvey

— Quem é Kirk Harvey? — perguntou Anna em voz alta.

— Era o chefe da polícia de Orphea na época dos assassinatos — respondi. — Ele participou da investigação.

— E onde ele está atualmente?

— Não faço ideia. Imagino que tenha pedido aposentadoria há tempos. Temos que descobrir seu paradeiro de qualquer jeito: talvez ele tenha falado com Stephanie.

Vasculhando nas anotações empilhadas na mesa, fiz outra descoberta.

— Anna, olhe isso — eu disse, estendendo-lhe um pedaço de papel retangular.

Era a passagem de avião de Stephanie para Los Angeles. Ela escrevera algo:

Noite negra → *Arquivos da polícia*

— De novo *Noite negra* — murmurou Anna. — O que isso quer dizer?

— Que a viagem a Los Angeles estava relacionada com a investigação — sugeri. — E agora temos certeza absoluta de que Stephanie de fato investigava o homicídio de 1994.

Na parede, havia uma foto do prefeito Brown, tirada pelo menos vinte anos antes. A foto parecia capturada de um vídeo. Brown estava em pé, diante de um microfone, segurando uma folha de anotações, como se estivesse discursando. O pedaço de papel também havia sido circulado à caneta. O fundo da imagem dava a entender que se tratava do palco do Teatro Municipal.

— Pode ser uma imagem do prefeito Brown fazendo o discurso de abertura do festival no Teatro Municipal, na noite dos assassinatos — disse Derek.

— Como pode saber que se trata da noite dos assassinatos? — perguntei. — Você se lembra das roupas que ele usava naquela noite?

Derek pegou de volta a foto da matéria do jornal na qual Brown também figurava e disse:

— Parecem ser as mesmas roupas.

Passamos a noite inteira no guarda-móveis. Não havia câmeras e o vigia não vira nada. Ele nos explicou que só estava ali para o caso de alguma eventualidade, mas nunca acontecia nada. Os clientes circulavam a seu bel-prazer, sem controle e sem necessidade de perguntas.

A equipe estadual da polícia científica foi enviada para o local a fim de inspecionar o guarda-móveis, cuja revista minuciosa permitiu descobrir o computador de Stephanie, escondido num fundo falso de uma caixa de papelão supostamente vazia. Um policial desconfiara do peso da caixa ao erguê-la.

— Era isso que quem incendiou o apartamento e invadiu o jornal procurava — falei.

O computador foi levado pela polícia científica para ser analisado. Quanto a nós, levamos os documentos presos nas paredes do guarda-móveis e os dispomos de modo idêntico na sala de Anna. Às seis e meia da manhã, Derek, com olhos inchados de sono, prendeu a foto da casa do prefeito Gordon com um alfinete, examinou-a com atenção e leu novamente em voz alta o que Stephanie escrevera:

— *O que estava na nossa cara e ninguém viu.*

Aproximou-se alguns centímetros da foto para estudar as fisionomias das pessoas.

— Então este é o prefeito Brown — lembrou ele, apontando um homem de roupa clara. — E este — acrescentou, apontando para uma miniatura de cabeça — é o chefe de polícia Kirk Harvey.

Eu precisava retornar ao centro regional da polícia estadual para prestar contas dos progressos ao major McKenna. Derek foi comigo. Enquanto deixávamos Orphea, percorrendo a rua principal iluminada pelo sol da manhã, Derek, que também revia Orphea vinte anos depois, comentou:

— Nada mudou aqui. É como se o tempo não tivesse passado.

Uma hora depois, estávamos no escritório do major McKenna, que escutou, pasmo, o relato do meu fim de semana. Com o guarda-móveis, tínhamos agora a prova de que Stephanie estava investigando o quádruplo homicídio de 1994 e que talvez tivesse feito uma descoberta importante.

— Pelo amor de Deus, Jesse — bufou McKenna. — Será que esse caso vai nos perseguir a vida inteira?

— Espero que não, major — respondi. — Mas temos de ir até o fim dessa investigação.

— Você percebe que isso significa que vocês erraram feio naquela época?

— Tenho total consciência disso. É por isso que gostaria de pedir ao senhor que me mantenha na polícia até eu finalizar essa investigação.

Ele suspirou.

— Sabe, Jesse, isso vai me demandar um tempo enorme com burocracias e explicações ao comando.

— Estou ciente, major. E sinto muito.

— E o que vai acontecer com o seu famoso projeto que o convenceu a deixar a polícia?

— Ele pode esperar eu encerrar o caso, major — assegurei.

McKenna resmungou e pegou alguns formulários numa gaveta.

— Vou fazer isso por você, Jesse, porque é o melhor policial que já conheci.

— Ficarei muito agradecido, major.

— Entretanto, já destinei sua sala a outra pessoa a partir de amanhã.

— Não preciso de sala, major. Vou recolher minhas coisas.

— E não quero que trabalhe sozinho. Vou arranjar um parceiro para você. Infelizmente, as outras duplas da sua unidade já estão formadas, visto que você nos deixaria hoje, mas não se preocupe, vou encontrar alguém.

Derek, sentado ao meu lado, rompeu o próprio silêncio.

— Estou disposto a apoiar Jesse, major. Essa é a razão de eu estar aqui.

— Você, Derek? — espantou-se McKenna. — Mas há quanto tempo não vai a campo?

— Vinte anos.

— Foi graças a Derek que descobrimos o guarda-móveis — informei.

O major suspirou outra vez. Eu via que estava claramente contrariado.

— Derek, está me dizendo que quer mergulhar de novo na investigação que o levou a abandonar o trabalho de diligência?

— Sim — respondeu Derek em tom decidido.

O major nos fitou demoradamente.

— E onde está sua arma de serviço, Derek? — perguntou ele, por fim.

— Numa gaveta na minha mesa.

— Ainda sabe manuseá-la?

— Sei.

— Muito bem. De toda forma, faça-me o favor de esvaziar um carregador num estande de tiro antes de andar por aí com esse troço no cinturão. Senhores, encerrem logo esse caso, e direito. Eu não gostaria que passássemos por poucas e boas.

Enquanto Derek e eu estávamos no centro regional da polícia estadual, Anna não perdeu tempo. Adiantara-se nas buscas a Kirk Harvey, mas essa iniciativa se revelou infinitamente mais complicada do que ela imaginava. Passou horas atrás de pistas do ex-chefe de polícia, mas sem sucesso: ele sumira. Não tinha mais endereço nem número de telefone. Na falta de informantes, recorreu à única pessoa em quem podia confiar em Orphea: seu vizinho Cody, com quem foi encontrar na livraria dele, situada nas proximidades da redação do *Orphea Chronicle*.

— Hoje definitivamente não vai vir ninguém — disse ele.

Cody suspirou ao vê-la entrar.

Anna compreendeu que ele esperava um cliente ao ouvir a porta se abrir. Ele continuou:

— Espero que os fogos de artifício do Quatro de Julho atraiam as pessoas, tive um mês horrível de vendas.

Anna pegou um romance numa bancada.

— É bom? — perguntou ao livreiro.

— Bem bom.

— Vou levar.

— Anna, não se sinta obrigada a fazer isso...

— Estou sem nada para ler. Veio bem a calhar.

— Mas imagino que não tenha vindo por causa disso.

— Não vim *só* por isso. — Ela sorriu, estendendo uma nota de 50 dólares. — O você sabe sobre o homicídio de 1994?

Cody franziu a testa.

— Faz bastante tempo que não ouço falar nessa história. O que quer saber?

— Estou curiosa sobre como ficou o clima na cidade naquela época.

— Foi terrível — respondeu Cody. — Ficou todo mundo chocado, claro. Imagine só, uma família completamente dizimada, incluindo um garotinho. E Meghan, a mulher mais gentil que se possa imaginar e que todo mundo adorava.

— Você a conhecia bem?

— Se eu a conhecia bem? Ela trabalhava na livraria. Na época, a loja ia de vento em popa, principalmente por causa dela. Imagine uma vendedora jovem e bonita, apaixonada, simpática, brilhante. As pessoas vinham de toda Long Island só por ela. Que tristeza! Que injustiça! Para mim foi um choque terrível. Houve um momento em que pensei em encaixotar tudo e sumir daqui. Mas ir para onde? Todos os vínculos que tenho estão aqui. Sabe, Anna, o pior é que todo mundo logo percebeu: se Meghan estava morta, era porque tinha reconhecido o assassino da família Gordon. Isso significa que era alguém que convivia conosco. Alguém que conhecíamos. Que víamos no supermercado, na praia ou mesmo na livraria. E, infelizmente, não estávamos enganados quanto à identidade do assassino.

— Quem era?

— Ted Tennenbaum, um homem simpático, bem-apessoado, de boa família. Um cidadão ativo e engajado. Dono de restaurante. Membro do corpo de bombeiros voluntário. Tinha colaborado na organização do primeiro festival. — Cody suspirou e acrescentou: — Não gosto de tocar nesse assunto, Anna, fico muito mexido.

— Sinto muito, Cody. Só uma última pergunta: o nome Kirk Harvey lembra você de alguma coisa?

— Sim, é o antigo chefe da polícia de Orphea. Logo antes de Gulliver.

— E qual o paradeiro dele? Estou atrás de uma pista que me leve a ele.

Cody fitou-a com uma expressão estranha.

— Sumiu de um dia para o outro — respondeu, entregando-lhe o troco e colocando o livro numa embalagem de papel. — Ninguém mais ouviu falar dele.

— O que aconteceu?

— Ninguém sabe. Desapareceu em um belo dia de outono em 1994.

— No mesmo ano da chacina?

— Sim, três meses depois. É por isso que me lembro. Foi um verão estranho. A maioria dos moradores da cidade preferiria esquecer o que aconteceu aqui.

Enquanto falava, pegou suas chaves e o celular, que estava no balcão, e o guardou no bolso.

— Está de saída? — indagou Anna.

— Estou, vou aproveitar que ninguém vem aqui e vou trabalhar um pouco com os outros voluntários no Teatro Municipal. Aliás, faz um tempo que você não é vista por lá.

— Eu sei, estou um pouco atarefada no momento. Quer uma carona? Eu queria ir justamente ao Teatro Municipal para interrogar os voluntários a respeito de Stephanie.

— Será um prazer.

O Teatro Municipal ficava ao lado do Café Athena, ou seja, no extremo da rua principal, quase em frente ao começo da marina.

Como em todas as cidades pacatas, o acesso aos prédios públicos não era vigiado, e tudo que Anna e Cody precisaram fazer para entrar no teatro foi empurrar a porta principal. Atravessaram o saguão, depois a área da plateia, descendo o corredor central entre as fileiras de assentos de veludo vermelho.

— Imagine esse lugar daqui a um mês, cheio de gente — disse Cody com orgulho. — Tudo isso graças ao trabalho dos voluntários.

Subiu num só impulso os degraus até o palco e Anna foi atrás dele. Passaram por trás das cortinas e chegaram à coxia. Após um labirinto de corredores, empurraram uma porta de onde vinha o zum-zum-zum dos voluntários, que se espalhavam em todas as direções: alguns administravam a bilheteria, outros as questões logísticas. Numa sala, se preparavam para colar os cartazes e revisavam os folhetos que seguiriam para impressão. Ali perto, uma equipe em andaimes dedicava-se à montagem de um cenário.

Anna conversou demoradamente com todos os voluntários. Grande parte havia deixado o teatro na véspera para participar das operações de busca de Stephanie e vieram espontaneamente lhe perguntar se a investigação estava avançando.

— Não tão depressa quanto gostaríamos — confessou ela. — Mas sei que Stephanie vinha muito ao Teatro Municipal. Eu mesma cruzei com ela aqui várias vezes.

— Sim — concordou um senhor baixinho que administrava a bilheteria —, era para suas matérias sobre os voluntários. Ela não entrevistou você, Anna?

— Não — respondeu.

Ela nem mesmo tinha percebido sua presença.

— A mim também não — interveio um homem recém-chegado a Orphea.

— Provavelmente porque você é novo aqui — sugeriu alguém.

— Sim, é verdade — reforçou outro. — Você não estava aqui em 1994.

— Em 1994? — espantou-se Anna. — Stephanie referiu-se a 1994?

— Sim. Estava bastante interessada no primeiro festival de teatro.

— O que ela queria saber?

Para essa pergunta, Anna obteve respostas variadas, mas uma foi mencionada de modo recorrente: Stephanie fizera sistematicamente perguntas a respeito do bombeiro de plantão no teatro na noite da abertura. Compilando os depoimentos dos voluntários, era como se ela tentasse reconstituir em detalhes aquela noite.

Anna foi ao encontro de Cody no cubículo que lhe servia de escritório. Ele estava atrás de uma mesa improvisada, sobre a qual havia um velho computador e pilhas de documentos espalhados.

— Já terminou de incomodar meus voluntários, Anna? — disse ele em tom de brincadeira.

— Cody, será que por algum milagre você se lembra de quem era o bombeiro de plantão na noite de abertura do festival em 1994, e se ele ainda mora em Orphea?

Cody arregalou os olhos.

— Se eu me lembro? Meu Deus, Anna, hoje realmente todos os fantasmas estão ressurgindo. Era Ted Tennenbaum, justamente o culpado pelos assassinatos de 1994. E você não o encontrará em lugar nenhum, porque ele está morto.

ANNA KANNER

No outono de 2013, o clima bem-humorado que reinava na delegacia no momento de minha chegada não durou mais que dois dias, sendo logo substituído pelas primeiras dificuldades de integração. De início, elas se manifestaram num detalhe logístico. A primeira pergunta que todos se fizeram foi como deveriam proceder em relação aos banheiros. Na parte da delegacia reservada aos policiais, havia um banheiro em cada andar, todos concebidos para homens, com mictórios lado a lado e cabines individuais.

— Precisamos destinar um deles para as mulheres — sugeriu um policial.

— É, mas aí vai ser complicado se tivermos que ir a outro andar para mijar — respondeu um colega de unidade.

— Podemos estabelecer banheiros mistos — sugeri, para não complicar mais a situação. — A menos que isso seja um problema para alguém.

— Eu ficaria incomodado de mijar enquanto uma mulher faz sei lá o quê numa cabine bem atrás de mim — admitiu um de meus novos colegas, que começara a falar após erguer a mão, como se ainda estivesse na escola.

— Isso vai deixar você travado? — zombou alguém.

Todos desataram a rir.

Acontece que, na área de visitantes, a delegacia dispunha de banheiros separados para homens e mulheres, que ficavam bem ao lado do guichê da recepção. Ficou decidido que eu usaria o banheiro feminino dos visitantes, o que para mim era ótimo. O fato de eu ter que atravessar a recepção da delegacia sempre que queria ir ao banheiro não teria me incomodado se um dia eu não tivesse percebido as risadas de um guarda, que contava minhas idas e vindas.

— Cá entre nós, essa aí mija bastante — sussurrou para o colega com quem conversava, postado no guichê. — Já é a terceira vez hoje.

— Talvez esteja menstruada — comentou o outro.

— Ou se masturbe pensando em Gulliver.

Caíram na gargalhada.

— Queria mesmo é que ela se masturbasse pensando em *você*, não é? Viu como ela é gostosa?

O outro problema que surgiu na delegacia por conta dessa nova composição de policiais foi o vestiário. A delegacia tinha apenas um, equipado com chuveiros e armários individuais, no qual todos podiam trocar de roupa no início e no fim do serviço. Minha chegada, sem que eu pedisse nada a ninguém, fez com que qualquer membro masculino fosse proibido de acessar o vestiário. Na porta, embaixo da placa de metal na qual estava gravado VESTIÁRIO, o chefe Gulliver acrescentou a palavra *mulher*, no singular, em uma folha de papel.

— Cada sexo deve ter um vestiário exclusivo, é a lei — explicou Gulliver às suas tropas, que olhavam para ele ressabiadas. — O prefeito Brown insistiu que Anna tivesse um vestiário para se trocar. Portanto, senhores, de agora em diante trocarão de roupa em suas próprias salas.

Todos os agentes presentes começaram a resmungar, então propus que eu me trocasse em minha sala, mas o chefe Gulliver recusou.

— Não quero que os caras vejam você de calcinha, isso vai render muita confusão — acrescentou com uma risada. — É melhor manter a calça bem abotoada, se é que me entende.

Finalmente firmamos um compromisso: ficou decidido que eu trocaria de roupa em casa e viria para a delegacia já uniformizada. Todos ficaram satisfeitos.

Mas no dia seguinte, ao me ver sair do carro quando cheguei ao estacionamento da delegacia, o chefe Gulliver me chamou à sua sala.

— Anna, não quero que ande de uniforme em seu carro particular.

— Mas não tenho outro lugar para me trocar na delegacia — expliquei.

— Eu sei. É por isso que vou colocar uma de nossas viaturas sem identificação policial à sua disposição. Quero que a utilize para seus deslocamentos entre sua casa e a delegacia, quando estiver de uniforme.

Assim, passei a usar um veículo de propriedade da polícia, um 4x4 preto com vidros escuros, cujas sirenes ficavam escondidas no topo do para-brisa e nas grades do para-choque.

O que eu não sabia é que só havia dois carros sem identificação na polícia de Orphea. O chefe Gulliver pegara um deles para uso pessoal. O segundo, que ficava no estacionamento, era um tesouro cobiçado por todos os meus colegas e agora tinha sido atribuído a mim. Isso evidentemente irritou bastante os outros policiais.

— Isso é um privilégio! — queixaram-se eles durante uma reunião de improviso na sala de descanso da delegacia. — Mal chegou e já tem um monte de regalias.

— Vocês têm que escolher, companheiros — eu disse, quando se abriram comigo. — Alternem o carro entre vocês, mas me deixem com o vestiário, se preferirem. Por mim, tudo bem.

— É só você trocar de roupa na sua sala em vez de criar caso! — rebateram. — Está com medo de quê? De ser estuprada?

À minha revelia, o episódio do carro foi a primeira afronta feita a Montagne. Ele cobiçava aquele carro havia muito tempo e eu o tinha tirado dele bem debaixo do seu nariz.

— Deveria ter ficado comigo — choramingou ele, junto a Gulliver. — Afinal, sou o assistente do chefe de polícia! Com que cara vou ficar agora?

Mas Gulliver não quis saber de conversa.

— Olha só, Jasper — disse ele —, sei que essa situação é complicada. Para todo mundo e sobretudo para mim. Acredite, eu daria tudo para não passar por isso. As mulheres sempre criam tensão nas equipes. Elas têm muita coisa a provar. Isso sem mencionar quando engravidam e somos obrigados a fazer hora extra por conta disso!

Era um drama atrás do outro. Após as questões de logística, vieram os questionamentos sobre a minha legitimidade e minha competência. Eu chegava à delegacia como segunda assistente do chefe de polícia, um posto criado para mim. A razão oficial era que, ao longo dos anos, com o desenvolvimento da cidade, a polícia de Orphea vira suas missões ganharem repercussão, seus efetivos aumentarem, e a chegada de um terceiro oficial de comando deveria proporcionar ao chefe Gulliver e a seu assistente, Jasper Montagne, a necessária oportunidade de respirarem um pouco.

Primeiro me perguntaram:

— Por que eles precisaram criar um posto para você? É porque você é mulher?

— Não — expliquei —, primeiro o posto foi criado e depois eles procuraram alguém para ocupá-lo.

Depois se preocuparam:

— O que vai acontecer se você tiver que encarar um homem? Quer dizer, no fim das contas você é uma mulher sozinha numa viatura policial. Consegue dar conta sozinha de prender um cara?

— Você consegue? — perguntei de volta.

— Óbvio.

— Então por que eu não conseguiria?

E então me olharam de modo avaliador.

— Tem experiência em diligência?

— Tenho a experiência das ruas de Nova York — respondi.

— Não é a mesma coisa — rebateram. — O que fazia em Nova York?

Eu esperava que meu currículo os impressionasse.

— Eu era negociadora de uma unidade de gerenciamento de crise. Intervinha o tempo todo. Trabalhava com libertação de reféns, dramas familiares, ameaças de suicídio.

Mas meus colegas deram de ombros.

— Não é a mesma coisa — rebateram mais uma vez.

Passei meu primeiro mês formando dupla com Lewis Erban, um policial caquético em vias de se aposentar e que eu substituía no efetivo. Rapidamente aprendi sobre as patrulhas noturnas na praia e no parque municipal, a aplicação das infrações de trânsito, as intervenções em brigas na hora do fechamento dos bares.

Mesmo tendo mostrado serviço tanto na condição de oficial superior como nas intervenções, as relações no cotidiano ficaram ainda mais complicadas: a ordem hierárquica que prevalecia até então viu-se abalada. Durante anos, o chefe Ron Gulliver e Montagne haviam mantido um comando bicéfalo, dois lobos chefiando sua matilha. Gulliver ia se aposentar em 1º de outubro do ano seguinte, e todos davam como certo que Montagne seria seu sucessor. Era Montagne, aliás, que já ditava as regras na delegacia, e Gulliver fingia dar as ordens. Gulliver até era um homem simpático, mas um péssimo chefe, completamente manipulado por Montagne, que se apoderara do topo da hierarquia do comando havia muito tempo. Mas tudo isso mudara: com a minha chegada como segunda assistente do chefe de polícia, agora éramos três no comando.

Não foi preciso mais do que isso para que Montagne se lançasse numa intensa campanha de difamação a meu respeito. Convenceu todos os policiais a não se aproximarem muito de mim. Ninguém na delegacia queria ficar em maus lençóis com Montagne, então meus colegas evitaram cuidadosamente todo tipo de relação comigo para além de conversas profissionais. Eu sabia que no fim do dia, quando os caras falavam no vestiário de ir tomar uma cerveja, ele os repreendia:

— Nem pensem em convidar essa idiota para ir com vocês. A menos que queiram limpar as privadas da delegacia durante os próximos dez anos.

— Claro que não! — respondiam os policiais, assegurando sua lealdade.

Essa campanha de difamação orquestrada por Montagne não facilitou minha integração em Orphea. Meus colegas não queriam me encontrar depois do serviço, e meus convites para jantar com suas mulheres resultavam em recusas, cancelamentos de última hora e até mesmo bolos. Nem sei mais quantos domingos fiquei sozinha durante *brunches*, diante de uma mesa cheia de comida, preparada para oito ou dez pessoas. Minhas atividades sociais eram extremamente limitadas: às vezes eu saía com a mulher do prefeito, Charlotte Brown. Como eu gostava particularmente do Café Athena, na rua principal, simpatizei um pouco com a proprietária, Sylvia Tennenbaum, com quem às vezes eu batia um papo, ainda que não fôssemos amigas. Meu amigo mais próximo era meu vizinho, Cody Illinois. Quando ficava entediada, eu passava na livraria dele. Eventualmente dava-lhe uma mãozinha. Cody também comandava a associação dos voluntários do festival de teatro, da qual passei a participar com a chegada do verão, o que me ocupava uma noite por semana, durante a qual preparávamos o festival, que estava marcado para o fim de julho.

Na delegacia, assim que eu tive a leve impressão de começar a ser aceita, Montagne veio com tudo. Engatou a toda a velocidade, vasculhando meu passado e me dando apelidos carregados de subentendidos, como "Anna Atiradora" ou "Matadora", antes de dizer aos meus colegas:

— Fiquem de olhos abertos, pessoal, a Anna é rápida no gatilho. — Ele ria como um imbecil, depois acrescentava: — Anna, será que as pessoas sabem por que você saiu de Nova York?

Certa manhã, encontrei, colado na porta da minha sala, um antigo recorte de jornal com a manchete:

MANHATTAN: REFÉM É MORTO PELA POLÍCIA NUMA JOALHERIA

Eu irrompi na sala de Gulliver agitando o recorte de jornal.

— O senhor contou para ele, chefe? Foi o senhor que contou isso ao Montagne?

— Não tenho nada a ver com isso, Anna — garantiu ele.

— Então me explique como ele está sabendo disso!

— Está no seu registro. Ele deve ter dado um jeito de acessá-lo.

Montagne, decidido a se livrar de mim, sempre dava um jeito para que eu fosse escolhida para as missões mais chatas e ingratas. Quando eu estava sozinha em patrulha pela cidade ou nas redondezas, com frequência recebia um chamado de rádio da delegacia: "Kanner, aqui é a central. Preciso que responda a um chamado de emergência." Eu ligava a sirene e ia até o endereço indicado, e só ao chegar ao local percebia tratar-se de um incidente menor.

Gansos obstruíam a rodovia 17? Era para mim.

Um gato tinha subido numa árvore? Era para mim.

Uma idosa um pouco senil que ouvia incessantemente barulhos suspeitos e que ligava três vezes por noite? Era para mim também.

Tive inclusive direito a uma foto no *Orphea Chronicle*, numa matéria referente a vacas que haviam fugido do cercado. Lá estava eu, ridícula, coberta de lama, tentando desesperadamente reconduzir uma vaca para o pasto, puxando-a pelo rabo, com a seguinte manchete: A POLÍCIA EM AÇÃO.

A reportagem, obviamente, fez meus colegas zombarem de mim, com mais ou menos humor: encontrei um recorte deixado no limpador de para-brisa do carro que eu costumava usar, sobre o qual alguém escrevera à caneta preta: *Duas vacas em Orphea*. E como se isso não bastasse, meus pais vieram de Nova York para passar o fim de semana comigo.

— Foi para isso que veio para cá? — questionou meu pai ao chegar, brandindo à minha frente um exemplar do *Orphea Chronicle*. — Mandou seu casamento para o espaço para virar vaqueira?

— Pai, já vamos começar a brigar?

— Não, mas acho que você teria dado uma boa advogada.

— Eu sei, pai, faz quinze anos que você me diz isso.

— Quando penso que fez todos aqueles anos de direito para acabar como policial numa cidadezinha dessas... Que desperdício!

— Eu faço o que gosto, é o mais importante, não acha?

— Vou aceitar Mark como sócio — anunciou, então.

— Caramba, pai! — Eu suspirei. — Será que precisa mesmo trabalhar com meu ex-marido?

— Ele é um bom rapaz. Você sabe disso.

— Não comece, pai! — supliquei.

— Está disposto a perdoar você. Vocês poderiam voltar a ficar juntos, você poderia se juntar ao escritório...

— Tenho orgulho em ser policial, pai.

JESSE ROSENBERG

Terça-feira, 1º de julho de 2014
25 dias antes da abertura do festival

Fazia oito dias que Stephanie tinha desaparecido.

Na região, as pessoas só falavam nisso. Algumas estavam convencidas de que ela orquestrara sua fuga. A maioria acreditava que lhe acontecera uma desgraça e se preocupava em saber quem seria a próxima vítima. Uma mãe de família saindo para fazer compras? Uma garota a caminho da praia?

Naquela manhã de 1º de julho, Derek e eu encontramos Anna no Café Athena para tomar café da manhã. Ela nos falou do misterioso desaparecimento de Kirk Harvey, do qual nem eu nem Derek tínhamos conhecimento na época. Isso significava que remontava a depois da solução do quádruplo homicídio.

— Fui dar uma olhada nos arquivos do *Orphea Chronicle* — contou Anna. — E olhem o que descobri ao pesquisar as reportagens sobre o primeiro festival de 1994...

Ela nos mostrou a cópia de uma matéria cuja manchete era:

O GRANDE CRÍTICO OSTROVSKI

FALA SOBRE SEU FESTIVAL

Percorri rapidamente o início da reportagem. O célebre crítico nova--iorquino Meta Ostrovski comentava aquela primeira edição do festival. De repente, meus olhos se detiveram numa frase.

— Escute isso — disse a Derek. — O jornalista pergunta a Ostrovski quais são as surpresas boas e ruins do festival, e Ostrovski responde: "A boa surpresa é certamente (e todo mundo concordará com isso) a magnífica apresentação de *Tio Vânia*, estrelada por Charlotte Carell, que faz o papel de Elena. Quanto à surpresa ruim, é indiscutivelmente o mirabolante monólogo de Kirk Harvey. Um desastre do início ao fim, sendo indigno de um festival programar algo desse tipo. Eu diria mesmo que é uma ofensa aos espectadores."

— Ele disse *Kirk Harvey*? — repetiu Derek, incrédulo.

— Sim, ele disse Kirk Harvey — confirmou Anna, orgulhosa de sua descoberta.

— Que maluquice é essa? — perguntei, espantado. — O chefe de polícia de Orphea estava participando do festival?

— Como se não bastasse, Harvey foi interrogado sobre o quádruplo homicídio de 1994 — acrescentou Derek. — Logo, estava ligado ao crime e ao festival.

— Seria esta a razão pela qual Stephanie queria encontrá-lo? — indaguei. — Precisamos encontrá-lo de qualquer maneira.

Um homem podia nos ajudar na busca por Kirk Harvey: Lewis Erban, o policial que Anna substituíra em Orphea. Ele fizera toda a sua carreira na polícia de Orphea e certamente tinha convivido com Harvey.

Anna, Derek e eu decidimos lhe fazer uma visita. Quando chegamos, ele estava cuidando de um canteiro de flores em frente à sua casa. Ao deparar com Anna, seu semblante se iluminou com um simpático sorriso.

— Anna! Que prazer! — disse ele. — Você é a primeira dos nossos colegas a vir me visitar e ter notícias minhas.

— É uma visita com certos interesses — confessou Anna de cara. — Esses senhores que me acompanham são da polícia estadual. Gostaríamos de falar com você sobre Kirk Harvey.

Acomodados na cozinha, onde ele insistiu em nos servir um café, Lewis Erban declarou não fazer a mínima ideia do paradeiro de Kirk Harvey.

— Será que ele morreu? — perguntou Anna.

— Não faço ideia. Duvido. Que idade teria hoje? Em torno de 55 anos.

— Quer dizer que ele desapareceu em outubro de 1994, ou seja, logo depois da resolução do caso do assassinato do prefeito Gordon e de sua família, é isso? — continuou Anna.

— Sim. De um dia para o outro. Deixou uma estranha carta de demissão. Nunca soubemos o porquê disso.

— Houve uma investigação? — perguntou Anna.

— Para falar a verdade, não — respondeu Lewis, um pouco envergonhado, o nariz encostando na xícara de café.

— Como assim? — Anna sobressaltou-se. — O chefe de polícia larga tudo e ninguém procura saber nenhum detalhe sobre isso?

— A verdade é que todo mundo o detestava — respondeu Erban. — Quando desapareceu, o chefe Harvey já não estava mais no comando da polícia. Era seu assistente, Ron Gulliver, quem mandava e desmandava em tudo. Os policiais da delegacia não queriam mais lidar com ele. Odiavam o homem. Nós o chamávamos de chefe-sem-tropa.

— Chefe-sem-tropa?

Anna parecia surpresa.

— Isso mesmo. Todo mundo desprezava Harvey.

— Então por que ele foi nomeado chefe de polícia? — interveio Derek.

— Porque no começo nós o adorávamos. Era um homem carismático e muito inteligente. Um bom comandante, ainda por cima. Fanático por teatro. Sabe o que ele fazia em seu tempo livre? Escrevia peças de teatro! Passava os dias de folga em Nova York, assistia a todas as peças em cartaz por lá. Chegou inclusive a montar uma, que fez um pequeno sucesso com a trupe estudantil da universidade de Albany. Falaram dele no jornal e tudo o mais. Ele arranjou uma namorada linda, uma estudante que fazia parte da trupe. Em suma, era o cara. Tinha tudo. Tudo.

— O que aconteceu então? — indagou Derek.

— Seu momento de glória durou pouco mais de um ano — explicou Lewis Erban. — Embalado pelo sucesso, escreveu uma nova peça. Não falava em outra coisa. Dizia que ia ser uma obra-prima. Quando o festival de teatro de Orphea foi criado, fez de tudo para que a peça fosse apresentada na abertura. Mas o prefeito Gordon vetou. Disse que a peça era ruim. Eles discutiram muito por conta disso.

— Mas mesmo assim a peça foi apresentada no festival, não foi? Li uma crítica sobre ela nos arquivos do *Orphea Chronicle*.

— Ele apresentou um monólogo de sua autoria. Foi um desastre.

Então Derek foi direto ao ponto:

— Minha pergunta é: como Kirk Harvey conseguiu participar do festival se o prefeito Gordon não queria saber dele?

— É que o prefeito bateu as botas na noite de abertura do festival! Foi seu vice na época, Alan Brown, quem assumiu as rédeas da administração da cidade e Kirk Harvey conseguiu acrescentar sua peça ao programa. Não sei por que Brown aceitou. Sem dúvida tinha problemas mais importantes para resolver.

— Logo, foi só porque o prefeito Gordon morreu que Kirk Harvey conseguiu subir ao palco — concluí.

— Exatamente, capitão Rosenberg. Todos os dias, na segunda parte da noite, no Teatro Municipal. Foi um fiasco. Era lamentável. Só vocês vendo.

Ele foi ridicularizado na frente de todo mundo. Aliás, foi aí que começou seu fim: sua reputação estava destruída, a namorada o largou, tudo saiu dos eixos.

— Mas foi por causa dessa peça que os outros policiais começaram a detestar Harvey?

— Não — respondeu Lewis Erban —, não especificamente, pelo menos. Durante os meses que precederam o festival, Harvey nos comunicou que seu pai estava com câncer e fazia tratamento num hospital de Albany. Explicou que ia tirar uma licença não remunerada para cuidar dele durante essa fase. A história partiu o coração de todos na delegacia. Coitado do Kirk, com o pai moribundo. Tentamos levantar algum dinheiro para cobrir esses meses em que ele ficaria sem salário, promovemos vários eventos, chegamos a juntar nossas remunerações extras para que ele continuasse a ser pago durante sua ausência. Era nosso comandante e gostávamos dele.

— E o que aconteceu?

— Descobrimos a mentira: o pai na verdade estava em excelente estado de saúde. Harvey inventara essa história para ir a Albany preparar sua famosa peça de teatro. A partir desse momento, ninguém mais quis saber dele, nem lhe obedecer. Ele se defendeu, dizendo que fora flagrado mentindo e que nunca imaginara que fariam uma vaquinha para ajudá-lo. Isso só nos deixou mais irritados, pois aquilo queria dizer que ele não pensava como nós. A partir desse dia, não o consideramos mais nosso comandante.

— E quando aconteceu esse incidente?

— Descobrimos isso em meados de julho de 1994...

— Mas como a polícia funcionou sem chefe de julho a outubro?

— Ron Gulliver tornou-se o chefe de polícia de fato. Os caras respeitavam sua autoridade, tudo correu bem. A situação não era oficial, mas ninguém ficou contrariado porque, pouco depois, houve o assassinato do prefeito Gordon, e em seguida seu substituto, o prefeito Brown, viu-se às voltas durante os meses posteriores com casos mais importantes para resolver.

— No entanto — reagiu Derek —, colaboramos regularmente com Kirk Harvey durante a investigação sobre o homicídio.

— E quem mais da delegacia vocês contataram? — indagou Erban.

— Ninguém — admitiu Derek.

— E não acharam estranho falar somente com Kirk Harvey?

— Nem pensei nisso na época.

— Olhe só, isso não quer dizer que negligenciamos nosso trabalho — esclareceu Erban. — Afinal, era um quádruplo homicídio. Todas as chamadas da população foram levadas a sério, todas as solicitações da polícia estadual também. Mas, fora isso, Harvey realizou a própria investigação, sozinho. Ficou completamente obcecado pelo caso.

— Então havia um dossiê?

— É claro. Compilado por Harvey. Deve estar guardado na sala dos arquivos.

— Não tem nada lá — disse Anna. — Só uma caixa vazia.

— Talvez no escritório do subsolo — sugeriu Erban.

— Que escritório do subsolo? — indagou Anna.

— Em julho de 1994, quando descobrimos a história do falso câncer do pai, todos os policiais irromperam na sala de Harvey para pedir explicações. Aproveitando que ele não estava lá, começamos a fuçar e constatamos que ele passava mais tempo trabalhando em sua peça de teatro do que em suas funções de policial: havia manuscritos, roteiros. Decidimos fazer uma faxina: colocamos na trituradora de papel tudo que não dizia respeito às suas funções de chefe de polícia, e, para ser sincero, não sobrou muita coisa. Em seguida, desconectamos seu computador, pegamos sua cadeira e sua mesa e mudamos tudo para uma sala do subsolo. Uma espécie de almoxarifado, em meio a uma desordem descomunal, sem janela nem ar fresco. A partir desse dia, quando chegava à delegacia, Harvey descia diretamente para seu novo escritório. Pensávamos que ele não aguentaria uma semana, mas ficou três meses lá embaixo, até sumir de circulação, em outubro de 1994.

Ficamos momentaneamente boquiabertos com a cena de golpe de Estado descrita por Erban. No fim, concluí:

— Então, um belo dia, ele desapareceu.

— Sim, capitão. Lembro-me bem disso porque, na véspera, ele queria me contar alguma coisa de qualquer maneira.

Orphea, fim de outubro de 1994

Ao entrar no banheiro da delegacia, Lewis Erban encontrou Kirk Harvey lavando as mãos.

— Lewis, preciso falar com você — disse Harvey.

Erban a princípio fingiu não ouvir. Mas como Harvey o fitava, murmurou:

— Kirk, não quero me queimar com os outros...

— Olha só, Lewis, sei que fiz merda...

— Mas porra, Kirk, o que deu em você? Fizemos uma vaquinha para ajudá-lo...

— Eu não pedi nada! — protestou Harvey. — Eu tinha tirado uma licença não remunerada. Eu não estava incomodando ninguém. Foram vocês que se intrometeram.

— Então agora a culpa é nossa?

— Olha só, Lewis, você tem o direito de me odiar. Mas preciso da sua ajuda.

— Desista. Se os caras souberem que estou falando com você, vou acabar no subsolo também.

— Então vamos nos encontrar em outro lugar. Encontre-me hoje à noite no estacionamento da marina, por volta das oito horas. Vou contar tudo. É muito importante. Diz respeito a Ted Tennenbaum.

— Ted Tennenbaum? — repeti.

— Sim, capitão Rosenberg — confirmou Lewis. — Obviamente, não fui até lá. Ser visto com Harvey era como ter sarna. Essa foi minha última conversa com ele. No dia seguinte, ao chegar à delegacia, soube que Ron Gulliver tinha encontrado em sua mesa uma carta dele assinada de próprio punho, comunicando que Harvey partira e nunca mais voltaria a Orphea.

— Qual foi sua reação? — perguntou Derek.

— Disse a mim mesmo: *já foi tarde*. Honestamente, era o melhor para todo mundo.

Ao sair da casa de Lewis Erban, Anna nos disse:

— No Teatro Municipal, Stephanie ficou entrevistando os voluntários a fim de rastrear os passos de Ted Tennenbaum na noite da chacina.

— Merda — ralhou Derek.

Ele bufou. Então pensou que deveria esclarecer.

— Ted Tennenbaum era...

— ... o culpado pela chacina de 1994, eu sei — interrompeu-o Anna.

Então Derek acrescentou:

— Pelo menos foi no que acreditamos durante vinte anos. O que Kirk Harvey tinha descoberto sobre ele e por que nunca nos falou sobre isso?

* * *

Nesse mesmo dia, recebemos da polícia científica a análise do conteúdo do computador de Stephanie: no disco rígido só havia um único documento, em Word, protegido por uma senha que os peritos em informática decifraram com facilidade.

Abrimos o documento, os três aglomerados diante do computador de Stephanie.

— É um texto — constatou Derek. — Sem dúvida sua reportagem.

— Parece mais um livro — observou Anna.

Ela tinha razão. Ao ler o documento, descobrimos que Stephanie dedicava um livro inteiro ao caso. Transcrevo o começo aqui:

NÃO CULPADO
Por Stephanie Mailer

O anúncio estava entre uma propaganda de sapateiro e outra de um restaurante chinês que oferecia bufê liberado por menos de 20 dólares.

QUER ESCREVER UM LIVRO DE SUCESSO?
LITERATO PROCURA ESCRITOR AMBICIOSO PARA TRABALHO SÉRIO.
REFERÊNCIAS INDISPENSÁVEIS.

A princípio, não levei o anúncio a sério. Intrigada, decidi, apesar de tudo, discar o número que estava indicado. Um homem atendeu, mas não reconheci a voz imediatamente. Só compreendi tudo quando o encontrei, no dia seguinte, no café no SoHo onde ele tinha marcado comigo.

— Você? — falei, surpresa ao vê-lo.

Ele parecia tão espantado quanto eu. Explicou que precisava de alguém para escrever um livro que estava em sua mente havia muito tempo.

— Publico esse anúncio há vinte anos, Stephanie — contou ele. — Os candidatos que responderam a ele eram um pior que o outro.

— Mas por que está procurando alguém para escrever um livro por você?

— *Não é por mim. É para mim. Eu lhe dou o tema, você será a autora.*

— *Por que não escreve você mesmo?*

— *Eu? Impossível! O que as pessoas diriam? Imagine só... Enfim, resumindo, pagarei todas as suas despesas durante o trabalho. E depois você não terá mais com o que se preocupar.*

— *Por quê?*

— *Porque esse livro fará de você uma escritora rica e famosa, e de mim um homem mais tranquilo. Terei finalmente a satisfação de dar respostas para perguntas pelas quais sou obcecado há vinte anos. Além da felicidade de ver esse livro existir. Se você descobrir a chave do enigma, dará um magnífico romance policial. Os leitores vão ficar em êxtase.*

É preciso dizer que o livro tinha um estilo cativante. Nele, Stephanie contava que arranjara o emprego no *Orphea Chronicle* para conseguir investigar tranquilamente a chacina de 1994.

Por outro lado, era difícil distinguir o que era verdade e o que era ficção. Se ela descrevia apenas a realidade dos fatos, então quem era o misterioso patrocinador que lhe pedira para escrever aquele livro? E por quê? Ela não mencionava seu nome, mas sugeria que era um homem que ela conhecia e que aparentemente estava nas dependências do Teatro Municipal na noite do homicídio.

— *Talvez essa seja a razão pela qual eu esteja tão obcecado por essa notícia escabrosa. Eu estava naquela sala, a peça em vias de ser encenada. Uma versão bastante mediana de* Tio Vânia. *E eis que a verdadeira tragédia, apaixonante, se desenrolava a poucas ruas dali, no bairro de Penfield. Desde aquela noite, pergunto-me diariamente o que de fato pode ter acontecido, e diariamente penso que essa história daria um romance policial fantástico.*

— *Mas segundo minhas informações, o assassino foi desmascarado. Tratava-se de um tal de Ted Tennenbaum, dono de um restaurante em Orphea.*

— *Eu sei, Stephanie. Também sei que todas as evidências confirmam sua culpa. Mas não estou completamente convencido.*

Ele era o bombeiro de plantão no teatro aquela noite. Ora, um pouco antes das sete horas da noite, saí na rua para esticar as pernas e vi uma caminhonete passar. Era facilmente identificável pelo adesivo que estampava o vidro traseiro. Compreendi muito depois, lendo os jornais, que era o carro de Ted Tennenbaum. O problema é que não era ele quem estava ao volante.

— Que história é essa de caminhonete? — perguntou Anna.

— A caminhonete de Ted Tennenbaum é um dos pontos centrais que levaram à sua prisão — explicou Derek. — Uma testemunha declarou categoricamente que estava estacionada em frente à casa do prefeito pouco antes dos assassinatos.

— Então era mesmo a caminhonete dele, mas não era ele ao volante? — questionou-se Anna.

— É o que esse homem parece afirmar — falei. — Foi por isso que Stephanie veio falar que tínhamos nos enganado.

— Haveria então alguém desconfiado de que o culpado é outra pessoa, e que não disse nada esse tempo todo? — indagou Derek.

Um detalhe era evidente para nós três: se Stephanie tivesse desaparecido propositalmente, nunca teria ido embora sem seu computador.

Infelizmente, nossa convicção se revelaria correta na manhã seguinte, quarta-feira, 2 de julho, quando uma ornitóloga amadora que passeava às margens do lago dos Cervos notou algo flutuando ao longe, em meio às ninfeias e aos juncos. Intrigada, pegou o binóculo. Precisou de vários minutos para compreender. Era um cadáver.

DEREK SCOTT

Agosto de 1994. Nossa investigação estagnara: não tínhamos nem suspeito, nem a motivação para o crime. Sabíamos que o prefeito Gordon e sua família estavam prestes a partir de Orphea, mas não tínhamos nenhuma ideia do destino, nem da razão. Nada no comportamento de Leslie ou de Joseph Gordon havia alertado seus parentes e amigos, seus extratos bancários não indicavam nada fora do normal.

Mesmo sem saber o que motivou o crime, precisávamos de pistas concretas para rastrear os passos do assassino. Graças às perícias balísticas, sabíamos que a arma utilizada nos homicídios era uma pistola Beretta, e, a julgar pela precisão dos tiros, o culpado era relativamente bem habilidoso. Mas continuávamos perdidos tanto nos registros de armas como nas listas de membros das associações de tiro.

Dispúnhamos, contudo, de uma evidência importante, que poderia mudar o curso da investigação: o tal veículo que Lena Bellamy vira na rua logo antes dos assassinatos. Infelizmente, ela era incapaz de lembrar qualquer detalhe. Lembrava-se vagamente de uma caminhonete preta, com um imponente desenho no vidro traseiro.

Jesse e eu passamos horas com ela, mostrando-lhe imagens de todos os veículos possíveis e imagináveis.

— Seria mais ou menos assim? — perguntávamos.

Ela olhava atentamente as fotos que desfilavam à sua frente.

— É realmente difícil dizer — respondia.

— Quando diz caminhonete, seria mais uma van? Ou uma picape?

— Qual é a diferença entre as duas? Sabe, quanto mais carros vocês me mostram, mais minhas lembranças ficam embaralhadas.

Apesar da boa vontade de Lena, estávamos andando em círculos. E o tempo era nosso inimigo. O major McKenna nos pressionava loucamente.

— E então? — perguntava o tempo todo. — Digam-me que conseguiram alguma coisa, rapazes.

— Nada, major. É um verdadeiro quebra-cabeça.

— Precisam avançar de qualquer jeito, caramba. Por acaso me enganei a respeito de vocês? É um caso espinhoso e todo mundo na nossa divisão está torcendo para que fracassem. Sabem o que murmuram na máquina de café? Que vocês são amadores. Vão passar por otários, eu vou passar por otário, e tudo isso vai ser muito desagradável para todo mundo. Então, preciso que vivam em função dessa investigação. Quatro mortos à luz do dia... Tem de haver alguma coisa!

Vivíamos exclusivamente para essa investigação. Vinte horas por dia, sete dias por semana. Só fazíamos isso. Eu praticamente morava na casa de Jesse e Natasha. No banheiro deles, agora havia três escovas de dentes.

Foi graças a Lena Bellamy que o curso da investigação mudou.

Dez dias após os assassinatos, seu marido levou-a para jantar na rua principal. Desde aquela terrível noite de 30 de julho, Lena não saíra mais de casa. Estava preocupada, angustiada. Não deixava mais as crianças brincarem no parque em frente à sua casa. Preferia levá-las para longe dali, disposta a gastar 45 minutos na viagem de carro. Cogitava inclusive se mudar. Seu marido, Terrence, querendo ajudá-la a arejar a mente, conseguiu por fim convencê-la a aceitar um programa a dois. Ele queria conhecer o novo restaurante de que todo mundo falava, situado na rua principal, ao lado do Teatro Municipal. O Café Athena. Era o novo lugar da moda, e abrira bem a tempo de pegar o festival. As reservas eram disputadas: finalmente um restaurante digno desse nome em Orphea.

A noite estava maravilhosa. Terrence parara o carro no estacionamento da marina e eles haviam caminhado tranquilamente até o restaurante. O local era magnífico, dispunha de uma varanda cercada de arbustos floridos e era toda iluminada a velas. A fachada do restaurante era ampla e envidraçada, na qual estava desenhada uma série de linhas e pontos, que, à primeira vista, dava a impressão de um motivo tribal, antes que se percebesse que era uma coruja.

Ao ver a fachada, Lena Bellamy começou a tremer, petrificada.

— É o desenho! — disse ao marido.

— Que desenho?

— O desenho que vi na traseira da caminhonete.

Terrence Bellamy nos ligou imediatamente de uma cabine telefônica. Jesse e eu voamos até Orphea e encontramos os Bellamy estupefatos em seu carro, no estacionamento da marina. Lena Bellamy estava aos prantos. Ainda mais que, nesse ínterim, a famigerada caminhonete preta fora estacionada em frente ao Café Athena: o logo no vidro traseiro era idêntico ao da fachada. O motorista era um homem corpulento, que os Bellamy tinham visto entrar no estabelecimento. Conseguimos identificá-lo graças à placa do veículo: era Ted Tennenbaum, dono do Café Athena.

Decidimos não antecipar a prisão de Tennenbaum e optamos em começar a investigá-lo discretamente. Logo percebemos que ele correspondia ao perfil que procurávamos: Tennenbaum adquirira uma arma no ano anterior — mas que não era uma Beretta —, e treinava regularmente num estande de tiro da região, cujo dono nos informou que ele era bom de mira.

Segundo nossas informações, Tennenbaum vinha de uma família rica de Manhattan, o tipo de cara mimado que é impulsivo e brigão. Seu temperamento beligerante o fizera ser expulso da universidade de Stanford e inclusive o levara a passar uns meses na cadeia. O que em seguida não o impedira de comprar uma arma. Ele se estabelecera em Orphea havia poucos anos, aparentemente não chamara muita atenção. Tinha trabalhado no Palácio do Lago antes de se lançar na empreitada do negócio próprio: o Café Athena. E tinha sido justamente o Café Athena que colocara Ted Tennenbaum no meio de um grande desentendimento com o prefeito.

Certo de que seu restaurante seria um grande sucesso, Tennenbaum comprara um prédio situado na rua principal cujo preço elevado pedido pelo proprietário dissuadira os outros candidatos. No entanto, restava um problema de relativa importância: as licenças municipais não o autorizavam a abrir um restaurante naquele local. Tennenbaum estava convencido de que a prefeitura abriria uma exceção para ele, mas o prefeito Gordon não vira as coisas por esse ângulo. Opôs-se ferrenhamente ao projeto do Café Athena. Tennenbaum planejava construir um estabelecimento elegante, no estilo dos que havia em Manhattan, e Gordon não via naquilo nada de interessante para Orphea. Vetou qualquer derrogação a respeito da lei municipal e os funcionários da prefeitura relataram diversas discussões entre os dois homens.

Descobrimos então que, numa noite de fevereiro, o prédio fora devastado por um incêndio. A circunstância havia sido auspiciosa para Tennenbaum: a necessidade de reconstruir o prédio permitia mudar seus fins de utilização. Foi o chefe de polícia Harvey que nos contou esse episódio.

— Então o senhor está nos dizendo que, graças a esse incêndio, Tennenbaum pôde abrir seu restaurante.

— Exatamente.

— E o incêndio teve origem criminosa, imagino.

— Evidentemente. Mas não encontramos nada que pudesse provar que Tennenbaum fosse o responsável. De toda forma, essa obra do acaso aconteceu a tempo de Tennenbaum poder realizar as obras e abrir o Café Athena logo antes do festival. Desde então, está sempre cheio. Ele não admitia qualquer atraso nas obras.

E era esse ponto que seria determinante, pois várias testemunhas afirmaram que Gordon indiretamente ameaçara Tennenbaum, insinuando a possibilidade de embargar as obras. Gulliver, o assistente do chefe de polícia, nos contou inclusive que foi obrigado a intervir quando os dois homens partiram para as vias de fato no meio da rua.

— Por que ninguém nos falou desse litígio com Tennenbaum? — indaguei, perplexo.

— Porque isso aconteceu em março — respondeu Gulliver. — Era algo que nem estava mais na minha cabeça. Sabe, na política os ânimos se exaltam com facilidade. Tenho milhares de histórias iguais a essas. Precisa ver as sessões do conselho municipal: os caras se estranham o tempo todo. Isso não quer dizer que vão acabar atirando um no outro.

No entanto, para Jesse e para mim isso era mais do que o suficiente. Tínhamos algo concreto: Tennenbaum tinha uma motivação para matar o prefeito, era um atirador experiente e sua caminhonete fora identificada por uma testemunha diante da casa dos Gordon minutos antes do homicídio. Ao raiar do dia 12 de agosto de 1994, nós prendemos Tennenbaum em sua residência pelos assassinatos de Joseph, Leslie e Arthur Gordon, bem como de Meghan Padalin.

Chegamos triunfantes ao centro regional da polícia estadual e conduzimos Tennenbaum até sua cela sob os olhares estupefatos de nossos colegas e do major McKenna.

Mas nossa glória durou poucas horas. O tempo de Ted contratar Robin Starr, um ás dos tribunais de Nova York que veio de Manhattan assim que a irmã de Tennenbaum lhe pagou 100 mil dólares a título de adiantamento por seus honorários.

Na sala de interrogatório, Starr nos fez passar por uma tremenda humilhação sob o olhar desapontado do major e de todos os nossos colegas, que prendiam o riso e nos observavam atrás de um espelho falso.

— Já vi policiais sem qualquer faro investigativo — esbravejou Robin Starr —, mas vocês dois, minha nossa, são os campeões. Pode repetir sua história para mim, sargento Scott?

— É melhor não ser arrogante conosco — respondi. — Sabemos que seu cliente estava em litígio com o prefeito Gordon há vários meses por causa das obras de reforma do Café Athena.

Starr cravou os olhos em mim, com o semblante intrigado.

— As obras já foram encerradas, ao que me parece. Qual é o problema então, sargento Scott?

— As obras de construção do Café Athena não podiam sofrer nenhum atraso e sei que o prefeito Gordon tinha ameaçado o seu cliente de embargar tudo. Após um enésimo bate-boca, Ted Tennenbaum matou o prefeito, sua família e a coitada da moça que passou correndo em frente à casa. Como o senhor decerto sabe, Dr. Starr, seu cliente é um exímio atirador.

Starr concordou ironicamente.

— É uma história prodigiosa, sargento. Estou realmente pasmo.

Tennenbaum não reagia, limitando-se a deixar seu advogado falar em seu lugar, o que até ali funcionou muito bem, na verdade.

— Se terminou com a sua história para boi dormir, permita-me agora comentá-la — prosseguiu Starr. — Meu cliente não poderia estar na casa do prefeito Gordon em 30 de julho às sete horas da noite por uma boa e simples razão: ele era o bombeiro de plantão no Teatro Municipal. O senhor pode perguntar a qualquer um que esteve nas coxias aquela noite, e lhe dirão que viram Ted.

— Foi um vaivém constante aquela noite — argumentei. — Ted teria tempo de sair. Estava a poucos minutos de carro da casa do prefeito.

— Ah, claro, sargento! Então sua teoria é que o meu cliente foi até sua caminhonete e decidiu fazer uma rápida visitinha à casa do prefeito, então matou todos os que encontrou pelo caminho e, em seguida, voltou tranquilamente para reassumir seu posto no Teatro Municipal.

Decidi lançar meu trunfo. O que eu julgava ser o golpe de misericórdia. Após deixar que o silêncio se instalasse propositalmente, eu disse a Starr:

— A caminhonete do seu cliente foi reconhecida diante da casa da família Gordon minutos antes do homicídio. É a razão pela qual seu cliente está nesta delegacia e a razão pela qual só sairá daqui para ser conduzido a uma penitenciária federal, enquanto aguarda ser submetido ao crivo da justiça.

Starr fitou-me com severidade. Acreditei ter acertado na mosca. Então ele começou a aplaudir.

— Bravo, sargento. E obrigado. Fazia muito tempo que eu não me divertia tanto. Então seu castelo de cartas está assentado nessa mirabolante história da caminhonete? Sendo que sua testemunha foi incapaz de reconhecer o desenho durante dez dias, até que subitamente recuperou a memória?

— Como sabe disso? — estremeci.

— Porque faço meu trabalho, ao contrário do senhor! — vociferou Starr. — E o senhor deveria saber que nenhum juiz aceitará esse depoimento mentiroso! Logo, não dispõe de nenhuma prova material. Sua investigação é digna de um escoteiro. Deveria sentir vergonha, sargento. Se não tem nada a acrescentar, meu cliente e eu vamos nos despedir agora.

A porta da sala se abriu. Era o major, que nos fuzilou com o olhar. Deixou Starr e Tennenbaum passarem e, quando eles se foram, entrou na sala. Com um pontapé furioso, chutou uma cadeira, que caiu. Eu nunca o tinha visto tão irado.

— Então é essa a sua grande investigação? — bradou. — Eu pedi para vocês avançarem, para fazerem qualquer coisa!

Jesse e eu olhamos para o chão. Não demos um pio, e isso fez com que o major ficasse ainda mais irritado.

— O que vocês têm a me dizer, hein?

— Tenho a convicção de que Tennenbaum é o responsável pelo crime, major — falei.

— Que tipo de convicção, Scott? Uma convicção de policial? Que o deixará sem comer e dormir até encerrar esse caso?

— Sim, major.

— Então vão em frente! Caiam fora daqui vocês dois, e mergulhem de vez nessa investigação!

-6

Assassinato de uma jornalista

QUARTA-FEIRA, 2 DE JULHO – TERÇA-FEIRA, 8 DE JULHO DE 2014

JESSE ROSENBERG

Quarta-feira, 2 de julho de 2014
24 dias antes do festival

Na rodovia 17, uma frota de veículos de resgate, caminhões dos bombeiros, ambulâncias e dezenas de viaturas policiais vindos de toda a região bloqueavam o acesso ao lago dos Cervos. O tráfego fora desviado pela polícia rodoviária e faixas haviam sido colocadas nos pastos circundantes, de um trecho de floresta a outro, atrás das quais agentes montavam guarda, impedindo a passagem dos curiosos e jornalistas que chegavam.

A poucas dezenas de metros dali, no sopé de uma ligeira encosta, em meio à grama alta e a arbustos de mirtilo, Anna, Derek e eu, bem como o chefe de polícia Gulliver e alguns policiais, contemplávamos em silêncio o cenário de contos de fada de uma vasta extensão de água coberta por plantas aquáticas. Bem no meio do lago, uma mancha colorida podia por claramente percebida em meio à vegetação: um amontoado de carne branca. Um cadáver estava preso nas ninfeias.

Era impossível dizer, a distância, se era Stephanie. Estávamos à espera dos mergulhadores da polícia estadual. Enquanto isso, observávamos, impotentes e calados, o espelho d'água.

Na outra margem, policiais haviam chafurdado no lodo quando tentaram se aproximar.

— Os grupos de busca não percorreram esta área? — perguntei a Gulliver.

— Não chegamos até aqui. O local é pouco acessível. E as margens são impraticáveis, é só lodo e junco...

Ouvimos sirenes ao longe. Os reforços chegavam. Em seguida, surgiu o prefeito Brown, escoltado por Montagne, que fora buscá-lo na prefeitura. Por último, chegaram as unidades da polícia estadual. Um grande tumulto começou ali: policiais e bombeiros transportavam botes infláveis, seguidos por mergulhadores carregando pesadas caixas de equipamento.

— O que está acontecendo nesta cidade? — murmurou o prefeito, juntando-se a nós enquanto cravava os olhos nos suntuosos leitos de ninfeias.

Os mergulhadores prepararam todos os equipamentos e os botes infláveis foram levados até a água. Gulliver e eu embarcamos num deles. Adentramos o lago, seguidos por um segundo bote no qual vinham os mergulhadores. Os sapos e as aves calaram-se subitamente, e quando os motores das embarcações foram desligados, imperou um silêncio opressor. Os botes rasgaram os tapetes de ninfeias em flor e logo se aproximaram do cadáver. Os mergulhadores esgueiraram-se dentro d'água e desapareceram numa nuvem de bolhas. Agachei-me na parte frontal do bote e me debrucei para observar melhor o cadáver prestes a ser solto da vegetação pelos mergulhadores. Quando finalmente conseguiram virá-lo, recuei com um sobressalto. O rosto deformado pela água era de fato o de Stephanie Mailer.

A notícia da descoberta do corpo de Stephanie Mailer no lago dos Cervos mobilizou a região. Curiosos correram para lá, espremendo-se ao longo das barreiras policiais. A mídia local também apareceu em peso. Todo o acostamento da rodovia 17 se transformou numa grande e ruidosa festa.

Na margem para onde o corpo foi levado, o médico-legista, Dr. Ranjit Singh, fez uma análise preliminar antes de Anna, Derek, o prefeito Brown, o chefe de polícia Gulliver e eu nos reunirmos para um relatório geral da situação.

— Acredito que Stephanie Mailer tenha sido estrangulada — informou ele. O prefeito Brown levou as mãos ao rosto. O médico-legista prosseguiu:

— Vamos ter que esperar os resultados da autópsia para saber exatamente o que aconteceu, mas já identifiquei grandes hematomas no pescoço, assim como sinais de uma grave cianose. O cadáver apresenta também arranhões nos braços e no rosto, além de ferimentos nos cotovelos e joelhos.

— Por que ela não foi encontrada antes? — perguntou Gulliver.

— Corpos submersos demoram para chegar à superfície. A julgar pelo estado do corpo, a morte aconteceu há oito ou nove dias. Em todo caso, mais de uma semana.

— O que nos levaria à noite do desaparecimento — concluiu Derek. — Stephanie então teria sido raptada e morta.

— Senhor... — murmurou Brown, passando as mãos no cabelo, horrorizado. — Como isso é possível? Quem pode ter feito uma coisa dessas a essa pobre moça?

— É o que vamos ter de descobrir — respondeu Derek. — O senhor está diante de uma situação muito grave, senhor prefeito. Há um assassino na região, talvez na sua cidade. Ainda não conhecemos os motivos por trás dos atos dele e não podemos descartar a possibilidade de um novo ataque. Enquanto não o detivermos, vamos precisar ser ainda mais cuidadosos. Por via das dúvidas, talvez seja necessário traçar um plano de segurança com a polícia estadual a fim de oferecer apoio à polícia de Orphea.

— Um plano de segurança? — preocupou-se Brown. — Você não pode estar pensando nisso a sério. Vai assustar todo mundo! Vocês não se dão conta de que Orphea é uma cidade balneária? Se correr um boato de que um assassino está aqui à espreita, a temporada de verão irá para o espaço! Será que não compreendem o que isso significa para nós?

O prefeito Brown voltou-se para o chefe de polícia Gulliver e Anna, então perguntou:

— Por quanto tempo conseguem segurar essa informação?

— Todo mundo já está sabendo, Alan — respondeu Gulliver. — O boato já se espalhou pela região. Veja você mesmo, o acostamento da estrada virou um verdadeiro carnaval!

De repente fomos interrompidos por gritos: os pais de Stephanie haviam acabado de chegar e surgiram no alto da margem do lago.

— *Stephanie!* — berrou Trudy Mailer, transtornada, seguida pelo marido.

Derek e eu, vendo-os descer o barranco, nos adiantamos para impedi-los de avançar, poupando-lhes, assim, da visão do cadáver da filha, que jazia na margem junto à água e estava prestes a ser colocado em um saco mortuário.

— A senhora não deve ver isso — murmurei para Trudy Mailer, que me abraçava.

Ela começou a gritar e a chorar. Conduzimos Trudy e Dennis Mailer até um caminhão da polícia, onde uma psicóloga iria atendê-los.

Alguém precisava falar com a imprensa. Preferi deixar isso a cargo do prefeito. Gulliver, que não queria perder a oportunidade de aparecer na TV, insistiu em acompanhá-lo.

Os dois caminharam na direção da faixa de isolamento, atrás da qual jornalistas vindos de toda a região impacientavam-se. Havia emissoras de TV e fotógrafos, além de outros profissionais da imprensa. Quando o prefeito Brown e Gulliver se aproximaram, uma chuva de microfones e lentes avançou em sua direção. Com uma voz que se destacava da de seus colegas, Michael Bird fez a primeira pergunta:

— Stephanie Mailer foi assassinada?

Pairou um silêncio sepulcral.

— Temos de esperar o andamento da investigação — respondeu o prefeito Brown. — Sem conclusões precipitadas, por favor. Um comunicado oficial será emitido no devido tempo.

— Mas o cadáver encontrado no lago era mesmo o de Stephanie Mailer? — perguntou Michael.

— Não posso falar mais a respeito.

— Todos nós vimos os pais dela chegarem, senhor prefeito — insistiu Michael.

— Parece de fato tratar-se de Stephanie Mailer. — Brown foi obrigado a concordar, acuado. — Os pais ainda não fizeram a identificação formal do corpo.

Em seguida, o prefeito foi atacado por um enxame de perguntas vindas de todos os outros jornalistas presentes. A voz de Michael mais uma vez se sobressaiu:

— Stephanie então foi assassinada. Não vai querer nos dizer que o incêndio de seu apartamento foi uma coincidência, não é? O que está acontecendo em Orphea? O que está escondendo da população, senhor prefeito?

Brown, mantendo o sangue-frio, respondeu com uma voz calma:

— Compreendo suas questões, mas é fundamental permitir que os investigadores realizem o trabalho deles. Não farei comentários agora, não quero correr o risco de prejudicar o trabalho da polícia.

Michael, visivelmente abalado e exaltado, voltou a bradar:

— Senhor prefeito, pretende manter as comemorações do Quatro de Julho mesmo com a cidade estando de luto?

O prefeito Brown, pego desprevenido, teve apenas uma fração de segundo para responder.

— Por ora, declaro cancelados os fogos de artifício do feriado de Independência.

Um burburinho emanou dos jornalistas e curiosos.

Anna, Derek e eu examinávamos as margens do lago para tentar compreender como Stephanie fora parar ali. Derek julgava que a queda não fora premeditada.

— Na minha opinião — afirmou —, qualquer assassino um pouco mais cuidadoso teria colocado lastros no corpo de Stephanie para se certificar de que não subisse à superfície tão cedo. A pessoa que fez isso não planejou matá-la aqui, nem dessa maneira.

A maioria das margens do lago dos Cervos era inacessível a pé — e era isso que fazia dele um paraíso ornitológico —, pois eram cobertas por um juncal, vasto e denso, que se erguia feito uma muralha. Nessa verdadeira floresta virgem, dezenas de espécies de aves faziam ninho e viviam sossegadas. Outra parte do entorno do lago era limítrofe de uma densa floresta de pinheiros que seguia ao longo de toda a rodovia 17, até o mar.

Pareceu-nos a princípio que o acesso a pé só era possível pela ribanceira pela qual havíamos chegado. Contudo, observando atentamente a topografia do local, notamos que o capinzal perto da floresta apresentava sinais de ter sido esmagado recentemente. Alcançamos com muita dificuldade essa área: o solo era instável e pantanoso. Descobrimos então um lugar plano saindo da floresta, onde a lama fora remexida. Impossível afirmar com certeza, mas parecia haver pegadas.

— Aconteceu alguma coisa aqui — afirmou Derek. — Mas duvido que Stephanie tenha tomado o mesmo caminho que a gente. É muito mais íngreme. Na minha opinião, o único jeito de alcançar essa margem...

— É atravessando a floresta? — sugeriu Anna.

— Exatamente.

Acompanhados por alguns policiais de Orphea, realizamos uma busca minuciosa no trecho da floresta. Descobrimos galhos quebrados e sinais de que alguém havia passado por ali. Preso num arbusto, havia um pedaço de pano.

— Pode ser um pedaço da camiseta que Stephanie usava na segunda-feira — falei a Anna e Derek, recolhendo o tecido com luvas de látex.

Quando vi o corpo de Stephanie na água, só havia um calçado nele. No pé direito. Encontramos o esquerdo na floresta, preso num cepo.

— Então ela estava correndo pela floresta — concluiu Derek —, tentava fugir de alguém. Senão teria tido tempo de calçar novamente o sapato.

— E quem a seguia a alcançou na altura do lago, antes de afogá-la — acrescentou Anna.

— Você tem razão, Anna — aquiesceu Derek. — Mas ela teria corrido da praia até aqui?

Eram mais de oito quilômetros entre os dois pontos.

Seguindo os rastros através da floresta, saímos na estrada. A cerca de duzentos metros das barreiras policiais.

— Ela teria entrado por ali — disse Derek.

Mais ou menos nesse ponto, observamos marcas de pneu no acostamento. Então a pessoa que a seguia estava de carro.

No mesmo instante, em Nova York

Na sede da *Revista Literária de Nova York*, Meta Ostrovski contemplava pela janela de sua sala um esquilo saltitando no gramado de uma praça. Num francês quase perfeito, respondia por telefone a uma entrevista para uma revista intelectual parisiense pouco conhecida, que queria saber sua opinião sobre como a literatura europeia era recebida nos Estados Unidos.

— É claro! — exclamou Ostrovski, empolgado. — Se hoje sou um dos críticos mais proeminentes do mundo, é porque sou intransigente há trinta anos. A disciplina de uma mente inflexível, eis o meu segredo. Sobretudo, nunca amar. Amar é ser fraco!

— No entanto — rebateu a jornalista do outro lado da linha —, as más línguas dizem que os críticos literários são escritores frustrados...

— Tolices, querida — respondeu Ostrovski, rindo. — Eu jamais, repito, *jamais* conheci um crítico que sonhasse escrever. Os críticos estão acima disso. Escrever é uma arte menor. Escrever é juntar palavras que em seguida formam frases. Até um macaco adestrado pode fazer isso!

— Qual é o papel do crítico, então?

— Instituir o que é a verdade. Permitir que a massa veja o que é bom e o que não presta. Sabe, só uma ínfima parte da população consegue identificar, por si mesma, o que é de fato bom. Infelizmente, como hoje todo mundo quer dar sua opinião em tudo, com autênticas imbecilidades sendo alçadas às nuvens, nós, críticos, acabamos sendo obrigados a colocar um pouco de ordem no circo. Somos a polícia da verdade intelectual. É isso.

Terminada a entrevista, Ostrovski ficou pensativo. Como falara bem! Como era interessante! E a analogia dos macacos-escritores, que ideia brilhante! Resumira em poucas palavras a decadência da humanidade. Que orgulho ter um pensamento tão rápido e uma mente tão magnífica!

Uma secretária cansada abriu a porta da sala em completa desordem, sem bater.

— Bata antes de entrar, caramba! — urrou Ostrovski. — Aqui é o escritório de um homem importante.

Detestava aquela mulher. Desconfiava que fosse depressiva.

— Correspondência do dia — comentou ela, sem dar sinais de ter ouvido o que ele dissera.

Colocou uma carta sobre uma pilha de livros que esperavam para serem lidos.

— Uma única carta? Só isso? — perguntou Ostrovski, decepcionado.

— Só — respondeu ela, fechando a porta da sala ao sair.

Era uma pena aquela correspondência tão mirrada! Em sua época no *The New York Times*, recebia sacos cheios de cartas inflamadas dos leitores que não perdiam nenhuma de suas críticas ou crônicas. Mas isso fora antes; os belos dias de outrora, aqueles de sua onipotência, uma época passada. Hoje em dia não lhe escreviam mais, não era reconhecido na rua; nos teatros e cinemas, a fila de espectadores não se agitava quando o via passar, os autores não ficavam mais mofando na calçada diante de seu prédio para entregar seus livros e nos domingos não corriam para ler o caderno literário esperando encontrar uma resenha. Quantas carreiras ele não construíra com o brilho de suas críticas, quantos nomes não destruíra com suas frases fatais! Tinha conduzido ao Olimpo, tinha pisoteado. Mas isso fora antes. Hoje em dia não o temiam como naqueles tempos. Suas críticas só eram acompanhadas pelos leitores da *Revista Literária de Nova York*, que decerto tinha uma boa reputação, mas era lida numa escala bem menor.

Quando acordou aquela manhã, Ostrovski teve um pressentimento. Alguma coisa importante estava para acontecer e isso daria um novo rumo à sua carreira. Compreendeu então que era a carta. Aquela carta era importante. Seu instinto nunca o enganava, ele sabia se um livro era bom ou não apenas pela sensação que tinha ao tocá-lo. Mas o que aquela carta poderia conter? Não queria se precipitar. Por que uma carta e não um telefonema? Refletiu muito sobre o assunto... E se fosse um produtor querendo fazer um filme sobre sua vida? Após observar mais um pouco, com o coração acelerado, o envelope mágico, ele o rasgou com todo o cuidado e retirou dele uma folha de papel. Seus olhos foram direto para o remetente: *Alan Brown, prefeito de Orphea.*

Caro Sr. Ostrovski,

É com grande satisfação que o convido para o 21º festival de teatro de Orphea, no estado de Nova York. Sua reputação como crítico é incontestável e sua presença no festival este ano seria uma imensa honra para nós. Há vinte anos o senhor nos brindou com sua magnífica presença na primeira edição do festival. Seria uma alegria extraordinária podermos celebrar com o senhor. Evidentemente, todas as despesas de sua viagem seriam por nossa conta e o senhor ficaria muito bem hospedado.

A carta terminava com as habituais expressões de deferência. Em anexo, um programa do festival, bem como um folheto do escritório de turismo da cidade.

Que decepção aquela carta ridícula! Carta ridícula e desimportante, de um prefeito ridículo de uma cidade ridícula nos cafundós do judas! Por que não era convidado para eventos mais prestigiosos? Jogou a carta na lata de lixo.

Para arejar a mente, decidiu escrever sua próxima crítica para a revista. Como era de costume, pegou a última lista dos livros mais vendidos em Nova York, percorreu-a com o dedo até o que figurava em primeiro lugar e escreveu um texto fatal sobre aquele romance deplorável que ele nem tinha lido. Foi interrompido por um som vindo do computador, que anunciava que um e-mail tinha chegado. Ostrovski ergueu os olhos para a tela. Era de Steven Bergdorf, editor da revista. Perguntou-se o que Bergdorf podia querer com ele: tentara ligar mais cedo, mas ele estava ocupado com sua entrevista. Ostrovski clicou na mensagem:

Meta, como não se dignou a atender o telefone, escrevo para lhe dizer que está demitido da Revista Literária de Nova York. *Steven Bergdorf.*

Ostrovski pulou da cadeira e se precipitou para fora do escritório, atravessou o corredor e abriu bruscamente a porta do seu editor, que se encontrava sentado à sua mesa.

— COMO PODE FAZER ISSO COMIGO? — berrou.

— Puxa, Ostrovski! — disse Bergdorf, tranquilo. — Há dois dias tento falar com você.

— Como ousa me despedir, Steven? Perdeu a cabeça? A cidade de Nova York irá crucificá-lo! A multidão furiosa o arrastará através de Manhattan até a Times Square e lá o enforcarão num poste, está me ouvindo? E eu não poderei fazer nada por você. Direi a eles: "Parem! Deixem esse pobre homem, ele não tinha ideia do que estava fazendo!" E eles me responderão, loucos de raiva: "Só a morte pode vingar a afronta feita ao Grande Ostrovski."

Bergdorf fitou o crítico com o semblante ressabiado.

— Está me ameaçando de morte, Ostrovski?

— De-modo-algum! Pelo contrário: estou salvando sua vida enquanto ainda posso. O povo de Nova York ama Ostrovski!

— Ora, meu caro, pare com essa palhaçada! Os nova-iorquinos não dão a mínima para você. Eles nem sabem mais quem é você. Você está completamente ultrapassado.

— Fui o crítico mais temido dos últimos trinta anos!

— Justamente, é hora de mudar.

— Os leitores me adoram! Sou...

— *Uma versão melhorada de Deus* — interrompeu o editor. — Conheço seu slogan, Ostrovski. Você está ultrapassado. Siga em frente. É hora de dar espaço à nova geração. Sinto muito.

— Os atores se cagavam só de saber que eu estava na plateia!

— Sim, mas isso era antes, na época do telégrafo e dos dirigíveis!

Ostrovski se segurou para não o esbofetear. Não queria se rebaixar. Virou-se sem se despedir, algo que considerava a maior das ofensas. Voltou para o próprio escritório, pediu para a secretária trazer uma caixa de papelão, colocou ali suas lembranças mais preciosas e foi embora. Nunca havia sido tão humilhado na vida.

O burburinho corria solto em Orphea. Entre a descoberta do cadáver de Stephanie e o anúncio do cancelamento dos fogos de artifício do Quatro de Julho, a população estava em polvorosa. Enquanto Derek e eu continuávamos a investigação nas margens do lago dos Cervos, Anna foi chamada como reforço à prefeitura, onde uma manifestação acabara de começar. Diante do prédio municipal, um grupo de manifestantes, todos comerciantes da cidade, havia se reunido para exigir que os fogos de artifício fossem mantidos. Agitavam cartazes, queixando-se da situação.

— Se não houver o espetáculo dos fogos na sexta à noite, estou disposto a desistir de tudo — protestou um baixinho careca que tinha um quiosque de comida mexicana. — É a noite em que mais lucro em toda a temporada.

— E eu gastei uma fortuna para alugar um espaço na marina e contratar o pessoal — explicou outro. — Será que a prefeitura vai me reembolsar se os fogos forem cancelados?

— O que aconteceu com a Srta. Mailer é horrível, mas qual a conexão entre o que aconteceu e o feriado? Todo ano milhares de pessoas vêm à marina para assistir aos fogos. Chegam cedo, aproveitam para dar uma volta nas lojas da rua principal, depois comem nos restaurantes da cidade. Se não houver espetáculo, as pessoas não virão!

A manifestação estava sendo tranquila. Anna decidiu juntar-se ao prefeito Brown em sua sala do segundo andar. Encontrou-o de pé, diante da janela. Ele a cumprimentou enquanto observava as pessoas lá fora.

— As alegrias da política, Anna... Com o assassinato criando esse alvoroço na cidade, se eu mantiver as comemorações vão dizer que não tenho coração, e se cancelar sou o irresponsável que levará os comerciantes à falência.

Houve um momento de silêncio. Anna tentou reconfortá-lo um pouco:

— Aqui as pessoas gostam muito de você, Alan...

— Infelizmente, Anna, eu corro o grande risco de não ser reeleito em setembro. Orphea não é mais a mesma cidade e os moradores pedem mudanças. Preciso de um café. Aceita um café?

— Com prazer.

Anna achou que o prefeito pediria dois cafés à sua assistente, mas ele a arrastou até o final do corredor, onde havia uma máquina de bebidas. Inseriu uma moeda na máquina. Um líquido escuro caiu num copinho de papel.

Alan Brown impressionava, tinha um olhar intenso, parecia um ator. Vestia-se com esmero e seus cabelos grisalhos estavam sempre impecavelmente penteados. Assim que o primeiro café ficou pronto, ele ofereceu-o a Anna, depois repetiu a operação para pegar o seu.

— E se não fosse reeleito — disse Anna após molhar os lábios no café repugnante —, seria tão grave assim?

— Anna, sabe o que mais me agradou na primeira vez que vi você na marina, no último verão?

— Não...

— Nós compartilhamos ideais fortes, as mesmas ambições para nossa sociedade. Você poderia ter feito uma bela carreira como policial em Nova York. E há muito tempo eu poderia ter sido seduzido pela política e tentado ser eleito para o Senado ou o Congresso. Mas, no fundo, isso não nos interessa, porque temos a chance de alcançar em Orphea algo que nunca conseguiríamos em Nova York, Washington ou Los Angeles, isto é, uma cidade justa, uma sociedade que funciona, sem desigualdades gritantes. Quando o prefeito Gordon me convidou para ser seu vice, em 1992, tudo ainda precisava ser feito. Esta cidade era como uma página em branco. Consegui modelá-la o mais próximo possível de minhas convicções, tentando sempre pensar no que era *justo*, no que era melhor para o bem de nossa comunidade. Desde que sou prefeito, as pessoas ganham melhor, viram suas vidas se transformarem graças a serviços de melhor qualidade, mais benefícios sociais, e isso sem sofrerem com o aumento de impostos.

— Então por que acha que os cidadãos de Orphea não irão reelegê-lo?

— Porque o tempo passou e eles se esqueceram de tudo isso. Há uma diferença de quase uma geração do meu primeiro mandato até hoje. As expectativas mudaram, as exigências também, pois tudo é dado como certo. E além disso Orphea, próspera, desperta desejos, e há um monte de pequenos ambiciosos, ávidos por um pouco de poder, que ficariam contentes em conquistar a prefeitura. As próximas eleições podem marcar o fim da cidade, que será estragada pela vontade de poder, pela sede egoísta de governar que moverá meu sucessor.

— Seu sucessor? E quem é ele?

— Ainda não faço ideia. Ele vai dar o bote em breve, você vai ver. As candidaturas à prefeitura ainda podem ser registradas até o fim do mês.

O prefeito Brown dispunha de uma impressionante capacidade de recuperação. Anna percebeu isso ao acompanhá-lo até a casa dos pais de Stephanie, em Sag Harbor, no fim do dia.

Em frente à casa dos Mailer, protegida por uma faixa de isolamento da polícia, a atmosfera estava eletrizante. Uma multidão aglomerava-se na rua. Alguns eram curiosos atraídos pela agitação, outros queriam demonstrar apoio à família. Muitos empunhavam uma vela. Um altar havia sido improvisado junto a um poste, em torno do qual eram empilhados flores, mensagens e bichos de pelúcia. Alguns cantavam, outros rezavam, outros tiravam fotos. Havia também muitos jornalistas, vindos de toda a região, e parte da calçada fora invadida pelas vans das emissoras de TV locais. Assim que o prefeito Brown apareceu, os jornalistas correram até ele, a fim de questioná-lo acerca do cancelamento dos fogos do Quatro de Julho. Anna queria afastá-los para permitir que Brown seguisse seu trajeto sem ter de responder, mas ele a deteve. Queria falar com a imprensa. O homem, momentos antes acuado em sua sala, agora estava cheio de brio e seguro de si.

— Estou ciente das preocupações dos comerciantes de nossa cidade. Compreendo-os perfeitamente e sei que o cancelamento das festividades do Quatro de Julho pode pôr em risco uma economia local já frágil. Portanto, após consultar meu gabinete, decidi manter o espetáculo de fogos de artifício e dedicá-los à memória de Stephanie Mailer.

Contente com o efeito obtido, o prefeito não respondeu às perguntas e seguiu adiante.

Aquela noite, após ter deixado Brown em casa, Anna parou o carro no estacionamento da marina, de frente para o mar. Eram oito horas da noite. Pelos vidros abertos, o calor delicioso da noite entrava no veículo. Não queria ficar sozinha em casa, e muito menos sair para jantar sem companhia.

Telefonou para sua amiga Lauren, mas ela estava em Nova York.

— Não entendo, Anna. Quando jantamos juntas, você sempre vai embora na primeira oportunidade que tem e, quando estou em Nova York, me convida para jantar?

Anna não estava de bom humor para discutir. Desligou e foi até uma lanchonete da marina comprar alguma comida para viagem. Dirigiu-se então à sua sala na delegacia e jantou contemplando o quadro da investigação. De repente, ao bater os olhos no nome Kirk Harvey, voltou a pensar no que Lewis Erban dissera no dia anterior a respeito da mudança forçada do ex-chefe de polícia para o subsolo. De fato existia um cômodo que era usado como depósito e ela decidiu descer até lá. Ao empurrar a porta, foi tomada por uma estranha sensação de mal-estar. Imaginou Kirk Harvey naquele mesmo lugar, vinte anos antes.

Como a luz não funcionava mais, foi obrigada a iluminar a sala com sua lanterna. O espaço estava atulhado de cadeiras, armários, mesas bambas e caixas de papelão. Abriu caminho em meio àquele cemitério de móveis, até chegar a uma mesa de madeira envernizada, coberta de poeira e de objetos diversos, entre os quais ela notou uma placa de metal com CHEFE DE POLÍCIA

K. HARVEY gravado. Era a escrivaninha dele. Abriu as quatro gavetas. Três estavam vazias, a quarta resistiu. Essa tinha fechadura, e estava trancada. Anna pegou um pé de cabra na mesa ao lado e atacou o ferrolho, que cedeu com facilidade, e a gaveta foi aberta. No interior, havia uma folha de papel amarelado, na qual estava escrito à mão:

NOITE NEGRA

ANNA KANNER

Não há nada que me dê mais prazer do que as noites de patrulha em Orphea.

Não há nada que me dê mais prazer do que as ruas tranquilas e calmas, banhadas pelo calor das noites de verão de um céu azul-marinho estrelado. Percorrer lentamente os bairros sossegados e adormecidos, as venezianas fechadas. Cruzar com um pedestre insone ou moradores felizes que, aproveitando as horas noturnas, velam de sua varanda e saúdam minha passagem com um gesto amistoso.

Não há nada que me dê mais prazer do que as ruas do centro da cidade nas noites de inverno, quando de repente começa a nevar e o chão logo fica coberto por uma espessa camada branca. Esse momento em que você é a única criatura acordada, quando os veículos que retiram a neve das vias ainda não começaram sua dança, em que você é a primeira a deixar sua marca na neve ainda intocada. Sair do carro, patrulhar a pé na praça, ouvir a neve ranger sob seus passos e encher deliciosamente os pulmões com aquele frio seco e revigorante.

Não há nada que me dê mais prazer do que surpreender o passeio de uma raposa pela rua principal, nas primeiras horas da manhã.

Não há nada que me dê mais prazer, em qualquer estação, do que o nascer do sol na marina. Ver o horizonte, escuro como a tinta de uma caneta, ser perfurado por pontos cor-de-rosa e depois por manchas alaranjadas, e admirar a bola de fogo que se alça lentamente acima das ondas.

Eu me mudei para Orphea apenas alguns meses após ter assinado a papelada do divórcio.

Casei por impulso, com um homem cheio de qualidades, mas que não era o certo para mim. Acho que me casei logo por causa do meu pai.

Sempre mantive uma relação muito forte e próxima com meu pai. Somos grudados desde que eu era bebê. O que meu pai fazia eu queria fazer. O que meu pai dizia eu repetia. Aonde ele fosse, eu seguia seus passos.

Meu pai adora jogar tênis. Também joguei tênis no mesmo clube que ele. Aos domingos, costumávamos jogar um contra o outro e, à medida que os anos passavam, mais acirradas ficavam nossas partidas.

Meu pai gosta de palavras cruzadas. Pela maior das coincidências, também adoro esse jogo. Durante muito tempo passamos nossas férias de inverno em Whistler, na Colúmbia Britânica, esquiando. Todas as noites depois do jantar, nos acomodávamos no salão do nosso hotel para nos enfrentar nas palavras cruzadas, anotando escrupulosamente, partida após partida, quem havia ganhado e por quantos pontos de vantagem.

Meu pai é advogado, formado em Harvard, e foi com toda a naturalidade e sem me questionar que fui estudar direito na mesma universidade. Sempre tive a sensação de que era o que eu queria.

Meu pai sempre teve muito orgulho de mim. No tênis, nas palavras cruzadas, em Harvard. Em todas as circunstâncias. Nunca se cansava de ouvir as enxurradas de elogios a meu respeito. Gostava, principalmente, quando lhe diziam que eu era inteligente e bonita. Sei do orgulho que ele sentia ao notar os olhares se voltando para mim quando eu chegava a algum lugar, fosse numa festa, nas quadras de tênis ou no salão do nosso hotel em Whistler. Contudo, meu pai nunca conseguiu suportar nenhum dos meus namorados. A partir dos 16 ou 17 anos, nenhum dos garotos com quem tive alguma coisa era, aos olhos dele, direito, bom, bonito ou inteligente o suficiente para mim.

— Ora, Anna — dizia ele —, você pode arranjar coisa melhor!

— Eu gosto dele, papai. É o mais importante, não acha?

— Mas você se imagina casada com esse sujeito?

— Pai, eu tenho 17 anos! Ainda nem estou pensando nisso!

Quanto mais duradoura a relação, mais intensa era a campanha de oposição do meu pai. Os ataques nunca eram diretos, mas dissimulados. Sempre que podia, com uma observação banal, um detalhe, uma insinuação, ele destruía, lentamente mas com segurança, a imagem que eu tinha do meu namorado na época. E era inevitável: eu terminava o relacionamento, certa de que aquele rompimento era resultado da minha vontade, ou, pelo menos, era nisso que eu queria acreditar. E o pior era que, a cada namorado novo, meu pai me dizia:

— O outro pelo menos era um rapaz simpático, pena vocês terem terminado. Aliás, para ser sincero, eu não entendo o que você vê nesse aí.

E todas as vezes eu me deixava levar. Mas eu era mesmo tola a ponto de meu pai ser o responsável pelos meus rompimentos? Ou era eu que rompia, não por motivos específicos, mas apenas por não conseguir amar um homem que meu pai não apreciasse? Acho que era inconcebível eu me imaginar com alguém que meu pai desaprovasse.

Após concluir meus estudos em Harvard e passar nos exames para ser advogada em Nova York, comecei a trabalhar no escritório do meu pai. A aventura durou um ano, ao fim do qual descobri que a justiça, sublime em seu princípio, era uma máquina emperrada e onerosa, burocrática e sobrecarregada, da qual, no fundo, nem os vencedores saíam incólumes. Logo adquiri a convicção de que seria melhor para a justiça se eu pudesse aplicá-la preventivamente, e que o trabalho prático tinha mais impacto do que o dos tribunais. Inscrevi-me na academia de polícia de Nova York, para enorme tristeza da minha família, em especial do meu pai, que não aceitou muito bem minha saída do escritório, torcendo para que meu interesse pela polícia fosse apenas resultado de um capricho e não de uma renúncia ao direito. Ele queria que eu interrompesse minha formação. Deixei a academia de polícia um ano mais tarde, como a melhor da turma e com elogios de todos os meus instrutores, e integrei, como inspetora, a divisão de homicídios do 55º distrito.

Gostei da profissão de cara, principalmente por suas ínfimas vitórias no cotidiano, que me fizeram perceber que, face à violência da vida, um bom policial pode ser um ótimo remédio.

Minha vaga no escritório do meu pai foi oferecida a um advogado experiente, Mark, poucos anos mais velho do que eu.

A primeira vez que ouvi falar em Mark foi num jantar de família. Meu pai era só admiração.

— Um rapaz brilhante, talentoso, bonitão. Tem tudo a ver com você. Até joga tênis.

Depois, de repente, as palavras que eu o ouvi pronunciar pela primeira vez na vida:

— Tenho certeza absoluta de que você gostaria dele. Eu queria que vocês se conhecessem.

Eu estava numa fase da vida em que queria muito conhecer alguém. Mas os encontros que eu tinha não resultavam em nada sério. Depois da academia de polícia, meus relacionamentos duravam o tempo de um primeiro jantar ou uma primeira saída: ao descobrirem que eu era policial, e ainda por cima da divisão de homicídios, as pessoas se entusiasmavam e me metralhavam com perguntas. Eu me tornava o centro das atenções. E, muitas vezes, meu namorado dizia algo do tipo: "É difícil ficar com você, Anna. As pessoas só se interessam por você, fico com a impressão de que eu não existo. Acho que preciso ficar com alguém com quem eu possa ter mais espaço."

Enfim conheci o famoso Mark numa tarde em que passei no escritório para ver meu pai, e então descobri, com alegria, que ele não sofria do tal complexo que os outros demonstravam ter: com seu charme natural, Mark atraía os olhares e era fácil conversar com ele. Conhecia todos os assuntos, sabia fazer quase tudo e, quando não era o caso, sabia admirar quem soubesse. Eu olhava para ele como nunca tinha olhado para ninguém antes, talvez porque meu pai o observasse com extrema admiração. Ele o adorava. Mark era seu queridinho e eles começaram até mesmo a jogar tênis juntos. Meu pai se empolgava todas as vezes que me falava sobre ele.

Mark me convidou para tomar um café. Logo nos entendemos. Imperava uma química perfeita, uma energia impressionante. No terceiro café, ele me levou para a cama. Nenhum dos dois falou sobre o assunto com meu pai e, finalmente, uma noite, quando jantávamos juntos, ele me disse:

— Eu queria muito que a coisa entre nós ficasse mais séria...

— É...? — perguntei com apreensão.

— Sei quanto seu pai a admira, Anna. Ele é muito exigente. Não sei se ele gosta o suficiente de mim.

Quando relatei essas palavras ao meu pai, ele passou a adorá-lo ainda mais, como se isso fosse possível. Chamou-o à sua sala e abriu uma garrafa de champanhe.

Quando Mark me contou esse episódio, tive um acesso de riso de alguns minutos. Peguei um copo, ergui-o no ar e, imitando a voz grave do meu pai e seu gestual paternalista, declarei:

— Ao homem que trepa com a minha filha!

Foi o início de uma aventura apaixonante que se transformou numa relação amorosa de verdade, no melhor sentido da palavra. O primeiro marco no nosso relacionamento foi o jantar na casa dos meus pais. E vi algo inédito ao longo dos últimos quinze anos da minha vida: meu pai radiante, afável e atencioso com um homem que me acompanhava. Após ter acabado com todos os precedentes, eis que meu pai se mostrava completamente maravilhado:

— Que sujeito! Que sujeito! — disse ao telefone, no dia seguinte ao jantar.

— Ele é extraordinário! — exagerou minha mãe, fazendo coro.

— Trate de não o afugentar como os outros! — teve o disparate de acrescentar meu pai.

— Sim, esse vale ouro — afirmou minha mãe.

Meu aniversário de um ano de namoro com Mark coincidiu com as nossas tradicionais férias para esquiar na Colúmbia Britânica. Meu pai sugeriu que viajássemos todos juntos para Whistler e Mark topou na hora.

— Se sobreviver a cinco noites seguidas com meu pai, e principalmente aos campeonatos de palavras cruzadas, você ganha uma medalha!

Não só sobreviveu, como ganhou três vezes. Além disso, ele esquiava como um deus e, na última noite, enquanto jantávamos no restaurante, um cliente da mesa ao lado teve um ataque cardíaco. Mark ligou para a emergência enquanto prestava os primeiros socorros à vítima que aguardava a ambulância.

O homem foi salvo e levado ao hospital. Enquanto os socorristas o carregavam numa maca, o médico que viera com eles apertou a mão de Mark com admiração.

— O senhor salvou a vida deste homem, cavalheiro. O senhor é um herói.

Todo o restaurante o aplaudiu e o dono não quis que pagássemos o jantar.

Foi esse episódio que meu pai contou no nosso casamento, um ano e meio depois, para demonstrar aos convidados o homem excepcional que Mark era. E eu estava radiante em meu vestido branco, devorando meu marido com os olhos.

Nosso casamento duraria menos de um ano.

JESSE ROSENBERG

Quinta-feira, 3 de julho de 2014
23 dias antes do festival

Primeira página do *Orphea Chronicle*:

O ASSASSINATO DE STEPHANIE MAILER
TERIA LIGAÇÃO COM O FESTIVAL DE TEATRO?

O assassinato de Stephanie Mailer, jovem jornalista do Orphea
Chronicle, *cujo corpo foi encontrado no lago dos Cervos, atordoa
a cidade. A população mostra-se inquieta e a prefeitura encontra-
-se sob pressão no momento, que coincide com o começo da
temporada de verão. Será que um assassino circula entre nós?*

*Uma anotação encontrada no carro de Stephanie faz menção
ao festival de teatro de Orphea e sugere que sua vida teria sido o
preço pago pela investigação que ela realizava para este jornal
sobre o assassinato do criador do festival, o prefeito Gordon,
bem como de sua família, em 1994.*

Anna mostrou o jornal a mim e a Derek quando nos encontramos naquela manhã no centro regional da polícia estadual, onde o Dr. Ranjit Singh,
médico-legista, deveria nos entregar os primeiros resultados da autópsia do
corpo de Stephanie.

— Só faltava essa! — irritou-se Derek.

— Fui idiota ao comentar essa anotação com Michael — admiti.

— Cruzei com ele no Café Athena antes de vir para cá, acho que ele não
está lidando bem com a morte de Stephanie. Diz que se sente um pouco
responsável. No que deram as análises da polícia científica?

— Infelizmente, as marcas de pneu no acostamento da rodovia 17 são
inutilizáveis. Em contrapartida, o sapato é de fato de Stephanie e o pedaço de tecido é da camiseta que ela usava. Também detectaram uma marca
do sapato no acostamento.

— O que confirma que ela atravessou a floresta naquele ponto — concluiu Anna.

Fomos interrompidos pela chegada do Dr. Singh.

— Obrigado pelo trabalho ágil — agradeceu Derek.

— Eu queria que os senhores fizessem algum progresso antes do feriado de Quatro de Julho — respondeu ele.

Dr. Singh era um homem elegante e afável. Colocou os óculos para poder ler alguns pontos essenciais de seu relatório.

— Descobri algumas coisas bastante incomuns. Stephanie Mailer morreu por afogamento. Encontrei grande volume de água em seus pulmões e estômago, bem como lodo na traqueia. Há sinais claros de cianose e insuficiência respiratória, o que significa que ela resistiu, quer dizer, se debateu: descobri hematomas na nuca deixados por uma mão grande, o que pode significar que seu pescoço foi agarrado com força para mergulhar sua cabeça na água. Além dos resíduos de lodo na traqueia, há lodo também em seus lábios, dentes e no topo da cabeça, o que indica que a mantiveram afundada numa parte rasa.

— Ela foi violentada antes do afogamento?

— Não há nenhum vestígio de golpes violentos, isto é, Stephanie não foi agredida, nem espancada. Tampouco sofreu agressão sexual. Acho que Stephanie estava fugindo de seu assassino e que ele a alcançou.

— *Ele*? — indagou Derek. — Então, para o senhor, é um homem?

— A julgar pela força necessária para manter alguém debaixo d'água, estou inclinado a dizer que foi um homem, sim. Mas também pode ter sido uma mulher bem forte, certo?

— Então ela estava correndo na floresta? — insistiu Anna.

Singh aquiesceu.

— Identifiquei múltiplas contusões e marcas no rosto e nos braços, causadas por arranhões de galhos. O pé descalço do cadáver também possui marcas. Logo, ela devia estar correndo na floresta e esfolou a sola do pé nos galhos e nas pedras. Havia ainda sinais de terra sob as unhas. Acho que ela caiu no barranco e que o assassino teve apenas que empurrar sua cabeça para dentro da água.

— Seria então um crime não premeditado — ponderei. — O responsável não tinha planejado matá-la.

— Eu ia chegar lá, Jesse — continuou o Dr. Singh, nos mostrando fotos de detalhes dos ombros, cotovelos, das mãos e dos joelhos de Stephanie.

Nelas, era possível ver feridas avermelhadas e sujas.

— Parecem queimaduras — murmurou Anna.

— Isso mesmo — concordou Singh. — São escoriações relativamente superficiais nas quais encontrei pedaços de asfalto e cascalho.

— Asfalto? — repetiu Derek. — Acho que não estou entendendo, doutor.

— Muito bem — disse Singh —, pelo local das feridas, elas resultam de uma queda no asfalto, isto é, numa estrada. O que pode significar que Stephanie se atirou de um carro em movimento antes de fugir pela floresta.

As conclusões de Singh seriam corroboradas por dois depoimentos importantes. O primeiro foi de um adolescente de férias com os pais na região e que todas as noites se encontrava com um grupo de amigos na praia perto da qual tínhamos descoberto o carro de Stephanie. Foi Anna que o interrogou depois que seus pais, alertados por todo o alvoroço da imprensa, nos procuraram ao considerarem que o garoto pudesse ter visto alguma coisa importante. Tinham razão.

Segundo o Dr. Singh, a morte de Stephanie ocorrera na noite de segunda para terça-feira, ou seja, a noite de seu desaparecimento. O adolescente explicou que justamente na segunda-feira, 26 de junho, ele se afastara do grupo para telefonar mais à vontade para sua namorada, que ficara em Nova York.

— Sentei numa pedra — contou o garoto. — Dali, eu via bem o estacionamento, que, lembro, estava completamente deserto. Depois, de repente, vi uma moça vir pela trilha que saía da floresta. Ela esperou um pouco, até as dez e meia. Sei disso porque foi a hora que terminei a ligação. Verifiquei no celular. Nesse momento, um carro chegou ao estacionamento. Vi a mulher por causa da luz dos faróis e percebi que era uma moça usando uma camiseta branca. O vidro do lado do passageiro estava abaixado, ela trocou uma palavrinha com a pessoa ao volante, depois entrou e se sentou no banco do carona. O carro arrancou na mesma hora. Será que foi a moça que morreu...?

— Vou verificar — respondeu Anna, para não chocá-lo sem necessidade. — Será que você poderia me descrever o carro? Notou algum detalhe relevante? Talvez tenha visto a placa... Ou parte dela? E o nome do estado?

— Não, sinto muito.

— O motorista era homem ou mulher?

— Impossível dizer. Estava muito escuro e tudo aconteceu muito rápido. E não prestei tanta atenção. Se eu soubesse...

— Você já me ajudou bastante. Então confirma que a moça entrou no carro sem que a obrigassem?

— Ah, confirmo, sem dúvidas! Ela com certeza estava esperando pelo carro.

O adolescente então era a última pessoa a ter visto Stephanie ainda viva. A seu depoimento, somava-se o de um representante comercial de Hicksville que se apresentou no centro regional da polícia estadual. Declarou ter vindo a Orphea na segunda-feira, 26 de junho, para visitar clientes.

— Deixei a cidade por volta das dez e meia da noite — explicou. — Segui pela rodovia 17 para pegar a autoestrada. Chegando na altura do lago dos Cervos, vi um carro parado no acostamento, motor ligado, com as duas portas da frente abertas. O que, claro, me intrigou. Então diminuí a velocidade, pensei que alguém pudesse estar com algum problema. Isso acontece.

— Que horas eram?

— Por volta de 22h50. Em todo caso, ainda não eram onze, disso tenho certeza.

— O senhor diminuiu a velocidade e...?

— É, diminuí a velocidade, pois achei estranho aquele carro parado ali. Olhei em volta e então vi um vulto subindo o barranco. Pensei que era óbvio que se tratava de alguém que tinha precisado parar urgentemente para fazer xixi. Então deixei para lá. Pensei que, se aquela pessoa estivesse precisando de ajuda, teria feito um sinal. Voltei a me concentrar na minha viagem e fui para casa sem me preocupar mais com aquilo. Só recentemente, quando fiquei sabendo da notícia de um assassinato na beira do lago dos Cervos, segunda-feira à noite, que relacionei com o que tinha visto e pensei que talvez fosse importante.

— Por acaso viu essa pessoa? Era um homem? Uma mulher?

— A julgar pela silhueta, eu diria que era um homem. Mas estava muito escuro.

— E o carro?

Do pouco a que assistira, a testemunha descreveu o mesmo veículo que o adolescente tinha visto na praia quinze minutos antes. De volta à sala de Anna na delegacia de Orphea, pudemos cruzar esses diferentes dados e traçar a cronologia da última noite de Stephanie.

— Às seis horas da noite, ela chega ao Kodiak Grill — falei. — Espera alguém, provavelmente seu assassino, que não aparece, mas que, na realidade, está escondido no restaurante e a observa. Às dez horas, Stephanie sai do Kodiak Grill. O possível assassino liga para ela do telefone público do restaurante e marca um encontro na praia. Stephanie está nervosa e liga para Sean, mas ele não atende. Ela vai, então, para o ponto de encontro. Às dez e meia, o assassino vai pegá-la de carro. Ela aceita embarcar no veículo. Portanto, demonstra confiança suficiente nele, ou talvez o conheça.

Anna, com a ajuda de um imenso mapa da região pendurado na parede, traçou com uma caneta vermelha o caminho que o carro devia ter feito: partira da praia, pegara obrigatoriamente a Ocean Road, depois a rodovia 17, em direção nordeste, que contornava o lago. Da praia ao lago dos Cervos eram oito quilômetros, ou seja, quinze minutos de carro.

— Por volta das 22h45 — continuei —, percebendo que estava em perigo, Stephanie se joga do carro e foge através da floresta, até ser alcançada e afogada. O assassino rouba suas chaves e vai até a casa dela sem dúvida na própria noite de segunda-feira. Não encontrando nada lá, arromba a redação e escapa com o computador dela, mas de novo não é bem-sucedido. Stephanie fora muito prudente. Para ganhar tempo, o assassino envia uma mensagem à meia-noite para Michael Bird. Ele sabe que é o editor do jornal. A esta altura, o criminoso ainda tinha esperanças de conseguir botar as mãos na investigação conduzida por Stephanie. Porém, quando percebe que a polícia estadual suspeita de um desaparecimento, o assassino precisa se apressar. O homem retorna ao apartamento de Stephanie, mas eu apareço lá. Ele me ataca e volta na noite seguinte para incendiar o local, esperando, com isso, destruir o que Stephanie descobrira e que ele nunca encontrou.

Pela primeira vez desde o início do caso, enxergávamos a situação com um pouco mais de clareza. Mas, se para nós as coisas ficavam mais nítidas, na cidade a população estava quase indo à loucura, e a primeira página do *Orphea Chronicle* não melhorava em nada a situação. Cheguei a essa conclusão quando Anna recebeu uma ligação de Cody, que disse:

— Leu o jornal? O assassinato de Stephanie tem alguma ligação com o festival. Reuni os voluntários hoje às cinco da tarde no Café Athena para votarmos uma paralisação. Não estamos nos sentindo seguros. Talvez não haja festival este ano.

No mesmo instante, em Nova York

Steven Bergdorf voltava a pé para casa com sua mulher.

— Sei que a revista está passando por uma situação difícil — disse ela, em voz baixa —, mas que história é essa de não poder tirar férias? Você sabe que isso nos faria bem.

— Financeiramente, não me parece que seja o momento de fazer viagens extravagantes — repreendeu-a Steven.

— Extravagantes? — defendeu-se a esposa. — Minha irmã vai nos emprestar o trailer dela. A gente pode fazer uma viagem pelo país. Não vai sair muito caro. Vamos até o Parque Nacional de Yellowstone. As crianças sonham em visitar Yellowstone.

— Yellowstone? É perigoso demais, com os ursos e todas aquelas coisas.

— Ah, Steven, pelo amor de Deus! O que está acontecendo? — exasperou-se ela. — Você anda muito ranzinza nesses últimos tempos.

Chegaram em frente ao prédio. Steven estremeceu de repente. Alice estava ali.

— Bom dia, Sr. Bergdorf — disse Alice.

— Alice, que boa surpresa! — balbuciou ele.

— Trouxe os documentos de que o senhor precisa, é só assinar.

— Claro — respondeu Bergdorf, com uma interpretação que qualquer ator consideraria risível.

— São documentos urgentes. Como o senhor não estava no escritório à tarde, pensei em passar na sua casa para que os assinasse.

— É muita gentileza sua ter vindo até aqui — agradeceu Steven, sorrindo como um idiota para a mulher.

Alice estendeu-lhe uma pasta com diversas folhas. Ele a posicionou de modo que sua esposa não visse nada e consultou o primeiro papel, um folheto publicitário. Fingiu se interessar, antes de passar ao seguinte, que consistia numa página em branco na qual Alice escrevera:

> *Castigo por não ter me dado nenhuma notícia durante o dia: mil dólares.*

E logo abaixo, preso com um clipe, um cheque retirado do talão que ela lhe confiscara, já preenchido com o nome dela.

— Tem certeza de que o valor é este? — perguntou Bergdorf, com a voz trêmula. — Estou achando caro.

— É o preço justo, Sr. Bergdorf. Qualidade tem preço.

— Então eu assino.

Ele hesitou ao falar estas palavras.

Assinou o cheque de mil dólares, fechou a pasta e estendeu-a para Alice. Cumprimentou-a com um sorriso tenso e entrou apressado com a esposa no prédio. Alguns minutos mais tarde, trancado no banheiro e deixando a água correr na pia, telefonou para Alice.

— Está louca, Alice? — sussurrou, agachado entre o vaso sanitário e a pia.

— Onde você se meteu? Como que desaparece sem dar notícias?

— Eu tinha que resolver uma coisa — gaguejou Bergdorf —, e depois fui pegar minha mulher no trabalho.

— Resolver uma coisa? Que tipo de coisa, Stevie?

— Não posso falar.

— Se não me contar imediatamente, vou bater à sua porta e contar tudo para a sua mulher.

— Está bem, está bem! — implorou Steven. — Fui a Orphea. Escute, Alice, Stephanie foi assassinada...

— O quê?! Você foi lá, seu idiota? Ah, por que é tão idiota? O que vou fazer com você, imbecil?

Furiosa, Alice desligou. Entrou em um táxi e voltou para Manhattan: dirigiu-se à Quinta Avenida, na altura das lojas de luxo. Tinha mil dólares para gastar e pretendia se esbaldar.

O táxi deixou Alice nas proximidades da torre envidraçada que abrigava a sede do Canal 14, a poderosa emissora de TV a cabo. Numa sala de reunião do 53º andar, seu CEO, Jerry Éden, convocara os principais diretores.

— Como sabem, a audiência desse início de verão está péssima, para não dizer catastrófica — comunicou-lhes —, razão pela qual chamei-os aqui. Precisamos dar um jeito de reagir.

— Qual é o maior problema? — perguntou um dos responsáveis pelo setor de criação.

— A faixa das seis horas. Fomos completamente superados pelo Canal Assista!.

Assista! era o principal concorrente do Canal 14. O público era semelhante, a audiência era semelhante, o conteúdo era semelhante: os dois canais travavam uma batalha ferrenha, com contratos publicitários recordes para os programas mais importantes.

— Assista! está com um reality show que está arrasando — explicou o diretor de marketing.

— Qual é o conceito do programa? — perguntou Jerry Éden.

— Nada de mais. É apenas isso: o dia a dia de três irmãs. Elas vão almoçar, fazem compras, vão à academia, brigam, se reconciliam. O público acompanha a rotina delas.

— E qual é a profissão das três?

— Elas não fazem nada, senhor — explicou o vice-diretor de programação. — São pagas para não fazerem nada.

— É aí que poderíamos superá-los! — assegurou-lhes Jerry. — Fazendo um reality show mais calcado no cotidiano.

— Mas, senhor — replicou o diretor do segmento —, o público-alvo do reality show em geral é composto por pessoas de baixo poder aquisitivo e baixo nível de instrução. São pessoas que, quando ligam a TV, procuram algo que poderia ter saído de seus sonhos.

— Justamente — respondeu Jerry. — Precisamos de um conceito que coloque o espectador cara a cara com ele mesmo, com suas ambições. Um reality show que o impulsione a seguir adiante! Poderíamos apresentar um novo conceito na grade. Precisamos acertar em cheio! Já vejo a chamada: "Canal 14. O sonho mora dentro de você!"

A proposta despertou uma onda de entusiasmo.

— Muito bom, excelente! — aprovou o diretor de marketing.

— Quero um programa que represente uma guinada na nova grade. Quero virar tudo de cabeça para baixo, quero lançar, até setembro, um conceito genial para arrebatar o público. Dou-lhes exatamente dez dias: segunda-feira, 14 de julho, quero uma proposta de programa-piloto que comece em setembro.

Jerry suspendeu a reunião. Enquanto os participantes deixavam a sala, seu celular tocou. Era Cynthia, sua esposa. Ele atendeu.

— Jerry, faz horas que estou tentando falar com você — censurou-o Cynthia.

— Sinto muito, eu estava em reunião. Você sabe que estamos planejando a programação da nova temporada e que a coisa anda tensa por aqui. O que houve?

— Dakota chegou às onze da manhã. Ainda estava bêbada.

Jerry suspirou, completamente impotente.

— E o que quer que eu faça, Cynthia?

— Ora, Jerry, ela é nossa filha! Você ouviu o que o Dr. Lern disse: precisamos tirá-la de Nova York.

— Como se tirá-la de Nova York fosse resolver tudo!

— Não seja tão resignado, Jerry! Ela tem apenas 19 anos. Precisa de ajuda.

— Não venha me dizer que não tentamos ajudá-la...

— Você não se dá conta do que ela está passando, Jerry!

— Eu me dou conta principalmente de que tenho uma filha de 19 anos que é uma drogada! — exaltou-se, mas ainda assim tomou o cuidado de sussurrar para não ser ouvido.

— Conversaremos pessoalmente — propôs Cynthia para acalmá-lo. — Onde você está?

— *Onde eu estou*?

— Sim, a sessão com o Dr. Lern é às cinco horas da tarde — lembrou Cynthia. — Não me diga que se esqueceu?

Os olhos de Jerry se arregalaram: tinha esquecido completamente. Voou para fora de sua sala e seguiu às pressas na direção do elevador.

Por milagre, chegou pontualmente ao consultório do Dr. Lern na Madison Square. Seis meses antes, Jerry consentira fazer terapia de família uma vez por semana com a mulher, Cynthia, e a filha, Dakota.

Os Éden ocuparam seus lugares num sofá de frente para o terapeuta, sentado em sua poltrona de sempre.

— E então? — perguntou o Dr. Lern. — O que aconteceu desde a última sessão?

— O senhor quer dizer há quinze dias — provocou Dakota —, já que meu pai se esqueceu de aparecer semana passada...?

— Peço desculpas por trabalhar para pagar as despesas insanas desta família! — defendeu-se Jerry.

— Ah, Jerry, por favor, não comece! — suplicou a mulher.

— Eu disse apenas "última sessão" — lembrou o terapeuta com uma voz neutra.

Cynthia procurou estimular a conversa de maneira construtiva:

— Eu disse a Jerry que ele deveria passar mais tempo com Dakota.

— E o que pensa disso, Jerry? — quis saber o Dr. Lern.

— Penso que esse verão vai ser complicado: precisamos fechar o conceito para um programa. A concorrência está acirrada e precisamos desenvolver um novo programa até o outono de qualquer jeito.

— Jerry! — irritou-se Cynthia. — Você deve ter alguém para substituí-lo, não? Você nunca tem tempo para ninguém, só para o trabalho!

— Tenho uma família e um psiquiatra para sustentar — retorquiu cinicamente Jerry.

Dr. Lern não fez comentários.

— De toda forma, você só pensa no seu trabalho de merda, pai!

— Não utilize esse tipo de vocabulário — ordenou Jerry.

— Jerry — chamou o terapeuta —, o que acha que Dakota está tentando lhe dizer quando fala nesses termos?

— Que esse *trabalho de merda* paga o celular dela, as roupas, a porra do carro e tudo o que ela fica cheirando!

— Dakota, o que você está tentando dizer ao seu pai? — indagou Lern.

— Nada. Mas quero um cachorro — respondeu Dakota.

— Cada vez mais coisas — lamentou-se Jerry. — Primeiro você quer um computador, agora um cachorro...

— Não fale mais nesse computador! — defendeu-se Dakota. — Não fale nisso nunca mais!

— Esse computador foi um pedido de Dakota? — perguntou Lern.

— Foi — explicou Cynthia. — Ela gosta tanto de escrever...

— E por que não um cachorro? — questionou o psiquiatra.

— Porque ela não é responsável — disse Jerry.

— Como você pode saber se não me deixa tentar? — protestou Dakota.

— Vejo como você cuida de si mesma e isso é o suficiente para mim! — alfinetou o pai.

— Jerry! — gritou Cynthia.

— Em todo caso, ela quer um cachorro porque sua amiga Neila comprou um — explicou Jerry, de maneira didática.

— É *Leyla*, não *Neila*! Você não sabe nem o nome da minha melhor amiga!

— Essa garota é sua melhor amiga? Ela deu o nome de Marijuana para o cachorro.

— Ora, Marijuana é uma gracinha! Ele tem dois meses e já é limpinho!

— O problema não é esse, caramba! — irritou-se Jerry.

— Qual é o problema então? — perguntou o Dr. Lern.

— O problema é que essa Leyla é uma péssima influência para minha filha. Sempre que estão juntas, fazem besteira. Quer minha opinião? Tudo que aconteceu não é culpa do computador, e sim dessa Leyla!

— O problema é você, pai! — exclamou Dakota. — Porque você é muito burro e não entende nada!

Ela se levantou do sofá e abandonou a sessão, que durou apenas quinze minutos.

Às 17h15, Anna, Derek e eu chegamos ao Café Athena em Orphea. Vimos uma mesa no fundo e nos sentamos discretamente. O estabelecimento estava tomado por voluntários e curiosos que queriam assistir à estranha reunião que estava acontecendo ali. Cody, levando muito a sério seu papel de presidente dos voluntários, estava em pé sobre uma cadeira e martelava frases que a multidão repetia em coro.

— Estamos em perigo! — disse Cody.

— *Isso, em perigo!* — repetiram os voluntários que se deleitavam com suas palavras.

— O prefeito Brown escondeu a verdade sobre a morte de Stephanie Mailer. Sabem por que ela foi morta?

— *Por quê?* — baliu o coro.

— Por causa do festival de teatro!

— *O festival de teatro!* — gritaram os voluntários.

— Quer dizer que estamos abrindo mão do nosso tempo livre para sermos assassinados?

— *Nããão!* — urrou a multidão.

Um garçom veio nos servir café e trouxe os cardápios. Eu já o tinha visto no restaurante. Parecia ameríndio, com o cabelo grisalho na altura dos ombros e cujo nome eu lembrava bem. Chamava-se Massachusetts.

Os voluntários, um a um, começaram a falar. Muitos estavam preocupados com o que haviam lido no *Orphea Chronicle* e temiam ser as próximas vítimas do assassino. O prefeito Brown, que também se encontrava presente, escutava todas as críticas e tentava dar-lhes uma resposta tranquilizadora, esperando acalmar os voluntários.

— Não há nenhum serial killer em Orphea — informou ele, pausadamente.

— Mas tem um assassino — interveio um homem baixinho —, pois Stephanie Mailer está morta.

— Escutem, houve uma tragédia, é verdade. Mas isso não tem nada a ver com vocês ou com o festival. Não há com o que se preocupar.

Cody subiu na cadeira e se dirigiu ao prefeito:

— Senhor prefeito, não queremos ser assassinados por causa de um festival de teatro!

— Vou repetir pela centésima vez — respondeu Brown —, esse caso, por mais terrível que seja, não tem absolutamente qualquer ligação com o festival! Essa linha de raciocínio é absurda! Vocês por acaso se dão conta de que, sem a sua ajuda, não é possível organizar o festival?

— Então isso é tudo que o preocupa, senhor prefeito? — reagiu Cody. — Seu festival chinfrim, mais do que a segurança de seus concidadãos?

— Estou apenas avisando aos senhores sobre as consequências de uma decisão irracional: se não houver o festival de teatro, a cidade não se recuperará.

— É o sinal! — gritou uma mulher de repente.

— Que sinal? — perguntou um rapaz inquieto.

— É a *Noite negra*! — berrou a mulher.

Derek, Anna e eu nos entreolhamos, estupefatos. No mesmo momento, tendo em vista tais palavras, o Café Athena reverberou um zumbido de lamentos aflitos. Cody se esforçou para recuperar o controle sobre sua plateia e, quando finalmente o silêncio voltou, sugeriu que passassem à votação.

— Quem é a favor de uma paralisação total até que o assassino de Stephanie seja preso? — questionou ele.

Um mar de mãos se ergueu: quase todos os voluntários se recusavam a continuar a trabalhar. Então Cody declarou:

— A paralisação geral está aprovada, pelo menos até que o assassino de Stephanie Mailer seja preso e nossa segurança esteja garantida.

Encerrada a sessão, a multidão se dispersou ruidosamente estabelecimento afora, sob o sol do fim do dia. Derek correu para alcançar a mulher que falara da *Noite negra*.

— O que é a *Noite negra*, senhora? — perguntou.

Ela fitou-o com um ar amedrontado.

— O senhor não é daqui?

— Não, senhora. Sou da polícia estadual.

Ele lhe mostrou seu distintivo. Então a mulher disse baixinho:

— A *Noite negra* é a pior coisa que pode acontecer. A personificação de uma grande desgraça. Já ocorreu uma vez e vai se repetir.

— Acho que não estou entendendo direito, senhora.

— Então não sabe de nada? Sobre o verão de 1994, o verão da *Noite negra*!

— Está falando dos quatro assassinatos?

Ela assentiu com um breve movimento da cabeça.

— A chacina era a *Noite negra*! E vai acontecer outra vez nesse verão! Vá para longe daqui, vá antes que a desgraça o alcance e golpeie esta cidade. Esse festival é amaldiçoado!

Ela partiu, apressada, e desapareceu junto aos últimos voluntários, que deixaram o Café Athena vazio. Derek voltou à nossa mesa. Além de nós três, só o prefeito Brown ainda estava lá.

— Essa mulher parecia assustada com a tal história da *Noite negra* — comentei com o prefeito.

Ele deu de ombros.

— Não dê atenção a isso, capitão Rosenberg, a *Noite negra* não passa de uma lenda ridícula. Essa mulher não bate bem.

O prefeito Brown foi embora. Massachusetts se apressou em vir à nossa mesa encher as xícaras de café que mal havíamos tocado. Compreendi que era um pretexto para falar conosco.

— O prefeito não disse a verdade. A *Noite negra* é mais que uma lenda urbana. Muitos aqui acreditam nela e a consideram uma profecia que já se realizou em 1994 — murmurou ele.

— Que tipo de profecia? — perguntou Derek.

— Que um dia, por culpa de uma peça de teatro, a cidade mergulharia no caos durante uma noite inteira: a famosa *Noite negra*.

— Foi o que aconteceu em 1994? — indaguei.

— Lembro que, logo após o prefeito Gordon anunciar a criação do festival de teatro, começaram a acontecer coisas estranhas na cidade.

— Que tipo de coisas? — questionou Derek.

Massachusetts não pôde mais falar, pois, nesse instante, a porta do Café Athena se abriu. Era a dona do local. Reconheci-a de imediato: tratava-se de Sylvia Tennenbaum, irmã de Ted Tennenbaum. Devia ter 40 anos na época dos assassinatos e, portanto, cerca de 60 agora, mas fisicamente não mudara nada: continuava a mulher sofisticada que eu havia conhecido na época da investigação. Quando nos viu, não conteve uma expressão desconcertada, que logo foi substituída por uma expressão glacial.

— Disseram que vocês tinham voltado para a cidade — declarou, com uma voz implacável.

— Boa tarde, Sylvia — respondi. — Não sabia que era você a responsável pelo estabelecimento.

— Alguém tinha que cuidar disso depois que vocês mataram meu irmão.

— Não matamos seu irmão — rebateu Derek.

— Vocês não são bem-vindos aqui — disse ela, pausadamente. — Paguem e saiam daqui.

— Muito bem — falei. — Não viemos aqui para lhe causar problemas.

Pedi a conta a Massachusetts, que a providenciou na hora. Na parte de baixo da nota, ele escrevera à caneta:

Procurem saber o que aconteceu na noite de 11 para 12 de fevereiro de 1994.

— Eu não tinha feito a ligação entre Sylvia e Ted Tennenbaum — disse Anna, quando saímos do Café Athena. — O que aconteceu com o irmão dela?

Nem Derek nem eu estávamos com vontade de falar. Houve um silêncio e Derek acabou mudando de assunto:

— Comecemos por tirar a limpo essa história de *Noite negra* e esse bilhete deixado por Massachusetts.

Havia uma pessoa que certamente podia nos ajudar: Michael Bird. Fomos à redação do *Orphea Chronicle* e, vendo-nos entrar em sua sala, ele nos perguntou:

— Vieram por causa da primeira página?

— Não — respondi —, mas, já que tocou no assunto, eu gostaria de saber por que fez isso. Quando contei da anotação encontrada no carro de Stephanie, era uma conversa em *off*! Não era para terminar na primeira página do seu jornal.

— Stephanie era uma mulher muito corajosa, uma jornalista excepcional! — exclamou Michael Bird. — Não aceito que tenha morrido em vão. Todo mundo precisa conhecer o trabalho dela.

— Justamente, Michael. O melhor meio de homenageá-la é concluir a investigação, e não semear o pânico na cidade divulgando pistas do caso.

— Sinto muito, Jesse — desculpou-se Michael. — Tenho a impressão de não ter sido capaz de proteger Stephanie. Eu queria tanto poder voltar no tempo... E pensar que acreditei naquela maldita mensagem. Há uma semana, era eu que dizia a vocês que não havia com o que se preocupar.

— Não tinha como você saber, Michael. Não fique se torturando à toa. De toda forma, ela já estava morta àquela hora. Não havia mais nada que pudéssemos fazer.

Michael desabou em sua cadeira, abatido. Então acrescentei:

— Mas você pode nos ajudar a encontrar quem fez isso.

— Faço o que quiser, Jesse. Estou à sua disposição.

— Stephanie se interessou por uma expressão que não conseguimos entender: a *Noite negra*.

Ele sorriu. Parecia se divertir.

— Vi essas duas palavras na anotação que você me mostrou e também fiquei intrigado. Pesquisei imediatamente nos arquivos do jornal.

Pegou uma pasta numa gaveta e nos entregou. Dentro dela, uma série de reportagens publicadas entre o outono de 1993 e o verão de 1994 dava conta de pichações inquietantes e enigmáticas. Primeiro, no muro da agência de correios: *Em breve: a Noite negra*. As outras espalhadas pela cidade.

Numa noite de novembro de 1993, um folheto foi preso nos limpadores de para-brisa de centenas de carros, no qual estava escrito: *A Noite negra está chegando*.

Certa manhã de dezembro de 1993, os moradores da cidade acordaram com folhetos deixados diante de suas portas: *Preparem-se: a Noite negra está chegando*.

Em janeiro de 1994, foi pintada na porta de entrada da prefeitura uma contagem regressiva: *Daqui a seis meses: a Noite negra*.

Em fevereiro de 1994, após o incêndio intencional de um prédio abandonado da rua principal, os bombeiros descobriram nas paredes uma nova pichação: *A Noite negra começará em breve*.

E assim por diante até o início de junho de 1994, quando foi a vez do Teatro Municipal ter sua fachada vandalizada: *O festival de teatro vai começar: a Noite negra também*.

— Então a *Noite negra* está relacionada ao festival de teatro — concluiu Derek.

— A polícia nunca descobriu quem estava por trás das ameaças — acrescentou Michael.

— Anna encontrou esse aviso nos arquivos, no lugar do dossiê policial sobre a chacina de 1994. E também numa das gavetas da mesa do chefe de polícia Kirk Harvey na delegacia — prossegui.

Kirk Harvey sabia de alguma coisa? Seria este o motivo de seu desaparecimento misterioso? Estávamos igualmente curiosos para saber o que poderia ter acontecido em Orphea na noite de 11 para 12 de fevereiro de 1994. Uma busca nos arquivos nos permitiu descobrir, na edição de 13 de fevereiro, uma matéria sobre o incêndio intencional de um prédio da rua principal pertencente a Ted Tennenbaum, que queria transformá-lo num restaurante contra a vontade do prefeito Gordon.

Derek e eu já sabíamos do episódio por causa da investigação sobre o quádruplo homicídio. Mas, para Anna, a informação era novidade.

— Foi antes da existência do Café Athena — explicou Derek. — O incêndio foi justamente o que permitiu alterar a natureza do uso do prédio, foi assim que o restaurante pôde ser aberto.

— Será que o próprio Ted Tennenbaum ateou fogo? — perguntou ela.

— Nunca soubemos a verdade sobre esse caso — disse Derek. — Mas a história é bastante conhecida. Deve haver outra explicação para o garçom do Café Athena nos encorajar a investigar mais a respeito dessa noite.

De repente ele franziu a testa e comparou a reportagem do incêndio com uma das matérias sobre a *Noite negra*.

— Caramba, Jesse! — exclamou.

— O que encontrou? — perguntei.

— Escute isso. É de uma das reportagens relativas às pichações da *Noite negra*: "Dois dias depois do incêndio que destruiu o prédio da rua principal, os bombeiros, ao fazerem uma varredura nos escombros, descobriram uma pichação numa das paredes: *A NOITE NEGRA COMEÇARÁ EM BREVE.*"

— Haveria então uma ligação entre a *Noite negra* e Ted Tennenbaum?

— E se essa história da *Noite negra* for real? — sugeriu Anna. — E se por causa de uma peça de teatro a cidade tivesse mergulhado no caos durante uma noite inteira? E se em 26 de julho, na abertura do festival, fosse acontecer mais um assassinato ou uma chacina brutal como a de 1994? E se o assassinato de Stephanie fosse apenas o prelúdio de algo muito mais grave que viria a acontecer?

DEREK SCOTT

Na noite da enorme humilhação que o advogado de Ted Tennenbaum nos fez passar, em meados de agosto de 1994, Jesse e eu tínhamos ido de carro até o Queens, a convite de Darla e Natasha, determinados a arejar a cabeça. Elas haviam nos dado um endereço em Rego Park. Era uma pequena loja em obras, cuja placa havia sido coberta por um pano. Darla e Natasha nos esperavam diante do local. Estavam radiantes.

— Onde estamos? — perguntei, curioso.

— Em frente ao nosso futuro restaurante.

Darla sorriu.

Jesse e eu ficamos maravilhados, e logo nos esquecemos de Orphea, dos assassinatos, de Ted Tennenbaum. O projeto do restaurante delas estava prestes a se concretizar. Todas aquelas horas de trabalho intenso iam finalmente ser recompensadas: em breve, elas poderiam deixar o Blue Lagoon e viver seu sonho.

— Estão pensando em abrir quando? — perguntou Jesse.

— Até o fim do ano — respondeu Natasha. — Precisa de uma reforma geral lá dentro.

Sabíamos que o restaurante delas faria um enorme sucesso. A fila de pessoas esperando uma mesa daria a volta no quarteirão.

— A propósito — começou Jesse —, qual vai ser o nome do restaurante?

— Foi por isso que chamamos vocês até aqui — explicou Darla. — A placa já está pronta. Decidimos o nome e pensamos que assim as pessoas do bairro já começariam a comentar.

— Será que não dá azar revelar o letreiro antes que o restaurante exista de verdade? — impliquei.

— Não fale besteira, Derek — respondeu Natasha, rindo.

Ela tirou de um isopor uma garrafa de vodca e quatro copinhos, os quais encheu e nos ofereceu. Darla pegou um cordãozinho preso no pano que cobria a placa, e as duas, após se entreolharem, puxaram com um único movimento. O pano flutuou até o chão como um paraquedas e vimos o nome do restaurante se iluminar na noite: PEQUENA RÚSSIA.

Erguemos nossos copinhos e brindamos ao Pequena Rússia. Tomamos mais algumas doses, depois visitamos o local. Darla e Natasha nos mostraram as plantas para que pudéssemos imaginar como ficaria o espaço. Havia, em cima, um pequeno mezanino, no qual elas planejavam fazer um escritório. Uma escada dava acesso ao telhado e foi ali que passamos boa parte daquela noite escaldante de verão, tomando vodca e jantando o piquenique que as garotas tinham preparado, à luz de algumas velas e contemplando a silhueta de Manhattan, que se erguia à distância.

Observei Jesse e Natasha abraçados. Eram tão bonitos juntos, pareciam tão felizes. Era um casal que você podia apostar que jamais se separaria. Foi observando-os naquele momento que senti vontade de viver algo parecido. Darla estava ao meu lado. Olhei bem nos olhos dela por um tempo. Ela estendeu a mão para tocar a minha. Então eu a beijei.

No dia seguinte, voltamos ao trabalho e fazíamos patrulha em frente ao Café Athena. Estávamos com uma baita ressaca.

— Então, dormiu na casa de Darla? — perguntou Jesse.

Sorri como resposta. Ele deu uma gargalhada. Mas não estávamos com ânimo para brincadeiras: tínhamos que recomeçar nossa investigação do zero.

Estávamos convencidos de que era a caminhonete de Ted Tennenbaum que Lena Bellamy tinha visto na rua logo antes dos assassinatos. O logo do Café Athena era único: Tennenbaum mandara gravá-lo no vidro traseiro de seu veículo como forma de divulgar o estabelecimento. Mas era a palavra de Lena contra a de Ted. Precisávamos de mais do que isso.

Andávamos em círculos. Na prefeitura, soubemos que o prefeito Gordon tinha ficado furioso com o incêndio do prédio de Ted Tennenbaum. Gordon estava convencido de que fora o próprio Tennenbaum quem provocara o acidente. A polícia de Orphea também. Mas não havia provas. Era evidente que Tennenbaum tinha o dom de não deixar rastros. Restava-nos uma esperança: acabar com seu álibi ao conseguir provar que, na noite dos assassinatos, ele deixara o Teatro Municipal em algum momento. Seu plantão havia sido de cinco da tarde às onze da noite. Ou seja, durara seis horas. Vinte minutos teriam sido o suficiente para ir à casa do prefeito e voltar. Vinte minutinhos. Interrogamos todos os voluntários presentes nas coxias na noite da abertura do festival: todo mundo afirmava ter visto Tennenbaum mais de uma vez naquela ocasião. Mas a questão era saber se ele permanecera no Teatro Municipal durante cinco horas e quarenta minutos ou durante seis horas. Isso podia fazer toda a diferença. E, naturalmente, isso ninguém sabia. Ele tinha sido visto ora na área dos camarins, ora na dos cenários, ora dando um pulo na lanchonete para comprar um sanduíche. Tinha sido visto em toda parte e em parte alguma.

Nossa investigação estava completamente estagnada e estávamos prestes a perder a esperança quando, certa manhã, recebemos um telefonema de uma funcionária de um banco de Hicksville que mudaria completamente o curso do inquérito.

JESSE ROSENBERG

Sexta-feira, 4, e sábado, 5 de julho de 2014
22 dias antes do festival

Todo ano Derek e Darla organizavam um grande churrasco em seu jardim para comemorar o Quatro de Julho, e nesse ano convidaram Anna e eu. Recusei o convite, alegando já ter planos. Passei o feriado sozinho, trancafiado em minha cozinha, tentando insistentemente fazer mais uma vez determinado molho de hambúrguer, uma receita que, nos velhos tempos, era um segredo de Natasha. Mas todas as minhas tentativas foram inúteis. Faltavam alguns ingredientes, mas eu não tinha como saber quais eram. A princípio, Natasha criara o molho para sanduíches de rosbife. Eu sugerira utilizá-lo em hambúrgueres também, o que havia feito um tremendo sucesso. Mas, nesse dia, cheguei a preparar dezenas de hambúrgueres e nenhum deles chegou perto dos que Natasha fazia.

Anna, por sua vez, foi para a casa dos pais em Worcester, subúrbio sofisticado perto de Nova York, para uma tradicional comemoração familiar. Quando estava quase chegando, recebeu uma ligação apavorada da irmã.

— Onde você está?

— Chegando. O que houve?

— O churrasco ficou por conta do novo vizinho do papai e da mamãe.

— A casa ao lado finalmente foi vendida?

— Foi. E você não adivinha quem comprou... Mark. Mark, seu ex-marido.

Anna pisou com tudo no freio. Alarmada. Ouvia sua irmã no celular:

— Anna? Anna, ainda está aí?

Por acaso, ela tinha parado logo em frente à casa em questão: Anna, que sempre a achara bonita, julgava-a agora horrorosa e chamativa. Examinou a ridícula decoração temática presa às janelas, homenageando o feriado nacional. Seria de se pensar, olhando-a, que a pessoa estava na Casa Branca. Como sempre, quando o assunto eram os pais dela, Mark queria ostentar. Não sabendo mais se devia ficar ou fugir, Anna decidiu se trancar no carro. Num gramado vizinho, viu crianças brincando e pais felizes. De todas as suas ambições, a maior que já cultivara havia sido começar uma família. Invejava suas amigas felizes que tinham uma rotina em família. Invejava suas amigas que eram mães e se sentiam realizadas.

Batidinhas contra o vidro do carro a fizeram pular do assento. Era sua mãe.

— Anna, eu imploro, não me faça passar vergonha e, por favor, venha. Todo mundo sabe que você está aí.

— Por que não me avisou? — perguntou Anna, num tom ríspido. — Eu teria evitado fazer toda essa viagem.

— Foi justamente por isso que não falei nada.

— Mas vocês ficaram loucos? Vão comemorar o Quatro de Julho na casa do meu ex-marido?

— Vamos comemorar o Quatro de Julho com nosso vizinho.

— Ah, por favor, não me venha com essa!

Pouco a pouco, os convidados se juntaram no gramado para observar a cena, entre eles Mark, com sua melhor cara de cachorro abandonado.

— É tudo culpa minha — disse ele. — Eu não deveria ter convidado vocês sem falar com a Anna antes. Vamos cancelar.

— Não vamos cancelar nada, Mark! — disse, irritada, a mãe de Anna. — Você não tem que dar satisfação à minha filha!

Anna ouviu alguém murmurar:

— Pobre Mark, ser humilhado assim, quando nos recebe com tanta generosidade.

Anna sentiu que atraía olhares carregados de reprovação. Não queria dar a Mark uma razão para unir a própria família contra ela. Saiu do carro e juntou-se à festa, que acontecia na parte de trás do quintal, à beira da piscina.

Mark e o pai de Anna, usando aventais xadrez idênticos, cuidavam da grelha. Todos admiravam a casa nova de Mark e a qualidade de seus hambúrgueres. Anna pegou uma garrafa de vinho branco e se sentou em um canto, jurando comportar-se e não fazer escândalo.

A algumas dezenas de quilômetros dali, em Manhattan, no escritório do seu apartamento em Central Park West, Meta Ostrovski olhava tristemente pela janela. A princípio, julgara que sua demissão da *Revista Literária de Nova York* era apenas o resultado de um dia de mau humor de Bergdorf e que ele ligaria no dia seguinte para lhe dizer que o crítico era indispensável e único. Mas Bergdorf não ligara. Ostrovski se dirigira até a redação e descobrira que sua sala havia sido esvaziada e os livros, embalados, prontos para serem levados em caixas de papelão. As secretárias não haviam deixado que ele fosse à sala de Bergdorf. Tentara telefonar, em vão. O que iria fazer da vida?

Uma empregada entrou na sala e lhe trouxe uma xícara de café.

— Estou de saída, Sr. Ostrovski — disse baixinho. — Vou passar o feriado na casa do meu filho.

— Faz muito bem, Erika — respondeu o crítico.

— Há alguma coisa que eu possa fazer pelo senhor antes de ir?

— Poderia fazer a gentileza de pegar uma almofada e me sufocar com ela?

— Não, não posso fazer isso.

Ostrovski suspirou.

— Então pode ir — falou.

Do outro lado do parque, em seu apartamento na Quinta Avenida, Jerry e Cynthia se preparavam para comemorar o feriado na casa de amigos.

Dakota disse que estava com enxaqueca para não precisar ir. Eles não se opuseram. Preferiam saber que ela estava em casa. Quando saíram, a filha estava na sala assistindo à TV. Algumas horas depois, cansada e sozinha no imenso apartamento, ela acabou enrolando um baseado, pegou uma garrafa de vodca no bar do pai — sabia onde ele escondia a chave — e se sentou perto do exaustor da cozinha para beber e fumar. Terminado o baseado, um pouco chapada e bêbada, foi para o seu quarto. Pegou o anuário escolar, encontrou a página que procurava e voltou para a cozinha. Preparou um segundo baseado, bebeu mais um pouco e acariciou com a ponta do dedo o retrato de uma aluna. Tara Scalini.

Pronunciou o nome. *Tara*. Começou a rir, depois lágrimas brotaram de seus olhos. Explodiu num choro incontrolável. Deixou-se cair no chão, chorando em silêncio. Ficou assim até o telefone tocar. Era Leyla.

— Oi, Leyla — atendeu Dakota.

— Você está com uma voz horrível, Dakota. Chorou?

— Aham.

Era jovem e bonita, quase uma criança ainda, deitada no chão, os cabelos espalhados como uma juba em volta do rosto magro.

— Quer encontrar comigo? — perguntou Leyla.

— Prometi a meus pais que ficaria em casa. Mas gostaria que você viesse para cá. Não quero ficar sozinha.

— Vou pegar um táxi e daqui a pouco estou aí.

Dakota desligou, depois tirou do bolso um saquinho plástico contendo um pó claro: ketamina. Despejou no fundo de um copo e diluiu tudo com vodca antes de beber num gole só.

Foi só na manhã do dia seguinte, sábado, que Jerry descobriu a garrafa de vodca contendo apenas um quarto do conteúdo. Vasculhou a lata de lixo da cozinha e encontrou os restos de dois baseados. Estava disposto a arrancar a filha da cama, mas Cynthia lhe implorou que esperasse ela acordar. Assim que Dakota saiu do quarto, ele exigiu explicações.

— Você traiu nossa confiança mais uma vez! — exaltou-se, agitando a garrafa e o que sobrou dos baseados.

— Ah, não seja tão careta! Até parece que você nunca foi jovem.

Ela voltou para o quarto e deitou-se novamente. Seus pais entraram no cômodo na mesma hora.

— Você se dá conta de que entornou uma garrafa quase inteira de vodca e fumou maconha na nossa casa? — questionou o pai, furioso.

— Por que se autodestrói dessa maneira? — perguntou Cynthia, tentando não tratá-la com rispidez.

— E isso é da conta de vocês? — replicou Dakota. — De toda forma, vocês vão ficar felizes quando eu não estiver mais aqui!

— Dakota! — protestou a mãe. — Como pode dizer uma coisa dessas?

— Havia dois copos na pia. Quem estava aqui? — exigiu saber Jerry Éden. — Você convida gente desse nível para cá?

— Convido amigos. Qual o problema?

— O problema é que você usa maconha!

— Relaxa, é só um baseado.

— Acha que sou bobo? Sei que você usa outras porcarias! Quem estava com você? Aquela idiota da Neila?

— É LEYLA, pai, não NEILA! E não é uma idiota! Pare de pensar que é superior a todo mundo só porque tem dinheiro!

— É esse dinheiro que sustenta você!

— Minha querida — disse Cynthia, tentando apaziguar a situação —, seu pai e eu estamos preocupados. Achamos que precisa tratar o seu problema de dependência.

— Vou marcar uma sessão com o Dr. Lern.

— Pensamos num estabelecimento especializado.

— Um tratamento? Não vou fazer outro tratamento! Sumam do meu quarto!

Agarrou um bichinho de pelúcia que destoava do resto do cômodo e o arremessou em direção à porta para expulsar os pais.

— Você fará o que estamos dizendo — replicou Jerry, decidido a não ceder.

— Não vou, estão me ouvindo? Não vou e odeio vocês!

Levantou-se da cama para bater a porta, exigindo um pouco de privacidade. Em seguida, ligou para Leyla aos prantos.

— O que está havendo, Dakota? — perguntou a amiga, preocupada com o choro.

— Meus pais querem me mandar para uma clínica.

— O quê? Uma clínica de reabilitação? Mas quando?

— Não faço ideia. Querem falar com o terapeuta. Mas não vou. Está me ouvindo? Não vou. Vou embora hoje à noite. Não quero ver esses babacas nunca mais. Assim que eles dormirem, vou dar no pé.

Naquela mesma manhã, em Worcester, Anna, que dormira na casa dos pais, sofria com os ataques da mãe, que a bombardeava com perguntas enquanto tomavam o café da manhã.

— Mamãe — Anna acabou por dizer —, estou de ressaca. Gostaria de tomar meu café em paz, se isso for possível.

— Ah, pronto, bebeu demais! — exasperou-se a mãe. — Então agora você bebe?

— Quando todo mundo me enche o saco, sim, mãe, eu bebo.

A mãe suspirou.

— Se você ainda estivesse com Mark, seríamos vizinhas agora.

— Que sorte então não estarmos mais juntos.

— Você dois terminaram de vez mesmo?

— Mãe, faz um ano que estamos divorciados!

— Ah, minha querida, você sabe que hoje isso não significa nada: os casais moram juntos primeiro e se casam depois, então se divorciam três vezes e aí sim ficam juntos.

Anna deu um suspiro como resposta, pegou sua xícara de café e se levantou da mesa. Sua mãe então disse:

— Depois daquele dia dramático na joalheria Sabar, você não é mais a mesma, Anna. Acho que ter virado policial acabou com a sua vida.

— Matei um homem, mãe. E não tem como voltar atrás.

— Quer dizer que prefere se punir indo morar onde judas perdeu as botas?

— Sei que não sou a filha que você gostaria de ter tido, mãe, mas, apesar do que você pensa, sou feliz em Orphea.

— Eu achava que você ia virar chefe de polícia dessa cidade. O que aconteceu?

Anna não respondeu e foi se isolar no terraço para desfrutar de um momento de tranquilidade.

ANNA KANNER

Lembro-me daquela manhã da primavera de 2014, algumas semanas antes dos incidentes ligados ao desaparecimento de Stephanie. Eram os primeiros dias de sol do ano. Embora ainda fosse cedo para isso, já fazia calor. Fui até o portão pegar a edição do dia do *Orphea Chronicle*, deixada ali todas as manhãs, e me sentei numa poltrona confortável para ler o jornal tomando café. Nesse instante, Cody, meu vizinho, que passava na rua bem diante de mim, me cumprimentou e disse:

— Parabéns, Anna!

— Parabéns pelo quê?

— Pela matéria no jornal.

Na mesma hora, abri meu exemplar e, pasma, descobri na primeira página uma grande foto minha com a seguinte manchete:

ESTA MULHER SERÁ A PRÓXIMA CHEFE DE POLÍCIA?

O atual chefe de polícia, Ron Gulliver, deve se aposentar no próximo outono, mas há um boato de que não é seu assistente, Jasper Montagne, que será seu sucessor, e sim sua segunda assistente, Anna Kanner, que chegou a Orphea em setembro.

Entrei em pânico: quem contara ao *Orphea Chronicle*? E o principal: como iriam reagir Montagne e seus colegas? Corri para a delegacia. Todos os policiais me cercaram:

— É verdade, Anna? Vai substituir o chefe Gulliver?

Corri, sem responder, até a sala do Gulliver para tentar impedir aquele desastre. Mas era tarde demais: a porta já estava fechada. Montagne estava lá dentro. Ouvi-o gritar:

— Que porra é essa, chefe? Leu isso? É mesmo verdade? Anna vai ser a próxima chefe de polícia?

Gulliver parecia tão surpreso quanto ele.

— Pare de acreditar em tudo que lê no jornal, Montagne. São apenas fofocas! Nunca ouvi nada tão ridículo na minha vida. Anna, a próxima chefe de polícia? Que piada. Ela acabou de chegar aqui. Além disso, o pessoal nunca aceitaria ser comandado por uma mulher!

— Mesmo assim, o senhor nomeou-a sua assistente.

— Segunda assistente. E sabe quem era o segundo assistente antes dela? Ninguém. E sabe por quê? Porque é um posto inventado, criado pelo prefeito Brown, que quer parecer moderno ao promover a carreira das menininhas. Igualdade é o cacete. Mas você, assim como eu, sabe que tudo isso é palhaçada.

— Isso significa — inquietou-se Montagne — que terei de nomeá-la minha assistente quando eu for chefe?

— Jasper — Gulliver procurou tranquilizá-lo —, quando for chefe, você nomeará quem quiser para ser seu assistente. Esse posto de segundo assistente é apenas fachada. Você sabe que o prefeito Brown me forçou a contratar Anna e que estou de mãos atadas. Mas quando eu me aposentar e você for o chefe, poderá mudar tudo, do jeito que quiser. Não se preocupe, vou enquadrá-la, você vai ver. Vou mostrar quem é que manda aqui.

Alguns instantes mais tarde, eu fui convocada à sala de Gulliver. Ele me fez sentar à sua frente e ergueu o exemplar do *Orphea Chronicle* que estava sobre a mesa.

— Anna — falou com uma voz monocórdia —, vou lhe dar um bom conselho. Um conselho de amigo: seja humilde, bem humilde. Humilde como um ratinho acuado.

Tentei me defender.

— Chefe, não sei o que essa reportagem...

Mas Gulliver não me deixou terminar e me interrompeu num tom ríspido:

— Anna, vou ser muito claro com você. Você só foi nomeada segunda assistente porque é mulher. Então, desça do seu pedestal e pare de achar que foi contratada por suas supostas qualidades. A única razão pela qual está aqui é porque o prefeito Brown, com suas ideias revolucionárias malucas, queria a todo custo recrutar uma mulher para a polícia. Ele me encheu com um papo de diversidade, discriminação e outras idiotices. Botou uma pressão infernal em cima de mim. Sabe como a coisa funciona: eu não queria entrar numa guerra com ele a um ano da minha aposentadoria. Nem que ele viesse com cortes orçamentários. Em suma, ele queria porque queria uma mulher e você era a única candidata do sexo feminino. Então escolhi você. Mas não venha zonear a minha delegacia. Você só entrou por causa da cota de mulheres, Anna. É só isso!

Terminadas as recriminações de Gulliver e sem a mínima vontade de ser atacada por meus colegas, saí em patrulha. Fui estacionar atrás da grande placa de estrada fincada no acostamento da rodovia 17, onde, desde minha chegada a Orphea, eu me refugiava sempre que precisava refletir com tranquilidade, pois a agitação da delegacia me impedia de fazer isso.

Dividia minhas atenções entre ficar de olho no tráfego, ainda pouco intenso àquela hora da manhã, e responder uma mensagem de Lauren: ela encontrara o homem perfeito para mim e queria marcar um jantar com ele para me apresentar. Como eu rejeitei aquela oferta, ela veio com seu bordão: "Se continuar assim, Anna, vai ficar sozinha a vida toda." Trocamos algumas mensagens. Queixei-me de Gulliver e Lauren sugeriu que eu voltasse para Nova York. Mas eu não tinha a menor vontade de fazer isso. A não ser pelos problemas de adaptação na delegacia, eu estava gostando da região dos Hamptons. Orphea era uma cidade tranquila, boa de se viver, costeira e cercada por uma natureza selvagem. As extensas praias, as florestas densas, as lagoas cobertas de ninfeias e os sinuosos trechos de mar, que atraíam uma fauna abundante, eram lugares encantadores para passear nos arredores da cidade. Ali, os verões eram maravilhosos e quentes, e os invernos, rigorosos, mas cheios de luz.

Eu sabia que era um lugar onde finalmente conseguiria ser feliz.

JESSE ROSENBERG

Segunda-feira, 7 de julho de 2014
19 dias antes do festival

Primeira página do *Orphea Chronicle*, edição de segunda-feira, 7 de julho de 2014:

O FESTIVAL DE TEATRO ÀS TRAÇAS

E se as cortinas para o festival de teatro de Orphea estivessem prestes a se fechar? Após ter sido o centro da temporada de verão durante vinte anos, a edição deste ano parece estar mais afetada do que nunca, depois que os voluntários votaram por uma paralisação geral, algo até então inédito, alegando temerem por sua segurança. Desde então, a pergunta que não quer calar é: sem voluntários, é possível que o festival seja realizado?

Anna passara o domingo atrás de uma pista de Kirk Harvey. Por fim, terminara encontrando o pai dele, Cornelius Harvey, que morava numa casa de repouso em Poughkeepsie, a três horas de Orphea. Ela entrara em contato com o diretor da instituição, que esperava nossa visita.

— Trabalhou ontem, Anna? — perguntei, espantado, quando estávamos a caminho da casa de repouso. — Achei que tinha passado o fim de semana com seus pais.

Ela deu de ombros.

— As comemorações acabaram antes do esperado. Fiquei contente por ter algo com que me ocupar. Onde está Derek?

— No centro regional da polícia estadual. Revendo o dossiê da investigação de 1994. Está arrasado só de pensar que podemos ter deixado passar alguma coisa.

— O que aconteceu entre vocês dois em 1994, Jesse? Pelo que me conta, tenho a impressão de que eram melhores amigos.

— Continuamos sendo.

— Mas em 1994 alguma coisa mudou entre vocês...

— É. Não tenho certeza de estar preparado para falar disso.

Ela aquiesceu em silêncio, então quis mudar de assunto.

— E você, Jesse, o que fez no feriado?

— Fiquei em casa.

— Sozinho?

— Sozinho. Fiz hambúrgueres ao molho Natasha.

Sorri. Foi um comentário desnecessário.

— Quem é Natasha?

— Minha noiva.

— Você está noivo?

— É uma história antiga. Sou solteiro de carteirinha.

Ela caiu na risada.

— Eu também — comentou. — Desde o meu divórcio, minhas amigas acham que vou ficar sozinha a vida toda.

— Que horror!

— Um pouco. Mas espero encontrar alguém. E com Natasha, por que as coisas não deram certo?

— A vida, Anna, às vezes nos prega umas peças.

Vi pelo seu olhar que ela entendia o que eu queria dizer. E se limitou a concordar em silêncio.

A casa de repouso Carvalhos ocupava um pequeno prédio com sacadas floridas nos arredores de Poughkeepsie. No hall, um pequeno grupo de velhinhos em cadeiras de rodas vigiavam os que passavam.

— Visitas! Visitas! — disse um deles ao nos ver, com um tabuleiro de xadrez no colo.

— Vocês vieram nos visitar? — perguntou outro, sem dentes, que parecia uma tartaruga.

— Viemos falar com Cornelius Harvey — respondeu Anna, com delicadeza.

— Por que vocês não vêm me visitar? — inquiriu uma velhinha magra feito um graveto.

— Faz dois meses que meus filhos não me visitam — interveio o jogador de xadrez.

Nós nos identificamos na recepção e, instantes depois, o diretor do estabelecimento apareceu. Era um homenzinho rechonchudo, com o terno empapado de suor. Olhou, curioso, para Anna em seu uniforme e apertou nossas mãos com veemência. A dele era pegajosa.

— O que desejam com Cornelius Harvey? — perguntou.

— Procuramos o filho dele por conta de uma investigação criminal.

— E o que o rapaz fez?

— É justamente sobre isso que gostaríamos de falar com ele.

O homenzinho nos conduziu através dos corredores até um salão pelo qual os residentes estavam espalhados. Alguns jogavam cartas, outros liam, outros se limitavam a fitar o nada.

— Cornelius — anunciou o diretor —, visita para você.

Um velho alto, magro, com os cabelos brancos desgrenhados e de roupão levantou-se de sua poltrona e nos observou com curiosidade.

— Polícia de Orphea? — perguntou, espantado, ao se aproximar e notar o uniforme preto de Anna. — O que houve?

— Sr. Harvey — disse Anna —, precisamos urgentemente entrar em contato com seu filho Kirk.

— Kirky? O que desejam com ele?

— Venha, Sr. Harvey, vamos nos sentar.

Nós quatro nos acomodamos num canto mobiliado com um sofá e duas poltronas. Um bando de velhinhos curiosos aglomerou-se à nossa volta.

— O que querem com meu Kirky? — insistiu Cornelius, inquieto.

Pela maneira como ele falou, encontramos a resposta para nossa primeira dúvida: Kirk Harvey certamente estava vivo.

— Herdamos um dos casos dele — explicou Anna. — Em 1994, seu filho investigou um quádruplo homicídio cometido em Orphea. Temos todos os motivos para acreditar que o mesmo assassino atacou uma jovem há poucos dias. Precisamos urgentemente falar com Kirk para resolver esse caso. O senhor mantém contato com ele?

— Sim, claro. Falamos muito ao telefone.

— Ele costuma vir aqui?

— Ah, não! Mora muito longe!

— Onde ele mora?

— Na Califórnia. Trabalha numa peça de teatro que vai fazer o maior sucesso! Sabe, ele é um grande diretor. Vai ficar famoso. Muito famoso! Quando sua peça finalmente estrear, usarei um terno incrível e vou aplaudi-lo de pé. Querem ver meu terno? Está no meu quarto.

— Não, muito obrigado — declinou Anna. — Agora, Sr. Harvey, diga...
Como podemos falar com seu filho?

— Tenho um número de telefone. Posso dar aos senhores. Deixem uma
mensagem que ele retornará a ligação.

Pegou uma caderneta no bolso e ditou o número para Anna.

— Diga uma coisa, há quanto tempo Harvey está morando na Califórnia?
— perguntei.

— Nem sei mais. Há muito tempo. Vinte anos, talvez.

— Então, quando ele deixou Orphea, foi direto para a Califórnia?

— Isso, direto.

— Por que ele largou tudo de um dia para o outro?

— Ora, por causa da *Noite negra* — respondeu Cornelius como se fosse
algo óbvio.

— A *Noite negra*? Mas o que é essa famosa *Noite negra*, Sr. Harvey?

— Ele tinha descoberto tudo — disse Cornelius, sem de fato responder
à pergunta. — Ele tinha descoberto quem havia sido o autor da chacina de
1994 e teve que partir.

— Então ele sabia que não era Ted Tennenbaum? Mas por que não impediu que ele fosse preso?

— Só o meu Kirk poderá responder isso. E, por favor, se falarem com
ele, digam que seu pai mandou um beijão.

Assim que deixamos a casa de repouso, Anna discou o número que
Cornelius Harvey nos fornecera.

— Beluga Bar, bom dia — atendeu uma voz de mulher do outro lado
da linha.

— Bom dia — disse Anna, quando se recuperou da surpresa —, eu
gostaria de falar com Kirk Harvey.

— Deixe sua mensagem que ele retornará a ligação.

Anna deixou seu nome e o número do celular e disse que era uma questão de extrema importância. Depois que desligou, fizemos uma rápida
busca na internet: o Beluga Bar era um estabelecimento situado no bairro
de Meadwood, em Los Angeles. Esse nome não me era estranho. De repente, me dei conta. Telefonei na hora para Derek e pedi que ele pegasse as
faturas do cartão de crédito de Stephanie.

— Sua memória estava certa — confirmou ele, após ter se debruçado
sobre os documentos. — As faturas de Stephanie mostram que ela foi três
vezes ao Beluga Bar quando esteve em Los Angeles em junho.

— Foi por isso que ela viajou para Los Angeles! — exclamei. — Ela tinha descoberto o paradeiro de Kirk Harvey e foi visitá-lo.

Nova York, no mesmo dia

No apartamento dos Éden, Cynthia encontrava-se transtornada. Dakota estava desaparecida fazia dois dias. A polícia fora avisada e a procurava. Jerry e Cynthia haviam esquadrinhado a cidade e passado na casa de todos os amigos, em vão. Agora, andavam em círculos pelo apartamento torcendo por notícias que não chegavam. Estavam com os nervos à flor da pele.

— Não há dúvidas de que ela vai voltar quando precisar de dinheiro para comprar aquelas merdas — concluiu Jerry, perdendo as estribeiras.

— Não estou reconhecendo você, Jerry! Ela é nossa filha! Vocês dois eram tão próximos! Lembra? Quando ela era pequena, eu tinha até ciúme da relação de vocês.

— Eu sei, eu sei — respondeu Jerry, querendo acalmar a esposa.

Só tinham se dado conta de que a filha havia desaparecido tardiamente, no domingo. Achavam que ela estava dormindo e não foram a seu quarto antes do meio-dia.

— Deveríamos ter ido antes — censurou-se Cynthia.

— O que isso teria mudado? E, de qualquer forma, a princípio temos de "respeitar o espaço dela", como me pediram na sessão de terapia familiar. Estávamos apenas aplicando essa porra de princípio de confiança do idiota do Dr. Lern!

— Não distorça tudo, Jerry! Quando isso foi mencionado na sessão, foi porque Dakota reclamou que você bisbilhotava o quarto dela à procura de drogas. O Dr. Lern sugeriu transformar o quarto dela num espaço que nós respeitássemos, para estabelecer um princípio de confiança. Ele não falou para não irmos checar se nossa filha estava bem!

— Tudo indicava que ela estava na cama, fazendo bosta nenhuma. Eu queria dar à menina o benefício da dúvida.

— O celular continua desligado! — grasnou Cynthia, que, nesse ínterim, tentara contato com a filha. — Vou ligar para o Dr. Lern.

Naquele instante, o telefone residencial tocou. Jerry correu para atendê-lo.

— Sr. Éden? É a polícia de Nova York. Encontramos sua filha. Ela está bem, não se preocupe. Uma patrulha recolheu-a num beco, dormindo, visivelmente embriagada. Ela foi levada para o Mount Sinai para exames.

No mesmo momento, na redação da *Revista Literária de Nova York*, Skip Nalan, o assistente do editor, entrou feito um vendaval na sala de Steven Bergdorf.

— Você despediu Ostrovski? Mas você perdeu o juízo! E que coluna ridícula é essa que você quer acrescentar na próxima edição? De onde saiu essa Alice Filmore? O texto dela é de uma pobreza... Não me diga que pretende publicar uma bobagem dessas!

— Alice é uma jornalista bastante talentosa. Acredito muito nela. Você a conhece, ela cuidava da correspondência.

Skip Nalan levou as mãos à cabeça.

— Da correspondência? — repetiu, exasperado. — Você despediu Meta Ostrovski para substituí-lo por uma garota da correspondência que escreve uns artigos de merda? Anda se drogando, Steven?

— Ostrovski perdeu a mão. Passou a criar inimigos sem a menor necessidade. Quanto a Alice, é uma jovem cheia de talento! Ainda sou eu quem manda nessa revista, não é?

— Talento? Para escrever bobagem, isso sim! — exclamou Skip, antes de sair batendo a porta.

Assim que ele se foi, o armário se abriu bruscamente e Alice saiu lá de dentro. Steven correu para trancar a porta da sala.

— Agora não, Alice — implorou ele, desconfiando que ela ia fazer uma cena.

— Claro que não! Mas você ouviu o que ele falou, Stevie? Ouviu as atrocidades que ele falou sobre mim e você nem sequer me defendeu!

— Claro que defendi. Disse que você é talentosa.

— Deixe de ser cagão, Stevie. Quero que o demita também!

— Não seja ridícula, não vou demitir Skip. Você já conseguiu a demissão de Stephanie e a de Ostrovski, não vai acabar com a revista inteira!

Alice fuzilou-o com o olhar, depois exigiu um presente.

Bergdorf obedeceu, envergonhado. Foi às lojas de luxo da Quinta Avenida que Alice adorava. Numa especializada em produtos de couro, encontrou uma bolsa pequena e elegantíssima. Sabia que era exatamente o tipo de modelo que Alice cobiçava. Escolheu-a e entregou o cartão de crédito à vendedora. Foi recusado, tinha ultrapassado o limite. Tentou outro, o mesmo aconteceu. Com o terceiro também. Começou a entrar em pânico, o suor pingando da testa. Ainda era dia 7 de julho, seus cartões haviam estourado e sua conta, zerado. Sem saída, resolveu usar o cartão da revista, que passou. Agora só lhe restava a poupança com o dinheiro das férias. Precisava a todo custo convencer a esposa a desistir do plano de viajarem de trailer para Yellowstone.

Efetuada a compra, vagou mais um pouco pelas ruas. O céu pesado armava um temporal. As primeiras gotas quentes caíram e molharam sua camisa e seu cabelo. Continuou a andar desatento, sentia-se completamente perdido. Acabou entrando num McDonald's, pediu um café, e o tomou numa mesa encardida. Sentia-se desesperado.

Anna e eu, de volta a Orphea, paramos no Teatro Municipal. Da estrada, saindo de Poughkeepsie, tínhamos ligado para Cody: estávamos à procura de todos os documentos referentes à primeira edição do festival de teatro. Estávamos curiosos sobretudo para saber mais sobre a peça que Kirk Harvey encenara e que a princípio o prefeito Gordon quisera proibir.

Anna me guiou dentro do prédio até as coxias. Cody nos esperava em sua sala: tirara dos arquivos uma caixa de papelão abarrotada de souvenirs embolados.

— O que estão procurando especificamente? — indagou Cody.

— Informações pertinentes à primeira edição do festival. O nome da companhia que encenou a peça da abertura, qual era a peça de Kirk Harvey...

— Kirk Harvey? Ele encenou uma peça ridícula, intitulada *Eu, Kirk Harvey*. Um monólogo sem graça. A peça de abertura foi *Tio Vânia*. Olhem, está aqui no programa.

Ele pegou um velho panfleto amarelado e o estendeu para mim.

— Pode ficar com ele, tenho mais.

Em seguida, vasculhando mais na caixa, achou um livrinho.

— Ah, eu tinha me esquecido por completo desse livro. Uma ideia do prefeito Gordon na época. Talvez lhes seja útil.

Peguei o livro e li o título:

HISTÓRIA DO FESTIVAL DE TEATRO EM ORPHEA
por Steven Bergdorf

— Que livro é esse? — perguntei a Cody na mesma hora.

— Steven Bergdorf? — hesitou Anna ao ler o nome do autor.

Cody então nos contou um episódio ocorrido dois meses antes da chacina.

Orphea, maio de 1994

Confinado em seu pequeno escritório na livraria, Cody estava ocupado fazendo pedidos aos fornecedores quando Meghan Padalin empurrou a porta timidamente.

— Desculpe incomodar, Cody, mas o prefeito está aqui e quer falar com você.

Cody levantou-se na hora e passou para a sala nos fundos da loja. Estava curioso para saber o que o prefeito queria com ele. Por alguma razão que lhe era um mistério, o político não vinha mais à livraria desde março. Tinha inclusive a impressão de que o prefeito evitava sua loja, pois ele havia sido visto comprando livros na livraria de East Hampton.

Gordon estava atrás do balcão, manipulando, nervoso, um pequeno fascículo.

— Senhor prefeito!

— Bom dia, Cody.

Trocaram um aperto de mão caloroso.

— Que sorte ter uma livraria tão bonita em Orphea — disse o prefeito Gordon, contemplando as estantes de livros.

— Está tudo bem, senhor prefeito? Tive a impressão de que andou me evitando.

— Evitando você? — divertiu-se Gordon. — Ora, que ideia ridícula! Sabe, estou impressionado de ver quanta gente lê aqui. Sempre com um livro na mão. Outro dia, eu estava jantando fora e, acredite ou não, na mesa ao lado um jovem casal estava sentado um de frente para o outro, cada um com o nariz enfiado num livro! Achei que as pessoas tinham enlouquecido. Conversem, caramba, em vez de ficarem absortos no próprio livro! E os banhistas só vão à praia com pilhas de bons romances. É como se fosse a droga deles.

Cody escutou, entretido, as palavras do prefeito. Achou-o afável e amigável. Pura simpatia. Pensou que devia ter sido paranoia sua. Mas a visita de Gordon não era desinteressada.

— Eu queria fazer uma pergunta a você, Cody — prosseguiu então Gordon. — Como sabe, em 30 de julho será a abertura do nosso primeiro festival de teatro...

— Sim, claro que sei — respondeu Cody, entusiasmado. — Já encomendei várias edições de *Tio Vânia* para oferecer a meus clientes.

— Que bela ideia! Então o que eu queria falar com você é que Steven Bergdorf, editor do *Orphea Chronicle*, escreveu um livrinho dedicado ao festival de teatro. Acha que poderia colocá-lo à venda aqui? Veja só, trouxe um exemplar para você.

Entregou-lhe. A capa era uma fotografia do prefeito posando diante do Teatro Municipal. Sob o título:

— História do festival — leu Cody em voz alta, antes de se espantar. — Mas essa é apenas a primeira edição, não é? Não é um pouco cedo para lhe dedicar um livro?

— Sabe, há tanto a dizer sobre o assunto... — assegurou-lhe o prefeito antes de partir. — Espere por belas surpresas.

No fundo, Cody não via como aquele livro poderia ser considerado interessante, mas queria ser gentil com o prefeito e aceitou colocá-lo à venda na livraria. Quando Gordon partiu, Meghan Padalin reapareceu.

— O que ele queria?

— Promover algo editado por ele.

Ela se acalmou e folheou o livrinho.

— Não parece de má qualidade — julgou. — Sabe, muitos autores da região estão publicando por conta própria. Deveríamos reservar um cantinho para expor esses livros.

— Um cantinho? Mas não temos mais espaço. Além disso, ninguém vai se interessar por esse tipo de coisa. As pessoas não têm vontade de comprar o livro do vizinho.

— Podemos usar a despensa, no fundo da loja — insistiu Meghan. — Uma demão de tinta e aquele cômodo ficará novo em folha, uma sala para os autores locais. Você vai ver: autores também compram muitos livros. Eles virão de toda a região ver suas obras nas estantes e aproveitarão para fazer compras.

Cody achou que podia ser uma boa ideia. Além do mais, queria agradar o prefeito Gordon, pois percebia que algo estava errado e não estava gostando nada daquilo.

— Vamos arriscar então, Meghan. Não custa nada tentar. No pior dos casos, teremos reformado aquele cômodo. Seja como for, graças ao prefeito Gordon acabei de descobrir que Steven Bergdorf é escritor nas horas vagas.

— Steven Bergdorf é o ex-editor do *Orphea Chronicle*? — perguntou Anna, espantada. — Você sabia disso, Jesse?

Dei de ombros: não fazia a mínima ideia. Será que tinha esbarrado com ele na época? Não lembrava de nada disso.

— Vocês o conhecem? — perguntou então Cody, surpreso com nossa reação.

— Ele é o editor da revista para a qual Stephanie trabalhava em Nova York — explicou Anna.

Como eu não me lembraria de Steven Bergdorf? Depois de investigarmos, descobrimos que Bergdorf tinha pedido demissão do cargo de editor do *Orphea Chronicle* no dia seguinte à chacina e Michael Bird assumiu seu lugar. Era uma coincidência estranha. E se Bergdorf tivesse partido com perguntas que ainda o atormentassem? E se fosse ele que tivesse encomendado o livro que Stephanie estava escrevendo? Ela mencionava alguém que não podia escrevê-lo. Nada mais compreensível que o ex-editor do jornal local não poder voltar vinte anos depois para fuçar aquele caso. Precisávamos ir a Nova York de qualquer jeito para conversar com Bergdorf. Decidimos fazer isso no dia seguinte, bem cedo.

O dia traria ainda mais surpresas. Tarde da noite, Anna recebeu uma ligação no celular. O número na tela era o do Beluga Bar.

— Assistente Kanner? — disse uma voz masculina. — Aqui é Kirk Harvey.

DEREK SCOTT

Segunda-feira, 22 de agosto de 1994
Três semanas após a chacina

Jesse e eu estávamos a caminho de Hicksville, uma cidade de Long Island entre Nova York e Orphea. A mulher que havia nos procurado era bancária numa pequena filial do banco de Long Island.

— Ela marcou o encontro num café no centro da cidade — expliquei a Jesse no carro. — Seu chefe não sabe que ela nos procurou.

— Mas isso diz respeito ao prefeito Gordon? — perguntou Jesse.

— Pelo visto, sim.

Apesar de ainda ser de manhã, Jesse estava comendo um sanduíche de carne com um molho marrom que tinha um cheiro divino.

— Quer provar? — ofereceu, entre duas mordidas, esticando o lanche em minha direção. — Está realmente muito bom.

Mordi o pão. Poucas vezes na vida eu tinha comido algo tão bom.

— É o molho que é tão incrível. Nem sei como Natasha consegue fazer isso. Eu dei o nome de molho Natasha.

— O quê? Natasha fez esse sanduíche hoje de manhã antes de você sair?

— Isso. Ela se levantou às quatro da manhã para testar alguns pratos para o restaurante. Darla deve passar lá daqui a pouco. Eu fiquei até confuso na hora de escolher. Panquecas, waffles, salada russa. Tinha comida para um batalhão. Sugeri que ela servisse esses sanduíches no Pequena Rússia. As pessoas vão disputá-los a tapa.

— E com muita batata frita — falei, já me vendo lá. — A porção nunca vem com batatas o suficiente.

A funcionária do banco de Long Island se chamava Macy Warwick. Esperava-nos num café vazio, mexendo seu cappuccino com uma colher, nervosa.

— Fui aos Hamptons no final de semana passado e vi no jornal uma foto dessa família que foi assassinada. Tive a impressão de reconhecer o homem, até perceber que era um cliente do banco.

Ela tinha trazido uma pasta com documentos bancários e a empurrou em nossa direção. Então continuou:

— Levei um tempo para descobrir o nome dele. Eu já não estava mais com o jornal e não tinha anotado o sobrenome. Tive que rastrear no sistema do banco para encontrar as transações. Nos últimos meses, ele havia vindo várias vezes por semana.

Enquanto a escutávamos, Jesse e eu consultamos os extratos bancários que ela trouxera. Tratava-se sempre de um depósito de 20 mil dólares em espécie numa conta do banco de Long Island.

— Joseph Gordon vinha a esta filial várias vezes por semana para depositar 20 mil dólares? — repetiu Jesse, surpreso.

— Isso... Vinte mil dólares é o valor máximo que um cliente pode depositar sem precisar fornecer explicações.

Estudando os documentos, descobrimos que aquela manobra começara no mês de março.

— Então, se compreendi bem — falei —, você nunca teve que pedir para o Sr. Gordon dar uma justificativa para essas transferências?

— Não. Além disso, meu chefe não gosta que façamos muitas perguntas. Ele diz que se os clientes não vierem aqui, irão a outro lugar. Parece que a diretoria do banco está pensando em fechar algumas filiais.

— Então o dinheiro continua nessa conta do seu banco?

— Sim, no nosso banco, mas tomei a liberdade de verificar a quem pertencia a conta na qual o dinheiro era depositado: era uma conta diferente, também pertencente ao Sr. Gordon, mas aberta na nossa filial de Bozeman, no estado de Montana.

Jesse e eu ficamos chocados. Nos documentos bancários encontrados na casa de Gordon, havia apenas suas contas pessoais, abertas num banco dos Hamptons. O que significava aquela conta secreta aberta em Bozeman, no interior de Montana?

Não perdemos tempo e entramos em contato com a polícia estadual de Montana para obter mais informações. E a descoberta deles bastou para que Jesse e eu pegássemos um voo para o aeroporto Yellowstone Bozeman, com uma escala em Chicago, munidos de sanduíches ao molho Natasha para animar a viagem.

Joseph Gordon alugava uma casinha em Bozeman desde abril, algo que pôde ser comprovado pelos débitos automáticos efetuados desde a abertura de sua misteriosa conta bancária em Montana. Encontramos seu corretor de imóveis, que nos levou a uma cabana de aparência sinistra, que ficava numa esquina.

— Sim, de fato é ele, Joseph Gordon — garantiu o corretor de imóveis quando lhe mostramos uma foto do prefeito. — Ele veio a Bozeman uma vez. Em abril. Estava sozinho. Viera do estado de Nova York de carro. E o veículo estava abarrotado de caixas. Ainda nem tinha visto a casa e já afirmava que a queria, porque segundo ele "por um preço desses, é irrecusável".

— Tem certeza de que o homem que o senhor viu é esse mesmo? — perguntei.

— Absoluta. Como ele não me inspirou confiança, tirei discretamente uma foto do seu rosto e da placa do carro, para alguma eventualidade. Veja!

O corretor pegou na pasta uma foto em que se via nitidamente o prefeito Gordon descarregando caixas de papelão de um conversível azul.

— Ele explicou por que havia decidido vir morar aqui?

— Na verdade, não, mas terminou soltando esta: "A região de vocês não é lá essas coisas, mas pelo menos aqui ninguém virá me procurar."

— E ele ficou de se mudar quando?

— Começou a pagar o aluguel em abril, mas não sabia muito bem quando viria em definitivo. Eu estava me lixando: contanto que o aluguel fosse pago, o resto não era da minha conta.

— Posso ficar com a foto para incluí-la no dossiê? — perguntei ao corretor.

— Fique à vontade, sargento.

Conta bancária aberta em março, casa alugada em abril: o prefeito Gordon planejara sua fuga. Na noite em que morrera, estava se preparando para deixar Orphea com a família. Uma pergunta ainda permanecia sem resposta: como o assassino sabia disso?

Além disso, tínhamos também de descobrir de onde vinha aquele dinheiro, pois agora estava evidente para nós que havia uma ligação entre seu assassinato e as enormes somas de dinheiro que ele transferira para Montana: eram quase 500 mil dólares no total.

Nosso primeiro instinto foi verificar se aquele dinheiro poderia constituir uma ligação entre Ted Tennenbaum e o prefeito Gordon. Tivemos que nos desdobrar para convencer o major a aceitar pedir um mandado ao promotor, a fim de termos acesso às informações bancárias de Tennenbaum.

— Vocês sabem que, com um advogado como Starr, se errarem de novo, há grandes chances de serem levados perante a comissão disciplinar, ou mesmo perante um juiz, por reincidência — avisou o major. — E então podem acreditar que será o fim da carreira de vocês.

Estávamos perfeitamente cientes disso. Mas não podíamos negligenciar o fato de que o prefeito começara a receber aquelas misteriosas quantias na época em que as obras da reforma do Café Athena tinham começado. E se o prefeito tivesse extorquido Tennenbaum em troca de não embargar as obras e permitir que ele inaugurasse o restaurante a tempo para o festival?

O promotor, após ouvir nossos argumentos, julgou a teoria convincente a ponto de expedir um mandado. E foi assim que descobrimos que, entre fevereiro e julho de 1994, Ted Tennenbaum havia retirado 500 mil dólares de uma conta herdada de seu pai num banco de Manhattan.

JESSE ROSENBERG

Terça-feira, 8 de julho de 2014
18 dias antes do festival

Naquela manhã no carro, a caminho de Nova York, onde encontraríamos Steven Bergdorf, Anna nos contou sobre a conversa telefônica que tivera com Kirk Harvey.

— Ele se recusa a me revelar o que quer que seja por telefone. Ficou de me encontrar amanhã, quarta-feira, às seis horas da noite, no Beluga Bar.

— Em Los Angeles? — perguntei, surpreso diante da notícia. — Ele não pode estar falando sério!

— Parecia falar com a maior seriedade do mundo. Já consultei os horários: você pode pegar o voo de dez da manhã no JFK, Jesse.

— Como assim, *Jesse*? — protestei.

— Isso é função da polícia estadual, e Derek tem filhos.

— Ir para Los Angeles...

Eu suspirei.

Não tínhamos avisado Steven Bergdorf de nossa vinda, queríamos contar um pouco com o efeito surpresa. Fomos encontrá-lo na redação da *Revista Literária de Nova York*, onde ele nos recebeu em sua sala caótica.

— Ah, eu soube de Stephanie. Que notícia terrível! — Estas foram suas primeiras palavras. — Por acaso vocês têm alguma pista?

— Talvez tenha a ver com o senhor — atacou Derek.

Isso me fez perceber que ele continuava com a mesma vivacidade, ainda que tivesse ficado vinte anos afastado do trabalho em diligência.

— Comigo? — perguntou Bergdorf, pálido.

— Stephanie foi trabalhar no *Orphea Chronicle* para realizar discretamente uma investigação sobre o quádruplo homicídio de 1994. Estava escrevendo um livro a respeito.

— Estou pasmo. Eu não sabia de nada disso.

— Sério? — perguntou Derek, com ar de espanto. — Sabemos que Stephanie recebeu a sugestão de escrever o livro de alguém que estava em Orphea na noite dos assassinatos. No Teatro Municipal, para ser mais preciso. Onde estava no momento dos assassinatos, Sr. Bergdorf? Tenho certeza de que se lembra.

— No Teatro Municipal, certamente. Assim como todo mundo em Orphea aquela noite! Eu nem toquei nesse assunto com Stephanie, é um caso sem qualquer importância, na minha opinião.

— O senhor era editor do *Orphea Chronicle* e subitamente pediu demissão nos dias que se sucederam à chacina. Isso sem falar no livro que o senhor escreveu sobre o festival, o mesmo festival pelo qual Stephanie se interessava. São muitos pontos em comum, não acha? Sr. Bergdorf, por acaso encomendou a Stephanie Mailer uma investigação sobre a chacina de Orphea?

— Juro que não! Essa história não tem pé nem cabeça. Por que eu teria feito isso?

— Há quanto tempo não vai a Orphea?

— Passei um fim de semana lá em maio do ano passado, a convite da prefeitura. Não colocava os pés lá desde 1994. Saí de Orphea sem deixar vínculos: me mudei para Nova York, onde conheci minha mulher e segui com minha carreira de jornalista.

— Por que deixou Orphea logo depois da chacina?

— Justamente por causa do prefeito Gordon.

Bergdorf nos fez viajar até o passado, vinte anos antes.

— Joseph Gordon, no plano pessoal e profissional, era bastante medíocre. Um homem de negócios fracassado: todas as suas empresas haviam falido e ele terminou se lançando na política quando a oportunidade de ser prefeito o fez cobiçar o salário que era pago pela posição.

— Como ele foi eleito?

— Era um grande falastrão, impressionava à primeira vista. Teria sido capaz de vender gelo para um esquimó, mas não conseguiria cumprir o prometido. Na época das eleições municipais de 1990, a economia de Orphea não ia muito bem e o clima estava tenso. Gordon falou para as pessoas o que elas queriam ouvir e foi eleito. Mas, como era um político medíocre, pouco tempo depois começou a perder popularidade.

— Medíocre — ponderei —, mas criou o festival de teatro, que gerou uma boa repercussão para a cidade.

— Não foi o prefeito Gordon que criou o festival de teatro, capitão Rosenberg. Foi seu vice na época: Alan Brown. Logo após ser eleito, o prefeito Gordon percebeu que precisava de ajuda para administrar Orphea. Nessa época, Alan Brown, nativo da cidade, havia acabado de se formar em direito. Aceitou o convite para ser vice-prefeito, o que não deixava de ser um primeiro cargo importante para alguém que tinha acabado de sair da faculdade. Não demorou para o jovem Brown chamar a atenção com sua inteligência. Fez de tudo para reaquecer a economia da cidade. E conseguiu. Os anos favoráveis que vieram com a eleição do presidente Clinton ajudaram bastante, mas Brown foi uma referência com sua profusão de ideias: reaqueceu o turismo de forma agressiva, depois houve as comemorações do feriado de Quatro de Julho, o espetáculo de fogos anual, o incentivo à instalação de novos estabelecimentos comerciais, a reforma da rua principal.

— E em seguida foi alçado a prefeito com a morte de Gordon, é isso? — perguntei.

— Alçado, não, capitão. Após o assassinato de Gordon, Alan Brown exerceu as funções de prefeito interino durante apenas um mês: afinal de contas, em setembro de 1994 haveria eleições municipais e Brown já planejara se candidatar. Foi eleito com muita vantagem.

— Voltemos ao prefeito Gordon — propôs Derek. — Ele tinha inimigos?

— Ele não seguia uma linha política clara, então de vez em quando acabava desagradando a todo mundo.

— Ted Tennenbaum era uma dessas pessoas?

— Nem tanto. Eles de fato tiveram uma pequena rixa relacionada à reforma de um imóvel que ia virar restaurante, mas nada que justificasse matar um homem e toda a sua família.

— Sério? — perguntei.

— Ah, sim, nunca o julguei capaz de fazer aquilo por um motivo tão bobo.

— Por que não falou nada na época?

— Para quem? Para a polícia? O senhor me imagina aparecendo numa delegacia para questionar a conduta adotada numa investigação? Eu supunha que, é claro, deveriam existir provas consistentes. Quer dizer, de toda forma o coitado já estava morto. E além do mais, para ser franco, eu não me importava muito com o caso, afinal eu não morava mais em Orphea. Acompanhei a história de longe. Em suma, para retomar o fio da minha história... Eu dizia aos senhores que a vontade do jovem Alan Brown de reconstruir a cidade foi uma bênção para os pequenos empresários locais: reforma da prefeitura, reforma dos restaurantes, construção de uma biblioteca municipal e de diversos prédios. Enfim, esta é a versão oficial. Porque, com o argumento de que pretendia dar trabalho aos moradores da cidade, Gordon, por baixo dos panos, pedia-lhes que superfaturassem os serviços, em troca da obtenção do contrato.

— Gordon recebia propina? — perguntou Derek, que parecia em choque.

— Claro que sim!

— Por que na época da investigação ninguém mencionou isso? — espantou-se Anna.

— O que a senhora queria? — retorquiu Bergdorf. — Que os empresários abrissem o jogo e denunciassem a si mesmos? Eles eram tão culpados quanto o prefeito. Seria a mesma coisa se eu agora, aproveitando a visita de vocês, confessasse ter assassinado o presidente Kennedy.

— E o senhor? Como soube disso?

— Os contratos eram públicos. No período das obras, era possível consultar os valores pagos pela prefeitura às diversas empreiteiras. Por outro lado, as empresas que participavam das obras municipais também eram obrigadas a apresentar seus balanços contábeis à prefeitura, que queria se certificar de que elas não abririam falência no meio das obras. No começo de 1994, dei um jeito de obter os balanços das empresas contratadas e comparei-os com os valores oficialmente pagos pela prefeitura. Em sua maioria, a linha contábil referente ao pagamento efetuado pela prefeitura mostrava uma quantia inferior à do contrato assinado com ela.

— Como ninguém se deu conta disso? — perguntou Derek.

— Imagino que havia uma fatura para a prefeitura e uma fatura para a contabilidade e que os dois montantes não correspondiam, o que ninguém, exceto eu, tinha resolvido verificar.

— E o senhor não falou nada?

— Sim, escrevi uma matéria para o *Orphea Chronicle*, e fui falar com o prefeito Gordon. Para lhe pedir explicações. E sabem o que ele me respondeu?

Prefeitura de Orphea, sala do prefeito Gordon
15 de fevereiro de 1994

O prefeito Gordon leu com atenção a reportagem que Bergdorf acabara de lhe mostrar. Um silêncio total imperava no aposento. Gordon parecia tranquilo, enquanto Bergdorf, por sua vez, estava nervoso. O prefeito acabou apoiando o texto na mesa, ergueu os olhos para o jornalista e lhe disse, com uma voz quase cômica:

— É muito grave o que está me informando, meu caro Steven. Haveria então corrupção nos altos escalões de Orphea?

— Sim, senhor prefeito.

— Isso vai dar uma tremenda confusão. É óbvio que o senhor tem cópias dos contratos e dos balanços para provar tudo isso...

— Sim, senhor prefeito.

— Que trabalho minucioso! — parabenizou o prefeito Gordon. — Sabe, caro Steven, é uma baita coincidência ter vindo me procurar: eu queria justamente falar com o senhor sobre um grande projeto. O senhor sabe que, em poucos meses, celebraremos a abertura do nosso primeiro festival de teatro?

— Claro que sei, senhor prefeito — respondeu Bergdorf, que não compreendia direito aonde o prefeito queria chegar.

— Pois bem, eu queria que o senhor escrevesse um livro sobre esse festival. Um livrinho no qual o senhor contaria os bastidores da criação do evento, tudo acompanhado de fotos. Seria lançado na noite de abertura. Será uma lembrança cobiçada pelos espectadores, que o comprarão por impulso. A propósito, Steven, quanto cobraria por um trabalho como esse?

— É... não sei, senhor prefeito. Nunca fiz isso antes.

— Pelos meus cálculos, isso ficaria na casa dos 100 mil dólares — decretou o prefeito.

— O senhor... o senhor me pagaria 100 mil dólares para escrever esse livro? — balbuciou Steven.

— Sim, me parece o preço de mercado para um texto da qualidade do seu. Em contrapartida, é óbvio que isso não seria possível se uma matéria a respeito da gestão das contas municipais fosse publicada no *Orphea Chronicle*, uma vez que as contas seriam escrupulosamente examinadas e as pessoas não compreenderiam por que eu teria pago um valor tão alto. O senhor entende o que quero dizer...

— E o senhor escreveu esse livro! — eu disse, percebendo na mesma hora que era o livro que Anna e eu tínhamos encontrado nas coisas de Cody.

— O senhor foi comprado...

— Ah, não, capitão Rosenberg! — indignou-se Steven. — Sem lições de moral, por favor! O senhor imaginou que eu recusaria uma oferta dessas? Era a oportunidade de ganhar dinheiro, eu poderia usá-lo para comprar uma casa. Infelizmente, nunca fui pago, pois aquele imbecil do Gordon foi assassinado antes de eu receber o dinheiro. Para garantir que eu não o traísse depois de receber os 100 mil dólares, ele disse que me pagaria após a publicação do livro. Dois dias depois da morte de Gordon fui falar com Alan Brown, prefeito interino. Não havia qualquer contrato, mas eu não queria que meu acordo com Gordon fosse para o espaço. Eu achava que Brown também se beneficiava no esquema das propinas, mas descobri que ele não estava sabendo de nada. Ficou tão atordoado que exigiu minha demissão imediata, senão avisaria a polícia. Declarou que não toleraria jornalista corrupto no *Orphea Chronicle*. Fui obrigado a ir embora e foi assim que esse dedo-duro do Michael Bird virou editor. E vamos ser sinceros, ele escreve feito uma mula!

Em Orphea, Charlotte Brown, mulher do prefeito, conseguira arrancar o marido do escritório e levá-lo para almoçar na varanda do Café Athena. Encontrou-o terrivelmente tenso e nervoso. Ele vinha dormindo pouco, comendo nada, estava abatido e com uma expressão preocupada. Ela pensou que um almoço ao ar livre lhe faria bem.

Sua iniciativa foi um sucesso total: Alan, após lhe garantir que não tinha tempo de almoçar, deixara-se convencer e a pausa pareceu ter um efeito positivo, algo que não durou muito: o celular de Alan começou a vibrar na mesa e, quando ele viu o nome na tela, pareceu inquieto. Afastou-se da mesa para atender.

Embora não tenha conseguido ouvir o teor da conversa, Charlotte Brown percebeu a voz alterada do marido e seu gestual irritado. Ouviu-o dizer com uma voz quase de súplica, "Não faça isso, vou dar um jeito", antes de desligar e voltar furioso, enquanto um garçom servia as sobremesas pedidas.

— Tenho de ir até a prefeitura — comunicou-lhe Alan, num tom desagradável.

— Já? Pelo menos coma sua sobremesa, Alan. Isso pode esperar quinze minutos, ou não?

— Estou com um problemão, Charlotte. Era o empresário da companhia teatral que vai apresentar a peça principal do festival. Disse que soube da paralisação e que os atores não estão se sentindo seguros. Desistiram. Não tenho mais peça. É uma catástrofe.

O prefeito partiu apressado e não notou uma pessoa, sentada à mesa atrás da dele desde o início do almoço, que não perdera uma sílaba daquela conversa. Esperou que Charlotte Brown saísse e pegou o celular.

— Michael Bird? É Sylvia Tennenbaum. Tenho informações sobre o prefeito que devem ser de seu interesse. Pode passar no Café Athena?

* * *

Quando perguntei a Steven Bergdorf onde ele estava na noite que Stephanie Mailer tinha desaparecido, este, fazendo-se de ofendido, respondera: "Estava num vernissage, pode verificar, capitão." E foi o que fizemos quando voltamos à sala de Anna na delegacia de Orphea.

A galeria que organizava o evento nos confirmou a presença de Bergdorf e nos informou que o vernissage terminara às sete horas da noite.

— Deixando Manhattan às sete ele conseguiria estar em Orphea às dez — argumentou Anna.

— Acha que ele seria capaz de matar Stephanie? — perguntei.

— Bergdorf conhece muito bem o prédio da redação do *Orphea Chronicle*. Tem os conhecimentos necessários para entrar lá e roubar o computador. Sabia também que Michael Bird era o editor do jornal, por isso a ideia de enviar para ele a mensagem do celular de Anna. Além disso, podemos imaginar que temia ser reconhecido em Orphea, razão pela qual acabou desistindo de encontrar Stephanie no Kodiak Grill e marcou o encontro com ela na praia. Por que nós não o prendemos?

— Porque são apenas suposições, Anna — interveio Derek. — Nada de concreto. Um advogado desmonta esse argumento em cinco minutos. Não temos qualquer prova contra ele. Mesmo que ele tivesse ficado em casa sozinho, é impossível provar. E, além disso, tem o álibi ruim que nos deu prova de que ele não sabe sequer a hora em que Stephanie foi assassinada.

Derek não estava errado nesse ponto. Coloquei, apesar de tudo, um retrato de Bergdorf no quadro metálico.

— Enquanto isso, Jesse, eu consideraria que Bergdorf é a pessoa que encomendou o livro a Stephanie — sugeriu Anna.

Ela escolheu trechos do texto encontrado no computador, que tínhamos prendido no quadro, e disse:

— Quando Stephanie pergunta ao patrocinador por que ele mesmo não escreve o livro, ele responde: "Eu? Impossível! O que as pessoas diriam?" Seria então alguém sem qualquer credibilidade para escrever esse livro, a ponto de delegar a tarefa a outra pessoa.

Li então o seguinte trecho:

— "*Ora, um pouco antes das sete horas da noite, saí na rua para esticar as pernas e vi uma caminhonete passar. Era facilmente identificável pelo adesivo que estampava o vidro traseiro. Compreendi muito depois, lendo os jornais, que era o carro de Ted Tennenbaum. O problema é que não era ele quem estava ao volante."* Bergdorf declarou justamente duvidar da culpa de Tennenbaum. E ele estava no Teatro Municipal aquela noite.

— Eu daria tudo para saber quem estava ao volante dessa caminhonete — disse Anna.

— Pois eu fico me perguntando por que o prefeito Brown nunca falou nada sobre a corrupção do prefeito Gordon — opinou Derek. — Se soubéssemos disso na época, o curso da investigação teria mudado. E o principal: se o dinheiro que Gordon transferiu para Montana era de propinas pagas por empreiteiros, então a que correspondem as retiradas em espécie efetuadas por Ted Tennenbaum, que ele nunca conseguiu justificar?

Houve um longo silêncio. Anna percebeu que eu e Derek estávamos perplexos e então perguntou:

— Como Ted Tennenbaum morreu?

— Na prisão — limitei-me a responder, sério.

Derek, por sua vez, apenas mudou de assunto para indicar a Anna que não estávamos com vontade de falar sobre aquilo.

— Deveríamos comer alguma coisa, não almoçamos. É por minha conta.

O prefeito Brown chegou em casa surpreendentemente cedo. Precisava de calma para estudar possíveis alternativas, caso o festival de teatro fosse cancelado. Andava de um lado para outro na sala, com um semblante concentrado. Sua mulher, Charlotte, observando-o a distância, podia sentir seu nervosismo. Terminou se aproximando para tentar fazer com que ele ficasse razoavelmente tranquilo.

— Alan, querido — disse, passando carinhosamente a mão no cabelo dele —, e se isso for um sinal de que é melhor desistir desse festival? Isso deixa você num estado...

— Como pode dizer uma coisa dessas? Você, que era atriz... Sabe o que isso representa! Preciso do seu apoio.

— Acho que talvez seja o destino. De toda forma, faz muito tempo que esse festival dá prejuízo.

— Esse festival tem que acontecer, Charlotte! Nossa cidade depende dele.

— Mas o que vai fazer para substituir a peça principal?

— Não faço ideia. — Ele suspirou. — Vou ser motivo de piada.

— Tudo vai dar certo, Alan, você vai ver.

— Mas como?

Ela não fazia ideia. Falara aquilo apenas para animá-lo. Tentou encontrar uma solução.

— Vou... vou entrar em contato com meus conhecidos do meio teatral!

— Seus conhecidos? Querida, é muito legal da sua parte, mas faz mais de vinte anos que você não sobe num palco. Não tem mais tantos contatos...

Com um braço, enlaçou a mulher, que pousou a cabeça em seu ombro.

— É uma catástrofe — decretou. — Ninguém quer vir ao festival. Nem os atores, nem a imprensa, nem os críticos. Enviamos dezenas de convites, todos sem resposta. Escrevi até para Meta Ostrovski.

— Meta Ostrovski do *The New York Times*?

— Ex-*The New York Times*. Agora ele trabalha para a *Revista Literária de Nova York*. É melhor do que nada. Mas também não me respondeu. Estamos a menos de vinte dias da abertura e o festival está à beira de um colapso. Dá vontade de tacar fogo no teatro para...

— Alan — interrompeu-o a mulher —, não fale besteira!

A campainha da porta da frente soou.

— Ih, quem sabe não é ele? — disse Charlotte, em tom de piada.

— Está esperando alguém? — perguntou Alan, que não estava com disposição para brincadeiras.

— Não.

Levantou-se e atravessou a casa para abrir a porta: era Michael Bird.

— Bom dia, Michael.

— Bom dia, senhor prefeito. Peço desculpas por incomodá-lo em sua casa, tentei desesperadamente ligar para o seu celular, mas estava desligado.

— Eu precisava de um momento de tranquilidade. O que está acontecendo?

— Eu queria saber o que tem a dizer sobre o boato, senhor prefeito.

— Que boato?

— Estão dizendo que o senhor não tem mais peça principal para o festival de teatro.

— Quem lhe disse isso?

— Sou jornalista.

— E por isso mesmo deveria saber que boatos não valem nada, Michael — irritou-se Brown.

— Concordo plenamente, senhor prefeito. Foi por isso que me dei ao trabalho de ligar para o agente da companhia em questão, que me confirmou o cancelamento do espetáculo. Declarou que os atores não se sentem mais seguros em Orphea.

— Isso é ridículo — respondeu Alan, sem perder a calma. — E, se eu fosse você, não publicaria isso...

— Ah! E por quê?

— Porque... faria papel de palhaço!

— Papel de palhaço?

— Isso mesmo. O que você acha, Michael? Já cobri o buraco deixado pela companhia de teatro que tinha ficado de se apresentar.

— Sério? E por que ainda não fez um comunicado?

— Porque... Porque é uma superprodução — respondeu o prefeito sem pensar. — Uma coisa única! Algo que vai causar tanta comoção que os espectadores virão correndo para o festival. Farei um comunicado em grande estilo, não um comunicado improvisado que passaria despercebido.

— Então quando fará esse grande comunicado?

— Nessa sexta-feira — respondeu o prefeito Brown de imediato. — É isso, sexta-feira, 11 de julho, darei uma entrevista coletiva e, acredite, o que vou anunciar será uma surpresa para todo mundo!

— Muito bem, obrigado pelas informações, senhor prefeito. Publicarei tudo isso na edição de amanhã — disse Michael, querendo verificar se o prefeito blefava ou não.

— Faça isso, por favor — falou Alan, num tom que ele procurou manter confiante.

Michael assentiu e fez menção de ir embora. Mas Alan não se conteve e acrescentou:

— Não se esqueça de que é a prefeitura que subsidia seu jornal e por isso vocês não precisam pagar aluguel, Michael.

— O que quer dizer com isso, prefeito?

— Que não se morde a mão que o alimenta.

— Está me ameaçando, senhor prefeito?

— Eu não faria uma coisa dessas. Estou dando um conselho de amigo. Só isso.

Michael cumprimentou-o com um aceno de cabeça e partiu. Alan fechou a porta e cerrou os punhos com raiva. Sentiu uma mão pousar em seu ombro: era Charlotte. Ela ouvira tudo e olhava para ele, perplexa.

— Um grande comunicado? Mas, querido, o que vai anunciar?

— Não faço ideia. Tenho dois dias para que aconteça um milagre. Senão, será minha renúncia que eu anunciarei.

-5

Noite negra

QUARTA-FEIRA, 9 DE JULHO – QUINTA-FEIRA, 10 DE JULHO DE 2014

JESSE ROSENBERG

Quarta-feira, 9 de julho de 2014 – Los Angeles
17 dias antes da abertura do festival

Trechos da primeira página do *Orphea Chronicle* de quarta-feira, 9 de julho de 2014:

PEÇA MISTERIOSA ABRIRÁ O FESTIVAL DE TEATRO

Mudança na programação: na próxima sexta-feira, o prefeito anunciará a peça a ser apresentada na abertura. Ele adianta que será uma produção espetacular, que deverá fazer desta 21ª edição do festival uma das mais marcantes de sua história.

Larguei o jornal no momento em que o avião aterrissou em Los Angeles. Anna me dera seu exemplar do *Orphea Chronicle* quando eu, ela e Derek nos reunimos de manhã para um último balanço da situação.

— Tome — disse ela, me entregando o jornal. — Algo para ler na viagem.

— Ou o prefeito é um gênio, ou está chafurdado na merda — falei, sorrindo, ao ler a primeira página do jornal antes de guardá-lo na mochila.

— Eu voto na segunda opção.

Anna riu.

Era uma da tarde na Califórnia. O avião havia decolado de Nova York no meio da manhã e, apesar das seis horas e meia de voo, a magia do fuso horário ainda me dava algumas horas antes do encontro com Kirk Harvey. Eu queria aproveitá-las para entender o que Stephanie viera fazer aqui. Não tinha muito tempo, meu voo de volta estava marcado para a tarde do dia seguinte, o que me dava exatas 24 horas.

Num procedimento de praxe, informei à polícia rodoviária da Califórnia, o equivalente à polícia estadual, sobre minha viagem. Um policial que respondia pelo nome de Cruz tinha ido me buscar no aeroporto e estava à disposição durante minha estadia. Pedi ao sargento Cruz que me levasse direto ao hotel onde as despesas do cartão de crédito de Stephanie indicavam que ela se hospedara. Era um Best Western elegante, nas imediações do Beluga Bar. A diária era cara, então era óbvio que dinheiro não era um problema para ela. Alguém a financiava. Mas quem? Seu misterioso patrocinador?

Quando mostrei um retrato de Stephanie ao recepcionista do hotel, ele logo a reconheceu.

— Sim, lembro bem dela.

— Alguma coisa que tenha lhe chamado a atenção?

— Uma moça bonita, chique, isso chama a atenção — respondeu o recepcionista. — Mas fiquei mais impressionado porque ela foi a primeira escritora que eu conheci.

— Foi assim que ela se apresentou?

— Sim, dizia estar escrevendo um romance policial baseado numa história real e que tinha vindo aqui em busca de respostas.

Então era mesmo um livro que Stephanie estava escrevendo. Após sua demissão da revista, decidira realizar seu desejo de virar escritora. Mas a que preço?

Eu não tinha reservado hotel e, por comodidade, peguei um quarto no Best Western. Em seguida, o sargento Cruz me conduziu ao Beluga Bar, onde cheguei às cinco da tarde em ponto. Uma jovem enxugava copos junto ao balcão. Ao notar meu comportamento, ela percebeu que eu procurava alguém. Quando mencionei o nome de Kirk Harvey, ela sorriu. Parecia se divertir.

— O senhor é ator?

— Não.

Ela deu de ombros, como se não acreditasse.

— Atravesse a rua, vai ver uma escola. Desça ao subsolo, é a sala de espetáculos.

Obedeci. Como não encontrei o acesso ao subsolo, interpelei o zelador, que varria o pátio.

— Com licença, senhor, estou procurando Kirk Harvey.

O sujeito caiu na risada.

— Mais um! — disse.

— Mais um o quê?

— É ator, não é?

— Não. Por que todo mundo acha que sou ator?

O homem deu uma sonora gargalhada.

— O senhor já vai entender. Está vendo a porta de ferro ali? Desça um andar e verá um pôster. Não tem como errar. Boa sorte!

Como ele continuava a rir, deixei-o com seu senso de humor e segui suas indicações. Cruzei a porta que dava numa escada, desci um andar e vi uma porta pesada, na qual havia um imenso cartaz colado de qualquer jeito com fita adesiva.

> *Ensaio de:*
> ## "NOITE NEGRA"
> *A PEÇA DE TEATRO DO SÉCULO*
>
> *Atores interessados: favor procurar o ilustríssimo Kirk Harvey ao fim do ensaio. Doações são bem-vindas.*
>
> *Silêncio absoluto durante o ensaio! Falatórios proibidos!*

Meu coração bateu mais forte. Tirei uma foto com o celular e a enviei a Anna e Derek. Então, quando eu me preparava para girar a maçaneta, a porta se abriu com violência e fui obrigado a dar um passo para trás para não ser atingido. Vi passar um homem que fugiu pelas escadas, aos prantos. Ouvi-o jurar para si mesmo, furioso:

— Nunca mais! Nunca mais serei tratado dessa forma!

A porta permaneceu aberta e entrei devagar no recinto imerso em escuridão. Era um típico teatro de escola, bastante amplo, com pé-direito alto. Cadeiras estavam arrumadas em fileiras diante de um pequeno palco iluminado por holofotes bem quentes, com uma luz ofuscante, e duas pessoas estavam nele: uma senhora gorda e um senhor baixinho.

Uma pequena porém impressionante multidão se aglomerava diante deles, prestando uma atenção religiosa ao que acontecia. Num canto, uma mesa com café, bebidas, salgadinhos e biscoitos. Vi um homem seminu engolindo um biscoito às pressas, ao mesmo tempo que vestia um uniforme de policial. Era um ator mudando de figurino. Aproximei-me dele e sussurrei:

— Com licença, o que está acontecendo aqui?

— Como assim, *o que está acontecendo*? É o ensaio de *Noite negra*!

— Ah! — exclamei, um pouco cauteloso. — E o que é a *Noite negra*?

— É a peça na qual o ilustríssimo Harvey trabalha há vinte anos. Está ensaiando há vinte anos! Segundo a lenda, o dia em que a peça ficar pronta, fará um sucesso jamais visto.

— E quando ela ficará pronta?

— Ninguém sabe. Para o senhor ter uma ideia, ele ainda não terminou de ensaiar nem a primeira cena. Vinte anos só para a primeira cena, imagine a qualidade da peça!

As pessoas ao redor se voltaram e nos fitaram contrariadas, sinalizando para que nos calássemos. Aproximei-me do homem com quem conversava e murmurei em seu ouvido:

— Quem são essas pessoas?

— Atores. Todo mundo quer tentar a sorte e fazer parte do elenco.

— Há tantos papéis assim? — perguntei, calculando o número de pessoas presentes.

— Não, mas rola um intenso entra e sai. Por causa do ilustríssimo Harvey. Ele é exigente...

— E onde está ele?

— Ali embaixo, na primeira fila.

Indicou que havíamos falado demais e que agora devíamos nos calar. Eu me juntei à multidão. Compreendi que a peça começara e que o silêncio fazia parte dela. Ao me aproximar do palco, vi um homem deitado sobre ele, fazendo-se de morto. Uma mulher avançou até o corpo, que o senhor baixinho de uniforme contemplava.

O silêncio durou longos minutos. De repente, uma voz na plateia elogiou:

— É uma obra-prima!

— Cale a boca! — retrucou outra pessoa.

O silêncio voltou. Em seguida, uma gravação soou, dizendo o seguinte:

É uma manhã sinistra. Chove. Numa estrada do interior, o tráfego está parado: formou-se um terrível engarrafamento. Os motoristas, irritados, buzinam com raiva. Uma moça, andando pelo acostamento, percorre a fila dos carros imóveis. Avança até a barreira policial e faz uma pergunta a um guarda.

A MOÇA: O que houve?

O GUARDA: Um homem morto num trágico acidente de moto.

— Corta! — uivou uma voz fanhosa. — Luz! Luz!

A luz foi acesa e iluminou a sala. Um homem num terno amarrotado, os cabelos desgrenhados e papéis na mão aproximou-se do palco. Era Kirk Harvey, vinte anos mais velho do que quando eu o conhecera.

— Não, não, não! — bradou, dirigindo-se ao senhor baixinho. — Que tom é esse? Seja convincente, meu caro! Vamos, repita para mim.

O senhor baixinho no uniforme grande demais estufou o peito e berrou:

— *Um sujeito morto!*

— Não, não, seu idiota! — exaltou-se Kirk. — É: *Um homem morto.* E além disso, por que está usando esse tom? Está anunciando uma morte, não contando carneirinhos. Seja dramático, caramba! O espectador tem que estremecer no assento.

— Desculpe, ilustríssimo Kirk — lamentou-se o senhor baixinho. — Me dê mais uma chance, eu imploro!

— Está bem, então a última. Depois, rua!

Aproveitei a interrupção para me apresentar a Kirk Harvey.

— Bom dia, Kirk. Sou Jesse Rosenberg e...

— Eu deveria saber quem você é, seu idiota? Se é um papel que você quer, é no fim do ensaio que deve me procurar, mas, no seu caso, esqueça! Você é uma vergonha para a profissão!

— Sou o capitão Rosenberg, da polícia do estado de Nova York. Investigamos juntos há vinte anos o caso do quádruplo homicídio de 1994.

O rosto dele se iluminou na mesma hora.

— Ah, mas claro! Naturalmente! Leonberg! Você não mudou nada.

— *Rosenberg.*

— Puxa, Leonberg, não poderia ter chegado em hora pior. Está me atrapalhando no meio do ensaio. O que o traz aqui?

— O senhor falou com a assistente da polícia de Orphea, Anna Kanner. Foi ela que me pediu para vir. Como vocês tinham marcado um encontro às cinco horas...

— E que horas são?

— Cinco horas.

— Fala sério, você é neto do Eichmann, por acaso? Faz tudo que mandam você fazer? Se eu falasse para você sacar sua arma e disparar no meio da testa dos meus atores, faria isso?

— Ahn... não. Kirk, preciso falar com você, é importante.

— Rá! Escutem o cara! *Importante, importante!* Eu vou mostrar o que é mesmo importante, meu garoto: é este palco. É o que acontece aqui e agora. — Voltou-se para o palco e, indicando-o com as mãos, disse: — Olhe, Leonberg!

— *Rosenberg!*

— O que vê?

— Vejo apenas um tablado vazio...

— Feche os olhos e enxergue. Acaba de acontecer um assassinato ali, mas as pessoas ainda não sabem disso. É de manhã. É verão, mas faz frio. Uma chuva gelada cai sobre nós. Sente-se a tensão, a irritação dos motoristas que não podem mais avançar pois a estrada foi interditada pela polícia. O ar está empesteado com os odores acres dos canos de escapamento por causa de todos esses imbecis que estão acuados há uma hora, mas não acharam uma boa ideia desligar o motor. Desliguem seus motores, seus burros! E então, *paf!* Vemos essa mulher chegando, surgindo em meio ao nevoeiro. Ela pergunta a um policial: "O que houve?" e o policial lhe responde: "Um homem morto..." E a cena começa de vez. O espectador está hipnotizado. Luz! Luz! Apaguem essa luz, pelo amor de Deus!

A luz da plateia se apagou e somente o palco permaneceu iluminado em meio a um silêncio religioso.

— Vá em frente, gordinha! — gritou Harvey para a atriz que representava a mulher, fazendo um sinal para que ela começasse.

Ela percorreu metade do palco até o ator que fazia o papel de policial e recitou sua fala:

— O que houve?

— Um homem morto! — gritou a plenos pulmões o senhor baixinho de uniforme folgado.

Harvey assentiu com a cabeça e deixou a cena seguir.

A atriz exagerou ao fazer o papel da mulher curiosa e quis se aproximar do cadáver. Porém, sem dúvida nervosa e com medo, não reparou na mão de quem fazia o cadáver e deu-lhe um pisão.

— Ai! — gemeu o morto. — Ela pisou em mim!

— Corta! — berrou Harvey. — Luz! Luz, caramba!

As luzes da sala foram acesas e Harvey pulou para o palco. O sujeito que fazia o cadáver massageava a mão.

— Não ande feito uma vaca gorda! — gritou Harvey. — Preste atenção onde pisa, sua idiota!

— Não sou vaca gorda nem idiota! — exclamou a atriz, já chorando.

— Ah, dá um tempo, assim é demais! Um pouco de verdade, de graciosidade! Olhe para você, para sua pança!

— Vou embora! — berrou a mulher. — Eu me recuso a ser tratada dessa maneira!

Ela quis sair do palco, mas, em seu nervosismo, pisou de novo no cadáver, que gritou ainda mais alto.

— Isso mesmo — esbravejou Harvey —, fora daqui, vaca horrorosa!

A infeliz, aos prantos, abriu caminho em meio à plateia até alcançar a porta e fugir. Ouvimos seus gritos subirem as escadas com ela. Harvey, num ataque de fúria, arremessou seu mocassim na porta. Então, voltando-se, deparou com a multidão de atores mudos que o fitavam e deixou sua raiva explodir.

— Vocês não valem nada! Não entendem nada! Fora, todo mundo! Sumam daqui! Sumam daqui! O ensaio está terminado por hoje!

Os atores obedeceram sem oferecer resistência. Quando o último saiu, Harvey trancou a porta por dentro e, recostado nela, deixou-se cair. Deu um longo e desesperado gemido e disse:

— Nunca vou chegar lá! NUNCA!

Eu tinha permanecido no teatro e me aproximei dele, um pouco constrangido.

— Kirk — falei em voz baixa.

— Me chame de Maestro.

Estendi-lhe a mão num gesto amistoso, ele se levantou e secou os olhos com as mangas do terno preto.

— Você, por acaso, gostaria de ser ator?

— Não, obrigado, Maestro. Mas tenho algumas perguntas que gostaria de fazer, se puder me dar um minutinho de sua atenção.

Ele me levou para tomar uma cerveja no Beluga Bar. O sargento Cruz sentou-se numa mesa próxima e esperou, fazendo palavras cruzadas.

— Stephanie Mailer? — questionou Harvey. — Sim, estive com ela aqui mesmo. Ela queria falar comigo. Estava escrevendo um livro sobre a chacina de 1994. Por quê?

— Morreu. Assassinada.

— Minha nossa...

— Acho que ela morreu por causa das descobertas que fez a respeito dos assassinatos de 1994. O que exatamente disse a ela?

— Que sem dúvida alguma vocês apontaram a pessoa errada como culpada.

— Então foi o senhor que meteu essa ideia na cabeça dela? Mas por que não falou conosco sobre isso na época da investigação?

— Porque só percebi isso *a posteriori*.

— Foi por isso que o senhor abandonou Orphea?

— Não posso revelar nada, Leonberg. Ainda não.

— Como assim, *ainda não*?

— Você vai entender.

— Maestro, percorri 4 mil quilômetros para encontrá-lo.

— Não deveria ter vindo. Não posso correr o risco de comprometer minha peça.

— Sua peça? O que significa *Noite negra*? Está relacionada ao que aconteceu em 1994? O que aconteceu na noite de 30 de julho de 1994? Quem matou o prefeito e a família dele? Por que o senhor fugiu? E o que faz neste teatro no subsolo de uma escola?

— Vou mostrar a você. Você vai entender.

A bordo de seu carro de patrulha, o sargento Cruz nos conduziu ao topo das colinas de Hollywood para contemplarmos a cidade que se estendia à nossa frente.

— Por acaso há algum motivo para estarmos aqui? — acabei perguntando a Harvey.

— Acha que conhece Los Angeles, Leonberg?

— Um pouco...

— É um artista?

— Na verdade, não.

— *Pffff!* Então é como os *outros*, só conhece o que tem glamour: o Château Marmont, Nice Guy, Rodeo Drive e Beverly Hills.

— Venho de uma família modesta do Queens.

— Não interessa de onde você vem, as pessoas vão julgar você pelo caminho que escolhe. Qual é o seu destino, Leonberg? O que é arte para você? E o que faz para servi-la?

— Aonde quer chegar, Kirk? Fala como se fosse o líder de uma seita!

— Faz vinte anos que venho ensaiando essa peça! Cada palavra é importante, cada silêncio dos atores também. É uma obra-prima, está ouvindo? Mas você não é capaz de compreender, não é capaz de perceber isso. Não é culpa sua, Leonberg, você nasceu burro.

— Será que poderíamos parar com os insultos?

Ele não respondeu, voltando a olhar para a imensidão de Los Angeles.

— Vamos! — exclamou, de repente. — Vou mostrar a você! Vou mostrar a você o outro povo de Los Angeles, aquele que foi ludibriado pela ilusão da glória. Vou mostrar a você a cidade dos sonhos partidos e dos anjos que perderam as asas.

Ele guiou o sargento Cruz até uma hamburgueria e me despachou para fazer o pedido para nós três. Obedeci sem entender direito o sentido de tudo aquilo. Aproximando-me do balcão, reconheci o senhor baixinho do uniforme de policial que eu vira em cena duas horas antes.

— Bem-vindo ao In-N-Out, qual é o seu pedido? — perguntou ele.

— Vi você ainda há pouco. Não estava no ensaio de *Noite negra*?

— Estava.

— A situação terminou mal.

— Costuma terminar assim, o ilustríssimo Harvey é muito exigente.

— Eu diria que é maluco mesmo.

— Não fale isso. Ele é assim. Está montando um grande projeto.

— A *Noite negra*?

— Sim.

— Mas do que se trata?

— Só os iniciados compreendem.

— Iniciados em quê?

— Nem eu sei direito.

— Alguém me falou de uma lenda — tentei.

— Isso, que a *Noite negra* vai ser a maior peça de teatro de todos os tempos!

Seu rosto iluminou-se de repente e a animação transbordava.

— Tem como me arranjar o texto da peça? — perguntei.

— Ninguém tem o texto. A primeira cena é a única parte que circula.

— Mas por que aceita ser tratado daquele jeito?

— Olhe para mim: cheguei aqui em Los Angeles há trinta anos. Tento me tornar um ator famoso desde então. Estou com 50 anos, ganho 7 dólares por hora, não tenho nem previdência nem plano de saúde. Alugo um conjugado. Não construí uma família. Não tenho nada. A *Noite negra* é minha única esperança de dar certo. O que deseja pedir?

Alguns minutos depois, eu retornava ao carro com um saco com hambúrgueres e fritas.

— E então? — indagou Kirk.

— Encontrei um dos seus atores.

— Eu sei. Amável sargento Cruz, pegue o Westwood Boulevard, por favor. Há um bar sofisticado chamado Flamingo, não tem como errar. Eu adoraria tomar um drinque.

Cruz obedeceu e pôs-se a caminho. Harvey era tão odioso quanto carismático. Ao descer do carro em frente ao Flamingo, reconheci um dos manobristas: era o ator com quem eu havia falado na mesa do café e dos lanches. Quando fui abordá-lo, ele entrou no carro de luxo de clientes que acabavam de chegar.

— Vá pegar uma mesa — falei a Harvey. — Encontro-o daqui a pouco.

Pulei para dentro do carro, no banco do passageiro.

— O que está fazendo? — perguntou o manobrista, inquieto.

— Você se lembra de mim? — falei, agitando meu distintivo policial. — Nós conversamos no ensaio de *Noite negra*.

— Lembro.

Ele deu a partida e nos conduziu a um amplo estacionamento a céu aberto.

— O que é a *Noite negra*? — indaguei.

— É *o* assunto em Los Angeles. Aqueles que participarem da peça...

— Farão um sucesso enorme. Eu sei. O que pode me dizer que eu ainda não saiba?

— Como assim?

Ocorreu-me então uma pergunta que eu deveria ter feito ao funcionário do In-N-Out:

— Acha que Kirk Harvey pode ser um assassino?

O sujeito respondeu sem hesitar:

— É claro. Viu o jeito dele? Se o contrariar, ele o esmaga feito um inseto.

— Ele já foi violento?

— É só ver como ele berra, isso diz bastante, não acha?

Estacionou o carro e saiu. Dirigiu-se a um de seus colegas, sentado a uma mesa de plástico e que controlava as chaves dos carros dos clientes conforme as instruções recebidas por chamadas de rádio. O segundo homem estendeu um chaveiro ao manobrista e apontou o carro a ser devolvido.

— O que a *Noite negra* representa para você?

— A reparação — respondeu ele, como se fosse óbvio.

Entrou numa BMW preta e desapareceu, deixando-me com mais perguntas do que respostas.

Caminhei até o Flamingo, que ficava a apenas um quarteirão. Entrei no estabelecimento e reconheci de imediato o funcionário da porta: era o que fazia o papel do cadáver. Levou-me até a mesa de Kirk, que já bebericava um martíni. Uma garçonete me abordou com o cardápio. Era a atriz de ainda há pouco.

— E então? — indagou Harvey.

— Quem são essas pessoas?

— O povo composto por aqueles que esperavam a glória e ainda a almejam. É essa mensagem que a sociedade nos transmite todos os dias: a glória ou a morte. Eles esperarão a glória até morrer, pois, no fim, ambas se reúnem.

— Kirk, você matou o prefeito e a família dele? — perguntei de súbito.

Ele caiu na risada, terminou o martíni e, depois, consultando o relógio, disse:

— Está na hora. Preciso trabalhar. Me dê uma carona, Leonberg!

O sargento Cruz nos conduziu a Burbank, na zona norte de Los Angeles. O endereço que Harvey fornecera correspondia a um acampamento de trailers.

— Ponto final para mim — disse calmamente Kirk. — Foi um prazer revê-lo, Leonberg.

— É aqui que você trabalha?

— É aqui que moro. Ainda preciso colocar meu uniforme.

— O que você faz?

— Sou faxineiro no turno da noite na Universal Studios. Sou como todas essas pessoas que você viu hoje à noite, Leonberg: deixei que meus sonhos me devorassem. Acredito ser um grande diretor, mas limpo as latrinas dos grandes diretores.

O ex-chefe de polícia de Orphea, agora diretor teatral, vivia na pobreza da periferia de Los Angeles.

Kirk saiu do carro. Fiz o mesmo para pegar minha mochila no porta-malas e dar-lhe meu cartão.

— Gostaria de falar com você de novo amanhã de manhã. Preciso que essa investigação avance.

Enquanto eu falava, também remexia nas minhas coisas. Kirk notou então o exemplar do *Orphea Chronicle*.

— Posso pegar seu jornal? Vai servir como distração no meu intervalo do trabalho e pode me ajudar a lembrar de alguma coisa.

— Fique à vontade — respondi, entregando-lhe o jornal.

Ele o desdobrou e deu uma espiada na primeira página.

PEÇA MISTERIOSA ABRIRÁ O FESTIVAL DE TEATRO

— Meu Deus! — exclamou ele.

— O que houve, Kirk?

— Que peça misteriosa é essa?

— Não sei... Para falar a verdade, acho que nem o próprio prefeito Brown sabe.

— E se este for o sinal? O sinal que espero há vinte anos!

— Sinal de quê?

Com o olhar desvairado, Harvey me agarrou pelos ombros.

— Leonberg! Quero encenar *Noite negra* no festival de Orphea!

— O quê? O festival começa daqui a duas semanas. Você ensaia há vinte anos e não saiu da primeira cena.

— Você não entende...

— O quê?

— Leonberg, quero estar na programação do festival de Orphea. Quero encenar *Noite negra*. E você terá a resposta para suas perguntas.

— Sobre o assassinato do prefeito?

— Isso, você saberá de tudo. Se me deixarem apresentar *Noite negra,* você saberá de tudo! Na noite da estreia, toda a verdade sobre o caso será revelada!

Liguei na mesma hora para Anna e expliquei a situação.

— Harvey diz que, se o deixarem apresentar a peça, ele nos dirá quem matou o prefeito Gordon.

— O quê? Quer dizer que ele sabe de tudo?

— É o que ele diz.

— Ele não está blefando?

— É curioso, mas acho que não. Ele passou a noite se negando a responder às minhas perguntas e estava de saída quando viu a primeira página do *Orphea Chronicle*. Sua reação foi imediata: sugeriu que me revelaria a verdade se o deixássemos encenar sua peça.

— Ou então — sugeriu Anna — ele matou o prefeito e a família, enlouqueceu e vai se entregar.

— Essa ideia nem tinha me passado pela cabeça.

— Avise a Harvey que temos um acordo. Vou dar um jeito de conseguir o que ele quer — falou Anna.

— Sério?

— Sério. Precisa fazer que ele venha para cá. No pior dos casos, nós o prendemos, já que estará sob nossa jurisdição. Será obrigado a falar.

— Ótimo — concordei. — Deixe-me fazer essa proposta para ele.

Retornei para junto de Kirk, que me aguardava em frente ao seu trailer.

— Estou na linha com a assistente do chefe da polícia de Orphea. Ela concorda com sua proposta.

— Não pense que sou burro! — gritou Harvey. — Desde quando a polícia toma decisões relativas à programação do festival? Quero uma carta de próprio punho do prefeito de Orphea. Vou dizer quais são as minhas condições.

Considerando o fuso horário, eram onze horas da noite na Costa Leste. Mas Anna não teve escolha. Foi até a casa do prefeito Brown.

Ao chegar diante do imóvel, notou que a luz do andar térreo estava acesa. Com um pouco de sorte, o prefeito ainda estaria acordado.

De fato, Alan Brown não estava dormindo. Andava de um lado para outro no aposento que lhe servia de escritório, repassando o discurso de renúncia que leria para as pessoas que trabalhavam com ele. Não encontrara alternativa para substituir a peça de abertura. As outras companhias eram amadoras e modestas demais para atrair espectadores suficientes e lotar o Teatro Municipal de Orphea. A ideia de que a sala de espetáculos só ficasse com um quarto dos lugares ocupados era insuportável para ele e financeiramente arriscada. Estava decidido: na manhã do dia seguinte, quinta-feira, reuniria os funcionários da prefeitura e anunciaria sua partida. Na sexta-feira, reuniria a imprensa como programado e comunicaria sua decisão.

Ele estava sufocando. Precisava respirar. Como ensaiava seu discurso em voz alta, não quis abrir a janela, com medo de ser ouvido por Charlotte, que dormia no quarto logo acima. Quando não aguentou mais, empurrou as portas francesas que davam para o jardim e o ar morno da noite adentrou o recinto. O cheiro das roseiras o alcançou e reconfortou. Repetiu, dessa vez sussurrando:

— *Senhoras e senhores, é com profundo pesar que reúno todos aqui hoje para lhes comunicar que o festival de Orphea terá de ser cancelado. Todos sabem como eu sou ligado a esse evento, tanto do ponto de vista pessoal como político. Não consegui fazer do festival o evento incontestável que voltaria a fazer brilhar o brasão de nossa cidade. Fracassei no que era o projeto mais importante do meu mandato. Logo, é com grande comoção que lhes anuncio que estou deixando o cargo de prefeito da cidade de Orphea. Eu queria que fossem os primeiros a saber. Conto com sua total discrição para que essa notícia não se torne de conhecimento público até a entrevista coletiva de sexta-feira.*

Sentia-se quase aliviado. Exagerara em suas ambições, tanto no âmbito pessoal como no que dizia respeito à cidade e ao festival. Quando lançara o projeto, era apenas vice-prefeito. Imaginara transformá-lo num dos eventos culturais mais importantes do estado, depois do país. O Sundance do teatro. Mas tudo não passara de um grande fiasco.

Nesse instante, a campainha da porta soou. Quem poderia ser àquela hora? Dirigiu-se à entrada da casa. Charlotte, despertada pelo barulho, descia a escada vestindo um roupão. Ele observou pelo olho mágico e viu Anna, de uniforme.

— Alan, eu realmente sinto muito incomodar a uma hora dessas — desculpou-se. — Eu não teria vindo se não fosse muito importante.

Instantes depois, na cozinha dos Brown, Charlotte, que preparava um chá, não acreditou quando ouviu o nome que foi pronunciado.

— Kirk Harvey? — repetiu.

— O que esse desmiolado pretende? — perguntou Alan, visivelmente aborrecido.

— Ele montou uma peça de teatro e gostaria de apresentá-la no festival de Orphea. Em troca, ele...

Anna mal teve tempo de terminar a frase; Alan já pulara da cadeira. De repente, o rosto dele não estava mais tão pálido.

— Uma peça de teatro! Mas claro! Acha que ele conseguiria lotar o Teatro Municipal várias noites seguidas?

— Parece que é a peça do século — respondeu Anna, mostrando a foto do cartaz colado na porta da sala de ensaio.

— A peça do século! — repetiu o prefeito Brown, disposto a tudo para salvar a própria pele.

— Em troca de poder encenar sua peça, Harvey nos fornecerá informações importantíssimas sobre a chacina de 1994, e provavelmente sobre o assassinato de Stephanie Mailer.

— Querido — disse Charlotte Brown, baixinho —, não acha que...

— Acho que é um presente dos céus! — exclamou Alan.

— Há condições — avisou Anna, consultando a folha na qual fizera anotações. — Ele exige uma suíte no melhor hotel da cidade, despesas pagas e a cessão imediata do Teatro Municipal para os ensaios. Quer um acordo escrito e assinado pelo senhor. Foi por isso que vim a essa hora.

— Ele não pede cachê? — perguntou o prefeito Brown.

— Pelo visto, não.

— Amém. Por mim, tudo certo. Passe-me a folha para eu assinar. E avise ao Harvey que a peça dele será a principal atração do festival! Preciso que ele pegue o primeiro voo para Nova York amanhã. Pode lhe passar essa mensagem? É fundamental que ele esteja ao meu lado na sexta-feira de manhã para a entrevista coletiva.

— Claro — assentiu Anna. — Vou falar com ele.

O prefeito Brown pegou uma caneta e acrescentou no rodapé do documento uma linha reiterando seu compromisso diante das condições.

— Aqui está, Anna. Agora é com você.

Anna deixou a casa, mas, quando Alan fechou a porta, ela não desceu imediatamente os degraus da entrada. Ouviu então a conversa entre o prefeito e a mulher.

— Você está louco de confiar nesse Harvey!

— Ora, minha querida, foi inesperado!

— Ele vai voltar a Orphea! Você sabe o que isso significa?

— Ele vai salvar minha carreira, é isso o que significa — respondeu Brown.

Meu celular finalmente tocou.

— Jesse — disse Anna —, o prefeito aceitou. Assinou embaixo das exigências de Harvey. Quer que vocês estejam em Orphea na sexta-feira de manhã para a entrevista coletiva.

Transmiti a mensagem a Harvey, que se empolgou:

— Aí, sim! — berrou. — Aí, sim! Com entrevista coletiva e tudo! Posso ver a carta assinada? Quero ter certeza de que vocês não estão me enrolando.

— Tudo em ordem — prometi a Harvey. — Anna está com a carta.

— Então peça para ela passá-la por fax!

— Por fax? Mas Harvey, quem hoje em dia tem um aparelho de fax?

— Dê seu jeito, eu sou a estrela aqui!

Eu estava começando a perder a paciência, mas procurei me manter calmo. Kirk podia ter conhecimento de informações vitais para a investigação. Havia um fax na delegacia de Orphea e Anna sugeriu enviar a carta para o escritório do sargento Cruz, que também devia dispor de um aparelho.

Meia hora mais tarde, numa sala do centro da polícia rodoviária da Califórnia, Harvey lia o fax todo orgulhoso.

— Isso é maravilhoso! *Noite negra* será encenada!

— Harvey — pressionei-o —, agora que obteve a garantia de que sua peça será encenada em Orphea, pode me dizer o que sabe sobre o quádruplo homicídio de 1994?

— Na noite da estreia você saberá tudo, Leonberg!

— A estreia é no dia 26 de julho, não podemos esperar até lá. Uma investigação policial depende de você.

— Nada antes do dia 26, ponto final.

Meu sangue estava fervendo.

— Harvey, exijo saber tudo, e agora. Ou mando cancelar sua peça.

Ele me fitou com desdém.

— Cale a boca, Leonmerda! Como ousa me ameaçar? Sou um grande diretor! Se continuar, farei você lamber o chão que piso!

Aquilo era demais. Perdi a paciência, agarrei Harvey pelo colarinho e o imprensei contra a parede.

— Você vai falar! Fale ou quebro todos os seus dentes! Quero saber o que você sabe! Quem é o assassino da família Gordon?

Como Harvey gritou pedindo socorro, o sargento Cruz entrou correndo e nos separou.

— Quero prestar queixa contra esse homem! — avisou Harvey.

— Inocentes estão morrendo por sua causa, Harvey! Só vou sair do seu pé quando você tiver falado.

O sargento Cruz me fez sair da sala para que eu me acalmasse, mas, furioso, decidi deixar a delegacia. Peguei um táxi, que me levou até o acampamento de trailers onde Kirk Harvey morava. Perguntei qual era o dele e arrombei a porta com um pontapé. Comecei a revistar o interior. Se a resposta estava na peça escrita por Kirk, tudo o que eu precisava fazer era encontrá-la. Encontrei vários papéis, nenhum relevante. Então, no fundo de uma gaveta, achei uma pasta com o logo da polícia de Orphea impresso. Dentro dela, fotos dos corpos da família Gordon e de Meghan Padalin tiradas pela polícia. Era o dossiê da investigação de 1994, aquele que sumira da sala dos arquivos.

Nesse instante, ouvi um grito: era Harvey, claro.

— O que está fazendo aí, Leonberg? — berrou. — Saia imediatamente!

Corri para cima dele e rolamos no chão. Dei vários socos na barriga e no rosto.

— Pessoas estão morrendo, Harvey! Você está entendendo? Esse caso me custou o que eu mais prezava! E você guarda o segredo durante vinte anos? Fale agora!

Como o último golpe o derrubara de vez, chutei suas costas.

— Quem está por trás de todo esse negócio?

— Não faço ideia! — Harvey gemeu. — Não faço ideia! Faz vinte anos que me faço essa pergunta.

Moradores do acampamento de trailers haviam ligado para a polícia e várias viaturas apareceram, as sirenes soando. Os policiais vieram para cima de mim, lançaram meu corpo contra o capô de um carro e me algemaram sem a menor cerimônia.

Olhei para Harvey, encolhido no chão, trêmulo. O que dera em mim para bater nele daquele jeito? Eu não me reconhecia mais. Estava com os nervos à flor da pele. Aquela investigação me consumia. Os demônios do passado estavam voltando.

DEREK SCOTT

Últimos dias de agosto de 1994. Um mês após a chacina. O cerco a Ted Tennenbaum apertava: às suspeitas que Jesse e eu já alimentávamos, acrescentava-se a da chantagem feita pelo prefeito para não atrasar as obras do Café Athena.

Embora os saques de Tennenbaum e os depósitos do prefeito Gordon coincidissem, tanto nos montantes como nas datas, não podiam ser considerados provas concretas. Nossa intenção era interrogar Tennenbaum sobre a natureza dos saques, mas não podíamos dar um passo em falso. Então o convocamos oficialmente, por carta, ao centro regional da polícia estadual. Como esperávamos, ele apareceu acompanhado de Robin Starr, seu advogado.

— O senhor acha que o prefeito Gordon me extorquia? — perguntou Tennenbaum, divertindo-se com a ideia. — Isso está ficando cada vez mais delirante, sargento Scott.

— Sr. Tennenbaum — retruquei —, durante o mesmo período uma soma de dinheiro idêntica saiu da sua conta e entrou na do prefeito Gordon.

— Sabe, sargento — insinuou Robin Starr —, diariamente milhões de americanos fazem transações similares.

— Esses saques correspondem a quê, Sr. Tennenbaum? — perguntou Jesse. — Afinal, meio milhão de dólares não é uma ninharia. E sabemos que não foi usado nas obras de seu restaurante, tivemos acesso aos dados contábeis de lá.

— Tiveram acesso graças à boa vontade do meu cliente — lembrou Starr. — O que o Sr. Tennenbaum faz com o dinheiro dele não é da conta de ninguém.

— Por que não nos diz simplesmente como gastou esse montante, Sr. Tennenbaum, já que não tem nada a esconder?

— Gosto de sair, jantar, viver. Não tenho que dar satisfação dos meus atos.

— O senhor possui recibos para comprovar?

— E se foi para pagar umas garotas aqui e ali? — sugeriu, zombando. — O tipo de garota que não dá recibo. Brincadeira, senhores, esse dinheiro é meu legalmente, herdei do meu pai. Faço com ele o que bem entender.

Nesse ponto, Tennenbaum tinha toda a razão. Sabíamos que não iríamos arrancar mais nada dele.

O major McKenna comentou com Jesse e comigo que, embora tivéssemos uma série de indícios que incriminavam Tennenbaum, faltava-nos uma pista capaz de desferir o golpe de misericórdia.

— Até agora — apontou McKenna —, Tennenbaum não precisa derrubar o ônus da prova. Vocês não podem provar que a caminhonete dele estava na rua, não podem provar a chantagem. Encontrem algo que obrigue Tennenbaum a comprovar o contrário.

Recomeçamos a investigação do zero: havia obrigatoriamente uma falha em algum lugar, e nosso papel era identificá-la. Na sala de Natasha, completamente mudada ao longo da investigação, estudamos de novo todas as pistas possíveis e, mais uma vez, tudo nos levou a Tennenbaum.

Entre o Café Athena e o Pequena Rússia, íamos de um restaurante a outro. O projeto de Darla e Natasha avançava num ritmo satisfatório. Estavam focadas na elaboração do cardápio e durante o dia cozinhavam e testavam receitas que, em seguida, eram anotadas num grande livro vermelho. Jesse e eu éramos os primeiros beneficiários disso: sempre que íamos até lá, a qualquer hora do dia ou da noite, estava acontecendo alguma coisa na cozinha. A propósito, houve um breve incidente diplomático, quando me referi aos famosos sanduíches de Natasha.

— Por favor, digam que estão pensando em incluir no cardápio esses incríveis sanduíches de carne na brasa.

— Você experimentou os sanduíches? — perguntou Darla, ofendida.

Compreendi então que havia cometido uma gafe e Natasha se esforçou para fazer a contenção dos danos.

— Quando eles viajaram para Montana, semana passada, dei uns sanduíches para o Jesse levar no avião.

— Tínhamos combinado que faríamos os dois provarem ao mesmo tempo, para ver a reação deles — lamentou Darla.

— Sinto muito — desculpou-se Natasha. — Fiquei com pena ao vê-los sair de madrugada para atravessar o país.

Pensei que o assunto tivesse morrido aí, mas Darla o retomou alguns dias depois, quando estávamos a sós.

— De qualquer forma, Derek, não acredito que Natasha tenha feito isso comigo.

— Continua falando desses malditos sanduíches?

— Isso. Para você, talvez não seja nada, mas quando você tem uma parceira e ela trai sua confiança, a coisa não funciona mais.

— Não acha que está exagerando um pouco, Darla?

— De que lado você está, Derek? Do meu ou do dela?

Acho que Darla, que não tinha nada a invejar em ninguém, estava com um pouco de ciúme de Natasha. Mas imagino que todas as garotas tivessem ciúme de Natasha em algum momento: era mais inteligente, tinha mais presença, era mais bonita. Quando entrava num lugar, atraía todos os olhares.

No que se referia à investigação, Jesse e eu passamos a nos concentrar em coisas passíveis de serem provadas. E uma em especial se destacava: a ausência de Tennenbaum do Teatro Municipal durante um período de pelo menos vinte minutos. Ele garantia que não arredara o pé de lá. Cabia-nos então provar que ele estava mentindo. Nesse aspecto, ainda tínhamos certa margem de manobra. Havíamos interrogado todos os voluntários, mas não os integrantes da companhia que encenara a peça de abertura, uma vez que só começáramos a suspeitar de Tennenbaum depois do festival.

A companhia, ligada à universidade de Albany, infelizmente se dissolvera nesse ínterim. A maioria dos estudantes que participava dela tinha concluído o curso e se dispersara pelos Estados Unidos. Para ganhar tempo, eu e Jesse decidimos nos concentrar nos que ainda moravam no estado de Nova York e dividimos a tarefa.

Foi Jesse quem tirou a sorte grande, pois ficou encarregado de interrogar Buzz Leonard, o diretor da companhia, que, por sua vez, permanecera na universidade de Albany.

Quando Jesse mencionou o nome de Ted Tennenbaum, Buzz Leonard foi logo dizendo:

— Se notei o bombeiro de plantão se comportando de maneira estranha na noite da estreia? Notei principalmente que ele não estava nem aí. Houve um incidente num dos camarins por volta das sete horas da noite. Um secador de cabelo pegou fogo. A gente não conseguiu encontrar o sujeito, tive que me virar sozinho. Ainda bem que havia um extintor.

— Então o senhor afirma que às sete horas da noite o bombeiro estava ausente?

— Afirmo. Na hora, meus gritos chamaram a atenção dos atores que estavam no camarim ao lado. Eles confirmarão para o senhor o que falei. Quanto ao bombeiro, disse-lhe poucas e boas quando ele reapareceu como num passe de mágica às sete e meia.

— O bombeiro então se ausentou durante meia hora? — deduziu Jesse.

— Exatamente — confirmou Buzz Leonard.

JESSE ROSENBERG

Quinta-feira, 10 de julho de 2014
16 dias antes da abertura do festival

Eu tinha passado a noite numa cela, e vieram me tirar dela ao raiar do dia. Levaram-me para uma sala onde uma ligação me esperava. Do outro lado da linha, o major McKenna.

— Jesse! — berrou. — Você deve ter enlouquecido. Esmurrar um pobre coitado depois de destruir o trailer dele!

— Sinto muito, major. Ele dizia ter informações cruciais sobre a chacina de 1994.

— Estou me lixando para suas desculpas, Jesse! Nada justifica perder o controle, a menos que não esteja mais em condições mentais de continuar nessa investigação.

— Vou me controlar, major, prometo.

O major deu um longo suspiro, depois falou de forma mais gentil:

— Escute, Jesse, posso imaginar como isso deve trazer à tona o que aconteceu em 1994. Mas precisa se controlar. Tive que acionar todos os meus contatos para tirá-lo daí.

— Obrigado, major.

— O tal do Harvey não vai prestar queixa, desde que você prometa não se aproximar dele.

— Está bem, major.

— Então pegue um voo para Nova York e volte logo para cá. Você tem uma investigação a ser concluída.

Enquanto eu voltava da Califórnia para Orphea, Anna e Derek faziam uma visitinha a Buzz Leonard, o diretor da peça que abrira o festival, e que agora morava em Nova Jersey, onde se tornara professor de artes dramáticas num colégio.

No caminho, Derek pôs Anna a par da situação.

— Em 1994, duas pistas da investigação haviam sido determinantes contra Ted Tennenbaum: as transações financeiras, que agora sabemos que eram feitas com dinheiro que não vinha dele, e sua ausência durante um início de incêndio nas coxias do Teatro Municipal. Ora, a possibilidade de ele ter se ausentado podia ser crucial. Uma das testemunhas da época, Lena Bellamy, que morava a algumas casas dos Gordon, afirmava ter visto a caminhonete de Tennenbaum na rua no momento dos disparos, enquanto Ted afirmava não ter deixado o teatro, onde estava de plantão como bombeiro voluntário. Era a palavra de Bellamy contra a de Tennenbaum. Mas eis que Buzz Leonard, o diretor da peça, depois afirmara que, antes do espetáculo, um secador de cabelo pegara fogo num camarim e Tennenbaum não fora encontrado.

— Logo, se Tennenbaum não estava no teatro — disse Anna —, é porque tinha ido, com a caminhonete, assassinar o prefeito Gordon e sua família.

— Exatamente.

Na sala onde os recebeu, Buzz Leonard, um sessentão calvo, emoldurara um cartaz do espetáculo de 1994.

— *Tio Vânia* no festival de Orphea. Aquele ano foi inesquecível. Lembre-se de que não passávamos de uma companhia de teatro universitária: naquela época, o festival estava apenas engatinhando e a prefeitura de Orphea não tinha como contratar uma companhia profissional. Mas oferecemos ao público uma performance excepcional. Durante dez noites seguidas, o Teatro Municipal ficou lotado, os elogios foram unânimes. Um triunfo. O sucesso foi tanto que todo mundo achava que os atores teriam uma carreira brilhante pela frente.

Via-se, pela empolgação, que Buzz Leonard tinha prazer em rememorar aquele período. A chacina, para ele, fora apenas um crime distante e sem muita importância.

— E então? — perguntou Derek, curioso. — Os outros membros da companhia seguiram carreira no teatro, como o senhor?

— Não, nenhum deles seguiu esse caminho. Não posso julgá-los, é um mundo muito difícil. Só sei de uma coisa: eu mirava a Broadway e aterrissei numa escola particular de subúrbio. Só uma pessoa tinha vocação para ser uma verdadeira estrela: Charlotte Carell. Ela fazia o papel de Elena, mulher do professor Serebriakov. Era extraordinária, atraía todos os olhares para o palco. Tinha uma espécie de ingenuidade e desprendimento que a fazia excepcional. Mais presente, mais forte. Para ser honesto com os senhores, devemos a ela o sucesso da peça no festival. Nenhum de nós chegava aos pés dela.

— Por que ela não continuou atuando?

— Ela não aguentou. Era seu último ano de universidade, cursou veterinária. A última notícia que tivemos dela foi de que tinha aberto uma clínica veterinária em Orphea.

— Espere — disse Anna, compreendendo de súbito. — A Charlotte a que se refere é Charlotte Brown, mulher do prefeito de Orphea?

— Sim, a própria. Foi graças à peça que eles se conheceram, foi amor à primeira vista. Formavam um casal magnífico. Fui ao casamento deles, mas, com os anos, perdemos contato. Uma pena.

Derek então indagou:

— Isso significa que a deslumbrante namoradinha de Kirk Harvey em 1994 era Charlotte, a futura mulher do prefeito?

— Exatamente. Não sabia disso, sargento?

— Nem desconfiava.

— Sabe, esse Kirk Harvey era o maior idiota, um policial pretensioso e um artista fracassado. Queria ser dramaturgo e diretor, mas não tinha um pingo de talento.

— Mas me contaram que a primeira peça dele fez um pouco de sucesso.

— Fez sucesso por uma única razão: Charlotte estava no elenco. Ela era incrível. A peça em si não era boa. Mas, no palco, Charlotte podia ler uma lista telefônica que você ficava de queixo caído com a beleza daquilo. Aliás, nunca entendi por que ela namorava um cara como Harvey. Era um dos mistérios incompreensíveis da vida. Sempre esbarramos com garotas extraordinárias e sublimes apaixonadas por sujeitos feios e idiotas. Mas, resumindo, no fim o cara era tão imbecil que o relacionamento terminou.

— Eles ficaram juntos por muito tempo?

Buzz Leonard precisou de um tempo para refletir, então respondeu:

— Um ano, acho. Harvey frequentava os teatros nova-iorquinos, Charlotte também. Foi assim que se conheceram. Ela participou de sua tão falada primeira peça e o sucesso subiu à cabeça de Harvey. Foi na primavera de 1993. Lembro disso porque foi a época em que começamos a montar *Tio Vânia*. Ele estava cheio de si, julgava-se talentoso e escreveu uma peça também. Quando chegou a notícia de um festival de teatro que seria realizado em Orphea, ele estava convencido de que sua peça seria escolhida como o espetáculo principal. Mas eu tinha lido o texto, era um lixo. Ao mesmo tempo, propus *Tio Vânia* ao comitê artístico do festival e fomos escolhidos após várias audições.

— Harvey deve ter ficado furioso com o senhor!

— Ah, sim! Ficou dizendo que eu o traíra, que sem ele eu nunca teria pensado em apresentar a peça no festival. O que era verdade. Mas, de toda forma, sua peça nunca teria sido encenada. O próprio prefeito era contra.

— O prefeito Gordon?

— Sim. Ouvi uma conversa um dia em que ele me pediu para ir encontrá-lo em seu escritório. Acho que foi em meados de junho. Cheguei antes da hora e esperava diante da porta. De repente, Gordon abriu-a para enxotar Harvey. Dizia: "Sua peça é um horror, Harvey. Enquanto eu estiver vivo, nunca permitirei que a encene na minha cidade! Você envergonha Orphea!" E então, na frente de todo mundo, o prefeito rasgou o texto da peça que Harvey lhe entregara.

— O prefeito disse "enquanto eu estiver vivo"? — perguntou Derek.

— Literalmente. Tanto que, quando ele foi assassinado, toda a companhia se perguntou se Harvey não estaria envolvido no caso. Para piorar o clima, no dia seguinte à morte do prefeito, após nossa apresentação Harvey se apossou do palco do Teatro Municipal na segunda parte da noite e se pôs a recitar um monólogo medonho.

— Quem o autorizou? — indagou Derek.

— Ele se aproveitou da confusão geral que reinava após a chacina. Afirmava para quem quisesse ouvir que tinha combinado com o prefeito Gordon e que os organizadores o autorizaram.

— Por que nunca mencionou à polícia a conversa entre o prefeito Gordon e Kirk Harvey?

— Para quê? — perguntou Buzz, fazendo uma careta. — Teria sido a palavra dele contra a minha. E depois, para ser sincero, eu não conseguia imaginar aquele sujeito assassinando uma família inteira. Ele era tão idiota que chegava a ser engraçado. Quando a apresentação de *Tio Vânia* acabou e os espectadores se levantaram dos assentos para deixar a sala, ele correu na direção do palco e berrou: "Atenção, a noite não terminou! Agora, senhoras e senhores, será encenada *Eu, Kirk Harvey*, de e com o célebre Kirk Harvey!"

Anna não conseguiu conter uma risada.

— É uma piada? — perguntou ela.

— Eu não poderia estar falando mais sério. E ele logo começou o seu solilóquio. Ainda me lembro das primeiras palavras: "Eu, Kirk Harvey, o homem sem peça!", zurrava. Esqueci como o texto continuava, mas lembro que todos nós nos precipitamos das coxias para a galeria a fim de vê-lo gritar a plenos pulmões. Ele aguentou até o fim. A sala vazia e ele continuou, impassível, na presença apenas dos técnicos e faxineiros. Terminado seu recital, ele desceu do palco e desapareceu, sem que ninguém desse a mínima para ele. Às vezes os faxineiros terminavam o trabalho mais rápido e o último a ir embora interrompia Harvey em plena declamação. Dizia-lhe: "Já chega, senhor! Estamos fechando o teatro, precisa sair." Nos segundos subsequentes, as luzes se apagavam. E enquanto Harvey se humilhava sozinho, Alan Brown nos encontrava nas frisas, flertava com Charlotte, sentada ao lado dele. Desculpe, mas por que estão interessados nisso tudo? Ao telefone, os senhores disseram que queriam falar sobre um incidente específico...

— É verdade, Sr. Leonard — esclareceu Derek. — Estamos interessados sobretudo no fogo causado por um secador de cabelo num dos camarins antes da estreia de *Tio Vânia*.

— Sim, disso eu me lembro, pois um policial apareceu para me perguntar se o bombeiro de plantão estava se comportando de maneira estranha.

— Era meu colega na época, Jesse Rosenberg.

— Sim, isso. O nome dele era Rosenberg. Falei que tinha achado o bombeiro nervoso, mas que, além disso, fato espantoso, um secador de cabelo pegara fogo por volta das sete horas da noite e o bombeiro não fora encontrado. Por sorte, um dos atores conseguiu encontrar um extintor e controlar a situação antes que as chamas se espalhassem por todo o camarim. Poderia ter sido uma catástrofe.

— Segundo o relatório da época, o bombeiro só reapareceu por volta das sete e meia da noite — disse Derek.

— Sim, é disso que me lembro. Mas, se os senhores leram meu depoimento, por que vieram até aqui? Foi há vinte anos... Esperam que eu conte mais?

— No relatório, o senhor indica que estava no corredor, que viu a fumaça saindo por baixo da porta de um camarim e chamou o bombeiro de plantão, que não foi encontrado.

— Isso mesmo. Abri a porta, vi o secador de cabelo soltando fumaça e pegando fogo. Foi tudo muito rápido.

— Compreendo — afirmou Derek. — Mas o que me impressionou relendo seu depoimento foi o fato de a pessoa dentro do camarim não ter reagido diante desse princípio de incêndio.

— É que o camarim estava vazio. — Buzz apressou-se em explicar. — Não havia ninguém lá dentro.

— Mas o secador estava ligado?

— Sim — afirmou Buzz Leonard, incomodado. — Não entendo como nunca pensei nesse detalhe. Eu estava tão atordoado com o incêndio...

— Às vezes temos algo bem na nossa cara e não enxergamos — disse Anna, lembrando a funesta frase pronunciada por Stephanie.

— E quem usava esse camarim, Buzz? — prosseguiu Derek.

— Charlotte Brown — respondeu de pronto o diretor.

— Como pode ter tanta certeza disso?

— Porque aquele secador de cabelo com defeito era dela. Estou me lembrando. Ela dizia que, se o utilizasse por muito tempo, ele esquentava e começava a soltar fumaça.

— Ela pode ter deixado que o secador esquentasse demais de propósito? — perguntou Derek, espantado. — Por quê?

— Não, não — afirmou Buzz Leonard, relembrando. — Houve um grande apagão aquela noite. Um problema com os fusíveis, que ficaram sobrecarregados. Eram mais ou menos sete da noite. Lembro disso pois faltava uma hora para o início da apresentação e eu entrei em pânico, porque os técnicos não conseguiam resolver o problema dos fusíveis. Isso levou um bom tempo, mas eles finalmente conseguiram e, pouco depois, houve esse princípio de incêndio.

— Isso significa que Charlotte deixou seu camarim durante o apagão — deduziu Anna. — O secador de cabelo ficou ligado e voltou a funcionar enquanto ela estava fora.

— Mas se ela não estava no camarim, onde estava? — perguntou-se Derek. — Em outra parte do teatro?

— Se ela estivesse nas coxias — observou Buzz Leonard —, com certeza teria vindo correndo por conta do tumulto do incêndio. Houve gritos e nervosismo. Mas lembro que ela veio reclamar comigo que o secador tinha sumido mais ou menos meia hora depois. Sei disso porque naquele momento eu estava apavorado só de pensar em não estarmos prontos na hora de as cortinas se abrirem. A cerimônia oficial do festival já havia começado, não podíamos atrasar. Charlotte apareceu no meu camarim e disse que alguém roubara seu secador de cabelo. Irritei-me e respondi: "Seu secador de cabelo pegou fogo, foi para o lixo! Ainda não se penteou? E por que seus sapatos estão molhados?" Eu lembro que os sapatos dela, que faziam parte do figurino, estavam encharcados. Como se ela tivesse caminhado dentro d'água. A meia hora de entrar em cena. Que angústia!

— Os sapatos dela estavam molhados? — quis saber Derek.

— Estavam. Lembro bem desses detalhes porque, naquela hora, eu achava que a peça seria o maior fiasco. Faltava meia hora para as cortinas se abrirem. Eu estava longe de imaginar que as coisas fossem dar certo aquela noite, considerando os fusíveis queimados, o princípio de incêndio e minha atriz principal que não estava pronta e aparecera com os sapatos do figurino encharcados.

— E depois a peça aconteceu normalmente? — perguntou Derek.

— Claro.

— E quando soube que o prefeito Gordon e sua família tinham sido assassinados?

— Houve um boato durante o intervalo, mas não demos muita atenção. Eu queria que meus atores se concentrassem na peça. No começo do ato seguinte, notei que algumas pessoas da plateia haviam ido embora, entre elas o prefeito Brown. Percebi isso porque ele estava sentado na primeira fila.

— Em que momento ele saiu?

— Isso eu não saberia dizer. Mas tenho a fita de vídeo da peça. Isso ajudaria?

Buzz Leonard foi vasculhar numa pilha de relíquias na estante e voltou com uma fita VHS.

— Fizemos uma gravação da estreia da peça, para termos como recordação. A qualidade não é muito boa, foi feita com os recursos da época, mas pode ajudá-los a captar o que se passou naquele dia. Vocês só têm que me prometer que vão devolver a fita. Faço questão de tê-la comigo.

— É claro — tranquilizou-o Derek. — Obrigado por sua valiosa ajuda, Sr. Leonard.

Saindo da casa de Buzz Leonard, Derek parecia bastante preocupado.

— O que houve, Derek? — perguntou Anna, entrando no carro.

— É essa história dos sapatos. Lembro que, na noite dos assassinatos, a irrigação automática dos Gordon estava quebrada e o gramado da casa, encharcado.

— Acha que Charlotte pode estar envolvida?

— Sabemos agora que ela não estava no teatro na hora dos assassinatos. Se saiu por meia hora, isso lhe deu tempo de sobra para ir do Teatro Municipal ao bairro de Penfield e voltar, enquanto todo mundo acreditava que tinha ficado no camarim. Fico pensando no que Stephanie Mailer falou: o que estava bem na nossa cara e que não enxergamos. E se, naquela noite, quando o bairro de Penfield estava cercado, com barreiras em toda a região, o autor da chacina estivesse na verdade no palco do Teatro Municipal, diante das centenas de espectadores que lhe serviam de álibi?

— Na sua opinião, Derek, essa fita de vídeo pode nos ajudar a entender melhor isso tudo?

— Espero que sim, Anna. Se observarmos o público, talvez possamos detectar um detalhe que nos tenha escapado. Devo confessar que, na época da investigação, o que aconteceu durante a peça não nos pareceu muito interessante. É graças a Stephanie Mailer que estamos levando isso em conta agora.

Naquele mesmo instante, em seu escritório na prefeitura, Alan Brown escutava, aborrecido, as dúvidas de seu vice, Peter Frogg.

— Kirk Harvey é seu grande trunfo para o festival? O ex-chefe de polícia? Preciso lembrar da atuação dele em *Eu, Kirk Harvey*?

— Não, Peter, mas parece que sua nova peça é excelente.

— Mas o que você sabe sobre isso? Você nem sequer a assistiu! Você é louco de ter prometido uma *peça sensacional* à imprensa!

— E o que eu deveria ter feito? Eu estava acuado por Michael, precisava encontrar uma saída. Peter, faz vinte anos que trabalhamos juntos, eu já dei motivo para você duvidar de mim?

A porta da sala se entreabriu e uma secretária passou timidamente a cabeça pelo vão.

— Pedi para não ser importunado! — irritou-se o prefeito Brown.

— Sei disso, senhor prefeito, mas o senhor tem uma visita inesperada: Meta Ostrovski, o famoso crítico.

— Só faltava essa! — apavorou-se Peter Frogg.

Alguns minutos mais tarde, Ostrovski, todo sorridente, refestelava-se numa poltrona diante do prefeito. Parabenizava-se por ter deixado Nova York para ir àquela cidade encantadora onde se sentia respeitado e via seu valor ser reconhecido. Entretanto, a primeira pergunta do prefeito provocou-lhe um arrepio.

— Não entendi direito, Sr. Ostrovski. O que está fazendo em Orphea?

— Ora, fiquei encantado com seu amável convite e vim assistir ao famoso festival de teatro.

— Mas o senhor sabe que o festival só começa daqui a duas semanas? — indagou o prefeito.

— É claro.

— Então por quê? — perguntou o prefeito.

— Por que o quê?

— Para fazer o quê? — interrogou o prefeito, que começava a perder a paciência.

— Como assim para fazer o quê? — repetiu Ostrovski. — Fale de maneira mais clara, meu caro. Acho que assim vou enlouquecer.

Peter Frogg, que percebia a exasperação de seu superior, intercedeu:

— O prefeito gostaria de saber se há uma razão para sua vinda tão, como posso dizer... prematura a Orphea.

— Uma razão para minha vinda? Mas, afinal, foi o senhor que me convidou. E quando finalmente chego, todo simpático e alegre, os senhores me perguntam o que faço aqui? Estou enganado ou o senhor é um perverso narcísico? Se preferir, volto para Nova York para contar a quem quiser ouvir que Orphea é a terra fértil da arrogância e da desonestidade intelectual!

O prefeito Brown teve uma ideia súbita.

— Não vá a lugar nenhum, Sr. Ostrovski! Acontece que preciso do senhor.

— Ah, vê como fiz bem em vir?!

— Amanhã, sexta-feira, devo dar uma entrevista coletiva para anunciar a peça de abertura do festival. Será uma grande estreia. Eu gostaria que estivesse ao meu lado e declarasse que é a peça mais extraordinária que já viu em toda a sua carreira.

Ostrovski fitou o prefeito, estupefato ante o pedido.

— Quer que eu minta de maneira descarada à imprensa, elogiando uma peça que nunca vi?

— Isso mesmo. Em contrapartida, farei com que acomodem o senhor numa suíte do Palácio do Lago desde esta noite até o fim do festival.

— Fechado, meu caro! — exclamou Ostrovski, entusiasmado. — Por uma suíte, prometo-lhe os mais belos elogios!

Depois que Ostrovski saiu, o prefeito Brown encarregou Frogg, o vice-prefeito, de providenciar a estadia do crítico.

— Uma suíte no Palácio por três semanas, Alan? — falou o vice, hesitante. — Não deve estar falando sério... Vai sair uma fortuna!

— Não se preocupe, Peter. Daremos um jeito de reorganizar as contas. Se o festival for um sucesso, minha reeleição está garantida e os cidadãos não estarão nem aí para saber se o orçamento alocado foi ultrapassado. Se for o caso, cancelaremos a edição do ano que vem.

Em Nova York, no apartamento dos Éden, Dakota descansava no quarto. Deitada na cama, os olhos cravados no teto, chorava em silêncio. Finalmente tivera alta do hospital Mount Sinai e voltara para casa.

Não se lembrava mais do que fizera após fugir de casa, no sábado. Tinha uma vaga lembrança de encontrar Leyla numa festa e consumir ketamina e álcool, depois vagou pelas ruas, foi a lugares desconhecidos, uma boate, um apartamento, um garoto a beijou, uma garota também. Lembrava-se de ter terminado uma garrafa de vodca enquanto observava, da beirada de um telhado, a agitação na rua lá embaixo. Sentira-se irremediavelmente atraída pelo vazio. Quis pular para ver, mas não o fez. Talvez fosse por isso que se drogava. Para um dia ter coragem de ir em frente. Morrer. Ficar em paz. Policiais a acordaram num beco onde ela dormia, em péssimo estado. De acordo com os exames ginecológicos realizados no hospital, não fora estuprada.

Ela encarava o teto. Uma lágrima rolou pela bochecha até o canto da boca. Como chegara ali? Tinha sido uma boa aluna, talentosa, ambiciosa, amada. Tivera tudo a seu favor. Uma vida fácil, sem obstáculos, e pais que sempre a apoiaram. Sempre tivera tudo que quis. E então vieram Tara Scalini e a tragédia subsequente. Depois daquele episódio, Dakota passou a se odiar. Tinha vontade de se destruir. Tinha vontade de sumir de uma vez por todas. Tinha vontade de arranhar a pele até sangrar, se machucar, e que todo mundo pudesse ver pelas marcas quanto ela se detestava e sofria.

Seu pai, Jerry, estava com o ouvido grudado na porta. Não a ouvia sequer respirar. Entreabriu a porta. Na mesma hora, ela fechou os olhos para fingir que dormia. Ele foi até a cama, seus passos abafados pelo carpete grosso, viu os olhos da filha fechados e saiu do quarto. Atravessou o grande apartamento e voltou à cozinha, onde Cynthia o esperava, sentada numa cadeira alta, em frente à bancada.

— E então? — perguntou ela.

— Está dormindo.

Serviu-se de um copo d'água e apoiou os cotovelos na bancada, em frente à esposa.

— O que vamos fazer? — desesperou-se Cynthia.

— Não faço ideia. Às vezes acho que não resta nada a fazer. Que não há esperança.

— Não estou reconhecendo você, Jerry. Ela poderia ter sido estuprada! Quando ouço você falar assim, tenho a impressão de que desistiu da sua filha.

— Cynthia, tentamos terapia individual, terapia familiar, um guru, um especialista em hipnose, médicos de todo tipo, tudo! Internamos Dakota duas vezes para fazer uma desintoxicação e nas duas vezes foi um desastre. Não reconheço mais minha filha. O que quer que eu diga?

— Você não tentou, Jerry!

— O que está insinuando?

— Isso mesmo, você levou-a a todos os médicos possíveis, até foi algumas vezes com ela, mas você, você mesmo, o pai dela, não tentou ajudá-la!

— Mas o que eu poderia fazer que nem os médicos conseguiram?

— O que poderia fazer? Ora, você é pai dela, caramba! A relação de vocês não foi sempre assim. Esqueceu-se da época em que eram muito próximos?

— Você sabe muito bem o que aconteceu nesse meio-tempo, Cynthia!

— Sei, Jerry! Justamente: você precisa consertar isso. É o único capaz de fazer isso.

— E a garota que morreu? — gaguejou Jerry. — Poderemos um dia consertar isso?

— Pare, Jerry! Não podemos voltar atrás. Nem eu, nem você, nem ninguém. Leve Dakota, por favor, e salve-a. Nova York está matando a nossa filha.

— Levá-la para onde?

— Para onde éramos felizes. Leve-a para Orphea. Dakota precisa do pai dela, não que nós dois fiquemos aqui batendo boca o dia inteiro.

— Batemos boca porque...

Jerry ergueu o tom de voz e sua mulher logo levou um dedo à boca dele para fazê-lo se calar.

— Salve nossa filha, Jerry. Só você pode fazer isso. Ela precisa deixar Nova York, leve-a para longe dos fantasmas dela. Vá, Jerry, eu imploro. Vá e volte para mim. Quero reencontrar meu marido, reencontrar minha filha. Quero reencontrar minha família.

Ela explodiu em lágrimas. Jerry concordou com uma expressão de determinação. A esposa retirou o dedo dos lábios dele. Jerry deixou a cozinha e se dirigiu num passo decidido ao quarto da filha. Empurrou a porta com um gesto brusco e abriu as persianas por completo.

— Ei, o que está fazendo? — protestou Dakota, erguendo-se na cama.

— O que eu deveria ter feito há muito tempo.

Abriu uma gaveta ao acaso, depois uma segunda e vasculhou sem cerimônia o interior delas. Dakota pulou da cama.

— Pare! Pare, papai! O Dr. Lern disse que...

Ela quis se enfiar entre o pai e a gaveta, mas Jerry impediu-a, afastando-a com um gesto enérgico que a surpreendeu.

— O Dr. Lern disse que você devia parar de se drogar! — explodiu Jerry, agitando um saquinho cheio de um pó esbranquiçado.

— Largue isso!

— O que é isso? A porra da ketamina?

Sem esperar resposta, entrou no banheiro da suíte.

— Pare! Pare! — berrava Dakota, que tentava arrancar o saquinho da mão do pai, enquanto ele usava a força do braço para mantê-la longe.

— O que você quer? — perguntou ele, abrindo a tampa do vaso. — Morrer? Terminar na cadeia?

— Não faça isso! — implorou ela, desatando a chorar, sem saber se era de raiva ou tristeza.

Ele despejou o pó no vaso e deu descarga sob o olhar impotente da filha.

— Você tem razão, quero morrer para não ter mais que aguentar você!

Seu pai lhe lançou um olhar triste e comunicou com uma voz espantosamente calma:

— Faça sua mala, partiremos amanhã de manhã bem cedo.

— O quê? Como assim, *partiremos*? Não vou a lugar algum.

— Não estou pedindo sua opinião.

— E posso saber para onde vamos?

— Para Orphea.

— Para Orphea? O que há com você? Nunca mais ponho os pés lá! E, de qualquer forma, já tenho planos: Leyla tem um amigo que tem uma casa em Montauk e...

— Esqueça Montauk. Seus planos acabam de mudar.

— O quê? — gritou Dakota. — Não, você não pode fazer isso comigo! Não sou mais um bebê, faço o que quero!

— Não, você não faz o que quer. Já deixei você fazer o que queria por tempo demais.

— Saia do meu quarto agora, me deixe em paz!

— Não estou reconhecendo mais você, Dakota...

— Sou uma adulta, não sou mais sua filhinha que costumava recitar o alfabeto no café da manhã!

— Você é minha filha, tem 19 anos e vai fazer o que eu estou dizendo. E o que estou dizendo é: faça sua mala.

— E a mamãe?

— Seremos apenas eu e você, Dakota.

— Por que eu iria com você? Quero conversar primeiro com o Dr. Lern.

— Não, não haverá conversa com Lern, nem com ninguém. É hora de impor limites.

— Não pode fazer isso comigo! Não pode me forçar a ir com você!

— Posso sim. Sou seu pai e estou mandando.

— Detesto você! Detesto, está ouvindo?

— Sei bem disso, Dakota, não precisa ficar me lembrando. Agora, faça a mala. Partiremos amanhã de manhã bem cedo — repetiu Jerry, num tom de quem não estava para brincadeiras.

Deixou o quarto num passo decidido, serviu-se de uísque e o tomou em poucos goles, contemplando pela sacada envidraçada a noite espetacular que tomava Nova York.

Naquele mesmo instante, Steven Bergdorf chegava em casa. Fedia a suor e sexo. Dissera à mulher que estava num vernissage por conta da revista, mas na realidade fora às compras com Alice. Cedera mais uma vez a seus gastos insanos depois que ela lhe prometera que transariam em seguida. E ela cumpriu com sua palavra. Ele a atacara como um gorila furioso no pequeno apartamento na 100th Street e, logo em seguida, ela exigira um fim de semana romântico.

— Vamos viajar amanhã, Stevie, vamos ter dois dias de lua de mel.

— Impossível — assegurou-lhe Steven num tom desanimado, enquanto enfiava a cueca, pois não tinha mais um tostão e precisava sustentar sua família.

— Tudo é sempre impossível para você, Stevie! — gemeu Alice, falando como uma criancinha. — Por que não vamos a Orphea, essa cidade encantadora onde estivemos na primavera do ano passado?

Como justificar aquela viagem? Já usara a desculpa do convite para o festival.

— E o que eu diria à minha mulher?

Alice ficou furiosa e lhe atirou uma almofada no meio da cara.

— Sua mulher, sua mulher! — gritou. — Proíbo que mencione sua mulher na minha presença!

Alice o expulsou, e então Steven voltou para casa.

Na cozinha, sua esposa e as crianças terminavam de jantar. Ela dirigiu--lhe um sorriso carinhoso. Ele não ousou beijá-la. Exalava sexo.

— Mamãe disse que vamos para o Parque Nacional de Yellowstone nas férias — anunciou a filha mais velha.

— Vamos até dormir num trailer! — comemorou o caçula.

— Sua mãe deveria me consultar antes de fazer promessas.

Foi tudo o que Steven se limitou a dizer.

— Vamos, Steve — argumentou a esposa —, viajamos em agosto. Diga que sim. Consegui meus dias de folga. E minha irmã concordou em nos emprestar o trailer.

— Mas vocês estão loucos! — exaltou-se Steven. — Um parque cheio de ursos perigosos! Você leu as estatísticas? Só no ano passado houve dezenas de feridos lá! E uma mulher foi até mesmo morta por um bisão! Isso sem falar nos pumas, lobos e gêiseres.

— Está exagerando, Steve — desaprovou sua mulher.

— *Exagerando, eu*? Então veja!

Tirou do bolso uma reportagem que imprimira naquele dia e leu:

— *Vinte e duas pessoas morreram desde 1870 nas fontes de enxofre de Yellowstone. Na última primavera, um jovem de 20 anos, ignorando as placas de advertência, jogou-se numa piscina de enxofre fervente. Morreu na hora, e o socorro, só conseguindo retirar o corpo no dia seguinte ao acidente devido às condições climáticas, encontrou apenas as sandálias que ele usava. O corpo foi totalmente corroído pelo enxofre. Não sobrou nada.*

— É preciso ser mesmo muito idiota para se jogar numa fonte de enxofre! — comentou a filha.

— Concordo plenamente, querida! — disse a mulher de Steven.

— Mamãe, vamos morrer em Yellowstone? — preocupou-se o caçula.

— Não — respondeu ela, irritada.

— Sim! — gritou Steven, antes de ir se trancar no banheiro com o pretexto de que ia tomar uma chuveirada.

Ligou o chuveiro e sentou-se na tampa do vaso, desnorteado. O que diria aos filhos? Que o pai deles gastara todas as economias da família porque era incapaz de se controlar?

Acabara demitindo Stephanie Mailer, uma jornalista talentosa e promissora, e depois expulsando o coitado do Ostrovski, que não fazia mal a ninguém e que, além disso, era seu crítico de maior destaque. Quem seria o próximo? Era provável que fosse ele mesmo, quando descobrissem que tinha um caso com uma funcionária com a metade de sua idade e que ele lhe dava presentes às custas da revista.

Alice não tinha limites, ele não sabia mais como dar um basta àquela espiral infernal. Largá-la? Ela tinha ameaçado acusá-lo de estupro. Ele queria acabar com tudo aquilo. Pela primeira vez, desejava que Alice morresse. Pensou inclusive que a vida era injusta: se ela tivesse morrido no lugar de Stephanie, tudo seria mais simples.

O toque do celular anunciou a chegada de um e-mail. Num gesto automático, consultou a tela e de repente seu rosto se iluminou. A mensagem vinha da prefeitura de Orphea. Que coincidência! Desde sua matéria sobre o festival, no ano anterior, ele estava no *mailing* da prefeitura. Abriu apressado o e-mail: era um aviso sobre a entrevista coletiva que aconteceria no dia seguinte às onze horas da manhã na prefeitura de Orphea, durante a qual o prefeito "revelaria o nome da peça excepcional que seria apresentada em uma grande estreia na abertura do festival de teatro".

Escreveu na mesma hora uma mensagem a Alice, para lhe dizer que iria levá-la a Orphea e que partiriam bem cedo no dia seguinte. Sentiu seu coração acelerar. Ia matá-la.

Nunca imaginou que um dia estaria prestes a assassinar alguém a sangue-frio. Mas era um caso de força maior. Era o único jeito de se livrar dela.

STEVEN BERGDORF

Tracy, minha esposa, e eu sempre tivemos uma política muito rigorosa no que se refere a como nossos filhos utilizam a internet: podiam usá-la para fins educativos, mas todo o restante era proibido. Em especial, não podiam participar de redes sociais. Tínhamos ouvido uma porção de histórias sórdidas sobre crianças abordadas por pedófilos que se faziam passar por alguém da idade delas.

Contudo, na primavera de 2013, quando nossa filha mais velha fez 10 anos, ela bateu o pé e quis criar uma conta no Facebook.

— Para fazer o quê? — perguntei.

— Todas as minhas amigas estão no Facebook!

— Este não é um bom motivo. Você sabe muito bem que sua mãe e eu não aprovamos esse tipo de site. A internet não foi concebida para idiotices desse gênero.

Diante dessa observação, minha filha de 10 anos me respondeu:

— O Metropolitan Museum está no Facebook, o MoMA também, a National Geographic, o balé de São Petersburgo. Todo mundo está no Facebook. Menos eu! A gente vive como *amish* nessa casa!

Tracy não achou que nossa filha estivesse errada e argumentou que intelectualmente ela era muito mais avançada do que seus colegas, e que era importante que interagisse com crianças da mesma faixa etária se não quisesse ficar isolada na escola.

Mesmo assim, eu estava reticente. Havia lido diversas matérias a respeito de coisas com que os adolescentes tinham de lidar nas redes sociais: agressões textuais e visuais, insultos de todos os tipos e imagens chocantes. Fizemos uma reunião familiar, eu, minha esposa e nossa filha, para debater a questão. Li para elas uma matéria do *The New York Times* acerca de um drama que ocorrera havia pouco tempo num colégio de Manhattan, em que uma aluna se suicidara após ter sido vítima de bullying no Facebook.

— Você ficou sabendo dessa história? Aconteceu na semana passada aqui em Nova York: "*Após ser alvo de graves insultos e fortes ameaças no Facebook, onde foi divulgada, sem sua permissão, uma mensagem na qual revelava que era homossexual, uma aluna de 18 anos do último ano de uma escola particular de prestígio em Hayfair se matou em casa.*" Você está vendo?

— Pai, eu só quero poder interagir com minhas amigas.

— Ela tem 10 anos e sabe usar a palavra "interagir" — argumentou Tracy.

Acabei cedendo com uma condição, que foi aceita: também criar uma conta no Facebook a fim de poder acompanhar as atividades de nossa filha e me certificar de que ela não estava sendo vítima de bullying ou assédio.

Devo confessar aqui que nunca fui muito afeito às novas tecnologias. Pouco depois de criar minha conta no Facebook, precisei de ajuda para configurá-la e recorri a Stephanie Mailer enquanto tomávamos café na sala de descanso da redação da revista.

— Você se inscreveu no Facebook, Steven? — perguntou ela, achando graça, antes de me dar um rápido curso sobre as configurações da conta e como utilizá-las.

Mais tarde, no mesmo dia, ao entrar em minha sala para me trazer a correspondência, Alice falou:

— Você deveria colocar uma foto de perfil.

— Uma foto de perfil? Onde?

Ela riu.

— No seu perfil do Facebook. Deveria colocar uma foto sua. Adicionei você como amigo.

— Estamos conectados no Facebook?

— Se você aceitar meu pedido de amizade, sim.

Fiz isso na hora. Achei aquilo divertido. Quando ela saiu, vi seu perfil, olhei suas fotos e devo confessar que foi divertido. Eu só conhecia Alice como a garota que me trazia a correspondência. Então pude ver sua família, seus lugares prediletos, o que gostava de ler. Estava descobrindo coisas a respeito de sua vida. Stephanie tinha me mostrado como mandar mensagens e decidi enviar uma para Alice:

Você passou as férias no México?

Ela me respondeu:

Sim, no último inverno.

Eu disse:

As fotos estão incríveis.

Ela me respondeu:

Obrigada.

Esse foi o início de conversas decepcionantes do ponto de vista intelectual, mas, devo dizer, viciantes. Conversas totalmente fúteis, mas que me divertiam.

À noite, quando em geral eu lia ou via um filme com minha mulher, passei a ter conversas idiotas no Facebook com Alice.

> EU: *Vi que você postou uma foto de um exemplar de* O conde de Monte Cristo. *Gosta de literatura francesa?*
> ALICE: *Adoro literatura francesa. Tive aulas de francês na universidade.*
> EU: *Sério?*
> ALICE: *Sério. Sonho ser escritora. E me mudar para Paris.*
> EU: *Você escreve?*
> ALICE: *Sim, estou escrevendo um romance.*
> EU: *Adoraria lê-lo.*
> ALICE: *Talvez, quando eu tiver terminado. Ainda está no trabalho?*
> EU: *Não, em casa. Acabei de jantar.*

Minha mulher, que lia no sofá, interrompeu sua leitura para me perguntar o que eu estava fazendo.

— Preciso terminar um artigo — respondi.

Ela voltou a se concentrar em seu livro e eu na minha tela.

> ALICE: *E o que comeu?*
> EU: *Pizza. E você?*
> ALICE: *Vou jantar agora.*

EU: *Onde?*

ALICE: *Ainda não sei. Vou sair com umas amigas.*

EU: *Então boa noite.*

A conversa terminou ali, ela provavelmente tinha saído. Porém, algumas horas depois, quando eu me preparava para ir dormir, fiquei curioso e resolvi dar uma última espiada no Facebook. Vi que ela havia me respondido:

ALICE: *Obrigada.*

Fiquei com vontade de reiniciar a conversa.

EU: *Sua noite foi agradável?*

ALICE: *Aff, entediante. Espero que a sua noite tenha sido boa.*

EU: *Por que entediante?*

ALICE: *Fico entediada com pessoas da minha idade. Prefiro conviver com pessoas mais maduras.*

Minha mulher falou comigo do quarto.

— Você não vem deitar, Steve?

— Estou indo.

Mas me deixei levar pela conversa e fiquei on-line com Alice até as três da manhã.

Alguns dias depois, fui à abertura de uma exposição de pintura com minha mulher. Dei de cara com Alice no vernissage. Usava um vestido curto e salto alto. Estava magnífica.

— Alice? — falei, espantado. — Não sabia que você vinha.

— Mas eu sabia que o senhor vinha.

— Como?

— O senhor recebeu o convite para este evento no Facebook e respondeu que viria.

— E dá para ver isso no Facebook?

— Dá, a gente vê tudo no Facebook.

Sorri, achando graça.

— O que vai beber? — perguntei.

— Um martíni.

Fiz o pedido para ela, depois pedi duas taças de vinho.

— Está com alguém? — indagou ela.

— Com minha mulher. Aliás, ela está me esperando, preciso ir.

Alice pareceu decepcionada.

— Azar o meu — comentou.

Naquela noite, ao voltar do vernissage, uma mensagem me esperava no Facebook.

Eu gostaria muito de tomar um drinque a sós com você.

Após hesitar por muito tempo, respondi:

Amanhã às quatro da tarde no bar do Plaza?

Não sei no que eu estava pensando ao sugerir um drinque no Plaza. A ideia de tomar um drinque sem dúvida era porque me sentia atraído por Alice, e a ideia de que uma mulher de 25 anos tão bonita pudesse se sentir atraída por mim me deixava lisonjeado. A escolha do Plaza, era, sem dúvida, porque se tratava do último lugar em Nova York onde eu tomaria um drinque. O ambiente não tinha nada a ver comigo e ficava no outro lado da cidade. Logo, eu não corria o risco de esbarrar com alguém. Não que eu imaginasse que fosse rolar alguma coisa com Alice, mas não queria que pudessem pensar uma coisa dessas. Às quatro da tarde, no Plaza, eu estaria completamente sossegado.

Ao entrar no bar, me senti nervoso e animado ao mesmo tempo. Ela já me esperava, aconchegada numa poltrona. Perguntei o que ela queria e sua resposta foi: "Você, Steven."

Uma hora depois, completamente embriagados de champanhe, transávamos num quarto do Plaza. Foi um momento de uma intensidade louca. Acho que com a minha esposa nunca vivi algo parecido.

Eram dez horas da noite quando voltei para casa, com os sentidos em polvorosa, o coração acelerado, transtornado pelo que acabara de viver. Ainda tinha na cabeça as imagens daquele corpo que eu penetrara, daqueles seios tão firmes que eu agarrara, daquela pele que se oferecera a mim. Sentia uma agitação adolescente. Nunca tinha traído minha mulher antes. Jamais cogitara que um dia fosse trair minha mulher. Sempre julgara muito meus amigos ou colegas que tinham tido um caso. Porém, ao arrastar

Alice para aquele quarto de hotel, esses julgamentos nem me passaram pela cabeça. E eu saíra de lá com um único pensamento: repetir aquilo. Sentia-me tão bem que não via mal algum em trair minha esposa. Não tinha sequer a impressão de ter feito algo errado. Tinha vivido. Apenas isso.

Minha mulher veio para cima de mim quando abri a porta de nosso apartamento.

— Onde estava, Steven? Eu estava morrendo de preocupação.

— Desculpe, houve uma grande emergência na revista. Achei que terminaria mais cedo.

— Mas mandei pelo menos dez mensagens. Poderia ter me ligado — censurou-me. — Estava quase ligando para a polícia.

Fui à cozinha para ver o que tinha na geladeira. Estava morrendo de fome. Achei um prato que requentei e comi na bancada mesmo. Minha mulher, por sua vez, atarefava-se entre a mesa e a pia, arrumando toda a bagunça deixada pelos nossos filhos. Eu continuava sem me sentir culpado. Sentia-me bem.

Na manhã seguinte, ao entrar em minha sala com a correspondência do dia, Alice, com um semblante malicioso, me cumprimentou dizendo:

— Bom dia, Sr. Bergdorf.

— Alice — murmurei —, preciso encontrá-la de novo de qualquer jeito.

— Também quero, Steven. Mais tarde lá em casa?

Ela anotou o endereço num pedaço de papel e o deixou sobre uma pilha de cartas.

— Chego às seis horas da noite. Venha quando quiser.

Passei o dia num estado de extrema agitação. Quando finalmente chegou a hora, peguei um táxi em direção à 100th Street, onde ela morava. Parei duas quadras antes para comprar flores no supermercado. O prédio era velho e pequeno. O interfone da entrada estava quebrado, mas a porta se encontrava aberta. Subi os dois andares de escada e percorri um corredor estreito até encontrar o apartamento. Havia dois nomes ao lado da campainha, aos quais não prestei atenção, mas fiquei receoso de ter outra pessoa lá dentro. Quando Alice abriu para mim, seminua, percebi que não era o caso.

— Você divide o apartamento com alguém? — perguntei mesmo assim, preocupado em ser visto.

— Não se preocupe, ela não está aqui — respondeu Alice, agarrando meu braço para me fazer entrar e fechando a porta com a ponta do pé.

Arrastou-me para seu quarto, onde fiquei até tarde da noite. E fiz o mesmo no dia seguinte, e no outro. Só pensava nela, só queria ela. Alice, o tempo todo. Alice, em todos os lugares.

Uma semana depois, ela sugeriu que eu a encontrasse no bar do Plaza, como da primeira vez. Achei a ideia formidável: reservei um quarto e avisei minha mulher que tinha de ir a Washington, onde passaria a noite. Ela não desconfiava de nada: tudo me parecia muito simples.

Ficamos bêbados no bar com um champanhe Grand Cru e jantamos no La Palmeraie. Não sei por quê, mas eu queria impressioná-la. Talvez fosse o efeito do Plaza. Ou talvez o fato de me sentir mais livre. Com minha mulher, era só orçamento, orçamento, orçamento. Tinha de estar sempre prestando atenção: no preço do táxi, nos programas que fazíamos, nas compras. A menor despesa que fosse era submetida a um processo de deliberação. Nossas férias de verão, por sinal, eram sempre iguais: passávamos no chalé dos meus sogros no lago Champlain, onde ficávamos amontoados com a família da minha cunhada. Cansei de sugerir outros lugares, mas minha mulher dizia: "As crianças adoram ir para lá. Passam tempo com os primos. Podemos ir de carro, é prático e também não precisamos pagar hotel. Por que arrumar despesas inúteis?"

Naquele Plaza que já me parecia quase familiar, jantando a sós com aquela garota de 25 anos, cheguei à conclusão de que minha mulher não sabia viver.

— Está me ouvindo, Stevie? — perguntou Alice, destrinchando sua lagosta.

— Só tenho ouvidos para você.

O sommelier encheu nossas taças com um vinho que custava um absurdo. Terminada a garrafa, pedi logo outra.

— Sabe do que gosto em você, Stevie? Você é um homem de verdade, com coragem, responsabilidades, grana. Não aguento mais esses caras que contam os dólares para comer uma pizza. Você sabe transar, sabe viver, me faz feliz. Você vai ver como vou demonstrar minha gratidão — comentou Alice.

Alice não só me deixava feliz como fazia eu me sentir o máximo. Eu me sentia poderoso ao lado dela, me sentia viril quando a levava para fazer compras e a mimava. Tinha finalmente a sensação de ser o homem que sempre quisera ser.

Podia gastar sem me preocupar muito com as finanças: tinha um pouco de dinheiro guardado numa conta cuja existência minha mulher desconhecia e que eu abastecia com os reembolsos de despesas por conta da revista. Até então, nunca tocara naquela quantia, que, ao longo dos anos, somava alguns milhares de dólares.

Logo começaram a falar que eu estava mudado. Parecia mais seguro, feliz, e recebia mais olhares. Resolvi praticar esportes, emagreci e, com a ajuda de Alice, aproveitei essa desculpa para renovar meu guarda-roupa com peças um pouco mais joviais.

— Como arranjou tempo para fazer essas compras? — perguntou minha mulher ao ver minhas roupas novas.

— Uma loja perto do trabalho. Estava mesmo precisando, eu me sentia ridículo naquelas calças folgadas.

— Se eu não o conhecesse, diria que você quer parecer jovem — insinuou ela.

— Ainda não fiz 50 anos. Sou jovem, não acha?

Minha mulher ficou sem entender nada. Eu nunca tinha vivido uma história de amor como aquela, pois era de amor mesmo que se tratava. Eu estava tão apaixonado por Alice que, por um momento, pensei em me divorciar da minha esposa. Não via futuro senão com Alice. Ela me fazia sonhar. Imaginava-me inclusive morando em seu pequeno apartamento, se necessário. Contudo, como minha mulher não desconfiava de absolutamente nada, decidi não precipitar as coisas: por que arranjar complicações quando tudo funcionava às mil maravilhas? Eu preferia concentrar minha energia e, sobretudo, meu dinheiro em Alice: nosso padrão de vida começava a me sair caro, mas eu não enxergava isso. Ou melhor, não queria enxergar. Ficava muito feliz ao agradá-la. E, para continuar fazendo isso, fui obrigado a pedir um novo cartão de crédito, com um limite mais alto. Eu me organizei também para incluir alguns de nossos jantares entre os recibos para reembolso da revista. Não existiam problemas, apenas soluções.

No começo de maio de 2013, recebi no trabalho uma carta da prefeitura de Orphea me convidando para passar um fim de semana de graça nos Hamptons, em troca da publicação de uma matéria sobre o festival de teatro no número seguinte da revista, programado para o fim de junho. Ou seja, bem a tempo de atrair mais espectadores. Dava para perceber que a prefeitura temia que a oferta não fosse o suficiente e se comprometia inclusive a comprar três páginas de publicidade da edição.

Havia momentos em que eu pensava em fazer um programa especial com Alice. Sonhava em viajar com ela para um fim de semana romântico. Até então, eu não sabia como tornar aquilo possível com minha mulher e meus filhos em cima de mim, mas o convite do prefeito mudara as coisas.

Quando comuniquei à minha mulher que tinha de ir a Orphea no fim de semana para trabalhar numa matéria, ela insistiu em me acompanhar.

— Complicado demais — respondi.

— Complicado? Eu peço à minha irmã para ficar com as crianças. Faz um século que não temos um fim de semana romântico.

Eu queria ter respondido que era justamente um fim de semana romântico, mas com outra. Limitei-me a dar uma explicação enrolada.

— Você sabe muito bem como é delicado misturar trabalho e vida pessoal. As pessoas vão fazer fofoca na redação, isso sem falar no departamento de contabilidade, que não gosta dessas coisas e vai me encher o saco com a nota fiscal de cada refeição.

— Pagarei a minha parte. Vamos, Steven, não seja tão teimoso!

— Não, impossível. Não posso fazer tudo que quero. Não complique a situação, Tracy.

— *Complicar?* O que eu estou complicando? Será uma oportunidade para passarmos um tempo juntos, Steven, ficarmos dois dias num belo hotel.

— Não é lá essas coisas, fique sabendo. É uma viagem de trabalho. Não estou indo porque quero.

— Então por que faz tanta questão de ir? Logo você, que sempre repete que nunca mais botaria os pés em Orphea. Basta mandar alguém no seu lugar. Afinal, você é o editor.

— É justamente porque sou o editor que preciso ir.

— Sabe, Steven, de uns tempos para cá você não é mais o mesmo: não conversa mais comigo, não me toca mais, a gente quase não se vê, você mal cuida das crianças e, mesmo quando está conosco, é como se não estivesse. O que está acontecendo, Steven?

Discutimos por um bom tempo. O mais estranho para mim era que passara a me sentir indiferente em relação a nossas discussões. Eu não estava nem aí para a opinião da minha mulher ou seu descontentamento. Sentia-me numa posição de poder: caso não estivesse satisfeita, ela podia muito bem ir embora. Eu tinha outra vida me esperando fora dali, com uma jovem pela qual estava loucamente apaixonado, e volta e meia eu pensava, referindo-me à minha esposa: "Se essa idiota me encher muito o saco, eu me divorcio."

Na noite seguinte, alegando para minha mulher que precisava ir a Pittsburgh para uma entrevista com um escritor famoso, reservei um quarto no Plaza (eu começara a gostar muito dali) e convidei Alice para jantarmos no La Palmeraie e passarmos a noite juntos. Aproveitei para lhe contar a boa notícia do nosso fim de semana em Orphea. Foi uma noite mágica.

No dia seguinte, contudo, quando deixávamos o hotel, o recepcionista me comunicou que meu cartão de crédito fora recusado. Senti um embrulho no estômago e comecei a suar frio. Felizmente Alice já tinha ido para a revista e não assistiu a esse episódio constrangedor. Telefonei na hora para meu banco em busca de explicações e, do outro lado da linha, o funcionário me esclareceu:

— Seu cartão atingiu seu limite de 10 mil dólares, Sr. Bergdorf.

— Mas solicitei a vocês outro cartão.

— Sim, seu cartão Platinum. O limite é de 25 mil dólares, mas ele também já foi atingido.

— Então libere o limite do cartão usando o dinheiro em conta.

— A conta está negativa em 15 mil dólares.

Entrei em pânico.

— Está me dizendo que estou devendo 45 mil dólares ao banco?

— A quantia exata é 58.480 dólares, Sr. Bergdorf, pois ainda há 10 mil dólares no seu outro cartão, bem como os juros devidos.

— E por que não me avisou antes?

— A gestão de suas finanças não é da nossa alçada, senhor — respondeu o funcionário sem perder a calma.

Xinguei o sujeito de idiota e pensei que minha mulher não teria me deixado chegar a uma situação daquelas. Era sempre ela que prestava atenção ao orçamento. Decidi adiar o problema para mais tarde: nada podia estragar meu fim de semana com Alice, e, como o cara do banco me informou que eu tinha direito a um novo cartão de crédito, aceitei-o prontamente.

Em todo caso, eu precisava tomar cuidado com minhas despesas e ainda pagar minha noite no Plaza, o que fiz usando o cartão da revista. Esse foi o primeiro de uma série de erros que eu viria a cometer.

SEGUNDA PARTE

Subindo à superfície

-4
Segredos

SEXTA-FEIRA, 11 DE JULHO — DOMINGO, 13 DE JULHO DE 2014

JESSE ROSENBERG

Sexta-feira, 11 de julho de 2014
15 dias antes da abertura do festival

Na marina de Orphea, eu e Anna tomávamos um café enquanto esperáva-mos por Derek.

— Então, no final das contas, você deixou Kirk Harvey na Califórnia? — perguntou Anna, depois que lhe contei o que acontecera em Los Angeles.

— Esse cara é um mentiroso.

Derek finalmente chegou. Parecia preocupado.

— O major McKenna está furioso com você — foi logo me dizendo. — Depois do que fez com Harvey, falta pouco para você ser demitido. Não se aproxime dele em circunstância alguma.

— Sei disso. De toda forma, não há perigo de isso acontecer. Kirk Harvey está em Los Angeles.

— O prefeito quer falar conosco — disse Anna. — Imagino que queira nos dar um sermão.

Quando vi o olhar que o prefeito Brown me dirigiu ao entrarmos em seu escritório, percebi que Anna tinha razão.

— Fui informado do que o senhor fez com o coitado do Kirk Harvey, capitão Rosenberg. Isso é um comportamento indecoroso para alguém da sua posição.

— O sujeito queria nos enrolar, ele não tem nada a acrescentar à inves-tigação de 1994.

— Acha isso porque o homem não falou nada nem sob tortura? — per-guntou o prefeito, irônico.

— Senhor prefeito, perdi o controle e me arrependo, mas...

O prefeito Brown não me deixou terminar.

— Sinto repulsa pelo senhor, capitão. E está avisado. Se tocar num fio de cabelo desse homem, eu acabarei com o senhor.

Nesse instante, o assistente de Brown anunciou pelo interfone a entrada iminente de Kirk Harvey.

— O senhor o trouxe mesmo assim? — perguntei, estupefato.

— A peça dele é extraordinária — justificou-se o prefeito.

— Mas ele é um picareta!

A porta do cômodo se abriu de súbito e Kirk Harvey apareceu. Assim que me viu, começou a gritar:

— Esse homem não tem o direito de estar aqui em minha presença! Ele me agrediu sem razão alguma!

— Kirk, não precisa ter medo desse homem — assegurou o prefeito. — Você está sob minha proteção. O capitão Rosenberg e seus colegas estavam de saída.

O prefeito nos pediu para sair e, para não piorar a situação, obedecemos.

Logo após nossa partida, foi a vez de Meta Ostrovski chegar ao escritório do prefeito. Ao entrar no local, encarou Harvey por um instante antes de se apresentar.

— Meta Ostrovski, crítico mais temido e célebre deste país.

— Ora, eu conheço você! — Harvey fuzilou-o com o olhar. — Peste! Sujeito asqueroso! Você me humilhou vinte anos atrás.

— Ah, nunca esquecerei a sua peça estúpida e terrível que rompeu nossos tímpanos todas as noites do festival após *Tio Vânia*! Seu espetáculo era tão repulsivo que seus poucos espectadores chegaram a ficar cegos depois do que assistiram!

— Morda a língua! Acabo de escrever a maior peça de teatro dos últimos cem anos!

— Como ousa se elogiar? — revoltou-se Ostrovski. — Só um *crítico* pode decidir sobre o que é bom ou ruim. Sou o único habilitado a decidir quanto vale sua peça. E meu veredito será implacável!

— E dirá que é uma peça extraordinária! — bradou o prefeito Brown, vermelho de raiva, colocando-se entre os dois. — Devo lembrá-lo do nosso acordo, Ostrovski?

— Mas você tinha me falado que era uma peça extraordinária, Alan! — protestou Ostrovski. — Não que era o último horror assinado por Kirk Harvey!

— Quem convidou você, seu desprezível? — indignou-se Harvey.

— Como ousa dirigir-se a mim? — ofendeu-se Ostrovski, levando as mãos à boca. — Posso arruinar sua careira num estalar de dedos!

— Parem com essas bobagens, vocês dois! — gritou Brown. — Pretendem fazer essa cena diante dos jornalistas também?

O prefeito gritara tão alto que as paredes tremeram. Imperou então um silêncio sepulcral. Tanto Ostrovski como Harvey pareceram sem graça e fitaram os próprios sapatos. O prefeito ajeitou a gola do próprio paletó e, num tom que se pretendia calmo, perguntou a Kirk:

— Onde está o restante da sua companhia teatral?

— Ainda não tenho atores — respondeu Harvey.

— Como assim, *ainda não tenho atores*?

— Vou escolher o elenco aqui, em Orphea.

Os olhos de Brown se arregalaram e ele indagou, horrorizado:

— Como assim, *escolher o elenco aqui*? A peça estreia em quinze dias!

— Não se preocupe, Alan — tranquilizou-o Harvey. — Vou preparar tudo durante o fim de semana. Testes na segunda-feira, primeiro ensaio na quinta.

— Quinta-feira? — perguntou Brown, perdendo a voz. — Mas assim sobrarão apenas nove dias para você montar a peça que deve ser o carro--chefe desse festival!

— É mais do que o suficiente. Ensaiei a peça durante vinte anos. Confie em mim, Alan, essa peça vai fazer tanto alvoroço que o seu festivalzinho de merda será notícia nos quatro cantos do país.

— Caramba, os anos deixaram você completamente gagá, Kirk! — berrou Brown, fora de si. — Vou cancelar tudo! Posso suportar o fracasso, mas não a humilhação.

Ostrovski desatou a rir e Harvey tirou do bolso uma folha de papel amassado, que ele desdobrou e agitou diante do prefeito.

— Você assinou um acordo, seu desgraçado filho da mãe! Você tem a obrigação de me deixar apresentar minha peça!

Naquele instante, uma funcionária da prefeitura abriu a porta.

— Senhor prefeito, a sala de imprensa está lotada de jornalistas impacientes. Esperam pelo seu grande comunicado.

Brown suspirou. Não podia voltar atrás.

Steven Bergdorf entrou na prefeitura e se anunciou na recepção para ser conduzido à sala de imprensa. Fez questão de fornecer o nome para a funcionária, perguntou se devia assinar algum documento de registro, certificou-se de que o prédio estava equipado com câmeras de segurança para ser filmado: aquela entrevista coletiva seria seu álibi. Chegara o dia: ia matar Alice.

Saíra de casa naquela manhã como se fosse trabalhar. Contara à mulher apenas que estava pegando o carro para ir a uma entrevista coletiva fora de

Manhattan. Passara para pegar Alice em casa: quando colocara a bagagem dela no porta-malas, ela não notou que ele não estava levando nada. Alice fechou os olhos e, aconchegada nele, acabou dormindo durante todo o trajeto. Os pensamentos assassinos de Steven logo perderam a força. Parecia muito amável em seu sono: como pudera pensar em matá-la? Riu de si mesmo: nem sabia como matar alguém! À medida que avançava os quilômetros da estrada, seu humor mudava: estava contente de estar ali com ela. Amava-a, mas as coisas entre os dois não estavam mais funcionando. Aproveitando o tempo de viagem para pensar, finalmente decidira romper com ela naquele mesmo dia. Iriam passear na marina, ele lhe explicaria que não podiam mais continuar daquela maneira, que deviam terminar, e ela compreenderia. Além disso, se ele sentia que as coisas já não eram como antes entre eles, Alice com certeza também sentia o mesmo. Eram adultos. Seria um término amigável. Retornariam a Nova York no fim do dia e tudo voltaria aos eixos. Ah, como ansiava por aquela noite! Precisava recuperar a calma e a estabilidade da vida familiar. Só queria voltar a passar as férias no chalé do lago Champlain e que sua mulher cuidasse das finanças do casal como sempre fizera com tanta eficiência.

Alice acordou quando chegavam a Orphea.

— Dormiu bem? — perguntou Steven, de modo gentil.

— Não o suficiente, estou morta. Vai ser bom tirar um cochilo no hotel. As camas são superconfortáveis. Espero que a gente fique no mesmo quarto do ano passado. Era o 312. Peça esse quarto a eles, está bem, Stevie?

— Hotel? — perguntou Steven, perdendo a voz.

— Ora, claro! Espero que a gente se hospede no Palácio do Lago. Ah, Stevie, pelo amor de Deus, não me diga que deu uma de pão-duro e que vamos ficar numa espelunca! Não posso nem pensar num hotelzinho qualquer de beira de estrada!

Steven, com um nó na garganta, parou no acostamento e desligou o motor.

— Alice — disse num tom determinado —, precisamos conversar.

— O que está havendo, Stevie querido? Você está pálido!

Ele respirou fundo e prosseguiu:

— Não planejei passar o fim de semana com você. Quero terminar.

Na mesma hora sentiu-se muito melhor por ter confessado tudo a Alice. Ela fitou-o com um ar surpreso, depois caiu na risada.

— Ah, Stevie, quase acreditei em você! Meu Deus, por um instante você me enganou.

— Não estou brincando, Alice. Eu nem trouxe minhas malas. Vim aqui para terminar com você.

Ainda em seu assento, Alice se virou e se deu conta de que, de fato, só havia a sua bagagem no porta-malas.

— O que foi que deu em você, Steven? E por que falar que estávamos indo passar um fim de semana se queria apenas terminar comigo?

— Porque ontem à noite eu achava que íamos passar um fim de semana fora. Mas no fim compreendi que devemos terminar. Nossa relação acabou se tornando tóxica.

— Tóxica? Mas do que está falando, Stevie?

— Alice, você só se interessa pelo seu livro e pelos presentes que eu lhe dou. Mal transamos. Você se aproveitou de mim, Alice.

— Então quer dizer que você só quer saber do meu rabo, Steven?

— Alice, minha decisão está tomada. Não adianta discutir. Aliás, eu jamais deveria ter vindo aqui. Vamos voltar para Nova York.

Ele deu a partida no carro e começou a manobrar para dar meia-volta.

— O e-mail da sua mulher é tracy.bergdorf@lightmail.com, não é? — perguntou Alice num tom calmo, enquanto começava a teclar no próprio celular.

— Como conseguiu o e-mail dela?

— Ela tem o direito de saber o que você fez comigo. O mundo inteiro vai saber.

— Você não pode provar nada!

— Caberá a você provar que não fez nada, Stevie. Você sabe muito bem como isso funciona. Irei à polícia, mostrarei suas mensagens no Facebook. Como você montou uma armadilha para mim, marcou um encontro comigo no Plaza, quando me embebedou antes de me violentar num quarto de hotel. Vou dizer que fiquei intimidada e que não falei nada até agora porque senti medo do que você tinha feito a Stephanie Mailer!

— O que fiz a Stephanie Mailer?

— Abusou dela e a perseguiu quando ela quis terminar com você!

— Mas eu nunca fiz isso!

— Então prove! — berrou Alice, com um olhar ameaçador. — Direi à polícia que Stephanie me contou que você a fez sofrer e que ela tinha medo de você. Será que a polícia não vai aparecer no seu escritório na terça-feira, Stevie? Ah, meu Deus, espero que já não esteja na lista de suspeitos deles...

Steven se apoiou no volante e ficou paralisado. Sentia-se encurralado. Alice lhe deu um tapinha condescendente no ombro antes de murmurar em seu ouvido:

— Agora dê meia-volta, Stevie, e me leve ao Palácio do Lago. Quarto 312, lembra-se? Você vai me proporcionar um fim de semana dos sonhos, como havia prometido. Se for bonzinho, quem sabe não deixo você dormir na cama em vez de no carpete?

Steven não teve escolha senão obedecer. Seguiu para o Palácio do Lago. Completamente sem dinheiro, dera o cartão de crédito da revista como garantia para a estadia. O quarto 312 era uma suíte com diária de 900 dólares. Alice sentiu vontade de tirar um cochilo e ele a deixara no hotel para ir à entrevista coletiva de Alan Brown na prefeitura. A presença dele no evento já poderia justificar o uso do cartão de crédito da revista, caso a despesa fosse questionada pelo departamento de contabilidade. E, o principal, se a polícia chegasse a interrogá-lo depois que o corpo de Alice fosse encontrado, diria que estava ali para a entrevista coletiva — o que todo mundo poderia confirmar — e que desconhecia o fato de Alice também estar no local. Enquanto atravessava os corredores da prefeitura até a sala de imprensa, pensava em um bom método para matá-la. Primeiro pensou em veneno de rato na comida. Mas para isso não poderia ser visto em público com Alice, e eles haviam chegado juntos ao hotel. Steven compreendeu então que seu álibi já não era mais válido: os funcionários do Palácio do Lago tinham visto os dois juntos desde a chegada.

Um funcionário municipal acenou para ele, tirando-o de suas reflexões, e o conduziu a uma sala superlotada, na qual jornalistas escutavam atentamente o prefeito Brown terminar a introdução do discurso.

— E esta é a razão pela qual tenho o maior prazer em anunciar que *Noite negra*, a recentíssima criação do diretor Kirk Harvey, será encenada em uma grande estreia no festival de Orphea.

Ele estava sentado diante de uma mesa comprida, de frente para o auditório. Para seu grande espanto, Steven viu que à esquerda do prefeito estava Meta Ostrovski e à direita, Kirk Harvey. Na última vez que o vira, Harvey exercia as funções de chefe de polícia.

— Faz vinte anos que venho preparando *Noite negra* e estou muito orgulhoso pelo fato de que o público poderá finalmente descobrir essa joia que já suscita grande entusiasmo entre os maiores críticos do país, entre os quais o lendário Meta Ostrovski, aqui presente, que nos falará da excelência da obra — afirmou Harvey.

Ostrovski, pensando nas férias no Palácio do Lago financiadas pelos contribuintes de Orphea, sorriu, fazendo um sinal de aprovação para a multidão de fotógrafos que o metralhavam com os flashes.

— Grande peça, meus amigos, uma peça muito importante — avaliou. — De uma qualidade rara. E vocês sabem que não distribuo elogios com facilidade. Mas, nesse caso, é uma obra significativa! A renovação do teatro mundial!

Steven se perguntou o que Ostrovski poderia estar fazendo ali. No tablado, Kirk Harvey, entusiasmado com a boa recepção, prosseguiu:

— Se essa peça é tão excepcional, é porque vai ser encenada por atores escolhidos entre a população da região. Recusei os maiores atores da Broadway e de Hollywood para oferecer uma chance aos moradores de Orphea.

— O senhor quer dizer amadores? — interrompeu-o Michael Bird, da plateia.

— Não seja grosseiro — irritou-se Kirk. — Eu quis dizer atores de verdade!

— Uma companhia amadora e um diretor desconhecido. O prefeito Brown está apostando alto! — rebateu Bird com frieza.

Risadas e um burburinho tomaram conta da sala. O prefeito Brown, decidido a salvar a situação, declarou:

— Kirk Harvey propõe uma performance extraordinária.

— Performances deixam as pessoas entediadas — retorquiu um jornalista de uma estação de rádio local.

— O grande comunicado se transforma em grande armação — lamentou-se Michael Bird. — Acho que essa peça não tem nada de sensacional. O prefeito Brown está tentando salvar o festival de qualquer jeito e, sobretudo, se reeleger daqui a alguns meses, mas ninguém é otário!

Então Kirk gritou:

— Essa peça é excepcional porque serão feitas grandes revelações! Afinal, ainda existem muitas perguntas sem respostas em relação ao quádruplo homicídio de 1994. Ao permitir que a peça seja encenada, o prefeito Brown se mostra a favor de que toda a verdade seja revelada.

Com essa declaração, Kirk conseguiu atrair toda a atenção da plateia.

— Eu e Kirk fizemos um acordo — explicou o prefeito, que teria preferido manter esse detalhe em sigilo, mas vira nele um meio de convencer os jornalistas. — Em troca de apresentar sua peça no festival, Kirk fornecerá à polícia todas as informações de que dispõe.

— Na noite da estreia — esclareceu Kirk. — Não divulgarei nada antes, está fora de questão a polícia ficar sabendo e então me proibirem de encenar minha obra-prima.

— Na noite da estreia — repetiu Brown. — Espero que o público compareça em peso para prestigiar essa peça, que permitirá que a verdade seja restaurada.

Houve um instante de silêncio estupefato diante dessas palavras, ao fim do qual os jornalistas, percebendo que tinham ali um furo, começaram a se agitar ruidosamente.

Em sua sala na delegacia de Orphea, Anna mandara instalar uma televisão e um aparelho de videocassete.

— Conseguimos pegar a gravação do espetáculo de 1994 com Buzz Leonard — explicou-me. — Queríamos vê-la. Esperamos descobrir alguma coisa.

— Foi produtiva a visita a Buzz Leonard?

— Muito — respondeu Derek, entusiasmado. — Para começar, Leonard falou de uma briga entre Kirk Harvey e o prefeito Gordon. Harvey queria apresentar sua peça durante o festival e Gordon teria dito: "Enquanto eu estiver vivo, nunca permitirei que a encene na minha cidade!" Um pouco depois, o prefeito Gordon foi assassinado e Harvey pôde encenar a peça.

— Então ele pode ter matado o prefeito? — perguntei.

Derek não estava muito convencido.

— Não sei. Acho um pouco de exagero matar o prefeito, sua família e uma pobre mulher que corria por ali por causa de uma peça — comentou ele.

— Harvey era chefe de polícia — observou Anna. — Meghan certamente o teria reconhecido ao vê-lo sair da casa dos Gordon, aí ele não teria escolha senão matá-la também. Essa parte se sustenta.

— E aí ele vai fazer o quê? — questionou Derek. — Antes do começo da peça, no dia 26 de julho, Harvey vai pegar o microfone e revelar à plateia: "Senhoras e senhores, sou eu o responsável pela chacina"?

Ri, imaginando a cena.

— Kirk Harvey é maluco o suficiente para aprontar uma dessas — comentei.

Derek examinou o quadro magnético, no qual acrescentávamos as pistas à medida que a investigação avançava.

— Agora sabemos que o dinheiro do prefeito correspondia a propinas pagas por empreiteiros da região e não por Ted Tennenbaum — elucubrou em voz alta. — Mas então, se não eram entregues ao prefeito, eu gostaria muito de saber o destino das grandes retiradas de Tennenbaum.

— Em contrapartida — prossegui —, ainda tem a questão da caminhonete dele na rua das vítimas, mais ou menos no momento dos assassinatos. E era mesmo a dele. Nossa testemunha foi categórica. Buzz Leonard confirmou se Ted Tennenbaum de fato se ausentara do Teatro Municipal na hora dos assassinatos, como nós tínhamos suposto na época?

— Sim, Jesse, ele confirmou. Em compensação, Tennenbaum não foi o único a ter desaparecido misteriosamente durante meia hora. Parece que Charlotte, que era atriz da companhia, além de namorada de Kirk Harvey...

— A namorada linda que o abandonou?

— A própria. Pois bem, Buzz Leonard garante que ela se ausentou entre pouco antes das sete e sete e meia. Ou seja, bate com o horário dos assassinatos. Ela voltou com os sapatos encharcados.

— Você quer dizer encharcados como estava o gramado do prefeito Gordon devido ao duto de irrigação que estourou? — perguntei.

— Isso mesmo — disse Derek, sorrindo por eu ter me lembrado daquele detalhe. — Mas, espere, isso não é tudo: a Charlotte em questão trocou Harvey por Alan Brown. Eles se apaixonaram perdidamente e acabaram se casando. Aliás, continuam juntos até hoje.

— E essa agora! — bufei.

Examinei os documentos encontrados no guarda-móveis alugado por Stephanie e colados na parede. Havia sua passagem de avião para Los Angeles e a anotação *Encontrar Kirk Harvey*. Isso acontecera. Mas será que Harvey contara a Stephanie mais do que falara a nós? Em seguida olhei para o recorte do *Orphea Chronicle*, cuja foto na primeira página, circulada em vermelho, mostrava Derek e eu contemplando o lençol que cobria o corpo de Meghan Padalin em frente à casa do prefeito Gordon, e, logo atrás de nós, lá estavam: Kirk Harvey e Alan Brown. Os dois se encaravam. Ou talvez conversassem. Olhei de novo. Então notei a mão de Alan Brown. Parecia fazer o número três. Seria um sinal para alguém? Para Harvey? E, acima da foto, a caligrafia de Stephanie em caneta vermelha: *O que estava na nossa cara e ninguém viu.*

— O que houve? — perguntou Derek.

— Qual é o ponto em comum entre Kirk Harvey e Alan Brown? — questionei.

— Charlotte Brown — respondeu.

— Charlotte Brown — concordei. — Sei que na época os peritos garantiram tratar-se de um homem, mas não podiam ter se enganado? Não seria uma mulher a assassina? Foi isso que não enxergamos em 1994?

Em seguida, decidimos assistir ao vídeo da peça de 1994 com total atenção aos detalhes. A qualidade da imagem não era muito boa e o enquadramento se limitava ao palco. Não se via nada do público, mas a filmagem começara na parte da apresentação do evento. Vimos então o vice-prefeito Alan Brown subir no palco com um ar constrangido e se aproximar do microfone. Ouviram-se palmas. Brown parece estar com calor. Após hesitar, ele desdobra uma folha de papel que tirou de seu bolso e na qual imagina-se que tenha anotado algo com pressa.

— *Senhoras e senhores, tomo a palavra no lugar do prefeito Gordon, que está ausente esta noite. Confesso que pensei que ele estaria entre nós e infelizmente não pude preparar um discurso adequado. Limito-me, portanto, a dar as boas-vindas a...*

— Dê pause! — gritou Anna para Derek. — Olhem!

A imagem estava congelada. Víamos Alan Brown, sozinho no palco, com o papel nas mãos. Anna levantou-se e foi pegar uma imagem colada na parede, também encontrada no guarda-móveis. Era a mesma cena: Brown, diante do microfone, o papel nas mãos, o qual Stephanie circulara com caneta vermelha.

— Essa imagem foi tirada do vídeo — disse Anna.

— Então Stephanie viu esse vídeo — murmurei. — Quem pode ter entregado isso a ela?

— Stephanie está morta, mas continua um passo à frente — concluiu Derek, suspirando. — E por que ela teria circulado a folha de papel?

Escutamos em seguida o restante do discurso, mas ele não apresentava nada de interessante. Stephanie circulara a folha pelo discurso proferido por Brown ou pelo que estava escrito naquele pedaço de papel?

Ostrovski caminhava pela Bendham Road. Não conseguia falar com Stephanie: o celular dela continuava desligado. Teria mudado de número? Por que não atendia? Decidira ir procurá-la em casa. Passou pelos números dos prédios, verificando mais uma vez o endereço, anotado num caderninho de couro que ele nunca largava. Chegou finalmente em frente ao prédio dela e parou, estupefato: o edifício parecia ter sido destruído por um incêndio e o acesso estava isolado por policiais.

Naquele instante, percebeu uma patrulha que vinha devagar pela rua e fez sinal ao policial dentro do carro.

Ao volante, Montagne, assistente do chefe de polícia, parou e abaixou o vidro.

— Algum problema, senhor? — perguntou a Ostrovski.

— O que aconteceu aqui?

— Um incêndio. Por quê?

— Procuro alguém que mora aqui. Chama-se Stephanie Mailer.

— Stephanie Mailer? Ela foi assassinada. De onde o senhor vem?

Ostrovski ficou pasmo. Montagne subiu novamente o vidro e prosseguiu em direção à rua principal. Seu rádio alertou-o para uma briga de casal no estacionamento da marina. Era pertinho dali. Comunicou à central que estava a caminho e ligou a sirene. Um minuto depois, chegava ao estacionamento, onde havia um Porsche preto parado, com as duas portas abertas: uma garota corria em direção ao píer, perseguida sem muita vontade por um sujeito alto com idade suficiente para ser seu pai. Montagne fez a sirene soar um alarme ensurdecedor: um bando de gaivotas voou para longe e o casal ficou imóvel. A garota fez uma cara de quem estava se divertindo.

— Que ótimo, Dakota! — repreendeu-a Jerry Éden. — Agora a polícia está vindo! Começamos bem!

— Polícia de Orphea. Não se mexam! — intimou Montagne. — Recebemos uma chamada devido a uma briga de casal.

— De casal? — repetiu o homem, surpreso. — Essa é a melhor! Ela é minha filha!

— Ele é seu pai? — perguntou Montagne à adolescente.

— Infelizmente, senhor.

— De onde vocês vieram?

— Manhattan — respondeu Jerry.

Montagne verificou a identidade dos dois e perguntou a Dakota:

— E por que estava correndo daquele jeito?

— Eu queria fugir.

— Do que estava fugindo?

— Da vida, senhor.

— Por acaso seu pai a violentou? — interrogou-a Montagne.

— Eu, violentá-la? — repetiu Jerry, chocado.

— Senhor, agradeço se permanecer calado — ordenou Montagne em tom seco. — Não lhe dirigi a palavra.

Chamou Dakota à parte e repetiu a pergunta. A garota começou a chorar.

— Não, claro que não, meu pai não tocou em mim — disse entre lágrimas.

— Então por que está nesse estado?

— Faz um ano que estou nesse estado.

— Por quê?

— Ah, é uma longa história.

Montagne não insistiu e deixou-os partir.

— É isso o que os filhos fazem! — bradou Jerry Éden, batendo a porta do carro, antes de arrancar ruidosamente e deixar o estacionamento.

Alguns minutos mais tarde, ele chegava com Dakota ao Palácio do Lago, onde reservara uma suíte.

Numa longa procissão ritualística, os carregadores levaram as malas e os acomodaram na suíte 308.

Ostrovski tinha acabado de chegar à suíte ao lado, a 310. Sentou-se na cama, segurando um porta-retratos. Nele, a fotografia de uma mulher radiante. Era Meghan Padalin. Contemplou por muito tempo a imagem, depois murmurou:

— Vou descobrir quem fez isso com você. Prometo.

Depois beijou o vidro que os separava.

Na suíte 312, enquanto Alice tomava banho, os olhos de Steven Bergdorf brilhavam e ele estava absorto em suas reflexões. Aquela história de troca de uma peça de teatro por revelações num caso policial era absolutamente única em toda a história. Seu instinto lhe dizia para ficar mais um pouco em Orphea. Não só por causa do seu ímpeto jornalístico, mas porque ele achava que aqueles dias extras lhe dariam tempo para acertar seus problemas amorosos com Alice. Foi até a varanda para telefonar com calma para Skip Nalan, seu assistente, na redação da revista.

— Ficarei ausente por alguns dias para cobrir o acontecimento do século — explicou a Skip, antes de detalhar o que acabara de presenciar. — Um ex-chefe de polícia que virou diretor de teatro encenará sua peça em troca de revelações sobre um crime cometido há vinte anos e que todo mundo julgava ter sido solucionado. Farei uma reportagem dos bastidores, todo mundo vai se matar por essa matéria, vamos triplicar nossas vendas.

— Fique aí o tempo que for preciso — respondeu Skip. — Você acha que vai ser um furo?

— Se eu acho? Você não faz ideia. Vai ser uma baita matéria.

Bergdorf ligou em seguida para sua mulher, Tracy, e explicou que se ausentaria por alguns dias pelas mesmas razões indicadas a Skip um pouco antes. Após um momento de silêncio, Tracy acabou perguntando, com uma voz preocupada:

— Steven, o que está havendo?

— Uma peça de teatro maluca, minha querida, acabei de explicar. É uma oportunidade única para a revista. Você sabe que as assinaturas andam em queda livre.

— Não... O que está havendo com você? Estou sentindo que tem alguma coisa errada. Você não é mais o mesmo. O banco ligou, falaram que sua conta está no vermelho.

— Minha conta? — perguntou ele, rouco.

— É, sua conta bancária.

Ela não estaria tão tranquila se soubesse que a poupança da família também tinha sido gasta. Mas ele previa que era só uma questão de tempo até ela descobrir. Fez força para permanecer calmo.

— Estou sabendo, consegui finalmente falar com o banco. Foi um erro deles no processamento de uma transação. Está tudo certo.

— Faça o que você tem que fazer em Orphea, Steven. Espero que depois as coisas melhorem.

— Vão melhorar muito, Tracy. Prometo.

Ele desligou. Aquela peça de teatro era uma dádiva dos céus: poderia acertar tudo, com calma, com Alice. Tinha sido muito brusco antes. E, sobretudo, pouco elegante: fazer aquilo dentro do carro! Ele lhe daria uma longa explicação para tudo, e ela compreenderia. Não precisaria matá-la. Tudo voltaria aos eixos.

STEVEN BERGDORF

O fim de semana que passei em maio de 2013 em Orphea com Alice foi absolutamente maravilhoso, inspirando-me a publicar um artigo altamente elogioso para a revista, no qual convidava os leitores a viajarem para lá e que intitulei "O maior dos pequenos festivais de teatro".

Em agosto tive que deixar Alice para passar nossas tradicionais férias familiares no desagradável chalé do lago Champlain. Três horas de carro num engarrafamento com meus filhos histéricos e minha mulher de mau humor para descobrir horrorizado, quando chegamos lá, que um esquilo entrara pela chaminé e ficara encurralado dentro da casa. Deixara pequenos danos, resultantes de roer os pés de algumas cadeiras e os cabos da televisão, defecar no tapete e, finalmente, morrer de fome na sala. O pequeno cadáver deixara a casa toda com um fedor terrível.

Nossas férias haviam começado com três horas de faxina intensiva.

— Seria melhor ter ido para *aquela maravilhosa cidade onde se tem a melhor vida do mundo!* — reclamou minha mulher.

Ela ainda se ressentia pelo fim de semana em Orphea. E eu começava a me perguntar se ela não desconfiava de alguma coisa. Por mais que eu estivesse disposto a me divorciar por Alice, aquela situação me convinha: eu continuava com Alice sem precisar passar pelos inconvenientes de um divórcio. Às vezes, me julgava um covarde. Mas, no fundo, todos os homens são. Se o bom Deus nos deu colhões, foi justamente porque não teríamos coragem de outra forma.

Aquelas férias foram um inferno para mim. Eu sentia falta de Alice. Todos os dias, saía para longas "corridas" para fugir e poder telefonar para ela. Eu ia em direção à floresta e parava depois de uns bons quinze minutos. Sentava-me no cepo de um tronco, de frente para a água, ligava para ela e falávamos durante mais de uma hora. As conversas poderiam se estender ainda mais se eu não me sentisse obrigado a voltar ao chalé, já que seria difícil explicar mais de uma hora e meia de exercício físico.

Por sorte, uma emergência na revista me obrigou a voltar de ônibus para Nova York um dia antes do resto da família. Dispunha de uma noite de liberdade total com Alice, e passei na casa dela. Jantamos pizza na cama e fizemos amor quatro vezes. Ela acabou adormecendo. Era quase meia--noite. Eu estava com sede e saí do quarto para pegar água na cozinha, vestindo apenas uma camiseta e cueca. Lá, topei com a locatária que dividia o apartamento com Alice e, horrorizado, descobri que se tratava de uma de minhas jornalistas: Stephanie Mailer.

— Stephanie? — perguntei, perdendo a voz.

— Sr. Bergdorf? — retrucou ela, tão perplexa quanto eu.

Olhou para os meus trajes ridículos e segurou o riso.

— Então é você a outra locatária?

— Então é você o namorado que ouço do outro lado da parede?

Fiquei muito constrangido, meu rosto vermelho de vergonha.

— Não se preocupe, Sr. Bergdorf, não direi nada a ninguém — prometeu, saindo da cozinha. — O que o senhor faz diz respeito apenas ao senhor.

Stephanie Mailer era uma mulher de classe. Quando a reencontrei no dia seguinte na redação, agiu como se nada tivesse acontecido. Nunca mencionou o fato, em circunstância alguma. Em contrapartida, repreendi Alice por não ter me avisado.

— Puxa, você poderia ter me dito que dividia o apartamento com Stephanie! — reclamei, fechando a porta da minha sala para que não nos ouvissem.

— E isso faria alguma diferença?

— Eu não teria ido à sua casa. Imagine se alguém fica sabendo de nós dois?

— Qual o problema? Sente vergonha de mim?

— Não, mas estou acima de você na hierarquia da empresa. Eu poderia ter sérios problemas.

— Você faz tanto drama, Stevie...

— Não, não faço drama de tudo! Aliás, não irei mais à sua casa, chega de criancice. Vamos nos encontrar em outro lugar. Eu decidirei o local.

Foi nesse momento, após cinco meses de relacionamento, que as coisas começaram a ficar muito instáveis e que descobri que Alice podia ter acessos de raiva descontrolados.

— Como assim, *não ir à minha casa*? O que você acha que eu sou, Stevie? Acha mesmo que é você quem decide?

Tivemos nossa primeira briga, que terminou com Alice dizendo:

— Eu me enganei sobre você. Você não está à altura de ter um relacionamento comigo, Stevie. Como todos os homens do seu tipo, você não tem colhões.

Saiu da sala e decidiu tirar os quinze dias de férias que lhe restavam.

Durante dez dias, não deu notícias nem respondeu às minhas ligações. Esse episódio me afetou e me deixou muito infeliz. Permitiu sobretudo que eu percebesse que me enganara desde o início: antes, minha impressão era de que Alice estava disposta a fazer tudo por mim e a satisfazer todos os meus desejos, mas era exatamente o contrário. Ela mandava, eu obedecia. Eu achava que ela era minha, mas eu que era dela. Desde o primeiro dia, ela tinha total poder sobre a relação.

Minha mulher notou que eu estava esquisito e perguntou:

— O que está havendo, querido? Você está muito nervoso.

— Nada, umas questões no trabalho.

Na verdade, eu estava ao mesmo tempo muito chateado por ter perdido Alice e preocupadíssimo que ela aprontasse alguma, revelando nosso caso à minha mulher e aos colegas da revista. Eu, que, um mês antes, me sentia presunçoso e estava disposto a largar tudo por ela, passara a ficar em pânico: ia perder minha família e meu emprego, e terminar sem nada. Minha mulher fez de tudo para entender o que estava errado, mostrou-se carinhosa e meiga, e, quanto mais legal ela era comigo, mais eu pensava que não queria perdê-la.

No fim, sem aguentar mais, decidi ir à casa de Alice depois do trabalho. Não sei se foi pela necessidade de ouvi-la dizer que nunca contaria sobre nós a quem quer que fosse ou pela vontade de revê-la. Eram sete horas quando toquei o interfone do prédio dela. Nenhuma resposta. Era óbvio que ela não estava em casa e decidi esperá-la, sentado nos degraus da porta de entrada. Esperei durante três horas, sem sair do lugar. Havia inclusive um pequeno café do outro lado da rua, onde poderia ter ido me refugiar, mas eu temia que nós nos desencontrássemos. Finalmente ela chegou. Eu a vi de perfil na calçada: usava uma calça de couro e salto alto. Estava maravilhosa. Notei então que não estava sozinha: Stephanie Mailer a acompanhava. Tinham saído juntas.

Vendo-as se aproximar, levantei-me. Stephanie me cumprimentou de maneira educada, mas continuou andando e entrou no prédio para nos deixar a sós.

— O que você quer? — perguntou Alice num tom frio.

— Pedir desculpas.

— É assim que você pede desculpas?

Não sei o que me deu, mas me pus de joelhos diante dela, na calçada mesmo. Ela então me disse com sua voz carinhosa que me derretia:

— Ah, Stevie, você é tão bonitinho!

Ela me fez levantar e me deu um beijo cheio de paixão. Depois me levou a seu apartamento, me arrastou para o quarto e ordenou que eu transasse com ela. Enquanto eu a penetrava, Alice falou, arranhando meus ombros:

— Você sabe que eu amo você, Stevie, mas precisa merecer ser perdoado. Encontre-me amanhã às cinco da tarde no Plaza com um belo presente. Você conhece meu gosto, não seja pão-duro.

Prometi que faria isso e, no dia seguinte, às cinco da tarde, no bar do Plaza, enquanto tomávamos um champanhe Grand Cru, dei-lhe de presente uma pulseira de diamantes paga com o dinheiro que tirei da conta que eu e minha mulher tínhamos aberto para nossos filhos. Eu sabia que minha mulher nunca verificava essa conta e que eu teria tempo de devolver a soma sem que ela notasse.

— Ótimo, Stevie — disse Alice, num tom condescendente, experimentando a pulseira. — Você finalmente entendeu como deve me tratar.

Tomou o champanhe da taça num gole só e se levantou.

— Aonde vai? — perguntei.

— Marquei de sair com uns amigos. Nos vemos no escritório amanhã.

— Mas eu pensei que passaríamos a noite juntos — escutei-me lamentando. — Reservei um quarto.

— Ótimo, aproveite para descansar bastante, Stevie.

Ela foi embora e eu passei a noite no quarto cuja reserva não dava mais para ser cancelada, me empanturrando de hambúrgueres e assistindo à TV.

Desde o começo, Alice definira o tom da relação. Eu apenas não quis perceber isso. E, para mim, foi o começo de uma longa viagem ao inferno. Comecei a me sentir prisioneiro de Alice. Ela era completamente instável. Se eu não me comportasse, ameaçava revelar tudo e me destruir. Além de avisar a revista e minha mulher, procuraria a polícia. Diria ter sido obrigada a ter relações sexuais comigo, ter ficado sob o jugo de um patrão pervertido e tirânico. Às vezes, ficava dias me tratando com o maior carinho, o que me desarmava e me impedia de odiá-la. Presenteava-me, em especial, com um sexo extraordinário, que tinha começado a ficar menos frequente e pelo qual eu esperava, desesperado e dependente.

Foi durante setembro de 2013 que finalmente compreendi que Alice tinha interesse em outra coisa além de dinheiro. Tudo bem, eu me arruinava com os gastos em presentes, já estava com quatro cartões e havia torrado um quarto da poupança da família, mas ela poderia ter seduzido milionários e conseguido cem vezes mais. O que a interessava de verdade era sua carreira de escritora e ela achava que eu podia ajudá-la. Estava obcecada pela ideia de se tornar a próxima escritora da moda em Nova York, e determinada a se livrar de qualquer um capaz de oferecer concorrência. Eu me lembro em especial de uma manhã de sábado, 14 de setembro de 2013. Eu estava fazendo compras com minha mulher e meus filhos quando ela me ligou. Afastei-me alguns instantes para falar e a ouvi berrando:

— Você pôs ela na capa? Seu canalha!

— Do que está falando, Alice?

Ela falava do novo número de outono da revista. Stephanie Mailer escrevera um texto tão bom que eu lhe dera a honra de uma chamada na capa, e Alice tinha acabado de descobrir isso.

— Mas Alice, você está louca? Stephanie escreveu um texto incrível!

— Estou me lixando para suas explicações, Stevie! Isso vai lhe custar caro! Quero ver você, onde está?

Dei um jeito de encontrá-la no fim do dia, no café perto da casa dela. Temendo sua ira, eu comprara um bonito *foulard* de uma grife francesa de luxo. Ela desceu do apartamento fora de si e jogou o presente na minha cara. Nunca tinha visto Alice tão furiosa.

— Você cuida da carreira dela, bota ela na capa da *Revista Literária de Nova York*, e eu, como fico? Eu continuo a ridícula funcionariazinha que cuida da correspondência!

— Mas Alice, pense bem, você não escreve!

— Escrevo, sim! Tenho meu blog de escritora, você me disse que era ótimo. Por que não publica trechos na revista?

— Alice, eu...

Ela fez com que eu me calasse com um gesto de raiva, chicoteando o ar com o *foulard* como se estivesse domando um cavalo.

— Chega de conversa fiada! Quer me impressionar com seu pano chinfrim? Acha que sou uma puta? Acha que pode me comprar assim?

— Alice, o que você quer de mim?

— Quero que se livre dessa idiota da Stephanie! Quero que a demita imediatamente!

Levantou-se da cadeira para me indicar que a conversa terminara. Eu quis agarrá-la pelo braço delicadamente para detê-la. Ela me apertou com força.

— Eu seria capaz de arrancar seus olhos fora, Stevie. Preste bem atenção: segunda-feira de manhã Stephanie Mailer será demitida da revista, está me ouvindo? Caso contrário, na própria segunda-feira todo mundo saberá o que você me fez sofrer.

Olhando em retrospectiva, eu não deveria ter cedido. Deveria ter mantido Stephanie, Alice teria me denunciado à polícia, à minha mulher, a quem ela quisesse e eu teria arcado com as consequências dos meus atos. Mas eu era muito covarde para agir desse jeito. Assim, na segunda-feira, demiti Stephanie Mailer da *Revista Literária de Nova York*, alegando problemas financeiros. Na hora de ir embora, ela passou na minha sala, aos prantos, carregando uma caixa com seus pertences.

— Não entendo por que está fazendo isso comigo, Steven. Trabalhei tão duro para vocês...

— Sinto muito, Stephanie. As condições são terríveis, estamos lidando com um grande corte no orçamento.

— Mentira. Sei que Alice manipula o senhor. Mas não se preocupe, nunca direi nada a ninguém. Pode dormir tranquilo. Não criarei problemas.

A demissão de Stephanie acalmou Alice, que trabalhava direto em seu romance. Dizia ter tido a ideia do século e que o livro ia ser muito bom.

Três meses passaram até dezembro de 2013 e o Natal. Para a ocasião, comprei um colar de 1.500 dólares para Alice e uma bijuteria de 150 para minha mulher, que, por sua vez, surpreendeu-me ao presentear toda a família com uma viagem de uma semana num lugar ensolarado. Ela anunciou isso numa sexta-feira à noite, durante o jantar, toda radiante, mostrando-nos os panfletos de onde ficaríamos:

— Fomos cuidadosos com o que gastamos, não desperdiçamos dinheiro com bobagens. Estou economizando parte do meu salário desde a Páscoa para podermos passar o Ano-Novo no Caribe — falou ela.

O que ela chamava de Caribe era a Jamaica, num desses hotéis com tudo incluído para uma classe média alta que queria bancar o grão-duque, com uma grande piscina de água insalubre e refeições em bufês infames.

Mas no calor úmido da costa jamaicana, ao abrigo das folhas das palmeiras diante do sol inclemente, tomando drinques feitos com bebidas de péssima qualidade, longe de Alice e de todas as preocupações, eu me senti bem. Tranquilo, pela primeira vez em muito tempo. Percebi que tinha vontade de sair de Nova York, de recomeçar a vida em outro lugar, do zero, e não cometer mais aqueles erros que haviam acabado comigo. Acabei falando sobre isso com minha mulher:

— Não gostaria de sair de Nova York?

— O quê? Por que sair de Nova York? Estamos bem lá, não acha?

— Estamos, mas você sabe o que quero dizer.

— Não, não sei o que você quer dizer.

— Poderíamos ir morar numa cidade menor, não perder o dia inteiro em transportes públicos, esbarrando o tempo todo nos outros.

— Que moda é essa que você inventou, Steven?

— Não é moda, é uma ideia que estou compartilhando com você, só isso.

Minha mulher, como todos os autênticos nova-iorquinos, não se via morando em outro lugar, e minha ideia de fuga e de uma nova vida foi logo esquecida.

Seis meses se passaram.

Em junho de 2014, a poupança dos meus filhos estava zerada. Interceptei uma ligação do banco avisando-nos que não podíamos manter uma poupança vazia e fiz uma transferência para acabar com o problema. Era crucial descobrir um jeito de fazer depósitos naquela conta e, ao mesmo tempo, parar de me arruinar financeiramente. Eu precisava dar um basta em tudo aquilo. Não dormia mais e tinha pesadelos insuportáveis quando pegava no sono. Aquela história estava me corroendo.

Alice havia acabado de escrever seu romance. Pediu que eu o lesse e desse minha opinião sincera.

— Seja como na cama — falou. — Duro, mas justo.

Li seu livro às pressas e acabei pulando diversos trechos, pois ela estava impaciente para ouvir minha opinião, que infelizmente era muito clara: seu texto era marcado por uma falta de talento estarrecedora. Mas eu não podia lhe dizer isso. Assim, num restaurante sofisticado do SoHo, brindamos com champanhe a seu futuro sucesso.

— Estou tão feliz que você gostou, Stevie. Não está falando isso para me agradar, está?

— Não, sério, adorei. Como pode duvidar de mim?

— É que eu o ofereci a três agentes literários, mas eles o recusaram.

— Ah, não desanime. Se soubesse a quantidade de livros que a princípio foram recusados por agentes e editores.

— Justamente, quero que me ajude a divulgá-lo e que faça com que Meta Ostrovski o leia.

— Ostrovski, o crítico? — perguntei, preocupado.

— É claro. Ele poderia escrever um artigo para a próxima edição da revista. Todo mundo leva a opinião dele em consideração. Ele pode fazer desse livro um sucesso antes mesmo de ser publicado, basta escrever uma matéria com críticas muito positivas sobre ele. Os agentes e as editoras virão me implorar para aceitar suas ofertas.

— Não tenho certeza se é uma boa ideia. Ostrovski pode se mostrar muito duro, até mesmo cruel.

— Você é o chefe dele, certo? Basta exigir que escreva um bom artigo.

— Não é bem assim que funciona, Alice, e você sabe muito bem disso. Todos são livres para...

— Não comece com seu bordão moralista, Stevie. Exijo que Ostrovski escreva um artigo muito entusiasmado sobre meu livro, e ele vai fazer isso. Você vai dar um jeito de garantir que isso aconteça.

O garçom chegou nesse momento com nossas lagostas do Maine, mas ela mandou os pratos de volta para a cozinha com um gesto e declarou:

— Perdi a fome. Que noite péssima. Quero voltar para casa.

Durante os dez dias seguinte, ela exigiu presentes pelos quais eu não podia mais pagar. Quando eu não a obedecia, ela me vinha com mil tormentos. Acabei acalmando-a, prometendo que Ostrovski leria seu livro e lhe faria uma crítica positiva.

Deixei o texto com Ostrovski, que prometeu lê-lo. Passados quinze dias sem notícias dele, procurei saber se conseguira avançar no romance e ele me informou que terminara a leitura. Alice exigiu que eu o convocasse à minha sala para que fizesse sua resenha pessoalmente e marcamos um encontro para 30 de junho. Naquele dia, Alice se escondeu no armário do meu escritório antes de Ostrovski chegar. O parecer do crítico foi contundente:

— Por acaso lhe fiz algum mal inadvertidamente, Steven? — perguntou ele de súbito, sentando-se numa cadeira. — Se for o caso, peço desculpas.

— Não — respondi, espantado. — Por que está me perguntando isso?

— Porque, para me infligir uma leitura dessas, só me odiando! E ainda preciso perder meu tempo para vir falar com você sobre esse livro? Mas acabei entendendo por que você insistiu tanto para que eu lesse essa obra vergonhosa.

— Ah! E por quê? — indaguei, um pouco inquieto.

— Porque foi você que escreveu esse livro e precisava de um parecer. Sonha ser escritor, Steven, é isso?

— Não, eu não sou o autor desse texto.

Mas Ostrovski não acreditou e deu seu veredito:

— Steven, vou falar como amigo porque não quero lhe dar falsas esperanças: você não tem nenhum talento. Nenhum! Nenhum, nenhum, nenhum! Eu diria inclusive que seu livro é a definição perfeita da falta de talento. Até um macaco faria melhor. Faça um favor à humanidade e desista dessa carreira. Tente pintar, quem sabe? Ou aprender a tocar oboé.

Ele saiu. Assim que passou pela porta da sala, Alice deixou o armário.

— Alice — tentei acalmá-la —, ele não pensou no que estava dizendo.

— Quero que o demita!

— Que o demita? Mas não quero demitir Ostrovski. Os leitores o adoram.

— Você vai demiti-lo, Stevie!

— Ah, não, Alice, não posso fazer isso! Imagine só! Demitir Ostrovski?

Ela apontou o dedo para mim, em ameaça.

— Prometo acabar com a sua vida, Stevie. Arruinar você, fazer com que pare na cadeia. Por que não me obedece? Assim me obriga a castigá-lo de novo!

Eu não podia demitir Ostrovski. Mas Alice me obrigou a ligar para ele na frente dela, com o telefone no viva-voz. Para meu grande alívio, ele não atendeu. Decidi deixar a coisa rolar, esperando que a ira de Alice diminuísse. Contudo, dois dias depois, 2 de julho, ela entrou na minha sala feito um furacão.

— Você não demitiu Ostrovski! Enlouqueceu? Ousa me desafiar?

— Tentei ligar para ele na sua frente, ele não retornou a ligação.

— Tente de novo! Ostrovski está na sala dele, passei por ele ainda há pouco.

Liguei para o ramal direto, mas ele não atendeu. A ligação terminou sendo encaminhada para uma secretária, que me informou que ele estava dando uma entrevista por telefone para um jornal francês.

Alice, vermelha de raiva, me expulsou da minha cadeira com um gesto furioso e se sentou diante do meu computador.

— Alice — falei, preocupado, ao vê-la abrir a caixa de entrada do meu e-mail —, o que pensa que está fazendo?

— O que você deveria ter feito, seu frouxo.

Clicou em "escrever nova mensagem" e digitou:

Meta, como não se dignou a atender o telefone, escrevo para lhe dizer que está despedido da Revista Literária de Nova York. *Steven Bergdorf.*

Clicou em "enviar" e saiu da minha sala com um ar satisfeito.

Naquele momento, pensei que aquilo não podia continuar assim. Eu estava perdendo o controle da revista e da minha vida. Levando em conta os gastos nos cartões de crédito e o saque de toda a poupança da minha família, eu estava afundado em dívidas.

JESSE ROSENBERG

Sábado, 12 de julho de 2014
14 dias antes da abertura do festival

Tínhamos decidido tirar um fim de semana de folga. Precisávamos respirar um pouco, tomar certa distância do caso. E Derek e eu tínhamos de manter o autocontrole: se perdêssemos a cabeça com Kirk Harvey, ficaríamos em apuros.

Pela segunda semana consecutiva, passei meu sábado na cozinha, dedicando-me a melhorar meu molho e meus hambúrgueres.

Derek, por sua vez, ficou desfrutando da família.

Quanto a Anna, ela não conseguia tirar a investigação da cabeça. Acho que ficara intrigada com as revelações de Buzz Leonard relativas a Charlotte Brown. Para onde ela tinha ido em 1994 na noite de abertura? E por quê? O que estava escondendo? Alan e Charlotte Brown deram todo o apoio a Anna na época em que se mudara para Orphea. Ela perdera a conta dos jantares para os quais fora convidada, dos convites para passeios, das excursões de barco. Saíra várias vezes para jantar com Charlotte, quase sempre no Café Athena, onde passavam horas a fio conversando. Anna lhe contara parte de suas desavenças com o chefe Gulliver, e Charlotte lhe contara sobre a mudança para Orphea. Na época, tinha acabado de terminar a faculdade. Arranjara um emprego com um veterinário ranzinza que se limitava a lhe delegar tarefas de secretária e passava a mão na bunda dela enquanto dava um sorriso de descaso. Anna não conseguia imaginar Charlotte Brown invadindo uma casa e massacrando uma família inteira.

No dia anterior, após assistirmos ao vídeo, telefonamos para Buzz Leonard para lhe fazer duas perguntas importantes: por acaso os membros da companhia tinham acesso a algum carro? E quem possuía uma cópia do vídeo da peça?

Sobre a questão do carro, ele foi categórico: a companhia toda tinha ido de ônibus. Ninguém tinha carro. Quanto à fita de vídeo, seiscentas cópias haviam sido vendidas aos moradores da cidade, em diferentes pontos de distribuição.

— Havia algumas nas lojas da rua principal, nos mercados, nos postos de gasolina. As pessoas gostavam de ter aquilo como souvenir. Entre o outono de 1994 e o verão seguinte, esgotou tudo — disse ele ao telefone.

Isso significava duas coisas: havia sido fácil para Stephanie arranjar a fita — existia uma cópia até mesmo na biblioteca municipal. Mas o principal: durante os cerca de trinta minutos que desaparecera na noite dos assassinatos, se não estava de carro, Charlotte Brown poderia apenas ter percorrido um raio de distância equivalente a trinta minutos de caminhada. Todo esse tempo deveria ainda ser dividido entre sair do Teatro Municipal e voltar para lá. Eu, Derek e Anna havíamos concluído que, se ela tivesse usado um dos poucos táxis da cidade ou pedido a alguém que a levasse ao bairro de Penfield, era muito provável que o motorista tivesse se manifestado após os trágicos acontecimentos.

Naquela manhã, Anna decidiu aproveitar sua corrida para cronometrar o tempo que levava para ir e voltar, a pé, do teatro até a casa do prefeito Gordon. Caminhando, eram quase 45 minutos. Charlotte se ausentara por aproximadamente meia hora. Quão subjetiva era a noção de *aproximadamente*? Correndo, bastavam 25 minutos. Um corredor que estivesse em forma conseguiria fazer o percurso em vinte minutos e, no caso de alguém com os calçados errados para aquela atividade, trinta. Logo, era tecnicamente viável. Charlotte Brown teria tido tempo para correr até a casa dos Gordon, assassiná-los e retornar ao Teatro Municipal em seguida.

Enquanto refletia, sentada num banco da praça diante da antiga casa da família Gordon, Anna recebeu uma ligação de Michael Bird.

— Anna — disse ele com uma voz inquieta —, será que pode dar um pulo na redação? Acabou de acontecer uma coisa muito estranha.

Em sua sala do *Orphea Chronicle*, Michael contou a Anna sobre a visita que acabara de receber.

— Meta Ostrovski, o famoso crítico literário, apareceu por aqui. Queria saber o que havia acontecido com Stephanie. Quando lhe contei do assassinato, ele começou a gritar: "Por que ninguém me avisou?"

— Qual é a ligação entre ele e Stephanie? — perguntou Anna.

— Desconheço. Foi por isso que liguei para você. Ele pôs-se a fazer todo tipo de perguntas. Queria saber tudo. Como ela tinha sido morta, por quê, quais eram as pistas da polícia.

— O que você respondeu?

— Limitei-me a falar o que é de conhecimento público e que ele poderia ler nos jornais.

— E depois, o que aconteceu?

— Ele me pediu edições antigas do jornal, relacionadas ao desaparecimento. Dei-lhe o que eu tinha sobrando aqui. Ele insistiu em pagar. E logo em seguida foi embora.

— Para onde?

— Ele disse que ia estudar o caso no hotel. Está hospedado no Palácio do Lago.

Após uma rápida parada em casa para tomar banho, Anna dirigiu-se ao Palácio do Lago. Encontrou Ostrovski no bar do hotel, onde ele marcou de encontrar com ela depois que Anna mandou que ligassem para seu quarto.

— Conheci Stephanie na *Revista Literária de Nova York* — explicou Ostrovski. — Era uma mulher brilhante, muito talentosa. Tinha potencial para se tornar uma grande escritora.

— Como sabia que ela tinha se mudado para Orphea?

— Após sua demissão, mantivemos contato. Nos falamos vez ou outra.

— Não o surpreendeu o fato de ela ter vindo trabalhar numa cidadezinha dos Hamptons?

— Agora que estou de volta a Orphea, penso que a escolha foi bastante válida: ela dizia que queria escrever num lugar sossegado e que essa cidade era perfeita para isso.

— Sossegada... — repetiu Anna. — Não sei se essa é a melhor palavra para descrever a cidade neste momento... Se não me engano, não é a primeira vez que vem aqui, certo, Sr. Ostrovski?

— Está correta, jovem oficial. Estive aqui vinte anos atrás, por ocasião do primeiro festival de teatro. Não me lembro de nada significativo com relação à programação como um todo, mas a cidade me agradou.

— E, desde 1994, nunca mais voltou ao festival?

— Não, nunca.

— Então por que voltar agora, de repente, após vinte anos?

— Recebi um convite simpático do prefeito Brown e pensei *por que não?*

— Foi a primeira vez que o convidaram de novo desde de 1994?

— Não. Mas dessa vez me agradou a ideia de vir.

Anna sentiu que Ostrovski não estava lhe contando tudo.

— E que tal se o senhor parasse de achar que sou idiota, Sr. Ostrovski? Sei que o senhor foi à redação do *Orphea Chronicle* hoje e que fez perguntas a respeito de Stephanie. O editor comentou que o senhor não parecia estar em seu estado normal. O que está acontecendo?

— *O que está acontecendo?* — repetiu ele, ofendido. — Está acontecendo que uma jovem muito querida minha foi assassinada! Perdoe-me então por mal conter minha emoção diante do anúncio dessa tragédia.

A voz dele falhava. Ela percebeu que ele estava com os nervos à flor da pele.

— O senhor não sabia o que havia acontecido com Stephanie? Ninguém comentou nada na redação da revista? Mas esse é o tipo de notícia que as pessoas comentam o tempo todo quando se esbarram no corredor.

— Talvez... — disse Ostrovski, com a voz embargada. — Mas eu não poderia saber, pois fui demitido da revista. Escorraçado! Humilhado! Tratado como se fosse um zé-ninguém! De um dia para o outro, o perverso do Bergdorf me bota na rua, me expulsa com meus pertences em caixas de papelão, não me deixa mais entrar na redação, não atende mais sequer a um telefonema meu. Eu, o grande Ostrovski, tratado como o ser mais insignificante de todos. E imagine, senhora, que havia apenas uma pessoa nesse país que ainda me tratava com gentileza, e essa mulher era Stephanie Mailer. Prestes a mergulhar em depressão, em Nova York, e sem conseguir entrar em contato com ela, decidi vir encontrá-la em Orphea, considerando que o convite do prefeito era uma bela coincidência e talvez um sinal do destino. Porém, como já estava aqui e não tinha conseguido falar com minha amiga, decidi ir a seu endereço residencial, onde um policial me informou que ela foi assassinada. Ao que parece, foi afogada num lago pantanoso, seu corpo entregue aos insetos, vermes, aves e sanguessugas. Esse, senhora, é o motivo para a minha tristeza e para a minha raiva.

Houve um momento de silêncio. Ele assoou o nariz, secou uma lágrima, tentou recuperar a compostura, respirando fundo.

— Eu sinto muito pela morte de sua amiga, Sr. Ostrovski — disse Anna por fim.

— Obrigado, senhora, por compartilhar da minha dor.

— O senhor disse que foi Steven Bergdorf que o demitiu?

— Sim, Steven Bergdorf. O editor da revista.

— Ele então demitiu Stephanie, e o senhor em seguida?

— Sim — confirmou Ostrovski. — Acha que pode haver alguma ligação?

— Não faço ideia.

Após sua conversa com Ostrovski, Anna foi almoçar no Café Athena. No momento em que se sentava a uma mesa, uma voz se dirigiu a ela:

— Você fica bem à paisana, Anna.

Anna virou-se e viu Sylvia Tennenbaum sorrindo para ela. Parecia estar de bom humor.

— Eu não sabia do seu irmão — comentou Anna. — Não fazia ideia do que havia acontecido com ele.

— Isso muda alguma coisa? — perguntou Sylvia. — Vai me olhar de outra maneira?

— O que quero dizer é: sinto muito. Deve ter sido terrível para você. Gosto muito de você e senti pena. Só isso.

Sylvia fez uma cara triste.

— É muito gentil da sua parte. Posso almoçar com você, Anna? Por minha conta.

Acomodaram-se a uma mesa na varanda do restaurante, um pouco afastada dos outros fregueses.

— Durante muito tempo, eu fui conhecida como a irmã do monstro — contou Sylvia. — As pessoas daqui queriam que eu fosse embora, que eu vendesse o restaurante por um valor bem baixo e me mudasse.

— Como era o seu irmão?

— Tinha um coração de ouro. Era gentil, generoso. Mas impulsivo demais, brigão demais. Foi isso que lhe custou tudo. A vida inteira, sempre pôs tudo a perder por causa de um soco. Desde a escola. Assim que começava uma discussão com outro colega, ele não conseguia se conter e partia para a briga. Cansou de ser expulso dos colégios. Os negócios do nosso pai prosperavam e ele tinha nos matriculado nas melhores escolas particulares de Manhattan, onde morávamos. Meu irmão chegou a ser matriculado em todas as escolas possíveis, até acabar tendo aulas com um tutor em casa. Depois disso, foi aceito na universidade de Stanford, e ao cabo de um ano foi expulso por sair no tapa com um dos professores. Um professor, dá para imaginar? De volta a Nova York, meu irmão arranjou um emprego. Ficou nele por oito meses, até se atracar com um colega e ser demitido. Tínhamos uma casa de férias em Ridgesport, não muito longe daqui, e meu irmão se mudou para lá. Arranjou um emprego como gerente de restaurante. Gostou daquilo, o restaurante ia bem, mas os fregueses não tinham a melhor das reputações. Depois do trabalho, ia para um bar que era conhecido por sua má fama. Foi preso por embriaguez, posse de um pouco de maconha... Então começou uma briga violentíssima num estacionamento. Ted foi condenado a seis meses de prisão. Ao sair, queria voltar para os Hamptons, não para Ridgesport. Queria esquecer o passado. Recomeçar do zero. Foi assim que veio parar em Orphea. Em virtude de seu passado criminal, ainda que tivesse ficado muito pouco tempo preso, encontrou bastante dificuldade para arranjar um emprego. Finalmente, o dono do Palácio do Lago contratou-o como carregador. Era um empregado modelo, logo foi promovido. Começou na recepção, depois tornou-se assistente do gerente. Participava da vida da cidade. Alistou-se como bombeiro voluntário. Tudo corria bem.

Sylvia parou de falar. Anna sentiu que perdera um pouco o gás e a incentivou.

— O que aconteceu em seguida?

— Ted tinha faro para os negócios. No hotel, ao notar que a maioria dos hóspedes se queixava de não encontrar um restaurante bom em Orphea, teve a ideia de montar o próprio negócio. Meu pai, que havia falecido nesse meio-tempo, deixara-nos uma boa herança e Ted pôde comprar um prédio decrépito do centro da cidade, com uma localização ótima, pensando em reformá-lo e transformá-lo no Café Athena. Infelizmente, não demorou para as coisas desandarem.

— Refere-se ao incêndio? — perguntou Anna.

— Está sabendo?

— Sim. Ouvi falar que seu irmão e o prefeito Gordon viviam discutindo, pois este se recusava a dar a autorização que permitiria mudar os fins de utilização do prédio. Ted teria ateado fogo na construção para facilitar a concessão de uma licença para as obras. Mas as tensões com o prefeito teriam persistido mesmo depois...

— Sabe, Anna, ouvi tudo que você pode imaginar sobre esse assunto, mas posso garantir a você que não foi meu irmão quem ateou fogo no prédio. Ele estava furioso, sim, mas não era um bandido. Era um homem refinado. Um homem de valores. Verdade que, após o incêndio, a rixa persistiu entre meu irmão e o prefeito Gordon. Sei que várias pessoas o viram discutindo violentamente no meio da rua, mas, se eu lhe contar o motivo por trás desse desentendimento, acho que não vai acreditar em mim.

Rua principal de Orphea
21 de fevereiro de 1994
Duas semanas após o incêndio

Quando Ted Tennenbaum chegou em frente ao prédio que viria a ser o Café Athena, avistou o prefeito Gordon esperando-o do lado de fora enquanto andava de um lado para outro na calçada a fim de se aquecer.

— Ted — cumprimentou o prefeito Gordon —, vejo que você só faz o que bem entende.

Tennenbaum demorou a captar do que se tratava.

— Não sei se estou entendendo, senhor prefeito. O que está havendo?

Gordon tirou uma folha de papel no bolso do casaco e disse:

— Eu lhe dei o nome dessas empreiteiras para as suas obras e você não contratou nenhuma delas.

— É verdade. Pedi alguns orçamentos e escolhi as empresas que ofereciam os melhores preços. Não vejo o que há de errado.

O prefeito ergueu o tom de voz.

— Chega de blá-blá-blá, Ted. Se quiser dar início às reformas, trate de entrar em contato com uma dessas companhias, que são muito mais qualificadas.

— Chamei empreiteiras da região supercompetentes. Sou ou não sou livre para fazer o que eu quiser?

O prefeito Gordon perdeu a paciência.

— Não darei autorização para você trabalhar com essa empreiteira! — gritou.

— Autorização?

— Isso mesmo. Mandarei embargar suas obras o tempo que for necessário, usando de todos os meios possíveis.

Alguns transeuntes, intrigados com os gritos, pararam na rua. Ted, que se aproximara do prefeito, berrou:

— Posso saber o que tem a ver com isso, Gordon?

— *Senhor prefeito*, por favor — corrigiu-o Gordon, pressionando o dedo contra o peito de Tennenbaum, para enfatizar suas palavras.

Ted saiu do sério e agarrou-o bruscamente pela gola, para em seguida afrouxar o aperto. O prefeito olhou-o de forma desafiadora:

— Ora, Tennenbaum, acha que me assusta? Procure se comportar em vez de dar espetáculo!

Uma viatura policial chegou naquele instante e Gulliver, o assistente do chefe de polícia, saltou apressado do carro.

— Está tudo bem, senhor prefeito? — perguntou o policial, com uma das mãos no cassetete.

— Está tudo ótimo, policial, obrigado.

— Esse foi o motivo por trás da desavença dos dois — explicou Sylvia a Anna, na varanda do Café Athena. — A escolha das empreiteiras para as obras.

— Acredito em você.

Sylvia parecia surpresa:

— Sério?

— Sério, o prefeito recebia propinas das empreiteiras para as quais arranjava trabalho. Imagino que as obras para a construção do Café Athena envolvessem somas relativamente grandes e que o prefeito Gordon quisesse sua fatia do bolo. O que aconteceu em seguida?

— Ted obedeceu o prefeito. Sabia que o prefeito poderia embargar as obras e lhe causar mil problemas. As coisas se ajeitaram e o Café Athena abriu uma semana antes do festival. Tudo corria bem, até o prefeito Gordon ser assassinado. Meu irmão não matou o prefeito Gordon, disso eu tenho certeza.

— Sylvia, a expressão *Noite negra* lhe diz alguma coisa?

— *Noite negra* — repetiu Sylvia, refletindo por um instante. — Vi isso em algum lugar.

Avistou um exemplar do *Orphea Chronicle* daquele dia que fora abandonado numa mesa próxima à delas e o pegou.

— Isso, aqui está — continuou, lendo a primeira página do jornal —, é o título da peça que será finalmente encenada na abertura do festival.

— Porventura o ex-chefe de polícia Kirk Harvey e seu irmão eram próximos? — perguntou Anna.

— Não que eu saiba. Por quê?

— Porque *Noite negra* corresponde a mensagens misteriosas que apareceram pela cidade durante o ano anterior à primeira edição do festival. Esse título apareceu numa pichação encontrada nos escombros do incêndio do futuro Café Athena em fevereiro de 1994. Você não sabia disso?

— Não, não sabia. Mas não se esqueça de que só me mudei para cá depois de toda essa tragédia. Na época, eu morava em Manhattan, era casada e tocava os negócios do meu pai. Com a morte do meu irmão, herdei o Café Athena e decidi não vendê-lo. Era a paixão dele. Contratei um gerente, depois me divorciei e decidi vender a empresa do meu pai. Eu queria recomeçar. Acabei me mudando para cá em 1998. Tudo isso para lhe dizer que não sei de toda a história, ainda mais no que diz respeito a essa *Noite negra* que você mencionou. Não faço ideia da relação disso com o incêndio, mas, em contrapartida, sei quem ateou fogo no prédio.

— Quem? — perguntou Anna, com o coração acelerado.

— Acabei de falar das pessoas de má reputação que Ted conhecera em Ridgesport. Havia um sujeito, Jeremiah Fold, um bandido de segunda categoria que vivia extorquindo as pessoas e que procurou confusão com meu irmão. Jeremiah era um sujeito nojento e às vezes vinha a Orphea com umas garotas estranhas e tocava o terror no Palácio do Lago. Aparecia com os bolsos cheios de dinheiro, numa motocicleta imensa e barulhenta. Ele era escandaloso, grosseiro, vivia drogado. Se os fregueses das outras mesas do restaurante entravam na onda, Jeremiah pagava a conta deles e atirava notas de cem dólares aos garçons. O dono do hotel não gostava, mas não ousava proibir Jeremiah de frequentar seu estabelecimento para não criar problemas com ele. Um dia, Ted, que ainda trabalhava no hotel na época, decidiu intervir. Por lealdade ao dono, que lhe dera uma chance. Quando Jeremiah deixou o hotel, Ted foi de carro atrás dele. Terminou forçando-o a parar no acostamento para discutir com ele e lhe informar que ele não era mais bem-vindo no Palácio do Lago. Mas Jeremiah estava com uma garota na garupa da moto. Para impressioná-la, foi para cima de Ted, que simplesmente acabou com ele. Foi muito humilhante para Jeremiah. Passado certo tempo, este apareceu na casa de Ted com dois brutamontes, que fizeram picadinho dele. Mais tarde, quando Jeremiah soube que meu irmão estava começando o próprio negócio, veio exigir uma "parceria". Queria receber uma comissão, senão atrapalharia o trabalho das empreiteiras. Exigiu também uma percentagem dos lucros quando o restaurante abrisse. Ele percebera o potencial do restaurante.

— E o que Ted fez? — perguntou Anna.

— A princípio, recusou-se a pagar. Aí, uma noite de fevereiro, o prédio do Café Athena pegou fogo.

— Um aviso de Jeremiah Fold?

— Exatamente. Na noite do incêndio, Ted apareceu na minha casa às três da manhã. Foi assim que eu soube de tudo que estava acontecendo.

Madrugada de 11 para 12 de fevereiro de 1994
Apartamento de Sylvia Tennenbaum, em Manhattan

Sylvia acordou com o barulho do interfone. Seu despertador indicava 2h45. Era o porteiro do prédio: seu irmão estava lá. Era urgente.

Ela o deixou subir e, quando as portas do elevador se abriram, deparou-se com Ted, lívido, sem se aguentar em pé. Levou-o à sala e foi preparar um chá.

— O Café Athena pegou fogo — contou Ted. — Com tudo lá dentro: as plantas das obras, minhas pastas. Meses de trabalho que viraram pó.

— Os arquitetos não possuem cópias? — perguntou Sylvia, querendo a todo custo acalmar o irmão.

— Não, você não entende a situação! É muito grave!

Ted tirou do bolso uma folha de papel amassada. Uma carta anônima. Encontrara-a atrás do limpador de para-brisa de seu carro quando, avisado sobre o incêndio devastador, saíra correndo de casa.

Da próxima vez, a sua casa é que vai virar cinzas.

— Quer dizer que foi um incêndio criminoso? — indagou Sylvia, horrorizada.

Ted fez que sim com a cabeça.

— Quem fez isso? — perguntou Sylvia, em voz mais alta.

— Jeremiah Fold.

— Quem?

Seu irmão contou-lhe tudo. Como ele proibira Jeremiah Fold de voltar ao hotel, a briga entre eles e as consequências que continuavam a se desenrolar.

— Jeremiah quer dinheiro — explicou Ted. — Muito dinheiro.

— Precisa chamar a polícia — implorou Sylvia.

— Impossível fazer isso agora: conhecendo Jeremiah, ele pagou alguém para incendiar o prédio. A polícia nunca o pegará. Pelo menos não agora. A única coisa que isso me traria seriam fortes represálias. Ele é louco, está disposto a tudo. A coisa vai piorar: no melhor dos casos, ele queimará tudo o que possuo. No pior, alguém acabará sendo morto.

— E acha que, se pagar, ele vai deixar você em paz? — perguntou Sylvia, pálida.

— Tenho certeza. Ele adora uma grana.

— Então pague-o por enquanto — suplicou-lhe a irmã. — Temos bastante dinheiro. Pague até a situação se acalmar e você poder avisar à polícia sem ficar com a corda no pescoço.

— Acho que tem razão — concordou Ted.

— Meu irmão então decidiu pagar, pelo menos durante um tempo, para acalmar os ânimos — contou Sylvia a Anna. — Ele adorava o restaurante: era seu orgulho, sua realização pessoal. Contratou as empreiteiras indicadas pelo prefeito Brown e pagou com regularidade a Jeremiah Fold grandes somas para que ele não sabotasse as obras. Assim, o Café Athena pôde abrir a tempo.

Anna ficou perplexa: então não tinha sido a mão do prefeito Gordon que Ted Tennenbaum molhara em 1994, e sim a de Jeremiah Fold.

— Contou tudo isso à polícia na época? — perguntou então Anna.

— Não — disse Sylvia, suspirando.

— Por quê?

— Começaram a suspeitar que o meu irmão fosse o responsável pela chacina. Então, um dia, ele desapareceu, até acabar sendo morto pela polícia durante uma perseguição. Eu não queria sobrecarregá-lo ainda mais. Mas, pode ter certeza, se ele não tivesse sido morto, eu teria feito a ele todas as perguntas que me angustiavam.

Enquanto Anna e Sylvia Tennenbaum conversavam, na rua principal Alice arrastava Steven Bergdorf de loja em loja.

— Bastava ter trazido suas coisas, em vez de dar uma de imbecil. Agora precisa comprar tudo de novo! — martelava ela cada vez que ele protestava. Quando iam entrar numa loja de lingerie, ele parou na calçada.

— Você já tem tudo de que precisa — objetou Steven. — Nem pense em entrar aí.

— Um presente para você, um presente para mim — exigiu Alice, empurrando-o porta adentro.

Por pouco não esbarraram em Kirk Harvey, que passara em frente à loja e parou diante de uma parede de tijolos. Tirou da bolsa um pote de cola, um pincel e afixou um dos cartazes que acabara de imprimir.

SELEÇÃO DE ELENCO

Em vista à montagem da celebérrima peça de teatro

Noite negra

<u>*Genial, imenso e famosíssimo diretor*</u>

PROCURA:

ATORES — COM OU SEM EXPERIÊNCIA

Sucesso mundial garantido!
Fama garantida a todos!
Salário exorbitante!

Testes segunda-feira 14, às dez horas da manhã,
no Teatro Municipal de Orphea.

Atenção:
NÃO HÁ VAGAS PARA TODO MUNDO!!!!!
Presentes e doações aceitos e até mesmo recomendados!

A poucas centenas de metros dali, Jerry e Dakota Éden, que passeavam pela rua principal, depararam-se com um desses cartazes.

— Um teste para uma peça de teatro — leu Jerry para a filha. — E se nós tentássemos? Quando você era menor, você queria ser atriz.

— Certamente não numa peça idiota.

— Tentemos a sorte, vamos ver — disse Jerry, esforçando-se para continuar entusiasmado.

— Está escrito que os testes são segunda-feira. Quanto tempo vamos ficar nesse fim de mundo horrível? — reclamou Dakota.

— Não faço ideia — retrucou Jerry, irritado. — O tempo que for necessário. Acabamos de chegar, não comece. Você tinha outros planos? Ir à universidade, talvez? Ah, não, você não está matriculada em lugar algum.

Dakota fechou a cara e apertou o passo à frente do pai. Chegaram então à livraria de Cody. Dakota entrou e admirou as prateleiras, fascinada. Numa bancada, percebeu um dicionário. Pegou-o e começou a folheá-lo. Uma palavra levava à seguinte, e Dakota acompanhava suas definições. Sentiu a presença do pai às suas costas.

— Faz um tempão que não vejo um dicionário — comentou ela.

Dakota decidiu levar o dicionário, depois foi atrás dos romances. Cody foi ao seu encontro.

— Está procurando alguma coisa específica? — perguntou.

— Um bom romance. Faz muito tempo que não leio nada.

Ele viu o dicionário que ela tinha nas mãos.

— Isso não é um romance — comentou ele, sorrindo.

— É bem melhor. Vou levar. Não lembro a última vez que passei os dedos por um dicionário impresso. Em geral, só escrevo no computador e o corretor de texto conserta meus erros.

— Século maluco — disse Cody e suspirou.

Ela concordou e continuou:

— Quando eu era pequena, participava de concursos de soletração. Meu pai treinava comigo. Ficávamos o tempo todo soletrando palavras, aquilo deixava minha mãe louca. Houve uma época em que eu conseguia passar horas lendo o dicionário e decorando a grafia das palavras mais complicadas. Vamos, escolha uma aleatória.

Ela ofereceu o dicionário a Cody, que, gostando da brincadeira, pegou-o e abriu-o ao acaso. Percorreu a página e perguntou:

— Holossistólico.

— Fácil: h-o-l-o-s-s-i-s-t-ó-l-i-c-o.

Ele deu um sorriso maroto.

— Você lia mesmo o dicionário?

— Sim, o dia inteiro.

Ela riu e, por um breve momento, seus olhos brilharam.

— De onde você é?

— De Nova York. Meu nome é Dakota.

— Sou o Cody.

— Adorei sua livraria, Cody. Eu já quis ser escritora.

Pareceu entristecer de repente.

— Já *quis*? — repetiu Cody. — O que impede você de se tornar uma escritora agora? Não deve ter nem 20 anos.

— Não consigo mais escrever.

— *Mais*? Como assim?

— Não depois que cometi um erro muito grave.

— O que você fez?

— É grave demais para falar.

— Você poderia escrever sobre isso — sugeriu Cody.

— Eu sei, meu terapeuta fica me dizendo isso. Mas não sai nada. Não sai uma palavra sequer. Estou completamente vazia por dentro.

Naquela noite, Jerry e Dakota jantaram no Café Athena. Jerry sabia que a filha sempre gostara daquele lugar e queria agradá-la. Mas ela ficou de cara amarrada durante todo o jantar.

— Por que nos arrastou até aqui? — acabou perguntando, brincando com o garfo em sua massa com frutos do mar.

— Pensei que gostasse deste restaurante — defendeu-se o pai.

— Estou falando de Orphea. Por que me arrastou para cá?

— Achei que lhe faria bem.

— Achou que me faria bem? Ou queria me mostrar como eu decepcionei você e me lembrar que você perdeu sua casa por minha culpa?

— Dakota, como pode dizer um absurdo desses?

— Eu estraguei sua vida, sei muito bem!

— Dakota, precisa parar de ficar se recriminando, precisa se reconstruir.

— Mas então você não entende? Nunca poderei consertar o que fiz, papai! Odeio essa cidade, odeio tudo, odeio a vida!

Sem conseguir segurar as lágrimas, foi se refugiar no banheiro para que não a vissem chorar. Quando finalmente saiu, após longos vinte minutos, pediu ao pai para voltarem para o hotel.

Jerry não notara que havia um frigobar em cada um dos dois dormitórios que compunham a suíte. Sem fazer barulho, Dakota tirou um copo do armário e uma minigarrafa de vodca do frigobar. Serviu-se da bebida e tomou alguns goles. Em seguida, vasculhou sua gaveta de calcinhas, onde encontrou uma ampola de ketamina. Leyla dizia que a droga líquida era mais prática e discreta que a versão em pó.

Dakota quebrou uma extremidade do tubo e esvaziou o conteúdo no copo. Misturou tudo com a ponta do dedo e tomou de um gole só.

Após alguns minutos, sentiu-se tomada por uma sensação de paz. Estava mais leve. Mais feliz. Esticou-se na cama e fitou o teto, cuja tinta branca pareceu rachar lentamente para revelar um afresco maravilhoso: Dakota reconheceu a casa de Orphea e teve vontade de passear em seu interior.

Orphea, dez anos antes
Julho de 2004

Uma agitação alegre reinava na mesa do café da manhã da suntuosa casa de veraneio da família Éden, construída de frente para o mar, na Ocean Road.

— *Acupuntura* — disse Jerry, com ar malicioso.

Dakota, com 9 anos, franziu o nariz e fez um beicinho desafiador, o que, por sua vez, provocou um sorriso encantado em sua mãe, que a observava. Em seguida, a menina pegou, decidida, a colher que estava mergulhada em sua tigela e procurou no leite os pedaços de cereal em formato de letras, enquanto falava:

— A-c-u-p-u-n-t-u-r-a.

Ao pronunciar os sons de cada letra, pousara o cereal correspondente a cada uma num prato ao lado. Contemplou o resultado final, satisfeita.

— Bravo, querida! — elogiou o pai, impressionado.

A mãe aplaudiu, rindo, e perguntou:

— Como faz isso?

— Não faço ideia, mamãe. Vejo como se fosse um retrato da palavra na minha cabeça e, pelo jeito, ele está certo.

— Tentemos de novo — propôs Jerry. — Rododendro.

Dakota revirou os olhos, fazendo os pais rirem, em seguida pôs-se a soletrar e errou só por saltar o último "r".

— Quase! — parabenizou-a o pai.

— Pelo menos aprendi uma palavra nova — filosofou Dakota. — Não vou mais me confundir. Posso ir à piscina?

— Claro, vá colocar seu maiô — disse a mãe e sorriu para ela.

A menina deu um gritinho de alegria e saiu apressada da mesa. Emocionado, Jerry observou-a desaparecer corredor adentro e Cynthia aproveitou aquele instante de calma para se sentar no colo do marido.

— Obrigado, meu amor, por ser um marido e um pai tão maravilhoso.

— Obrigado por ser uma mulher tão extraordinária.

— Eu nunca imaginei que poderia ser tão feliz — declarou Cynthia, os olhos irradiando amor.

— Eu também não. Somos tão sortudos...

JESSE ROSENBERG

Domingo, 13 de julho de 2014
13 dias antes da abertura do festival

Naquele domingo quentíssimo, Derek e Darla haviam nos convidado, a Anna e a mim, para aproveitarmos a pequena piscina da casa deles. Era a primeira vez que nos reuníamos assim, fora do âmbito da investigação. No que me dizia respeito, era inclusive a primeira vez que eu passava uma tarde na casa de Derek em muito tempo.

O principal objetivo do convite era que relaxássemos tomando umas cervejas. Mas Darla saiu por alguns instantes e, com as crianças ocupadas dentro d'água, não resistimos à vontade de conversar sobre o caso.

Anna nos contou sua conversa com Sylvia Tennenbaum. Em seguida, detalhou como, de um lado, Ted estava sob pressão do prefeito Gordon, que queria obrigá-lo a escolher determinadas empreiteiras, e de outro, de Jeremiah Fold, um bandidão notório da região, que resolvera extorqui-lo.

— A *Noite negra* poder estar ligada a Jeremiah Fold — explicou ela. — Foi ele que incendiou o Café Athena em fevereiro de 1994, para colocar pressão sobre Ted e forçá-lo a pagar.

— *Noite negra* seria o nome de uma quadrilha? — perguntei.

— É uma pista a ser considerada, Jesse — opinou Anna. — Não tive tempo de passar na delegacia para pesquisar mais a respeito desse Jeremiah Fold. O que sei é que o incêndio fez com que Ted o pagasse.

— Então as transações que detectamos na época nas contas de Tennenbaum eram, na verdade, destinadas a Jeremiah? — concluiu Derek.

— Isso — disse Anna. — Tennenbaum queria certificar-se de que Jeremiah não atrapalharia as obras e que o Café Athena abriria a tempo para o festival. E, como agora sabemos que Gordon exigia propinas das empreiteiras, descobrimos por que ele recebeu depósitos no mesmo período. Ele certamente exigiu comissões dos donos das empresas que acabaram sendo escolhidas para a construção do Café Athena, argumentando que, se tinham conseguido aquela obra, era graças a ele.

— E se o prefeito Gordon e Jeremiah Fold fossem cúmplices? — arriscou Derek. — Será que o prefeito Gordon tinha ligações com a bandidagem local?

— Vocês consideraram essa hipótese na época? — perguntou Anna.

— Não — disse Derek. — A gente achava que o prefeito era apenas um político corrupto, não que ele tivesse um esquema de propinas tão avançado.

Anna continuou:

— Suponhamos que *Noite negra* seja o nome de uma organização criminosa. E se o assassinato do prefeito Gordon fosse o grande anúncio espalhado pelos muros de Orphea nos meses que antecederam os crimes? Um homicídio assinado por um grupo distinto que tinha colocado um aviso bem na frente de todo mundo, mas que ninguém viu.

— O que ninguém enxergou! — exclamou Derek. — O que estava na nossa cara e não enxergamos! O que acha, Jesse?

— Neste contexto, podemos supor que Kirk Harvey investigava essa organização naquela época — comentei após refletir por um instante. — E que estava a par de tudo. Daí ter levado consigo o dossiê do caso.

— Devemos tentar pesquisar mais sobre isso logo pela manhã — sugeriu Anna.

— O que me deixa encucado — retomou Derek — é que, em 1994, Ted Tennenbaum não nos contou que era extorquido por esse Jeremiah Fold quando o interrogamos sobre as transações na sua conta.

— Medo de represálias? — sugeriu Anna.

Derek fez uma careta de irritação.

— Talvez. Mas se deixamos passar essa história com Jeremiah Fold, pode ser que não tenhamos visto alguma outra coisa. Eu também gostaria de retomar o contexto do caso do começo e saber o que diziam os jornais locais na época.

— Posso pedir a Michael Bird que separe todos os arquivos que ele possui sobre o quádruplo homicídio.

— Boa ideia — concordou Derek.

Como acabou anoitecendo, ficamos para jantar. Como todos os domingos, Derek pediu pizza. Enquanto todos nos instalávamos na cozinha, Anna notou uma foto presa na parede: nela, viam-se Darla, Derek, Natasha e eu, em frente ao Pequena Rússia em obras.

— O que é Pequena Rússia? — perguntou Anna, na maior inocência.

— O restaurante que eu nunca abri — respondeu Darla.

— Gosta de cozinhar? — indagou Anna.

— Houve uma época em que eu vivia para isso.

— E quem é a garota com você, Jesse? — disse Anna, apontando Natasha com o dedo.

— Natasha — respondi.

— Natasha, sua noiva na época?

— É.

— Você nunca me falou o que aconteceu entre vocês...

Darla, percebendo pelo fluxo das perguntas que Anna não sabia de nada, terminou por se dirigir a mim, balançando a cabeça:

— Meu Deus, Jesse, então não contou nada para ela?

No Palácio do Lago, Steven Bergdorf e Alice acabavam de se acomodar em espreguiçadeiras à beira da piscina. O dia estava escaldante e, entre os banhistas que se refrescavam, Ostrovski boiava. Quando os dedos do crítico ficaram totalmente enrugados, ele saiu da água e foi para sua espreguiçadeira se secar. Foi então que percebeu, horrorizado, na espreguiçadeira bem ao lado da sua, Steven Bergdorf passando filtro solar nas costas de uma jovem criatura que não era sua esposa.

— Steven! — gritou Ostrovski.

— Meta? — perguntou Bergdorf, perdendo a voz ao se ver diante do crítico. — O que faz aqui?

Embora tivesse notado a presença de Ostrovski na entrevista coletiva, nunca teria imaginado que este pudesse hospedar-se no Palácio do Lago.

— Permita-me lhe fazer a mesma pergunta, Steven. Deixo Nova York para ter sossego e dou de cara com você aqui!

— Vim saber mais sobre a misteriosa peça que será encenada.

— Eu cheguei primeiro, Steven, então cai fora! Volte para Nova York e vá ver se estou na esquina.

— As pessoas são livres para ir onde bem quiserem, estamos numa democracia — respondeu Alice secamente.

Ostrovski reconheceu-a: ela trabalhava na revista.

— Muito bem, Steven — comentou, censurando-o —, vejo que você mistura trabalho e prazer. Sua esposa deve estar contente.

Recolheu suas coisas e foi embora furioso. Steven correu para alcançá-lo.

— Espere, Meta...

— Não se preocupe, Steven — disse Ostrovski, dando de ombros —, não direi nada a Tracy.

— Não é isso. Eu queria lhe dizer que sinto muito. Lamento pela forma como tratei com você. Eu... não estou no meu estado normal no momento. Peço desculpas.

Ostrovski teve a impressão de que Bergdorf estava sendo sincero e ficou comovido com as desculpas.

— Obrigado, Steven.

— É verdade, Meta. Foi o *New York Times* que o mandou aqui?

— Não, meu bom Deus, estou desempregado. Quem iria querer contratar um crítico ultrapassado?

— Você é um grande crítico, Meta, para qualquer jornal que seja.

Ostrovski deu de ombros, depois suspirou e comentou:

— Talvez o problema seja exatamente este.

— Como assim? — perguntou Bergdorf.

— Desde ontem não paro de pensar numa coisa: estou com vontade de fazer um teste para *Noite negra*.

— E por que não?

— Porque é impossível! Sou crítico literário e crítico de teatro! Logo, não posso nem escrever nem atuar.

— Meta, acho que não estou entendendo direito...

— Ora, Steven, faça um pequeno esforço, pelo amor de Deus! Me explique por que diabo um crítico de teatro atuaria numa peça. Consegue imaginar críticos literários escrevendo romances ou escritores virando críticos literários? Consegue imaginar Don DeLillo escrevendo a crítica para a *The New Yorker* da nova peça de David Mamet? Consegue imaginar Pollock escrevendo a crítica da última exposição de Rothko para o *The New York Times*? E Jeff Koons dissecando a última criação de Damien Hirst no *The Washington Post*? Consegue imaginar Spielberg fazendo a crítica do último Coppola no *LA Times*, dizendo: "Não assista a essa merda, é abominável"? Todo mundo reclamaria aos berros do escândalo e da parcialidade do texto, e com razão: é impossível criticar uma arte que se pratica.

Bergdorf, captando a linha de raciocínio de Ostrovski, retorquiu então:

— Tecnicamente você não é mais um crítico, Meta, desde que o demiti.

O rosto de Ostrovski se iluminou: Bergdorf tinha razão. O ex-crítico voltou imediatamente para seu quarto e pegou os exemplares do *Orphea Chronicle* dedicados ao desaparecimento de Stephanie Mailer.

E se eu estiver destinado a passar para o outro lado da parede?, pensou Ostrovski. E se, ao despedi-lo, Bergdorf tivesse lhe dado finalmente sua liberdade? E se durante esse tempo todo, Ostrovski fosse um criador que ignorava a própria existência?

Recortou as reportagens e as apoiou sobre a cama. Na mesa de cabeceira, a foto de Meghan Padalin observava-o.

De volta à beira da piscina, Steven alertou Alice:

— Não provoque Ostrovski, ele não lhe fez nada.

— E por que não? Viu o desdém com que ele olhou para mim? Como se eu fosse uma puta. Da próxima vez, conto que fui eu que mandei que ele fosse demitido.

— Não deve contar isso às pessoas! — rosnou Steven.

— Mas é a verdade, Stevie!

— Pois bem, por sua causa, eu estou na merda.

— Por minha causa?

— É, por sua causa! Você e seus presentes estúpidos! O banco telefonou para minha casa e é só uma questão de tempo até minha mulher descobrir que estou com problemas financeiros.

— Está com problemas financeiros, Steven?

— É claro! — ladrou Bergdorf, exasperado. — Não percebe quanto gastamos? Zerei minhas contas, estou endividado até o pescoço!

Alice fitou-o com um ar triste:

— Você nunca me disse isso — censurou-o.

— Nunca disse o quê?

— Que não podia pagar os presentes que me dava.

— E isso teria mudado alguma coisa?

— Tudo! — respondeu Alice, exasperada. — Isso teria mudado tudo! Teríamos prestado atenção nisso. Não teríamos nos hospedado em hotéis de luxo! Ora, Stevie, francamente... Eu pensava que você costumava ir ao Plaza, via-o fazendo compras de maneira frenética, por isso eu achava que você tinha grana. Nunca imaginei que vivesse colocando tudo no crédito. Por que nunca me falou sobre isso?

— Porque eu tinha vergonha.

— Vergonha? Mas vergonha de quê? Ora, Stevie, não sou uma puta, nem uma vigarista. Não estou com você pelos presentes, muito menos para lhe criar problemas.

— Então por que está comigo?

— Porque eu amo você!

Alice fitou Steven e uma lágrima rolou por sua bochecha.

— Você não me ama? — continuou, aos soluços. — Você me detesta, é isso? Porque você ficou na merda por minha causa?

— É como eu estava falando no carro ontem, Alice, talvez devêssemos nos separar para podermos avaliar melhor a situação, dar um tempo — ousou sugerir Steven.

— Não, não me abandone!

— Quero dizer...

— Largue sua mulher! Se me ama, largue sua mulher. Não termine comigo. Só tenho você, Steven. Não tenho ninguém a não ser você. Se você me deixar, não vou ter mais ninguém.

Alice ficou chorando copiosamente e suas lágrimas fizeram o rímel escorrer pelas bochechas. Todos os hóspedes em volta ficavam olhando para eles. Steven fez de tudo para acalmá-la.

— Alice, enfim, você sabe como eu te amo.

— Não, não sei! Então me fale, demonstre o que sente! Não vamos embora amanhã, vamos ficar alguns dias juntos aqui, são nossos últimos. Por que não avisa à revista que pretendemos fazer o teste para escrever uma reportagem sobre a peça vista dos bastidores? Dos camarins da peça que vai dar o que falar. Suas despesas seriam pagas. Por favor! Pelo menos mais alguns dias.

— Tudo bem, Alice — prometeu Steven. — Vamos ficar segunda e terça, o tempo de fazermos o teste. Escreveremos juntos uma matéria para a revista.

Depois do jantar, na casa de Derek e Darla

A noite caíra sobre o bairro. Anna e Derek tiraram a mesa. Darla estava do lado de fora, fumando um cigarro perto da piscina. Fui lhe fazer companhia. O calor persistia. Grilos cantavam.

— Olhe para mim, Jesse — começou Darla, num tom sarcástico. — Eu queria abrir um restaurante e me vejo pedindo pizza todos os domingos.

Senti sua angústia e tentei reconfortá-la.

— A pizza é uma tradição.

— Não, Jesse. E você sabe disso. Estou cansada. Cansada dessa vida, cansada do meu trabalho, que eu detesto. Todas as vezes que passo em frente a um restaurante, sabe o que penso? "Poderia ter sido o meu." Em vez disso, ralo muito como enfermeira. Derek detesta o trabalho dele. Faz vinte anos que odeia o que faz. Mas na última semana, desde que voltou a investigar ao seu lado, está feliz demais.

— O lugar dele é na rua investigando casos, Darla. Derek é um policial incrível.

— Ele não pode mais ser policial, Jesse. Ainda mais depois do que aconteceu.

— Então que ele peça demissão! Que vá fazer outra coisa. Ele tem direito à pensão.

— A casa não está paga.

— Então coloquem à venda! De toda forma, daqui a dois anos seus filhos terão ido para a universidade. Procurem um lugar tranquilo, longe dessa selva urbana.

— Para fazer o quê? — perguntou num tom de desespero.

— Viver.

Ela parecia olhar para o vazio. Eu só via seu rosto à luz da piscina.

— Venha — terminei dizendo. — Eu quero mostrar uma coisa a você.

— O quê?

— O projeto em que estou trabalhando.

— Que projeto?

— Vou deixar a polícia para me dedicar a esse projeto, e antes eu não queria falar com você sobre ele. Ainda não estava preparado. Mas venha.

Deixamos Derek e Anna e saímos de carro. Fomos em direção ao Queens, depois Rego Park. Quando estacionei no beco, Darla compreendeu. Desceu do carro e contemplou a loja.

— Você a alugou? — perguntou.

— Aluguei. Era uma mercearia. Consegui depositar uma taxa de caução razoavelmente baixa. Estou começando as obras.

Ela olhou a tabuleta, que estava coberta por um pano.

— Não me diga que...

— Sim — respondi. — Espere aqui um instante.

Entrei para ligar o letreiro e encontrar uma escada, depois saí e subi até alcançar o pano, que puxei.

E as letras brilharam na noite.

PEQUENA RÚSSIA

Darla não falou nada. Eu me senti desconfortável.

— Olhe, ainda tenho o livro vermelho com todas as receitas de vocês — aventurei-me, mostrando a valiosa coletânea que eu trouxera lá de dentro com a escada.

Darla continuava muda. Continuei a falar, tentando conseguir alguma reação:

— É verdade, cozinho mal para caramba. Vou fazer hambúrgueres. É tudo que sei fazer. Hambúrgueres ao molho Natasha. A menos que queira me ajudar, Darla. Dividir esse projeto comigo. Sei que é um pouco maluco, mas...

Ela acabou gritando:

— Um pouco maluco? Completamente insano, você quer dizer! Está louco, Jesse? Perdeu o juízo? Por que fez uma coisa dessas?

— Para consertar as coisas — respondi baixinho.

— Mas, Jesse — berrou —, nunca poderemos consertar nada! Está me ouvindo? Nunca poderemos consertar o que aconteceu!

Ela caiu no choro e fugiu noite adentro.

-3
Testes

SEGUNDA-FEIRA, 14 DE JULHO – QUARTA-FEIRA, 16 DE JULHO DE 2014

JESSE ROSENBERG

Segunda-feira, 14 de julho de 2014
12 dias antes da abertura do festival

Aquela manhã, Derek e eu, escondidos no restaurante do Palácio do Lago, observávamos Kirk Harvey a distância. Ele tinha acabado de se sentar à mesa para tomar o café da manhã.

Ao chegar sozinho, Ostrovski avistou-o e sentou-se com ele.

— Teremos muita gente decepcionada, já que nem todo mundo será selecionado esta manhã — disse Harvey.

— Desculpe, não entendi, Harvey.

— Não estou falando com você, Ostrovski! Estou me dirigindo às panquecas, que não serão escolhidas. O mingau também não será escolhido. As batatas não serão escolhidas.

— É só um café da manhã, Kirk.

— Não, seu imbecil incorrigível! Não é apenas isso! Tenho que me preparar para selecionar os melhores atores de Orphea.

Um garçom aproximou-se da mesa para anotar o pedido deles. Ostrovski pediu café e ovo pochê. Em seguida, o garçom voltou-se para Kirk, mas, em vez de falar, este limitou-se a fitá-lo. O garçom então perguntou:

— E para o senhor?

— Mas quem esse sujeito acha que é? — berrou Kirk. — Proíbo você de me dirigir a palavra diretamente! Afinal, sou um grande diretor teatral! Com que direito os subalternos se dirigem a mim como se eu fosse um qualquer?

— Sinto muito, cavalheiro — desculpou-se o garçom, muito constrangido.

— Chamem o gerente! — exigiu Harvey. — Só o gerente deste hotel pode me dirigir a palavra.

Todos os hóspedes, chocados, calaram-se e observaram a cena. O gerente, avisado, correu até a mesa.

— O grande Kirk Harvey gostaria de caviar e ovos beneditinos com salmão defumado em vez de presunto — explicou Harvey.

— O grande Kirk Harvey gostaria de caviar e ovos beneditinos com salmão defumado em vez de presunto — repetiu o gerente para seu funcionário.

O funcionário anotou e o local voltou à tranquilidade.

Meu celular tocou. Era Anna. Estava à nossa espera na delegacia. Quando falei onde Derek e eu estávamos, ela nos intimou a sair de lá o mais rápido possível.

— Vocês não deveriam estar aí. Se o prefeito souber, todos nós teremos problemas.

— Esse Harvey é uma piada — falei, irritado —, e todo mundo o leva a sério.

— Uma razão a mais para nos concentrarmos em nossa investigação.

Ela tinha razão. Partimos e fomos encontrá-la na delegacia. Lá, pesquisamos sobre Jeremiah Fold e descobrimos que ele morrera em 16 de julho de 1994 num acidente de carro, ou seja, duas semanas antes do prefeito Gordon.

Para nossa grande surpresa, Jeremiah não tinha ficha na polícia. Tudo que constava em seu histórico era uma sindicância aberta pela ATF — o escritório federal encarregado do controle de bebidas alcoólicas, tabaco e armas de fogo —, mas que aparentemente não dera em nada. Entramos em contato com a polícia de Ridgesport para tentar saber mais, mas o policial com quem falamos não conseguiu nos ajudar: "Não há nenhum dossiê relativo a Fold aqui", nos garantiu. Isso significava que a morte dele não fora considerada suspeita.

— Se Jeremiah Fold morreu antes da chacina dos Gordon — comentou Derek —, isso exclui totalmente o envolvimento dele no quádruplo homicídio.

— Eu chequei os arquivos do FBI — acrescentei. — Não existe nenhuma organização criminosa chamada *Noite negra*. Não haveria, portanto, nenhuma ligação com o crime organizado ou com algum tipo de reivindicação.

Pelo menos pudemos descartar a pista Fold. Restava a de quem havia dado à ideia a Stephanie de escrever o livro, seu patrocinador.

Derek trouxera algumas caixas de papelão com jornais.

— O anúncio através do qual Stephanie Mailer conheceu a pessoa por trás da ideia do livro com certeza foi publicado num jornal — explicou —, uma vez que, na conversa que ela relata, a pessoa menciona que o publica há vinte anos.

Leu então para nós o texto de Stephanie:

O anúncio estava entre uma propaganda de sapateiro e outra de
um restaurante chinês que oferecia um bufê liberado por menos
de 20 dólares.

QUER ESCREVER UM LIVRO DE SUCESSO?
LITERATO PROCURA ESCRITOR AMBICIOSO PARA TRABALHO SÉRIO.
REFERÊNCIAS INDISPENSÁVEIS.

— Trata-se, então, de um veículo publicado com certa regularidade —
continuou Derek. — Parece que Stephanie assinava um único periódico: a
revista do departamento de letras da Universidade Notre Dame, onde ela
estudou. Conseguimos obter todos os números do ano em questão.

— Talvez ela tenha encontrado por acaso a revista na qual leu esse
anúncio — objetou Anna. — Num bar, num assento de metrô, numa sala
de espera de médico.

— Talvez sim, talvez não — replicou Derek. — Se encontrarmos o anúncio, poderemos encontrar o patrocinador e finalmente descobrir quem ele viu
ao volante da caminhonete de Ted Tennenbaum na noite dos assassinatos.

No Teatro Municipal, uma grande multidão se espremia aguardando a
hora dos testes, que se desenrolavam numa lentidão desanimadora. Kirk
Harvey instalara-se a uma mesa no palco. Mandava os candidatos subirem
dois a dois para fazê-los representar a primeira cena, escrita numa única
folha de papel que os aspirantes a ator eram obrigados a compartilhar.

É uma manhã sinistra. Chove. Numa estrada do interior, o
tráfego está parado: formou-se um terrível engarrafamento. Os
motoristas, irritados, buzinam com raiva. Uma moça, andando
pelo acostamento, percorre a fila dos carros imóveis. Avança até
a barreira policial e faz uma pergunta a um guarda.

A MOÇA: O que houve?
O GUARDA: Um homem morto num trágico acidente de moto.

Os candidatos se aglomeravam diante do palco numa desordem total,
aguardando as instruções de Kirk Harvey para se apresentarem. Ele berrava
ordens e contraordens: era preciso primeiro subir pela escada da direita, de-

pois pela da esquerda, depois cumprimentar antes de subir ao palco, depois, uma vez lá em cima, não cumprimentar mais. Se não agissem assim, Kirk ordenava que refizessem desde o início toda a procissão de subida ao palco. Em seguida, os atores deviam representar a cena. O veredito era imediato: "Imprestável!", gritava Harvey, o que significava que o candidato devia sumir imediatamente da vista do Maestro.

Alguns protestaram:

— Como pode julgar as pessoas depois de lerem uma única fala?

— Ei, não me encha o saco, suma daqui! O diretor sou eu.

— Podemos repetir a cena? — perguntou um candidato insatisfeito.

— Não! — berrou Harvey.

— Mas esperamos por horas e lemos apenas uma linha cada um.

— A glória não é para vocês, seu destino é a sarjeta da vida! Agora vão embora, meus olhos doem só de olhar para vocês!

No Palácio do Lago, na sala da suíte 308, Dakota estava esparramada no sofá, enquanto seu pai ligava o laptop no escritório, ao mesmo tempo que falava:

— Devíamos tentar esse teste para a peça. Seria uma atividade que faríamos juntos.

— Argh! Teatro é um saco!

— Como pode dizer uma coisa dessas? E aquela peça maravilhosa que você escreveu e que ia ser encenada pela companhia da escola?

— E que nunca chegou a ser encenada. Estou me lixando para o teatro agora.

— Quando penso em como você era uma menininha curiosa! — lamentou-se Jerry. — Que pena essa geração obcecada por celulares e redes sociais! Vocês não leem mais, não se interessam por mais nada a não ser tirar uma foto do almoço. Ah, os velhos tempos!

— Você não tem moral para me dar sermão. São seus programas nojentos que tornam as pessoas babacas e idiotas!

— Não seja vulgar, Dakota, por favor!

— Seja como for, em relação à peça: não, muito obrigado. Se formos selecionados, vamos ficar presos aqui até agosto.

— O que tem vontade de fazer, então?

— Nada — respondeu Dakota, emburrada.

— Quer ir à praia?

— Não. Quando voltamos a Nova York?

— Não sei, Dakota — irritou-se Jerry. — Quero muito ser paciente, mas será que pode fazer um mínimo de esforço? Pode ter certeza de que eu também tenho mais o que fazer do que estar aqui. O Canal 14 não tem programa-piloto para a próxima temporada e...

— Então vamos dar o fora daqui — interrompeu-o Dakota. — Vá fazer o que precisa.

— Não. Dei um jeito de administrar tudo daqui. Aliás, tenho uma videoconferência que começa agora.

— Claro, sempre uma ligação, sempre trabalho! Você não se interessa por mais nada além disso.

— Dakota, é coisa de dez minutos! Tenho estado completamente disponível para você, poderia pelo menos reconhecer isso. Dê-me só dez minutos, depois faremos o que quiser.

— Não estou com vontade de fazer nada — resmungou Dakota, antes de ir se trancar em seu quarto.

Jerry suspirou e ligou a câmera do computador para começar a videoconferência com suas equipes.

A 250 quilômetros dali, no coração de Manhattan, numa sala de reunião superlotada no 53º andar da torre do Canal 14, os participantes da reunião aguardavam, conversando.

— Onde está o chefe? — perguntou um deles.

— Nos Hamptons.

— Que beleza! Enquanto ele se esbalda, a gente se mata de trabalhar! A gente trabalha e ele que sai no lucro.

— Acho que ele está enfrentando um problema com a filha — disse uma mulher que conhecia bem a assistente de Jerry. — Ela se droga ou alguma coisa do tipo.

— Filhos de ricos são todos iguais. Quanto menos preocupações têm, mais dor de cabeça eles dão.

De repente a conexão da videoconferência foi estabelecida e todo mundo se calou. O chefe apareceu na tela de projeção retrátil e todos se voltaram para ele para cumprimentá-lo.

O diretor de criação foi o primeiro a tomar a palavra:

— Jerry, acho que estamos no caminho certo. Estamos concentrados num projeto que logo contou com a aprovação geral: um reality show que acompanharia a trajetória de uma família de obesos tentando desesperadamente perder peso. É um conceito que deve agradar a todos os tipos de audiência: o espectador pode identificar-se com eles, afeiçoar-se a eles ou zombar deles. Fizemos um teste e parece que é sucesso garantido.

— Fico muito satisfeito! — entusiasmou-se Jerry.

O diretor de criação passou a palavra ao responsável pelo projeto:

— Pensamos que a família de obesos poderia ser treinada por um personal trainer incrível e musculoso, durão e malvado, mas que, com o avançar da temporada, revelaria ter sido obeso, alguém que conseguiu derrotar sua pança. É o tipo de personagem multifacetado que o público adora.

— Ele também seria o ponto de conflito necessário para manter o ritmo dos episódios — esclareceu o diretor de criação. — Já planejamos duas ou três cenas que podem dar o que falar. Por exemplo: o gordo, deprimido, chora e come um pote de sorvete de chocolate e o personal trainer, enquanto o escuta choramingar, faz flexões e abdominais para ficar ainda mais musculoso e bonito.

— Sua ideia me parece boa — comentou Jerry —, mas precisamos prestar atenção numa coisa: pelo que vejo, vamos ficar muito na questão do sofrimento e não o suficiente no conflito. E o espectador prefere o conflito, fica entediado quando tem muita choradeira.

— Pensamos nessa hipótese — felicitou-se o diretor de criação, continuando a apresentação. — Para gerar conflitos, pensamos em outra coisa: colocamos duas famílias na mesma casa de veraneio. Uma delas é superesportiva: pais e filhos são atléticos, saudáveis, só comem legumes cozidos, gordura jamais. A outra é de obesos que passam o dia em frente à televisão se empanturrando de pizza. Os modos de vida antagônicos das duas famílias criam tensões terríveis. Os esportistas dizem aos gordos: "Ei, pessoal, venham se exercitar com a gente, depois vamos comer tapioca!" E os gordos mandam eles caírem fora e respondem: "Não, obrigado, preferimos nos esparramar no sofá e nos empanturrarmos de *nachos* de queijo e de refrigerante, para ajudar a comida a descer!"

Todo mundo na sala abraçou a ideia. O diretor do departamento jurídico então declarou:

— O único porém é que, se obrigarmos os gordos a comerem muito, eles correrão o risco de ficar com diabetes e ainda seremos obrigados a pagar o tratamento.

Jerry fez um gesto com a mão como dispensasse tal problema e disse:

— Preparem um acordo sem furos, que os impeçam de nos processar.

Os membros da equipe jurídica puseram-se a fazer anotações. O diretor de marketing deu seu palpite:

— A marca de salgadinhos Grassitos está bastante entusiasmada e deseja associar-se ao projeto. Estariam dispostos a financiar uma parte, contanto que os episódios deem a impressão de que comer o salgadinho deles pode ajudar a perder peso. Eles estão tentando dar a volta por cima depois do fiasco das maçãs envenenadas.

— Maçãs envenenadas? — surpreendeu-se Jerry. — Do que você está falando?

— Anos atrás, a presença de Grassitos nas cantinas escolares foi relacionada ao fato de que as crianças estavam engordando. Então a empresa distribuiu maçãs grátis nas escolas menos favorecidas da região de Nova York, mas as frutas estavam contaminadas por um pesticida e as crianças desenvolveram câncer. Quatrocentas crianças doentes, isso é de acabar com a imagem de qualquer um.

— Bem... Que pena! — lamentou-se Jerry.

— Bom... — tentou amenizar o diretor de marketing —, eles tiveram sorte no infortúnio: eram crianças de bairros pobres e os pais felizmente não tiveram dinheiro para processá-los. Algumas dessas crianças não viram sequer a cara de um médico.

— A Grassitos exige que os sujeitos musculosos também comam os salgadinhos. Devemos fazer a ligação entre ser musculoso e comer salgadinho. Eles gostariam muito que o personal trainer ou a família de atletas sejam latinos. É um mercado muito importante para eles, e desejam explorá-lo. Já têm o slogan pronto: *Latinos adoram Grassitos*.

— É uma ótima ideia — disse Jerry. — Em contrapartida, antes de mais nada temos que avaliar se o valor que eles pedem pela parceria é proveitoso para nós.

— E no que se refere aos latinos musculosos, tudo bem? — perguntou o diretor de marketing.

— Sim, tudo ótimo.

— Precisamos dos latinos! — berrou o diretor de criação. — Alguém está anotando?

Em sua suíte do Palácio do Lago, Jerry ficou tão grudado na tela que não reparou em Dakota. Ela saíra de seu quarto e se posicionara bem atrás dele. Observou o pai, absorto na reunião, depois saiu da suíte. Foi e voltou pelo corredor várias vezes, sem saber o que fazer. Passou em frente ao quarto 310, no qual Ostrovski se preparava para o teste, recitando clássicos do teatro. Ela divertiu-se ao perceber o barulho bem alto de um casal transando no quarto 312, o de Bergdorf e Alice. Finalmente, Dakota decidiu sair do hotel. Pediu ao manobrista o Porsche do pai e dirigiu em direção a Orphea. Alcançou a Ocean Road. Passou pelas casas, foi em direção à praia. Estava nervosa. Logo chegou diante de sua ex-casa de veraneio, onde tinham sido felizes juntos. Estacionou em frente à entrada e ficou contemplando a gravação em ferro fundido: JARDIM DO ÉDEN. Não conseguiu segurar as lágrimas por muito tempo. Agarrada ao volante, caiu no choro.

— Jesse — disse Michael Bird sorrindo quando me viu na porta de sua sala. — A que devo o prazer da visita?

Eu tinha ido à redação do *Orphea Chronicle* para buscar as reportagens da época dedicadas ao quádruplo homicídio, enquanto Anna e Derek ficaram na delegacia, mergulhados nos periódicos da Universidade de Notre Dame.

— Preciso acessar os arquivos do jornal. Você poderia me dar uma mãozinha, sem que nada vaze na edição de amanhã?

— Claro, Jesse — prometeu. — Sinto muito ter traído sua confiança, não foi profissional da minha parte. Sabe, não paro de pensar: será que eu não poderia ter protegido Stephanie?

Percebi que ele tinha o olhar triste ao notá-lo observando a mesa de Stephanie, bem à sua frente, que permanecera intocada.

— Não havia nada que você pudesse fazer, Michael — procurei reconfortá-lo.

Ele deu de ombros e me levou à sala dos arquivos, no subsolo.

Michael ofereceu uma ajuda valiosa: me ajudou a separar as edições do *Orphea Chronicle*, encontrar as matérias que pareciam pertinentes e fazer fotocópias. Aproveitei também o vasto conhecimento que tinha da região para perguntá-lo a respeito de Jeremiah Fold.

— Jeremiah Fold? Nunca ouvi falar. Quem é?

— Um bandidinho de Ridgesport — expliquei. — Ele extorquia dinheiro de Ted Tennenbaum, ameaçando-o de impedir que abrisse o Café Athena.

Michael ficou surpreso e perguntou:

— Tennenbaum cedeu a uma extorsão?

— Sim. A polícia estadual não sabia disso em 1994.

Graças a Michael, pude também fazer algumas últimas verificações a respeito da *Noite negra*: ele contatou os demais jornais da região, inclusive o *Ridgesport Evening Star*, o jornal diário de Ridgesport, e perguntou se havia em seus arquivos alguma matéria contendo as palavras-chave *Noite negra*. Mas nada foi encontrado. Os únicos fatos que pareciam relacionados eram os acontecimentos que ocorreram entre o outono de 1993 e o verão de 1994 em Orphea.

— Qual é a ligação entre a peça de Harvey e esses fatos? — indagou-se Michael, que até ali não fizera o paralelo.

— Eu queria muito saber, sobretudo agora que ficou claro que a *Noite negra* refere-se apenas a Orphea.

Levei todas as cópias de arquivos do *Orphea Chronicle* para a delegacia a fim de me aprofundar naquilo. Pus-me a ler, recortar, marcar, jogar fora ou classificar, enquanto Anna e Derek continuavam sua minuciosa pesquisa nos exemplares da revista de Notre Dame. A sala de Anna começou a parecer um centro de triagem de jornais para reciclagem. De repente, Derek gritou:

— Bingo!

Ele encontrara o anúncio. Na página 21 da edição do outono de 2013, entre um anúncio de um sapateiro e outro de um restaurante chinês que oferecia um bufê liberado por menos de 20 dólares, havia essa misteriosa inserção:

QUER ESCREVER UM LIVRO DE SUCESSO?
LITERATO PROCURA ESCRITOR AMBICIOSO PARA TRABALHO SÉRIO.
REFERÊNCIAS INDISPENSÁVEIS.

Só nos restava entrar em contato com o funcionário da revista responsável pela publicação dos anúncios.

Dakota continuava estacionada em frente à entrada do Jardim do Éden. Seu pai nem sequer telefonara. Ela tinha certeza de que ele a odiava, como todo mundo. Pelo que acontecera com a casa. Pelo que ela fizera com Tara Scalini. Nunca se perdoaria.

Teve mais uma crise de choro. Sentia-se muito mal consigo mesma: pensava que nunca iria melhorar. Perdera a vontade de viver. Com os olhos marejados, procurou dentro da bolsa uma ampola de ketamina. Precisava se sentir melhor. Achou então uma caixinha de plástico que sua amiga Leyla lhe dera. Era heroína, para cheirar. Dakota nunca experimentara aquela droga. Despejou o pó branco sobre o painel do carro para formar uma carreira e se contorceu para aproximar o nariz dela.

Na casa, Gerald Sacalini, avisado pela mulher que um carro estava parado em frente à entrada por um período inquietante, decidiu chamar a polícia.

No Teatro Municipal, o prefeito Brown viera assistir ao fim do dia de testes. Tinha sido testemunha das humilhações dos candidatos, reprovados um atrás do outro, até que Kirk Harvey decidiu expulsar todo mundo, gritando:

— Chega por hoje! Voltem amanhã e tentem ser menos ruins, pelo amor de Deus!

— De quantos atores você precisa? — perguntou Brown para Harvey, após ter subido ao palco.

— Oito, mais ou menos. Não sou muito rigoroso, entende.

— Mais ou menos? — repetiu Brown, hesitante. — Você não tem um número exato?

— Mais ou menos.

— E quantos selecionou hoje?

— Zero.

O prefeito deu um suspiro longo e desesperado.

— Kirk — advertiu-o antes de ir embora —, resta-lhe apenas um dia para fechar o elenco. Precisa acelerar os testes. Caso contrário, não vamos terminar nunca.

Diversas viaturas estavam paradas em frente ao Jardim do Éden. No banco de trás do carro de patrulha de Montagne, Dakota, com as mãos algemadas às costas, chorava. Montagne, pela porta aberta, interrogava-a:

— O que fazia aqui? — perguntou. — Esperava um cliente? Você vende essa merda aqui?

— Não, eu juro — respondia Dakota, chorando.

Não estava em seu juízo perfeito.

— Está doida demais para responder, idiota! E não vai vomitar no meu banco, ouviu? Sua drogada!

— Eu queria falar com meu pai — suplicou Dakota.

— Mas é claro. É óbvio. E o que mais você quer? Com o que encontramos no carro, você vai falar é direto com o juiz. Sua próxima parada, minha querida, é na cadeia.

A tarde chegava ao fim e, no bairro residencial tranquilo onde os Brown moravam, Charlotte, que acabara de chegar da clínica veterinária onde trabalha, refletia na entrada de casa. Seu marido chegou do Teatro Municipal e parou ao seu lado. Parecia esgotado. Ela passou carinhosamente a mão no cabelo dele.

— Como vão os testes? — perguntou Charlotte.

— Muito mal.

Ela acendeu um cigarro.

— Alan...

— O quê?

— Estou com vontade de participar.

Ele sorriu.

— Você devia — incentivou-a.

— Não sei direito... faz vinte anos que não subo num palco.

— Tenho certeza de que você se sairia muito bem.

Como resposta, Charlotte deu um longo suspiro.

— O que foi? — perguntou Alan, ao ver que alguma coisa a perturbava.

— Fico pensando se não é melhor ficar quieta e, especificamente, manter Harvey longe.

— Você tem medo do quê?

— Você sabe muito bem a resposta, Alan.

A poucos quilômetros dali, no Palácio do Lago, Jerry Éden encontrava-se agitadíssimo: Dakota sumira. Procurara em todo o hotel, no bar, na piscina, na academia. Tudo isso em vão. Ela não atendia o celular e não deixara nenhum bilhete. Por fim, ele decidira avisar a segurança do hotel. As gravações das câmeras mostravam Dakota saindo de seu quarto, perambulando pelo corredor, depois descendo até a recepção para pedir o carro e ir embora. O chefe da segurança, sem encontrar uma solução, sugeriu ligar para a polícia. Jerry preferia não chegar a esse ponto, pois temia causar problemas para a filha. De repente, seu celular tocou. Ele atendeu imediatamente.

— Dakota?

— Jerry Éden? — disse uma voz grave do outro lado da linha. — Aqui é Jasper Montagne, assistente do comandante da polícia de Orphea.

— Polícia? O que houve?

— Sua filha Dakota encontra-se detida na delegacia. Ela foi flagrada portando drogas e será apresentada ao juiz amanhã de manhã. Vai passar a noite numa cela.

JERRY ÉDEN

No verão de 1994, eu era um jovem diretor de uma estação de rádio em Nova York, tinha um salário modesto e havia acabado de me casar com Cynthia, minha namorada dos tempos de escola, a única mulher que acreditou em mim.

Nessa época era uma curtição. Estávamos apaixonados, com apenas trinta anos, livres como passarinhos. Meu bem mais valioso era um Corvette de segunda mão que usávamos nos fins de semana para rodar pela região, indo de uma cidade a outra, hospedando-nos em hotéis de beira de estrada ou pousadas.

Cynthia trabalhava na administração de um pequeno teatro. Conhecia todo mundo, então conseguíamos assistir às peças da Broadway de graça. Era uma vida com poucos recursos financeiros, mas o que tínhamos era mais que suficiente. Éramos felizes.

Nosso casamento aconteceu em janeiro de 1994 e havíamos decidido adiar nossa lua de mel para o verão norte-americano; assim, levando em conta nosso orçamento limitado, escolheríamos destinos para os quais pudéssemos ir de Corvette. Foi Cynthia quem soube do então recentíssimo festival de teatro de Orphea. O meio artístico falava muito bem do evento e eram esperados jornalistas renomados, um indicador da qualidade do evento. Quanto a mim, descobrira uma encantadora pensão familiar numa casa de madeira cercada de hortênsias, pertinho do mar, e não restava dúvida de que os dez dias que passaríamos ali seriam memoráveis. E foram, sob todos os pontos de vista. Quando retornamos a Nova York, Cynthia estava grávida. Em abril de 1995, nasceu nossa única e querida filha: Dakota.

Sem querer fazer pouco caso da felicidade que foi a chegada de Dakota em nossa vida, não tenho muita certeza se queríamos ter filhos tão cedo. Os meses seguintes foram como os de todos os jovens pais cujo mundo fica de ponta-cabeça depois da chegada de uma criaturinha; a nossa vida, até então levada a bordo de um Corvette de dois lugares, passou a abrigar três. Tivemos de vender o carro para comprar um maior, mudar de apartamento para ter um quarto a mais e assumir os gastos com fraldas, lenços umedecidos, roupinhas, paninhos, carrinho de bebê e outros diminutivos. Resumindo, tivemos que encarar a situação.

Para piorar as coisas, Cynthia foi demitida do teatro quando voltou da licença-maternidade. Quanto a mim, a estação de rádio foi adquirida por um grande grupo e, depois de ouvir tudo que é tipo de boato sobre reestruturação e temendo perder meu emprego, fui obrigado a aceitar, pelo mesmo salário, muito menos tempo no ar e muito mais trabalho administrativo e responsabilidades. Nossas semanas viraram uma verdadeira corrida contra o relógio: o trabalho, a família, Cynthia que procurava emprego e não sabia o que fazer com Dakota, eu que chegava esgotado em casa à noite. Nosso relacionamento acabou passando por provações. Então, quando chegou o verão, sugeri passarmos alguns dias no fim de julho em nossa querida pensão de Orphea, para ficarmos um tempo juntos. E, mais uma vez, Orphea fez seu milagre.

Continuaria assim nos anos seguintes. O que quer que acontecesse na correria de Nova York, o que quer que nos infligisse no dia a dia, Orphea consertava.

Cynthia arranjou um emprego em Nova Jersey, a uma hora de trem. Aguentava três horas de transporte público por dia e precisava fazer malabarismos para dar conta de tudo: resolver pendências, cumprir com os compromissos, deixar Dakota na creche, depois na escola, fazer compras, emendar reuniões, dar conta de tudo, do trabalho, em casa, sem parar. Estávamos com os nervos à flor da pele, havia dias em que mal nos víamos. Mas uma vez por ano todos esses mal-entendidos, tensões, estresse e turbilhões se desfaziam, graças a um ciclo que reparava tudo assim que chegávamos a Orphea. A cidade era catártica para nós. O ar parecia mais puro, o céu mais bonito, a vida mais tranquila. A dona da pensão, cujos filhos já eram crescidos, cuidava muito bem de Dakota e aceitava de bom grado ficar com ela quando queríamos assistir a algum espetáculo do festival.

No fim de nossa estadia, partíamos de volta para Nova York felizes, descansados, sossegados. Prontos para retomar nossa vida.

Nunca fui muito ambicioso, e creio que não teria subido tanto na vida, profissionalmente, sem Cynthia e Dakota. Foi, ao longo dos anos, de tanto voltar a Orphea e me sentir bem ali que quis lhes oferecer mais. Passei a querer mais do que apenas ficar hospedado na pequena pensão familiar, querer passar mais do que uma semana por ano nos Hamptons. Queria que Cynthia não tivesse mais que encarar três horas de transporte público por dia só para não ficarmos no vermelho no final do mês, queria que Dakota pudesse ir para uma escola particular e se beneficiar da melhor educação possível. Foi por elas que comecei a me dedicar mais ao trabalho, a almejar promoções, a exigir melhores salários. Foi por elas que aceitei sair da estação de rádio para assumir mais responsabilidades e cargos que me atraíam menos, mas que eram mais bem-remunerados. Comecei a conquistar cargos mais altos, agarrando todas as oportunidades que me eram oferecidas, sendo o primeiro a chegar ao escritório e o último a sair. Em três anos, passei de diretor de estação de rádio a responsável pelo desenvolvimento das séries televisivas de todas as emissoras do grupo.

Meu salário dobrou, triplicou, e nossa qualidade de vida também. Cynthia pôde parar de trabalhar e aproveitar Dakota, ainda pequena. Dedicou parte de seu tempo a trabalhar como voluntária num teatro. Nossas férias em Orphea se prolongaram: duravam três semanas, depois um mês inteiro, depois o verão inteiro, numa casa que alugávamos sempre, maior e mais luxuosa que a pensão, com uma faxineira uma vez por semana, depois duas vezes por semana. Logo contratamos uma empregada para trabalhar todos os dias, que cuidava da casa, fazia as camas, a comida e recolhia tudo que íamos largando pelo caminho.

Que vida mansa! Era um pouco diferente do que eu imaginara: na época em que nos hospedávamos por uma semana na pensão, eu ficava completamente desconectado do trabalho. Com minhas novas responsabilidades, não podia ficar fora muitos dias seguidos: enquanto Cynthia e Dakota aproveitavam dois meses na beira da piscina sem ter que se preocupar com nada, eu voltava a Nova York a intervalos regulares, para administrar os projetos em andamento e resolver burocracias. Cynthia lamentava que eu não pudesse ficar mais tempo, mas tudo corria bem mesmo assim. Do que poderíamos nos queixar?

Minha ascensão continuou. Talvez até à minha revelia, não sei mais. Meu salário, que eu já achava astronômico, continuava a subir, acompanhando a minha carga de trabalho. Os grupos de mídia fundiam-se para formar conglomerados superpoderosos. Eu estava num grande escritório que ficava em um arranha-céu de vidro, podia medir meu sucesso profissional pelas mudanças para salas maiores e andares mais altos. Quanto maior minha remuneração, mais alto o andar no qual eu trabalhava. Passei a ganhar dez, cem vezes mais. De diretor de uma pequena estação de rádio, eu me vi, dez anos depois, diretor-geral do Canal 14, a rede de TV com maior audiência e a mais rentável do país, que eu comandava de um escritório no 53º andar, o último, da torre de vidro, por um salário, incluindo os bônus, de 9 milhões de dólares por ano. Ou seja, 750 mil dólares por mês. Eu ganhava mais dinheiro do que poderia vir a gastar um dia.

Pude dar tudo que eu quis a Cynthia e Dakota. Roupas caras, carros esportivos, um apartamento fabuloso, matrícula em escolas particulares, as férias dos sonhos de qualquer pessoa. Era só o inverno nova-iorquino nos deixar melancólicos que partíamos num avião particular para passar uma semana revigorante em Saint Barth. Quanto a Orphea, gastei um valor exorbitante na construção da casa de nossos sonhos, de frente para o mar, que batizei, afixando seu nome em letras de ferro fundido na entrada, de Jardim do Éden.

Tudo se tornara muito simples e fácil. Extraordinário. Mas isso tinha um custo, não somente pecuniário: esperavam que eu trabalhasse com mais afinco. Quanto mais eu quisesse dar às minhas duas queridas mulheres, mais deveria dar ao Canal 14, em tempo, energia e concentração.

Cynthia e Dakota passavam os verões e fins de semana ensolarados em nossa casa dos Hamptons. Eu me juntava a elas sempre que possível. Improvisara um escritório lá, de onde podia tratar dos projetos em andamento e até mesmo participar de teleconferências.

Contudo, quanto mais fácil nossa vida parecia, mais complicada ficava. Cynthia queria que eu me dedicasse mais ao lar e à família, sem me preocupar o tempo todo com o trabalho, mas sem o meu trabalho não existiria o lar. Era um círculo vicioso. Nossas férias eram uma alternância entre represálias e cenas do tipo:

— De que serve vir para cá se é para se enfurnar no escritório?

— Mas estamos juntos...

— Não, Jerry, você está aqui mas não está presente.

E o mesmo acontecia na praia ou no restaurante. Às vezes, quando eu saía para correr, ia até a casa que costumava abrigar a pensão familiar, fechada após a morte da proprietária. Eu olhava para a singela casa de madeira e sonhava com nossas férias de outrora, tão modestas e curtas, mas tão maravilhosas. Queria tanto voltar àquela época... Mas eu não sabia mais como fazer isso.

Se vocês me perguntarem, direi que fiz tudo isso pela minha mulher e minha filha.

Se perguntarem a Cynthia ou Dakota, elas dirão que fiz isso por mim, pelo meu ego, pela minha obsessão com o trabalho.

Mas pouco importa de quem é a culpa: com o passar do tempo, a magia de Orphea não surtia mais efeito. Nosso lar, nossa família, não conseguia mais se aproximar e se unir durante nossas temporadas lá. Ao contrário, elas contribuíam para nos afastar.

Então tudo veio abaixo.

Com os incidentes da primavera de 2013, fomos obrigados a vender a casa de Orphea.

JESSE ROSENBERG

Terça-feira, 15 de julho de 2014
11 dias antes da abertura do festival

O fato de termos encontrado o anúncio na revista da Universidade Notre Dame não contribuiu para descobrir quem o publicara. Na redação do periódico, o responsável pelos anúncios não dispunha de qualquer informação: ele fora registrado na recepção e pago em espécie. Mistério total. Em contrapartida, o funcionário conseguiu encontrar o mesmo texto em seus arquivos, publicado um ano antes. E no ano anterior também. Fora publicado em todos os números do outono. Eu perguntara:

— O que há de especial com o outono?

— É o número mais lido — explicara a funcionária. — Sai na volta às aulas na universidade.

Derek elaborou então uma hipótese: a volta às aulas marcava a chegada de novos estudantes e, portanto, de possíveis candidatos para escrever esse livro tão desejado pelo patrocinador.

— Se eu fosse essa pessoa, não me limitaria a uma única revista. Eu espalharia o anúncio, publicando-o em mais lugares.

Algumas ligações para as redações das revistas das faculdades de letras de diversas universidades de Nova York e adjacências nos permitiram confirmar essa hipótese: um anúncio parecido vinha sendo publicado em cada número de outono havia anos. Mas quem os publicava não deixava qualquer vestígio.

Tudo que sabíamos era que se tratava de um homem que estava em Orphea em 1994, que detinha informações sugerindo que Ted Tennenbaum não era o assassino, que julgava a situação grave o suficiente para escrever um livro, mas que, por algum motivo, não podia escrevê-lo. Esse panorama suscitava a pergunta mais curiosa. Derek a formulou em voz alta:

— Quem gostaria de escrever, mas não pode? A ponto de procurar desesperadamente alguém para fazer isso, publicando anúncios anos a fio em revistas estudantis?

Anna escreveu então com uma hidrográfica preta no quadro magnético o que parecia um enigma digno da Esfinge de Tebas:

Quero escrever, mas não posso. Quem sou eu?

Sem nada de mais concreto por ora, só nos restava continuar nosso mergulho nas reportagens do *Orphea Chronicle*, nas quais já havíamos dado uma olhada sem muito sucesso. De repente, absorto numa matéria, Derek ficou agitado e circulou um parágrafo em vermelho. Parecia circunspecto e sua atitude chamou nossa atenção:

— Encontrou alguma coisa? — perguntou Anna.

— Escutem isso — disse ele, incrédulo, sem despregar os olhos da cópia que segurava. — É uma matéria publicada no *Orphea Chronicle* de 2 de agosto de 1994. Está escrito aqui: "Segundo uma fonte policial, uma terceira testemunha teria aparecido. O depoimento dela poderia ser vital para a polícia, que não dispõe de quase qualquer informação até agora."

— Que história é essa? — perguntei, surpreso. — Uma terceira testemunha? Só havia duas testemunhas, os dois moradores do quarteirão.

— Sei disso, Jesse — replicou Derek, que estava tão surpreso quanto eu.

Na mesma hora, Anna entrou em contato com Michael Bird. Ele não tinha qualquer recordação dessa testemunha, mas nos lembrou que, três dias após a chacina, a cidade fervilhava de boatos. Infelizmente era impossível interrogar o autor da matéria, que morrera havia dez anos, mas Michael nos esclareceu que era muito provável que a fonte policial fosse o chefe Gulliver, que sempre tivera a língua bem comprida.

Gulliver não estava na delegacia. Quando chegou, foi nos encontrar na sala de Anna. Expliquei que havíamos topado com uma menção a uma terceira testemunha e ele falou logo:

— Era Marty Connors. Trabalhava num posto de gasolina próximo a Penfield Crescent.

— Por que nunca ouvimos falar dele?

— Porque, após verificação, seu depoimento não valia nada.

— Gostaríamos de poder formar nossa própria opinião — falei.

— Pois fiquem sabendo que na época houve dezenas de testemunhos deste tipo, que verificamos com todo o cuidado antes de passar para vocês. As pessoas nos procuravam por qualquer coisa: tinham sentido uma presença, ouvido um barulho estranho, visto um disco voador. Enfim, esse tipo de besteira. Éramos obrigados a filtrar, senão vocês teriam se afogado com tanta coisa. Mas trabalhamos com a maior atenção.

— Não duvido. Foi o senhor que o interrogou?

— Não. Não sei mais quem foi.

Quando estava saindo da sala, Gulliver parou na soleira da porta e declarou:

— Um maneta.

Nós três nos viramos para ele. Terminei perguntando:

— A que se refere, chefe?

— Ao troço escrito no quadro: *Quero escrever, mas não posso. Quem sou eu?* Resposta: um maneta.

— Obrigado, chefe.

Ligamos para o posto de gasolina mencionado por Gulliver e que ainda existia. E, por sorte, vinte anos depois, Marty Connors continuava trabalhando lá.

— Marty é o frentista da noite — me informou o funcionário ao telefone. — O turno dele começa às onze.

— Por acaso ele trabalha hoje?

— Trabalha. Quer deixar recado?

— Não, obrigado. Passarei para vê-lo pessoalmente.

Os que não têm tempo a perder preferem viajar de Manhattan aos Hamptons via aéreo. Partindo de um heliporto na extremidade sul da ilha, bastam vinte minutos de helicóptero para ir de Nova York a qualquer outra cidade de Long Island.

No estacionamento do aeródromo de Orphea, Jerry Éden esperava, sentado diante do volante de seu carro. Um poderoso barulho de motor arrancou-o de seus pensamentos. Olhou para cima e viu o helicóptero se aproximando. Saiu do carro e observou o aparelho pousar na pista a poucas dezenas de metros dali. Desligado o motor e paradas as hélices, a porta lateral do helicóptero se abriu e Cynthia Éden desceu, seguida pelo advogado deles, Benjamin Graff. Transpuseram o portão que separava a área de pouso do estacionamento e Cynthia atirou-se nos braços do marido, chorando.

Jerry, enquanto abraçava a mulher, trocou um aperto de mão com o advogado.

— Benjamin — perguntou ele —, Dakota corre o risco de continuar na prisão?

— Qual era a quantidade de drogas que ela portava?

— Não faço ideia.

— Vamos direto para a delegacia — sugeriu o advogado —, temos que nos preparar para a audiência. Normalmente, eu não estaria preocupado, mas há o antecedente do caso Tara Scalini. Se o juiz preparar corretamente o caso dela, vai se deparar com isso e pode se sentir tentado a levá-lo em conta. Seria bastante problemático para Dakota.

Jerry tremia. Estava com as pernas muito bambas, a ponto de pedir a Benjamin que dirigisse. Quinze minutos depois, apresentavam-se na delegacia de Orphea. Foram levados a uma sala de interrogatório, para a qual em seguida os policiais trouxeram Dakota, algemada. Quando ela viu os pais, começou a chorar. O oficial retirou suas algemas e ela se jogou nos braços dos pais.

— Meu bebê! — exclamou Cynthia, abraçando a filha tão forte quanto pôde.

Os policiais deixaram-nos sozinhos no recinto e eles se sentaram à mesa de plástico. Benjamin Graff pegou uma pasta e um bloco em sua maleta e pôs-se a trabalhar.

— Dakota — começou ele —, preciso saber exatamente o que você disse aos policiais. Preciso saber, sobretudo, se você falou alguma coisa sobre Tara.

No Teatro Municipal, os testes prosseguiam. No palco, o prefeito Brown instalara-se ao lado de Kirk Harvey para pressioná-lo a decidir logo o elenco. Mas, para o diretor, ninguém prestava.

— São todos um zero à esquerda — repetia Kirk Harvey. — Esta deveria ser a peça do século e só estou vendo o pior dos piores.

— Faça um esforcinho, Kirk! — suplicou o prefeito.

Harvey chamou os candidatos seguintes ao palco. Contrariando as instruções, dois homens se apresentaram: Ron Gulliver e Meta Ostrovski.

— O que vocês dois estão fazendo aqui?

— Vim fazer o teste! — rugiu Ostrovski.

— Eu também! — gritou Gulliver.

— As instruções são claras: um homem e uma mulher. Estão ambos desclassificados.

— Eu cheguei primeiro! — protestou Ostrovski.

— Estou de serviço hoje, não posso esperar minha vez. Tenho prioridade.

— Ron? — perguntou o prefeito Brown, espantado. — Mas você não pode trabalhar nessa peça!

— E por que não? — revoltou-se Gulliver. — Tiro uma licença. É uma chance única, tenho o direito de aproveitá-la. Inclusive, o chefe Harvey pôde atuar na peça em 1994.

— Vou dar uma chance a vocês — decidiu então Kirk. — Mas um dos dois terá que fazer o papel da mulher.

Ele então exigiu que alguém lhe trouxesse uma peruca. Levou vinte minutos para encontrarem o acessório, o que atrasou os testes. Finalmente, um voluntário que conhecia o teatro voltou com uma longa cabeleira artificial loura encontrada nas coxias, que Ostrovski vestiu. Com ela ajeitada e munido da folha em que estava transcrita a primeira cena, ele escutou Harvey ler a primeira rubrica:

É uma manhã sinistra. Chove. Numa estrada do interior, o tráfego está parado: formou-se um terrível engarrafamento. Os motoristas, irritados, buzinam com raiva. Uma moça, andando pelo acostamento, percorre a fila dos carros imóveis. Avança até a barreira policial e faz uma pergunta a um guarda.

Ostrovski aproximou-se de Gulliver, fingindo andar de salto alto, e falou:

OSTROVSKI *(berrando feito um louco com uma voz agudíssima): O que houve?*

CHEFE GULLIVER *(repetindo três vezes): Um homem morto num trágico acidente de moto.*

A atuação dos dois era terrível. Contudo, terminada sua apresentação, Kirk Harvey se levantou da cadeira e aplaudiu, antes de exclamar:

— Estão ambos contratados!

— Tem certeza? — murmurou o prefeito Brown. — Eles são horrorosos.

— Certeza absoluta! — respondeu Harvey, entusiasmado.

— Você rejeitou candidatos melhores.

— Estou falando que tenho certeza da minha escolha, Alan.

Gritou então para a plateia e os candidatos:

— Aqui estão nossos dois primeiros atores!

Ostrovski e Gulliver desceram do palco sob os aplausos dos outros candidatos antes de serem cegados pelo flash do fotógrafo do *Orphea Chronicle* e interpelados por um jornalista que queria recolher suas impressões. Ostrovski estava radiante. Pensava: *Os diretores me disputam, os jornalistas me assediam, aqui já sou um artista bajulado e reconhecido. Ó glória querida, que eu passara tanto tempo desejando, você finalmente chegou!*

Em frente ao Teatro Municipal, Alice esperava no carro de Steven, estacionado de qualquer jeito. Quando estavam prestes a voltar para Nova York, ele quis dar uma espiada nos testes, para ter material para completar o artigo que justificaria o fim de semana passado em Orphea.

"Cinco minutos", prometera a Alice, que começara a resmungar. E, após aquele período de tempo, ele sairia do prédio. Pronto, estava tudo terminado com Alice. Haviam conversado sobre a separação, ela acabara dizendo que compreendia a situação dele e que não criaria problemas. Porém, quando Steven estava prestes a entrar no carro, recebeu um telefonema de Skip Nalan, seu assistente na redação da revista.

— A que horas você chega, Steven? — perguntou Skip, com uma voz estranha. — Preciso falar com você, é muito importante.

Pelo tom de Skip, Bergdorf logo percebeu que alguma coisa estava acontecendo e preferiu mentir.

— Não sei, depende dos testes. Estão acontecendo coisas muito interessantes por aqui. Por quê?

— Steven, a contadora veio falar comigo. Ela me mostrou as faturas do cartão de crédito da revista, que está com você: há transações muito estranhas. Compras de todo tipo, sobretudo em lojas caras.

— Em lojas caras? — repetiu Steven, como se aquilo fosse novidade para ele. — Será que alguém clonou meu cartão? Parece que na China...

— O cartão foi utilizado em Manhattan, Steven, não na China. Há também diárias no Plaza, contas de restaurante estratosféricas.

— Não acredito! — disse Steven, que continuava fingindo estar estupefato.

— Por acaso tem alguma coisa a ver com isso, Steven?

— Eu? Óbvio que não, Skip. Por acaso me imagina fazendo algo do tipo?

— Não, francamente, não. Mas há o débito de uma diária no Palácio do Lago, em Orphea. E isso só pode ter sido você.

Steven tremia. Esforçou-se, contudo, para manter o tom calmo:

— Ah, mas mesmo assim é estranho, e fez bem em me avisar: eu tinha usado o cartão de crédito apenas para os extras. A prefeitura me garantiu que pagaria pelo quarto. O funcionário da recepção deve ter feito confusão. Vou ligar para lá agora mesmo.

— Melhor assim — comentou Skip —, isso me tranquiliza. Não vou mentir: quase acreditei...

Steven caiu na risada e disse:

— Consegue me imaginar jantando no Plaza?

— Não, claro que não — falou Skip, achando graça. — Enfim, a boa notícia é que, segundo o banco, é provável que não tenhamos que pagar nada pois eles deveriam ter detectado a fraude. Eles falaram que esse tipo de coisa já aconteceu: os caras identificam um número de cartão de crédito e clonam.

— Ah, está vendo, não falei? — concluiu Steven, recuperando a arrogância.

— Se puder, quando chegar em Manhattan hoje, passe na delegacia para registrar uma ocorrência. É uma exigência do banco para nos reembolsar. Considerando a soma, eles querem encontrar o falsário e têm certeza de que ele mora em Nova York.

Bergdorf sentiu o pânico invadi-lo de novo: o banco o identificaria num piscar de olhos. Em algumas lojas, as vendedoras chamavam-no pelo primeiro nome. Era impossível voltar a Nova York naquele dia, precisava encontrar uma solução antes de retornar.

— Registrarei a queixa assim que puser os pés aí, mas minha prioridade é o que está acontecendo aqui: essa peça é tão extraordinária, o nível dos candidatos tão alto, o processo de criação tão único que decidi ficar absorto na peça. Vou fazer um teste para um papel e escrever um artigo "disfarçado". A peça vista de dentro. Isso vai dar um artigo incrível. Acredite no meu faro, Skip. Vai ser bom para a revista. É o Pulitzer garantido!

O prêmio Pulitzer. Foi exatamente o que Steven disse em seguida para sua mulher, Tracy.

— Mas quantos dias ainda pretende ficar aí? — perguntou ela, inquieta.

Sentiu que Tracy não estava mordendo a isca e foi obrigado a recorrer à artilharia pesada:

— Não faço ideia de quanto tempo. Mas o mais importante é que a revista está me pagando horas extras. E, como estou trabalhando feito um condenado, vou faturar muito! Então, quando eu voltar, fazemos nossa viagem a Yellowstone!

— Então vamos para lá? — comemorou Tracy.

— Claro. Estou tão contente!

Steven desligou e abriu a porta do carro do lado do passageiro.

— Não podemos ir embora — disse ele, num tom grave.

— E por que não? — inquiriu Alice.

De repente, ele se deu conta de que também não podia contar a verdade a Alice. Forçou um sorriso e anunciou:

— A revista quer que você participe dos testes e faça uma matéria no estilo "infiltrada" a respeito da peça. Uma matéria extensa, com direito a foto sua na capa.

— Ah, Stevie, mas isso é extraordinário! Minha primeira reportagem!

Abraçou-o de maneira afetuosa e, em seguida, os dois entraram no teatro. Esperaram sua vez horas a fio. Quando foram finalmente chamados ao palco, Harvey tinha despachado todos os candidatos anteriores, e o prefeito Brown, ao lado dele, pressionava-o para selecionar mais gente. Kirk, embora não muito convencido pela atuação de Alice e Steven, decidiu aprová-los para que Alan parasse de se lamentar.

— Com Gulliver e Ostrovski, temos quatro de oito — anunciou o prefeito, um pouco aliviado. — Já estamos na metade.

A tarde começava a cair quando, na sala de audiência principal do tribunal de Orphea, após uma espera interminável, Dakota foi finalmente apresentada ao juiz Abe Cooperstin.

Escoltada por um policial, avançou até o juiz num passo vacilante, o corpo esgotado pela noite na cela e os olhos vermelhos de tanto chorar.

— Temos aqui o caso 23.450, prefeitura de Orphea contra Srta. Dakota Éden — declarou o juiz Cooperstin, vendo por alto o relatório que lhe era apresentado. — Srta. Éden, leio aqui que a senhorita foi detida ontem à tarde, sentada ao volante de um carro, cheirando heroína. Isso é verdade?

Dakota lançou um olhar apavorado para o advogado Benjamin Graff, que a incentivou com um gesto da cabeça a responder tal como haviam ensaiado juntos.

— Sim, Vossa Excelência — respondeu ela com a voz embargada.

— Posso saber por que uma garota bonita como a senhorita faz uso de drogas?

— Cometi um erro grave, Vossa Excelência. Estou num momento difícil da minha vida, mas estou fazendo de tudo para sair dessa. Tenho um psiquiatra em Nova York.

— Então não é a primeira vez que faz uso de drogas?

— Não, Vossa Excelência.

— É, portanto, uma usuária frequente?

— Não, Vossa Excelência. Eu não diria isso.

— No entanto, a polícia encontrou uma quantidade significativa de drogas com a senhorita.

Dakota abaixou a cabeça. Jerry e Cynthia sentiram um embrulho no estômago: se o juiz soubesse alguma coisa a respeito de Tara Scalini, a filha deles corria muito risco.

— O que faz da vida? — perguntou Cooperstin.

— No momento, não muita coisa — admitiu Dakota.

— E por quê?

Dakota caiu no choro. Tinha vontade de contar tudo e falar de Tara. Ela merecia ir para a prisão. Como não conseguia se recuperar, acabou não respondendo à pergunta, e Cooperstin prosseguiu.

— Confesso, senhorita, que há um ponto do relatório que me intriga.

Houve um instante de silêncio. Jerry e Cynthia sentiram o coração batendo forte no peito: o juiz sabia de tudo. Seria prisão na certa. Mas Cooperstin perguntou:

— Por que parou em frente a essa casa para se drogar? Isto é, qualquer um teria ido ao bosque, à praia, a um lugar discreto, não acha? Mas a senhorita parou em frente ao portão de uma casa. Assim, bem na passagem. Não espanta que os moradores tenham avisado à polícia. A senhorita precisa admitir que é estranho, não?

Jerry e Cynthia não se aguentavam mais, a tensão era muito forte.

— É nossa antiga casa de veraneio — explicou Dakota. — Meus pais tiveram que vendê-la por minha causa.

— Por sua causa? — repetiu o juiz, intrigado.

A vontade de Jerry era levantar, gritar, fazer qualquer coisa para interromper a audiência, mas Benjamin Graff se encarregou disso por ele. Aproveitou a hesitação de Dakota para responder no lugar dela:

— Vossa Excelência, minha cliente só está procurando se recuperar e encontrar um pouco de paz. O comportamento dela ontem foi uma forma de chamar atenção, de pedir ajuda, isso é evidente. Ela estacionou em frente à casa, pois sabia que era um lugar onde seria encontrada. Sabia que seu pai pensaria em procurá-la lá. Dakota e seu pai vieram a Orphea para dar a volta por cima e recomeçar a vida com o pé direito.

O juiz Cooperstin tirou os olhos de Dakota, observou o advogado por um instante, depois voltou à ré:

— Isso é verdade, minha jovem?

— Sim — murmurou ela.

O juiz pareceu satisfeito com a resposta. Jerry deu um discreto suspiro de alívio: o fingimento de Benjamim Graff fora perfeito.

— Penso que a senhorita merece uma segunda chance — decretou Cooperstin. — Mas atenção: é uma oportunidade que a senhorita não pode desperdiçar. Seu pai encontra-se presente?

Jerry levantou-se de pronto.

— Estou aqui, Vossa Excelência. Jerry Éden, pai de Dakota.

— Sr. Éden, tudo isso também lhe diz respeito, uma vez que compreendo que veio aqui com sua filha numa tentativa de procurar um novo começo.

— É este o caso, Vossa Excelência.

— O que havia programado para fazer com sua filha em Orphea?

A pergunta pegou Jerry de surpresa. O juiz, percebendo sua hesitação, acrescentou:

— Não me diga que o senhor veio até aqui apenas para sua filha ficar angustiada na beira da piscina do hotel?

— Não, Vossa Excelência. Nós... queríamos participar dos testes para a peça de teatro. Quando Dakota era pequena, dizia querer ser atriz. Inclusive escreveu uma peça há uns três anos.

O juiz fez uma pausa para refletir. Observou Jerry, depois Dakota, e então declarou:

— Muito bem, Srta. Éden, suspendo a pena contanto que participe, com seu pai, dessa peça de teatro.

Jerry e Cynthia entreolharam-se, aliviados.

— Obrigado, Vossa Excelência — manifestou-se Dakota, sorrindo para o juiz. — Não irei decepcioná-lo.

— Assim espero, Srta. Éden. Sejamos bem claros: se tiver uma recaída, ou porventura for novamente detida portando drogas, não haverá clemência. Seu processo passará à jurisdição estadual. Para ser o mais claro possível, isso significa que, em caso de reincidência, a senhorita estará automaticamente condenada a anos de prisão.

Dakota prometeu e se jogou nos braços dos pais. Todos voltaram ao Palácio do Lago. Dakota estava esgotada e dormiu assim que se deitou no sofá da suíte. Jerry arrastou Cynthia para a varanda para conversarem em paz.

— E se você ficasse conosco? Poderíamos passar um tempo em família.

— Você ouviu o juiz, Jerry, é você e Dakota.

— Nada a impede de ficar aqui com a gente...

Cynthia balançou a cabeça e disse:

— Não, você não entende. Não posso passar um tempo em família já que tenho a impressão de que não somos mais uma família. E... não tenho mais forças, Jerry. Não tenho mais energia. Faz anos que você deixa tudo nas minhas mãos. Sim, claro, você banca sozinho o nosso padrão de vida, e lhe agradeço muito por isso, não me tome por ingrata. Mas qual foi a última vez que você investiu nessa família, deixando de lado o aspecto financeiro? Todos esses anos, você me deixou sozinha para administrar tudo e garantir o bom funcionamento da nossa família. Você, por sua vez, contentou-se em trabalhar. E nenhuma vez, Jerry, você me perguntou como eu estava. O que eu estava achando da minha vida. E nenhuma vez, Jerry, nenhuma, você me perguntou se eu estava feliz. Você presumiu que era óbvio que sim, achando que se a pessoa estiver em Saint Barth ou num apartamento com vista para o Central Park então ela é obrigatoriamente feliz. Nenhuma vez, Jerry, você me fez essa maldita pergunta.

— E você? — objetou Jerry. — Alguma vez quis saber se eu estava feliz? Nunca se perguntou se a porcaria do meu trabalho, que Dakota e você detestam tanto... se eu não o detestava também?

— Por que então não pediu demissão?

— Ora, se fiz tudo isso, Cynthia, foi apenas para oferecer a vocês duas uma vida perfeita. A qual, no fundo, você não queria.

— Ah, sério, Jerry? Vai me dizer que eu preferia a velha pensão familiar à nossa casa à beira-mar?

— Talvez — murmurou Jerry.

— Não acredito!

Cynthia contemplou por um instante seu marido em silêncio. Em seguida, falou com a voz embargada:

— Preciso que você conserte nossa família, Jerry. Você ouviu o juiz: da próxima vez, Dakota será presa. Como vai garantir que não haverá próxima vez? Como vai proteger sua filha dela mesma e impedir que ela acabe na cadeia?

— Cynthia, eu...

Ela não o deixou falar.

— Jerry, vou voltar para Nova York. Deixo-o aqui com a missão de fazer com que nossa filha se recupere. Isso é um ultimato. Salve Dakota. Salve-a, senão largo você. Não posso mais viver desse jeito.

* * *

— É aqui, Jesse — disse Derek, apontando para o posto de gasolina decrépito bem no fim da Penfield Road.

Fiz a curva para entrar na área cimentada e estacionei em frente à loja de conveniência iluminada. Eram 23h15. Não havia ninguém nas bombas: o lugar parecia deserto.

Do lado de fora, o ar estava quente, apesar do avançar da hora. Dentro da loja, o ar-condicionado criava uma atmosfera glacial. Avançamos pelos corredores de revistas, bebidas e salgadinhos até o balcão, atrás do qual, escondido por uma gôndola de barras de chocolate, um homem de cabelos brancos assistia à televisão. Cumprimentou-me sem despregar os olhos da tela.

— Que bomba? — perguntou.

— Não estou aqui por causa da gasolina — respondi, mostrando o distintivo de policial.

Na mesma hora, ele desligou a TV.

— Do que se trata? — indagou, levantando-se.

— O senhor é Marty Connors?

— Sim, eu mesmo. O que está havendo?

— Sr. Connors, estamos investigando a morte do prefeito Gordon.

— O prefeito Gordon? Mas isso foi há vinte anos.

— Segundo minhas informações, o senhor teria testemunhado alguma coisa naquela noite.

— Isso mesmo. Mas na época falei tudo para a polícia e eles disseram que não faria diferença.

— Preciso saber o que viu.

— Um carro preto passando a toda a velocidade. Chegou da Penfield Road e foi em direção à Sutton Street. Em linha reta. O motorista estava com pressa. Eu estava na bomba, só tive tempo de vê-lo fugir.

— O senhor reconheceu o modelo?

— É claro. Uma caminhonete Ford E-150, com um desenho esquisito atrás.

Derek e eu nos entreolhamos: Tennenbaum dirigia justamente um Ford E-150. Perguntei então:

— Conseguiu ver quem dirigia?

— Não, nada. Na hora, achei que eram jovens fazendo bobagens.

— E que horas eram exatamente?

— Por volta das sete da noite, mas não faço ideia da hora exata. Podiam ser sete em ponto ou 19h10. Sabe como é, aconteceu numa fração de segundo e não prestei tanta atenção. Foi só mais tarde, ao saber o que tinha acontecido na casa do prefeito, que pensei que talvez tivesse alguma ligação com os assassinatos. E liguei para a polícia.

— Com quem falou? Lembra-se do nome do policial?

— Sim, claro que sim, foi o próprio chefe de polícia que me interrogou. O chefe Kirk Harvey.

— E...?

— Contei a mesma coisa que contei aos senhores e ele me disse que isso não ajudaria na investigação.

Lena Bellamy vira a caminhonete de Ted Tennenbaum em frente à casa do prefeito Gordon em 1994. O depoimento de Marty Connors, que identificara o mesmo veículo vindo da Penfield Road, confirmava o fato. Por que será que Kirk Harvey nos escondera isso?

Ao sairmos da loja de conveniência do posto, permanecemos um pouco no estacionamento. Derek abriu um mapa da cidade e estudamos o itinerário que o veículo percorrera, segundo Marty Connors.

— A caminhonete pegou a Sutton Street — falou Derek, refazendo o caminho no mapa com a ponta do dedo —, e a Sutton vai em direção ao começo da rua principal.

— Caso não se lembre, na noite da abertura do festival, o acesso à rua principal estava fechado ao tráfego, exceto por uma entrada no início da rua, destinada aos veículos credenciados a se aproximarem do Teatro Municipal.

— *Credenciados...* Você quer dizer com uma autorização para passar ou estacionar, como deve ter recebido o bombeiro voluntário de serviço aquela noite?

Na época, já havíamos tentado saber se alguém se lembrava de ter visto Tennenbaum atravessar o posto de controle da rua principal que permitia ou não o acesso ao Teatro Municipal. Mas, do levantamento que fizemos junto aos voluntários e policiais que haviam se revezado naquele local, deduzia-se que o tumulto era tanto ali que ninguém vira nada. O festival tinha sido vítima do próprio sucesso: a rua principal estava tomada pela multidão, os estacionamentos superlotados. As equipes não davam conta do recado. As normas para fazer a multidão dispersar não puderam ser mantidas por muito tempo: as pessoas passaram a estacionar em qualquer lugar e a andar por onde quer que houvesse espaço, massacrando os canteiros. Então, tornou-se inviável saber quem passara pelo posto de controle e a que horas.

— Tennenbaum então passou pela Sutton Street e voltou ao Teatro Municipal, bem como pensávamos — concluiu Derek.

— Mas por que Harvey nunca nos contou isso? Com esse depoimento, poderíamos ter encurralado Tennenbaum muito antes. Será que Harvey queria que ele se safasse?

Marty Connors apareceu de repente na porta da loja, andou apressado em nossa direção e disse:

— Que sorte que ainda estão aqui, acabo de me lembrar de um detalhe: na época, falei da caminhonete com outro sujeito.

— Que outro sujeito? — perguntou Derek.

— Não sei mais seu nome, mas sei que não era daqui. No ano seguinte aos assassinatos, ele ficou voltando a Orphea com frequência. Dizia estar fazendo a própria investigação.

JESSE ROSENBERG

Quarta-feira, 16 de julho de 2014
10 dias antes da abertura do festival

Primeira página do *Orphea Chronicle*:

NOITE NEGRA: PRIMEIROS PAPÉIS APROVADOS

Está previsto para hoje o término dos testes que atraíram um
número incrível de candidatos vindos de toda a região, para
grande alegria dos comerciantes da cidade. O primeiro
candidato a ter o privilégio de juntar-se ao elenco não é outro
senão o célebre crítico Meta Ostrovski (ao lado, na foto). Ele fala
de uma peça crisálida na qual "aquele que todos julgavam
lagarta revela-se enfim uma majestosa borboleta".

Eu, Anna e Derek chegamos ao Teatro Municipal um pouco antes do
terceiro dia de testes começar. A sala ainda se encontrava deserta, e Harvey,
sozinho no palco. Assim que nos viu apontar, gritou:

— Vocês não têm o direito de estar aqui!

Não me dei o menor trabalho de responder. Parti para cima dele e agar-
rei-o pelo colarinho.

— O que está nos escondendo, Harvey?

Arrastei-o para as coxias, onde ninguém nos veria.

— Você sabia na época que era mesmo a caminhonete de Tennenbaum
que estava parada em frente à casa dos Gordon, mas deliberadamente omi-
tiu o depoimento do frentista. O que sabe sobre esse caso?

— Não direi nada! — berrou Harvey. — Como ousa me agredir desse
jeito, seu animal comedor de bosta?

Saquei minha arma e a pressionei na barriga dele.

— O que está fazendo, Jesse? — perguntou Anna, nervosa.

— Vamos nos acalmar, Leonberg — negociou Harvey. — O que deseja
saber? Deixarei que me faça uma pergunta.

— Quero saber o que é *Noite negra* — falei.

— *Noite negra* é a minha peça. Você por acaso é idiota?

— *Noite negra* em 1994 — esclareci. — O que significa essa porra de *Noite negra*?

— Em 1994 também era minha peça. Enfim, não a mesma peça. Tive que reescrever tudo por causa daquele imbecil do Gordon. Mas, como eu adorava o título, mantive-o. "Noite negra." Soa bem, não?

— Não nos faça de idiotas — falei, irritado. — Há vários incidentes ligados à *Noite negra* e você sabe muito bem, já que era chefe da polícia na época: houve aquelas misteriosas pichações nas ruas de Orphea, depois o incêndio do Café Athena, a contagem regressiva até a morte de Gordon.

— Você está delirando, Leonberg! — exclamou Harvey, exasperado. — Tudo isso era eu! Era um meio de chamar a atenção para a minha peça! Quando comecei a fazer tudo isso, eu tinha certeza de que poderia apresentar *Noite negra* como peça de abertura do festival. Achava que, quando as pessoas fizessem a ligação entre aquelas misteriosas pichações e o anúncio da minha peça, isso aumentaria ainda mais o interesse geral.

— Foi você que incendiou o futuro Café Athena? — perguntou Derek.

— Claro que não! Fui chamado por causa do incêndio e fiquei até o meio da noite, até os bombeiros conseguirem apagar o fogo. Aproveitei um momento de desatenção geral para entrar nos escombros e pichei *Noite negra* nas paredes. Foi uma oportunidade de ouro. Quando os bombeiros viram aquilo, ao raiar do dia, ficaram muito impressionados. Quanto à contagem regressiva, não era para a morte de Gordon, mas para a data de abertura do festival, seu cabeça oca! Eu tinha certeza absoluta de que seria escolhido como a principal atração e que 30 de julho de 1994 marcaria a estreia de *Noite negra*, a peça sensacional do grande Maestro Kirk Harvey.

— Então tudo não passava de uma campanha publicitária idiota?

— *Idiota, idiota* — ofendeu-se Harvey —, nem tão idiota assim, Leonberg, visto que vinte anos depois você ainda fala nisso!

Naquele instante, ouvimos um barulho vindo da sala. Os candidatos estavam chegando. Pressionei a arma com menos força.

— Você nunca nos viu aqui, Kirk — disse Derek. — Caso contrário, você vai ver...

Harvey não respondeu nada. Ajeitou as abas da camisa e voltou ao palco, enquanto nos esgueirávamos por uma saída de emergência.

Na sala, o terceiro dia de testes começou. O primeiro a se apresentar não era outro senão Samuel Padalin, que viera exorcizar os fantasmas e homenagear sua mulher assassinada. Harvey, compadecido, selecionou-o na hora.

— Ah, pobre amigo — disse ele —, se você soubesse: recolhi sua mulher na calçada, toda arrebentada. O corpo dela estava aos pedaços!

— É, eu sei — respondeu Samuel Padalin. — Eu também estava lá.

Em seguida, para assombro de Harvey, Charlotte Brown surgiu no palco. Ele ficou balançado ao vê-la. Sonhava com aquele momento fazia tempo. Teria desejado se mostrar inflexível, humilhá-la na frente de todos, como ela fizera ao preferir Brown a ele. Teria desejado lhe dizer que ela não era boa o suficiente para integrar o elenco de sua peça, mas Harvey foi incapaz disso. Bastava botar os olhos nela para constatar seu magnetismo. Era uma atriz nata.

— Você não mudou — terminou por dizer.

Ela sorriu e falou:

— Obrigada, Kirk. Você também não.

Ele deu de ombros e comentou:

— Hunf! Virei um velho louco. Tem vontade de voltar ao tablado?

— Acho que sim.

— Contratada.

Foi tudo o que disse.

Anotou o nome dela na ficha.

O fato de Kirk Harvey ter armado desde o começo aquela história de *Noite negra* nos levava a considerá-lo ainda mais lunático. Só lhe restava encenar sua peça e cair no ridículo, levando o prefeito Brown com ele.

Brown, justamente, nos intrigava. Por que Stephanie escondera no guarda-móveis uma fotografia dele pronunciando o discurso de abertura do festival de 1994?

Na sala de Anna, assistimos mais uma vez a esse trecho do vídeo. As palavras de Brown não tinham nada de interessante. O que mais podia haver ali? Derek sugeriu encaminhar a fita aos peritos da polícia para que analisassem a gravação. Em seguida, levantou-se e consultou o quadro magnético. Apagou as palavras *Noite negra*, que não eram mais pertinentes à nossa investigação, uma vez que o enigma fora solucionado.

— Não posso acreditar que tudo isso não passe do título da peça que Harvey queria encenar — falou Anna, suspirando. — Quando penso em todas as hipóteses que bolamos!

— Às vezes a solução está bem debaixo do nosso nariz — rebateu Derek, repetindo a frase profética de Stephanie que assombrava a nós três.

Ele adotou um ar pensativo.

— Em que está pensando? — perguntei.

Ele se voltou para Anna.

— Anna, você lembra quando fomos falar com Buzz Leonard, na última quinta-feira, e ele nos disse que Kirk Harvey apresentara um monólogo intitulado *Eu, Kirk Harvey*?

— Sim, claro.

— Ora, por que esse monólogo e não a *Noite negra*?

Era uma boa pergunta. Nesse instante, meu celular tocou. Era Marty Connors, o frentista do posto de gasolina.

— Acabo de identificá-lo — avisou Marty.

— Quem? — indaguei.

— O sujeito que estava fazendo uma investigação por conta própria no ano seguinte aos assassinatos. Acabo de ver a foto dele no *Orphea Chronicle* de hoje. Ele vai atuar na peça de teatro. Chama-se Meta Ostrovski.

No Teatro Municipal, após um momento de hesitação e alguns ataques histéricos de Kirk Harvey, Jerry e Dakota Éden subiram ao palco para fazerem o teste.

Harvey fitou Jerry.

— Como você se chama e de onde vem? — interrogou-o em seu tom agressivo.

— Jerry Éden, de Nova York. Foi o juiz Cooperstin que...

— Você veio de Nova York para tentar atuar na peça? — interrompeu-o Harvey.

— Preciso passar um tempo com a minha filha Dakota, viver uma experiência nova com ela.

— Por quê?

— Porque tenho a impressão de tê-la perdido e quero reencontrá-la.

Houve um silêncio. Harvey avaliou o homem que tinha diante de si e decretou:

— Isso me agrada. O papai foi selecionado. Vejamos do que a filha é capaz. Luz, por favor.

Dakota obedeceu e se postou no círculo iluminado pelo holofote. Harvey estremeceu de súbito: uma força extraordinária emanava dela. Ela dirigiu-

-lhe um olhar poderoso, quase insustentável. Harvey pegou a transcrição da cena na mesa e se levantou para levá-la a Dakota, mas ela o deteve:

— Não precisa, eu estava ouvindo essa cena há pelo menos três horas, já a decorei.

Fechou os olhos e permaneceu assim por um momento. Nenhum dos outros candidatos na sala conseguia desviar a atenção, arrebatados por seu magnetismo. Harvey, subjugado, permanecia silencioso.

Dakota reabriu os olhos e declamou:

É uma manhã sinistra. Chove. Numa estrada do interior, o tráfego está parado: formou-se um terrível engarrafamento. Os motoristas, irritados, buzinam com raiva. Uma moça, andando pelo acostamento, percorre a fila dos carros imóveis. Avança até a barreira policial e faz uma pergunta a um guarda.

Em seguida, deu alguns pulos no palco, subiu a gola do casaco que ela não vestia, desviou de poças imaginárias e deu uma corridinha até Harvey como se evitando as gotas de chuva.

— *O que houve?* — perguntou.

Harvey observou-a e não respondeu nada. Ela repetiu:

— Oi, seu guarda? O que houve aqui?

Harvey, recobrando-se, falou o seguinte:

— *Um homem morto num trágico acidente de moto.*

Fitou Dakota por um instante, depois exclamou, com a fisionomia triunfante:

— Encontramos o oitavo e último ator! Os ensaios começam amanhã bem cedo.

A sala irrompeu em aplausos e o prefeito Brown soltou um suspiro de alívio.

— Você é extraordinária — disse Kirk a Dakota. — Já fez aulas de arte dramática?

— Nunca, Sr. Harvey.

— O papel principal é seu!

Fitaram-se mais um pouco com uma intensidade fora do comum. E Harvey então lhe perguntou:

— Você matou alguém, minha criança?

Ela ficou lívida, começou a tremer.

— Co... como sabe disso? — gaguejou, em pânico.

— Está escrito nos seus olhos. Nunca vi alma tão triste. É fascinante.

Dakota, apavorada, não pôde conter as lágrimas.

— Não se preocupe, querida — falou Harvey, de modo carinhoso. — Você será uma grande estrela.

Eram quase dez e meia da noite em frente ao Café Athena. Instalada em sua viatura, Anna espreitava o interior do estabelecimento. Ostrovski acabara de pagar a conta. Assim que ele se levantou, ela pegou o rádio e falou:

— Ostrovski saindo.

Derek e eu esperando na varanda para lhe fazer uma emboscada, interceptamos o crítico quando ele deixou o local.

— Sr. Ostrovski — intimei-o, apontando a viatura policial estacionada à sua frente —, faça o favor de nos acompanhar, temos algumas questões que gostaríamos de esclarecer.

Dez minutos mais tarde, Ostrovski tomava um café na delegacia, na sala de Anna.

— É verdade — admitiu —, esse caso me intrigou muito. Já participei de festivais de teatro, mas o drama da chacina na noite da abertura, isso eu nunca tinha visto. Como todo ser humano dotado de um pouco de curiosidade, quis saber a verdade por trás dessa história.

— Segundo o frentista — disse Derek —, o senhor voltou a Orphea no ano seguinte aos assassinatos. Naquele momento, porém, o caso já estava resolvido.

— Pelo que eu sabia sobre o caso, o assassino, embora a polícia não tivesse qualquer dúvida sobre sua identidade, morrera antes de confessar. Admito que na época isso me intrigou. Sem confissão, eu continuava insatisfeito.

Derek me dirigiu um olhar cauteloso. Ostrovski prosseguiu:

— Então, aproveitando o fato de vir com frequência quando estava de folga a essa região maravilhosa que é a região dos Hamptons, fiquei vindo a Orphea de vez em quando. Fiz algumas perguntas aqui e ali.

— E quem lhe contou que o frentista tinha visto alguma coisa?

— Puro acaso. Parei para colocar gasolina um dia. Começamos a papear. Ele me disse o que tinha visto. Acrescentou que passara a informação à polícia, mas que seu depoimento não fora levado em consideração. Quanto a mim, com o passar do tempo, minha curiosidade foi desaparecendo.

— Isso é tudo?

— É tudo, capitão Rosenberg. Fico realmente chateado por não poder ajudá-lo mais.

Agradeci a Ostrovski pela colaboração e lhe ofereci uma carona.

— É muito amável da sua parte, capitão, mas estou com vontade de caminhar um pouco e desfrutar dessa noite magnífica.

Levantou-se e se despediu. Mas, quando estava na porta, voltou-se. E nos disse:

— Um crítico.

— Desculpe, não entendi.

— Sua charada, ali, no quadro — respondeu Ostrovski, com orgulho.

— Observei-a ainda há pouco. E acabo de compreender. *Quem gostaria de escrever, mas não pode?* A resposta é: um crítico.

Fez um cumprimento com a cabeça e partiu.

— É ele! — gritei então para Anna e Derek, que ainda não haviam captado a importância da resposta dada. — Aquele que queria escrever, mas não pode e que estava no Teatro Municipal na noite dos assassinatos: Ostrovski! Foi ele quem encomendou o livro a Stephanie!

Alguns instantes depois, Ostrovski estava na sala de interrogatório para uma conversa muito menos agradável que a anterior.

— Sabemos de tudo, Ostrovski! — explodiu Derek. — Há vinte anos você publica um anúncio, no outono, nas revistas das faculdades de letras de Nova York a fim de encontrar alguém capaz de escrever uma investigação sobre o quádruplo homicídio.

— Por que esse anúncio? — perguntei. — Precisa nos responder agora.

Ostrovski olhou para mim como se fosse dizer algo óbvio:

— Enfim, capitão... O senhor imagina um grande crítico literário se rebaixando a escrever um romance policial? Imagina o que diriam as pessoas?

— Qual é o problema?

— Ora, porque, na hierarquia dos gêneros, em primeiro lugar vem o romance que ninguém consegue compreender, depois o romance intelectual, depois o histórico, depois o romance em si e, apenas depois, como singelo penúltimo, logo antes da narrativa água com açúcar, o romance policial.

— Isso é uma piada? — replicou Derek. — Está brincando, é isso?

— Claro que não, por belzebu! Não! Aí é que está o problema! Desde a noite dos assassinatos sou prisioneiro de uma trama genial de romance policial, mas não posso escrevê-la.

Orphea, 30 de julho de 1994
Noite dos assassinatos

Terminada a apresentação de *Tio Vânia*, Ostrovski deixou a sala. Direção aceitável, intepretação correta. Já no intervalo deu para ele ouvir pessoas se agitando em seus assentos. Alguns espectadores não haviam retornado para o segundo ato. Ele compreendeu o porquê quando atravessou o foyer do teatro, onde as pessoas estavam alvoroçadas; todo mundo falava de um quádruplo homicídio que havia acabado de ser executado.

Dos degraus do teatro, de frente para a rua, Ostrovski notou a multidão se dirigindo num fluxo contínuo para a mesma direção: um bairro chamado Penfield. Todos queriam ir ver o que acontecera.

A atmosfera parecia elétrica, frenética, as pessoas se precipitavam numa torrente que lembrou a Ostrovski a enxurrada de ratos do *Flautista de Hamelin*. Em sua condição de crítico, quando todo mundo se precipitava em direção a algum lugar, ele, de propósito, tomava outro rumo. Não gostava do que estava na moda, execrava o que era popular, abominava reações de entusiasmo generalizado. Mesmo assim, fascinado pela atmosfera, teve vontade de se deixar levar também. Compreendeu tratar-se de curiosidade e se lançou por sua vez no rio humano que descia a rua principal e convergia desde as ruas adjacentes até desaguar num sossegado bairro residencial. Ostrovski, apertando o passo, logo chegou nas proximidades do Penfield Crescent. Havia viaturas policiais por toda parte. Os muros das casas estavam iluminados pelas luzes azuis e vermelhas das sirenes da polícia. Ostrovski abriu caminho por entre a multidão que se espremia junto às barreiras policiais. O ar daquela noite de verão tropical estava sufocante. As pessoas estavam agitadas, nervosas, preocupadas, curiosas. Diziam ser a casa do prefeito. Que ele tinha sido assassinado com a mulher e o filho.

Ostrovski permaneceu bastante tempo no Penfield Crescent, fascinado pelo que via: pensou que o verdadeiro espetáculo não se desenrolava no Teatro Municipal, mas ali. Quem atacara o prefeito? Por quê? Sentia-se devorado pela curiosidade. Pôs-se a elucubrar mil teorias.

De volta ao Palácio do Lago, instalou-se no bar. Apesar do avançar da hora, estava agitado demais para dormir. O que estava acontecendo? Por que estava com ideia tão fixa num mero crime? De repente, compreendeu: pediu papel e caneta. Pela primeira vez na vida, pensara na trama para um livro. O enredo era instigante: enquanto uma cidade inteira está ocupada curtindo um festival de teatro, um terrível assassinato é cometido. Como num passe de mágica, o público olha à esquerda, ao passo que é à direita que tudo acontece. Ostrovski escreveu em letras maiúsculas O ILUSIONISMO. Era o título! Logo na manhã seguinte, bem cedo, iria correndo à livraria local e compraria todos os romances policiais que encontrasse. Foi então que, de súbito, ele se deteve, apreendendo a terrível realidade. Se escrevesse aquele livro, todo mundo diria que era de um gênero subvalorizado: um romance policial. Sua reputação estaria arruinada.

— Como estava dizendo... Nunca consegui escrever esse livro — explicava-nos Ostrovski vinte anos depois, na sala de interrogatório da delegacia. — Eu sonhava com ele, pensava nele o tempo todo. Queria ler essa história, mas não podia escrevê-la. Não sendo um romance policial. Seria muito arriscado.

— Então pensou em contratar alguém?

— Isso. Não podia pedir a um autor que já fosse famoso. Imagine, ele teria me extorquido, ameaçando revelar a todo mundo minha paixão secreta por tramas policiais. Decidi que contratar um estudante seria menos arriscado. E foi assim que topei com Stephanie. Eu já a conhecia da revista, da qual ela tinha acabado de ser demitida pelo imbecil do Steven Bergdorf. Stephanie tinha um estilo de escrita só dela, era talento puro. Aceitou escrever o livro: dizia estar procurando um bom assunto havia anos. Foi o encontro perfeito.

— Você e Stephanie conversavam com frequência?

— No começo, sim. Ela ia muito a Nova York, nos encontrávamos no bar que ficava perto da revista. Ela me mantinha a par de seus progressos. Às vezes, lia para mim alguns trechos, mas também acontecia de ela passar um tempo sem dar sinal de vida, quando estava absorta em suas pesquisas. Foi por isso que não me preocupei a semana passada, quando não consegui falar com ela. Eu tinha lhe dado carta branca e 30 mil dólares em dinheiro para despesas. Eu lhe dava o dinheiro e a glória, queria apenas saber o desfecho daquela história.

— Por que acha que Ted Tennenbaum não é o culpado?

— Então... Acompanhei os desdobramentos desse caso de perto e eu sabia que, segundo uma testemunha, a caminhonete dele tinha sido vista em frente à casa do prefeito. Ora, pela descrição que me fizeram dela, eu sabia que tinha visto essa mesma caminhonete passar em frente ao teatro, na noite dos assassinatos, pouco antes das sete horas da noite. Eu tinha chegado cedo demais ao teatro e fazia um calor insuportável lá dentro. Saí para fumar um cigarro. Para evitar a multidão, fui a uma rua lateral, sem saída, onde fica a entrada para os bastidores. Vi então passar esse carro preto, que chamou minha atenção pois tinha um desenho esquisito no vidro de trás. A caminhonete de Tennenbaum, de que tudo mundo ia falar dali a pouco em diante.

— Mas nesse dia o senhor viu o motorista e não era Ted Tennenbaum?

— Isso mesmo.

— Então quem estava ao volante, Sr. Ostrovski? — perguntou Derek.

— Era Charlotte Brown, a mulher do prefeito. Era ela que dirigia a caminhonete de Ted Tennenbaum.

-2

Ensaios

QUINTA-FEIRA, 17 DE JULHO — SÁBADO, 19 DE JULHO DE 2014

JESSE ROSENBERG

Quinta-feira, 17 de julho de 2014
9 dias antes da abertura do festival

A clínica veterinária de Charlotte Brown ficava na zona industrial de Orphea, perto de dois grandes shoppings. Como todas as manhãs, ela chegou às sete e meia ao estacionamento ainda deserto e deixou o carro em sua vaga cativa, bem em frente ao consultório. Com um copinho de café na mão, saiu do carro. Parecia de bom humor. Estava tão absorta em seus pensamentos que, embora eu estivesse a poucos metros dela, só reparou em mim quando me dirigi a ela:

— Bom dia, Sra. Brown. Sou o capitão Rosenberg, da polícia estadual.

Ela sobressaltou-se e olhou para mim.

— O senhor me assustou — disse ela e sorriu. — Sim, sei quem é o senhor.

Ela então viu Anna, que se mantinha atrás de mim, encostada em seu carro de polícia.

— Anna? — perguntou Charlotte, surpresa, antes de entrar em pânico. — Ah, meu Deus! Alan está...?

— Calma, senhora — falei —, seu marido está muito bem. Mas precisamos lhe fazer algumas perguntas.

Anna abriu a porta de trás de seu carro.

— Não estou entendendo — comentou Charlotte.

— Vai entender daqui a pouco — garanti.

Conduzimos Charlotte Brown à delegacia de Orphea, onde permitimos que ligasse para sua secretária, a fim de cancelar as consultas do dia, depois para um advogado, como seus direitos asseguravam. Em vez de um advogado, ela preferiu ligar para o marido, que disse estar a caminho. Contudo, por mais que ele fosse o prefeito, Alan Brown não poderia assistir ao interrogatório de sua mulher. Ensaiou um escândalo até que Gulliver lhe fez ouvir a voz da razão.

— Alan, eles estão lhe fazendo um favor interrogando Charlotte aqui de maneira rápida e discreta, em vez de levá-la para o centro regional da polícia estadual.

Sentada na sala de interrogatório, com um café à sua frente, Charlotte Brown parecia nervosa.

— Sra. Brown — comecei —, uma testemunha fez uma declaração formal de que a senhora, na noite de 30 de julho de 1994, deixou o Teatro Municipal pouco antes das sete horas da noite dirigindo um veículo pertencente a Ted Tennenbaum. O mesmo automóvel foi visto, alguns minutos mais tarde, em frente à casa do prefeito Gordon, no momento em que ele e sua família foram assassinados.

Charlotte Brown olhou para baixo.

— Não matei os Gordon — falou de pronto.

— Então o que aconteceu aquela noite?

Houve um momento de silêncio. A princípio Charlotte ficou impassível, depois murmurou:

— Eu sabia que isso aconteceria. Sabia que não conseguiria guardar segredo para sempre.

— Que segredo, Sra. Brown? — perguntei. — O que escondeu pelos últimos vinte anos?

Charlotte, após um instante de hesitação, contou em voz baixa:

— Na noite da abertura do festival, eu peguei mesmo a caminhonete de Ted Tennenbaum. Ela estava estacionada em frente à entrada dos artistas. Impossível não percebê-la com aquela espécie de coruja desenhada no vidro de trás. Eu sabia que era dele porque eu e alguns dos atores havíamos passado as noites anteriores no Café Athena, e Ted nos levara para o hotel depois. Então, naquele dia, quando precisei me ausentar brevemente, pouco antes das sete horas, logo pensei em pegá-la emprestada, para não perder tempo. Ninguém da companhia tinha carro em Orphea. E é claro que eu tinha a intenção de pedir permissão a Ted. Fui procurá-lo em sua pequena cabine de bombeiro, bem ao lado dos camarins, mas ele não estava lá. Dei uma espiada nos bastidores, não o encontrei. Havia um problema com os fusíveis e pensei que ele estivesse cuidando disso. Vi as chaves em sua cabine, deixadas bem à vista sobre uma mesa. Eu não tinha muito tempo. A cerimônia oficial começaria em meia hora e Buzz, o diretor, não queria que deixássemos o teatro. Então peguei as chaves. Achei que ninguém notaria. E depois, de qualquer forma, Tennenbaum estava de plantão, não iria a lugar algum. Saí do teatro pela entrada dos artistas e parti com sua caminhonete.

— Mas o que tinha de fazer que era tão urgente a ponto de obrigá-la a perder meia hora da cerimônia de abertura?

330

— Eu precisava falar com o prefeito Gordon de qualquer maneira. Minutos antes de ele e sua família serem assassinados, passei na casa deles.

Orphea, 30 de julho de 1994, 18h50
Noite dos assassinatos

Charlotte deu a partida na caminhonete de Tennenbaum e deixou a rua sem saída para pegar a rua principal: ficou estupefata ao ver a agitação que dominava o lugar. A rua parecia um formigueiro com tanta gente, e estava fechada para os carros. Quando ela chegou com a companhia, de manhã, tudo estava tranquilo e deserto. Agora, uma multidão se aglomerava ali.

No cruzamento, um voluntário encarregado do tráfego dava informações a famílias perdidas. Ele afastou a barreira para permitir que Charlotte passasse e avisou que ela só podia dirigir por uma faixa deixada livre para os carros de emergência. Ela obedeceu: de toda forma, não tinha escolha. Não conhecia Orphea e, para se orientar, dispunha apenas de um mapa simples da cidade, impresso no verso de um folheto publicado pelo escritório de turismo para o festival. Penfield Crescent não constava nele, mas ela identificou o bairro de Penfield. Decidiu ir até lá: em seguida perguntaria o caminho a um pedestre. Foi então até a Sutton Street, seguindo-a até sair na Penfield Road, que marcava a entrada do bairro residencial homônimo. O lugar era um labirinto: as ruas seguiam em todas as direções. Charlotte percorreu-o, foi e voltou várias vezes, chegando a se perder. As ruas estavam desertas, quase fantasmagóricas: não havia ninguém caminhando. O tempo urgia, ela precisava se apressar. No fim, acabou voltando à Penfield Road, a via principal, percorrendo-a apressada. Cruzaria com alguém, mais cedo ou mais tarde. Foi quando avistou uma moça em roupas esportivas exercitando-se num pequeno parque. Charlotte parou de pronto no acostamento, desceu da caminhonete e correu pelo gramado do parque.

— Com licença — dirigiu-se à moça —, estou completamente perdida. Preciso ir ao Penfield Crescent.

— Está nela — comentou a mulher, sorrindo. — É essa rua em semicírculo que contorna o parque. Que número está procurando?

— Nem o número eu sei — confessou Charlotte. — Estou procurando a casa do prefeito Gordon.

— Ah, fica bem ali — indicou a mulher, apontando para uma construção bonita do outro lado do parque e da rua.

Charlotte agradeceu-lhe e subiu na caminhonete. Pegou a bifurcação do Penfield Crescent e seguiu até a casa do prefeito, deixando o carro na rua com o motor ligado. O relógio do veículo marcava 19h04. Tinha de ser rápida: estava em cima da hora. Correu até a porta da casa dos Gordon e tocou a campainha. Não teve resposta. Tocou de novo e encostou o ouvido na porta. Julgou ter ouvido um barulho lá dentro. Deu uns socos na porta. "Alguém em casa?", gritou. Mas não houve reposta. Desceu os degraus da entrada e notou que as cortinas fechadas de uma das janelas da casa estavam se mexendo um pouco. Percebeu então que um menino a olhava, mas ele logo voltou a fechar a cortina. Ela chamou: "Ei, você, espere...", então disparou pelo gramado para alcançar a janela. Mas a grama estava completamente encharcada: Charlotte afundou os pés na água. Diante da janela, chamou o menino de novo, em vão. Não tinha tempo para insistir mais. Precisava retornar ao teatro. Atravessou o gramado na ponta dos pés para chegar à calçada. Droga! Os sapatos de seu figurino estavam ensopados. Subiu na caminhonete e arrancou à toda. O relógio do carro marcava 19h09. Precisava correr.

— Então a senhora deixou Penfield Crescent logo antes da chegada do assassino? — perguntei a Charlotte.

— Sim, capitão Rosenberg. Se eu tivesse ficado um minuto a mais, também teria sido morta.

— Talvez ele já estivesse lá, em algum lugar — sugeriu Derek —, esperando apenas a senhora partir.

— Pode ser — respondeu Charlotte.

— Notou alguma coisa? — perguntei.

— Não, absolutamente nada. Voltei ao teatro o mais rápido possível. Havia muita gente na rua principal, estava tudo bloqueado, achei que nunca chegaria a tempo para a peça. Teria sido mais rápido voltar a pé, mas eu não podia largar a caminhonete de Tennenbaum. Acabei chegando às sete e meia, a cerimônia de abertura já tinha começado. Coloquei as chaves da caminhonete no mesmo lugar e corri para meu camarim.

— E Tennenbaum não a viu?

— Não. Aliás, não lhe contei nada depois. Mas, de toda forma, minha escapada tinha sido um fiasco total: não encontrei Gordon. Além disso,

Buzz, o diretor, descobriu que eu havia saído por causa do meu secador de cabelo, que pegara fogo. Enfim, resumindo, ele não ficou bravo comigo: como estávamos prestes a entrar em cena, ele ficou aliviado ao me ver nos bastidores e depois a peça foi um enorme sucesso. Nunca voltamos a conversar sobre isso.

— Charlotte — comecei, numa tentativa de descobrir afinal o que interessava a todos —, por que precisava falar com o prefeito Gordon?

— Eu tinha ido buscar a peça de Harvey, *Noite negra*.

Na varanda do Café Athena, Steven Bergdorf e Alice terminavam seu café da manhã em silêncio. Alice fuzilava Steven com o olhar. Ele não ousava sequer encará-la e permanecia concentrado em sua batata *sautée*.

— Quando penso no lixo de hotel em que você está me obrigando a dormir! — reclamou ela por fim.

Sem poder usar o cartão de crédito da revista, Steven fora obrigado a pegar um quarto num sórdido hotelzinho de beira de estrada a poucos quilômetros de Orphea.

— Você não falou que não dava a mínima para luxo? — defendeu-se Steven.

— Tudo tem limite, Stevie! Não sou uma freira que abriu mão de tudo!

Estava na hora de ir. Steven pagou a conta, depois, quando atravessavam a rua para se dirigir ao Teatro Municipal, Alice reclamou:

— Não entendo o que estamos fazendo aqui, Stevie.

— Você quer ou não quer a capa da revista? Então colabore um pouquinho. Temos de escrever uma matéria sobre essa peça.

— Mas está todo mundo se lixando para essa peça ridícula. Não podemos fazer uma matéria de capa sobre um assunto diferente, um que não implique em ficar num hotel cheio de pulgas no colchão?

Enquanto Steven e Alice subiam os degraus do teatro, Jerry e Dakota saíam de seu carro, estacionado em frente ao prédio, e o chefe Gulliver, que conseguira finalmente deixar a delegacia, chegava em sua viatura.

Na sala, Samuel Padalin e Ostrovski já estavam sentados na plateia, no qual Kirk Harvey imperava, radiante. Chegara o grande dia.

Na delegacia, Charlotte Brown nos contava como e por quê, em 1994, Kirk Harvey lhe incumbira de recuperar o texto de *Noite negra* com o prefeito Gordon.

— Fazia dias que ele me enchia com isso — revelou. — Afirmava que o prefeito estava com sua peça e não queria lhe devolver. No dia da abertura, veio me importunar no camarim.

— Harvey ainda era seu namorado naquela época, certo? — perguntei.

— Sim e não, capitão Rosenberg. Eu já tinha um caso com Alan e havia terminado com Harvey, mas ele se recusava a me deixar em paz. Tornou a minha vida um inferno.

Orphea, 30 de julho de 1994, 10h10
Nove horas antes da chacina

Charlotte entrou em seu camarim e levou um susto ao deparar com Kirk Harvey, de uniforme, deitado no sofá.

— O que faz aqui, Kirk?

— Se você me deixar, Charlotte, eu cometo suicídio.

— Ah, por favor, pare com essa palhaçada!

— Palhaçada?

Ele pulou do sofá, sacou sua arma e enfiou-a na boca.

— Kirk, pare, pelo amor de Deus! — berrou Charlotte, em pânico.

Ele aquiesceu e guardou a arma no coldre.

— Está vendo? — desafiou-a. — Não estou de brincadeira.

— Eu sei, Kirk. Mas precisa aceitar que acabou o que havia entre nós.

— O que Alan Brown tem que eu não tenho?

— Tudo.

Ele suspirou e voltou a se sentar. Charlotte continuou:

— Kirk, é o dia da estreia, você não deveria estar na delegacia? Vocês devem estar sobrecarregados.

— Não quis contar a você, Charlotte, mas as coisas vão mal no trabalho. Muito mal. Por isso preciso do seu apoio. Não pode me abandonar agora.

— Acabou, Kirk. Ponto final.

— Charlotte, minha vida degringolou. Esta noite eu deveria estar brilhando com a minha peça. Teria dado a você o papel principal! Se aquele imbecil do Joseph Gordon tivesse me deixado participar...

— Kirk, sua peça não é lá essas coisas.

— Você realmente quer me ver afundado na lama, não é?

— Não, mas estou tentando abrir os seus olhos. Melhore a peça e com certeza poderá apresentá-la ano que vem.

— Você aceitaria o papel principal? — perguntou Harvey, voltando a ficar esperançoso.

— Claro — mentiu Charlotte, impaciente para que ele saísse de seu camarim.

— Então me ajude! — implorou Harvey, atirando-se de joelhos. — Ajude-me, Charlotte, senão vou enlouquecer!

— Ajudar com o quê?

— O prefeito Gordon está com o manuscrito da minha peça, recusa-se a devolvê-lo. Ajude-me a recuperá-lo.

— Como assim: *Gordon está com o seu manuscrito*? Você não tem uma cópia?

— Bem, duas semanas atrás tive um pequeno mal-entendido com meus colegas na delegacia. Em represália, eles saquearam minha sala. Destruíram todos os meus textos. Estava tudo lá, Charlotte. Tudo que eu tinha da *Noite negra* foi perdido. Só resta uma cópia, que está com Gordon. Se ele não me devolver, não responderei por mim!

Charlotte olhou para o homem arrasado aos seus pés, infeliz, a quem um dia amara. Sabia como ele havia se dedicado àquela peça.

— Kirk, se eu conseguir o texto que está com Gordon, você promete deixar a mim e Alan em paz?

— Ah, Charlotte, tem minha palavra!

— Onde mora o prefeito Gordon? Irei lá amanhã.

— Em Penfield Crescent. Mas precisa ir hoje.

— Isso é impossível, Kirk, vamos ensaiar até seis e meia da noite, no mínimo.

— Charlotte, estou implorando. Com um pouco de sorte, posso tentar subir ao palco depois da apresentação de vocês, farei uma leitura da peça, as pessoas ficarão para assisti-la, tenho certeza. Voltarei para encontrá-la no intervalo, para pegar minha peça. Prometa que vai procurar Gordon ainda hoje.

Charlotte suspirou. Harvey dava-lhe pena. Ela sabia que aquele festival era importantíssimo para ele.

— Prometo, Kirk. Encontre-me aqui no intervalo. Por volta das nove horas. Estarei com a sua peça.

Na sala de interrogatório, Derek interrompeu o relato de Charlotte:

— Então era de fato *Noite negra* que Harvey queria apresentar?

— Sim. Por quê?

— Porque Buzz Leonard nos falou de um monólogo, *Eu, Kirk Harvey*.

— Ah, então depois que o prefeito Gordon foi assassinado, Kirk não conseguiu mais reaver a peça — explicou Charlotte. Então, na noite seguinte, fez uma improvisação sem pé nem cabeça intitulada *Eu, Kirk Harvey*, que começava assim: "Eu, Kirk Harvey, o homem sem peça."

— Sem peça porque ele tinha perdido todas as cópias de *Noite negra* — compreendeu Derek.

A cena entre Kirk Harvey e o prefeito Gordon, testemunhada por Buzz Leonard em 1994, referia-se na verdade à *Noite negra*. Era o texto que o prefeito rasgara. O que teria levado Kirk a acreditar que Gordon estava com a última cópia do texto? Charlotte não fazia ideia. Então perguntei:

— Por que, na época, não revelou que era a senhora na caminhonete?

— Porque a ligação da caminhonete de Tennenbaum com o crime só foi constatada após o festival e demorei para saber disso: nesse meio-tempo, eu tinha retornado a Albany, antes de começar um estágio de alguns meses numa clínica veterinária de Pittsburgh. Só retornei a Orphea seis meses depois, para morar com Alan, e foi então que soube de tudo o que acontecera. De qualquer forma, Tennenbaum tinha sido encurralado. Afinal, era ele o assassino, certo?

Não respondemos nada. Em seguida, prossegui:

— E Harvey? Comentou o assunto com a senhora?

— Não. Depois do festival, não tive mais notícias de Kirk Harvey. Quando vim morar em Orphea, em janeiro de 1995, fiquei sabendo que ele desaparecera misteriosamente. Ninguém nunca soube por quê.

— Acho que Harvey partiu porque julgava que a senhora era a assassina, Charlotte.

— O quê? — perguntou ela, chocada. — Ele pensava que eu tinha encontrado o prefeito, que este se recusara a me entregar a peça e que eu matara todo mundo em represália?

— Não posso afirmar — ponderei —, mas o que sei é que Ostrovski, o crítico, viu-a deixar o Teatro Municipal ao volante da caminhonete de Tennenbaum um pouco antes da chacina. Ele nos explicou ontem à noite que, quando soube que Tennenbaum fora indiciado, justamente por causa da caminhonete, ele foi procurar Harvey, então chefe de polícia, para falar com ele. Isso aconteceu em outubro de 1994. Acho que Kirk ficou tão abalado que preferiu desaparecer.

336

* * *

Charlotte Brown, então, não tinha nada a ver com a chacina. Após deixar a delegacia, ela foi direto para o Teatro Municipal. Soubemos disso graças a Michael Bird, que estava lá e nos contou a cena.

Quando Charlotte apareceu no teatro, Harvey observou, entusiasmado:

— Charlotte chegou antes da hora! Este dia não poderia ter começado melhor. O papel do cadáver já ficou com Jerry e o do policial com Ostrovski.

Charlotte avançou em silêncio.

— Tudo bem, Charlotte? — perguntou Harvey. — Está com uma cara estranha.

Ela fitou-o por bastante tempo, antes de murmurar:

— Por acaso fugiu de Orphea por minha causa, Kirk?

Ele não respondeu nada. Ela continuou:

— Você sabia que era eu ao volante da caminhonete de Tennenbaum e achou que eu tinha matado todo mundo?

— Não interessa o que acho, Charlotte. Só o que sei. Prometi a seu marido: se ele me deixar apresentar minha peça, vai saber de tudo.

— Kirk, uma moça morreu. E o assassino é, sem dúvidas, o mesmo da família Gordon. Não podemos esperar até 26 de julho, precisa nos dizer tudo agora.

— Na noite da estreia vocês saberão de tudo — reforçou Harvey.

— Mas isso é um absurdo, Kirk! Por que está se comportando assim? Pessoas morreram, você não está entendendo?

— E eu morri com elas! — explodiu Harvey.

Houve um longo silêncio. Todos os olhares estavam cravados em Kirk e Charlotte.

— Quer dizer — exasperou-se Charlotte, à beira das lágrimas — que no próximo sábado a polícia terá de esperar quietinha o fim do espetáculo para você se dignar a revelar o que sabe?

Harvey olhou-a com espanto.

— O fim do espetáculo? Não, será mais ou menos no meio.

— No meio? No meio do quê? Kirk, não estou entendendo nada.

Ela parecia perdida. Kirk, taciturno, declarou:

— Eu disse que vocês saberão tudo na noite da estreia, Charlotte. Isso significa que a resposta está na peça. *Noite negra* é o anúncio da solução do caso. São os atores que vão explicar tudo, não eu.

DEREK SCOTT

Primeiros dias de setembro de 1994.

Um mês após o quádruplo homicídio, Jesse e eu não tínhamos mais dúvida sobre a culpa de Ted Tennenbaum. O caso estava praticamente encerrado.

Tennenbaum matara o prefeito Gordon porque este o extorquira à época das obras do Café Athena. As somas de dinheiro correspondiam a retiradas e depósitos em ambas as contas, uma testemunha afirmava que ele abandonara seu posto no Teatro Municipal no momento dos assassinatos e que sua caminhonete tinha sido vista em frente à casa do prefeito. Isso sem falar que soube-se que ele era um excelente atirador.

Outros policiais certamente já teriam colocado Tennenbaum em prisão preventiva e deixado a instrução judiciária concluir o trabalho. Havia material suficiente para impetrar uma acusação de quádruplo homicídio de primeiro grau e abrir caminho para um julgamento, mas aí estava o problema: conhecendo Tennenbaum e seu advogado do mal, não seria nenhuma surpresa se eles conseguissem convencer um júri popular da existência de uma dúvida razoável da qual o réu se beneficiaria. E Tennenbaum seria inocentado.

Não queríamos, portanto, fazer uma prisão equivocada: nossos avanços haviam conquistado o apoio do major e decidimos então ter um pouco de paciência. Tínhamos o tempo ao nosso lado. Tennenbaum acabaria baixando a guarda e cometendo um erro. Nossa reputação dependia de nossa paciência. Nossos colegas e superiores nos observavam atentamente e sabíamos disso. Queríamos ser os jovens policiais implacáveis que mandaram para a cadeia o autor de um quádruplo homicídio, e não os amadores humilhados por uma absolvição que incluiria uma indenização a Tennenbaum paga pelo Estado.

E havia uma linha de investigação que continuava inexplorada: a relativa à arma do crime. Uma Beretta com o número de série raspado. Uma arma de bandido. Era isso que nos intrigava: como um homem oriundo de uma família importante de Manhattan arranjara aquele tipo de arma?

Aquela pergunta nos levou a esquadrinhar a região dos Hamptons com toda a discrição. Especialmente um bar que era conhecido por sua má fama em Ridgesport, onde Tennenbaum, anos antes, fora preso por uma briga violenta. A princípio ficamos vigiando a frente do estabelecimento dias a fio, esperando que Tennenbaum desse as caras. Isso, contudo, fez com que o major McKenna nos convocasse à sua sala certa manhã bem cedo. Além de McKenna, encontramos lá um sujeito que começou a gritar:

— Sou o agente especial Grace, da Agência Federal de Combate ao Tráfico de Armas de Fogo, a ATF. Então vocês são os dois idiotas que estão prestes a fazer uma investigação federal ir por água abaixo.

— Bom dia, simpático senhor. Sou o sargento Derek Scott e este aqui... — apresentei.

— Sei quem são, palhaços! — interrompeu Grace.

O major nos explicou a situação de maneira mais diplomática.

— A ATF notou a presença de vocês em frente a um bar de Ridgesport que eles já estão vigiando.

— Alugamos uma casa em frente. Estamos lá há meses.

— Agente especial Grace, pode nos informar o que sabe sobre esse bar? — perguntou Jesse.

— Chegamos lá em fevereiro, quando um sujeito, que dançou depois de assaltar um banco em Long Island, resolveu aceitar um acordo para reduzir sua pena. Declarou ter comprado sua arma nesse bar. Investigando mais a fundo, percebemos que poderia se tratar de um lugar de revenda de armas roubadas do Exército. E roubadas por gente de dentro. Ou seja, há militares envolvidos. Então vocês vão me entender se eu não contar mais nada, é algo ultraconfidencial.

— Será que poderia pelo menos nos dizer de que tipo de armas estamos falando? — perguntou Jesse.

— De Berettas, com números de série raspados.

Jesse me olhou perplexo: talvez estivéssemos nos aproximando da resposta que faltava. Tinha sido naquele bar que o assassino conseguira a arma usada na chacina.

JESSE ROSENBERG

Sexta-feira, 18 de julho de 2014
8 dias antes da abertura do festival

O anúncio feito por Kirk Harvey no dia anterior, no Teatro Municipal, de que o nome do verdadeiro assassino de 1994 seria revelado durante sua peça deixou toda a região em fervorosa. Orphea, especialmente, estava em fervorsa. Para mim, Kirk estava blefando. Ele não sabia nada, queria apenas que falassem dele.

Um ponto, entretanto, nos deixava inquietos: *Noite negra*. Como o prefeito Gordon ainda teria o texto, uma vez que nós sabíamos que ele havia rasgado a sua cópia? Para tentar responder a essa pergunta, Anna, Derek e eu estávamos a bordo da balsa que ligava Port Jefferson, nos Hamptons, a Bridgeport, em Connecticut. Íamos a New Haven interrogar o irmão do prefeito Gordon, Ernest Gordon, que era professor de biologia em Yale. Após a família do prefeito ter sido assassinada, ele herdara tudo. Fora o responsável por organizar os pertences do irmão na época, então talvez tivesse visto o manuscrito em algum lugar. Era nossa última esperança.

Ernest Gordon estava com 70 anos. Era o irmão mais velho de Joseph. Recebeu-nos em sua cozinha, onde nos ofereceu biscoitos e café. Sua mulher também estava presente. Parecia nervosa.

— No telefone o senhor dizia ter novidades a respeito do assassinato de meu irmão e sua família... — começou Ernest Gordon.

Sua mulher não conseguia permanecer sentada.

— É verdade, Sr. Gordon — respondi. — Para ser sincero com o senhor, recentemente descobrimos pistas que nos obrigam a considerar que podemos ter nos enganado a respeito de Ted Tennenbaum vinte anos atrás.

— O senhor quer dizer que não era ele o assassino?

— Isso mesmo. Sr. Gordon, por acaso se lembra do manuscrito de uma peça, da qual seu irmão teria estado de posse? O título era *Noite negra*.

Ernest Gordon suspirou e disse:

— Meu irmão tinha uma quantidade inacreditável de papelada em casa. Bem que tentei colocá-la em ordem, mas era muita coisa. Acabei jogando quase tudo fora.

— Desconfio que essa peça de teatro tinha certa importância. Pelo visto, ele não queria devolvê-la ao autor. Isso nos levou a pensar que ele a guardou num lugar seguro, incomum, onde ninguém teria ido procurar.

Ernest Gordon nos fitou. Houve um silêncio pesado. Foi sua mulher quem finalmente falou:

— Ernie, precisamos contar tudo. Isso pode ser muito grave.

O irmão do prefeito Gordon suspirou.

— Após a morte do meu irmão, um tabelião fez contato comigo. Joseph redigira um testamento, o que me surpreendeu porque ele não possuía bens, exceto sua casa. Ora, o testamento mencionava um cofre num banco.

— Nunca ouvimos falar desse cofre na época — comentou Derek.

— Não o mencionei à polícia — confessou Ernest Gordon.

— E por quê?

— Porque nesse cofre havia dinheiro em espécie. Muito dinheiro. Era o suficiente para pagar a universidade dos nossos três filhos. Decidi então guardar o dinheiro e omitir sua existência.

— Era a parte das propinas que Gordon não conseguiu transferir para Montana — concluiu Derek.

— O que mais havia no cofre? — perguntei.

— Papéis, capitão Rosenberg. Mas confesso que não verifiquei do que se tratavam.

— Merda — praguejou Derek —, deve ter jogado tudo fora!

— Na verdade, não comuniquei ao banco o falecimento do meu irmão e dei ao tabelião o suficiente para que ele pagasse o aluguel do cofre até a minha morte. Eu desconfiava que o dinheiro que estava lá fosse sujo e pensei que a melhor maneira de manter em segredo a existência do cofre era manter distância dele. Pensei que, se começasse a tomar providências junto ao banco para encerrar...

Derek não o deixou terminar.

— Que banco era, Sr. Gordon?

— Vou pagar tudo — garantiu Gordon —, prometo...

— Estamos nos lixando para o dinheiro, não temos a intenção de aborrecer o senhor em relação a isso. Mas é importantíssimo para nós verificar que documentos eram esses que seu irmão escondia no cofre.

* * *

Algumas horas mais tarde, Anna, Derek e eu entrávamos na sala dos cofres alugados de um pequeno *private banking* de Manhattan. Um funcionário abriu o cofre em questão e nos entregou uma caixa, que abrimos na mesma hora.

No interior, descobrimos um maço de páginas encadernadas, em cuja capa estava estampado:

NOITE NEGRA
por Kirk Harvey

— E essa agora! — exclamou Anna, espantada. — Por que o prefeito Gordon teria guardado esse texto no cofre de um banco?

— E qual a ligação entre os assassinatos e essa peça? — perguntou-se Derek.

O cofre continha também alguns documentos bancários. Derek folheou-os e pareceu intrigado.

— O que são esses papéis, Derek? — perguntei.

— São extratos que mostram grandes depósitos. Sem dúvida propinas. Há retiradas também. Acho que corresponde ao dinheiro que Gordon transferiu para si mesmo em Montana quando planejava fugir.

— Já sabíamos que Gordon era corrupto — lembrei a Derek, pois não entendia por que ele parecia tão surpreso.

Ele então retrucou:

— A conta está em nome de Joseph Gordon e Alan Brown.

Brown então também fazia parte do esquema. E ainda iríamos deparar com mais surpresas. Depois do banco, fomos ao centro regional da polícia estadual para pegar os resultados da análise do vídeo do discurso de Alan Brown na noite de abertura da primeira edição do festival.

Os peritos em imagem haviam identificado um ínfimo momento do vídeo no qual a contraluz dos holofotes do teatro sobre a folha de papel nas mãos de Alan Brown deixava-a translúcida e revelava o texto escrito. O relatório apontava de modo conclusivo: "Do pouco que é possível identificar, o texto enunciado pelo orador parece corresponder ao que está escrito na folha de papel."

Examinando a ampliação, fiquei boquiaberto.

— Qual é o problema, Jesse? — perguntou Derek. — Você acabou de dizer que o texto do papel corresponde ao discurso de Brown, não foi?

— O problema — respondi, mostrando-lhe a imagem — é que o texto foi datilografado. Na noite dos assassinatos, ao contrário do que afirmou, Alan Brown não improvisou seu discurso. Escreveu-o com antecedência. Ele sabia que o prefeito Gordon não iria à abertura do festival. Brown tinha tudo preparado.

JESSE ROSENBERG

Sábado, 19 de julho de 2014
7 dias antes da abertura do festival

Os extratos bancários descobertos no cofre de Gordon eram autênticos. A conta do dinheiro sujo fora aberta por Gordon e Brown. Juntos. Este último também assinara os documentos de abertura da conta.

Nas primeiras horas da manhã, na maior discrição, tocamos a campainha da casa de Alan e Charlotte Brown e conduzimos os dois ao centro regional da polícia estadual para interrogá-los. Charlotte certamente estava a par do envolvimento de Alan na corrupção endêmica que gangrenava Orphea em 1994.

Apesar de nossos esforços para passarmos despercebidos ao embarcar os Brown nos dois carros de polícia, uma vizinha que acordava muito cedo estava grudada na janela de sua cozinha. A informação foi transmitida de casa em casa à velocidade exponencial de mensagens eletrônicas. Alguns, entre eles Michael Bird, que desejava verificar a autenticidade do boato, ficaram incrédulos e curiosos a ponto de bater à porta dos Brown. A onda de choque logo alcançou as redações locais: o prefeito de Orphea e a esposa haviam sido detidos pela polícia. Peter Frogg, vice-prefeito, assediado pelo telefone, trancou-se em casa. Gulliver, por sua vez, ficou atendendo a todos de boa vontade, mas não sabia de nada. O escândalo era latente.

Quando Kirk Harvey chegou ao Teatro Municipal, pouco antes da hora em que os ensaios deviam começar, deparou com os jornalistas de plantão à sua espera.

— Kirk Harvey, por acaso há uma ligação entre sua peça e a prisão de Charlotte Brown?

Harvey hesitou por um instante antes de finalmente responder:

— Terão que assistir à peça. Está tudo lá.

Os jornalistas ficaram ainda mais agitados e Harvey sorriu. Todo mundo começava a falar na *Noite negra*.

* * *

No centro regional da polícia estadual, interrogamos Alan e Charlotte Brown em salas separadas. Foi Charlotte a primeira a ceder à pressão, quando Anna mostrou os extratos bancários encontrados no cofre do prefeito Gordon. Ao vê-los, Charlotte empalideceu e disse, ofendida:

— Receber propinas? Alan nunca fez uma coisa dessas! Não existe ninguém mais honesto que ele!

— As provas estão aqui, Charlotte — afirmou Anna. — Reconhece a assinatura?

— Sim, é de fato a assinatura dele, mas há outra explicação. Tenho certeza disso. O que ele disse?

— Negou tudo até agora — reportou Anna. — Se ele não cooperar, também não poderemos ajudá-lo. Ele será levado perante o promotor e será decretada a prisão preventiva dele.

Charlotte caiu no choro.

— Ah, Anna, juro que não estou sabendo de nada disso...!

Com pena, Anna pousou a mão sobre a dela e perguntou:

— Charlotte, no outro dia você nos contou tudo o que sabia?

— Há um detalhe que omiti, Anna — confessou então Charlotte, voltando a respirar com dificuldade. — Alan sabia que os Gordon iriam fugir.

— Sabia? — perguntou Anna, espantada.

— Sim, ele sabia que na noite de abertura do festival eles iriam deixar a cidade às escondidas.

Orphea, 30 de julho de 1994, onze e meia da manhã
Oito horas antes da chacina

No palco do Teatro Municipal, Buzz Leonard passava as últimas instruções aos atores reunidos à sua volta. Ainda queria acertar alguns detalhes. Charlotte aproveitou uma cena da qual não participava para ir ao banheiro. No foyer, encontrou Alan e atirou-se em seus braços, radiante. Ele levou-a para um canto fora da vista de todos e beijaram-se carinhosamente.

— Veio me ver? — perguntou ela, com malícia.

Os olhos dela brilhavam. Mas ele parecia contrariado.

— Está tudo correndo bem?

— Muito bem, Alan.

— Alguma notícia daquele maluco do Harvey?

— Tenho, sim. Uma boa notícia, na verdade: ele falou que está disposto a me deixar em paz. Chega de ameaças de suicídio, chega de ficar fazendo cena. Vai se comportar direito de agora em diante. Quer apenas que eu o ajude a recuperar o manuscrito de sua peça.

— Que tipo de chantagem é essa? — perguntou Alan, irritado.

— Calma, querido, não é um problema. Quero ajudá-lo, de verdade. Ele se dedicou muito a essa peça. Pelo visto, sobrou apenas uma cópia, que está nas mãos do prefeito Gordon. Pode lhe pedir que a devolva? Ou que a entregue a você para resolvermos isso?

Alan ficou cismado.

— Esqueça essa história de peça, Charlotte.

— Por quê?

— Porque estou pedindo. Harvey tem mais é que se danar.

— Alan, por que está reagindo desse jeito? Não estou reconhecendo você. Harvey é estranho, concordo. Mas merece recuperar seu texto. Sabe quanto ele trabalhou na peça?

— Escute, Charlotte, respeito Harvey, como policial e como diretor, mas esqueça a peça dele. Esqueça Gordon.

— Você bem que podia me fazer esse favor, Alan. Não sabe o que é ter que aguentar Kirk o tempo todo ameaçando que vai se matar — insistiu ela.

— Eu quero mais é que ele se exploda! — gritou Brown, fora de si.

— Nunca pensei que fosse tão idiota, Alan. Eu me enganei sobre você.

Afastou-se dele e dirigiu-se à sala do teatro. Ele agarrou-a pelo braço.

— Espere, Charlotte. Desculpe, sinto muito. Eu queria poder ajudar Kirk, de verdade, mas isso é impossível.

— Mas por quê?

Alan hesitou um segundo, depois confessou:

— Porque o prefeito Gordon está prestes a ir embora de Orphea. De vez.

— O quê? Hoje à noite?

— Sim, Charlotte. A família Gordon está fazendo as malas para sumir do mapa.

— Por que os Gordon estavam indo embora? — perguntou Anna a Charlotte, vinte anos após aquela cena.

— Não sei e nem queria saber. O prefeito Gordon sempre me deu a impressão de ser um cara estranho. Tudo que eu queria era pegar de volta o texto da peça e devolvê-lo a Harvey, mas foi impossível sair do teatro naquele dia. Buzz Leonard ficou insistindo em ensaiar novamente determinadas cenas, depois pediu que passássemos o texto e quis conversar com cada um de nós. A peça significava muito para ele, o que o deixava bastante apreensivo. Foi só no fim do dia que consegui um momento livre para ir à casa do prefeito, e corri até lá, sem sequer saber se eles estavam lá ou se já haviam partido. Eu sabia que era minha última chance de recuperar o texto.

— E depois? — perguntou Anna.

— Quando eu soube que os Gordon tinham sido assassinados, quis ir à polícia, mas Alan me dissuadiu. Falou que ele poderia ter graves aborrecimentos. E eu também, por ter aparecido na casa deles minutos antes dos assassinatos. Quando contei a Alan que uma mulher que fazia sua corrida no parque tinha me visto, ele me contou, apavorado: "Ela também está morta. Todos os que viram alguma coisa foram mortos. Acho que é melhor não contar a ninguém que esteve lá."

Anna foi então interrogar Alan na sala ao lado. Não mencionou que tinha conversado com Charlotte, limitando-se a dizer:

— Alan, você sabia que o prefeito não compareceria à cerimônia de abertura. Seu discurso, que supostamente era improvisado, estava datilografado.

Ele olhou para baixo.

— Garanto a você que não tenho nada a ver com a morte da família Gordon.

Anna pôs os extratos bancários sobre a mesa.

— Alan, você abriu uma conta conjunta com Joseph Gordon em 1992, na qual mais de meio milhão de dólares foram depositados num período de dois anos, tudo fruto de propinas ligadas às obras de reforma dos prédios públicos de Orphea.

— De onde desencavou isso?

— De um cofre que pertencia a Joseph Gordon.

— Anna, juro que não sou corrupto.

— Então explique-se, Alan! Porque, por enquanto, você se limitou a negar tudo, o que não ajuda muito no seu caso.

Após um último momento de hesitação, o prefeito Brown finalmente dispôs-se a falar:

— Descobri que Gordon era corrupto no começo de 1994.

— Como?

— Recebi uma ligação anônima. Foi no fim de fevereiro. Uma voz de mulher. Dizia para eu estudar a contabilidade das empreiteiras contratadas pela prefeitura para obras públicas e cotejar o faturamento interno dessas empreiteiras com o faturamento da prefeitura em relação às mesmas obras. Havia uma diferença gritante. Todas as empreiteiras superfaturavam sistematicamente os valores: alguém na prefeitura se beneficiava disso. Alguém em posição de tomar a decisão final quanto à concessão dos contratos, isto é, ou Gordon ou eu. E eu sabia que não era eu.

— O que fez?

— Fui na mesma hora procurar Gordon para lhe pedir explicações. Confesso que, naquele momento, ainda lhe dava o benefício da dúvida. Mas o que eu não esperava era seu contra-ataque.

Orphea, 25 de fevereiro de 1994
Escritório do prefeito Gordon

O prefeito Gordon deu uma olhada nos extratos que Alan Brown lhe trouxera. Encarando-o, desconfortável ante a falta de reação de Gordon, Brown disse:

— Joseph, me tranquilize. Você não está metido num escândalo de corrupção, não é? Por acaso pediu dinheiro em troca da concessão dos contratos?

O prefeito Gordon abriu uma gaveta, pegou alguns documentos e os entregou para mim, dizendo num tom desolado:

— Alan, somos dois pequenos crápulas sem vergonha.

— O que é isso? — perguntou Alan, assustado, ao examinar os documentos. — E por que meu nome consta neste extrato bancário?

— Porque abrimos essa conta juntos, há dois anos. Não se lembra?

— Abrimos uma conta para a prefeitura, Joseph! Você disse que isso facilitaria a contabilidade, especialmente com as despesas. Vejo agora que se trata de uma conta pessoal, sem vínculo com a prefeitura.

— Bastava ter lido com atenção antes de assinar.

— Mas eu confiava em você, Joseph! Você me enganou? Ah, meu Deus... Entreguei-lhe inclusive meu passaporte para ser apresentado no banco...

— É verdade, e agradeço por sua colaboração. Isso significa que, se eu cair, você cai também, Alan. Esse dinheiro é nosso. Não tente bancar o justiceiro, não procure a polícia, não vá mexer nessa conta. Está tudo em nosso nome, no seu e no meu. Então, a menos que queira dividir uma cela comigo numa prisão federal, é melhor esquecer essa história toda.

— Mas tudo isso virá à tona, Joseph! Nem que seja porque os empreiteiros da cidade sabem que você é corrupto!

— Pare de choramingar que nem um frouxo, Alan. Os empreiteiros estão todos encurralados, que nem você. Não dirão nada, pois são tão culpados quanto eu. Pode ficar tranquilo. Além do mais, isso vem rolando há algum tempo e todo mundo está satisfeito: os empreiteiros têm trabalho garantido, não vão arriscar tudo só para dar uma de salvadores da pátria.

— Joseph, você não está entendendo: alguém está sabendo das suas falcatruas e está disposto a revelá-las para todo mundo. Recebi uma ligação anônima. Foi assim que descobri tudo.

Pela primeira vez, o prefeito Gordon pareceu ficar em pânico.

— O quê? Quem?

— Não faço ideia, Joseph. Repito: era uma ligação anônima.

Na sala de interrogatório, Alan fitou Anna em silêncio.

— Eu estava completamente encurralado, Anna. Sabia que seria impossível provar que eu não estava metido naquela corrupção generalizada. A conta também estava no meu nome. Gordon era um demônio, pensara em tudo. Às vezes parecia um pouco fraco, desengonçado, mas no fundo sabia exatamente o que fazia. Fiquei à mercê dele.

— O que aconteceu em seguida?

— Gordon começou a entrar em pânico por causa daquela história de ligação anônima. Tinha tanta convicção de que todo mundo permaneceria calado que não havia cogitado aquela eventualidade. Deduzi que sua podridão se ramificava e se estendia ainda mais do que eu sabia e que ele se arriscara muito. Os meses seguintes foram muito complicados. As coisas estavam péssimas entre nós, mas precisávamos manter as aparências. Gordon não era homem de ficar de braços cruzados e eu desconfiava que ele estava procurando uma saída para aquela confusão. E, de fato, em abril ele marcou um encontro comigo no estacionamento da marina, à noite. "Vou deixar a cidade em breve", comunicou. "Para onde você vai, Joseph?" "Não interessa." "Quando?", perguntei. "Assim que terminar de arrumar essa bagunça." Dois meses se passaram, o que, para mim, pareceu uma eternidade.

No fim de junho de 1994, ele me convocou de novo ao estacionamento da marina e anunciou que partiria no fim do verão: "Farei um comunicado após o festival declarando que não pretendo me candidatar à reeleição para a votação de setembro. Vou me mudar logo em seguida." "Por que não antes? Por que esperar dois meses?", perguntei. "Desde março venho esvaziando a conta bancária gradativamente. Mas se eu não quiser levantar suspeitas, preciso respeitar um limite no valor das transferências que posso fazer. Nesse ritmo, ela estará vazia no fim do verão. O *timing* é perfeito. Fecharemos então a conta. Ela não existirá mais. Você não precisará mais se preocupar, e a cidade será sua. Foi o que sempre sonhou, não é?" "E daqui até lá? Esse caso pode estourar a qualquer momento. E mesmo que você feche a conta, sempre restarão as provas das transações. Não dá para apagar tudo com uma borracha, Joseph!", falei, preocupado. "Não entre em pânico, Alan. Cuidei de tudo. Como sempre."

— O prefeito Gordon disse "Cuidei de tudo"? — repetiu Anna.

— Sim, com essas mesmas palavras. Nunca esquecerei a expressão fria e apavorante em seu rosto quando as pronunciou. Mesmo depois de todo aquele tempo de convívio, nunca tinha percebido que Joseph Gordon não era homem de aceitar que alguém cruzasse seu caminho.

Anna assentia enquanto fazia anotações. Olhou para Brown e perguntou:

— Mas se Gordon tinha programado ir embora depois do festival, por que mudou de ideia e decidiu partir na noite de abertura?

Alan fez uma expressão que demonstrava irritação.

— Foi Charlotte que contou isso, não foi? Só pode ter sido ela, era a única que sabia disso. Com o festival se aproximando, não aceitei muito bem o fato de Gordon levar todo o mérito por aquilo, quando ele não tivera qualquer participação nem em sua criação nem em sua organização. Tudo que ele fez foi enfiar dinheiro no bolso, concedendo licenças para estandes na rua principal. Eu não aguentava mais. Ele teve a audácia de mandar publicar um livrinho que o louvava. Todo mundo o parabenizava, a maior mentira! Na véspera do festival, fui falar com ele em seu escritório e exigi que ele deixasse a cidade até a manhã seguinte. Eu não queria que ele colhesse os louros por aquele evento, que proferisse o discurso de abertura. A intenção dele era deixar Orphea tranquilamente, após receber todas as honras, e ser lembrado por toda a eternidade como um político extraordinário, enquanto tinha sido eu quem tinha feito tudo. Para mim, aquilo era inadmissível. Queria que Gordon fugisse com o rabo entre as pernas, que fosse humilhado. Então exigi que ele sumisse na noite de 29 de julho, mas ele se recusou a fazer isso. Na manhã de 30 de julho de 1994, topei com ele me provocando, vangloriando-se na rua principal, fingindo se certificar de que tudo estava pronto para o festival. Ameacei ir direto à sua casa, falar com sua mulher. Entrei no carro e dirigi até Penfield Crescent. Quando sua mulher, Leslie, abriu a porta da sala e me cumprimentou de modo amigável, percebi Gordon chegando feito louco atrás de mim. Leslie Gordon já estava a par de tudo. Na cozinha, dei-lhes um ultimato: "Vocês têm até hoje à noite para deixar Orphea, senão revelarei para quem quiser ouvir, no palco do Teatro Municipal, que Joseph Gordon é um corrupto. Conto tudo! Não tenho medo das consequências. A única chance de vocês é fugir hoje." Joseph e Leslie perceberam que eu não estava blefando. Eu estava prestes a explodir. Eles prometeram que sumiriam da cidade no máximo até a noite. Saindo da casa deles, dirigi-me ao Teatro Municipal. Esse movimento me custara toda a manhã. Vi Charlotte, que tinha cismado em pegar um documento que estava com Gordon, uma maldita peça de teatro que Harvey escrevera. Ela insistiu tanto que lhe contei que Gordon iria embora dali a poucas horas.

— Então só você e Charlotte sabiam que os Gordon fugiriam naquele dia? — perguntou Anna.

— Sim, éramos os únicos a saber. Posso lhe garantir isso. Conhecendo Gordon, ele com certeza não saiu espalhando isso por aí. Ele não gostava de imprevistos, tinha o hábito de controlar tudo. Por isso eu não entendo como ele foi morto em casa. Quem poderia saber que ele estava lá? Oficialmente, àquela hora, ele deveria estar no teatro, ao meu lado, cumprimentando as pessoas. O programa anunciava: *Sete horas – Sete e meia, recepção oficial no foyer do Teatro Municipal pelo prefeito Joseph Gordon.*

— E o que aconteceu com a conta bancária? — questionou Anna.

— Permaneceu aberta. Ele nunca a tinha declarado à receita, era como se ela não existisse. Nunca toquei naquele dinheiro, me pareceu ser a melhor maneira de fazer essa história desaparecer. Ainda deve ter um bom dinheiro lá.

— E a tal da ligação anônima? Descobriu afinal quem era?

— Nunca, Anna.

Naquela noite, Anna convidou Derek e eu para jantarmos em sua casa.

A refeição foi regada a algumas garrafas de um excelente Bordeaux e, enquanto tomávamos um licor na sala, Anna sugeriu:

— Podem dormir aqui, se quiserem. A cama do quarto de hóspedes é bastante confortável. Também tenho uma escova de dentes nova para cada um e uma penca de camisetas velhas do meu ex-marido, que guardei não sei bem por quê, e que caberão direitinho em vocês.

— Essa é uma boa ideia — decretou então Derek. — Podemos aproveitar para falar sobre nossa vida. Anna falará de seu ex-marido, eu de minha vida horrível fazendo trabalho administrativo na polícia e Jesse de seu projeto de restaurante.

— Você está pensando em abrir um restaurante, Jesse? — perguntou Anna, intrigada.

— Não escute o que ele diz, Anna. Esse pobre homem bebeu além da conta.

Derek notou na mesa de centro um exemplar de *Noite negra*, que Anna trouxera para casa para ler. Pegou o texto e comentou:

— Você realmente não para de trabalhar.

O clima voltou a ficar sério.

— Não entendo por que essa peça de teatro era tão valiosa para Gordon — disse Anna.

— Valiosa a ponto de ele mantê-la no cofre de um banco — lembrou Derek.

— Junto com os extratos bancários que incriminaram o prefeito Brown — acrescentei. — Será que isso significa que ele guardava essa peça como garantia para se proteger de alguém?

— Está pensando em Kirk Harvey? — perguntou Anna.

— Não sei — respondi. — Em todo caso, o texto em si não nos acrescenta nada. E o prefeito Brown afirma que nunca ouviu Gordon se referir a essa peça.

— Será que podemos acreditar em Alan Brown? — questionou Derek. — Depois de tudo que ele nos escondeu...

— Ele não teria motivos para mentir — observei. — Além disso, sabemos desde o começo que, na hora dos assassinatos, ele estava no foyer do Teatro Municipal cumprimentando dezenas de pessoas.

Derek e eu havíamos lido a peça de Harvey, mas, sem dúvida por causa do cansaço, não tínhamos visto o que Anna notara.

— E se houver algo implícito nas palavras sublinhadas? — sugeriu.

— Palavras sublinhadas? — repeti, surpreso. — Do que está falando?

— No texto, há umas dez palavras sublinhadas a caneta.

— Achei que eram anotações feitas por Harvey — comentou Derek. — Mudanças que ele queria fazer na peça.

— Não — falou Anna —, acho que é outra coisa.

Fomos nos sentar ao redor da mesa. Derek pegou o texto mais uma vez e Anna anotou as palavras sublinhadas à medida que ele as lia. O resultado inicial foi a seguinte charada:

Jamais em retorno e montar interesse arrogante horizontal fornalha oração lá destino.

— Que diabo significa isso? — questionei.

— Será um código? — sugeriu Derek.

Anna então se debruçou sobre o papel.

Parecia ter tido uma luz. Reescreveu a frase:

Jamais Em Retorno E Montar Interesse Arrogante Horizontal Fornalha Oração Lá Destino

JEREMIAHFOLD

DEREK SCOTT

Meados de 1994. Seis semanas após a chacina.

Se as informações do agente especial Grace, da ATF, estivessem corretas, tínhamos descoberto de onde surgiu a arma do quádruplo homicídio: o bar de Ridgesport, onde, no balcão, era possível adquirir Berettas do Exército com números de série raspados.

A pedido da ATF, e como sinal de boa vontade, Jesse e eu suspendemos imediatamente nossa vigilância. Bastava esperar a ATF conseguir um mandado de busca. Enquanto isso, nós nos dedicamos a outros casos. Nossa paciência e nossa diplomacia foram recompensadas: num fim de tarde de meados de setembro, o agente especial Grace nos chamou para integrar a gigantesca batida policial que eles fariam no bar. Lá, apreenderam armas e munições, entre as quais as últimas Berettas da carga roubada e detiveram um oficial da infantaria que respondia pelo nome de Ziggy, cuja sagacidade, muito limitada, nos levou a crer que era apenas uma engrenagem, e não o cérebro por trás do tráfico de armas.

Naquele episódio, cada um tinha o próprio interesse: tanto a ATF como a polícia militar, que se juntou ao inquérito, consideravam impossível Ziggy ter arranjado as armas sozinho. Já nós precisávamos saber para quem ele vendera as Berettas. Terminamos chegando a um consenso. A ATF permitia que interrogássemos Ziggy e nós o faríamos firmar um acordo: ele entregava à ATF o nome de seus comparsas em troca de uma redução de pena. Todo mundo ficaria satisfeito.

Mostramos a Ziggy uma série de retratos, entre os quais um de Ted Tennenbaum.

— Ziggy, queríamos muito que nos ajudasse — disse Jesse.

— Não me lembro de nenhum desses rostos. Mesmo. Juro.

Jesse então colocou diante de Ziggy a foto de uma cadeira elétrica.

— Isso, Ziggy — advertiu-o com uma voz calma —, é o que espera você caso se recuse a falar.

— Como assim? — respondeu Ziggy, a voz minguando.

— Uma de suas armas foi usada para matar quatro pessoas. Você será acusado pelos crimes.

— Mas eu não fiz nada!

— Isso você resolve com o juiz, a menos que recupere a memória, meu querido Zizi...

— Mostrem as fotos de novo — suplicou o oficial. — Não vi direito.

— Quem sabe se você vier mais para perto da janela, para ter mais luz? — sugeriu Jesse.

— Isso, não tinha luz suficiente — concordou Ziggy.

— Ah, sim, é importante ter luz.

O oficial se aproximou da janela e observou uma a uma as fotos que lhe mostrávamos.

— Vendi uma arma para esse cara — afirmou.

A foto que ele nos deu era de Ted Tennenbaum.

— Tem certeza disso? — perguntei.

— Absoluta.

— E quando lhe vendeu essa arma?

— Em fevereiro. Eu já o tinha visto no bar, mas muitos anos antes. Ele precisava de uma arma. Tinha dinheiro vivo. Eu lhe vendi uma Beretta e munição. Nunca mais o vi depois disso.

Jesse e eu trocamos um olhar vitorioso: Ted Tennenbaum estava então definitivamente enrascado.

-1
Dies iræ: Dia de ira

SEGUNDA-FEIRA, 21 DE JULHO – SEXTA-FEIRA, 25 DE JULHO DE 2014

JESSE ROSENBERG

Segunda-feira, 21 de julho de 2014
5 dias antes da abertura do festival

Orphea estava em ebulição. A notícia de que uma peça de teatro iria revelar a identidade de um assassino que havia saído impune se espalhara pela região como um rastilho de pólvora. Passado um fim de semana, a imprensa desembarcou em massa na cidade, junto a hordas de turistas em busca de emoções fortes e um pouco de sensacionalismo, que se somavam aos moradores, igualmente consumidos pela curiosidade. A rua principal, ocupada por um enxame de gente, de repente se viu tomada por vendedores ambulantes que não perderam a oportunidade para vender bebidas, comidas e até mesmo camisetas com slogans como: "Estive em Orphea. Sei o que aconteceu em 1994." Um tumulto incrível reinava nos arredores do Teatro Municipal, cujo acesso tinha sido completamente bloqueado pela polícia, e diante do qual dezenas de repórteres de TV alinhavam-se, fazendo transmissões ao vivo com as novidades sobre a situação:

"Quem matou a família Gordon e uma moradora da região que estava praticando corrida na hora do assassinato, além da jornalista que estava prestes a descobrir tudo? A resposta será divulgada em cinco dias, aqui em Orphea, no estado de Nova York..."

"Daqui a cinco dias, uma das peças mais extraordinárias já encenadas vai nos revelar os segredos..."

"Um assassino ronda uma pacata cidade da região dos Hamptons e seu nome será desvendado numa peça de teatro..."

"A realidade supera a ficção aqui em Orphea, onde as autoridades municipais anunciaram que os acessos à cidade serão fechados na noite da abertura do festival. Esperam-se reforços na região, enquanto o Teatro Municipal, local em que neste momento se realizam os ensaios da peça, é vigiado 24 horas por dia..."

A polícia de Orphea estava sobrecarregada de trabalho. Para piorar as coisas, Gulliver estava ocupado com os ensaios e Montagne assumira o comando, auxiliado por reforços das polícias locais da região e da polícia estadual.

Para melhorar essa atmosfera irreal que tomava a cidade, havia ainda a agitação política: devido às últimas revelações, Sylvia Tennenbaum exigia que seu irmão fosse declarado oficialmente inocente. Reunira um comitê de apoio que agitava cartazes com os dizeres JUSTIÇA PARA TED diante das câmeras de TV. Além disso, Sylvia exigia a renúncia do prefeito Brown e a antecipação das eleições municipais, e dava a entender que seria candidata. Assim que conseguia um pouco de atenção da imprensa, repetia: "O prefeito Brown foi interrogado pela polícia na investigação do quádruplo homicídio de 1994. Ele perdeu a credibilidade."

Mas o prefeito Brown, político feroz que era, não tinha qualquer intenção de abrir mão de seu posto. E toda a agitação ajudava sua causa: Orphea precisava mais do que nunca de um líder. Apesar dos questionamentos gerados por sua intimação pela polícia, Brown ainda era um ponto de referência e tinha a confiança dos cidadãos, que, preocupados com a situação, não queriam perder seu prefeito num momento de crise. Quanto aos comerciantes da cidade, não podiam estar mais felizes: restaurantes e hotéis andavam superlotados, as lojas de souvenires já previam que os estoques ficariam zerados e estimava-se um número recorde de negócios realizados durante a atual edição do festival.

O que todo mundo desconhecia era que, sob o sigilo do Teatro Municipal, ao qual mais ninguém, exceto a companhia, tinha acesso, a peça de Kirk Harvey virara uma grande confusão. Encontrava-se longe das revelações extraordinárias aguardadas pelo público. Soubemos disso graças a Michael Bird, que se tornara um aliado indispensável naquela investigação. Michael, que gozava da confiança de Kirk Harvey, era a única pessoa que não pertencia à companhia a ter acesso às dependências do teatro. Em troca da promessa de nada revelar do conteúdo da peça antes da estreia, Harvey concedera-lhe uma credencial especial. "É fundamental que um jornalista possa um dia testemunhar o que aconteceu em Orphea", Kirk explicara a Michael. Tínhamos então encarregado o editor de ser nossos olhos dentro do teatro e de filmar os ensaios. Naquela manhã, ele nos convidou para irmos à sua casa assistir com ele às cenas da véspera.

Ele e sua família moravam numa linda casa fora de Orphea, na estrada de Bridgehampton.

— Ele conseguiu comprar isso tudo com o salário de editor de um jornal local? — perguntou Derek a Anna, quando chegamos em frente à casa.

— O pai da mulher dele tem grana — explicou ela. — Clive Davis, talvez vocês saibam quem é. Foi candidato à prefeitura de Nova York anos atrás.

E foi a esposa de Michael que nos recebeu. Uma bela mulher loura, que devia ter menos de 40 anos, ou seja, claramente mais jovem que o marido. Ela nos ofereceu café e nos acompanhou até a sala, onde encontramos Michael com os cabos da TV na mão para conectá-la a um computador.

— Obrigado por terem vindo — disse ele.

Parecia contrariado.

— O que houve, Michael? — perguntei.

— Acho que Kirk está completamente maluco.

Digitou alguma coisa no computador e surgiu na tela o palco do Teatro Municipal, no qual Samuel Padalin fazia o papel do cadáver e Jerry, o do policial. Harvey os observava, segurando o texto encadernado.

— Está bem! — gritou Harvey, surgindo na tela — Introjetem seus personagens! Samuel, você é um morto morto. Jerry, você é um policial implacável!

Harvey abriu numa página e pôs-se a ler:

> *É uma manhã sinistra. Chove. Numa estrada do interior, o tráfego*
> *está parado: formou-se um terrível engarrafamento.*

— Que monte de papel é esse que ele está segurando? — perguntei a Michael.

— A peça completa. Aparentemente está tudo ali. Bem que tentei dar uma espiada, mas Harvey não desgruda do negócio. Diz que o teor de seu texto é tão delicado que ele distribuirá as cenas aos poucos. Mesmo que para isso os atores sejam obrigados a lê-las no dia da estreia, caso ainda não tenham recebido o texto.

> HARVEY: *Os motoristas, irritados, buzinam com raiva.*

Alice e Steven imitam os motoristas enraivecidos presos no congestionamento.

De súbito, Dakota aparece.

> HARVEY: *Uma moça, andando pelo acostamento, percorre a*
> *fila dos carros imóveis. Avança até a barreira policial e faz uma*
> *pergunta a um guarda.*
> DAKOTA (a mulher): *O que houve?*

JERRY (o policial): *Um homem morto num trágico acidente de moto.*

DAKOTA: *Acidente de moto?*

JERRY: *É, ele colidiu com uma árvore a toda a velocidade. Virou mingau.*

— Eles continuam na mesma cena — constatou Anna.

— Esperem — avisou Michael —, o melhor está por vir.

Na tela, Harvey gritou:

— E agora, a "Dança dos mortos"!

Todos os atores puseram-se a gritar:

— "Dança dos mortos! Dança dos Mortos!"

De repente Ostrovski e Ron Gulliver surgiram de cueca.

— Que palhaçada é essa? — horrorizou-se Derek.

Ostrovski e Gulliver correram até a frente do palco. Gulliver segurava um animal empalhado. Contemplou-o por um instante, depois se dirigiu a ele:

— Carcaju, meu belo carcaju, salve-nos do fim tão próximo!

Beijou o animal e se jogou no chão, rolando de modo grotesco.

Ostrovski, abrindo bem os braços, contemplou as fileiras vazias e então exclamou:

Dies iræ, dies illa
Solvet sæclum in favilla!

Eu não acreditava no que via.

— Latim agora? — indaguei, perplexo.

— É ridículo — disse Derek.

— A parte em latim — explicou Michael, que tinha tido tempo de pesquisar — é um texto apocalíptico medieval. Fala do *Dia de ira.*

Leu a tradução dessa passagem:

Dia de ira, nesse dia
Ele reduzirá o mundo a cinzas!

— Soa como uma ameaça! — comenta Anna.

— Como as pichações espalhadas por Harvey na cidade em 1994 — lembrou Derek. — O *Dia de ira* seria a *Noite negra*?

— O que me preocupa é que a peça nunca ficará pronta a tempo — falei.

— Harvey está tentando enganar todo mundo. O que ele está tramando?

Mas era impossível interrogarmos Harvey, que estava sob a proteção do major McKenna, do prefeito e da polícia de Orphea. Nossa única pista era Jeremiah Fold. Mencionamos esse nome para Michael Bird, mas ele não o reconheceu.

Perguntei a Anna:

— Acha que poderia ser uma combinação diferente de *Jeremiah Fold*?

— Duvido, Jesse. Passei ontem o dia todo relendo *Noite negra*. Tentei todas as combinações possíveis e, pelo que pude ver, nenhuma outra seria pertinente.

Por que um código fora escondido no texto de *Noite negra*? E por quem? Kirk Harvey? O que Harvey sabia de fato? Que jogo era aquele ao qual nos submetia, bem como a toda a cidade de Orphea?

Nesse instante, o celular de Anna tocou. Era Montagne.

— Anna, estamos procurando você em toda parte. Dirija-se com urgência à delegacia, sua sala foi saqueada esta noite.

Quando chegamos à delegacia, os colegas de Anna estavam todos aglomerados na porta da sala dela, examinando os cacos de vidro no chão e a janela quebrada, tentando compreender o que havia acontecido. A resposta, no entanto, era simples. A delegacia ficava no nível da rua. Todas as salas situavam-se nos fundos do prédio e davam para um gramado, protegido por um cercado de tábuas de madeira. Havia câmeras de segurança somente no estacionamento e nas portas de acesso. O intruso certamente não encontrara qualquer dificuldade para transpor o cercado e bastara-lhe atravessar o gramado para alcançar a janela da sala. Em seguida, forçara as venezianas, quebrara o vidro e conseguira entrar no recinto. Um policial descobriu o arrombamento quando entrou na sala de Anna para deixar a correspondência.

Outro policial havia passado ali na tarde da véspera e o cômodo até então estava intacto. Logo, aquilo acontecera à noite.

— Como ninguém percebeu o que estava acontecendo? — perguntei.

— Quando todos os agentes estão patrulhando as ruas ao mesmo tempo, ninguém fica na delegacia — explicou Anna. — Isso acontece de vez em quando.

— E o barulho? — inquiriu Derek. — Essas venezianas de metal fazem um barulhão. Ninguém ouviu nada?

Por ali em volta só havia escritórios ou armazéns municipais. As únicas possíveis testemunhas eram os bombeiros do quartel vizinho. Mas, quando um policial nos informou que durante a noite, por volta de uma da manhã, um grave acidente de trânsito exigira a intervenção de todas as patrulhas e dos bombeiros do quartel vizinho, compreendemos que o intruso não encontrara obstáculos.

— Ele estava escondido em algum lugar — afirmou Anna —, esperou o melhor momento para agir. É possível que estivesse esperando há várias noites.

As gravações das câmeras de segurança internas da delegacia nos permitiram concluir que não houvera nenhum arrombamento no prédio. Havia uma câmera logo no corredor, na frente da porta de Anna, que permaneceu fechada. O invasor entrou pela janela da sala e permaneceu ali dentro. Logo, o alvo era essa sala.

— Não entendo. Não há nada para ser roubado — disse Anna. — Inclusive não está faltando nada.

— Nada para ser roubado aqui, mas muito para ser visto — respondi, apontando o quadro magnético e as paredes cobertas de documentos ligados ao caso. — O invasor queria saber em que pé estava a investigação e teve acesso ao trabalho de Stephanie e ao nosso.

— Nosso assassino está assumindo riscos — constatou Derek. — Está em pânico. Está se expondo. Quem sabe que sua sala fica aqui, Anna?

Anna deu de ombros.

— Todo mundo. Quer dizer, não é um segredo. Mesmo as pessoas que vêm à delegacia prestar queixa atravessam esse corredor e veem minha sala. Meu nome está na porta.

Derek então nos puxou à parte e sussurrou, num tom grave:

— Quem invadiu não correu esse risco à toa. Sabia muito bem o que havia nessa sala. É alguém da delegacia.

— Ai, meu Deus — reagiu Anna. — Será que foi um policial?

— Se fosse um policial — objetei —, bastaria entrar na sala quando você estivesse ausente, Anna.

— Ele seria flagrado — argumentou Derek. — A câmera do corredor o mostraria entrando na sala. Sabendo disso, ele não cometeria esse erro. Em contrapartida, ao arrombar a janela, ele embaralha as pistas. Talvez haja um grande traidor na delegacia.

Não estávamos mais em segurança ali. Mas para onde ir? Eu não tinha mais um escritório no centro regional da polícia estadual e o de Derek ficava num espaço aberto. Precisávamos de um lugar onde ninguém resolvesse nos procurar. Ocorreu-me então a sala de arquivos do *Orphea Chronicle*, à qual podíamos acessar sem ser vistos, entrando direto pela porta dos fundos da redação.

Michael Bird ficou feliz em nos acolher.

— Ninguém saberá que estão aqui — garantiu. — Os jornalistas nunca vêm ao subsolo. Deixo com vocês a chave da sala e a cópia dela, então serão os únicos a terem acesso. E vou dar também a chave da porta dos fundos, assim podem ir e vir a qualquer hora do dia e da noite.

Algumas horas mais tarde, no maior sigilo, havíamos reconstituído uma parede idêntica à da delegacia com as informações da investigação.

Aquela noite, Anna tinha combinado de jantar com Lauren e Paul. Estavam em sua casa de Southampton para passar a semana e haviam marcado de se encontrar no Café Athena para tentar consertar a catastrófica noite do dia 26 de junho.

Ao chegar em casa para trocar de roupa, Anna pensou mais uma vez na conversa que tivera com Cody a respeito do livro escrito por Bergdorf sobre o festival de teatro. Cody lhe dissera que, na primavera de 1994, decidira dedicar um espaço da livraria aos autores da região. E se Harvey tivesse colocado sua peça à venda? Antes de sair para o jantar, deu uma passada na casa de Cody. Encontrou-o na entrada, aproveitando aquele agradável início de noite com uma dose de uísque.

— Isso, Anna, tínhamos reservado uma sala no fundo da loja para os autores locais. Um cômodo um pouco sombrio que se tornara um anexo da livraria batizado de "A sala dos autores". Foi um sucesso imediato. Maior do que eu poderia imaginar: os turistas são loucos por histórias da região. Aliás, essa seção ainda existe no mesmo lugar, mas acabei derrubando uma parede para incorporar o espaço ao restante da loja. Por que esse interesse?

— Só fiquei curiosa — respondeu Anna, que preferiu permanecer evasiva. — Você se lembra dos autores que procuravam você na época?

Cody divertiu-se com a pergunta.

— Foram muitos! Acho que está superestimando minha memória. Mas lembro que saiu uma matéria sobre o assunto no *Orphea Chronicle* no início do verão de 1994. Devo ter uma cópia na livraria, quer que eu vá até lá pegar? Quem sabe não há informações úteis ali?

— Não, Cody, muito obrigada. Não precisa se incomodar. Passo na livraria amanhã.

— Tem certeza, Anna?

— Absoluta, obrigada.

Anna saiu para encontrar Lauren e Paul. Contudo, ao chegar à rua principal, decidiu dar um pulo na redação do *Orphea Chronicle*. Poderia se atrasar para o jantar. Deu a volta no prédio e entrou pela porta dos fundos para chegar à sala de arquivos. Sentou-se diante do computador para fazer buscas. As palavras-chave "Cody Illinois", "livraria" e "autores locais" permitiram-lhe encontrar com facilidade uma matéria do fim de junho de 1994.

AUTORES DOS HAMPTONS SÃO PRESTIGIADOS
NA LIVRARIA DE ORPHEA

Há quinze dias, a livraria de Orphea ganhou uma pequena sala dedicada exclusivamente aos autores locais. Essa iniciativa fez sucesso imediato junto aos autores, que correram para expor suas criações na esperança de serem divulgados. A agitação foi tanta que Cody Illinois, o dono da loja, se viu obrigado a autorizar apenas um exemplar de cada livro para que todos tivessem espaço.

A matéria era ilustrada por uma foto de Cody em sua loja, posando orgulhoso junto à porta que levava àquele pequeno espaço, em cuja entrada uma placa de madeira em baixo-relevo indicava: AUTORES DA NOSSA REGIÃO. Era possível distinguir o interior do espaço, cujas paredes estavam cobertas de livros e manuscritos encadernados. Anna pegou uma lupa e se debruçou atentamente sobre cada obra: distinguiu então, no meio da imagem, uma brochura encadernada cuja capa estampava em maiúsculas: NOITE NEGRA, POR KIRK HARVEY. Ela, então, compreendeu: fora na livraria de Cody que o prefeito Gordon conseguira o texto da peça de teatro.

No Palácio do Lago, Ostrovski voltava de um passeio noturno pelo parque. A noite estava amena. Vendo o crítico atravessar o lobby do hotel, um funcionário da recepção foi ao seu encontro:

— Sr. Ostrovski, faz vários dias que a placa de "Não perturbe" está pendurada na sua porta. Eu queria me certificar de que está tudo bem.

— Eu que coloquei — assegurou Ostrovski. — Estou em pleno processo criativo. Não devo ser incomodado em hipótese alguma. A arte é um conceito de extrema complexidade!

— Sem dúvida, senhor. Está precisando de toalhas de banho ou de produtos de higiene pessoal?

— Não preciso de absolutamente nada, meu amigo. Agradeço por ter se mostrado tão solícito.

Ostrovski subiu para seu quarto. Estava adorando ser artista. Sentia-se finalmente em seu devido lugar. Era como se tivesse se redescoberto. Ao empurrar a porta do quarto, repetia "*Dies iræ... dies iræ...*". Acendeu a luz. Havia coberto uma parede inteira com reportagens sobre o desaparecimento de Stephanie. Estudou-as por muito tempo. Acrescentou mais algumas, depois sentou-se a sua escrivaninha, coberta de papéis com anotações, e olhou para a foto de Meghan que ocupava lugar de destaque. Beijou o vidro do porta-retratos e disse:

— Agora sou um escritor, querida.

Pegou a caneta e pôs-se a escrever: *Dies iræ, Dia de ira.*

A poucos quilômetros dali, num quarto da Pensão 17, onde agora se hospedavam Alice e Steven, uma violenta discussão acabara de explodir: Alice queria ir embora.

— Quero voltar para Nova York, com ou sem você. Não quero mais ficar nesse hotel nojento, levando essa vida ridícula. Você é ridículo, Stevie. Eu sabia disso desde o começo.

— Muito bem, Alice, vá! — replicou Steven, curvado sobre seu laptop, pois precisava entregar de qualquer jeito a primeira matéria para o site da revista.

Alice não gostou nem um pouco do fato de ele permitir que ela fosse embora tão facilmente.

— Por que não volta para Nova York? — perguntou ela.

— Quero cobrir essa peça. É um momento único de criação artística.

— Você está mentindo, Stevie! Essa peça não vale nada! Ostrovski zanzando de cueca... Chama isso de teatro?

— Suma daqui, Alice.

— Vou com o seu carro.

— Não! Pegue o ônibus! Dê o seu jeito!

— Como ousa falar comigo nesse tom, Stevie? Não sou seu animalzinho de estimação! O que está havendo com você, hein? Não faz muito tempo que você me tratava como uma rainha.

— Escute, Alice. Tenho muitos problemas. Estou arriscando meu lugar na revista por causa da história do cartão de crédito.

— Você só pensa em grana, Stevie! Não sabe nada sobre o amor!

— Ah, claro.

— Preste atenção, Stevie. Se me deixar voltar sozinha para Nova York, conto a Skip Nalan toda a verdade sobre você, sobre como trata as mulheres. Falarei das agressões que sofri.

Steven não esboçou reação. Então Alice, notando as chaves do carro na mesa ao lado dele, decidiu apoderar-se delas e fugir. Foi na direção do chaveiro e gritou:

— Vou destruí-lo, Steven!

Mas ela não teve tempo de alcançar a porta. Ele agarrou-a pelos cabelos e a puxou para trás. Ela soltou um grito de dor. Ele a lançou contra a parede, avançou sobre ela e lhe desferiu uma sonora bofetada.

— Você não vai a lugar nenhum! — berrou. — Você me colocou na merda, vai ficar comigo!

Ela olhou para ele apavorada. Estava aos prantos. De repente, ele levou as mãos ao rosto dela de modo afetuoso.

— Desculpe, Alice — murmurou com uma voz suave. — Me desculpe, não sei o que estou fazendo. Toda essa história está me deixando louco. Vou encontrar um hotel melhor para você, juro. Vou dar um jeito em tudo. Desculpe, meu amor.

Naquele mesmo instante, passando em frente ao estacionamento sombrio da Pensão 17, um Porsche avançava à toda em direção ao litoral. Ao volante, Dakota, que dissera ao pai que ia à academia do hotel, mas estava fugindo de carro. Não sabia se mentira para ele de maneira consciente ou se suas pernas haviam se recusado a lhe obedecer. Virou na Ocean Road e continuou seu caminho até a antiga casa dos pais, o Jardim do Éden. Observou a campainha do portão. Ali, onde costumava estar escrito FAMÍLIA ÉDEN, agora dizia FAMÍLIA SCALINI. Ela contornou a cerca viva da propriedade, examinando o local por entre as folhas. Via luz. Acabou encontrando uma passagem. Passou por cima da cancela e atravessou a sebe. Suas bochechas foram arranhadas de leve pelos galhos. Pisou no gramado, andou até a piscina. Não havia ninguém ali. Ela chorava em silêncio.

Tirou da bolsa uma garrafa de plástico na qual misturara ketamina e vodca. Bebeu tudo de uma vez só. Deitou-se numa espreguiçadeira ao lado da piscina, escutou o barulho tranquilizador da água e fechou os olhos. Pensou em Tara Scalini.

DAKOTA ÉDEN

Lembro-me da primeira vez que encontrei Tara Scalini, em março de 2004. Eu tinha 9 anos. Nós duas tínhamos sido finalistas de um campeonato de soletração, em Nova York. Logo ficamos amigas. Naquele dia, nenhuma de nós duas queria ganhar. Estávamos empatadas: uma depois da outra, ficamos cometendo erros voluntários na soletração da palavra que o juiz da competição nos designava. Em todas as rodadas, ele repetia a cada uma de nós: "Se soletrar corretamente a próxima palavra, vencerá o concurso!"

Mas aquilo não acabava. E, finalmente, após uma hora sem qualquer mudança na pontuação, o juiz terminou por declarar as duas vencedoras. *Ex aequo.*

Foi o começo de uma amizade maravilhosa. Nós nos tornamos inseparáveis. Sempre que era possível, uma se enfurnava na casa da outra.

O pai de Tara, Gerald Scalini, trabalhava num fundo de investimento. Toda a família morava num apartamento imenso de frente para o Central Park. O estilo de vida deles era fenomenal: motorista, cozinheiro, casa nos Hamptons.

Naquela época, meu pai ainda não estava à frente do Canal 14 e não tinha os mesmos recursos de hoje. Levávamos uma vida confortável, mas estávamos a anos-luz do estilo de vida dos Scalini. Do alto dos meus 9 anos, eu achava Gerald Scalini muito legal conosco. Ele gostava de nos receber em sua casa, mandava o motorista me buscar para que eu fosse brincar com Tara. No verão, quando estávamos em Orphea, ele nos convidava para almoçar na casa deles, que ficava em East Hampton.

Contudo, a despeito da minha idade, não precisei de muito tempo para perceber que os convites de Gerald Scalini não eram motivados por generosidade, e sim por condescendência. Ele gostava de impressionar.

Adorava nos convidar para ir ao seu duplex de seiscentos metros quadrados de frente para o Central Park, para em seguida poder vir à nossa casa e dizer: "A decoração do apartamento de vocês é uma gracinha." Deliciava-se quando íamos almoçar em sua propriedade incrível em East Hampton, para em seguida ir tomar um café na casa modesta que meus pais alugavam em Orphea e dizer: "É bonitinho o cantinho de vocês."

Acho que meus pais frequentavam a casa dos Scalini sobretudo para me deixar feliz. Tara e eu nos adorávamos. Éramos superparecidas: ótimas alunas, especialmente em literatura; devorávamos livros e sonhávamos em virar escritoras. Passávamos os dias criando histórias juntas e escrevendo-as, parte em folhas avulsas, parte no computador da família.

Quatro anos mais tarde, na primavera de 2008, Tara e eu estávamos com 13 anos. A carreira de meu pai dera um salto espetacular. Ele conseguira uma série de promoções importantes, aparecia nos jornais especializados e virou o chefe do Canal 14. Nossa vida mudara rapidamente. Passamos a morar num apartamento que também tinha vista para o Central Park, meus pais estavam construindo uma casa de veraneio em Orphea e, para minha maior felicidade, eu ingressara na Hayfair, a escola particular de enorme prestígio que Tara frequentava.

Acho que Gerald Scalini começou a se sentir um pouco ameaçado pelo meu pai. Não sei o que os Scalini conversavam na cozinha de seu apartamento, mas me pareceu que Tara passou a adotar um comportamento diferente em relação a mim.

Já fazia tempo que eu dizia a Tara que queria ter um laptop. Sonhava com um computador só meu, para poder redigir meus textos na privacidade do meu quarto. Porém, meus pais se recusavam a me dar um. Diziam que havia um computador na saleta — agora tínhamos uma saleta e uma sala — e que eu podia usá-lo quando bem entendesse.

— Eu gostaria de escrever no meu quarto.

— Na sala está ótimo — respondiam meus pais, intransigentes.

Naquela primavera, Tara ganhou um laptop. Do exato modelo que eu queria. Acho que ela nunca tinha manifestado o desejo de ter um computador daquele. E eis que então ela ficou se vangloriando na escola com seu novo brinquedo.

Eu tentava não prestar atenção. Tinha mais o que fazer: a escola estava promovendo um concurso de redação e eu pretendia inscrever um texto meu. Tara também, e escrevíamos juntas na biblioteca da escola. Ela no laptop, eu obrigada a escrever num caderno e, à noite, passar tudo para o computador na saleta.

Tara dizia que seus pais achavam seu texto extraordinário. Tinham inclusive pedido a um amigo da família, aparentemente um escritor conhecido em Nova York, para revisá-lo e ajudá-la um pouco. Quando meu texto ficou pronto, pedi que ela o lesse antes de inscrevê-lo no concurso. Ela me disse que "não estava ruim". Pelo tom que usara, tive a impressão de ouvir o pai dela falando. Quando terminou, em contrapartida, ela se recusou a me mostrar o texto dela.

— Prefiro evitar que você copie algo do meu texto — explicou.

No início de junho de 2008, houve uma grande cerimônia realizada no auditório da escola e o nome do vencedor do concurso foi anunciado com grande pompa. Para minha grande surpresa, eu havia ficado em primeiro lugar.

Uma semana depois, Tara se queixou na aula de que haviam roubado seu laptop. Todos nós tínhamos um armário no corredor, fechados com um cadeado de senha. O diretor da escola decretou então que as mochilas e os armários de todos os alunos da turma fossem inspecionados. Quando abri meu armário, na frente do diretor e do vice-diretor, descobri, horrorizada, o laptop de Tara lá dentro.

O incidente causou um grande escândalo. Fui convocada à sala do diretor, assim como os meus pais. Por mais que eu jurasse que não tinha nada a ver com aquilo, as provas eram irrefutáveis. Houve uma segunda reunião com os Scalini, que se declararam perplexos. Protestei de novo, em vão, e clamei pela minha inocência, mas tive que me submeter a um conselho disciplinar. Fui suspensa da escola por uma semana e obrigada a fazer trabalho comunitário.

O pior foi que meus amigos me deram as costas: não confiavam mais em mim. Apelidaram-me de *ladra*. Tara, por sua vez, falava para quem quisesse ouvir que me perdoava. Que, se eu tivesse pedido, ela teria me emprestado seu laptop. Eu sabia que ela estava mentindo. Só outra pessoa tinha a senha do cadeado do meu armário: por coincidência, a própria Tara.

Eu me sentia muito só, abalada. Mas esse episódio, em vez de me enfraquecer, me impeliu a escrever ainda mais. As palavras tornaram-se meu refúgio. Eu costumava me isolar na biblioteca da escola para escrever.

Para os Scalini, a maré mudaria apenas alguns meses depois.

Em outubro de 2008, a grave crise financeira atingiu diretamente Gerald Scalini, que perdeu grande parte de sua fortuna.

JESSE ROSENBERG

Terça-feira, 22 de julho de 2014
4 dias antes da abertura do festival

Quando Derek e eu encontramos Anna na sala de arquivos do *Orphea Chronicle* aquela manhã, ela estava com um sorriso triunfante. Fitei-a, achando graça, e entreguei o café que trouxera para ela.

— Descobriu uma pista — adivinhei.

Anna aquiesceu com um ar misterioso e nos mostrou uma reportagem sobre a livraria de Cody, publicada em 15 de junho de 1994.

— Olhem a foto. — Ela apontou. — No fundo, à direita, na prateleira, é possível distinguir um exemplar de *Noite negra*. Logo, é muito provável que o prefeito Gordon tenha adquirido o texto nessa livraria.

— Portanto, no início de junho, o prefeito Gordon rasga a peça de Kirk — recapitulou Derek. — Em seguida, vai comprar esse mesmo texto na livraria. Por quê?

— Isso eu não sei — respondeu Anna. — Em compensação, descobri uma ligação entre a peça que Kirk Harvey está ensaiando neste momento no Teatro Municipal e Jeremiah Fold. Ontem à noite, voltando de um jantar, parei na delegacia e passei boa parte da noite vasculhando o banco de dados. Jeremiah Fold teve um filho que nasceu pouco antes de sua morte. Consegui descobrir o nome da mãe: Virginia Parker.

— E...? — perguntou Derek. — Esse nome deveria significar alguma coisa?

— Não, mas falei com ela. E ela me contou como Jeremiah morreu.

— Acidente de carro — lembrou Derek, que não via aonde Anna queria chegar. — Já sabemos disso.

— Acidente de moto — precisou Anna. — Ele bateu de moto contra uma árvore.

— Você quer dizer exatamente como no começo da peça de Harvey? — insinuei.

— Isso mesmo, Jesse.

— Precisamos chamar Kirk Harvey agora mesmo — decretei. — Vamos obrigá-lo a contar tudo que sabe.

— O major não deixará você fazer absolutamente nada, Jesse — alertou-me Derek. — Se você tocar em Harvey, será demitido e obrigado a deixar a investigação. Vamos tentar proceder com cautela, começando por entender por que a polícia de Ridgesport não tinha nem sequer o registro do acidente quando a consultamos.

— Porque a encarregada dos acidentes com morte é a polícia rodoviária estadual de Nova York — explicou Anna.

— Então vamos consultá-la para obter uma cópia do registro.

Anna nos estendeu um maço de folhas.

— Isso já foi feito, senhores. Aqui está.

Derek e eu ficamos absortos na leitura. O acidente acontecera na madrugada de 15 para 16 de julho de 1994. O boletim de ocorrência da polícia era bastante sucinto: "O Sr. Fold perdeu o controle de sua moto. Pilotava sem capacete. Testemunhas viram-no deixar o Ridge's Club por volta da meia-noite. Foi encontrado por um motorista por volta das sete da manhã. Achava-se inconsciente, mas com vida. Morreu no hospital." Fotos da motocicleta acompanhavam o boletim: restava apenas um monte de metal e ferragens retorcidos no fundo de uma pequena ravina. Também estava indicado que uma cópia do boletim de ocorrência fora enviada, por um pedido dele, ao agente especial Grace, da ATF.

— Foi graças ao agente especial Grace que conseguimos confirmar que Ted Tennenbaum era o culpado, pois prendemos o homem que lhe forneceu a arma do crime — explicou Derek a Anna.

— Precisamos falar com ele de qualquer maneira. Com certeza não é mais policial, devia ter 50 anos na época — afirmei.

— Por enquanto, deveríamos interrogar essa Virginia Parker, ex-companheira de Jeremiah Fold — sugeriu Derek. — Quem sabe ela não pode nos contar mais alguma coisa?

— Ela está em casa à nossa espera — interveio Anna, que decididamente estava um passo à frente. — Vamos nessa.

Virginia Parker morava numa casa malcuidada, no começo de Ridgesport. Era uma mulher na casa dos 50 anos, que, nos velhos tempos, devia ter sido bonita.

— Jeremiah era um canalha — sentenciou ela, na sala onde nos recebeu. — A única coisa boa que ele fez na vida foi o filho. O menino é bom, trabalha numa empresa de jardinagem, é muito querido.

— Como a senhora conheceu Jeremiah? — perguntei.

Antes de responder, ela acendeu um cigarro e deu uma longa tragada. Tinha dedos compridos e finos, que terminavam em unhas afiadas e pintadas de vermelho sangue. Foi só depois de expirar uma densa nuvem branca que começou sua história:

— Eu era cantora no Ridge's Club. Uma boate badalada na época, hoje fora de moda. Miss Parker. Esse era meu nome artístico. Ainda canto lá às vezes. Na época, eu era praticamente uma estrela, tinha todos os homens aos meus pés. Jeremiah era um dos donos do lugar. Até que era um belo rapaz. Seu estilo casca-grossa me agradava muito no começo. Eu me sentia atraída por seu lado intimidador. Foi só depois de engravidar que compreendi quem de fato era Jeremiah.

Ridgesport, junho de 1993
Seis horas da noite

Sofrendo com enjoos o dia inteiro, Virginia se encontrava deitada no sofá quando bateram à porta de sua casa. Achava que era Jeremiah, preocupado em saber como ela estava. Ela deixara-lhe uma mensagem no Ridge's Club vinte minutos antes, avisando que não estava em condições de cantar aquela noite.

— Entre — gritou —, a porta está aberta!

A visita entrou. Não era Jeremiah, mas Costico, o capanga dele. Um brutamontes insensível, com mãos iguais a palmatórias. Ela o detestava na mesma intensidade que o temia.

— O que está fazendo aqui, Costico? Jeremiah não está.

— Sei disso, foi ele que me mandou. Você precisa ir ao Ridge's Club.

— Não posso, vomitei o dia inteiro.

— Arrume-se, Virginia. Não perguntei nada.

— Costico, olhe para mim, não estou em condições de cantar.

— Mexa-se, Virginia. Os clientes vão ao Ridge's Club para ver você cantar. Não é só porque você dá o rabo para o Jeremiah que vai ganhar privilégios.

— Ah, claro. Como pode ver pela minha barriga, ele só me come por trás mesmo.

— Cale a boca — ameaçou Corisco. — E se arrume logo! Espero você no carro.

* * *

— E você foi? — perguntou Anna.

— Claro. Não tinha escolha. Minha gravidez foi um inferno. Fui obrigada a cantar no Ridge's Club até a véspera do parto.

— Jeremiah a espancava?

— Não, era pior do que isso. Jeremiah era perverso. Ele não se considerava um criminoso, mas um "empreendedor". Costico, seu capanga, era também seu "sócio". Chamavam de "escritório" a sala dos fundos na qual ele armava suas falcatruas. Jeremiah se achava mais esperto que todo mundo. Dizia que, para ser inculpável diante da justiça, não devia se deixar nenhum vestígio. Não possuía um livro-caixa, tinha porte legal de arma e nunca dava ordens por escrito. Suas extorsões, suas pequenas transações de tráficos de drogas ou de armas ficavam por conta de seu "serviço pós-venda". Era assim que ele designava um grupo de alguns "lacaios" que estavam à sua mercê. Eram basicamente pais de família, contra os quais possuía provas comprometedoras capazes de arruinar a vida deles, como fotografias com prostitutas em posições constrangedoras. Em troca de silêncio, os lacaios tinham de lhe prestar serviços. Eram obrigados a coletar o dinheiro nas casas de quem ele extorquia ou fazer entregas de drogas a traficantes e ir buscar sua parte em seguida: tudo isso era executado por essas pessoas honestas e que não levantavam suspeitas. Jeremiah nunca estava na linha de frente. Seus lacaios iam em seguida ao Ridge's Club, como se fossem clientes, e deixavam com o barman um envelope endereçado a Jeremiah. Nunca havia interações diretas. O Ridge's Club servia para Jeremiah lavar todo o dinheiro sujo. E aí ele agia de modo sistemático: reinvestia tudo no próprio estabelecimento. O dinheiro era diluído na contabilidade e, como o Ridge's Club andava muito bem das pernas, era impossível detectar o que quer que fosse. Aliás, Jeremiah pagava muito em impostos. Era inculpável. Podia esbanjar quanto quisesse: tudo era declarado à receita. Sei que a polícia tentou investigá-lo, mas nunca encontrou nada. Os únicos que poderiam derrubá-lo eram seus lacaios, mas sabiam os riscos que correriam se o denunciassem: no melhor dos casos, sua vida social e profissional seria destruída. Sem falar que eles também poderiam ser presos por terem participado de atividades ilegais. Além do mais, aqueles que não cooperavam recebiam uma surra que os fazia mudar de ideia. Mais uma vez, sem deixar rastros.

Ridgesport, 1993
Sala dos fundos do Ridge's Club

Jeremiah acabava de encher uma grande tina com água quando a porta do escritório se abriu. Ele ergueu os olhos e Costico empurrou um homem franzino, de terno e gravata, para dentro da sala.

— Ah, bom dia, Everett! — cumprimentou-o Jeremiah, com cordialidade. — Bom ver você.

— Bom dia, Jeremiah — respondeu o homem, que não parava de tremer.

Everett era um pai de família exemplar que fora filmado por Costico com uma prostituta menor de idade.

— Então, Everett — disse Jeremiah, com a maior gentileza —, me contaram que você não quer mais trabalhar para a minha empresa.

— Escute, Jeremiah, não posso mais correr esse tipo de risco. É loucura. Se me flagrarem, passarei anos na prisão.

— Não mais do que você pode passar por ter transado com uma garota de 15 anos — esclareceu Jeremiah.

— Eu tinha certeza de que ela era maior de idade — defendeu-se Everett sem muita convicção.

— Escute, Everett, você é um merdinha que transa com adolescentes. Vai trabalhar para mim enquanto eu quiser, a menos que prefira terminar na cadeia com uns caras que com certeza vão castrar você com uma navalha.

Antes que Everett pudesse responder, Costico agarrou-o com violência, fez com que ele curvasse o corpo e mergulhou sua cabeça na tina com água gelada. Após afogá-lo durante uns vinte segundos, tirou a cabeça dele da água. Everett inspirou profundamente.

— Você trabalha para mim, Everett — murmurou Jeremiah —, entendeu?

Costico voltou a mergulhar a cabeça do infeliz na água e a tortura continuou até Everett jurar lealdade.

— Jeremiah afogava as pessoas? — perguntei a Virginia, fazendo uma associação imediata com a maneira como Stephanie fora morta.

— Sim, capitão Rosenberg — aquiesceu Virginia. — Ele e Costico se especializaram nisso. Só focavam em sujeitos comuns, impressionáveis e que iriam se submeter a esse tipo de coisa. Mas no Ridge's Club, quando eu via um pobre coitado sair do escritório, com a cabeça molhada e chorando, eu sabia o que tinha acontecido. É como eu falei, Jeremiah massacrava as pessoas discretamente, sem nunca deixar rastros visíveis.

— Será que Jeremiah matou alguém assim?

— É provável. Era capaz de tudo. Sei de pessoas que desapareceram sem deixar vestígios. Foram afogadas? Queimadas? Enterradas? Dadas como ração aos porcos? Não faço ideia. Jeremiah não tinha medo de nada, exceto de ir para a prisão. Daí ser tão prudente.

— O que aconteceu em seguida?

— Dei à luz em janeiro de 1994. Isso não mudou nada entre nós dois. Nunca falamos em casamento ou em morar juntos, mas ele me dava dinheiro para o bebê. E atenção, nunca em espécie. Fazia cheques ou transferências bancárias. De modo oficial. Isso durou até julho. Até sua morte.

— O que aconteceu na noite em que ele morreu?

— Acho que Jeremiah tinha medo de ir para a prisão porque era claustrofóbico. Dizia que a ideia de ser encarcerado era insuportável para ele. Sempre que dava, ia para os lugares numa moto enorme, em vez de ir de carro, e nunca usava capacete. Fazia o mesmo trajeto todas as noites: saía do Ridge's Club por volta da meia-noite, raramente mais tarde que isso, e voltava pela rodovia 34, que é quase uma linha reta até a casa dele. Pilotava sempre feito louco. Julgava-se livre, invencível. Estava quase sempre bêbado. Achei que acabaria morrendo de moto. Nunca pensei que fosse se esborrachar sozinho e morrer feito um cachorro, na beira da estrada, agonizando horas a fio. No hospital, os médicos disseram que, se ele tivesse sido encontrado um pouco antes, talvez tivesse sobrevivido. Nunca me senti tão aliviada quanto no momento em que fui avisada da morte dele.

— Por acaso o nome de Joseph Gordon lhe diz alguma coisa? — perguntei. — Foi o prefeito de Orphea até julho de 1994.

— Joseph Gordon? Não, não me diz nada, capitão. Por quê?

— Era um prefeito corrupto e me pergunto se não estava em conluio com Jeremiah.

— Fique sabendo que eu nunca me metia nos negócios dele. Quanto menos eu soubesse, melhor para mim.

— E o que fez após a morte de Jeremiah?

— A única coisa que sabia fazer: continuei a cantar no Ridge's Club. Era bem remunerada. O idiota do Costico continua lá também.

— Ele herdou os negócios?

— Ele assumiu o Ridge's Club. Os negócios de Jeremiah acabaram após a morte dele. Costico é um cara sem inteligência e que não impõe moral. Todos os funcionários roubam do caixa, e ele é o único que não sabe disso. Passou até um tempo na cadeia cumprindo pena por pequenos casos de tráfico.

Após nossa visita a Virginia Parker, nos dirigimos ao Ridge's Club. O estabelecimento só abria no fim do dia, mas, lá dentro, funcionários limpavam tudo sem muito esmero. Era uma boate no subsolo, à moda antiga. Só pela decoração, dava para perceber como o lugar pudera estar em alta em 1994 e fora de moda em 2014. Ao lado do balcão, vimos um homem atarracado, na casa dos 60 anos, recebendo caixas de bebida. Era o típico fortão que envelheceu mal.

— Quem deixou vocês entrarem? — perguntou, irritado, ao nos avistar. — Só abrimos às seis da noite.

— Abertura especial para a polícia — disse Derek, mostrando seu distintivo. — Você é Costico?

Percebemos que era ele mesmo, pois saiu correndo no mesmo instante. Atravessou a sala e se enfiou num corredor que levava a uma saída de emergência. Era rápido. Anna e eu nos pusemos em seu encalço, enquanto Derek seguiu pelas escadas principais. Costico, após ter subido um lance de pequenos degraus, passou por uma porta que dava para o lado de fora e desapareceu na luz ofuscante do dia.

Quando Anna e eu saímos do local, Derek já imobilizara o gordo Costico no estacionamento e o algemava.

— Fantástico, Derek — comentei —, parece que recuperou todos os reflexos!

Ele sorriu. De repente, pareceu-me radiante.

— É bom estar de volta, Jesse.

O nome de Costico era Costa Suarez. Estivera na prisão por tráfico de drogas, e fugiu quando chegamos justamente porque estava com um saco substancial de cocaína no bolso da jaqueta. A julgar pela quantidade, era óbvio que continuava atuando nesse ramo. Mas não era isso que nos interessava. Queríamos aproveitar o elemento surpresa da visita para interrogá-lo e fizemos isso na boate. Havia uma sala nos fundos com uma placa na porta: ESCRITÓRIO. O recinto era tal qual Virginia nos descrevera: frio, sem janelas. Num canto, uma pia, e embaixo uma velha tina de cobre.

Foi Derek quem conduziu o interrogatório.

— Estamos nos lixando para o que você trafica na sua boate, Costico. Temos perguntas sobre Jeremiah Fold.

Costico pareceu surpreso.

— Faz vinte anos desde a última vez que ouvi esse nome.

— Mas com certeza se lembra dele — replicou Derek. — Então, era aqui que vocês torturavam as pessoas?

— Era Jeremiah que gostava dessas babaquices. Se dependesse de mim, bastariam alguns socos bem dados.

Costico mostrou os nós grossos dos dedos, que exibiam pesados anéis cromados com pontas afiadas. Não era mesmo um cara que aparentasse ter inteligência excepcional, mas tinha bom senso o suficiente para decidir contar o que queríamos saber, em vez de ser preso por posse de drogas. Ficamos então sabendo que Costico nunca ouvira falar no prefeito Gordon.

— Prefeito Gordon? Esse nome não me diz nada.

Como Costico afirmou que não era bom com nomes, mostramos um retrato do prefeito, porém ele continuou negando que o conhecia.

— Posso jurar que ele nunca pisou aqui. Não esqueço um rosto. Podem acreditar, se eu tivesse cruzado com esse cara, eu me lembraria.

— Então não há nenhuma ligação entre ele e Jeremiah Fold?

— Tenho certeza de que não. Na época, eu estava a par de tudo. Jeremiah não fazia nada com as próprias mãos. Podia até rir de mim pelas costas, dizendo que eu era estúpido, mas na época ele confiava em mim.

— Se Joseph Gordon não fez negócio com vocês, será que pode ter sido um de seus lacaios?

— Não, impossível. Eu me lembraria do rosto dele. Estou dizendo, tenho uma memória de elefante. Era por isso que Jeremiah gostava tanto de mim: ele nunca queria deixar nada por escrito. Nada mesmo. Mas eu memorizava tudo: as ordens, as fisionomias, os números. E, de toda forma, Orphea não era nosso território.

— Mas ainda assim vocês extorquiam Ted Tennenbaum, o dono do Café Athena.

Costico pareceu surpreso ao ouvir esse nome. E explicou:

— Ted Tennenbaum era osso duro de roer. O contrário do tipo de gente que Jeremiah atacava. Jeremiah nunca corria riscos, só mirava nos caras que se cagavam de medo ao me ver chegar. Mas Tennenbaum era diferente: era por um motivo pessoal. O cara tinha dado uma surra em Jeremiah na frente de uma garota, e Jeremiah queria se vingar. Claro, fomos retribuir com uma coça nele, mas isso não era o suficiente para Jeremiah e ele decidiu extorqui-lo. Mas, tirando essa exceção, Jeremiah atuava apenas em seu território. Tinha o controle de Ridgesport, ele conhecia todo mundo aqui.

— Você se lembra de quem ateou fogo no futuro restaurante de Ted Tennenbaum?

— Aí vocês estão querendo demais. Com certeza foi um de nossos lacaios. Esses caras faziam de tudo. A gente nunca se queimava diretamente, a menos que houvesse um problema a resolver. Se não fosse isso, todas as tarefas menores eram com eles. Recebiam a droga, levavam para os traficantes que revendiam e traziam o dinheiro para Jeremiah. A gente só dava as ordens.

— E onde encontravam esses caras?

— Todos amavam as putas. Havia um motel imundo na rodovia 16 e metade dos quartos era alugada por putas para transarem. Todo mundo na região sabia disso. Eu conhecia o dono e as putas, e tínhamos um acordo. A gente deixava eles em paz e, em troca, podíamos utilizar um quarto a nosso bel-prazer. Quando Jeremiah precisava de lacaios, mandava uma menor de idade para trabalhar. Eu tinha encontrado uma garota linda. Ela sabia escolher muito bem o tipo de cliente. Pais de família, homens impressionáveis. Levava-os para o quarto, dizia: "Sou menor de idade, ainda estou na escola, isso excita você?" Os caras respondiam "sim" e a garota exigia então que eles fizessem coisas indecentes. Eu ficava escondido com uma câmera ali em algum lugar, em geral atrás da cortina. No momento certo, eu aparecia gritando "surpresa!", apontando a câmera para o sujeito, que fazia uma cara que vocês não podem imaginar! Eu adorava aquilo. Chorava de rir. Eu falava para a garota ir embora, depois olhava o cara, nu, feioso, tremendo. Começava ameaçando espancá-lo, depois dizia que poderíamos chegar a um acordo. Pegava sua calça e tirava a carteira. Examinava os cartões de crédito, a carteira de motorista, os retratos da mulher e dos filhos. Confiscava tudo, depois explicava: ou ele trabalhava para a gente, ou eu entregava a gravação à mulher e ao chefe dele. Marcava um encontro no Ridge's Club no dia seguinte. E nos outros dias ele me via postado de manhã e de noite em frente à sua casa. Os caras ficavam apavorados. Aí se comportavam direitinho.

— Então você tinha uma lista de todos esses caras sob seu controle?

— Não. Eu os fazia acreditar que guardava tudo, mas logo me livrava das carteiras. Assim como nunca havia fita na câmera, para não corrermos o risco de nos incriminar. Jeremiah dizia que era fundamental não deixar nenhuma prova. Eu tinha organizado uma pequena rede de caras e revezava entre eles para não despertar suspeitas. Em todo caso, uma coisa é certa: seu homem, o tal Gordon, nunca teve qualquer tipo de negócio com Jeremiah.

No Teatro Municipal, o ensaio do dia não ia nada bem. Alice estava com cara de enterro e Dakota, pálida e abatida.

— O que está acontecendo? — berrou Kirk Harvey, irritado. — A estreia é daqui a quatro dias e vocês estão parecendo um monte de frouxos. Se for preciso, substituo todo mundo!

Quis ensaiar de novo a primeira cena, mas Dakota não acompanhava.

— O que está havendo, Dakota? — perguntou Harvey.

— Não sei, Kirk. Não estou conseguindo.

Caiu no choro. Sentia-se sobrecarregada.

— Ah, mas que inferno! — esbravejou Harvey de novo, virando as páginas do texto. — Bom, passemos então à cena 2. É sua grande cena, Charlotte. Espero que esteja preparada.

Charlotte Brown, que aguardava num assento da primeira fila, juntou-se a Kirk no palco.

— Estou pronta. Como é essa cena?

— Se passa num bar — explicou Harvey. — Você é uma cantora.

Um novo cenário foi instalado: algumas cadeiras e uma cortina vermelha ao fundo. Jerry fazia um cliente, sentado em frente ao palco, tomando um gole de seu drinque. Samuel Padalin, dessa vez, encarnava o dono do bar, que observava a cantora, em pé, quieta.

Uma música de piano-bar ressoou.

— Muito bem — aprovou Harvey. — O cenário está de acordo. Mas precisamos trabalhar a rapidez da troca do primeiro para o segundo. Então, Charlotte, instalaremos um microfone num pedestal para você, que deve entrar e cantar. Você canta como uma deusa, todos os clientes do bar ficam loucos por você.

— Tudo bem — aquiesceu Charlotte. — Mas o que devo cantar?

— Eis o seu texto — disse Harvey, estendendo-lhe uma folha.

Charlotte leu e arregalou olhos, incrédula diante do texto. Em seguida, berrou:

— "Eu sou a puta do vice-prefeito"? É isso a sua música?

— Isso mesmo.

— Não vou cantar isso. Você pirou?

— Então vá embora, sua idiota!

— Proíbo que fale comigo nesse tom! — desafiou-o Charlotte. — Está se vingando de todos nós, é isso? Então a sua suposta grande peça é isso? Um acerto de contas por sua vida de ressentimentos e mágoas? Com Ostrovski, com Gulliver, comigo.

— Não sei do que está falando, Charlotte!

— *Dança do carcaju? Puta do vice-prefeito?*

— Se não estiver satisfeita, vá embora, Charlotte!

Foi Michael Bird quem nos alertou quanto à situação, quando Anna, Derek e eu voltamos de Ridgesport. Nós o encontramos na sala de arquivos do *Orphea Chronicle*.

— Charlotte tentou convencer toda a companhia a desistir de *Noite negra* — explicou Michael. — No fim, houve uma votação e todos os outros atores optaram por ficar.

— E Charlotte? — perguntou Anna.

— Ficou também. Kirk aceitou retirar a frase "Sou a puta do vice-prefeito".

— Não é possível — disse Derek. — Com isso e a "Dança dos mortos", fica parecendo que Kirk montou essa peça só para se vingar dos que o humilharam na época.

Mas Michael então nos mostrou a segunda cena, discretamente filmada mais cedo naquele mesmo dia, na qual Charlotte interpreta uma cantora pela qual todos os clientes se apaixonam.

— Isso não pode ser coincidência! — exclamou Derek. — É o Ridge's Club.

— O Ridge's Club? — perguntou Michael.

— Era a boate do Jeremiah Fold.

O acidente de moto, depois a boate. Tudo aquilo não era nem invenção nem acaso. Além do mais, até onde podíamos ver, o ator que fazia o cadáver na cena 1 era o dono do bar na cena 2.

— A cena 2 é um flashback — murmurou Derek para mim. — Esse personagem é Jeremiah Fold.

— Então a solução do caso está realmente nessa peça? — sussurrou Michael.

— Michael, não sei o que está acontecendo, mas não saia um instante do pé de Harvey — falei.

Queríamos conversar com Cody sobre a cópia de *Noite negra* que estava à venda em sua livraria em 1994. Como Anna não conseguiu falar com ele pelo celular, fomos até a livraria. Mas a funcionária nos informou que não tinha visto o patrão durante o dia.

Isso era muito estranho. Anna sugeriu que passássemos na casa dele. Ao chegarmos lá, ela logo reparou no carro estacionado no meio-fio. Cody, então, devia estar em casa. No entanto, apesar de tocarmos insistentemente a campainha, ele não veio abrir a porta. Anna girou a maçaneta: a porta estava destrancada. Naquele instante, senti uma espécie de déjà-vu.

Entramos na casa. Imperava um silêncio absoluto. As luzes estavam acesas, mesmo com o sol brilhando do lado de fora.

Nós o encontramos na sala.

Caído sobre a mesa de centro, ensopado numa poça de sangue.

Cody fora assassinado.

DEREK SCOTT

Fim de novembro de 1994. Quatro meses após a chacina.

Jesse não queria ver ninguém.

Eu passava na casa dele todos os dias, batia com insistência, implorava que abrisse a porta, mas não havia nada a fazer.

Ele acabou me deixando entrar quando ameacei arrombar a fechadura e comecei a dar pontapés na porta. Vi então um fantasma à minha frente: sujo, cabelos desgrenhados, bochechas tomadas pela barba, olhar triste e sombrio. Seu apartamento estava um caos.

— O que você quer? — perguntou num tom desagradável.

— Quero me certificar de que você está bem, Jesse.

Ele deu uma gargalhada cínica.

— Eu estou bem, Derek, muitíssimo bem! Nunca estive tão bem.

Em seguida, ele me expulsou de sua casa.

Dois dias depois, o major McKenna veio me procurar na minha sala.

— Derek, você precisa ir à delegacia do 54º Distrito, no Queens. Seu colega Jesse aprontou uma e foi preso pela polícia de Nova York esta noite.

— Preso? Mas onde? Faz semanas que ele não sai de casa.

— Pois ele provavelmente sentiu vontade de espairecer porque invadiu um restaurante em construção. Um lugar chamado Pequena Rússia. Isso faz sentido para você? Em suma, encontre o proprietário e dê um jeito nessa merda de situação. E faça com que ele volte a si, Derek. Caso contrário, ele jamais poderá ser reintegrado à polícia.

— Vou cuidar disso.

O major McKenna me fitou.

— Está com uma cara péssima, Derek.

— As coisas não vão bem.

— Falou com a terapeuta?

Dei de ombros.

— Venho para cá todas as manhãs no automático, major. Acho que não devo mais fazer parte da polícia. Não depois do que aconteceu.

— Mas caramba, Derek! Você é um herói! Você salvou a vida dele! Nunca se esqueça disso: se não fosse por você, hoje Jesse estaria morto. Você salvou a vida dele!

JESSE ROSENBERG

Quarta-feira, 23 de julho de 2014
3 dias antes da abertura do festival

Orphea estava em estado de choque. Cody Illinois, amável livreiro e homem íntegro, fora assassinado.

Ninguém dormiu muito aquela noite, nem a polícia nem os moradores da cidade. A notícia de um segundo assassinato atraíra jornalistas e curiosos à casa de Cody. As pessoas sentiam-se ao mesmo tempo fascinadas e aterrorizadas pelo acontecimento. Primeiro Stephanie Mailer, agora Cody Illinois. Começavam a falar em um serial killer. Cidadãos estavam organizando patrulhas. Naquele clima de inquietude geral, era necessário, antes de mais nada, evitar cenas de pânico. A polícia estadual e todas as polícias locais da região haviam se colocado à disposição do prefeito Brown para garantir a segurança da cidade.

Anna, Derek e eu tínhamos passado a noite às claras, tentando compreender o que poderia ter acontecido. Assistimos às primeiras conclusões do Dr. Ranjit Singh, o médico-legista enviado ao local. Cody morrera de golpes recebidos na parte posterior do crânio, desferidos com uma grande luminária de metal, encontrada ao lado do cadáver e suja de sangue. Além disso, o corpo estava numa posição estranha, como se Cody estivesse de joelhos, com as mãos no rosto, tentando esconder os olhos ou esfregá-los.

— Será que estava implorando algo ao assassino? — perguntara Anna.

— Acho que não — respondeu Dr. Ranjit. — Se fosse isso, ele teria sido golpeado no rosto, não atrás da cabeça. E, pelo que vejo, para o crânio ter rachado dessa maneira, o assassino era muito mais alto do que ele.

— Muito mais alto? — repetiu Derek. — Como assim?

Dr. Singh tinha pensado numa hipótese sobre o que se passara e improvisou uma pequena reconstituição dos fatos.

— Cody abre a porta para o assassino. Talvez o conheça. Em todo caso, não desconfia de nada, pois não há sinais de luta. Acredito que o tenha recebido e que Cody seja o primeiro a entrar na sala. Parece que o outro está lhe fazendo uma visita. Mas então Cody se vira, não consegue enxergar. Leva as mãos aos olhos e cai de joelhos. O assassino pega essa luminária sobre o móvel e, com toda a força, golpeia a cabeça da vítima. Cody morre na hora, mas ainda é atingido várias vezes, como se o assassino quisesse ter certeza de que Cody tinha morrido.

— Espere, doutor — interrompeu Derek —, o que quer dizer com "não consegue enxergar"?

— Acredito que a vítima primeiro foi atingida por gás lacrimogêneo. Isso explicaria os vestígios de lágrimas e muco no rosto.

— Gás lacrimogêneo? — repetiu Anna. — Do mesmo modo que usaram contra Jesse no apartamento de Stephanie Mailer?

— Sim — confirmou Dr. Singh.

Fiz uma observação:

— O senhor está dizendo que o assassino queria ter certeza de que a vítima morreria, mas ao mesmo tempo veio aqui desarmado e usou uma luminária? Que tipo de assassino age assim?

— Alguém que não deseja matar, mas que não tem escolha — respondeu Singh.

— Estaria apagando vestígios do passado? — murmurou Derek.

— Acho que sim — confirmou Dr. Singh. — Alguém, nesta cidade, está disposto a tudo para proteger seu segredo e impedir que a investigação seja concluída.

O que Cody sabia? Que elo havia entre ele e todo aquele caso? Tínhamos vasculhado sua casa, passado um pente-fino na livraria. Em vão. Não encontramos nada.

Naquela manhã, Orphea e o estado de Nova York, seguidos então pelo país inteiro, despertaram ao som de reportagens sobre o assassinato de Cody. Mais que a morte de um livreiro em si, era sobretudo a cadeia de acontecimentos que deixava as pessoas fascinadas. A imprensa do país inteiro falava nisso sem parar e era de se esperar uma enxurrada de curiosos em Orphea.

Na prefeitura, uma reunião de emergência para definir como lidar com a situação foi realizada com o prefeito Brown, o major McKenna, representantes das cidades vizinhas, o chefe Gulliver, Montagne, Anna, Derek e eu.

A primeira pergunta à qual era preciso responder era se o festival seria mantido. Durante a noite anterior já havia sido decidido colocar todos os membros da companhia sob proteção policial.

— Na minha opinião, deveríamos cancelar a apresentação — falei. — Mantê-la só agravaria a situação.

— Sua opinião não conta, capitão — disse Brown num tom antipático. — Por algum motivo que desconheço, você tem problemas com o bom Harvey.

— *O bom Harvey*? — repeti num tom irônico. — Você também achava isso dele há vinte anos, quando roubou a namorada dele?

— Capitão Rosenberg — rosnou o prefeito —, seu tom e sua insolência são inaceitáveis!

— Jesse — me enquadrou o major McKenna —, sugiro que guarde para si mesmo suas opiniões. Acha que Kirk Harvey sabe mesmo alguma coisa a respeito do quádruplo homicídio?

— Desconfiamos que possa haver um elo entre sua peça e o caso.

— *Desconfiamos*? *Que possa haver*? — perguntou o major e suspirou. — Jesse, você tem provas concretas e incontestáveis?

— Não, são apenas suposições, mas relativamente comprovadas.

— Capitão Rosenberg — interveio o prefeito Brown —, todo mundo diz que o senhor é um grande investigador e respeito isso. Entretanto, me parece que desde que apareceu nesta cidade o senhor espalha o caos por onde passa, mas sem avançar em seu caso.

— É justamente porque estamos nos aproximando do assassino que ele está agindo assim.

— Ah, veja, estou fascinado com sua explicação para a confusão que reina em Orphea! — ironizou o prefeito. — Seja como for, vou manter a apresentação da peça.

— Senhor prefeito — interveio Derek —, acho que Harvey está zombando do senhor e que não revelará o nome do assassino.

— Ele não, sua peça, sim!

— Não brinque com as palavras, senhor prefeito. Estou convencido de que Kirk Harvey não faz ideia da identidade do assassino. Não devemos correr o risco de permitir que essa peça seja encenada. Não sei como o assassino reagirá se seu nome for de fato revelado.

— Exatamente — disse o prefeito Brown. — É algo inédito. Imagine a TV e os curiosos do lado de fora: Orphea é o centro das atenções. O país inteiro esqueceu os videogames e os programas de TV idiotas e as pessoas estão ansiosas por uma peça de teatro! Isso é extraordinário! O que está acontecendo, aqui e agora, é simplesmente único!

O major McKenna voltou-se para o chefe Gulliver:

— Qual é a sua opinião sobre a peça ser ou não apresentada, Gulliver?

— Peço demissão.

Foi a resposta de Gulliver.

— Como assim *pede demissão*? — perguntou o prefeito Brown, gaguejando.

— Estou me desligando do cargo imediatamente, Alan. Quero atuar nessa peça. Ela é extraordinária! Além do mais, também sou o centro das atenções. Nunca experimentei essa sensação de realização profissional. Finalmente, eu existo!

O prefeito Brown então decretou:

— Assistente Montagne, nomeio-o chefe de polícia interino.

Montagne abriu um sorriso vitorioso. Anna tentou permanecer impassível: aquele não era o momento de fazer uma cena. O prefeito voltou-se para o major McKenna e lhe perguntou:

— E o senhor, major, o que acha disso?

— A cidade é sua, prefeito Brown. O senhor é quem decide. Em todo caso, penso que, mesmo que cancele tudo, isso não resolverá a questão da segurança. A cidade continuará sendo invadida pela imprensa e pelos curiosos. Se o espetáculo for apresentado, então será necessário tomar medidas drásticas.

O prefeito fez uma pausa para refletir, depois declarou com voz firme:

— Vamos fechar os acessos à cidade e apresentar a peça.

McKenna enumerou então as medidas de segurança que deveriam ser tomadas. Todos os acessos à cidade seriam controlados. A rua principal, interditada. A companhia teatral estabeleceria sua base no Palácio do Lago, que seria posto sob intensa vigilância policial. Um comboio especial faria a escolta diária entre o hotel e o teatro.

Quando a reunião foi finalmente encerrada, Anna abordou o prefeito Brown no corredor.

— Merda, Alan! — explodiu ela. — Como pode nomear Montagne para o cargo de Gulliver? Afinal, você me fez vir para Orphea para que eu tomasse as rédeas da polícia, não foi isso?

— É provisório, Anna. Preciso que se concentre na investigação.

— Está com raiva de mim porque foi interrogado para a investigação? É isso?

— Você poderia ter me avisado, Anna, em vez de me levar feito um bandido.

— Se tivesse contado tudo o que sabia, você não teria sido considerado suspeito.

— Anna, se esse caso me custar a prefeitura, você também terá de fazer as malas — irritou-se Brown, que não estava no clima para discussões. — Então, me prove do que é capaz e pegue quem está espalhando o pânico por esta cidade.

O Palácio do Lago transformou-se num acampamento entrincheirado. A companhia dos atores havia sido conduzida para um salão, cujo acesso estava sendo vigiado pela polícia.

A imprensa e os curiosos se aglomeravam no pátio do estabelecimento, fritando sob o sol do meio-dia, esperando ver Harvey e os atores. A agitação apenas aumentou quando uma van e carros da polícia chegaram: a companhia ia ser transportada ao Teatro Municipal para os ensaios. Após uma longa espera, os atores finalmente apareceram, cercados por policiais. De trás das barreiras de segurança, as pessoas os ovacionavam, gritavam seus nomes. Os curiosos pediam fotos e autógrafos e os jornalistas, uma declaração.

Ostrovski foi o primeiro a se oferecer para atender às solicitações. Logo foi imitado pelos demais. Conquistados pela multidão entusiasta, os que ainda se preocupavam com os riscos de trabalhar em *Noite negra* acabaram se convencendo a continuar na peça. Estavam prestes a se tornar estrelas. As transmissões ao vivo revelavam ao país inteiro os rostos daquela companhia amadora que provocava o maior alvoroço.

— Eu disse a vocês que se tornariam estrelas — rejubilava-se Harvey, radiante.

A poucos quilômetros dali, em sua casa à beira-mar, Gerald Scalini e sua mulher viram, atordoados, o rosto de Dakota Éden na TV.

Em Nova York, Tracy Bergdorf, mulher de Steven, avisada por suas amigas, deparou, estupefata, com seu marido se exibindo como um astro de Hollywood.

Em Los Angeles, no Beluga Bar, os antigos atores de Kirk Harvey observavam, em choque, seu diretor de repente ficar famoso e aparecer nos canais de notícias o tempo todo. O país inteiro falava em *Noite negra*. Eles tinham perdido sua grande chance.

A única pista que Anna, Derek e eu podíamos explorar àquela altura era a possibilidade de Cody ter alguma ligação com Jeremiah Fold e seus pequenos atos criminosos. Decidimos voltar ao Ridge's Club para interrogar

Costico mais uma vez. Mas quando lhe mostramos um retrato do livreiro, o bandido garantiu nunca ter visto aquele homem.

— Quem é esse agora? — perguntou.

— Um homem que foi assassinado esta noite — respondi.

— Caramba — disse Costico, parecendo gemer. — Vocês não vão vir para cima de mim cada vez que toparem com um cadáver, vão?

— Então nunca viu esse homem na boate? Nem junto de Jeremiah?

— Vou repetir: nunca. O que faz vocês pensarem que há uma ligação entre eles?

— Tudo leva a crer que o prefeito Gordon, que você não conhece, adquiriu o texto de uma peça de teatro intitulada *Noite negra* na livraria desse Cody que você não conhece. É uma peça na qual o nome de Jeremiah Fold aparece de modo codificado.

— Por acaso tenho cara de quem faz teatro? — rebateu Costico.

Costico era muito burro para saber mentir direito: logo, podíamos acreditar quando afirmava nunca ter ouvido falar nem em Gordon nem em Cody.

Será que Gordon estava metido com o tráfico? A livraria de Cody teria servido como uma fachada? E se toda aquela história de autores locais tivesse sido um engodo para esconder uma jogada criminosa? As hipóteses se entrechocavam em nossa cabeça. Mais uma vez, faltavam-nos provas concretas.

Na ausência de algo melhor, decidimos ir ao motel onde Costico nos contara que encurralava seus lacaios. Ao chegarmos lá, percebemos que o estabelecimento não mudara nada com os anos. Quando saímos do carro, o uniforme de Anna e as insígnias da polícia em nossos cinturões desencadearam um pequeno movimento de pânico entre as pessoas no estacionamento local.

Interrogamos todas as prostitutas que tinham no mínimo 50 anos. Entre elas, uma que parecia a cafetina, que atendia pelo nome de Regina e declarou que mandava naquele lugar desde meados dos anos 1980.

Ela nos convidou a acompanhá-la até o quarto que lhe servia de escritório para que ficássemos tranquilos e, sobretudo, fora da vista dos clientes que afugentávamos.

— O que houve? — perguntou, fazendo-nos sentar num sofá revestido por algo que imitava couro. — Vocês não parecem ser da delegacia de costumes, nunca vi vocês antes.

— Somos da divisão de homicídios — expliquei. — Não viemos lhe causar problemas. Temos perguntas a respeito de Jeremiah Fold.

— Jeremiah Fold? — repetiu Regina, como se tivéssemos evocado um fantasma.

Assenti com a cabeça.

— Os lacaios de Jeremiah Fold fazem você lembrar de algo? — perguntei.

— Claro, gracinha.

— E por acaso conhece esses dois homens? — perguntei mostrando-lhe retratos de Gordon e Cody.

— Nunca vi esses caras.

— Preciso saber se eles tinham alguma ligação com Jeremiah Fold.

— Ligação com Fold? Não faço a menor ideia.

— Poderiam ter sido lacaios dele?

— É possível. Para ser sincera, não sei de nada. Jeremiah selecionava seus lacaios entre os clientes que não tinham o hábito de vir. Nossos clientes regulares costumavam ficar com as mesmas garotas e sabiam que não deviam tocar em Mylla.

— Quem é Mylla? — perguntou Derek. — A garota que servia de isca?

— Isso. Ela não foi a única, mas foi a que durou mais tempo. Dois anos. Até a morte de Jeremiah. As outras não ficavam nem três meses.

— Por quê?

— Todas se drogavam. Acabavam se tornando um estorvo. Jeremiah se livrava delas.

— Como?

— Overdose. A polícia não desconfiava de nada. Ele abandonava o corpo em um lugar qualquer e os policiais achavam que aquilo significava apenas que havia menos uma viciada no mundo.

— Mas essa Mylla não se drogava?

— Não. Nunca tocou nessas porcarias. Era uma garota inteligente, muito bem-educada, que acabou nas garras de Jeremiah. Ele devia estar minimamente apaixonado por ela, porque não a maltratava. Era mesmo muito bonita. Quer dizer, as garotas que estão aqui fora são putas, mas Mylla tinha algo a mais. Como uma princesa.

— E como ela seduzia os lacaios?

— Ela ficava na beira da estrada, levava-os até o quarto e lá Costico armava para eles. Conhecem Costico?

— Conhecemos — disse Anna —, falamos com ele. Mas não compreendo por que nenhum desses homens se defendeu.

— Ah, você tinha de ver Costico vinte anos atrás. Um monstro, muito musculoso. E cruel. Terrível. Às vezes, incontrolável. Já o vi quebrar joelhos e braços de alguns caras para ser obedecido. Um dia, invadiu a casa de um lacaio, acordou-o em sua cama com a esposa dele apavorada e deu-lhe uma surra na frente dela. O que querem que o cara faça depois disso? Que preste queixa na polícia, quando era "mula" no tráfico de drogas? Ele teria acabado preso.

— Então você deixava a coisa rolar?

— Nem o estacionamento nem o motel são meus — defendeu-se Regina. — Além disso, Jeremiah nos deixava em paz. Ninguém queria ter problemas com ele. Só uma vez vi um cara botar Costico em seu lugar, e foi divertido ver isso.

— O que aconteceu?

— Foi em janeiro de 1994, eu me lembro disso pois nevou muito. O cara saiu do quarto de Mylla completamente nu. Estava apenas com as chaves do carro. Costico correu atrás dele. O cara abriu a porta do carro e pegou um spray de gás lacrimogêneo. Deu um banho em Costico, que começou a berrar feito uma criancinha. Foi hilário. O cara entrou no carro e se mandou. Totalmente pelado! Na neve! Ah, que cena!

Regina riu com a lembrança.

— Você disse "spray de gás lacrimogêneo"? — perguntei, intrigado.

— Disse, por quê?

— Estamos procurando um homem, talvez ligado a Jeremiah Fold, que usa um spray de gás lacrimogêneo.

— Não faço ideia de quem seja, querido. Só vi a bunda dele, e vinte anos atrás.

— Alguma característica marcante?

— Uma bela bunda — respondeu Regina, sorrindo. — Costico talvez se lembre dele. O cara largou a calça com a carteira no quarto e acho que Costico não deixou essa passar.

Não insisti e perguntei:

— E onde está Mylla?

— Com a morte de Jeremiah, ela desapareceu. Melhor para ela. Espero que tenha refeito a vida em algum lugar.

— Faz ideia de seu nome verdadeiro?

— Nenhuma.

Anna, que sentiu que Regina não estava falando tudo, pressionou:

— Nós precisamos falar com essa mulher. É muito importante. Há um sujeito que está aterrorizando muita gente e matando inocentes para proteger seu segredo. Ele pode ter tido alguma ligação com Jeremiah Fold. Qual era o nome de Mylla? Se sabe, tem de nos dizer.

Regina, após nos encarar, levantou-se e foi vasculhar uma caixa repleta de papéis e coisas antigas. Tirou um velho recorte de jornal.

— Achei isso no quarto de Mylla depois que ela foi embora.

Estendeu-nos o pedaço de papel. Era um anúncio de uma pessoa desaparecida, publicado no *The New York Times* em 1992. A filha de um homem de negócios e político de Manhattan havia fugido e sumido do mapa. Chamava-se Miranda Davis. Acompanhando o anúncio, havia a foto de uma adolescente de 17 anos, que reconheci na mesma hora. Era Miranda, mulher de Michael Bird.

DAKOTA ÉDEN

Quando eu era pequena, meus pais diziam que não devíamos julgar as pessoas de forma precipitada e que era preciso dar-lhes uma segunda chance. Esforcei-me para perdoar Tara, fiz de tudo para restabelecer nossa amizade.

Em consequência da crise financeira de 2008, Gerald Scalini, que perdera uma bolada, fora obrigado a abrir mão do apartamento com vista para o Central Park, da casa nos Hamptons e de seu estilo de vida. Comparados a uma grande maioria de americanos, os Scalini ainda assim não tinham do que se queixar: mudaram-se para um belo apartamento no Upper East Side, e Gerald conseguiu que Tara permanecesse na mesma escola particular, o que não era pouca coisa. Mas não era mais a vida de antes, com motorista, cozinheiro e fim de semana numa casa de veraneio.

Gerald Scalini tentava dar a volta por cima, mas a mãe de Tara falava para quem quisesse ouvir: "Perdemos tudo. Estou me sentindo uma escrava, tenho que correr até a lavanderia, depois pegar minha filha na escola e fazer comida para todo mundo."

No verão de 2009, inauguramos o Jardim do Éden, nossa extraordinária casa de veraneio em Orphea. Digo "extraordinária" sem exagero: o lugar emanava algo maravilhoso. Havia sido construído e decorado com bom gosto. Todas as manhãs daquele verão, tomei meu café de frente para o mar. Passava o dia lendo e, sobretudo, escrevendo. Achava que a casa era como uma daquelas descritas nos livros como o hábitat ideal de um escritor.

No fim do verão, minha mãe me convenceu a convidar Tara para passar alguns dias em Orphea. A ideia não me agradou nem um pouco.

— A coitada vai ficar enfurnada em Nova York o verão inteiro — defendeu minha mãe.

— Ela não merece nossa pena, mãe.

— Querida, temos que saber separar as coisas e ser pacientes com nossos amigos.

— Ela me irrita. Gosta de bancar a sabichona, como se soubesse tudo.

— Talvez porque se sinta ameaçada, depois de tudo o que aconteceu. Você precisa manter suas amizades.

— Ela não é mais minha amiga.

— É como dizem: amigo é aquele que sabe de todos os seus defeitos e mesmo assim gosta de você. Além disso, você ficava toda feliz quando era convidada por ela para ir à casa dos Scalini em East Hampton.

Acabei convidando Tara. Minha mãe tinha razão: nosso reencontro nos fez bem. Eu sentia de novo aquela energia do começo de nossa amizade. Passamos noites inteiras deitadas no gramado, conversando. Certa noite, aos prantos, ela me confessou ter armado o roubo do laptop para que eu fosse acusada. Confessou que tinha ficado com inveja do meu texto, que aquilo não se repetiria mais, que ela me amava mais do que tudo. Implorou que a perdoasse e a perdoei. Todas aquelas histórias foram então esquecidas.

Renovada nossa amizade, os laços entre nossos pais, que haviam se desfeito quando nos afastamos, voltaram a se fortalecer. Os Scalini foram até mesmo convidados para passar um fim de semana no Jardim do Éden, durante o qual Gerald, insuportável como sempre, não parou de criticar o gosto de meus pais: "Ah, que pena que escolheram esse material!" Ou ainda: "Para ser sincero, eu não teria feito dessa maneira!" Tara e eu havíamos voltado a ser inseparáveis, e passávamos nosso tempo na casa uma da outra. Recuperamos também o hábito de escrever juntas. Esse período coincidiu com minha descoberta do teatro, que passei a adorar: lia uma peça atrás da outra. Pensei inclusive em escrever uma. Tara dizia que poderíamos tentar fazer isso em conjunto. Em função do emprego no Canal 14, meu pai recebia convites para as estreias, então sempre íamos ao teatro.

Na primavera de 2010, meus pais me deram de presente o laptop dos meus sonhos. Eu não podia estar mais feliz. Passei o verão inteiro escrevendo na varanda de nossa casa de Orphea. Meus pais se preocuparam com isso.

— Não quer ir à praia, Dakota? Ou à cidade? — perguntavam.

— Estou escrevendo — respondia —, estou muito ocupada.

Pela primeira vez, escrevia uma peça de teatro, intitulada *Sr. Constantino*. A trama era a seguinte: o Sr. Constantino é um velho que mora sozinho numa mansão nos Hamptons, onde seus filhos nunca vão visitá-lo. Um dia, cansado de se sentir abandonado, ele os faz acreditar que está morrendo: os filhos, esperando herdar a casa, correm até a cabeceira da cama dele e cedem a todos os seus caprichos.

Era uma comédia. Eu estava apaixonada por ela: dediquei-lhe um ano inteiro. Meus pais me viam o tempo todo no laptop.

— Está dedicando tempo demais a isso! — diziam.

— Não é tempo demais, eu estou me divertindo.

— Então está se divertindo demais!

Aproveitei o verão de 2011 para terminar *Sr. Constantino* e, quando as aulas voltaram em setembro, pedi à minha professora de literatura que lesse, e ela gostou muito. Sua primeira reação, uma vez terminada a leitura, foi me convocar para uma reunião junto com meus pais.

— Os senhores leram o texto de sua filha?

— Não — responderam eles. — Ela queria que a senhora lesse primeiro. Há algum problema?

— Problema? Estão brincando. É excelente! Que texto extraordinário! Acho que sua filha tem um dom. Foi por isso que marquei esta reunião: como talvez saibam, estou envolvida com o grupo de teatro da escola. Todos os anos, no mês de junho, montamos uma peça, e eu queria que esse ano fosse a de Dakota.

Eu não podia acreditar: minha peça ia ser encenada. A escola inteira passou a falar disso. Eu, que não recebia muita atenção, de repente me tornei popular.

Os ensaios começariam em janeiro. Restavam-me poucos meses para refinar o texto. Gastei todo meu tempo fazendo isso, inclusive durante as férias de inverno. Eu queria mesmo que ficasse perfeito. Tara ia lá em casa diariamente e nos trancávamos no meu quarto. Sentada à minha mesa e com os olhos pregados na tela do laptop, eu lia as falas dos personagens em voz alta. Tara, deitada na minha cama, escutava com atenção e opinava.

Tudo desandou no último domingo das férias, na véspera do dia em que eu deveria entregar o texto. Tara estava lá em casa, como em todos os dias anteriores. Era fim de tarde. Ela falou que estava com sede e fui à cozinha pegar um copo d'água para ela. Quando voltei ao quarto, ela se preparava para sair.

— Já vai?

— Vou, perdi a noção da hora. Preciso voltar para casa.

De repente, ela me pareceu estranha.

— Está tudo bem, Tara?

— Está, está tudo bem. A gente se vê amanhã na escola.

Acompanhei-a até a porta. Quando voltei ao laptop, o texto não estava mais na tela. Achei que se tratava de um problema técnico, mas, ao tentar reabrir o documento, percebi que ele tinha desaparecido. Achei então que estava olhando na pasta errada, mas logo me dei conta de que meu texto de fato havia sumido. E, quando verifiquei a lixeira do computador e constatei que acabara de ser esvaziada, logo compreendi: Tara tinha deletado minha peça e não havia mais como recuperá-la.

Caí em prantos, antes de ter um colapso nervoso. Meus pais chegaram correndo no quarto.

— Por favor me diga que você fez uma cópia — disse meu pai.

— Não! — berrei. — Estava tudo aqui! Perdi tudo.

— Dakota... — Ele começou a me repreender. — Eu tinha falado...

— Jerry — interrompeu minha mãe, que percebera a gravidade da situação —, acho que não é o momento.

Expliquei aos meus pais o que havia acontecido: Tara me pedira água, eu me ausentara por um instante, depois ela foi embora apressada e minha peça não estava mais ali. Minha peça não podia ter evaporado. Só podia ter sido Tara.

— Mas por que ela teria feito uma coisa dessas? — perguntou minha mãe, que queria a todo custo entender o que se passava.

Ela telefonou para os Scalini e explicou o que havia acontecido. Eles defenderam a filha, juraram que ela nunca faria aquilo e censuraram minha mãe por tê-la acusado sem provas.

— Gerald — disse minha mãe ao telefone —, essa peça não se deletou sozinha. Será que posso falar com Tara, por favor?

Mas Tara não queria falar com ninguém.

Minha última esperança era a cópia que eu havia imprimido e que entregara em setembro à minha professora de literatura, mas ela não a encontrou. Meu pai levou meu laptop a um dos especialistas em informática do Canal 14, mas ele explicou que não poderia ajudar.

— Quando a lixeira é esvaziada, é esvaziada — falou ao meu pai. — Ela não fez nenhum back-up?

Minha peça não existia mais. Um ano de trabalho roubado. Um ano de trabalho que virara fumaça. Foi um sentimento indescritível. Como se eu tivesse perdido parte de mim.

Meus pais e minha professora de literatura só propunham soluções idiotas: "Tente reescrever a peça pelo que você se lembra. Deve sabê-la de cor." Dava para perceber que eles nunca tinham escrito. Impossível ressuscitar um ano de criação em poucos dias. A escola me deu a oportunidade de escrever uma nova peça para ser encenada no ano seguinte, mas eu tinha perdido qualquer vontade de escrever. Estava deprimida.

Dos meses seguintes só me lembro de sentir uma espécie de amargura. Uma dor profunda na alma: a de uma enorme injustiça. Tara devia pagar pelo que fez. Eu não queria nem saber por que ela deletara meu texto, só queria vingança. Minha vontade era que ela sofresse como eu estava sofrendo.

Meus pais se reuniram com o diretor da escola, que se eximiu de qualquer responsabilidade.

— Pelo que entendi, isso aconteceu fora do âmbito escolar, logo, não posso intervir. Essa pequena desavença deve ser resolvida direto com os pais de Tara Scalini.

— Pequena desavença? — repetiu minha mãe, irritada. — Tara destruiu um ano de trabalho da minha filha! As duas são alunas desta escola, cabe ao senhor tomar providências!

— Escute, Sra. Éden, talvez essas duas precisem se afastar, elas não param de se sabotar. Primeiro, é Dakota que rouba o laptop de Tara...

— Ela não roubou esse laptop! — exaltou-se minha mãe. — Tara armou tudo!

O diretor suspirou e disse:

— Sra. Éden... Resolvam isso direto com os pais de Tara. É o melhor.

Os pais de Tara não quiseram nem ouvir. Defenderam a filha com unhas e dentes, dizendo que era tudo invenção minha.

Os meses foram se passando.

Todo mundo esqueceu o incidente, menos eu. Meu coração era uma ferida aberta que se recusava a cicatrizar. Eu só falava nisso, e meus pais me mandaram esquecer aquela história, diziam que eu devia seguir em frente.

Em junho, o grupo de teatro acabou apresentando uma adaptação de Jack London. Eu me recusei a assistir à estreia. Aquela noite, fiquei trancada no quarto, chorando. Mas minha mãe, em vez de me reconfortar, disse:

— Dakota, já se passaram seis meses. Você precisa partir para outra.

Mas eu não conseguia. Ficava encarando a tela do computador sem saber o que escrever. Sentia-me vazia. Vazia de qualquer vontade e inspiração.

Morria de tédio. Exigia a atenção dos meus pais, mas meu pai dedicava-se ao trabalho e minha mãe nunca estava em casa. Eu nunca me dera conta de como eles eram ocupados.

Naquele verão, no Jardim do Éden, eu não saía da internet. Passava os dias principalmente no Facebook. Era isso ou o tédio. Percebi que, a não ser por Tara, eu não havia feito muitas amizades naqueles últimos tempos. Sem dúvida, tinha me concentrado demais na escrita. Tentava então recuperar o tempo perdido no mundo virtual.

Várias vezes por dia, espiava a página de Tara no Facebook. Queria saber o que ela fazia, o que via. Não havíamos mais trocado uma palavra desde aquele domingo de janeiro quando ela foi à minha casa pela última vez. Ainda assim, eu a espionava e odiava tudo que ela postava. Talvez fosse minha maneira de exorcizar o sofrimento que ela me causara. Ou eu estaria cultivando esse ressentimento?

Em novembro de 2012, estávamos sem nos falar havia dez meses. Uma noite, quando eu estava trancada no quarto conversando com várias pessoas no Facebook, recebi uma mensagem dela. Era um texto bastante longo.

Compreendi na hora que era uma carta de amor.

Nela, Tara me contava seu sofrimento, que durava anos. Que ela não se perdoava pelo que me fizera. Que desde a primavera vinha fazendo terapia com um psiquiatra, que a ajudava a enxergar as coisas de forma mais clara. Ela declarava ser hora de se aceitar como era. Revelou-me então sua homossexualidade e dizia que me amava. Que tinha me falado isso várias vezes, mas eu nunca havia compreendido o que ela queria dizer. Explicou que havia ficado com ciúmes da peça que escrevi, porque ela estava lá na minha cama, se oferecendo, e eu só tinha olhos para o meu texto. Contou-me sobre sua dificuldade de expressar sua verdadeira identidade e pediu desculpas por seu comportamento. Dizia querer consertar tudo e esperava que a confissão de seus sentimentos me permitisse compreender seu gesto impensado, pelo qual afirmava se odiar todos os dias. Lamentava que aquele amor por mim, intenso e inconveniente, que ela nunca ousara declarar, tivesse lhe feito perder o juízo.

Reli a carta várias vezes. Fiquei me sentindo perturbada, desconfortável. Minha vontade era não perdoar. Acho que tinha alimentado de tal forma a raiva pelo que Tara havia feito que era impossível que aquele sentimento sumisse num piscar de olhos. Então, após hesitar por um momento, encaminhei pelo Facebook a carta de Tara a todos os meus colegas.

Na manhã seguinte, a escola inteira a tinha lido. Tara passou a ser *Tara, a lésbica*, com todos os derivados pejorativos do termo que se possa imaginar. Aquela não era minha intenção inicial, mas percebi que me fazia bem ver Tara assim, sendo ridicularizada. Além disso, e o mais importante, ela confessava ter destruído meu texto. Finalmente a verdade vinha à tona. A culpada estava acuada e a vítima, um pouco reconfortada. Mas o que todo mundo guardou da carta que eu repassara foi a orientação sexual de Tara.

Na mesma noite, Tara me escreveu novamente no Facebook: "Por que fez isso comigo?" Respondi sem pestanejar: "Porque odeio você." Acho que naquele momento eu sentia ódio de verdade. E era algo que me consumia. Tara logo virou objeto de todas as zombarias e injúrias possíveis, e, ao cruzar com ela nos corredores da escola, eu pensava que ela merecia tudo aquilo. Eu continuava obcecada com aquela noite de janeiro em que ela apagara meu texto. Aquela noite em que ela roubara minha peça de teatro.

Foi nesse período que virei amiga de Leyla. Ela estava num outro nível social na escola, bem distante do meu: era a garota para quem todo mundo olhava, carismática e sempre bem-vestida. Ela veio falar comigo um dia no refeitório. Comentou que tinha achado genial que eu tivesse divulgado a carta de Tara. Leyla sempre a julgara pretensiosa.

— O que você vai fazer sábado à noite? — perguntou Leyla. — Quer ir lá para casa?

Os sábados na casa de Leyla tornaram-se uma tradição. Várias garotas da escola iam para lá, a gente se trancava no quarto dela, tomávamos as bebidas que ela roubava do pai, fumávamos no banheiro e mandávamos pelo Facebook mensagens para Tara, xingando-a. *Porca, puta, chupadora de boceta*. Valia tudo. Dizíamos que a odiávamos, e a xingávamos de tudo que é nome. Adorávamos isso. *Vamos matar você, puta. Piranha. Puta.*

Era esse o tipo de garota que eu me tornara. Um ano antes, meus pais insistiam para que eu saísse, fizesse amizades, mas eu preferia passar o fim de semana escrevendo. Agora eu enchia a cara no quarto de Leyla e passava as noites xingando Tara. Quanto mais a detestava, mais tinha a impressão de que ela estava definhando. Eu que a admirara tanto, passei a sentir prazer em subjugá-la. Nos corredores da escola, comecei a empurrá-la. Um dia, Leyla e eu a arrastamos para o banheiro e lhe demos uma surra. Eu nunca tinha batido em ninguém. Na primeira bofetada, tive medo de sua reação, que ela se defendesse, me imobilizasse, mas ela se deixava espancar. Eu me sentia forte vendo-a chorar, suplicar para que eu parasse de bater. Adorei isso. A sensação de força. Vê-la tão miserável. As surras se repetiam sempre que tínhamos oportunidade. Um dia, enquanto eu a espancava, ela se mijou toda. E à noite, no Facebook, dirigi-lhe uma enxurrada de insultos. *Você tem mais é que morrer, sua puta. É o melhor que pode acontecer a você.*

Isso durou três meses.

Uma manhã, em meados de fevereiro, viaturas policiais estacionaram, em frente à escola. Tara havia se enforcado no quarto.

Não demorou muito para a polícia me procurar.

Alguns dias após a tragédia, quando eu me arrumava para a escola, policiais vieram até a minha casa. Mostraram-me dezenas de páginas impressas com as mensagens que eu enviara a Tara. Meu pai ligou para seu advogado, Benjamin Graff. Quando os policiais foram embora, ele garantiu que podíamos ficar tranquilos, que a polícia não conseguiria provar a relação de causalidade entre minhas mensagens no Facebook e o suicídio de Tara. Lembro que ele soltou uma frase do tipo:

— Sorte que a menina Scalini não deixou um bilhete suicida explicando por que fez aquilo, senão Dakota teria acabado em maus lençóis.

— *Sorte?* — berrou minha mãe. — Você se dá conta do que está falando, Benjamin? Você me enoja!

— Só estou tentando fazer o meu trabalho — justificou-se Benjamin Graff — e evitar que Dakota termine na cadeia.

Só que ela havia deixado uma carta, que foi descoberta por seus pais dias depois enquanto arrumavam seu quarto. Nela, Tara explicava em detalhes que preferia morrer a continuar a ser humilhada por mim todos os dias.

Os Scalini entraram na justiça.

A polícia de novo. Foi naquele momento que caiu a ficha. Eu tinha matado Tara. Algemas. Delegacia. Sala de interrogatório.

Quando apareceu, Benjamin Graff tinha perdido a arrogância. Estava inclusive preocupado. Dizia que o promotor poderia querer me usar como exemplo para mandar um recado àqueles que aterrorizavam os colegas pela internet. Dependendo da abordagem que escolhesse, instigação ao suicídio poderia ser considerado até mesmo homicídio.

— Você pode ser julgada como uma adulta — advertiu-me Graff. — Se for este o caso, correrá o risco de pegar quinze anos de prisão. A menos que faça um acordo com a família de Tara e eles decidam retirar a queixa.

— Um acordo? — perguntou minha mãe.

— Envolvendo dinheiro — esclareceu Graff. — Em contrapartida, eles desistiriam de entrar na justiça contra Dakota. Não haveria julgamento.

Meu pai encarregou Graff de negociar com o advogado dos Scalini. E Graff voltou com suas exigências.

— Eles querem sua casa de Orphea — explicou aos meus pais.

— Nossa casa? — repetiu meu pai, incrédulo.

— Sim.

— Então a casa é deles — disse meu pai. — Chame o advogado da família agora mesmo e lhe prometa que estarei amanhã no cartório assim que ele abrir.

JESSE ROSENBERG

Quinta-feira, 24 de julho de 2014
2 dias antes da abertura do festival

O ex-agente especial Grace, da ATF, agora com 72 anos, curtia uma aposentadoria tranquila em Portland, no estado do Maine. Quando falei com ele ao telefone, mostrou-se imediatamente interessado pelo meu caso:

— Podemos nos encontrar? — perguntou. — Tenho uma coisa para mostrar.

Para evitar uma ida ao Maine, combinamos de nos encontrar no meio do caminho, em Worcester, Massachusetts. Grace nos deu o endereço de um pequeno restaurante que ele gostava e onde ninguém nos perturbaria. Quando chegamos lá, ele já estava diante de uma pilha de panquecas. Tinha emagrecido e o rosto, enrugado, envelhecera, mas não mudara muito.

— Rosenberg e Scott, os dois terrores de 1994 — disse Grace, sorrindo ao nos ver. — Sempre achei que nossos caminhos voltariam a se cruzar.

Sentamos à sua frente. Ao reencontrá-lo, tive a impressão de estar fazendo uma viagem no tempo.

— Quer dizer que de repente vocês estão interessados em Jeremiah Fold? — indagou.

Fiz um resumo detalhado da situação, então ele discorreu:

— Como eu dizia a você ontem ao telefone, capitão Rosenberg, Jeremiah era como uma enguia. Escorregadio, intocável, rápido, elétrico. Tudo que um policial mais detesta.

— Por que na época a ATF estava interessada nele?

— Para ser honesto, nosso foco não era ele especificamente. Para nós, o principal eram aqueles estoques de armas roubadas do Exército e vendidas na região de Ridgesport. Foram necessários meses de investigação para compreender tudo que acontecia naquele bar esportivo onde nossos caminhos se cruzaram em 1994. Uma das pistas consideradas era justamente Jeremiah Fold, que sabíamos, por intermédio de informantes, que cometia inúmeros delitos. Percebi na hora que aquele não era nosso homem, mas fiquei pasmo nas poucas semanas que o vigiamos: aquele cara era um maníaco, absurdamente organizado. Acabamos perdendo o interesse nele por completo. E, numa manhã de julho de 1994, de repente seu nome voltou à tona.

Quartel-general da ATF, Ridgesport
Manhã de 16 de julho de 1994

Eram sete da manhã quando o agente Riggs chegou ao quartel-general da ATF para render Grace, que passara a noite lá.

— Passei pela rodovia 16 a caminho daqui e vi um acidente feio — disse Riggs. — Um motoqueiro morreu. Adivinha quem era?

— O motoqueiro? Não faço ideia — respondeu Grace, cansado e sem ânimo para adivinhações.

— Jeremiah Fold.

O agente Grace ficou estupefato.

— Jeremiah Fold está morto?

— Praticamente. Segundo os policiais, não falta muito para isso acontecer. Está num estado lastimável. Parece que o idiota estava sem capacete.

Grace pareceu intrigado. Jeremiah Fold era um homem prudente e meticuloso. Não era do tipo que arriscava a vida de maneira estúpida. Alguma coisa não batia. Saindo do quartel-general, Grace decidiu dar um pulo na rodovia 16. Duas viaturas da polícia rodoviária e um guincho continuavam no local.

— O cara perdeu o controle da moto — explicou um dos policiais presentes, dirigindo-se a Grace. — Acabou saindo da estrada e colidiu em cheio com uma árvore. Passou horas agonizando. Os socorristas falaram que ele estava ferrado.

— E acha que ele perdeu o controle da moto por conta própria? — indagou Grace.

— Sim. Não há em lugar algum da estrada marcas que indiquem que ele tentou frear. Por que a ATF está interessada nisso?

— Esse cara era um bandido poderoso na área. Um sujeito cauteloso. Não consigo vê-lo morrendo desse jeito.

— Em todo caso, não cauteloso o suficiente para usar um capacete — rebateu o policial, pragmático. — Está achando que foi um caso de ajuste de contas?

— Não faço ideia. Sinto que alguma coisa não bate. Não sei o que é.

— Se quisessem matar esse sujeito, teriam matado. Quero dizer: teriam atacado, atirado nele. No caso, o cara ficou horas agonizando na valeta. Se fosse encontrado um pouco antes, poderia ter sobrevivido. Não é bem como imagino um assassinato bem executado.

Grace assentiu e entregou seu cartão de visita ao policial.

— Envie-me uma cópia do seu relatório, por favor.

— Claro, agente especial Grace. Pode deixar.

Grace ainda ficou um longo tempo examinando o acostamento da estrada. Os policiais rodoviários já tinham partido quando algo no meio do mato chamou a atenção de Grace. Era um pedaço de plástico fosco e alguns cacos transparentes. Recolheu-os: era um pedaço de para-choque e estilhaços dos faróis.

— Só havia aqueles poucos fragmentos — explicou Grace entre duas garfadas de panqueca. — Mais nada. O que significava que aqueles resíduos já estavam ali há algum tempo ou que alguém fizera uma limpeza durante a noite.

— Alguém que teria colidido de propósito contra Jeremiah Fold? — perguntou Derek, espantado.

— Isso. O que explicaria por que não havia marcas de pneus tentando frear. Deve ter sido um impacto enorme. Em seguida o motorista pôde recolher a maioria das peças para não deixar rastros, antes de fugir no carro com a lataria completamente destruída, mas ainda em condições de ser dirigido. Depois disso, essa pessoa deve ter dito ao seu mecânico que atingira um cervo para justificar o estado do carro. Não devem ter feito mais perguntas.

— O senhor investigou essa pista? — perguntei então.

— Não, capitão Rosenberg. Mais tarde eu soube que Jeremiah Fold não costumava usar capacete, que sofria de claustrofobia. Logo, havia algumas exceções à regra de ser cauteloso. E depois, de toda forma, aquela história não era da alçada da ATF. Eu já tinha trabalho suficiente para querer me meter em acidentes de trânsito. Mas sempre tive essa dúvida.

— Então não levou a investigação adiante? — inquiriu Derek.

— Não. Embora três meses mais tarde, no fim de outubro de 1994, o chefe da polícia de Orphea, que tivera a mesma dúvida que eu, tenha entrado em contato comigo.

— Kirk Harvey foi procurá-lo? — espantei-me.

— Kirk Harvey. É esse o nome. Sim, conversamos um pouco sobre essa ocorrência. Ele disse que voltaria a me procurar, mas nunca fez isso. Deduzi então que tinha desistido. O tempo passou e desisti também.

— Então nunca mandou analisar os estilhaços dos faróis? — quis saber Derek.

— Não, mas os senhores podem fazer isso. Eu os guardei.

Um brilho de malícia surgiu no olhar de Grace. Após limpar a boca com um guardanapo, ele estendeu um saco plástico em nossa direção. Dentro, havia um grande pedaço de para-choque preto e estilhaços de farol. Ele sorriu e falou:

— Agora depende dos senhores.

A nossa viagem de ida e volta a Massachusetts pode ter valido a pena: se Jeremiah Fold de fato fora assassinado, talvez tivéssemos descoberto o elo com a morte do prefeito Gordon.

Na privacidade do Teatro Municipal, cercado pela multidão e vigiado como uma fortaleza, os ensaios continuavam, mas sem avançar de verdade.

— Por motivos evidentes de segurança, não posso revelar mais — explicou Kirk Harvey aos atores. — Entregarei o resto dos textos na noite da estreia, cena após cena.

— A "Dança dos mortos" será mantida? — inquietou-se Gulliver.

— É óbvio, é um dos pontos altos do espetáculo.

Enquanto Harvey respondia às perguntas dos atores, Alice esgueirou-se discretamente para fora da sala. Estava com vontade de fumar. Dirigiu-se à entrada dos artistas, que dava para um beco sem saída, interditado à imprensa e aos curiosos. Ali estaria tranquila.

Acendeu seu cigarro, sentada no meio-fio. Foi então que viu um homem aparecer, com uma credencial de imprensa pendurada no pescoço.

— Frank Vannan, *The New York Times* — apresentou-se.

— Como chegou até aqui? — perguntou Alice.

— A arte do jornalismo é conseguir entrar em locais com acesso proibido. Você trabalha na peça?

— Alice Filmore. Sim, sou uma das atrizes.

— Qual é o seu papel?

— Não está muito claro. Harvey, o diretor, é bastante vago sobre o conteúdo da peça, a fim de evitar que qualquer coisa vaze para a imprensa.

O jornalista pegou um bloquinho e fez algumas anotações.

— Pode escrever o que quiser, mas não cite meu nome, por favor.

— Sem problema, Alice. Então nem você sabe o que essa peça vai revelar?

— Sabe, Frank, é uma peça sobre um segredo. E um segredo, no fundo, tem mais importância no que esconde do que no que revela.

— Como assim?

— Preste atenção em quem está na companhia, Frank. Cada ator esconde alguma coisa. Harvey, diretor histérico cuja vida amorosa é um fracasso, Dakota Éden, consumida por uma infelicidade corrosiva, ou ainda Charlotte Brown, direta ou indiretamente envolvida nessa história, que foi presa, solta, e continua a vir ensaiar custe o que custar. Por quê? Sem falar em Ostrovski e Gulliver, dispostos a serem humilhados para se aproximarem o mínimo que seja da glória que passaram a vida toda querendo. Sem esquecer o diretor de uma prestigiosa revista literária de Nova York que transa com uma de suas funcionárias e se esconde da mulher vindo aqui. Se quer minha opinião, Frank, a questão não é tanto descobrir o que essa peça revelará, e sim saber o que ela esconde.

Alice virou-se para voltar pela porta que tinha deixado aberta com um tijolo que encontrara por ali.

— Entre, se quiser — disse ao jornalista. — Vale a pena dar uma olhada. Mas, por favor, não conte a ninguém que fui eu que abri a porta.

— Pode ficar tranquila, Alice, ninguém vai descobrir que foi você. É apenas a porta de um teatro, qualquer um pode tê-la aberto para mim.

Alice corrigiu-o de pronto:

— É a porta do inferno.

Nesse mesmo dia, enquanto Derek e eu íamos a Massachusetts, Anna foi encontrar Miranda Bird, mulher de Michael Bird, ex-Miranda Davis, que costumava ser usada como isca por Jeremiah Fold e Costico.

Miranda tinha uma loja de roupas na rua principal de Bridgehampton, chamada Keith & Danee, situada bem ao lado do Café Golden Pear. Estava sozinha na loja quando Anna entrou. Reconheceu-a na hora e sorriu para a policial, embora estivesse intrigada com sua visita.

— Bom dia, Anna, está procurando Michael?

Anna sorriu de volta, de maneira gentil.

— Estou procurando você, Miranda.

Mostrou-lhe o aviso de pessoa desaparecida que tinha nas mãos. Miranda ficou atônita.

— Não se preocupe — Anna quis tranquilizá-la —, só quero conversar.

Miranda, contudo, estava lívida.

— Vamos sair daqui — sugeriu —, dar uma volta, não quero que os clientes me vejam assim.

Fecharam a loja e entraram no carro de Anna. Tomaram a direção de East Hampton, depois seguiram por uma estradinha de terra até se sentirem completamente a sós, na beira da floresta, junto a um campo florido. Miranda saiu do carro, como se estivesse enjoada, ajoelhou-se no capim e caiu no choro. Anna agachou-se ao seu lado e tentou acalmá-la. Demorou uns quinze minutos para Miranda conseguir voltar a falar.

— Meu marido, minhas filhas... eles não sabem. Não me destrua, Anna. Eu imploro a você, não me destrua.

Imaginando que sua família descobriria seu segredo, Miranda continuava a chorar.

— Não se preocupe, Miranda, ninguém saberá de nada. Mas precisa me falar de Jeremiah Fold.

— Jeremiah Fold? Ah, meu Deus! Eu esperava não ouvir esse nome nunca mais na vida. Por que ele?

— Porque tudo indica que, de alguma maneira, ele esteve envolvido no quádruplo homicídio de 1994.

— Jeremiah?

— É, sei que pode parecer estranho, uma vez que ele morreu antes do crime, mas o nome dele veio à tona na investigação.

— O que deseja saber?

— Em primeiro lugar: como você acabou ficando à mercê de Jeremiah Fold?

Miranda olhou para Anna com tristeza. Após um longo silêncio, resolveu se abrir:

— Nasci em 3 de janeiro de 1975, mas comecei a viver mesmo em 16 de julho de 1994, no dia em que soube que Jeremiah Fold havia morrido. Jeremiah era ao mesmo tempo o sujeito mais carismático e mais cruel que já conheci. Um sujeito de uma perversidade rara. Nada a ver com a ideia que fazemos de um bandido frio e brutal: era muito pior que isso. Era uma verdadeira força do mal. Conheci-o em 1992, após fugir da casa de meus pais. Eu tinha 17 anos naquela época e detestava o mundo inteiro por razões que hoje não fazem sentido. Eu estava em guerra com meus pais e, uma noite, parti. Era verão, o tempo estava ameno. Passei algumas noites ao ar livre, sob as estrelas, depois caí na conversa de uns caras que conheci por acaso e passei a morar numa ocupação, uma velha casa abandonada que virara uma comunidade meio hippie. Eu adorava aquela vida despreocupada. Além disso, tinha um pouco de dinheiro, o suficiente para comer e viver. Até o dia em que os caras que também moravam ali souberam dessa minha grana. Tentaram me roubar, vieram para cima de mim. Consegui chegar até a rodovia e quase fui atropelada por um cara de moto. Ele não usava capacete: era jovem, bonitão, vestia um terno bem cortado e belos sapatos. Viu que eu parecia transtornada e perguntou o que estava acontecendo. Então ele percebeu que havia três caras me perseguindo e acabou com eles. Achei que tinha encontrado meu anjo da guarda. Ele me levou para sua casa, na garupa da moto, bem devagar porque eu "estava sem capacete e era perigoso", dizia. Era um homem extremamente cuidadoso.

Agosto de 1992

— Onde quer ficar? — perguntou Jeremiah a Miranda.

— Não tenho aonde ir. Posso ficar alguns dias na sua casa?

Jeremiah levou Miranda para sua casa e instalou-a no quarto de hóspedes. Fazia semanas que ela não dormia numa cama de verdade. No dia seguinte, conversaram com calma.

— Miranda, você ainda tem 17 anos. Preciso levá-la para a casa de seus pais.

— Eu estou implorando, me deixe ficar um pouco. Não vou incomodar, prometo.

Jeremiah acabou aceitando. Disse que poderia permanecer dois dias, que se prolongaram por tempo indefinido. Permitiu que Miranda o acompanhasse à boate, mas proibiu que lhe servissem bebida alcoólica. Então, quando ela pediu para trabalhar para ele, ele a contratou como *hostess* do Ridge's Club. Miranda teria preferido trabalhar lá dentro, como garçonete, mas Jeremiah não queria:

— Legalmente você não pode servir bebida alcoólica, Miranda.

Aquele homem a fascinava. Uma noite, ela tentou beijá-lo, mas ele a impediu e falou:

— Miranda, você ainda é menor. Eu posso ter problemas.

Então, por algum motivo que era estranho a ela, Jeremiah começou a chamá-la de Mylla. Ela não sabia por quê, mas gostava de ter sido apelidada por ele. Tinha a impressão de que isso tornava o laço entre os dois mais especial. Depois ele lhe pediu para lhe prestar alguns serviços. Ela tinha que levar pacotes para pessoas que não conhecia e ir a restaurantes receber grossos envelopes, os quais ela entregava a Jeremiah. Um dia, compreendeu o que Jeremiah realmente fazia: ela estava transportando drogas, dinheiro, sabe-se lá mais o quê. Foi logo procurá-lo, inquieta:

— Eu achava que você era do bem, Jeremiah.

— Eu sou do bem!

— Dizem que você é traficante. Abri um dos seus pacotes...

— Não deveria ter feito isso, Mylla.

— Eu não me chamo Mylla!

Na hora, ele deu a entender que ela não teria mais que fazer aquilo. Mas logo no dia seguinte, chamou-a como se estivesse falando com um cachorro:

— Mylla! Mylla, leve esse pacote para Fulano!

Ela ficou com medo. Decidiu fugir. Pegou o pacote, como ele pedira, mas não o entregou no destino indicado. Jogou-o numa lata de lixo e embarcou num trem. Queria voltar para a casa dos pais, em Nova York. Queria reencontrar o aconchego de um lar. Com o dinheiro que lhe restava, pegou um táxi. Quando o táxi a deixou diante da casa dos pais, sentiu-se tomada por uma profunda felicidade. Era meia-noite de uma bela noite de outono. A rua estava sossegada, deserta, todos dormiam. De repente, ela o avistou. Sentado nos degraus da entrada da casa. Jeremiah. Ele fuzilou-a com o olhar. Ela quis gritar, fugir, mas Costico, braço direito de Jeremiah, surgiu atrás dela. Jeremiah fez sinal para Miranda se calar. Levaram-na de carro até o Ridge's Club. Pela primeira vez, conduziram-na ao cômodo apelidado de escritório. Jeremiah queria saber onde estava o pacote. Miranda chorava. Confessou na hora que o jogara no lixo. Estava arrependida, prometeu nunca mais fazer aquilo de novo. Jeremiah repetia:

— Você não vai me deixar, Mylla, está entendendo? Você me pertence!

Ela chorava, pôs-se de joelhos, aterrorizada e confusa. Jeremiah decretou:

— Vou castigá-la, mas não vou deformá-la.

A princípio Miranda não entendeu. Então Jeremiah agarrou-a pelos cabelos e arrastou-a até a tina com água. Mergulhou sua cabeça durante longos segundos. Ela achou que estava morrendo. Quando ele terminou, enquanto ela jazia no chão, chorando e tremendo, Costico atirou em sua direção alguns retratos dos pais dela.

— Se desobedecer — advertiu-a —, se fizer alguma besteira, mato os dois.

Miranda interrompeu sua história por um momento.

— Eu sinto muito mesmo por fazê-la reviver tudo isso. — Anna reconfortou-a, pegando suas mãos. — O que aconteceu depois?

— Foi o começo de uma vida nova, a serviço de Jeremiah. Ele me instalou no quarto de um motel nojento, na beira da rodovia 16. Um lugar ocupado basicamente por putas.

Setembro de 1992

— Essa é a sua nova casa — disse Jeremiah a Miranda, entrando no quarto do motel. — Ficará mais confortável aqui, poderá ir e vir à vontade.

Miranda sentou-se na cama.

— Quero ir para casa, Jeremiah.

— Não se sente bem aqui?

Falara com uma voz meiga. Era aquela a perversidade de Jeremiah: num dia, maltratava Miranda, no outro, levava-a para fazer compras e se mostrava gentil como fora nos primeiros dias.

— Quero ir embora.

— Pode ir, se quiser. A porta está escancarada. Mas eu não gostaria que acontecesse alguma coisa com seus pais.

Com essas palavras, Jeremiah saiu. Miranda fitou por muito tempo a porta do quarto. Bastava cruzá-la e pegar o ônibus de volta a Nova York. Mas era impossível. Sentia-se prisioneira cativa de Jeremiah.

Ele obrigou-a a continuar com a entrega dos pacotes. Em seguida, passou a pegar mais pesado, envolvendo-a em seu processo de recrutamento dos lacaios. Certo dia, chamou-a ao tal escritório. Ela entrou tremendo, pensando que acabaria de novo na tina. Mas Jeremiah parecia de bom humor e disse:

— Preciso de uma nova diretora de recursos humanos. A última acabou de ter uma overdose.

Miranda entrou em pânico. O que Jeremiah queria dela? Ele prosseguiu:

— Vamos flagrar os pervertidos que querem transar com menores. E a menor será você. Não se preocupe, ninguém fará nada a você.

O plano era simples: Miranda deveria atrair clientes no estacionamento do motel e, quando conseguisse um, levá-lo para o seu quarto. Ela lhe pediria que se despisse, ela faria o mesmo, antes de mencionar para o sujeito que era menor. Este certamente diria que não tinha o menor problema com isso, pelo contrário, e, nesse instante, Costico sairia de um esconderijo e faria o resto.

E assim foi. Miranda aceitou não porque não tinha escolha, mas porque Jeremiah lhe prometeu que, assim que ela capturasse três lacaios naquela armadilha, estaria livre para ir embora.

Cumprida sua parte do acordo, Miranda foi procurar Jeremiah e exigiu que ele a deixasse partir. Terminou no escritório, com a cabeça dentro da tina.

— Você é uma criminosa, Mylla — insultou-a, enquanto ela tentava recuperar o fôlego. — Você seduz os caras para extorqui-los! Eles viram a sua cara e sabem até o seu nome verdadeiro. Você não vai a lugar nenhum, Mylla, vai ficar comigo.

A vida de Miranda virou um inferno. Quando não estava passando os pacotes, servia de isca no estacionamento do motel, e todas as noites estava na entrada do Ridge's Club, onde era particularmente apreciada pelos clientes.

— Quantos caras você enganou dessa forma? — perguntou Anna.

— Não sei. Durante os dois anos que a coisa durou, foram dezenas, sem dúvida. Jeremiah renovava com frequência seu estoque de lacaios. Não queria usá-los por muito tempo, temia que fossem identificados pela polícia. Gostava de embaralhar as pistas. Quanto a mim, estava com medo, deprimida, infeliz. Eu não sabia o que ia acontecer comigo. As garotas do estacionamento diziam que as "iscas" antes de mim haviam todas morrido de overdose ou se suicidado.

— Uma garota do motel nos falou de uma briga em janeiro de 1994 entre Costico e um lacaio que não reagiu como era o esperado ao ser pego no flagra. Um sujeito que se recusava a ceder.

— Sim, lembro vagamente — disse Miranda.

— Nós precisamos encontrá-lo.

Miranda arregalou os olhos.

— Foi há vinte anos, não me lembro muito bem. Qual é a ligação dele com a investigação de vocês?

— Esse homem teria jogado gás lacrimogêneo em Costico. Ora, o homem que procuramos também seria um adepto desse spray. Tenho a impressão de que, nesse estágio, isso não pode ser uma coincidência. Tenho que encontrar esse homem.

— Infelizmente, ele nunca me falou seu nome e receio não me lembrar mais do rosto dele. Isso foi vinte anos atrás.

— Segundo minhas fontes, esse homem teria fugido nu. Você não teria notado algum sinal peculiar no corpo dele? Algo que tivesse chamado sua atenção?

Miranda fechou os olhos, tentando se concentrar na recordação. De repente, algo lhe ocorreu:

— Ele tinha uma grande tatuagem ao longo das escápulas. Um águia voando.

Anna anotou isso.

— Obrigada, Miranda. Esta é uma informação que pode vir a ser muito valiosa. Tenho uma última pergunta.

Mostrou a Miranda retratos do prefeito Gordon, de Ted Tennenbaum e de Cody Illinois, e então:

— Algum desses homens era um lacaio?

— Não. Ainda mais Cody! Ele era um homem maravilhoso!

Anna perguntou ainda:

— O que você fez depois da morte de Jeremiah?

— Consegui voltar para a casa de meus pais, em Nova York. Terminei o ensino médio, fui para a universidade. Fui me reconstruindo aos poucos. Alguns anos mais tarde, conheci Michael. Foi graças a ele que recuperei a vontade de viver. É um homem extraordinário.

— É verdade. Gosto muito dele.

As duas mulheres retornaram em seguida a Bridgehampton. Quando Miranda saía do carro, Anna perguntou:

— Tem certeza de que vai ficar bem?

— Tenho, obrigada.

— Miranda, um dia terá de contar tudo isso ao seu marido. Segredos sempre acabam sendo descobertos.

— Eu sei — concordou Miranda, com tristeza.

JESSE ROSENBERG

Sexta-feira, 25 de julho de 2014
Véspera do festival

Estávamos a 24 horas da estreia. Progredíamos, mas estávamos longe de encerrar nossa investigação. Durante as últimas 24 horas, tínhamos descoberto que Jeremiah Fold talvez não tivesse morrido num acidente, e sim sido assassinado. Os pedaços de para-choque e cacos de farol recolhidos na época pelo agente especial Grace agora estavam nas mãos da polícia científica para análises mais minuciosas.

Dispúnhamos também, graças ao relato de Miranda Bird, cujo passado prometemos manter em sigilo absoluto, de uma descrição física daquele homem: tatuagem de águia nas escápulas. Segundo nossas fontes, nem Ted Tennenbaum, nem o prefeito Gordon tinham uma tatuagem assim. Tampouco Cody Illinois.

Costico, o único em condições de nos levar ao homem do spray de gás lacrimogêneo, sumira desde a véspera. Não o encontramos nem no Ridge's Club nem em casa. Seu carro, contudo, continuava estacionado em frente à residência, a porta não estava trancada e, entrando na sala, nós nos deparamos com a televisão ligada. Como se Costico tivesse saído de casa no susto. Ou alguma coisa tivesse lhe acontecido.

E como se tudo isso não bastasse, ainda tivemos que ajudar Michael Bird, acusado pelo prefeito Brown de ter vazado informações sobre a peça para o *The New York Times*, que publicara um artigo naquela manhã. Todo mundo estava falando sobre o texto, que descrevia em termos pouco elogiosos o elenco e a qualidade da peça.

Brown convocara uma reunião de emergência em seu escritório. Quando nos apresentamos, Montagne, o major McKenna e Michael já estavam lá.

— Pode me explicar essa porra? — berrava o prefeito Brown para o pobre Michael, agitando um exemplar do *The New York Times*.

Intervim.

— Está se preocupando com as críticas ruins, senhor prefeito? — perguntei.

— Estou preocupado com o fato de qualquer um ter acesso ao Teatro Municipal, capitão! — ladrou ele. — É mesmo extraordinário! Dezenas de policiais estão controlando o acesso ao prédio: como esse sujeito pode ter entrado?

— Montagne é quem está encarregado da segurança da cidade — lembrou Anna ao prefeito.

— Meu dispositivo é muito rigoroso — defendeu-se Montagne.

— Rigoroso é o cacete! — irritou-se Brown.

— O mais provável é que alguém tenha deixado esse jornalista entrar — protestou então Montagne. — Talvez um colega? — sugeriu, voltando-se para Michael.

— Não tenho nada a ver com isso! — ofendeu-se Michael. — Não entendo sequer por que estou neste escritório. O senhor me imagina abrindo a porta para um cara do *The New York Times*? Por que eu sabotaria a exclusividade da minha matéria? Prometi não revelar nada antes da estreia, sou um homem de palavra! Se alguém deixou esse cretino do *The New York Times* entrar no teatro, foi um ator!

O major McKenna procurou acalmar os ânimos:

— Ei, ei, não adianta nada ficarem batendo de frente, mas devemos tomar medidas para que isso não se repita. A partir desta noite, o Teatro Municipal será considerado zona completamente interditada. Todos os acessos serão isolados e vigiados. Amanhã de manhã, será feita uma revista completa da sala com cães farejadores para a detecção de bombas. Ao entrarem no prédio amanhã à noite, os espectadores serão sistematicamente revistados e passarão por um detector de metais. E isso inclui as pessoas com credenciais, assim como os integrantes da companhia teatral. Divulguem esta informação: bolsas estão proibidas, com a exceção das pequenas. Pode ficar sossegado, prefeito Brown, não acontecerá nada amanhã à noite no Teatro Municipal.

No Palácio do Lago, no andar dos quartos dos atores, protegido pela polícia estadual, havia um alvoroço. Os exemplares do *The New York Times* haviam passado de um quarto a outro, gerando gritos de raiva e desespero.

No corredor, Harvey e Ostrovski liam trechos em voz alta.

— Me chamam de *maníaco* e *alucinado*! — ofendeu-se Harvey. — Está escrito que a peça não vale nada! Como ousam fazer isso comigo?

— Também disseram que a "Dança dos mortos" é abominável — horrorizou-se Ostrovski. — Mas quem esse jornalista acha que é, assassinando sem remorso o trabalho de um artista honesto? Ah, é fácil criticar quando se está sentado numa poltrona! Por que ele não tenta escrever uma peça de teatro? Verá então como se trata de uma arte complexa!

Dakota, trancada no banheiro, chorava desconsoladamente, enquanto seu pai, atrás da porta, tentava acalmá-la. "No papel principal da peça está Dakota Éden, filha de Jerry Éden, presidente do Canal 14. Ano passado, a jovem levou uma colega de classe a cometer suicídio, após insultá-la no Facebook."

Na suíte ao lado, Steven Bergdorf também batia na porta do banheiro.

— Abra a porta, Alice! Foi você que falou com o *The New York Times*? Claro que foi! Como eles poderiam saber que o diretor da *Revista Literária de Nova York* trai a esposa? Alice, abra essa porta agora mesmo! Você precisa consertar isso. Minha mulher ligou ainda há pouco, está histérica, você precisa falar com ela, faça alguma coisa, não sei o quê, mas me tire dessa merda, PELO AMOR DE DEUS!

A porta se abriu de repente e Bergdorf quase foi ao chão.

— Sua mulher! — berrou Alice aos prantos. — Sua mulher? Ora, vá se foder! Você e sua mulher!

Atirou-lhe um objeto no rosto e gritou:

— Estou grávida de você, Steven! Devo dizer isso à sua mulher também?

Steven recolheu o objeto do chão. Era um teste de gravidez. Ficou atônito. Não era possível! Como pudera chegar àquele ponto? Precisava colocar um ponto final naquilo. Precisava fazer o que planejara ao chegar em Orphea. Precisava matar Alice.

Após sairmos da prefeitura, voltamos ao nosso escritório na sala de arquivos do *Orphea Chronicle*. Checamos todos as evidências coletadas e coladas nas paredes. De repente, Derek pegou a matéria na qual Stephanie escrevera com hidrográfica vermelha: "O que estava debaixo do nariz de todo mundo e ninguém viu."

Repetiu em voz alta:

— O que estava debaixo do nosso nariz e não vimos? — Olhou a fotografia que acompanhava a reportagem. Depois disse: — Vamos até lá.

Dez minutos mais tarde, estávamos em Penfield Crescent, ali onde tudo começara vinte anos atrás na noite de 30 de julho de 1994. Estacionamos na rua tranquila e observamos por um bom tempo a antiga casa dos Gordon. Nós a comparamos com a fotografia da reportagem: nada parecia ter mudado desde 1994, a não ser as fachadas das casas da rua, que haviam sido pintadas.

Os novos proprietários da casa da família Gordon eram um casal simpático, já aposentado, que a comprara em 1997.

— Claro, sabíamos o que tinha acontecido aqui — explicou o marido. — Não escondo que hesitamos muito, mas o preço estava convidativo. Jamais poderíamos pagar por uma casa desse tamanho se ela estivesse a preço de mercado. Era uma oportunidade única e nós a aproveitamos.

Perguntei então ao marido:

— A planta da casa continua igual à da época?

— Sim, capitão. Fizemos uma reforma completa na cozinha, mas a disposição dos cômodos continua a mesma.

— Será que podemos dar uma olhada?

— Por favor.

Começamos pela entrada, seguindo a reconstituição do dossiê da polícia. Anna leu o relatório.

— O assassino arrebenta a porta com um pontapé — diz ela. — Ele se depara com Leslie Gordon neste corredor e a mata, volta-se em seguida para a direita, vê o filho nesse cômodo que serve de sala e atira nele. Dirige-se então à cozinha, onde assassina o prefeito antes de sair pela porta principal.

Refizemos o percurso da sala até a cozinha, depois da cozinha até os degraus da entrada da casa. Anna continuou:

— Assim que sai, ele encontra com Meghan Padalin, que tenta fugir correndo, mas é baleada duas vezes nas costas, antes de receber uma bala na cabeça.

Sabíamos agora que o assassino não viera na caminhonete de Tennenbaum, como pensávamos, mas em outro veículo ou a pé. Anna olhou mais uma vez para o jardim e disse de súbito:

— Querem saber? Alguma coisa não bate.

— O que é que não bate? — perguntei.

— O assassino quer aproveitar que todo mundo está no festival para agir. Ele quer ser invisível, silencioso, furtivo. Se formos pensar de maneira lógica, ele ronda a casa, esgueira-se pelo jardim, observa o interior através de uma janela.

— Talvez tenha feito isso — sugeriu Derek.

Anna franziu o cenho.

— Vocês me contaram que nesse dia havia um furo num duto do irrigador automático. Todos os que pisaram no gramado ficaram com os pés encharcados. Se o assassino tivesse atravessado o jardim antes de arrombar a porta, teria espalhado água pela casa. Ora, o relatório não menciona nenhum vestígio de passos deixados por um sapato molhado. Deveria haver, não acha?

— Esse é um bom argumento — concordou Derek. — Eu não tinha pensado nisso.

— Além disso — prosseguiu Anna —, por que o assassino entrou pela porta de entrada e não pela da cozinha, nos fundos da casa? É uma porta de vidro. Um mero vidro. Por que ele não invadiu a casa por ali? É provável que ignorasse a existência dessa porta de vidro. Seu modus operandi é rápido, violento, brutal. Ele arrebentou a porta e acabou com todo mundo.

— Tudo bem — repliquei —, mas aonde quer chegar, Anna?

— Não acredito que o prefeito fosse o alvo, Jesse. Se o assassino quisesse matar o prefeito, por que atacaria pela porta da frente? Ele tinha outras opções.

— No que está pensando? Num assalto? Mas nada foi roubado.

— Eu sei — comentou Anna. — Mas alguma coisa está errada.

Derek refletiu e observou o parque próximo à casa. Foi até lá e sentou-se no gramado. Depois, disse:

— Charlotte Brown declarou que, quando chegou, Meghan Padalin estava nesse parque praticando sua corrida. Sabemos, pela cronologia dos fatos, que o assassino chegou nesta rua um minuto depois de Charlotte partir. Logo, Meghan continuava no parque. Se o assassino sai de seu veículo para arrombar a porta dos Gordon e matar toda a família, por que Meghan foge em direção à casa? Isso não faz nenhum sentido. Ela deveria ter fugido na outra direção.

— Ah, meu Deus! — exclamei.

Eu acabava de compreender. Não era a família Gordon que era o alvo em 1994. Era Meghan Padalin.

O assassino conhecia os hábitos dela, havia ido até lá para matá-la. Talvez ele já a tivesse atacado no parque e ela tivesse tentado fugir. Ele então se postara na rua e a matou. Ele tinha certeza de que os Gordon não estariam em casa naquela hora. A cidade inteira estava no Teatro Municipal. Mas, de repente, ele avistou o filho dos Gordon na janela, que Charlotte também vira instantes mais cedo. O assassino arrombara então a porta da casa e liquidara todas as testemunhas.

Era isso o que estava debaixo do nariz dos investigadores desde o início e ninguém enxergara: o cadáver de Meghan Padalin em frente à casa. Era ela o alvo. Os Gordon foram vítimas secundárias.

DEREK SCOTT

Meados de setembro de 1994. Um mês e meio após a chacina e um mês antes da tragédia que Jesse e eu iríamos viver.

Ted Tennenbaum está encurralado.

Na mesma tarde do interrogatório do oficial Ziggy, que confessou ter vendido a Tennenbaum uma Beretta com número de série raspado, fomos a Orphea para prendê-lo. Para ter certeza de que ele não iria escapar, operamos com duas equipes da polícia estadual: a primeira, liderada por Jesse, para se encarregar da casa, e a segunda, liderada por mim mesmo, encarregada do Café Athena. Mas demos com os burros n'água: Tennenbaum não estava em casa. E o gerente de seu restaurante não o via desde a véspera.

— Ele saiu de férias — explicou este último.

— De férias! — espantei-me. — Para onde ele foi?

— Não sei. Tirou uns dias de folga. Deve estar de volta na segunda.

As buscas na casa de Tennenbaum não deram em nada. Em seu escritório do Café Athena, idem. Não podíamos esperar sentados que ele se dignasse a voltar a Orphea. De acordo com nossas investigações, ele não pegara nenhum voo, pelo menos não usando sua identidade verdadeira. Seus amigos não o tinham visto, e sua caminhonete não estava em Orphea. Iniciamos um abrangente plano de buscas: fornecemos sua descrição nos aeroportos e nas fronteiras, a placa de seu carro foi transmitida à polícia de todo o país. Seu retrato foi afixado em todas as lojas da região de Orphea e em diversos postos de combustível do estado de Nova York.

Jesse e eu nos revezávamos entre o escritório do centro regional da polícia estadual, que era o centro das operações, e Orphea, onde, dormindo em nosso carro, vigiávamos a casa de Tennenbaum. Estávamos certos de que ele se escondia na região: conhecia o local como a palma da mão, dispunha de muitos recursos e de uma rede de apoio. Conseguimos inclusive instalar um grampo na linha telefônica da irmã dele, Sylvia Tennenbaum, que morava em Manhattan, bem como na do restaurante. Mas isso tudo foi em vão. Após três semanas, as escutas foram suspensas por razões orçamentárias. Os policiais que o major McKenna nos havia cedido para ajudar na busca foram realocados em casos com maior prioridade.

— Mais prioridade que a prisão do homem responsável por um quádruplo homicídio? — protestei junto ao major McKenna.

— Derek, forneci-lhe todos os recursos possíveis durante três semanas. Você sabe que essa história pode durar meses. Precisamos ter paciência, ele vai acabar sendo capturado.

Ted Tennenbaum escapou por entre nossos dedos, estava se safando. Jesse e eu quase não dormíamos mais por causa disso: queríamos encontrá-lo, prendê-lo para poder encerrar aquele caso.

Enquanto nossa investigação seguia malsucedida, as obras do Pequena Rússia avançavam num ritmo bom. Darla e Natasha colocavam fé em sua estimativa de poder abrir o restaurante no fim do ano.

Porém, naqueles últimos tempos, algumas tensões haviam surgido entre elas. O estopim foi uma matéria publicada num jornal local do Queens. Os moradores do bairro estavam intrigadíssimos com o letreiro do restaurante, e quem passava na frente e parava para fazer perguntas ficava encantado com as duas proprietárias. Não demorou para todo mundo estar falando sobre o Pequena Rússia. O assunto interessou a um jornalista, que pediu para fazer uma reportagem. Ele chegou com um fotógrafo, que tirou uma série de fotos, entre as quais uma de Natasha e Darla, juntas em frente à fachada. Mas, quando a matéria foi publicada, alguns dias mais tarde, elas descobriram, consternadas, que vinha acompanhada de uma foto de Natasha, sozinha, vestindo um avental com o logo do restaurante e a seguinte legenda: *Natasha Darrinski, proprietária do Pequena Rússia.*

Embora Natasha não tivesse nada a ver com aquilo, Darla ficou muito magoada com o episódio, que ilustrou bem o fascínio que Natasha exercia sobre as pessoas. Quando entrava em algum lugar, tornava-se o centro das atenções.

Apesar de tudo ter corrido bem até ali, aquilo foi o início de desavenças terríveis. Sempre que suas opiniões divergiam, Darla não se aguentava e falava:

— De todo modo, Natasha, faremos como quiser. É você que decide tudo, patroa!

— Darla, vou ter que pedir desculpas a vida inteira pela maldita reportagem? Não tive nada a ver com isso. Eu não queria nem que ela fosse escrita, achava melhor esperar a inauguração do restaurante, porque então serviria de publicidade.

— Ah, então a culpa é minha?

— Não foi o que eu disse, Darla.

À noite, quando as encontrávamos, uma ou outra se revelava desanimada, apagada. Jesse e eu percebíamos claramente que o Pequena Rússia estava começando a afundar.

Darla não queria participar de um projeto em que seria ofuscada por Natasha.

Quanto à sócia, ela sofria apenas por ser Natasha, a garota que, involuntariamente, atraía todos os olhares.

Era mesmo uma pena. Tinham tudo para arrasar com um projeto maravilhoso com que sonhavam havia dez anos e para o qual tinham trabalhado duríssimo. Aquelas horas ralando no Blue Lagoon, economizando cada dólar recebido para abrir o próprio restaurante, os anos dedicados a montar um lugar que fosse a cara delas, tudo isso estava indo por água abaixo.

Tudo que Jesse e eu não queríamos era nos intrometer. A última vez em que estivemos os quatro juntos tinha sido um desastre. Reunidos na cozinha de Natasha para provar os pratos finalmente escolhidos para figurar no cardápio do Pequena Rússia, eu cometera a pior das gafes. Experimentando mais uma vez o famoso hambúrguer temperado com aquele molho tão especial, fiquei extasiado e fiz a besteira de falar em "molho Natasha". Darla armou uma cena na mesma hora.

— *Molho Natasha*? Então é este o nome? Por que não mudamos o nome do restaurante para *Chez Natasha*?

— Não é molho Natasha — esta última tentou acalmá-la. — O restaurante é nosso, de nós duas, e você sabe muito bem disso.

— Não, não sei muito bem disso, Natasha! Minha impressão é de que não passo de uma empregada às suas ordens, Senhora-decide-tudo.

Saiu batendo a porta.

Por isso, algumas semanas mais tarde, quando elas nos convidaram para acompanhá-las até a gráfica a fim de decidirem a fonte a ser utilizada nos cardápios do restaurante, Jesse e eu recusamos. Não sei se queriam de fato nossa opinião ou se apenas precisavam de pacificadores, mas nenhum de nós dois tinha a intenção de se envolver.

Era quinta-feira, 13 de outubro de 1994. Foi o dia em que tudo veio abaixo.

No início da tarde, quando Jesse e eu estávamos em nosso escritório, comendo uns sanduíches, o celular de Jesse tocou. Era Natasha, aos prantos. Estava telefonando de uma loja de caça e pesca de Long Island.

— Darla e eu discutimos no carro a caminho da gráfica — explicou. — De repente ela parou no acostamento e me botou para fora. Esqueci minha bolsa no carro, estou perdida, sem dinheiro.

Jesse falou para ela não sair de lá, que ia buscá-la. Decidi acompanhá-lo. Resgatamos a pobre Natasha aos prantos. Fizemos de tudo para reconfortá-la, prometemos que tudo iria dar certo, mas ela repetia que para ela o restaurante já era e que não queria mais ouvir falar naquilo.

Por pouco não cruzamos com Darla, que fizera meia-volta para buscar a amiga: odiava-se pelo que havia acabado de fazer, estava disposta a tudo para ser perdoada. Como não viu Natasha, parou em frente à loja de caça e pesca, isolada naquela rodovia deserta. O dono do estabelecimento lhe informou que de fato vira uma moça chorando, que a deixara usar seu telefone e que dois homens tinham vindo buscá-la.

— Acabaram de sair daqui — disse —, não faz um minuto.

Acredito que, por questão de segundos, Darla não nos viu em frente à loja de caça e pesca. Aí tudo teria sido diferente.

Estávamos a caminho da casa de Natasha para deixá-la quando nosso rádio começou a chiar. Ted Tennenbaum tinha acabado de ser visto num posto de gasolina ali perto.

Peguei o microfone do rádio e me anunciei para a central. Jesse pegou a sirene e a instalou no teto, antes de disparar a sirene.

0
A noite de abertura do festival

SÁBADO, 26 DE JULHO DE 2014

JESSE ROSENBERG

Sábado, 26 de julho de 2014
O dia da estreia

O dia em que tudo veio abaixo.

Eram cinco e meia da tarde. As portas do Teatro Municipal estavam prestes a ser abertas. A rua principal, interditada pela polícia, estava lotada. Imperava um clima frenético. Em meio a jornalistas, curiosos e ambulantes vendendo suvenires, aqueles que tinham ingresso para a peça se espremiam junto às grades de segurança que ainda impediam o acesso ao teatro. Frustradas, as pessoas sem aquele "abre-te, sésamo" ziguezagueavam por entre a multidão com cartazes em que ofereciam uma fortuna por um simples ingresso.

Um pouco mais cedo, os canais de notícias 24 horas haviam transmitido a chegada, sob segurança máxima, do comboio de atores ao teatro. Junto à porta de entrada dos artistas, todos foram minuciosamente revistados e obrigados a passar pelo detector de metal.

Nas entradas principais do teatro, policiais terminavam de instalar pórticos de detectores de metal. O público não aguentava mais a espera. Dentro de pouco mais de duas horas, finalmente teria início a estreia de *Noite negra*. A identidade do culpado pelo quádruplo homicídio de 1994 enfim seria revelada.

Na sala de arquivos do *Orphea Chronicle*, Derek, Anna e eu nos preparávamos para ir ao Teatro Municipal. Estávamos condenados a assistir ao ridículo triunfo de Kirk Harvey. Na véspera, o major McKenna nos advertira e ordenara que nos mantivéssemos longe dele:

— Em vez de cismarem com Harvey, vocês fariam melhor se descobrisse logo a verdade e solucionassem o caso.

Isso era injusto. Tínhamos trabalhado sem descanso, até o último minuto, mas, infelizmente, sem muito sucesso. Por que Meghan Padalin fora assassinada? Quem teria uma boa razão para querer eliminar essa mulher que não perturbava ninguém?

Michael Bird nos dera uma preciosa ajuda, e passara praticamente uma noite inteira em claro ao nosso lado. Reuniu tudo o que conseguiu sobre Meghan, para que pudéssemos reconstituir a biografia dela. Nasceu em Pittsburgh e estudou literatura numa pequena universidade do estado de Nova York. Morou por pouco tempo em Nova York, antes de se estabelecer em Orphea em 1990 com o marido, Samuel, que trabalhava como engenheiro numa fábrica da região. Não demorou a ser contratada por Cody para trabalhar em sua livraria.

E o que dizer do marido, Samuel Padalin, que ressurgira do nada em Orphea para participar da peça de teatro? Depois do assassinato da mulher, mudara-se para Southampton e casara-se novamente.

Samuel Padalin também parecia ser um homem tranquilo, que não causava problemas a ninguém. Não tinha ficha na polícia e era voluntário em diversas instituições. Sua nova esposa, Kelly Padalin, era médica. Tinham dois filhos, um de 10 e outro de 12 anos.

Haveria alguma ligação entre Meghan Padalin e Jeremiah Fold? Ou mesmo entre Samuel e Jeremiah?

Tínhamos telefonado ao ex-agente especial Grace, da ATF, mas o sobrenome Padalin não lhe remetia a nada. E era impossível interrogar Costico, cujo paradeiro permanecia desconhecido. Procuramos então Virginia Parker, a cantora do Ridge's Club, que tivera um filho com Jeremiah Fold, mas ela jurou nunca ter ouvido falar em Samuel ou Meghan Padalin.

Aparentemente, essas pessoas não tinham a menor ligação. A situação era quase inverossímil. Quando as portas do teatro estavam prestes a serem abertas, nós nos perguntávamos se talvez não se tratasse de dois casos distintos.

— De um lado, o assassinato de Meghan. Do outro, as confusões de Gordon com Jeremiah Fold — especulou Derek.

— Some-se a isso o fato de que, aparentemente, Gordon também não tem nenhuma ligação com Jeremiah Fold — observei.

— Mas a peça de Harvey parece de fato aludir a Jeremiah Fold — lembrou-nos Anna. — E um dos personagens se chama Meghan. Acho que está tudo ligado.

— Então, se compreendi bem, tudo está ligado e, no entanto, nada está realmente ligado — sintetizou Michael. — Esse caso de vocês parece um verdadeiro quebra-cabeça.

— E acha que não sabemos disso?! — disse Anna, suspirando. — E ainda tem o assassino de Stephanie. Seria o mesmo culpado?

Tentando simplificar as coisas e acalmar os ânimos, Derek falou:

— Vamos tentar nos colocar no lugar do assassino. Se eu fosse ele, o que faria hoje?

— Teria ido embora para bem longe, para a Venezuela ou qualquer outro país do qual não pudesse ser extraditado, ou tentaria impedir a apresentação?

— Impedir a apresentação? — espantou-se Derek. — Mas o teatro foi vasculhado por cães e qualquer um que queira entrar vai ser revistado.

— Eu acho que ele estará no teatro — opinei. — Acho inclusive que o assassino estará na plateia, entre nós.

Decidimos nos dirigir ao teatro e observar os espectadores no momento em que entravam no prédio. Será que um comportamento singular nos deixaria em alerta? Que reconheceríamos um rosto? Mas também queríamos saber mais sobre o que Kirk Harvey estava tramando. Se pudéssemos saber o nome do assassino antes que um ator o pronunciasse, estaríamos em grande vantagem.

O único meio de entender a mente de Harvey era acessando seu material criativo. E, especialmente, o dossiê da investigação, que ele escondia em algum lugar. Mandamos Michael Bird para o Palácio do Lago, a fim de que revistasse o quarto de Harvey em sua ausência.

— O que eu descobrir nunca terá valor de prova — lembrou-nos Michael.

— Não precisamos de provas, Michael — disse Derek. — Precisamos de um nome.

— E como terei acesso ao quarto? — perguntou ele.

— Mostre sua credencial e diga que Kirk Harvey o enviou para pegar algo. Vou avisá-los da sua chegada.

Embora os policiais se mostrassem dispostos a permitir o acesso de Michael às dependências do hotel, o gerente se mostrou reticente ao entregar-lhe uma cópia da chave do quarto.

— O Sr. Harvey deixou instruções muito claras — explicou o homem. — Ninguém deve entrar no quarto dele.

No entanto, como Michael insistiu, explicando ter sido o próprio Harvey que o mandara pegar um caderno de anotações, o gerente decidiu acompanhá-lo até a suíte.

O quarto estava muito bem-arrumado. Ao entrar, sob o olhar desconfiado do gerente, Michael não viu nenhum papel. Nenhum livro, nenhuma folha de anotações. Nada. Verificou a escrivaninha, as gavetas, até mesmo a mesa de cabeceira. Mas não havia nada. Deu uma espiada no banheiro.

— Acredito que o Sr. Harvey não guarde seus cadernos no banheiro — repreendeu-o o gerente, irritado.

— Nada no quarto de Harvey — informou Michael, encontrando-nos no foyer do Teatro Municipal, após passar pelos intermináveis controles de segurança.

Eram sete e meia da noite. A peça começaria em meia hora. Não tínhamos conseguido a vantagem que queríamos sobre Harvey. Provavelmente nós, assim como os demais espectadores, só saberíamos o nome do assassino pela boca dos atores. E estávamos ansiosos para saber como o assassino, caso estivesse na plateia, reagiria.

Eram 19h58. Nas coxias do teatro, a poucos minutos de pisar no palco, Harvey reunira os atores no corredor que levava dos camarins ao palco. Diante dele estavam Charlotte Brown, Dakota e Jerry Éden, Samuel Padalin, Ron Gulliver, Meta Ostrovski, Steven Bergdorf e Alice Filmore.

— Amigos, espero que estejam prontos para descobrir a vertigem da glória e do triunfo. Sua atuação, absolutamente única em toda a história do teatro, vai abalar o país inteiro.

Oito horas da noite

O teatro mergulhou na escuridão. O burburinho dos espectadores cessou imediatamente. A tensão era palpável. O espetáculo ia começar. Derek, Anna e eu estávamos na última fila, em pé, cada um numa das portas da sala.

O prefeito Brown subiu ao palco para seu discurso de abertura. Voltei a pensar no fotograma do vídeo dessa mesma cena, só que de vinte anos antes. A cena que Stephanie Mailer circulara com a caneta.

Após algumas frases de praxe, o prefeito concluiu seu discurso com "É um festival que vai ficar em nossa memória. Que o espetáculo comece!". Desceu do palco para se sentar na primeira fila. As cortinas se abriram. A plateia estremeceu.

∗ ∗ ∗

No palco, Samuel Padalin representando o morto e, ao lado, Jerry Éden no papel de policial. A um canto, Steven e Alice, cada um com um volante nas mãos, simulam os motoristas irritados. Dakota avança sorrateiramente. Harvey então anuncia:

> *É uma manhã sinistra. Chove. Numa estrada do interior, o tráfego está parado: formou-se um terrível engarrafamento. Os motoristas, irritados, buzinam com raiva.*

Não é possível ouvir muito bem, mas, fingindo buzinar, Steven e Alice discutem.
— Você tem que abortar, Alice!
— Nunca, Steven! É seu filho e você terá de assumi-lo.
Harvey continua:

> *Uma moça, andando pelo acostamento, percorre a fila dos carros imóveis.*

> A moça (Dakota): *O que houve?*
> o policial (Jerry): *Um homem morto num trágico acidente de moto.*
> a moça: *Acidente de moto?*
> o policial: *É, ele colidiu com uma árvore a toda a velocidade. Virou mingau.*

O público está hipnotizado. Então Harvey grita:
— E agora, a "Dança dos mortos"!
E todos os atores exclamam:
— "Dança dos mortos! Dança dos mortos!"
Ostrovski e Ron Gulliver aparecem de cueca e o público cai na risada.
Gulliver mantém seu animal empalhado no colo e declama:
— Carcaju, meu belo carcaju, salve-nos do fim tão próximo!
Beija o animal e se joga no chão. Ostrovski, abrindo bem os braços, e tentando sobretudo não se desconcentrar com as risadas do público, que o perturbam, então diz:

Dies iræ, dies illa,
Solvet sæculum in favilla!

Foi nesse instante que percebi que Harvey não estava com o texto na mão. Decidi comentar isso com Derek.

— Harvey tinha dito que passaria o texto aos atores progressivamente, mas não tem nada nas mãos.

— O que isso significa?

Enquanto no palco começava a cena na boate onde Charlotte canta, Derek e eu fomos em direção às coxias. Encontramos o camarim de Harvey trancado. Abrimos a porta com um chute. Numa mesa, vimos imediatamente não só o dossiê policial, como a famigerada pilha de papel: o texto da peça. Fomos passando as páginas. Havia realmente as primeiras cenas que acabavam de ser representadas, e em seguida à cena do bar vinha uma entrada de Meghan sozinha, declarando:

Chegou a hora da verdade. O nome do assassino é...

A frase acabava com as reticências. Não havia nada depois. Apenas um monte de páginas em branco. Derek, após um instante de choque, exclamou subitamente:

— Ah, meu Deus, Jesse, você tinha razão! Harvey não tem nenhuma ideia de quem seja o assassino: espera que este se desmascare por iniciativa própria, interrompendo o espetáculo.

Nesse mesmo instante, Dakota seguia seu texto, sozinha no palco. Anunciou então num tom profético:

— Chegou a hora da verdade.

Derek e eu saímos às pressas do camarim: tínhamos de interromper o espetáculo antes que algo grave acontecesse. Mas era tarde demais. O teatro estava mergulhado na escuridão total. A *Noite negra*. Só o palco estava iluminado. No momento em que nos aproximávamos do palco, Dakota começava sua fala:

— O nome do assassino é...

De repente, ouviram-se dois tiros. Dakota caiu no palco com um estrondo.

A multidão começou a gritar. Derek e eu sacamos nossas armas e corremos até o palco, berrando no rádio:

— Disparos, disparos!

As luzes do teatro foram acesas, uma cena de pânico geral foi deflagrada. Os espectadores, aterrorizados, tentavam fugir por todos os lados. O tumulto se generalizou. Não tínhamos visto o atirador. Anna também não. E era impossível conter aquele fluxo de pessoas que rebentava pelas saídas de emergência. O atirador havia se misturado à multidão. Talvez já estivesse longe.

Dakota jazia no chão, tendo convulsões. Havia sangue em toda parte. Jerry, Charlotte e Michael correram até ela e a rodearam. Jerry berrava. Pressionei o ferimento para conter a hemorragia, enquanto Derek se esgoelava no rádio:

— Temos um ferido que foi atingido pelos tiros! Enviem socorro para o palco!

O fluxo de espectadores irrompeu na rua principal, desencadeando um gigantesco movimento de pânico que a polícia não conseguia conter. As pessoas gritavam. Falava-se num atentado.

Steven e Alice correram até depararem com um pequeno parque deserto. Pararam para recuperar o fôlego.

— Mas o que aconteceu? — perguntou Alice, em pânico.

— Não faço ideia — respondeu Steven.

Alice observou a rua. Não havia ninguém. Estava tudo deserto. Tinham corrido por muito tempo. Steven percebeu que o momento chegara, era agora ou nunca. Alice deu-lhe as costas. Ele catou uma pedra no chão e desferiu um golpe com tremenda violência na cabeça dela. Fraturou o crânio. Ela desmoronou no chão. Morta.

Aterrorizado diante do que acabara de fazer, Steven largou a pedra e recuou, contemplando o corpo inerte. Sentiu ânsia de vômito. Observou à sua volta, em pânico. Não havia ninguém. Ninguém o tinha visto. Arrastou o corpo de Alice até uma moita e fugiu às pressas em direção ao Palácio do Lago.

Ouviam-se gritos e sirenes vindos da rua principal. Veículos de resgate chegavam.

Era um completo caos.

Era a *Noite negra*.

ANNA KANNER

Sexta-feira, 21 de setembro de 2012
O dia em que tudo veio abaixo

Até ali, tudo corria bem. Tanto na minha vida profissional como na minha vida amorosa com Mark. Eu era inspetora da delegacia do 55º distrito. Mark, advogado no escritório do meu pai, expandia com sucesso uma clientela que nos proporcionava uma boa renda. Amávamos um ao outro. Éramos um casal feliz. No trabalho e em casa. Recém-casados felizes. Eu inclusive tinha a impressão de que éramos mais felizes e radiantes do que a maioria dos outros casais que conhecíamos e com os quais eu costumava nos comparar.

Acho que o primeiro obstáculo na nossa relação foi minha mudança de função na polícia. Eu havia provado rapidamente minhas competências em campo, e fui convidada por meus superiores a ingressar como negociadora numa unidade que cuidava dos casos envolvendo reféns. Passei com louvor nos testes para esse novo cargo.

A princípio Mark não entendeu muito bem o que minha nova função implicava. Até que ocorreu um assalto com reféns num supermercado do Queens no começo de 2012. Apareci na TV com meu uniforme preto, usando um colete à prova de balas e um capacete balístico nas mãos. As imagens circularam pela família e pelos nossos amigos.

— Pensei que você fosse negociadora — começou Mark, assustado, depois de ter assistido várias vezes à cena.

— Mas sou exatamente isso — garanti.

— Pela roupa, você parece estar mais na ação do que apenas no discurso.

— Mark, é uma divisão que cuida de casos com reféns. Ninguém faz ioga para resolver esse tipo de problema.

Ele permaneceu calado por um momento, parecia atormentado. Serviu-se um drinque, fumou alguns cigarros, depois veio me avisar:

— Não sei se aguento vê-la nessa função.

— Você sabia dos riscos da minha profissão quando se casou comigo — lembrei.

— Não, quando nos conhecemos, você era inspetora. Não fazia esse tipo de idiotices.

— Idiotices? Mark, eu salvo vidas.

As tensões se agravaram depois que um desmiolado matou a sangue-frio dois policiais que tomavam café dentro de uma viatura estacionada numa rua do Brooklyn, com o vidro aberto.

Mark andava preocupado. Quando eu saía de casa de manhã, ele me dizia: "Espero reencontrá-la à noite." Os meses foram passando. Aos poucos, as insinuações não foram mais suficientes: Mark começou a se mostrar mais incisivo e chegou a sugerir que eu mudasse de carreira.

— Por que não vem trabalhar comigo no escritório de advocacia, Anna? Poderia me ajudar nos processos mais complicados.

— Ajudar você? Quer que eu seja sua assistente? Acha que não sou capaz de tocar meus próprios processos? Preciso lembrar que também sou formada em direito?

— Não ponha palavras na minha boca. Mas acho que deveria pensar mais a longo prazo, não apenas no amanhã. Devia considerar um trabalho de meio expediente.

— Meio expediente? Por que meio expediente?

— Quando tivermos filhos, você não vai ficar o dia todo longe deles, certo?

Os pais dele sempre haviam se dedicado muito à carreira, portanto deram pouca atenção a Mark quando era criança. Ele guardara uma grande mágoa, que superava trabalhando feito um louco, com o intuito de prover tudo ao lar e permitir que sua mulher ficasse em casa.

— Eu nunca serei dona de casa, Mark. Você também sabia disso quando se casou comigo.

— Mas você não precisa trabalhar, Anna. O que eu ganho é o suficiente!

— Amo a minha profissão, Mark. Sinto muito que isso o desagrade tanto.

— Prometa ao menos pensar sobre tudo isso.

— A resposta é não, Mark! Mas não se preocupe, não seremos como seus pais.

— Não meta os meus pais nisso, Anna!

Ele, contudo, meteu o meu pai, pois decidiu chorar suas mágoas para ele. E meu pai, certo dia em que estávamos a sós, veio conversar comigo. Foi a fatídica sexta-feira, 21 de setembro. Lembro-me de que fazia um magnífico dia de verão: um sol radiante banhava Nova York, o termômetro marcava mais de 20 graus. Eu estava de folga e fui almoçar com meu pai num pequeno restaurante italiano que nós dois adorávamos. Como o estabelecimento não ficava perto do escritório de advocacia e ele estava marcando o almoço num dia de semana, com certeza pretendia me falar de algo importante.

De fato, assim que nos sentamos à mesa, ele disse:

— Anna, querida, eu soube que está passando por uma crise conjugal.

Quase cuspi a água que estava bebendo.

— Posso saber quem lhe contou isso? — perguntei.

— Seu marido. Ele está temeroso por sua situação. Você sabe disso.

— Eu já trabalhava na polícia quando ele me conheceu, pai.

— Então vai sacrificar tudo pela sua profissão?

— Adoro meu trabalho. Será que alguém pode respeitar isso?

— Mas você se arrisca demais todos os dias!

— Ora, pai, também posso morrer atropelada por um ônibus saindo deste restaurante.

— Não banque a engraçadinha, Anna. Mark é um rapaz fantástico, não aja como uma idiota com ele.

Naquela mesma noite, Mark e eu tivemos uma discussão intensa.

— Não consigo acreditar que você foi choramingar com meu pai! — censurei, furiosa. — Nossos problemas conjugais dizem respeito a nós e a mais ninguém!

— Eu tinha esperança de que seu pai fizesse você repensar a situação. Ele é a única pessoa que tem alguma influência sobre você, mas no fundo, Anna, você só pensa na própria felicidade. Você é muito egoísta.

— Gosto da minha profissão, Mark! Sou uma boa policial! É tão difícil entender isso?

— E você, não pode entender que não aguento mais temer pela sua vida? Estremecer quando seu celular toca no meio da noite e você sai para uma emergência?

— Não me venha com exageros; isso não acontece tanto assim.

— Mas acontece. Sério, Anna... É perigoso demais! Não é uma profissão para você!

— E como você sabe qual profissão é adequada para mim?

— Eu sei e pronto.

— E eu me pergunto como você pode ser tão estúpido...

— Seu pai concorda comigo.

— Mas eu não me casei com meu pai, Mark! Estou me lixando para o que ele pensa!

Meu celular tocou nesse instante. Vi na tela que era meu chefe. A uma hora daquelas, só podia ser uma emergência, e Mark logo percebeu.

— Anna, por favor, não atenda essa ligação.

— Mark, é meu chefe.

— Você está de folga.

— Justamente, Mark. Se ele está ligando, é porque é importante.

— Porra, você não é a única policial nesta cidade!

Hesitei um instante. Então atendi.

— Anna — disse o meu chefe do outro lado da linha —, há reféns numa joalheria na esquina da Madison Avenue com a 57th Street. O quarteirão está cercado. Precisamos de uma negociadora.

— Está bem — respondi, anotando o endereço num pedaço de papel. — Qual é a joalheria?

— A Sabar.

Desliguei, peguei a mochila com as minhas coisas, sempre pronta ao lado da porta. Quis beijar Mark, mas ele não estava mais na cozinha. Suspirei com pesar e fui embora. Ao sair de casa, vi, pela janela da sala de jantar dos vizinhos, que eles estavam terminando a refeição. Pareciam felizes. Pela primeira vez, achei que os outros casais eram mais felizes do que nós dois.

Entrei no meu carro sem identificação policial, liguei a sirene e parti em direção à noite.

DEREK SCOTT

Quinta-feira, 13 de outubro de 1994
O dia em que tudo veio abaixo

Chegamos feito um foguete ao posto de gasolina. Tennenbaum não podia nos escapar.

Estávamos tão absortos na nossa perseguição que esqueci de Natasha no banco de trás, abraçando o próprio corpo. Seguindo as indicações fornecidas pelo rádio, Jesse me orientava.

Pegamos a rodovia 101, depois a 107. Tennenbaum estava sendo caçado por duas viaturas, as quais ele tentava despistar de qualquer forma.

— Continue reto, depois pegue a rodovia 94 — ordenou Jesse. — Vamos erguer uma barreira e interceptá-lo.

Acelerei ainda mais e entrei na rodovia 94. Contudo, no momento em que chegávamos à rodovia 107, a caminhonete preta de Tennenbaum, com seu logo pintado no vidro de trás, irrompeu à nossa frente. Só tive tempo de vê-lo ao volante.

Fui atrás dele. Tennenbaum havia conseguido se distanciar das viaturas. Eu estava decidido a não perder a minha presa. Logo nos vimos diante da grande ponte que cruzava o rio da Serpente. Os para-choques estavam quase se tocando. Pisei mais fundo e consegui me posicionar praticamente ao lado do veículo. Não vinha ninguém na outra pista.

— Vou tentar imprensá-lo na mureta da ponte.

— Está bem — concordou Jesse. — Faça isso.

No momento em que entrávamos na ponte, dei uma guinada e abalroei a traseira da caminhonete de Tennenbaum, que perdeu o controle e colidiu com a mureta. Contudo, em vez de conter o veículo, a mureta cedeu e ele voou para fora da ponte. Não tive tempo de frear.

A caminhonete de Ted Tennenbaum mergulhou no rio e a nossa viatura fez o mesmo.

TERCEIRA PARTE

Elevação

1
Natasha

QUINTA-FEIRA, 13 DE OUTUBRO DE 1994

JESSE ROSENBERG

Quinta-feira, 13 de outubro de 1994

Nesse dia, Derek perdeu o controle do carro enquanto estávamos perseguindo Ted Tennenbaum, e a mureta da ponte não resistiu. Então nos vi mergulhando em câmera lenta na direção do rio. Era como se, subitamente, o tempo tivesse parado. Vejo a água se aproximar do para-brisa. A queda parece se prolongar por dezenas de minutos: na realidade, durou apenas alguns segundos.

No momento em que o carro está prestes a tocar na água, constato que não prendi o cinto de segurança. Com o impacto, minha cabeça vai de encontro ao porta-luvas. É o buraco negro. Minha vida passa diante dos meus olhos. Lembro de tudo que já vivi.

Eu me vejo no fim dos anos 1970, aos 9 anos, quando, logo depois da morte do meu pai, minha mãe e eu nos mudamos para Rego Park a fim de ficarmos mais perto de meus avós. Minha mãe foi obrigada a trabalhar mais horas por dia para poder pagar as contas, e, como não queria que eu ficasse muito tempo sozinho, depois da aula eu ia para a casa de meus avós, que moravam na rua da escola, e lá eu esperava minha mãe voltar.

Meus avós eram criaturas horríveis, mas eu sentia uma grande afeição por eles. Não eram meigos nem bonzinhos e, em especial, eram incapazes de se comportar direito em determinadas situações. A frase preferida do meu avô era "Bando de imbecis!". A da minha avó, "É tudo uma bosta!". Repetiam os xingamentos ao longo do dia como dois papagaios rabugentos.

Na rua, falavam grosserias para as crianças e xingavam os passantes. "Bando de imbecis!", ouvia-se primeiro. Depois vinha minha avó: "É tudo uma bosta!"

Nas lojas, maltratavam os funcionários. "Bando de imbecis!", decretava meu avô. "É tudo uma bosta!", acrescentava minha avó.

No supermercado, furavam a fila da caixa sem qualquer cerimônia. Quando os clientes protestavam, meu avô dizia: "Bando de imbecis!"

Quando esses mesmos clientes se calavam em respeito aos mais velhos, meu avô dizia: "Bando de imbecis!" Depois, quando a funcionária passava os códigos de barras no leitor da caixa registradora e lhes comunicava o total a pagar, minha avó disparava: "É tudo uma bosta!"

No Halloween, as crianças que tinham a péssima ideia de bater à porta deles para pedir doces viam meu avô abri-la com um estrondo e gritar: "Bando de imbecis!" Então minha avó surgia e jogava um balde de água gelada na cara das crianças para escorraçá-las, bradando: "É tudo uma bosta!" Viam-se criaturinhas fantasiadas debandar, chorando, ensopadas, pelas ruas glaciais do inverno nova-iorquino; condenadas, no melhor dos casos, a uma gripe, e, no pior, a uma pneumonia.

Meus avós tinham comportamentos daqueles que haviam conhecido a fome. No restaurante, minha avó frequentemente esvaziava a cesta de pão e colocava tudo em sua bolsa. Meu avô logo pedia ao garçom que enchesse a cestinha de novo, e minha avó continuava sua estocagem. Você por acaso tem avós a quem o garçom diz: "Agora vamos ter que cobrar o pão se pedirem mais"? Eu tenho. E a cena que se seguia era ainda mais constrangedora. "É tudo uma bosta!", lançava minha avó com sua boca banguela. "Bando de imbecis!", acrescentava meu avô, atirando fatias de pão no rosto do garçom.

O que minha mãe mais dizia nas conversas com seus pais era basicamente "Parem agora mesmo!", "Comportem-se!", "Suplico que parem de me fazer passar vergonha!" ou ainda "Façam pelo menos um esforço na frente do Jesse!". No geral, quando voltávamos da casa deles, minha mãe me dizia que sentia vergonha dos pais. Eu, no entanto, não tinha qualquer reclamação sobre eles.

Nossa mudança para Rego Park me obrigou a trocar de escola. Algumas semanas após minha chegada à nova instituição, um dos meus colegas de classe decretou: "Seu nome é Jesse... parece Jessica!" Menos de quinze minutos depois, meu novo apelido se espalhou, e o dia inteiro tive que aguentar gracejos como "Jesse, a garotinha" ou "Jessica maricas".

Nesse dia, arrasado com as humilhações, cheguei da escola chorando.

— Por que está chorando? — perguntou meu avô secamente ao me ver entrar na casa deles. — Homem não chora.

— Meus colegas estão me chamando de Jessica — queixei-me.

— Está vendo? Eles têm razão.

Meu avô me levou à cozinha, onde minha avó estava preparando meu lanche.

— Por que esse chororô? — perguntou minha avó.

— Porque uns colegas estão chamando ele de maricas — explicou meu avô.

— Ué! Homem que chora é maricas — decretou minha avó.

— Ah! Está vendo? — triunfou meu avô. — Pelo menos com isso todo mundo concorda.

Como continuei triste, meus avós me deram algumas sugestões:

— Bata neles! — aconselhou minha avó. — Não aceite tudo isso de braços cruzados!

— Isso! Bata neles! — aprovou meu avô, vasculhando a geladeira.

— Mas a mamãe me proibiu de brigar — esclareci, para que eles pensassem numa represália menos violenta. — Será que não podem falar com a professora?

— Falar... É tudo uma bosta! — vociferou minha avó.

— Bando de imbecis! — acrescentou meu avô, que descobrira uma carne defumada na geladeira.

— Dê um soco na pança do seu avô! — ordenou minha avó.

— Sim, dê um soco na minha pança! — empolgou-se ele, cuspindo resíduos da carne que mastigava vorazmente.

Eu me recusei categoricamente.

— Se não fizer isso, é porque é um maricas! — advertiu meu avô.

— Prefere bater no seu avô ou ser um maricas? — perguntou minha avó.

Diante de tal escolha, declarei que preferia ser considerado um maricas do que machucar meu avô. E então meus avós ficaram me chamando de "maricas" o resto da tarde.

No dia seguinte, de volta à casa deles, um presente me esperava na mesa da cozinha. *Para Jessica*, escrito num adesivo cor-de-rosa. Abri o embrulho e encontrei uma peruca loura de menina.

— Agora você usará essa peruca e nós chamaremos você de Jessica — explicou minha avó, divertindo-se.

— Não quero ser menina — protestei, enquanto meu avô colocava a peruca na minha cabeça.

— Vamos, experimente! — desafiou minha avó. — Se não for um maricas, pode pegar as compras no porta-malas do carro e arrumá-las na geladeira.

Corri para obedecer. Contudo, assim que terminei a tarefa, implorei para tirar a peruca e assim recuperar minha honra como menino. Mas minha avó julgou que aquilo ainda não tinha sido o bastante. Precisava de outra prova. Pedi imediatamente outro desafio, que venci brilhantemente, mas outra vez minha avó não se convenceu. Foi só depois de dois dias dedicados a arrumar a garagem, organizar os remédios do meu avô, trazer as roupas da lavanderia — que tive que pagar com os *meus* trocados —, lavar a louça e engraxar todos os sapatos da casa que compreendi que Jessica era apenas uma garotinha prisioneira, escrava da minha avó.

A libertação veio com um episódio no supermercado. Tínhamos ido até lá no carro dos meus avós. Ainda no estacionamento, meu avô, que era terrível ao volante, bateu levemente no para-choque de um carro que dava marcha a ré. Ele e minha avó saíram para verificar os danos, eu fiquei no banco de trás.

— Bando de imbecis! — berrou meu avô para a motorista do veículo que ele tinha acabado de atingir, e também para o marido dela, que inspecionava a lataria.

— Veja bem como fala, senhor! — exasperou-se a motorista. — Senão vou chamar a polícia.

— É tudo uma bosta! — interveio minha avó, achando o momento muito oportuno.

A mulher ao volante ficou ainda mais nervosa e brigou com o marido, que não dizia nada e se limitava a passar um dedo no arranhão do para-choque, para ver se estava de fato danificado ou se era apenas uma sujeira.

— E então, Robert, não vai falar nada, caramba?!

Curiosos pararam com seus carrinhos para observar a cena, enquanto o tal Robert fitava sua mulher sem pronunciar uma palavra.

— Senhora — sugeriu meu avô à motorista —, dê uma espiada no porta-luvas para ver se não acha os colhões do seu marido.

Robert se empertigou e, erguendo um punho ameaçador, berrou:

— Procurar meus colhões? Está querendo dizer que não tenho colhões?

Vendo-o disposto a agredir meu avô, saí prontamente do carro, ainda com a peruca na cabeça.

— Não toque no meu avô! — ordenei.

Robert, em meio à confusão, deixou-se enganar pelas minhas madeixas louras e replicou:

— O que você quer aqui, garotinha?

Aquilo já era demais. Quando iam entender que eu não era uma garotinha?

— Veja, aqui estão seus colhões! — gritei para ele com a minha voz de criança, desferindo um sublime soco que o fez desabar no chão.

Minha avó me agarrou, me jogou no banco de trás do nosso carro e se enfiou lá dentro comigo, enquanto meu avô, já diante do volante, arrancava furiosamente. "Bando de imbecis!", "Tudo é uma bosta!", ouviram as testemunhas, que anotaram a placa do carro do meu avô antes de chamarem a polícia.

Esse incidente rendeu muitos frutos. Um deles foi a chegada de Ephram e Becky Jenson na minha vida. Eram vizinhos dos meus avós e às vezes eu esbarrava com eles. Eu sabia que em algumas ocasiões Becky fazia compras para minha avó e que Ephram prestava pequenos favores ao meu avô, quando, por exemplo, a troca de uma lâmpada exigia as habilidades de um equilibrista. Também sabia que não tinham filhos porque um dia meu avô tinha perguntado:

— Vocês não têm filhos?

— Não — respondera Becky.

— É tudo uma bosta! — dissera minha avó, compadecida.

— Concordo plenamente com a senhora.

Mas foi pouco depois do incidente com os colhões de Robert, seguido de nosso retorno do supermercado às pressas, que minha relação com eles começou de verdade, no momento em que a polícia bateu à porta de meus avós.

— Alguém morreu? — perguntou meu avô aos dois policiais à porta.

— Não, senhor. No entanto, parece que os senhores e uma garotinha envolveram-se num incidente no estacionamento do supermercado.

— No estacionamento? — repetiu meu avô, num tom ultrajado. — Nunca coloquei os pés lá em toda a minha vida.

— Senhor, um carro com a placa em seu nome, que inclusive corresponde ao veículo estacionado em frente à sua casa, foi formalmente identificado por várias testemunhas, depois que um homem foi agredido por uma garotinha loura.

— Não há garotinha loura aqui — assegurou meu avô.

Sem saber o que estava acontecendo, fui até a porta para ver com quem meu avô falava, a peruca ainda na cabeça.

— Olha a garotinha! — exclamou o colega do policial que falava.

— Não sou nenhuma garotinha! — berrei, fazendo voz grossa.

— Não toquem na minha Jessica! — gritou meu avô, usando o corpo para bloquear a entrada.

Foi nesse momento que Ephram entrou em cena. Alertado pelos gritos, apresentou-se imediatamente, exibindo seu distintivo policial. Não captei direito o que ele disse aos outros dois agentes, mas compreendi que Ephram era importante. Bastou uma frase para que seus colegas apresentassem suas desculpas ao meu avô e fossem embora.

A partir desse dia, minha avó, que desde Odessa nutria certo medo da autoridade e dos uniformes, alçou Ephram à categoria de "Justo". Para agradecer-lhe, todas as sextas-feiras à tarde ela preparava uma receita secreta de *cheesecake*, que perfumava a cozinha quando eu voltava da escola, mas eu sabia que não teria direito a nenhuma fatia. Assim que a torta ficava pronta e era embalada, minha avó dizia:

— Leve isso depressa para eles, Jesse. Esse homem é nosso Raoul Wallenberg, nosso salvador!

Eu tocava a campainha da casa dos Jenson e, ao lhes entregar a torta, era obrigado a dizer:

— Meus avós agradecem por terem salvado nossa vida.

De tanto ir à casa dos Jenson toda semana, eles começaram a me convidar para entrar e ficar um pouco. Becky dizia que a torta era enorme, que eles eram apenas dois e, ignorando meus protestos, cortava uma fatia que eu comia na cozinha enquanto tomava um copo de leite. Eu gostava muito deles: Ephram me fascinava, e eu via em Becky o amor de mãe que me fazia falta, já que quase não via a minha. Não demorou muito para Becky e Ephram me convidarem a passar o fim de semana com eles em Manhattan, para passear ou visitar exposições. Quando eles batiam à porta e perguntavam à minha avó se eu podia acompanhá-los, eu vibrava de alegria.

Quanto à garotinha loura que dava socos em colhões, nunca mais foi vista. Foi assim que Jessica desapareceu para sempre e nunca mais precisei usar aquela peruca pavorosa. Às vezes, em momentos de distração, Jessica ressurgia na mente da minha avó. No meio de uma refeição em família, quando éramos cerca de vinte em volta da mesa, ela declarava:

— Jessica morreu num estacionamento de supermercado.

Em geral, seguia-se um longo silêncio. Então um primo ousava perguntar:

— Quem era Jessica?

— Com·certeza é uma história de guerra — murmurava outro.

Todo mundo então era tomado por um ar grave e um longo silêncio pairava na sala, uma vez que Odessa era um assunto proibido.

Depois do episódio dos colhões de Robert, meu avô passou a me considerar um garoto de verdade, até mesmo corajoso, e, para me presentear, me levou uma tarde até os fundos de um açougue *kasher* onde um velho, originário de Bratislava, dava aulas de boxe. O velho não era mais açougueiro — a loja agora era administrada pelos filhos — e ocupava seus dias ensinando pugilismo de graça aos netos dos amigos, aulas que consistiam basicamente em nos fazer socar carcaças bolorentas ao ritmo da narração, numa língua marcada por um sotaque longínquo, da final do campeonato de boxe da Tchecoslováquia de 1931.

Foi assim que descobri que em Rego Park, todas as tardes, um monte de senhores idosos fugia do lar conjugal para ir ao açougue, sob o pretexto falacioso de quererem passar um tempo com os netos. Sentavam-se a mesas de plástico, embrulhados em seus casacos, tomando café e fumando, enquanto uma horda de crianças um tanto amedrontadas batia nas carcaças penduradas ao teto por ganchos. E, quando não tínhamos mais disposição para treinar, escutávamos, sentados no chão, as histórias do velho de Bratislava.

Durante meses, passei meus fins de dia treinando boxe no açougue, e isso tudo em segredo. Diziam que talvez eu tivesse talento para o boxe, e esse boato trazia sempre um bando de senhores que se aglutinavam naquele espaço frio para me observar, dividindo conservas de produtos do Leste Europeu que eles besuntavam no pão preto. Eu os ouvia me incentivar: "Vá em frente, garoto!", "Bata! Bata forte!". E meu avô, transbordando de orgulho, repetia para quem quisesse ouvir: "É meu neto!"

Meu avô me aconselhara a não contar nada para minha mãe sobre a nossa nova atividade, e eu sabia que devia obedecê-lo. Ele substituíra a peruca por um uniforme esportivo reluzindo de tão novo que eu guardava na casa dele e que minha avó lavava todas as noites para que estivesse limpo no dia seguinte.

Durante meses, minha mãe não desconfiou de nada. Até aquela tarde de abril em que a fiscalização sanitária da cidade e a polícia deram uma batida no açougue insalubre após uma onda de intoxicações alimentares. Lembro do rosto incrédulo dos policiais ao chegarem aos fundos do estabelecimento e verem um bando de garotos em trajes de pugilista e um grupo de senhores fumando e tossindo, tudo isso em meio a um cheiro forte e azedo de suor misturado com cigarro.

— O senhor vende a carne depois que ela é socada pelas crianças? — quis saber um dos policiais, que não conseguia acreditar naquilo.

— Bem, é... — respondeu com naturalidade o velho de Bratislava. — É bom para o bife, fica mais macio. E, além disso, eles lavam as mãos antes das aulas.

— Não é verdade — choramingou um menino —, a gente não lava as mãos antes!

— Está expulso do clube de boxe! — gritou secamente o velho de Bratislava.

— Isso é um clube de boxe ou um açougue? — perguntou, coçando a cabeça, um policial que não estava entendendo nada.

— Um pouco dos dois — respondeu o velho de Bratislava.

— A sala não é sequer refrigerada — sentenciou um fiscal sanitário, escandalizado, fazendo anotações.

— Está frio do lado de fora e mantemos as janelas abertas.

A polícia tinha ligado para minha mãe, mas ela estava no trabalho, então telefonou para o vizinho, Ephram, que logo apareceu e me levou para casa.

— Você fica comigo até sua mãe voltar — disse ele.

— O que você faz na polícia? — perguntei.

— Sou inspetor da divisão de homicídios.

— Um inspetor importante?

— Sim. Sou capitão.

Fiquei muito impressionado. Em seguida, demonstrei minha preocupação.

— Espero que meu avô não tenha problemas com a polícia.

— Com a polícia, não — respondeu o vizinho, com um sorriso reconfortante. — Em compensação, com a sua mãe...

Como havia previsto Ephram, minha mãe passou dias esbravejando com meu avô ao telefone: "Papai, você está completamente maluco!" Insistia que eu poderia ter me machucado ou adquirido uma intoxicação. Ou sei lá o quê. Eu estava encantado: meu avô, bendita seja sua alma, me colocou no caminho da vida. E isso não seria tudo, uma vez que, após me iniciar no boxe, ele faria Natasha aparecer na minha vida, como num passe de mágica.

Isso aconteceu alguns anos depois, quando completei 17 anos. Nessa época, eu tinha transformado o grande porão dos meus avós numa sala de musculação, com vários halteres e um saco de areia pendurado. Eu treinava lá diariamente. Um dia, no meio das férias de verão, minha avó anunciou: "Tire aquela sua bosta do subsolo. Precisamos do espaço." Quando perguntei o motivo, minha avó me explicou que eram generosos e iam receber uma prima distante, que vinha do Canadá. Generosos... Até parece! Com certeza iam cobrar aluguel. Para me compensar, sugeriram que eu colocasse minhas coisas na garagem, onde poderia continuar a praticar meus exercícios em meio ao óleo e à poeira. Durante dias amaldiçoei aquela prima velha e fedorenta que ia roubar meu espaço, que eu já imaginava com queixo peludo, sobrancelhas grossas, dentes amarelos, mau hálito e vestida de farrapos da época da União Soviética. Pior: no dia da chegada dela, tive de ir buscá-la na estação Jamaica, no Queens, onde ela desembarcaria do trem que vinha de Toronto.

Meu avô me obrigou a levar um cartaz com o nome dela em cirílico.

— Não sou motorista dela! — fiquei irritado. — Só falta me dizer que devo colocar um quepe!

— Sem cartaz, você nunca a encontrará!

Saí furioso. Levei o cartaz, mas jurei não utilizá-lo.

Ao chegar no saguão da estação Jamaica, fui afogado pela multidão de passageiros, e, após abordar algumas senhoras apressadas que não eram a prima repulsiva, logo me vi obrigado a recorrer ao ridículo pedaço de cartolina.

Lembro-me do momento em que a vi. Aquela garota de olhos risonhos, na casa dos 20 anos, cachos finos e sublimes, dentes de pérola. Ela se plantou à minha frente e leu meu cartaz:

— Você está segurando o cartaz de cabeça para baixo — disse ela.

Dei de ombros.

— E o que você tem a ver com isso? Por acaso é fiscal de cartazes?

— Não fala russo?

— Não — respondi, virando o cartaz na posição correta.

— *Krassavtchik* — zombou a garota.

— Afinal, quem é você? — acabei perguntando, nervoso.

— Sou Natasha. — Ela sorriu. — É o meu nome que está no seu cartaz.

Natasha acabava de entrar na minha vida.

A partir do dia que Natasha apareceu na casa dos meus avós, a vida de todos nós virou de cabeça para baixo. Aquela mulher que eu imaginara velha e medonha revelara-se uma moça fascinante e maravilhosa, que tinha vindo estudar em uma escola de culinária de Nova York.

Ela revolucionou nossa rotina. Passou a ficar na sala que ninguém usava, ia até lá depois das aulas, para ler ou revisar as lições. Aconchegava-se no sofá com uma xícara de chá, acendia velas aromáticas que perfumavam deliciosamente o ambiente. O cômodo, até então lúgubre, tornou-se o preferido de todos. Quando eu voltava da escola, encontrava Natasha ali, o rosto enfiado em seus fichamentos, e, à sua frente, meus avós tomando chá e a admirando com cara de bobos.

Quando não estava na sala, Natasha estava cozinhando. A qualquer hora do dia ou da noite. A casa era invadida por aromas que eu nunca havia sentido. Havia sempre algum prato sendo preparado, a geladeira nunca ficava vazia. E enquanto Natasha cozinhava, meus avós, sentados a sua mesinha, observavam a jovem com paixão, empanturrando-se com os pratos que ela lhes servia.

Ela transformou o cômodo do subsolo, que havia se tornado seu quarto, em um pequeno e confortável palacete, decorado com cores quentes e no qual sempre havia um incenso aceso. Passava ali os fins de semana, devorando montanhas de livros. Eu costumava descer até sua porta, intrigado com o que acontecia lá dentro, mas sem nunca ousar bater. Certa vez minha avó acabou me repreendendo, vendo-me vagar pela casa:

— Não fique aí à toa — disse, colocando em minhas mãos uma bandeja com um samovar fumegante e biscoitos recém-saídos do forno. — Seja amável com nossa convidada e leve isso para ela!

Apressei-me em descer com minha valiosa carga, enquanto minha avó me olhava sorrindo, enternecida, sem que eu tivesse notado que ela colocara duas xícaras na bandeja.

Eu bati à porta do quarto e, ao ouvir a voz de Natasha dizendo para entrar, meu coração acelerou.

— Minha avó fez um chá para você — falei timidamente, entreabrindo a porta.

— Obrigado, *Krassavtchik*.

Ela sorriu para mim.

Todas as vezes que eu ia até lá, quase sempre ela estava na cama devorando pilhas de livros. Após colocar suavemente a bandeja numa mesa de centro em frente ao sofá, em geral eu ficava de pé, um pouco sem jeito.

— Vai ficar ou vai sair? — perguntava ela.

Meu coração rufava no peito.

— Vou ficar.

Sentava-me ao seu lado. Ela servia o chá, depois enrolava um baseado e eu olhava fascinado seus dedos com as unhas pintadas enrolando o papel de seda, cuja borda ela lambia com a ponta da língua para colar as pontas.

Sua beleza era tão ofuscante que me deixava cego, sua meiguice me derretia, sua inteligência me dominava. Não havia um assunto que ela não entendesse, um livro que não tivesse lido. E, o principal, para minha grande felicidade e ao contrário do que afirmavam meus avós, ela não era nossa prima de sangue, a não ser que recuássemos mais de um século para tentar descobrir um ancestral em comum.

Ao longo das semanas e dos meses, a presença de Natasha fez surgir uma animação completamente nova na casa dos meus avós. Ela jogava xadrez com meu avô, tinha intermináveis conversas com ele sobre política e tornou-se a mascote do grupo de idosos do açougue, agora exilado num café do Queens Boulevard, com os quais se comunicava diretamente em russo. Ela acompanhava minha avó nas compras, ajudava em casa. Cozinhavam juntas e Natasha relevou-se uma cozinheira extraordinária.

As conversas telefônicas que Natasha tinha com as primas — essas sim verdadeiras — espalhadas pelo mundo insuflavam vida na casa. Ela às vezes me dizia:

— Somos como as pétalas de um dente-de-leão, redondo e magnífico, e o vento soprou cada uma de nós para cantos diferentes do planeta.

Ficava pendurada ao telefone, o do seu quarto, do hall ou da cozinha, horas a fio, em todos os fusos horários. Havia a prima de Paris, a de Zurique, a de Tel Aviv, a de Buenos Aires. Falava inglês, francês, hebraico, alemão, mas a maior parte do tempo era o russo que prevalecia.

As ligações deviam custar somas astronômicas, mas meu avô não falava nada. Pelo contrário, frequentemente, sem que ela soubesse, ele pegava o aparelho em outro cômodo e ficava escutando, apaixonado, a conversa. Eu me posicionava ao lado dele e ele traduzia a conversa em voz baixa. Foi assim que eu soube que ela falava muito de mim com as primas, dizia que eu era bonito e maravilhoso e que meus olhos brilhavam.

— *Krassavtchik* — me explicou um dia meu avô, após tê-la ouvido me chamar assim — quer dizer "moço bonito".

Depois veio o Halloween.

Aquela noite, quando a primeira leva de crianças apareceu para pedir doces e minha avó correu para abrir a porta com um balde de água gelada nas mãos, Natasha berrou:

— O que está fazendo, vovó?

— Nada — respondeu minha avó, constrangida, repreendida em seu impulso.

Então levou o balde de volta à cozinha.

Natasha tinha preparado baldes cheios de doces multicoloridos. Entregou um a meu avô e outro a minha avó e mandou-os abrir a porta. As crianças, felizes, dando gritinhos de alegria, encheram as mãos antes de desaparecerem na noite. E meus avós, vendo-as se afastarem, gritaram amavelmente:

— Feliz Halloween, crianças!

Natasha era como um furacão de energia positiva e criatividade, e iluminava Rego Park. Quando não estava na aula nem cozinhando, fotografava o bairro ou ia à biblioteca municipal. Sempre deixava bilhetes para avisar a meus avós sobre o que estava fazendo. Às vezes deixava um bilhete sem motivo aparente, só para dizer oi.

Um dia em que eu voltava da escola, minha avó, vendo-me entrar em casa, gritou, apontando para mim com um dedo ameaçador:

— Onde você estava, Jessica?

Quando ficava muito brava comigo, minha avó às vezes me chamava de Jessica.

— Na escola, vó — respondi. — Como todos os dias.

— Você não deixou um bilhete.

— Por que eu deixaria um bilhete?

— Natasha sempre deixa um bilhete.

— Mas você sabe que estou na escola durante a semana! Onde achou que eu estava?

— Bando de imbecis! — declarou meu avô, que entrava pela porta da cozinha, segurando um pote de pepinos em conserva.

— É tudo uma bosta! — respondeu minha avó.

Uma das grandes revoluções que a presença de Natasha gerou tinha sido o fim dos impropérios de meus avós, pelo menos quando ela estava presente. Meu avô também parou de fumar seus ignóbeis cigarros enrolados durante as refeições, e descobri que meus avós eram capazes de se comportar à mesa e ter conversas interessantes. Pela primeira vez, vi meu avô com uma camisa nova. ("Foi Natasha que comprou, ela disse que as minhas estavam furadas!"). E até vi minha avó com grampos no cabelo ("Foi Natasha que me penteou. Ela disse que eu fiquei bonita").

Natasha me introduziu a coisas que eu não conhecia: literatura, arte. Abriu meus olhos para o mundo. Íamos a livrarias, museus, galerias. Geralmente, aos domingos, íamos a Manhattan de metrô: visitávamos um museu: o Metropolitan Museum, o MoMA, o Museu de História Natural, o Whitney. Ou então íamos a cinemas vazios e decrépitos ver filmes em línguas que eu não compreendia. Mas eu não ligava: não olhava para a tela, olhava para ela. Devorava-a com os olhos, totalmente atraído por aquela mulher, excêntrica, extraordinária, sensual. Ela vivia os filmes; irritava-se com os atores, chorava, se aborrecia, chorava. Terminada a sessão, dizia:

— Muito bom, não?

E eu respondia que não tinha entendido nada. Ela ria, dizia que ia me explicar tudo. Então me levava ao café mais próximo, já que eu não podia ficar sem entender tudo que tínhamos visto, e me contava o filme desde o começo. Em geral eu não a escutava. Ficava admirando seus lábios. Em adoração.

Em seguida, percorríamos as livrarias — era uma época em que as livrarias ainda floresciam em Nova York — e Natasha comprava pilhas de livros, depois voltávamos para o quarto dela, na casa de meus avós. Natasha me obrigava a ler, deitava-se recostada em mim, enrolava um baseado e fumava tranquilamente.

Uma noite de dezembro, quando ela estava com a cabeça pousada em mim e eu devia ler um ensaio sobre a história da Rússia por ter ousado lhe fazer uma pergunta sobre a divisão das antigas repúblicas soviéticas, ela passou a mão na minha barriga.

— Como seu corpo pode ser tão firme? — perguntou, se ajeitando.

— Não faço ideia — respondi. — Pratico esportes.

Ela tragou demoradamente seu baseado antes de apoiá-lo num cinzeiro.

— Tira a camiseta! — ordenou de pronto. — Estou com vontade de ver como você é de verdade.

Obedeci sem pensar duas vezes. Senti meu coração reverberar em todo o meu corpo. Fiquei sem camisa na frente dela, que examinou na penumbra meu corpo esculpido, pousou suas mãos no meu peito e ficou me fazendo carinho, tocando minha pele com a ponta dos dedos.

— Acho que nunca vi alguém tão bonito — disse ela.

— Eu? Eu sou bonito?

Ela caiu na risada.

— Claro, idiota!

— Não me acho muito bonito — respondi.

Ela abriu aquele sorriso magnífico e disse esta frase, que permanece gravada na minha memória:

— As pessoas bonitas nunca se acham bonitas, Jesse.

Contemplou-me, sorrindo. Eu estava fascinado por ela e paralisado pela indecisão. Finalmente, no auge do nervosismo e me sentindo obrigado a romper o silêncio, balbuciei:

— Você não tem namorado?

Ela franziu a testa com um ar malicioso.

— Eu achava que você era meu namorado...

Ela aproximou o rosto do meu e roçou os lábios levemente nos meus, depois me beijou como eu nunca tinha beijado. Sua língua se uniu à minha com tal erotismo que me senti tomado por uma sensação e uma emoção que jamais havia vivido.

Foi assim o começo da nossa história. A partir dessa noite, e pelos anos que viriam, eu nunca mais deixaria Natasha.

Ela seria o centro da minha vida, o centro dos meus pensamentos, o centro das minhas atenções, o centro das minhas preocupações, o centro de todo o meu amor. E eu teria a mesma importância na vida dela. Eu ia amar e ser amado como poucos. No cinema, no metrô, no teatro, na biblioteca, na mesa dos meus avós. Ao seu lado, qualquer lugar era o paraíso. E as noites tornaram-se nosso reino.

Paralelamente aos estudos, já que precisava ganhar dinheiro, Natasha tinha arranjado um emprego de garçonete no Katz, restaurante que meus avós gostavam de frequentar. Foi onde conheceu uma garota da sua idade, que também trabalhava lá. O nome dela era Darla.

Assim que me formei no colégio, fui aceito na universidade de Nova York graças a meus excelentes resultados. Eu gostava de estudar, imaginei por muito tempo que seria professor ou advogado. Contudo, na universidade compreendi finalmente o sentido de uma frase tantas vezes pronunciada pelos meus avós: "Estude para ser alguém importante." O que significava ser importante? A única imagem que me vinha à mente era a daquele vizinho, Ephram Jenson, o orgulhoso capitão de polícia. O salvador. O protetor. Ninguém havia sido tratado com tanto respeito pelos meus avós. Eu queria ser policial. Como ele.

Após quatro anos de estudos e um diploma no bolso, fui admitido na academia da polícia estadual. Terminei com bom desempenho, fiz minhas provas, fui rapidamente promovido a inspetor e ingressei no centro regional da polícia estadual, onde viria a construir toda a minha carreira. Lembro-me de meu primeiro dia lá, quando me vi na sala do major McKenna, sentado ao lado de um rapaz um pouco mais velho do que eu.

— Inspetor Jesse Rosenberg, acha que me impressiona com suas credenciais? — vociferou McKenna.

— Não, major — respondi.

Ele se voltou para o outro rapaz.

— E você, Derek Scott, o mais jovem sargento da história da polícia estadual, acha que isso me surpreende?

— Não, major.

McKenna nos perscrutou.

— Sabem o que dizem no quartel-general? Dizem que vocês dois são os melhores. Então vou deixá-los juntos. Vamos ver no que vai dar e do que são capazes.

Assentimos.

— Bom — continuou McKenna. — Vamos reservar duas salas, uma em frente à outra, e passar para vocês os casos das senhorinhas que perdem seus gatos. Vamos ver como se saem com isso.

Natasha e Darla, que haviam ficado muito próximas desde que se conheceram melhor no Katz, não tinham conseguido fazer as carreiras decolarem. Após algumas experiências pouco conclusivas, foram contratadas pelo Blue Lagoon, supostamente como auxiliares de cozinha, mas o chefe acabara colocando-as como garçonetes, por falta de pessoal.

— Vocês deviam pedir demissão — sugeri a Natasha. — Ele não tem o direito de fazer isso com vocês.

— Ah, eles pagam bem. Dá para pagar as contas e ainda economizar um pouco. Aliás, eu e Darla tivemos uma ideia: vamos abrir um restaurante.

— Que incrível! — exclamei. — Será um sucesso! Que tipo de restaurante? Já arranjaram um lugar?

Natasha caiu na risada.

— Não se empolgue tanto, Jesse. Ainda não vamos colocar isso em prática. A primeira coisa que precisamos fazer é economizar dinheiro. Depois pensarmos no conceito. Mas é uma boa ideia, não acha?

— É uma ideia fantástica.

— Seria o meu sonho. — Ela sorriu. — Jesse, prometa-me que um dia teremos um restaurante.

— Prometido.

— Prometa de verdade. Diga que um dia teremos um restaurante num lugar tranquilo. Sem mais nada de polícia, de Nova York, apenas o sossego, uma vida só nossa.

— Prometo.

2
Desolação

DOMINGO, 27 DE JULHO – QUARTA-FEIRA, 30 DE JULHO DE 2014

JESSE ROSENBERG

Domingo, 27 de julho de 2014
Dia seguinte à abertura do festival

Sete horas da manhã. O dia raiava em Orphea. Ninguém tinha pregado os olhos durante a noite.

O centro da cidade era pura desolação. A rua principal continuava interditada, ainda obstruída pelos carros de resgate, sendo examinada por policiais e repleta de montanhas de objetos que o público abandonara na gigantesca onda de pânico provocada pelos tiros no Teatro Municipal.

A primeira fase foi o momento de ação. Até o meio da noite, as equipes de intervenção da polícia haviam isolado a área em busca do atirador. Em vão. Também foi necessário proteger a cidade, para evitar que as lojas fossem saqueadas em meio ao tumulto. Tendas de primeiros socorros haviam sido instaladas fora do perímetro de segurança para cuidar daqueles com ferimentos leves, em sua maioria vítimas de empurrões e pessoas em estado de choque. Quanto a Dakota Éden, fora levada de helicóptero em estado gravíssimo para um hospital de Manhattan.

O novo dia que começava anunciava o retorno à calma. Precisávamos compreender o que havia acontecido no Teatro Municipal. Quem era o atirador? E como ele conseguira entrar com uma arma no recinto, a despeito de todas as medidas de segurança que foram tomadas?

Na delegacia de Orphea, onde a agitação e a efervescência não haviam diminuído, Anna, Derek e eu nos preparávamos para interrogar os atores da peça. Eles eram as testemunhas mais próximas dos acontecimentos. Dominados pela onda de pânico, eles tinham se espalhado pela cidade: localizá-los e reuni-los não tinha sido fácil. Agora se encontravam numa sala de reunião, dormindo no chão ou prostrados na mesa central, esperando ser ouvidos um a um. Só faltava Jerry Éden, que acompanhara Dakota no helicóptero, e Alice Filmore, que ninguém encontrara até então.

O primeiro a ser interrogado foi Kirk Harvey, e nossa conversa traria uma reviravolta inesperada. Kirk não estava mais sob a proteção de ninguém e passamos a tratá-lo sem cerimônia.

— O que você sabe, seu filho da mãe? — berrava Derek, sacudindo Harvey com força. — Quero um nome agora, senão arrebento sua cara. Quero um nome! Agora mesmo!

— Mas eu não faço a mínima ideia — disse Kirk, gemendo. — Eu juro.

Derek, com um gesto de raiva, acabou arremessando-o contra a parede. Harvey desmoronou no chão. Levantei-o e o coloquei numa cadeira.

— Tem que falar agora, Kirk — ordenei —, precisa nos dizer tudo. Essa história já foi longe demais.

Kirk perdeu o controle e estava à beira das lágrimas.

— Como está Dakota? — perguntou, com a voz embargada.

— Mal! — gritou Derek. — Por sua causa!

Harvey mergulhou o rosto entre as mãos e eu lhe disse, num tom firme, mas sem agressividade:

— Tem que nos contar tudo, Kirk. Por que essa peça? O que você sabe?

— Minha peça é uma armação — murmurou. — Nunca tive a menor ideia de quem era o responsável pela chacina.

— Mas você sabia que Meghan Padalin era o alvo na noite de 30 de julho de 1994, e não o prefeito Gordon?

Ele aquiesceu.

— Em outubro de 1994, quando a polícia estadual anunciou que Ted Tennenbaum era o responsável pela chacina, eu não me convenci. É que Ostrovski me falara que tinha visto Charlotte ao volante da caminhonete de Tennenbaum, o que era algo que eu não conseguia explicar. Mas eu não teria continuado a investigar se, alguns dias depois, os vizinhos dos Gordon não tivessem me ligado: haviam acabado de descobrir dois buracos de bala no batente da porta de sua garagem. Os vestígios não chamavam atenção: só repararam neles porque tinham resolvido pintar a porta. Fui até lá, extraí as duas balas, depois pedi à divisão científica da polícia estadual para fazer uma comparação com as balas retiradas das vítimas do quádruplo homicídio: vinham da mesma arma. A julgar pela trajetória, haviam sido disparadas do parque. Foi nesse momento que tudo fez sentido: o alvo era Meghan. O assassino errara o tiro, ela fugira em direção à casa do prefeito, sem dúvida para procurar ajuda, mas ele a alcançou e a matou. Em seguida, os Gordon, testemunhas do assassinato, também se tornavam vítimas.

Percebi então que Harvey era um policial extremamente perspicaz.

— Por que não soubemos disso antes? — perguntou Derek.

— Tentei desesperadamente entrar em contato com vocês na época — defendeu-se ele. — Telefonei em vão, para você e para Rosenberg, para o centro da polícia estadual. Falaram que vocês tinham sofrido um acidente e estavam de licença temporária. Então fui à casa de cada um de vocês. Na sua, Derek, fui despachado por uma moça que me pediu para não voltar e deixá-lo em paz, sobretudo se fosse para falar desse caso. Depois, toquei na casa de Jesse várias vezes, mas ninguém atendeu!

Derek e eu nos entreolhamos, dando-nos conta do vacilo na época.

— O que fez em seguida? — perguntou Derek.

— Ih! Tudo estava um verdadeiro caos! Resumindo: Charlotte Brown foi vista ao volante da caminhonete de Ted Tennenbaum no momento dos crimes, mas ele era o culpado segundo a polícia estadual, ao passo que eu estava convencido de que houvera um erro na identificação do alvo inicial. Para piorar as coisas, eu não podia discutir o assunto com ninguém: meus colegas na polícia de Orphea pararam de falar comigo depois que inventei que meu pai estava com câncer para poder tirar uns dias de folga, e era impossível encontrar os dois policiais encarregados do caso, ou seja, vocês. Estava um completo caos. Tentei então desvendar tudo sozinho: fui atrás de outros assassinatos cometidos na região naquela mesma época. Não havia nenhum. A única morte suspeita era a de um sujeito que se arrebentara sozinho de moto num trecho sem curvas na estrada para Ridgesport. Valia a pena investigar. Liguei para a polícia rodoviária e, conversando com o policial que cuidou do acidente, soube que um agente da ATF viera lhe fazer perguntas. Entrei em contato com o agente da ATF, que me revelou que o homem era um bandido dificílimo de ser capturado e que ele achava que o dito cujo não morrera por acidente. Nesse momento, temi estar me metendo numa história mais grave do que eu previra, com conexões com a máfia, e quis me aconselhar com Lewis Erban, um colega. Mas Lewis não foi ao encontro que marcamos. Eu me sentia mais sozinho do que nunca diante de um caso que estava além da minha competência. Então decidi sumir daqui.

— Porque tinha medo do que estava prestes a descobrir?

— Não, porque me sentia sozinho! Completamente sozinho, percebem? E não aguentava mais essa solidão. Pensei que as pessoas se preocupariam com a minha ausência, que tentariam descobrir por que eu havia pedido para sair da polícia. Sabem onde eu estava durante as duas primeiras semanas do meu "desaparecimento"? Em casa! Na minha própria casa! Esperando alguém tocar a campainha atrás de notícias. Mas ninguém apareceu. Nem os vizinhos. Nin-guém. Não arredei o pé de casa, não fiz compras, não botei o pé na rua. Nenhum telefonema. O único que me visitou foi meu pai, que veio me trazer algumas encomendas. Ficou sentado comigo no sofá da sala durante horas. Calado. Depois me perguntou: "O que estamos esperando?" Respondi: "Alguém, mas não sei quem." Finalmente, decidi ir embora, me mudar para o outro lado do país e recomeçar. Achei que era uma boa oportunidade para me dedicar exclusivamente a escrever uma peça. E haveria tema melhor do que aquele crime, que, a meu ver, continuava sem solução? Uma noite, antes de partir definitivamente, entrei escondido na delegacia, cujas chaves eu ainda tinha, e peguei o dossiê de investigação sobre o quádruplo homicídio.

— Mas por que deixou no lugar dos documentos um papel escrito: "Aqui começa a NOITE NEGRA"? — perguntou Anna.

— Porque minha ideia inicial era um dia voltar a Orphea, depois de solucionar o caso, e trazer a verdade à tona. Contaria tudo de maneira teatral e faria um sucesso espetacular. Eu estava arrasado quando deixei Orphea, e decidi que voltaria como herói e encenaria *Noite negra*.

— Por que repetir o título? — quis saber Anna.

— Porque seria a afronta definitiva a todos que haviam me humilhado. A peça *Noite negra*, a original, não existia mais: em represália à mentira que contei sobre meu pai ter câncer, meus colegas tinham destruído todos os meus rascunhos e manuscritos, que eu guardava com maior cuidado na delegacia, e o único exemplar a salvo, que eu deixara em consignação na livraria, estava nas mãos do prefeito Gordon.

— Como sabia disso? — perguntei.

— Foi justamente Meghan Padalin, que trabalhava na livraria à época, que me contou. Foi ela quem sugeriu que eu deixasse um exemplar da peça na sala dos autores locais. Às vezes alguma celebridade de Hollywood aparecia na cidade e, quem sabe, alguém importante poderia ler o texto e gostar... Mas, em meados de julho de 1994, após a retaliação dos meus colegas, quando eu quis recolher a peça da livraria, Meghan me comunicou que o prefeito Gordon acabara de comprá-la. Fui então lhe pedir de volta, mas ele alegou não estar mais com o texto. Supus que sua intenção fosse me prejudicar: ele já tinha lido a peça e a havia detestado! Chegara a rasgá-la na minha frente! Por que comprá-la, se não fosse para me prejudicar? Então, quando deixei Orphea, eu queria provar que nada é capaz de impedir a realização da arte. As pessoas podem queimar, vaiar, proibir, censurar: tudo renasce. Achavam que tinham me destruído? Pois bem, aqui estou, mais forte do que nunca. Era isso o que eu pensava. Deleguei então a meu pai a tarefa de vender minha casa, e me mudei para a Califórnia. Com o dinheiro da venda, eu tive meios para me sustentar durante certo tempo. Mergulhei mais uma vez no dossiê da investigação, mas me vi num beco sem saída: estava empacado. E, quanto menos avançava, maior minha obsessão pelo caso.

— Então vem remoendo isso há vinte anos? — perguntou Derek.

— Sim.

— E quais são suas conclusões?

— Não cheguei a nenhuma. De um lado, o acidente de moto, do outro, Meghan. É tudo o que eu tenho.

— Acha que Meghan estava investigando o acidente de moto de Jeremiah Fold e foi morta por isso?

— Não faço ideia. Inventei isso para a peça. Supus que daria uma boa cena. Será que há realmente um elo entre Meghan e o acidente?

— É essa a questão — respondi. — Como você, estamos convencidos da existência de um elo entre a morte de Meghan e a de Jeremiah Fold, mas parece não haver ligação entre os dois.

— Estão vendo — disse Kirk e suspirou —, há mesmo alguma coisa estranha.

Kirk Harvey estava longe de ser o diretor louco e insuportável das últimas duas semanas. Por que então se comportara daquele jeito? Por que aquela peça sem pé nem cabeça? Por que aquelas excentricidades? Quando perguntei isso, ele me respondeu, como se fosse óbvio:

— Ora, para existir, Rosenberg! Para existir! Para chamar a atenção! Para que finalmente olhassem para mim! Achei que nunca chegaria à solução daquele caso. Eu estava no fundo do poço. Morando num trailer, sem família, sem amigos. Apenas impressionando atores desesperados, prometendo-lhes uma glória que nunca viria. O que seria de mim? Quando Stephanie Mailer veio me procurar em Los Angeles em junho, passei a ter esperanças de conseguir terminar a peça. Contei-lhe tudo o que eu sabia, pensando que ela também me falaria as informações que tinha.

— Stephanie sabia então que o alvo do assassino era Meghan Padalin?

— Sim. Fui eu que contei para ela.

— Então o que ela sabia?

— Não sei. Quando ela percebeu que eu não sabia quem era o culpado, quis ir embora na mesma hora. Falou: "Não tenho tempo a perder." Exigi que ao menos partilhasse as informações que possuía, mas ela se recusou. Tivemos uma pequena discussão no Beluga Bar. Para impedi-la de partir, agarrei sua bolsa, e o conteúdo acabou caindo no chão: anotações da investigação, seu isqueiro, seu chaveiro com aquela bola amarela ridícula. Ajudei-a a catar suas coisas, aproveitando para tentar ler as anotações, mas sem sucesso. Depois, foi sua vez de aparecer, gentil Rosenberg. A princípio minha intenção era não lhe revelar nada: não queria ser passado para trás duas vezes. Então achei que talvez fosse minha última chance de retornar a Orphea e estrear na abertura do festival.

— Sem peça?

— Eu só queria meus quinze minutos de fama. Era tudo que importava. E eu os consegui. Durante duas semanas as pessoas falaram de mim. Fui o centro das atenções, apareci nos jornais, fiz gato-sapato dos atores que dirigi. Coloquei o grande crítico Ostrovski de cueca e o fiz se esganiçar em latim. Justamente ele, que acabara com meu monólogo em 1994. E repeti a dose com aquele lixo do Gulliver, que tanto me humilhara em 1994. Precisava vê-lo, seminu, com um carcaju empalhado nas mãos. Eu me vinguei, fui respeitado. Vivi.

— Falta explicar uma coisa, Kirk: o fim do espetáculo não passava de páginas em branco. Por quê?

— Eu não estava preocupado com isso. Achava que vocês iriam descobrir o culpado antes da estreia. Eu contava com vocês. Teria me limitado a anunciar a identidade do assassino, então já conhecida, e teria me queixado de que vocês estragaram tudo.

— Mas nós não descobrimos quem é.

— Nesse caso, meu plano era Dakota manter o suspense e eu teria colocado de novo a "Dança dos mortos". Teria humilhado Ostrovski e Gulliver durante horas. Poderia ser inclusive uma peça interminável, que durasse até o fim da noite. Eu estava disposto a tudo.

— Mas ia ser considerado um idiota — observou Anna.

— Não tanto quanto o prefeito Brown. Seu festival teria fracassado, as pessoas exigiriam reembolso dos ingressos. Ele teria ficado com cara de tacho e sua reeleição estaria comprometida.

— E tudo isso para prejudicá-lo?

— Tudo isso para não ficar mais sozinho. Porque, no fundo, *Noite negra* é minha solidão abissal. Mas tudo que consegui fazer foi machucar as pessoas. E agora, por minha causa, essa maravilhosa jovem está entre a vida e a morte.

Houve um momento de silêncio. Então falei a Kirk:

— Durante esse tempo todo, você estava certo. Encontramos a peça. O perfeito Gordon a guardava num cofre. No interior, decodificado, está escrito o nome de Jeremiah Fold, o homem que morreu no acidente de moto. Portanto, há mesmo uma ligação entre Jeremiah, o prefeito Gordon e Meghan Padalin. Você tinha captado tudo, Kirk. Tinha todas as peças do quebra-cabeça nas mãos. Agora, só falta encaixá-las.

— Deixe-me ajudá-los — suplicou Kirk. — Será minha forma de consertar as coisas.

Concordei.

— Com a condição de se comportar.

— Eu prometo, Jesse.

Antes de mais nada, queríamos entender o que havia acontecido na véspera, no Teatro Municipal.

— Eu estava na lateral do palco, observando Dakota — relatou Kirk. — Alice Filmore e Jerry Éden estavam ao meu lado. De repente, ouvimos os disparos. Dakota caiu no chão. Jerry e eu corremos na direção dela. Charlotte apareceu logo depois.

— Notaram de onde vieram os disparos? — perguntou Derek. — Da primeira fila? Da beirada do palco?

— Não faço ideia. A sala estava imersa na escuridão e os holofotes apontados para nós. Em todo caso, o atirador estava do lado do público, isso é certo, uma vez que Dakota foi atingida na altura do peito e estava de frente para a plateia. O que não entendo é como conseguiram entrar com uma arma no teatro. As medidas de segurança eram extremas.

Para tentar responder a essa pergunta, e antes de interrogar os membros do elenco, nos reunimos com o major McKenna, Montagne e o prefeito Brown para fazer um balanço inicial da situação.

Àquela altura, ainda não tínhamos absolutamente nenhuma informação sobre o atirador. Nenhum indício. Não havia câmeras no teatro e os espectadores interrogados nada viram. Todos repetiam a mesma ladainha: a sala estava na escuridão no momento dos tiros: "Reinava a noite negra lá dentro", alguém dissera. "Ouvimos os dois tiros, a garota caiu, depois foi só pânico geral. Como está a coitada da atriz?"

Não tínhamos qualquer notícia de Dakota.

McKenna nos informou que a arma não havia sido encontrada nem no teatro nem nos arredores.

— O atirador deve ter se aproveitado do pânico geral para fugir do Teatro Municipal e se livrar da arma em algum lugar — disse McKenna.

— Era impossível impedir as pessoas de sair — acrescentou Montagne, como se quisesse se desculpar. — Teriam se pisoteado, alguém acabaria morrendo. Ninguém poderia imaginar que o perigo viesse de dentro, já que o acesso ao teatro estava sob segurança máxima.

Era justamente nesse ponto que, apesar da ausência de indícios concretos, iríamos fazer um enorme avanço na investigação.

— Como uma pessoa armada conseguiu entrar no Teatro Municipal? — perguntei.

— Não entendo — comentou McKenna —, o pessoal encarregado dos acessos está acostumado com eventos de natureza muito delicada. Eles fazem a segurança de conferências internacionais, desfiles festivos, viagens do chefe de Estado a Nova York. O procedimento é muito rigoroso: primeiro os cães farejadores fazem a detecção de explosivos e armas de fogo. Em seguida o local é colocado sob vigilância absoluta. Ninguém pode entrar durante a noite. E todos do público e do elenco se submetem a detectores de metais antes de acessarem o teatro.

Estávamos deixando passar alguma coisa, isso é certo. Precisávamos entender como a arma fora parar no teatro. Para compreender melhor a situação, McKenna mandou chamar o oficial da polícia estadual responsável pela segurança da sala. Este último nos repetiu palavra por palavra o procedimento tal qual o major explicara.

— Após a revista, a sala foi considerada segura e assim permaneceu — declarou o oficial. — Eu teria deixado o presidente dos Estados Unidos entrar ali.

— E todo mundo foi revistado? — perguntou Derek.

— Sem exceção — assegurou o oficial.

— Nós não fomos revistados — observou Anna.

— Os policiais que apresentaram seus distintivos não foram revistados — admitiu o oficial.

— Muitos tiveram acesso à sala de espetáculos? — inquiri.

— Não, capitão, alguns policiais à paisana, uns caras da nossa equipe. Eram sobretudo algumas idas e vindas entre a plateia e o lado de fora para se certificar de que tudo corria bem.

— Jesse, não me diga que agora está suspeitando de um policial — preocupou-se o major McKenna.

— Eu só queria entender, só isso — respondi, antes de pedir ao oficial que me detalhasse todo o procedimento de revista.

Para nos oferecer respostas precisas, ele mandou chamar o responsável pelos cães farejadores, que nos explicou como haviam procedido.

— O espaço foi dividido em três zonas — explicou o responsável pelos cães. — O foyer, a plateia e a parte das coxias, incluindo os camarins. Analisamos sempre uma zona depois da outra, para não misturar as coisas. Os atores estavam ensaiando na área do palco e da plateia, então começamos pelas coxias e pelos camarins. Era a maior zona de todas, pois o subsolo é bem grande. Terminada essa zona, pedimos aos atores que interrompessem o ensaio enquanto fazíamos uma varredura na plateia, para que os cães não se distraíssem.

— E para onde foram os atores nesse momento? — perguntei.

— Para as coxias. Puderam retornar ao palco, mas primeiro tiveram que se submeter ao detector de metais para garantir que a zona continuasse sendo considerada uma área segura. Obtiveram então permissão para transitar entre as zonas.

Derek deu um tapinha na testa e perguntou:

— Os atores foram revistados nesse dia ao chegarem ao Teatro Municipal?

— Não. Mas todas as bolsas foram farejadas pelos cães enquanto estavam nos camarins e depois os atores passaram pelo detector de metais.

— Mas se um ator tivesse chegado ao teatro carregando uma arma e a tivesse mantido com ele durante os ensaios, enquanto vocês revistavam os camarins, ele teria em seguida voltado ao camarim já revistado para que vocês pudessem cuidar da área da plateia, e então teria deixado a arma em seu camarim, considerado uma zona segura — afirmou Derek. — Em seguida, poderia ter voltado ao palco e passado sem qualquer problema pelo detector de metais.

— Nesse caso, sim, os cães não teriam detectado. Os atores não foram farejados.

— Portanto, aí está o modo como a arma foi levada ao teatro — concluí. — Tudo foi feito na véspera. As medidas de segurança haviam sido anunciadas na imprensa, o atirador teve todo o tempo do mundo para se organizar. A arma já estava dentro do Teatro Municipal. O atirador só precisou pegá-la no camarim ontem, antes do início do espetáculo.

— Então o atirador seria um dos atores do elenco? — perguntou o prefeito Brown, chocado.

— Sem sombra de dúvida — respondeu Derek.

O atirador estava ali, na sala ao lado. Bem na nossa cara.

Primeiro fizemos cada um dos atores passar pelo exame de resíduo de pólvora, mas nenhum deles tinha qualquer vestígio nas mãos ou nas roupas. Testamos também os figurinos, designamos equipes para revistar camarins, quartos de hotel e residências. Tudo em vão. No entanto, o uso de luvas ou mesmo de um casaco no momento do disparo podia explicar o fato de não encontrarmos nada. Além disso, o atirador tivera tempo de se livrar da arma, tomar um banho, trocar de roupa.

Kirk dizia ter estado com Alice e Jerry no momento dos disparos. Conseguimos contatar Jerry Éden pelo celular: Dakota estava em cirurgia havia horas. Ele não tinha nenhuma novidade para nos contar, mas confirmou que Alice e Kirk estavam com ele no momento em que sua filha fora baleada. Podíamos confiar no depoimento de Jerry Éden, considerado totalmente idôneo: ele não tinha qualquer ligação com os acontecimentos de 1994 e não dava para imaginar que quisesse matar a filha. Isso permitia excluir de cara Kirk e Alice Filmore da lista dos suspeitos.

Passamos então o dia interrogando os demais atores, mas sem sucesso. Ninguém vira nada. Quanto à localização de cada um no momento dos tiros, todos diziam estar em algum lugar nas coxias, perto de Kirk Harvey, e ninguém se lembrava de ter visto ninguém. Era um verdadeiro quebra-cabeça.

No fim da tarde, não tínhamos avançado muito.

— Como assim, *vocês não têm nenhuma novidade*? — irritou-se o major McKenna quando o informamos da situação.

— Nenhum resíduo de pólvora em ninguém e ninguém viu nada — expliquei.

— Mas se sabemos que o atirador provavelmente é um deles!

— Estou ciente disso, só que não há nenhuma prova legal. Não há o menor indício. É como se um acobertasse o outro.

— E vocês interrogaram todos eles? — perguntou o major.

— Todos, exceto Alice Filmore.

— E onde está essa aí?

— Impossível encontrá-la — respondeu Derek. — O telefone está fora de área. Steven Bergdorf diz que eles deixaram o teatro juntos e que ela parecia estar em pânico. Ao que parece, falava em voltar a Nova York. Mas nós a descartamos por causa da declaração de Jerry Éden. Os dois estavam com Harvey no momento dos tiros. Em todo caso, acha bom avisarmos ao departamento de polícia de Nova York?

— Não — disse o major —, não é necessário, uma vez que ela não é suspeita. Vocês já têm trabalho suficiente com os suspeitos.

— Mas o que vamos fazer com o resto do elenco? — perguntei. — Os atores já estão detidos aqui há doze horas.

— Se não possuem provas contra eles, dispense-os. Não temos escolha. Porém, ordene que permaneçam no estado de Nova York.

— Tem notícias de Dakota, major? — perguntou então Anna.

— A cirurgia terminou. Os médicos extraíram as duas balas e tentaram reparar os danos aos órgãos, mas ela teve uma grande hemorragia e está em coma induzido. Temem que ela não sobreviva a esta noite.

— Pode pedir para que as balas sejam analisadas, major? — solicitei.

— Se quiser, eu peço. Por quê?

— Pergunto-me se não poderiam ter vindo da arma de um policial...

Houve um longo silêncio. Então o major se levantou da cadeira e encerrou a reunião.

— Vão descansar — disse. — Estão parecendo zumbis.

Ao chegar em casa, Anna teve a surpresa desagradável de deparar com Mark, seu ex-marido, sentado junto ao portão.

— Mark? O que diabo está fazendo aqui?

— Estávamos morrendo de preocupação, Anna. Na TV só falam do tiroteio no Teatro Municipal de Orphea. Você não atendeu às nossas ligações nem respondeu às mensagens.

— Só me faltava essa, Mark. Você aqui. Estou bem, obrigada. Pode voltar para casa.

— Quando eu soube o que aconteceu, só consegui pensar na joalheria Sabar.

— Ah, por favor, não comece!

— Sua mãe falou a mesma coisa!

— Pois bem, então case-se com ela. Vocês dois têm mesmo uma ligação única.

Mark continuou sentado, indicando que não tinha intenção de ir embora. Anna, exausta, desmoronou ao seu lado.

— Achei que você tinha vindo para Orphea para relaxar, já que havia dito que era uma cidade onde nada acontece.

— É verdade — disse Anna.

Ele respondeu num tom amargo:

— Parece que você só entrou naquela divisão em Nova York para me irritar.

— Pare de se fazer de vítima, Mark. Lembre-se de que eu já era policial quando você me conheceu.

— É verdade — admitiu ele. — Devo inclusive dizer que, para mim, isso era um de seus encantos. Mas nunca lhe ocorreu se colocar no meu lugar um instante que seja? Um dia conheço uma mulher extraordinária: brilhante, linda, engraçada. Terminei até mesmo tendo a felicidade de me casar com ela. Só que essa mulher sublime veste todos os dias um colete à prova de balas para ir trabalhar. E quando sai pela porta do apartamento, com a pistola semiautomática no cinturão, pergunto-me se a verei viva de novo. E a cada sirene, cada sinal de alerta, cada vez que a televisão anuncia um tiroteio ou uma situação de emergência, fico me perguntando se ela está envolvida. E quando a campainha toca: é um vizinho que veio pedir sal? Será que ela esqueceu as chaves? Ou é um oficial de uniforme vindo me comunicar que minha mulher morreu no exercício das funções? E a angústia que me invade quando ela demora a voltar! E a preocupação que me corrói quando ela não retorna minhas ligações e já lhe enviei um monte de mensagens! E os horários irregulares e inconciliáveis que a fazem ir para a cama quando estou me levantando e me fazem viver de cabeça para baixo! E as ligações e saídas no meio da noite! E as horas extras! E planos cancelados para os fins de semana! Era essa a minha vida com você, Anna.

— Chega, Mark!

Mas ele não tinha intenção de parar.

— Eu pergunto a você, Anna. Será que antes de me abandonar você se deu ao trabalho, nem que tenha sido por um instante, de se colocar no meu lugar? E tentar entender o que eu vivi? Quando tínhamos marcado de jantar depois do expediente, e a *madame* tinha uma urgência de última hora, e esperei horas antes de voltar para casa e ir dormir sem ter comido. E quantas vezes você me disse "Estou chegando" e no final nunca chegou porque um caso se estendeu? Pelo amor de Deus, com os milhares de policiais que compõem essa porra de departamento de polícia de Nova York, você não podia, excepcionalmente, delegar o caso a um colega e me encontrar para jantar? Porque, enquanto *Anna* salvava todo mundo, eu me sentia o último dos oito milhões de habitantes de Nova York, o menos importante! A polícia roubara minha mulher!

— Não, Mark — objetou Anna —, foi você que me perdeu. Foi você que não soube me manter por perto!

— Imploro, me dê outra chance.

Anna hesitou muito antes de responder:

— Conheci uma pessoa. Um cara legal. Acho que estou apaixonada. Sinto muito.

Mark fitou-a por muito tempo, num silêncio sepulcral e gélido. Parecia abalado. Terminou por dizer, amargo:

— Talvez você tenha razão, Anna, mas não se esqueça de que depois do que aconteceu na joalheria Sabar você nunca mais foi a mesma. E poderíamos ter evitado isso! Eu não queria que você saísse naquela noite! Pedi que não atendesse a porra do celular, lembra?

— Lembro.

— Se você não tivesse ido àquela joalheria, se, por apenas uma vez, tivesse me escutado, ainda estaríamos juntos hoje.

ANNA KANNER

Noite de 21 de setembro de 2012. A noite em que tudo veio abaixo. A noite do assalto à joalheria Sabar.

Atravessei Manhattan a bordo da minha viatura sem identificação policial, pisando no acelerador, até a 57th Street, onde ficava a joalheria. O quarteirão estava completamente isolado pela polícia.

Meu chefe me convocou ao caminhão que servia de posto de comando.

— É apenas um assaltante — explicou —, e está descontrolado.

— Um só? — espantei-me. — Isso é raro.

— Sim. E parece nervoso. Pelo visto, foi pegar o joalheiro e as duas filhas, de 10 e 12 anos, na casa deles. Moram num apartamento do prédio. Arrastou-os para a joalheria, esperando sem dúvida que só fossem encontrados no dia seguinte. Mas uma patrulha de policiais que passava a pé pelo local, estranhando a luz acesa dentro do estabelecimento, deu o alerta. A intuição deles estava certa.

— Então temos um bandido e três reféns?

— Exatamente — confirmou o chefe. — Não fazemos ideia da identidade do assaltante. Sabemos apenas que se trata de um homem.

— Há quanto tempo eles estão lá?

— Faz três horas agora. A situação começa a ficar crítica. O bandido exige que fiquemos afastados, não conseguimos enxergar o interior da loja, e o negociador responsável não está conseguindo nada, nem mesmo contato telefônico. Daí eu ter requerido sua presença. Achei que talvez conseguisse alguma coisa. Sinto muito incomodá-la na sua folga.

— Não se preocupe, chefe, estou aqui para isso.

— Seu marido vai me detestar, com certeza.

— Ah, isso passa. Como quer proceder?

Não havia muitas opções: na falta do telefonema, eu precisava fazer isso pessoalmente, me aproximando da joalheria. Nunca tinha feito nada assim.

— Sei que é sua primeira vez, Anna — disse o meu chefe. — Compreendo perfeitamente se não se sentir capaz de ir em frente.

— Eu vou até lá — declarei com firmeza.

— Você será nossos olhos, Anna. Todo mundo está na sua frequência. Há atiradores de elite nos andares do prédio em frente. Se vir alguma coisa, avise para que eles possam mudar de posição.

— Está bem — respondi, ajustando meu colete à prova de balas.

Meu chefe queria que eu colocasse meu capacete balístico, mas o recusei. Impossível estabelecer contato com um capacete na cabeça. Eu sentia a adrenalina fazendo meu coração disparar. Estava com medo. Senti vontade de ligar para Mark, mas me segurei. Queria apenas ouvir sua voz, não comentários desagradáveis.

Transpus o cordão de isolamento e avancei sozinha pela rua deserta, com um megafone na mão. Imperava um silêncio absoluto. Parei a cerca de dez metros da joalheria. Anunciei-me pelo megafone.

Após alguns instantes, um homem de jaqueta de couro preta e com um capuz na cabeça apareceu na porta: apontava um revólver em direção a uma das meninas. Ela estava com os olhos vendados e fita adesiva na boca.

Ele exigiu que todo mundo se afastasse e que o deixássemos ir embora. Estava grudado na refém e se mexia sem parar, o que complicava o trabalho dos atiradores de elite. Pelo fone de ouvido, captei meu chefe dando autorização para matá-lo, mas os atiradores de elite não conseguiam mirar nele. O assaltante olhou de relance para a rua e os arredores, sem dúvida avaliando possíveis rotas de fuga, depois desapareceu no interior da joalheria.

Alguma coisa não estava batendo, mas na hora nada me chamou atenção. Por que ele aparecera para nós? Estava sozinho: por que correr o risco de ser atingido em vez de passar suas exigências pelo celular?

Mais vinte minutos se passaram, até que a porta da joalheria se abriu com violência: a menina reapareceu com uma venda nos olhos e amordaçada. Cega, avançava passo a passo, tateando com a ponta do pé. Eu podia ouvir seus gemidos. Quis me aproximar dela, mas de repente o assaltante de jaqueta de couro e capuz apareceu no batente da porta, com uma arma em cada mão.

Larguei meu megafone e saquei minha arma na direção do homem.

— Renda-se! — intimei-o.

Escondido pela reentrância da vitrine, ele continuava fora da mira dos atiradores de elite.

— Anna, o que está acontecendo? — perguntou meu chefe pelo rádio.

— Ele está saindo — respondi. — Mate-o, se ele estiver na mira.

Os atiradores me comunicaram que continuavam sem conseguir visualizá-lo. Mantive minha arma apontada para ele, a mira na direção de sua cabeça. A menina estava a alguns metros dele. Não entendi o que ele estava tramando. De repente, ele começou a mexer os braços e fez um movimento brusco em minha direção. Apertei o gatilho. A bala acertou no meio da cabeça do homem, que caiu.

O disparo reverberou nos meus ouvidos. Meu campo de visão pareceu estar se contraindo. Meu rádio começou a chiar. Equipes de intervenção surgiram na mesma hora às minhas costas. Recobrei os sentidos. A menina foi logo colocada em segurança, enquanto eu entrava na joalheria seguida por uma coluna de agentes de capacete armados até os dentes. Descobrimos a segunda menina deitada no chão, amarrada e amordaçada, com uma venda nos olhos, mas sã e salva. Após tirá-la dali, prosseguimos nossa varredura em busca do joalheiro. Nós o descobrimos trancado no escritório, após termos arrombado a porta. Estava deitado no chão: as mãos atadas por uma abraçadeira de plástico, com fita adesiva na boca e nos olhos. Soltei-o e ele se contorceu todo, segurando o braço esquerdo. A princípio achei que estivesse ferido, mas compreendi que estava tendo um ataque cardíaco. Chamei imediatamente os socorristas e, dali a poucos minutos, o joalheiro foi transportado para o hospital, enquanto as meninas, por sua vez, recebiam cuidados médicos.

Em frente à joalheria, policiais trabalhavam em torno do corpo estendido no asfalto. Juntei-me a eles. E então ouvi uma observação de espanto de um dos meus colegas:

— Estou sonhando ou os revólveres estão presos com durex nas mãos dele?

— Mas... são armas de brinquedo — acrescentou um deles.

Retiramos o capuz de seu rosto: um pedaço grosso de fita adesiva estava colado na boca.

— O que significa isso? — gritei.

Tomada por uma dúvida terrível, agarrei meu celular e pesquisei o nome do joalheiro. A foto que apareceu na tela me deixou horrorizada.

— Porra, ele se parece com o joalheiro — disse um dos meus colegas, observando a tela.

— Mas é o joalheiro! — berrei.

Um dos policiais então me perguntou:

— Se esse cara é o joalheiro, onde está o sequestrador?

Foi por isso que o assaltante correra o risco de sair e me deixar vê-lo. Para que eu o associasse a um capuz e uma jaqueta de couro. Em seguida, forçara o joalheiro Sabar a vesti-los, colara as armas nas mãos dele com fita adesiva e o obrigara a sair, ameaçando matar sua segunda filha. Então, correra para o escritório e se trancara lá, antes de enfiar nas mãos a abraçadeira de plástico e colar fita adesiva na boca e nos olhos, para que o tomassem pelo joalheiro e ele fosse levado, com os bolsos cheios de joias, para um hospital.

Seu plano funcionara perfeitamente: quando aparecemos em peso no hospital para o qual ele havia acabado de ser transportado pelo suposto ataque cardíaco, ele tinha desaparecido de maneira misteriosa da sala de exames. Os dois policiais que o haviam escoltado até a emergência aguardavam no corredor, conversando distraídos, e não faziam a mínima ideia de como nem por onde ele fugira.

O assaltante nunca foi identificado nem encontrado. Eu matara um inocente. Cometera a pior coisa para um membro de uma unidade especial: eu matara um refém.

Todo mundo me garantiu que não havia sido um erro meu, que todos teriam agido da mesma forma. No entanto, eu não conseguia parar de repassar aquela cena na minha cabeça.

— Ele não podia falar — repetiu meu chefe —, não podia fazer qualquer tipo de gesto sem que agitasse suas armas de maneira ameaçadora: ele não podia fazer nada. Estava sem saída.

— Acho que, quando ele se mexeu, era para se deitar no chão em sinal de rendição. Se eu tivesse esperado mais um segundo antes de atirar, ele poderia ter feito isso. Não estaria morto.

— Anna, se o cara fosse o verdadeiro assaltante e você tivesse esperado mais um segundo, sem dúvidas você teria recebido uma bala no meio da testa.

O que mais me incomodava é que Mark não conseguia nem entender nem se compadecer da minha situação. Sem saber como lidar com minha angústia, limitava-se a trazer a história à tona e repetir:

— Deus do céu, Anna, se você não tivesse saído aquela noite... Você estava de folga! Não precisava nem ter atendido ao celular! Mas você faz questão de ser caxias...

Acho que ele se odiava por não ter me impedido de atender ao chamado. Ele me via triste e desamparada, e ficava exaltado. Tive direito a um período de licença, mas não sabia como me ocupar nesse meio-tempo. Ficava em casa, com meus pensamentos sombrios. Sentia-me deprimida. Mark bem que tentava me distrair, me convidando para um passeio, uma corrida, uma ida ao museu. Mas ele não conseguia superar a raiva que o devorava. No café do Metropolitan Museum, enquanto tomávamos um cappuccino após uma visita, comentei:

— Sempre que fecho os olhos, vejo aquele homem à minha frente, empunhando as duas armas. Não percebo a fita adesiva em volta de suas mãos, só vejo seus olhos. Tenho a impressão de que ele está aterrorizado, mas ele não cede. A menina está na frente dele, os olhos vendados...

— Anna, aqui não, vamos mudar de assunto. Como você vai dar a volta por cima, se não fala em outra coisa?

— Porra, Mark! — gritei. — Essa é a minha realidade!

Não só eu falara alto, como, num gesto brusco, derrubara minha xícara. Os clientes nas mesas ao redor nos olharam. Eu estava cansada.

— Vou pegar outro — disse Mark, num tom conciliador.

— Não, não vale a pena... Acho que preciso caminhar. Ficar um pouco sozinha. Vou dar uma volta no parque, encontro você em casa.

Olhando em retrospecto, percebo que o problema de Mark era que ele não queria tocar no assunto. Mas eu não precisava da opinião nem da aprovação dele: queria apenas alguém que me escutasse, enquanto ele queria agir como se nada houvesse acontecido, ou então como se eu tivesse esquecido tudo.

Eu precisava me sentir livre para falar. Seguindo os conselhos da psicóloga da divisão, conversei com meus colegas. Todos se mostraram muito solícitos: fui tomar um drinque com alguns deles, outros me convidaram para jantar em suas casas. Essas saídas me fizeram bem, mas infelizmente Mark cismou que eu estava tendo um caso com um dos meus colegas.

— Engraçado, você sempre volta de bom humor dessas suas saídas — comentou. — E você não é assim quando está comigo.

— Mark, você não pode estar falando sério, só fui tomar um café com um colega. Ele é casado e pai de dois filhos.

— Ah, me tranquiliza muito saber que ele é casado! Porque os homens casados nunca traem suas mulheres, não é mesmo?

— Não vai me dizer que está com ciúmes, Mark!

— Anna, você faz cara feia o dia inteiro quando está comigo. Só ri quando sai sozinha. Isso sem falar no tempo sem transar!

Eu não soube explicar a Mark que era tudo imaginação dele. Ou será que eu não dissera que o amava tantas vezes quanto devia? Em todo caso, sou culpada por tê-lo negligenciado, ter pensado demais no que me afligia e tê-lo abandonado. Ele acabou indo procurar a atenção que lhe faltava nos braços de uma de suas colegas, que ficou muito feliz em consolá-lo. O escritório todo soube e, quando eu descobri, saí de casa para morar com Lauren.

Depois houve o período no qual Mark dizia estar arrependido, dava justificativas, suplicava. Ele pediu perdão aos meus pais, que passaram a defendê-lo depois que ele lhes contou tudo sobre nossa vida.

— Anna, aqui entre nós... — começou minha mãe. — Quatro meses sem sexo?!

— Mark lhe disse isso? — perguntei, horrorizada.

— Disse, e chorou.

Acho que o pior não era a traição de Mark. O problema é que, na minha cabeça, o homem sedutor e protetor, que salvava vidas nos restaurantes e cujo charme enfeitiçava a todos, era agora um chorão que reclamava com a minha mãe sobre a frequência com que transávamos. Eu sabia que alguma coisa tinha se rompido e, finalmente, em junho de 2013, ele aceitou se divorciar.

Eu estava cansada de Nova York, cansada da cidade, do calor, tamanho, barulho incessante e luzes que nunca se apagavam. Tinha vontade de morar em outro lugar, de mudar, e, por acaso, me deparei com um artigo dedicado a Orphea na *Revista Literária de Nova York*, da qual eu era assinante:

O MAIOR DOS PEQUENOS FESTIVAIS DE TEATRO
por Steven Bergdorf

Você conhece Orphea, uma joia incrustada nos Hamptons? É uma cidadezinha paradisíaca na qual o ar parece mais puro e a vida mais doce do que em qualquer outro lugar, e recebe todos os anos um festival de teatro cuja montagem principal é sempre contundente e de qualidade. [...]

A cidade por si só já vale a viagem. A rua principal é uma preciosidade quando o assunto é sossego. Seus cafés e restaurantes são deliciosos e bonitos, as lojas, simpáticas. Tudo aqui é animado e agradável. [...] Se puder, hospede-se no Palácio do Lago, magnífico hotel um pouquinho afastado da cidade, cercado por um lago suntuoso e uma floresta encantadora. Quem se hospeda lá fica com a impressão de estar num cenário de filme. Os funcionários são superatenciosos, os quartos, espaçosos e decorados com extremo bom gosto, o restaurante, sofisticado. É difícil ir embora depois de desfrutar tudo o que o lugar oferece.

Tirei alguns dias de folga na época do festival, reservei um quarto no Palácio do Lago e fui a Orphea. O artigo não mentia: descobri ali, pertinho de Nova York, um mundo maravilhoso e protegido. Logo me imaginei morando naquela cidade. Deixei que o charme das pequenas ruas, do cinema e da livraria me conquistasse. Parecia que Orphea era o lugar com que eu tinha sonhado para uma mudança de cenário e de vida.

Certa manhã, quando eu estava sentada num banco da marina, contemplando o mar, acreditei ter visto ao longe o jato de uma baleia que subira à superfície. Senti a necessidade de dividir aquele momento com alguém e chamei um homem que praticava corrida para ver.

— O que houve? — perguntou ele.

— Uma baleia, tem uma baleia ali!

Era um homem bonito, na casa dos 50 anos.

— Vemos muitas baleias por aqui — informou-me, visivelmente achando graça do meu entusiasmo.

— É a primeira vez que venho aqui.

— De onde você é?

— Nova York.

— Não é muito longe daqui — observou ele.

— Tão perto e tão longe...

Ele sorriu para mim e conversamos por alguns minutos. Chamava-se Alan Brown e era o prefeito da cidade. Contei-lhe um pouco sobre a situação delicada que eu vivia e minha vontade de recomeçar.

— Anna, não leve a mal o convite que vou lhe fazer, pois sou casado e não estou dando em cima de você, mas gostaria de vir jantar na minha casa esta noite? Há algo que eu gostaria de falar com você.

Foi assim que naquela noite fui jantar com o prefeito Brown e sua mulher Charlotte, em sua bonita casa. Eles formavam um belo casal. Ela devia ser um pouco mais jovem do que ele. Era veterinária e abrira uma pequena e bem-sucedida clínica na cidade. Eles não tinham filhos e não fiz perguntas a respeito disso.

Na hora da sobremesa, o prefeito me revelou a verdadeira razão do convite para jantar:

— Anna, o chefe de polícia vai se aposentar em um ano. Seu assistente é um sujeito muito limitado, de quem não gosto muito. Tenho planos ambiciosos para a cidade e gostaria de alguém de confiança para ocupar o posto. Tenho a impressão de que você é a candidata ideal.

Enquanto eu refletia sobre a proposta, o prefeito acrescentou:

— Devo lhe avisar que é uma cidade pacata. Não é Nova York...

— Melhor ainda — respondi. — Preciso mesmo de sossego.

No dia seguinte, aceitei o convite do prefeito Brown. E foi assim que, em setembro de 2013, eu me mudei para Orphea, na esperança de recomeçar com o pé direito. E, sobretudo, de me reencontrar.

JESSE ROSENBERG

Segunda-feira, 28 de julho de 2014
2 dias após a abertura do festival

Trinta e seis horas após o fiasco da estreia, o festival de teatro de Orphea foi oficialmente cancelado e a imprensa do país inteiro mostrou-se indignada, acusando sobretudo a polícia de não ter sido capaz de proteger a população. Após as mortes de Stephanie Mailer e Cody Illinois, os disparos no Teatro Municipal eram a tragédia que faltava: um assassino aterrorizava os Hamptons, a população estava inquieta. Em toda a região, hotéis começavam a ficar vazios, reservas eram canceladas uma após a outra, turistas desistiam de vir. O pânico se espalhava.

O governador do estado de Nova York estava furioso e manifestara em público a sua insatisfação. O prefeito Brown era criticado pela população e o major McKenna e o promotor foram repreendidos por seus superiores. Sob a mira de críticas, tinham decidido encará-las, marcando uma entrevista coletiva na prefeitura pela manhã. Na minha opinião, era a pior ideia possível: por enquanto não tínhamos nenhuma resposta a oferecer à imprensa. Por que nos expor ainda mais?

Até o último minuto, nos corredores da prefeitura, Derek, Anna e eu tentamos convencê-los a desistir de dar uma declaração pública naquela fase da investigação, mas não conseguimos.

— O problema é que por ora os senhores não têm nada de concreto para anunciar aos jornalistas — expliquei.

— Porque vocês não conseguiram descobrir nada! — esbravejou o promotor. — Desde o início da investigação!

— Precisamos de um pouco mais de tempo — falei.

— Vocês já tiveram mais do que o suficiente! — retrucou o promotor. — Só vejo desastres, mortos, a população em pânico. Vocês são incompetentes, e é isso o que vamos dizer à imprensa!

Voltei-me então para o major McKenna, esperando que ele nos apoiasse.

— Major, não pode nos responsabilizar — protestei. — A segurança do teatro e da cidade era de sua alçada e do assistente Montagne.

Ouvindo essa observação infeliz, o major saiu do sério.

— Não seja impertinente, Jesse! Não comigo! Eu defendi você desde o início dessa investigação. Minhas orelhas ainda estão zunindo por causa dos gritos do governador, que me telefonou ontem à noite! Ele quer uma entrevista coletiva, e a terá.

— Sinto muito, major.

— Não me interessa se você sente muito, Jesse. Você e Derek abriram essa caixa de pandora, vão ter que se virar para fechá-la.

— Mas major, o senhor teria preferido que abafássemos tudo e perpetuássemos a mentira?

O major suspirou e disse:

— Creio que você não percebe o caos que provocou ao reabrir essa investigação. O país inteiro só fala nesse caso. Cabeças vão rolar, Jesse, e uma delas não será a minha! Por que não se aposentou como estava programado, hein? Por que não foi levar sua vidinha após receber todas as honrarias da profissão?

— Porque sou um policial de verdade, major.

— Na verdade, um imbecil, Jesse. Você e Derek têm até o fim da semana para solucionar esse caso. Se na segunda-feira de manhã eu não tiver o assassino sentado na minha sala, vou demiti-lo da polícia sem qualquer direito à remuneração. E você também, Derek. Agora vão trabalhar e nos deixem fazer o mesmo. Os jornalistas estão esperando.

O major e o promotor dirigiram-se à sala de imprensa. O prefeito Brown, antes de segui-los, voltou-se para Anna e lhe disse:

— Prefiro que saiba agora, Anna: vou anunciar a nomeação oficial de Jasper Montagne como novo chefe de polícia de Orphea.

Anna ficou lívida e balbuciou:

— O quê? Mas o senhor tinha dito que ele só seria chefe interino, que as coisas só seriam assim até o fim da investigação.

— Com toda a agitação em Orphea, preciso substituir Gulliver oficialmente. E minha escolha foi Montagne.

Anna estava à beira das lágrimas.

— Não pode fazer isso comigo, Alan!

— Claro que posso, e é o que vou fazer.

— Mas você tinha me prometido que eu substituiria Gulliver, foi por isso que me mudei para cá.

— Aconteceram muitas coisas nesse meio-tempo. Sinto muito, Anna. Eu quis defendê-la.

— Senhor prefeito, está cometendo um erro grave. A assistente Kanner é uma das melhores policiais que encontrei em muito tempo.

— Não se intrometa, capitão Rosenberg! — respondeu Brown com frieza. — Dedique-se à sua investigação em vez de se meter em assuntos que não são da sua conta.

O prefeito se virou e caminhou em direção à sala de imprensa.

No Palácio do Lago, como em todos os estabelecimentos da região, a debandada era geral. Todos os hóspedes partiam, e o gerente do hotel, disposto a tudo para estancar aquela hemorragia, implorava para que ficassem, prometia descontos excepcionais. Porém, ninguém queria permanecer em Orphea, exceto Kirk Harvey, que, determinado a assumir suas responsabilidades e contribuir para o desfecho da investigação, aproveitou a oportunidade para manter sua suíte a preço de banana, uma vez que ela não seria mais paga pela prefeitura. Ostrovski fez a mesma coisa, adquirindo logo um pacote na suíte presidencial por uma bagatela.

Charlotte Brown, Samuel Padalin e Ron Gulliver haviam voltado para casa na véspera.

No quarto 312, Steven Bergdorf fechava sua mala sob o olhar da esposa, Tracy. Ela chegara no dia anterior. Deixara os filhos com uma amiga e viera de ônibus até os Hamptons para apoiar o marido. Estava disposta a perdoar seus erros. Só queria que tudo voltasse a ser como antes.

— Tem certeza de que quer ir embora? — perguntou ela.

— Claro que sim. A polícia exigiu apenas que eu permaneça no estado de Nova York. A cidade de Nova York fica no estado de Nova York, certo?

— Verdade.

— Ótimo. Então vamos. Estou com saudade da nossa casa.

Steven posicionou a mala no chão e puxou-a.

— Sua mala parece pesada — comentou Tracy. — Vou chamar um carregador para levá-la até o carro.

— Nem pensar!

— Por que não?

— Posso carregá-la sozinho.

— Como preferir.

Saíram do quarto. No corredor, Tracy Bergdorf abraçou subitamente o marido.

— Tive tanto medo... — murmurou. — Eu amo você.

— Eu também amo você, Tracy querida. Senti tanto a sua falta...

— Eu perdoo tudo! — disse então Tracy.

— Do que está falando?

— Da garota que estava com você. Aquela da reportagem do *The New York Times*.

— Ah, meu Deus, você não acreditou mesmo nisso, não é? Tracy, preste atenção, nunca existiu qualquer garota, é tudo invenção.

— Sério?

— Mas é claro! Como você sabe, fui obrigado a demitir Ostrovski. Para se vingar de mim, ele inventou umas fofocas para o *The New York Times*.

— Que canalha!

— E eu não sei? Incrível como as pessoas são mesquinhas.

Tracy voltou a abraçar o marido. Estava muito aliviada por ser tudo mentira.

— Poderíamos passar uma noite aqui — sugeriu. — Os quartos estão quase de graça. Seria uma forma de ficarmos um tempo juntos.

— Quero voltar para casa — disse Steven —, ver meus filhos, meus queridos filhotes.

— Tem razão. Não quer almoçar antes?

— Não, prefiro ir logo.

Entraram no elevador e atravessaram o lobby do hotel, onde reinava o tumulto de pessoas indo embora com pressa. Steven dirigiu-se num passo decidido para a saída, evitando o olhar dos funcionários da recepção. Não tinha pagado a conta. Precisava fugir rápido, sem que lhe fizessem perguntas sobre Alice. Principalmente na frente da esposa.

O carro esperava no estacionamento. Steven recusou-se a entregar a chave ao manobrista.

— Posso ajudar? — perguntou um funcionário do hotel, oferecendo-se para pegar sua mala.

— De jeito nenhum — recusou Steven, apertando o passo, seguido pela esposa.

Abriu o carro e jogou a mala no banco de trás.

— Coloque a mala no porta-malas — sugeriu a mulher.

— Deseja que eu coloque a mala no porta-malas? — perguntou o funcionário que os acompanhara.

— De jeito nenhum — repetiu Steven, sentando-se diante do volante.

— Adeus e obrigado por tudo.

Sua mulher se sentou no banco do carona, ele deu a partida e foram embora. Quando ultrapassaram os limites da cidade, Steven deu um suspiro de alívio. Até ali ninguém notara nada. E o cadáver de Alice, no porta--malas, ainda não exalava nenhum cheiro. Ele o embalara cuidadosamente com papel-filme, uma ideia pela qual ele se parabenizava.

Tracy ligou o rádio. Sentia-se serena, feliz. Logo adormeceu.

Fora do carro, fazia um calor terrível. *Espero que ela não asse ali dentro*, pensou Steven, agarrado ao volante. Acontecera tudo muito rápido, ele não tivera tempo de refletir muito. Após ter matado Alice e escondido seu corpo nos arbustos, ele correra até o Palácio do Lago para pegar o carro e voltar ao local do crime. Erguera com dificuldade o corpo de Alice e o jogara dentro do porta-malas. Sujara a camisa toda de sangue, mas não se importava com isso, pois ninguém o tinha visto. Ocorria a debandada em Orphea e todos os policiais estavam ocupados no centro da cidade. Em seguida, dirigira até um supermercado que funcionava também à noite e comprara uma quantidade industrial de papel-filme. Encontrara então um local isolado que margeava uma floresta e lá embalara cuidadosamente o corpo inteiro já frio e rígido. Sabia que seria impossível livrar-se dele em Orphea. Precisava levá-lo para outro lugar e evitar que o fedor o traísse. Torcia para que seu esquema lhe permitisse ganhar um pouco de tempo.

De volta ao Palácio do Lago com Alice no porta-malas, enfiara um velho suéter esquecido no carro sobre a camisa manchada para que conseguisse ir ao quarto sem levantar suspeitas. Tomara então um banho demorado e vestiu roupas limpas similares às que usara mais cedo. Tirou um breve cochilo, até acordar com um sobressalto. Precisava se livrar dos pertences de Alice. Pegou então a mala dela, guardou as coisas ali dentro e saiu mais uma vez do hotel, torcendo para que ninguém reparasse em suas idas e vindas. Mas a balbúrdia era tão grande que ninguém notou nada. Ele então pegou novamente o carro e foi espalhar não só os pertences de Alice como também as próprias roupas em várias latas de lixo das cidades vizinhas, antes de, por fim, abandonar a mala vazia na beira da estrada. Sentiu o coração batendo forte e acelerado, um embrulho no estômago: se um policial, observando o comportamento estranho dele, mandasse Steven parar e abrir o porta-malas do carro, estava frito!

Finalmente, às cinco da manhã, estava na suíte do Palácio do Lago, expurgada de qualquer vestígio de Alice. Cochilou por meia hora, até ser despertado por batidas à porta. Era a polícia. Teve vontade de se jogar pela janela. Tinha sido descoberto! Abriu a porta, de cueca, tremendo da cabeça aos pés. Dois policiais de uniforme encontravam-se à sua frente.

— Sr. Steven Bergdorf? — perguntara um deles.

— Eu mesmo.

— Nossas sinceras desculpas por vir a uma hora dessas, mas o capitão Rosenberg ordenou que viéssemos buscar todos os membros do elenco. Ele gostaria de interrogá-los a respeito do que aconteceu ontem no Teatro Municipal.

— Irei com os senhores de bom grado — respondeu Bergdorf, esforçando-se para manter a calma.

Ao ser perguntado por Alice, alegara tê-la perdido de vista ao saírem do teatro. Depois, não lhe fizeram mais perguntas.

Durante todo o trajeto até Nova York, refletiu sobre o que faria com o corpo. Quando avistou a silhueta dos arranha-céus de Manhattan no horizonte, já tinha bolado um plano. Daria tudo certo. Ninguém jamais encontraria Alice. Ele só precisava chegar ao Parque Nacional de Yellowstone.

A poucos quilômetros dali, em frente ao Central Park, no hospital Mount Sinai, Jerry e Cynthia Éden estavam sentados ao lado da cama da filha, na UTI. O médico passou no quarto para reconfortá-los.

— Sr. e Sra. Éden, deveriam ir descansar um pouco. Por enquanto a manteremos no coma induzido.

— Mas como ela está? — perguntou Cynthia, abatida.

— Impossível dizer no momento. Ela resistiu à cirurgia, é um ponto positivo, só que ainda não sabemos se sofrerá sequelas físicas ou neurológicas. As balas causaram lesões muito graves. Um pulmão foi perfurado, o baço foi atingido.

— Doutor, será que nossa filha vai acordar? — quis saber Jerry, preocupado.

— Não sei dizer. Sinto muito, sinceramente. Ela pode não sobreviver.

Anna, Derek e eu seguíamos pela rua principal, ainda interditada ao público. Estava tudo deserto, apesar do sol, que brilhava. Ninguém nas calçadas, ninguém na marina. Pairava uma estranha impressão de cidade fantasma.

Em frente ao Teatro Municipal, alguns policiais montavam guarda, enquanto empregados municipais recolhiam o que restava de lixo, incluindo souvenirs das barracas dos ambulantes, últimos testemunhos do caos que reinara no local.

Anna recolheu uma camiseta com os dizeres *Eu estive em Orphea em 26 de julho de 2014*.

— Eu preferia não ter estado — comentou.

— Eu também — falou Derek e suspirou.

Entramos no prédio e fomos até a plateia, deserta e silenciosa. No palco, uma imensa mancha de sangue seco, compressas médicas e embalagens de material esterilizado deixadas pelos socorristas. Uma única palavra vinha à minha mente: desolação.

Segundo o relatório enviado pelo médico que operara Dakota, as balas a tinham atingido de cima para baixo, num ângulo de 60 graus. Esta informação nos permitiria determinar a posição do atirador na plateia. Fizemos uma pequena reconstituição dos fatos.

— Então Dakota está no meio do palco — lembrou Derek. — Kirk está à sua esquerda, com Jerry e Alice.

Posicionei-me no centro do palco, como se fosse Dakota. Anna opinou:

— Não imagino como as balas podem ter entrado num ângulo de 60 graus de cima para baixo se partiram das poltronas, ou mesmo do fundo da sala, que é a parte mais elevada.

Pensativa, andou por entre as fileiras. Ergui então os olhos e vi, acima de mim, uma passarela técnica, que dava acesso aos holofotes.

— O atirador estava lá em cima! — falei.

Derek e Anna procuraram o acesso à passarela e descobriram uma escadinha que partia do fundo das coxias, perto dos camarins. A passarela serpenteava em seguida em torno do palco, acompanhando as luzes. Quando se posicionou lá em cima, Derek apontou os dedos na minha direção. O ângulo de tiro correspondia perfeitamente ao que procurávamos. A distância não era muito grande: não era necessário ser atirador de elite para acertar o alvo.

— A sala estava mergulhada na escuridão e Dakota recebia o único ponto de luz. Ela não via nada, o atirador via tudo. Não havia qualquer voluntário ou técnico, a não ser o da mesa de luz: o assassino teve então todo o tempo do mundo para subir aqui sem ser visto, atirar em Dakota no momento certo e fugir em seguida por uma saída de emergência.

— Para alcançar essa passarela, é preciso passar pelas coxias — observou Anna. — E só pessoas credenciadas podiam entrar nas coxias. O acesso estava controlado.

— Então foi de fato um integrante do elenco — concluiu Derek. — O que significa que temos cinco suspeitos: Steven Bergdorf, Meta Ostrovski, Ron Gulliver, Samuel Padalin e Charlotte Brown.

— Charlotte estava junto a Dakota após os tiros — lembrei.

— Isso não a exclui da lista de suspeitos — retrucou Derek. — Ela atira da passarela e desce para socorrer Dakota. Que história boa!

Naquele instante, meu celular tocou.

— Merda — falei, suspirando —, o que mais ele quer de mim?

Atendi.

— Bom dia, major. Estamos no Teatro Municipal. Descobrimos o lugar de onde partiu o tiro. Uma passarela cujo único acesso passa pelas coxias, o que significa que...

— Jesse — interrompeu o major —, é por isso mesmo que eu estou ligando. Recebi a análise da bala. A arma usada para disparar contra Dakota Éden era uma pistola Beretta.

— Uma Beretta? Mas foi justamente a arma usada para matar Meghan Padalin e os Gordon! — exclamei.

— Pensei a mesma coisa — disse o major —, então pedi uma comparação. Espero que esteja sentado, Jesse, porque a arma utilizada em 1994 é a mesma de ontem.

Derek, vendo que eu tinha ficado pálido, perguntou o que estava acontecendo.

— Ele está aqui, está entre nós. Foi o assassino dos Gordon e de Meghan que atirou em Dakota. O assassino está em liberdade há vinte anos — respondi.

Foi a vez de Derek ficar lívido.

— Parece maldição... — murmurou.

DEREK SCOTT

12 de novembro de 1994

Um mês depois do nosso terrível acidente de carro, recebi uma medalha de honra. No ginásio do centro regional da polícia, diante de uma plateia composta por policiais, oficiais, jornalistas e convidados, fui condecorado pelo próprio chefe da polícia estadual, que viajara apenas para a ocasião.

Em pé no tablado, com um braço na tipoia, eu mantinha a cabeça baixa. Não queria nem aquela medalha nem aquela cerimônia, mas o major McKenna me assegurou que uma recusa minha seria terrivelmente mal recebida por meus superiores.

Jesse estava em um canto no fundo da sala. Não queria se sentar no lugar reservado para ele na primeira fila. Estava perturbado. Eu não conseguia encará-lo.

Após um longo discurso, o chefe da polícia se aproximou de mim e pôs uma medalha em meu pescoço, de forma solene, declarando:

— Sargento Derek Scott, pela coragem no exercício de sua missão e por ter salvado uma vida colocando a sua em risco, outorgo-lhe essa condecoração. O senhor é um exemplo para a polícia.

Entregue a medalha, o chefe de polícia bateu continência para mim, antes que a banda começasse uma marcha triunfal.

Permaneci impassível, absorto em pensamentos. De repente, notei Jesse chorando e não consegui mais segurar as lágrimas. Arranquei a medalha do pescoço e atirei-a no chão num gesto de raiva. Eu me deixei cair num banco e comecei a chorar.

JESSE ROSENBERG

Terça-feira, 29 de julho de 2014
3 dias após a abertura do festival

Aquela era a mais recente reviravolta do caso.

A arma do crime de 1994, que não havia sido encontrada na época, ressurgia. E a mesma arma utilizada para assassinar a família Gordon e Meghan Padalin voltava para silenciar Dakota. Isso significava que Stephanie tinha razão desde o começo: Ted Tennenbaum não assassinara nem a família Gordon nem Meghan Padalin.

Pela manhã, o major convocou Derek e a mim para uma reunião no centro regional da polícia estadual, na presença do assistente do promotor.

— Vou colocar Sylvia Tennenbaum a par da situação — disse ele. — O escritório da promotoria vai dar início aos procedimentos. Eu queria que ficassem avisados.

— Obrigado, major — respondi. — Nós compreendemos.

— Sylvia Tennenbaum pode cogitar processar não só a polícia — explicou o assistente do promotor —, como vocês também.

— Culpado ou não, Ted Tennenbaum fugiu de uma perseguição policial. Nada disso teria acontecido se ele tivesse se entregado.

— Mas Derek colidiu propositalmente com o carro dele, atirando-o ponte abaixo — condenou o assistente do promotor.

— Estávamos tentando interceptá-lo! — interveio Derek.

— Havia outros meios — objetou o assistente do promotor.

— Ah, é? — perguntou Derek, irritado. — Então o senhor é perito em perseguições?

— Não estamos aqui para criar problema para os senhores. Eu li o dossiê de novo: tudo apontava para Ted Tennenbaum. Havia a caminhonete dele, vista no local do crime momentos antes dos assassinatos, a chantagem imposta pelo prefeito, corroborada pelas transações bancárias, o fato de Tennenbaum ter adquirido uma arma do mesmo tipo que a utilizada nos assassinatos e de que era um atirador experiente. Só podia ser ele!

— E, ainda assim, cada uma dessas provas foi refutada mais tarde — falei, suspirando.

— Sei muito bem disso, Jesse — lamentou o major. — Mas qualquer um teria se deixado enganar por elas. Vocês não são culpados de nada. Infelizmente, temo que Sylvia Tennenbaum não se satisfaça com essa explicação e tente por todos os meios legais que o caso seja revisto e esclarecido.

Em contrapartida, para nossa investigação isso significava que o cerco estava se fechando. Em 1994, o assassino de Meghan Padalin tinha eliminado também os Gordon, que por azar haviam sido testemunhas do crime. Como eu e Derek tínhamos seguido a pista errada, considerando a família do prefeito Gordon o alvo principal, e uma série de provas nos convenceu da culpa de Ted Tennenbaum, o verdadeiro assassino pudera dormir tranquilamente durante vinte anos. Até que Stephanie reabrisse o caso, incentivada por Ostrovski, que sempre alimentara uma dúvida, pois vira que não era Tennenbaum ao volante da caminhonete. Agora que as pistas estavam prestes a indicar quem era ele, o assassino eliminava todos que pudessem desmascará-lo. Havia começado com os Gordon, em seguida assassinara Stephanie e Cody, além de tentar silenciar Dakota. O assassino estava ali, na nossa cara, ao nosso alcance. Era preciso agir com rapidez e inteligência.

Encerrada nossa conversa com o major McKenna, aproveitamos que estávamos no centro regional da polícia estadual para dar uma passada na sala do Dr. Ranjit Singh, o médico-legista, que também era especialista em traçar o perfil psicológico de criminosos. Para nos ajudar a delinear melhor a personalidade do assassino, ele se debruçara sobre o dossiê da investigação.

— Estudei com cuidado as diferentes pistas do caso — disse o Dr. Singh. — A princípio, acredito que os senhores estejam lidando com um indivíduo do sexo masculino. Em primeiro lugar porque, estatisticamente, estima-se que a probabilidade de uma mulher assassinar outra mulher seja de apenas 2%. Mas no nosso caso temos também provas mais concretas: o lado impulsivo, a porta arrombada na casa dos Gordon, depois o fato de a família ser assassinada sem escrúpulos. E há ainda Stephanie Mailer, afogada no lago, e Cody Illinois, que teve o crânio destroçado com brutalidade. Uma forma de violência tipicamente mais masculina. Aliás, vi no dossiê que, na época, meus colegas também tendiam a acreditar que o suspeito fosse homem.

— Então não pode ser uma mulher? — indaguei.

— Não posso excluir nenhuma hipótese, capitão — respondeu o Dr. Singh. — Já houve casos em que perfis de tipo masculino escondiam na realidade um culpado do sexo feminino. Mas o dossiê me deixa com a impressão de que é um homem. Aliás, é um caso interessante. Não é um perfil típico. Em geral, quem mata dessa forma é um psicopata ou um criminoso experiente. Mas, quando se trata de um psicopata, não há motivos racionais para os crimes. Ora, nesse caso especificamente trata-se de matar por razões muito claras: impedir que a verdade venha à tona. Com certeza não é um criminoso experiente, pois erra na primeira tentativa de matar Meghan Padalin. Logo, fica nervoso. No fim, liquida-a com uma saraivada de balas e ainda dispara um tiro final na cabeça. Ele não se segura, perde o controle. E, ao constatar que os Gordon provavelmente o viram, massacra todo mundo. Arrebenta então a porta, que não está trancada, e atira à queima-roupa nas vítimas.

— É um bom atirador, apesar de tudo — opinou Derek.

— Sim, sem dúvida é, um atirador com experiência. Para mim, é alguém que treinou tiro para a ocasião. É meticuloso, mas perde o controle quando passa à ação. Não é, portanto, um assassino que age a sangue-frio, mas uma pessoa que mata à própria revelia.

— À própria revelia?

— Isso, alguém que nunca teria cogitado matar, ou que condenaria socialmente o ato de assassinar alguém, mas que foi obrigado a cometer o crime, talvez para proteger sua reputação, seu status ou evitar a prisão.

— De toda forma, é preciso possuir ou comprar uma arma, praticar num estande de tiro. Há toda uma preparação.

— Não estou dizendo que não houve premeditação — ponderou o Dr. Singh. — Estou dizendo que o assassino precisava matar Meghan Padalin a todo custo. Não é um crime motivado por interesse financeiro, como um roubo. Talvez ela soubesse alguma coisa sobre ele e ele precisasse silenciá-la. Quanto à escolha da pistola, é, por excelência, justamente a arma de alguém que não sabe como matar. Há um tipo de distância entre o assassino e a vítima e uma garantia de eficiência. Um único tiro e está tudo acabado. Uma faca não seria capaz disso, a menos que ele degolasse a vítima, mas esse assassino não conseguiria fazer isso. Costumamos ver essa característica nos suicidas: muitas pessoas acham que a arma de fogo é uma solução mais fácil do que cortar uma veia, atirar-se de um telhado ou mesmo tomar remédios cujos efeitos não se conhecem muito bem.

Derek então perguntou:

— Se foi a mesma pessoa que matou os Gordon, Meghan Padalin, Stephanie e Cody, e que tentou assassinar Dakota Éden, então por que usou métodos diferentes nos casos de Stephanie e Cody?

— Porque o assassino procurou confundir as pistas — explicou o Dr. Singh, que parecia bastante seguro. — O assassino queria justamente que não fosse possível fazer a associação entre esses assassinatos e os de 1994. Sobretudo após conseguir enganar todo mundo durante vinte anos. Repito: para mim, os senhores estão lidando com alguém que não gosta de matar. Já matou seis vezes porque se viu acuado, mas não é um assassino de sangue-frio, não é um serial killer. É alguém que tenta salvar a própria pele custe o que custar. Um assassino à própria revelia.

— Mas se é assim, porque não fugiu de Orphea?

— É uma opção que ele vai considerar, assim que for possível. Viveu vinte anos achando que ninguém descobriria seu segredo. Tornou-se vulnerável. É provável que esta seja a razão pela qual correu riscos consideráveis para proteger sua identidade até agora. Não pode fugir de um dia para o outro: isso o denunciaria. Ele vai tentar ganhar tempo e encontrar uma desculpa para deixar a região de maneira definitiva sem despertar suspeitas. Um novo emprego ou um parente doente. Convém agir rápido. Estão diante de um homem inteligente e meticuloso. A única pista que pode ajudá-los a identificá-lo é descobrir quem tinha um bom motivo para matar Meghan Padalin em 1994.

Quem tinha um bom motivo para matar Meghan Padalin?, Derek escreveu no quadro magnético instalado na sala dos arquivos do *Orphea Chronicle*, que se tornara o único lugar onde nos sentíamos tranquilos o suficiente para continuar nossa caçada, e onde Anna viera nos encontrar. No recinto estavam conosco Kirk Harvey — o que ele deduzira em 1994 sugeria que era um policial com faro impressionante —, bem como Michael Bird, sempre disponível para nos auxiliar em nossas buscas e cuja ajuda era valiosa.

Repassamos todos juntos as pistas da investigação.

— Então Ted Tennenbaum não é o assassino — começou Anna —, mas eu achava que vocês tinham a prova de que ele comprara a arma do crime em 1994.

— A arma vinha de um lote roubado do Exército e foi revendida de forma ilegal por um militar desonesto num bar de Ridgesport — explicou Derek. — Teoricamente, poderíamos supor que, naquele intervalo de tempo, tanto Ted Tennenbaum quanto o assassino adquiriram uma arma no mesmo lugar. Não há dúvidas de que era um ponto de venda conhecido na época.

— Seria uma tremenda coincidência, é verdade — disse Anna. — Primeiro a caminhonete de Tennenbaum está no local do crime, mas não é ele que está ao volante. Depois a arma do crime, que ele teria comprado no mesmo lugar onde Tennenbaum teria adquirido uma Beretta. Vocês não têm a impressão de que há alguma coisa suspeita?

— Desculpem a pergunta — interveio Michael —, mas por que Ted Tennenbaum teria comprado uma arma de forma ilegal se não tinha a intenção de usá-la?

— Tennenbaum estava sendo extorquido por um bandido da região, Jeremiah Fold, que tocara fogo no restaurante dele. Tennenbaum poderia querer uma arma para se proteger.

— O mesmo Jeremiah Fold cujo nome estava na cópia de Gordon da minha peça de teatro? — perguntou Harvey.

— O próprio — respondi. — E cuja moto pode ter sido atingida propositalmente.

— Vamos nos concentrar em Meghan — sugeriu Derek, batendo com a mão na frase que escrevera no quadro: *Quem tinha um bom motivo para matar Meghan Padalin?*

— Justamente — concordei —, dá para imaginar Meghan jogando seu carro contra a moto de Jeremiah Fold de propósito? E que alguém ligado a Jeremiah, talvez Costico, tenha resolvido se vingar dela?

— Mas chegamos à conclusão de que hão havia qualquer ligação entre Meghan Padalin e Jeremiah Fold — lembrou Derek. — Além do mais, o perfil de Meghan não corresponde em nada com o de quem daria uma trombada na moto de um bandido.

— A propósito, em que pé estão as análises das partes do veículo encontradas por Grace, aquele ex-agente especial da ATF? — perguntei.

— Ainda em curso... — queixou-se Derek. — Espero ter novidades amanhã.

Anna, que estava mexendo em alguns documentos do dossiê, disse, pegando transcrições do interrogatório:

— Acho que encontrei algo. Quando interrogamos o prefeito Brown semana passada, ele afirmou ter recebido um telefonema anônimo em 1994: "Descobri que Gordon era corrupto no começo de 1994." "Como?" "Recebi uma ligação anônima. Foi no fim de fevereiro. Uma voz de mulher."

— Uma voz de mulher — repetiu Derek. — Seria Meghan Padalin?

— E por que não? — falei. — É uma pista que faria sentido.

— Então Brown, vice-prefeito na época, teria matado Meghan e os Gordon? — perguntou Michael.

— Não, em 1994, no momento do quádruplo homicídio, Alan Brown estava cumprimentando as pessoas no foyer do Teatro Municipal. Ele está fora da lista de suspeitos — expliquei.

— Mas foi esse telefonema que incitou o prefeito Gordon a ir embora de Orphea — prosseguiu Anna. — Ele começou a transferir seu dinheiro para Montana, depois foi procurar uma casa em Bozeman.

— O prefeito Gordon então teria um bom motivo para matar Meghan Padalin e o perfil dele bate com o que o perito nos falava ainda há pouco: um homem que não mataria por capricho, mas que, por se sentir acuado ou para proteger sua honra, mataria à revelia. Gordon se encaixa nessa descrição.

— Você só está se esquecendo de que Gordon também foi assassinado — lembrei a Derek. — É aí que alguma coisa não bate.

Kirk, por sua vez, tomou a palavra:

— Não esqueço que, na época, fiquei impressionado com o conhecimento que o assassino tinha dos hábitos de Meghan Padalin. Ele sabia que ela corria sempre no mesmo horário, que parava no pequeno parque de Penfield Crescent. Vocês me dirão que talvez ele tivesse estudado a rotina dela, mas há um detalhe que o assassino não teria como saber com base apenas em suas observações: o fato de que Meghan não iria à primeira edição do festival de teatro. Era alguém que sabia que o bairro estaria deserto e que Meghan estaria sozinha no parque. Sem testemunhas. Era uma oportunidade única.

— Seria então alguém do seu círculo social? — perguntou Michael.

Da mesma forma que nos perguntamos quem poderia saber que o prefeito Gordon não assistiria à abertura do festival, é preciso tentar imaginar quem poderia ter conhecimento de que Meghan estaria no parque aquele dia.

Nós nos voltamos para a lista de suspeitos escrita a caneta no quadro magnético:

Meta Ostrovski
Ron Gulliver
Steven Bergdorf
Charlotte Brown
Samuel Padalin

— Sugiro analisarmos e deduzirmos por eliminação — opinou Derek. — Partindo do princípio de que se trata de um homem, por ora isso exclui Charlotte Brown. Além de tudo, ela não morava em Orphea na época, não tinha qualquer conexão com Meghan Padalin, muito menos oportunidades de espioná-la para conhecer seus hábitos.

— Com base nas conclusões do perito em perfis criminais — acrescentou Anna em seguida —, o assassino não gostaria que a investigação de 1994 fosse posta em xeque. Podemos, portanto, excluir Ostrovski também. Por que ele pediria a Stephanie para esclarecer esse caso, se fosse matá-la em seguida? Outro detalhe: ele também não morava em Orphea, nem tinha qualquer conexão com Meghan Padalin.

— Sobram então Ron Gulliver, Steven Bergdorf e Samuel Padalin — falei.

— Gulliver acaba de pedir demissão da polícia, faltando apenas dois meses para se aposentar — lembrou Anna, antes de explicar a Kirk e Michael que o perito mencionara a hipótese de que o assassino poderia fugir oferecendo um motivo crível como desculpa para sua mudança. — Será que amanhã ele anunciará que está de partida para desfrutar da aposentadoria num país do qual não poderia ser extraditado para os Estados Unidos?

— E Steven Bergdorf? — comentou Derek. — Em 1994, logo depois dos assassinatos, ele se muda para Nova York, antes de reaparecer em Orphea e ser selecionado para trabalhar na peça que supostamente revelaria o nome do criminoso.

— O que sabemos sobre Samuel Padalin? — perguntei em seguida. — Na época, era apenas um viúvo choroso, nunca me passou pela cabeça que pudesse ter matado a mulher. Antes de excluí-lo da lista, precisamos saber mais sobre ele e por que quis participar da peça. Afinal, se há alguém que conhecia os hábitos de Meghan e sabia que ela não iria ao festival na noite de abertura, esse alguém é ele.

Michael Bird tinha pesquisado um pouco sobre Samuel Padalin e nos informou:

— Os dois formavam um casal simpático, tranquilo, de quem as pessoas gostavam. Interroguei alguns de seus vizinhos da época: todos compartilhavam da mesma opinião. Nunca ouviram gritos ou brigas entre eles. Todos os descrevem como pessoas encantadoras, claramente felizes. Parece que Samuel Padalin ficou arrasado com a morte da mulher. Um dos vizinhos afirma inclusive ter temido que ele cometesse suicídio. Depois ele deu a volta por cima e se casou de novo.

— De fato — disse Kirk —, tudo isso confirma minha impressão da época.

— Em todo caso — continuei —, nem Ron Gulliver, nem Steven Bergdorf, nem Samuel Padalin parecem ter um motivo para desejar a morte de Meghan. Voltamos então à nossa pergunta inicial. Quem poderia querer matá-la? Se conseguirmos responder a essa pergunta, descobriremos o assassino.

Precisávamos saber mais sobre Meghan. Decidimos ir à casa de Samuel Padalin, na esperança de que ele pudesse nos esclarecer um pouco mais a respeito de sua primeira mulher.

Em Nova York, no seu apartamento no Brooklyn, Steven Bergdorf se esforçava para convencer a esposa das vantagens de uma viagem a Yellowstone.

— Como assim *você não quer mais ir*? — perguntou ele, irritado.

— Mas Steven, a polícia não ordenou que você não deixasse o estado de Nova York? Por que não vamos para o lago Champlain, para o chalé dos meus pais?

— Porque, como tínhamos pensado em viajar apenas eu, você e as crianças, é melhor que seja para lá.

— Preciso lembrar que três semanas atrás você não queria nem ouvir falar em Yellowstone?

— Pois bem, agora estou com vontade de agradar você e as crianças, Tracy. Desculpe por querer satisfazer os seus desejos.

— Iremos a Yellowstone no próximo verão, Steven. É melhor respeitar as instruções da polícia e não sair do estado.

— Mas do que está com medo, Tracy? Acha que sou um assassino, é isso?

— Claro que não.

— Então me explique por que a polícia precisaria me interrogar de novo. Você é mesmo difícil, sabe? Um dia quer, no outro não quer mais. Vá para a casa da sua irmã se quiser, eu vou ficar aqui então, já que você despreza nossa viagem em família.

Após hesitar um pouco, Tracy acabou aceitando. Sentia que precisava ter uns momentos especiais ao lado do marido e voltar a se conectar com ele.

— Tudo bem, querido, vamos fazer essa viagem.

— Formidável! — berrou Steven. — Então faça as malas. Vou dar um pulo na revista para entregar meu artigo e acertar uma coisinha ou outra. Aí irei à casa da sua irmã pegar o trailer. Amanhã, bem cedo, partimos para o Meio-oeste!

Tracy franziu o cenho.

— Por que você complica tudo, Steven? Não seria melhor colocarmos todas as nossas coisas no carro, irmos juntos até a casa da minha irmã e de lá seguirmos viagem?

— Impossível. Com as crianças no banco de trás do carro, não vai haver lugar para as malas.

— Ora, colocamos no porta-malas, Steven. Compramos esse carro justamente pelo tamanho do porta-malas.

— O porta-malas está emperrado. Não está abrindo.

— Ah é? O que aconteceu? — perguntou Tracy.

— Não faço ideia. Emperrou de repente.

— Vou dar uma olhada.

— Não há tempo para isso agora — disse Steven —, preciso ir para a revista.

— De carro? Desde quando vai para lá de carro?

— Quero checar como ele está, ouvi um barulho estranho no motor.

— Mais um motivo para deixar o carro comigo, Steven — argumentou Tracy. — Vou levá-lo para a oficina para checar esse barulho e consertar o porta-malas que não abre.

— Nem pensar em oficina! — esbravejou Steven. — De todo modo, levaremos o carro conosco e o rebocaremos atrás do trailer.

— Steven, não seja ridículo, não vamos arrastar esse trambolho até Yellowstone.

— Claro que vamos! Será muito mais prático. Deixaremos o trailer no camping e visitaremos de carro o parque ou a região. Afinal, não vamos ficar zanzando com aquele negócio para lá e para cá.

— Mas Steven...

— Não tem *mas*. Todo mundo faz isso lá.

— Certo, então está bem — cedeu Tracy.

— Vou dar um pulo na revista. Faça as malas e avise à sua irmã que passarei lá amanhã às sete e meia. Às nove estaremos a caminho do Meio-oeste.

Steven saiu e foi até o carro estacionado na rua. Pareceu-lhe que o fedor do cadáver de Alice já começava a sair do porta-malas. Ou será que aquilo era coisa de sua cabeça? Dirigiu-se à redação da revista, onde foi recebido como herói, mas sua mente encontrava-se distante dali. Não ouvia nada do que falavam. Tinha a sensação de que tudo girava à sua volta. Sentia-se enjoado. Estar ali de volta trouxe todas as emoções à tona ao mesmo tempo. Ele matara alguém. Só naquele momento se dava conta do que fizera.

Após passar uma água no rosto, Steven trancou-se em sua sala com Skip Nalan, que ocupava o cargo de assistente editorial na revista.

— Tudo bem, Steven? — perguntou Skip. — Você não está com uma cara boa. Está suando e pálido feito cera.

— Está. Acho que preciso descansar. Vou lhe enviar meu artigo sobre o festival por e-mail. Estou aberto a críticas.

— Não vai voltar?

— Não, vou passar uns dias com minha mulher e meus filhos, viajo amanhã. Depois de tudo o que houve, preciso ficar um pouco com eles.

— Compreendo perfeitamente — reconfortou-o Skip. — Será que Alice vem hoje?

Bergdorf engoliu em seco.

— É justamente sobre isso que preciso conversar com você, Skip.

Steven assumiu um ar gravíssimo e Skip, preocupado, falou:

— O que está havendo?

— É que Alice roubou meu cartão de crédito. Foi ela que armou tudo. Fugiu após confessar o que fez.

— E essa agora! — reagiu Skip. — Como assim? Bem que ela andava estranha nos últimos tempos... Vou prestar queixa agora mesmo, não se preocupe com isso.

Steven lhe agradeceu, assinou alguns documentos e enviou o artigo por e-mail. Aproveitando que estava conectado à internet, fez uma busca rápida sobre decomposição de corpos. Tinha medo de que o fedor o denunciasse. Segundo seus cálculos, partindo no dia seguinte, uma quarta-feira, chegaria em Yellowstone até sábado. Poderia livrar-se do corpo de modo que ninguém o encontrasse. Sabia exatamente o que precisava fazer.

Apagou o histórico de navegação, desligou o computador e saiu. Já na rua, tirou do bolso o celular de Alice, que trouxera consigo. Ligou-o e, percorrendo a lista de contatos, enviou uma mensagem aos pais dela e a alguns amigos cujo nome ele conhecia. *Preciso espairecer, vou viajar por um tempo para respirar um pouco de ar puro. Ligo em breve. Alice.* Ninguém a procuraria tão cedo. Steven jogou o aparelho numa lixeira.

Restava ainda um detalhe. Entrou na casa dela com a chave que havia pegado de suas coisas e pegou todas as joias e os objetos de valor que lhe dera de presente. Em seguida, procurou uma casa de penhores e vendeu tudo. O dinheiro serviria para pagar parte de suas dívidas.

Em Southampton, na sala da casa de Samuel Padalin, Anna, Derek e eu acabávamos de lhe revelar que Meghan era o alvo em 1994, não os Gordon.

— Meghan? — repetiu ele, incrédulo. — Mas que história é essa?

Tentamos interpretar sua reação, que até ali parecia sincera: Samuel estava abalado.

— É isso mesmo, Sr. Padalin — respondeu Derek. — Nós nos enganamos em relação à vítima na época. Sua mulher é que era o alvo do criminoso, a morte dos Gordon foi um efeito colateral.

— Mas por que Meghan?

— É o que gostaríamos de entender — falei.

— Isso não faz nenhum sentido. Meghan era a pessoa mais doce do mundo. Trabalhava numa livraria, onde os clientes a adoravam. Era também uma vizinha atenciosa.

— E, ainda assim — comentei —, alguém a detestava o suficiente para matá-la.

Samuel ficou pasmo e permaneceu calado.

— Sr. Padalin — continuou Derek —, é muito importante que nos responda essas perguntas: vocês foram ameaçados? Ou lidaram com pessoas perigosas? Gente que pudesse querer atacar sua mulher?

— De jeito nenhum! — ofendeu-se Samuel. — Só quem não nos conhece poderia pensar algo assim.

— Por acaso o nome Jeremiah Fold lhe diz alguma coisa?

— Não, absolutamente nada. O senhor já me fez esta pergunta ontem.

— Meghan estava nervosa nos dias que antecederam sua morte? Comentou sobre algo que a preocupasse?

— Não, não. Ela gostava de ler, escrever e sair para fazer suas corridas.

— Sr. Padalin — interveio Anna —, quem poderia saber que o senhor e Meghan não iriam à abertura do festival? O assassino sabia que naquela noite sua mulher sairia para correr como de costume, enquanto a maior parte da população se encontrava na rua principal.

Samuel Padalin refletiu por um instante antes de responder.

— Todo mundo falava no festival. Nossos vizinhos, quando fazíamos compras, os clientes da livraria. Era o assunto de todas as conversas: quem tinha ingressos para a abertura e quem apenas se juntaria à multidão na rua principal. Sei que Meghan respondia a todos os que lhe perguntavam sobre isso falando que não tínhamos conseguido ingressos e que ela queria ficar longe da confusão do centro da cidade. Ela dizia, no tom daquelas pessoas que não gostam de festejar o réveillon e aproveitam a ocasião para dormir cedo: "Vou ficar lendo na minha varanda. Faz muito tempo que não temos uma noite tão calma." Vejam a ironia.

Samuel parecia completamente abalado.

— O senhor disse que Meghan gostava de escrever — retomou Anna. — O que ela escrevia?

— De tudo um pouco. Ela sempre quis escrever um romance, mas dizia que nunca tinha pensado numa trama boa o suficiente. Em compensação, mantinha um diário, no qual escrevia com bastante frequência.

— O senhor o guardou?

— Sim, guardei os diários. São pelo menos quinze.

Samuel Padalin saiu por um instante e voltou com uma caixa de papelão empoeirada que devia ter desencavado do porão. Eram cerca de vinte cadernos, todos da mesma marca.

Anna abriu um ao acaso: estava preenchido até a última página com uma letra fina, muito texto. Exigiria horas de leitura.

— Podemos levá-los conosco? — perguntou Anna.

— Como quiserem. Mas duvido que encontrem alguma coisa interessante.

— O senhor os leu?

— Alguns. Em parte. Depois da morte dela, ler seus pensamentos me dava a sensação de reencontrá-la. Mas logo percebi que ela estava entediada. Vocês verão, ela descreve seu cotidiano e sua vida: minha mulher estava entediada com o dia a dia, comigo. Falava da vida na livraria, quem comprava qual tipo de livro. Fico até mal em dizer isso, mas achei até mesmo um tanto patético. Logo parei de ler. Alguns trechos me passaram uma impressão bastante desagradável.

502

Isso explicava por que os cadernos haviam sido relegados ao porão.

Quando estávamos indo embora, carregando a caixa de papelão conosco, observamos malas na entrada.

— Está de partida? — perguntou Derek.

— Minha mulher. Está levando as crianças para a casa de seus pais, em Connecticut. Ficou com medo depois dos últimos acontecimentos em Orphea. Irei me encontrar com eles depois, sem dúvidas. Enfim, quando eu tiver autorização para deixar o estado.

Derek e eu tínhamos que retornar ao centro regional da polícia estadual para encontrar o major McKenna.

Ele queria se reunir conosco para um balanço da situação. Anna se ofereceu para ler os cadernos de Meghan Padalin.

— Não quer dividir o trabalho? — sugeri.

— Não, acho ótimo fazer isso, vai me manter ocupada. Estou precisando.

— Sinto muito pelo posto de chefe de polícia.

— A vida é assim mesmo — respondeu Anna, que se esforçava para não demonstrar quanto estava abalada.

Derek e eu nos dirigimos ao centro regional da polícia estadual.

De volta a Orphea, Anna deu uma passada na delegacia. Todos os policiais estavam reunidos na sala de descanso, onde Montagne improvisava um pequeno discurso de posse como novo chefe de polícia.

Anna não teve estômago para ficar e decidiu ir para casa a fim de mergulhar nos cadernos de Meghan. Na porta da delegacia, cruzou com o prefeito Brown.

Ela fitou-o por um instante em silêncio, depois perguntou:

— Por que fez isso comigo, Alan?

— Olhe a confusão em que estamos, Anna... Aliás, em boa parte, graças a você, que queria tanto participar dessa investigação. É hora de assumir as consequências disso.

— Está me castigando por fazer meu trabalho? Sim, fui obrigada a interrogá-lo, assim como a sua mulher, mas porque era necessário para a investigação. Você não tem direito a privilégios, Alan, e é justamente isso que faz com que eu seja uma boa policial. Quanto à peça de Harvey, se é isso que você chama de *confusão*, gostaria de lembrar que foi você quem o trouxe até aqui. Você não assume os seus erros. Não é melhor do que Gulliver e Montagne. Você se julgava um rei-filósofo, mas não passa de um pequeno déspota sem importância.

— Vá para casa, Anna. Pode pedir demissão se não estiver satisfeita.

Anna foi para casa bufando de raiva. Assim que chegou, desmoronou no hall de entrada, aos prantos. Ficou muito tempo sentada no chão, abraçando o próprio corpo e apoiando-se na cômoda, chorando. Não sabia mais o que fazer. Nem para quem ligar. Lauren? A amiga lhe diria que a avisara que sua vida não era em Orphea. Sua mãe? Esta lhe daria a enésima lição de moral.

Quando finalmente se acalmou, seu olhar pousou na caixa de papelão com os cadernos de Meghan Padalin que trouxera para casa. Decidiu mergulhar neles. Serviu-se de uma taça de vinho, sentou-se numa poltrona e começou a leitura.

Começou logo em meados de 1993 e seguiu o curso dos últimos doze meses de Meghan até julho de 1994.

A princípio, Anna morreu de tédio com a descrição maçante que Meghan Padalin fazia de sua vida. Compreendia o que o marido dela poderia sentir se tivesse lido aquilo.

Mas então, no dia 1º de janeiro de 1994, Meghan mencionava o baile de gala do Ano-Novo, no hotel Rosa do Norte, em Bridgehampton, onde ela conhecera "um homem que não era da região" e que a conquistara de um modo único.

Então Anna passou para fevereiro de 1994. O que descobriu ali deixou-a totalmente estupefata.

MEGHAN PADALIN

Trechos de seus diários

1º de janeiro de 1994

Feliz Ano-Novo para mim. Ontem fomos ao baile de gala de Ano-Novo no hotel Rosa do Norte, em Bridgehampton. Conheci uma pessoa. Um homem que não é da região. Nunca me senti assim antes. Desde ontem, em alguns momentos sinto um frio na barriga.

25 de fevereiro de 1994

Hoje liguei para a prefeitura. Telefonema anônimo. Falei com o vice-prefeito, Alan Brown. Acho que é um cara correto. Disse-lhe tudo o que sabia a respeito de Gordon. Vejamos o que vai acontecer.

Em seguida, relatei a Felicity o que eu tinha feito. Ela ficou nervosa. Disse que aquilo voltaria para assombrá-la. Ora, foi ela que me contou tudo. O prefeito Gordon é um lixo, todo mundo precisa saber.

8 de março de 1994

Estive novamente com ele. Agora nos encontramos todas as semanas. Ele me faz muito feliz.

1º de abril de 1994

Estive com o prefeito Gordon hoje. Ele foi à livraria. Ficamos sozinhos na loja. Abri o jogo com ele: disse que sabia de tudo e que ele era um criminoso. Ele foi embora na hora. Penso nisso há dois meses. Ele negou, é claro.

Deve saber o que ele causou. Eu queria divulgar para os jornais, mas Felicity me proibiu.

2 de abril de 1994

Desde ontem, me sinto melhor. Felicity gritou comigo ao telefone. Sei que agi certo.

3 de abril de 1994

Ontem saí para correr e fui até Penfield Crescent. Topei com o prefeito chegando em casa. Disse a ele: "Que vergonha o que o senhor fez." Não tive medo. Ele, por outro lado, pareceu muito constrangido. Sou como aquilo que perseguiu Caim. Vou esperá-lo todos os dias na volta do seu trabalho e esfregar na cara dele que é culpado.

7 de abril de 1994

Dia maravilhoso com ele nos Springs. Ele me fascina. Estou apaixonada. Samuel não desconfia de absolutamente nada. Tudo corre bem.

2 de maio de 1994

Tomei um café com Kate. Ela é a única que sabe sobre ele. Falou que eu não deveria arriscar meu casamento por algo passageiro. Ou então que eu me decidisse e largasse Samuel. Não sei se tenho coragem suficiente para me decidir. A situação atual está muito conveniente para mim.

25 de junho de 1994

Sem muita coisa para contar. A livraria vai bem. Um novo restaurante está prestes a abrir na rua principal, o Café Athena. Parece ser interessante. O dono é Ted Tennenbaum. É um cliente da livraria. Gosto muito dele.

1º de julho de 1994

O prefeito Gordon, que não pusera mais os pés na livraria depois que soube que eu sei, veio hoje e ficou bastante tempo. Fez uma cena, algo bem estranho. Queria um livro de um autor da região e permaneceu um tempão na sala onde ficam essas edições. Não sei muito bem o que ele ficou fazendo lá. Havia outros clientes e eu não consegui ver direito. Por fim, ele comprou a peça de Kirk Harvey, *Noite negra*. Após sua partida, fui dar uma espiada naquela sala: percebi que aquele imundo tinha deixado uma marca no livro sobre o festival. Tenho certeza de que quer verificar se o estoque que ele deixou aqui tem saída e depois controlar a grana a que tem direito. Tem medo de ser roubado? Logo ele, que é o ladrão...

18 de julho de 1994

Kirk Harvey veio à livraria pegar sua peça de volta. Eu lhe avisei que tinha sido vendida. Achava que ele ficaria contente, mas estava furioso. Queria saber quem a comprara e respondi que havia sido Gordon. Ele nem quis os dez dólares a que tinha direito.

20 de julho de 1994

Kirk Harvey voltou. Falou que Gordon insiste em dizer que não foi ele que comprou a peça. Mas eu sei que foi ele. Repeti isso para Kirk. Inclusive tinha anotado. Ver o que escrevi em 1º de julho de 1994.

JESSE ROSENBERG

Quarta-feira, 30 de julho de 2014
4 dias após a abertura do festival

Pela manhã, quando Derek e eu chegamos à sala dos arquivos do *Orphea Chronicle*, Anna afixara na parede cópias de trechos do diário de Meghan Padalin.

— Não restam dúvidas de que Meghan foi quem fez a ligação anônima recebida por Alan Brown em 1994, contando que o prefeito Gordon era corrupto — explicou. — Pelo que entendi, ela soube disso por intermédio de uma tal de Felicity. Não sei o que esta mulher lhe falou, mas Meghan odiava o prefeito Gordon. Cerca de dois meses depois do telefonema, em 1º de abril de 1994, quando estava sozinha na livraria, acabou desafiando Gordon, que tinha ido comprar um livro. Disse-lhe que sabia de tudo, chamou-o de criminoso.

— Ela fala claramente em casos de corrupção? — inquiriu Derek.

— Fiquei pensando nisso — disse Anna, passando à página seguinte. — Porque, dois dias depois, enquanto corria, Meghan topa por acaso com Gordon, em frente à casa dele, e o interpela mais uma vez. Ela escreve em seu diário: "Sou como aquilo que perseguiu Caim."

— Aquilo persegue Caim porque ele é responsável por uma morte — lembrei. — O prefeito teria matado alguém?

— Tenho me feito essa mesma pergunta — comentou Anna. — Nos meses após esse encontro e até a sua morte, Meghan correu todos os dias à tardinha até a casa do prefeito Gordon. Ficava de olho, do parque, esperando-o voltar, e, ao vê-lo, interpelava-o, lembrando-o de seu crime.

— Então o prefeito teria um bom motivo para matar Meghan — observou Derek.

— O culpado perfeito — concordou Anna. — Se não tivesse morrido no mesmo tiroteio.

— Sabemos mais alguma coisa sobre essa Felicity? — perguntei.

— Felicity Daniels — respondeu Anna, com um sorrisinho satisfeito. — Bastou ligar para Samuel Padalin para identificá-la. Ela mora em Coram atualmente, e está à nossa espera. Vamos nessa.

Felicity Daniels tinha 60 anos e trabalhava numa loja de eletrodomésticos no shopping center de Coram, onde a encontramos. Chegamos quando ela estava em seu intervalo e nos sentamos num café dos arredores.

— Os senhores se incomodam se eu pedir um sanduíche? — perguntou ela. — Senão, não terei tempo de almoçar.

— Por favor, fique à vontade — respondeu Anna.

Ela fez o pedido ao garçom. Achei-a com um aspecto triste e cansado.

— Querem conversar sobre Meghan? — disse Felicity.

— Isso mesmo, senhora — respondeu Anna. — Talvez esteja sabendo que nós voltamos a abrir o inquérito referente ao assassinato dela e ao da família Gordon... Meghan era sua amiga, certo?

— Era, sim. Nós nos conhecemos no clube de tênis e logo nos demos muito bem. Ela era mais nova do que eu, dez anos de diferença, mas estávamos no mesmo nível quando o assunto era tênis. Eu não diria que éramos muito chegadas, mas, como sempre tomávamos um drinque depois das partidas, acabamos nos aproximando.

— Como a descreveria?

— Era uma pessoa romântica. Um pouco sonhadora, um pouco ingênua. Muito sentimental.

— Você mora há muito tempo em Coram?

— Há mais de vinte anos. Vim para cá com as crianças pouco depois da morte do meu marido. Ele morreu em 16 de novembro de 1993, no aniversário dele.

— A senhora costumava ver Meghan no período entre a mudança e a morte dela?

— Sim, ela vinha a Coram com frequência para fazer uma visitinha. Trazia comida que ela mesmo cozinhava, um bom livro de vez em quando. Eu não lhe pedia nada, juro. Ela era um pouco insistente, mas tinha boas intenções.

— Meghan era uma mulher feliz?

— Sim, tinha tudo a seu favor. Fazia muito sucesso com os homens, todo mundo ficava abobalhado diante dela. As más-línguas diziam que era graças a ela que a livraria de Orphea ia de vento em popa.

— Então ela traía muito o marido?

— Não foi isso que eu disse. Aliás, não fazia o tipo dela ter um caso.

— Por que não?

Felicity Daniels franziu o cenho e respondeu:

— Não sei. Talvez porque não fosse corajosa o suficiente. Não era conhecida por viver perigosamente.

— No entanto — replicou Anna —, segundo o diário de Meghan, ela teve um caso durante seus últimos meses de vida.

— Sério? — indagou Felicity, surpresa.

— Sério, com um homem que ela conheceu na noite de 31 de dezembro de 1993 no hotel Rosa do Norte em Bridgehampton. Meghan menciona vários encontros com ele até junho de 1994. Depois, mais nada. Ela nunca lhe falou sobre isso?

— Nunca. Quem era?

— Não sei — respondeu Anna. — Eu esperava que pudesse me dar detalhes. Meghan por acaso lhe contou que estava sendo ameaçada?

— Ameaçada? Não! Sabe, tenho certeza de que há pessoas que a conheciam melhor do que eu. Por que estão me fazendo todas essas perguntas?

— Porque, segundo o diário de Meghan, em fevereiro de 1994 a senhora lhe contou um segredo relativo ao prefeito de Orphea, Joseph Gordon, que parece tê-la abalado muito.

— Ah, meu Deus! — murmurou Felicity Daniels, tapando a boca com uma das mãos.

— Do que se tratava? — perguntou Anna.

— Do Luke, meu marido — respondeu Felicity, num fio de voz. — Eu nunca deveria ter tocado nesse assunto com Meghan.

— O que aconteceu com seu marido?

— Luke estava cheio de dívidas. Era dono de uma empresa de aparelhos de ar-condicionado que decretou falência. Ele teve que demitir todos os funcionários. Estava completamente sem saída. Durante meses não contou nada a ninguém. Só descobri tudo às vésperas de sua morte. Depois, tive que vender a casa para quitar as dívidas. Eu e meus filhos fomos embora de Orphea e arranjei esse emprego como vendedora.

— Sra. Daniels, como o seu marido morreu?

— Suicídio. Enforcou-se no próprio quarto, na noite do aniversário dele.

3 de fevereiro de 1994

Era começo de noite no apartamento mobiliado que Felicity Daniels alugara em Coram. Meghan passara no fim da tarde para lhe trazer uma lasanha e encontrou-a em estado de total desespero. As crianças estavam brigando, recusando-se a fazer os deveres, a sala estava uma bagunça. Felicity chorava, prostrada no sofá, sem forças para lidar com a situação.

Meghan interveio: repreendeu as crianças, ajudou-as a terminar os deveres, mandou-as para o banho, deu-lhes o jantar e colocou-as na cama. Depois abriu a garrafa de vinho que trouxera e serviu uma grande taça a Felicity.

Sem ter mais ninguém com quem desabafar, Felicity fez uma confidência a Meghan:

— Não aguento mais, Meg. Se soubesse o que as pessoas falam sobre Luke. O covarde que se enforcou no quarto, no próprio aniversário, enquanto a mulher e os filhos se preparavam para comemorar no andar de baixo. Percebo como os pais dos alunos me olham. Não suporto mais essa mistura de censura e condescendência.

Felicity se encolheu um pouco e se serviu de mais uma taça de vinho, que tomou de uma vez só. Encorajada pela bebida, após um silêncio permeado de tristeza, acabou dizendo:

— Luke sempre foi muito honesto. Veja aonde isso o levou.

— O que está querendo dizer? — perguntou Meghan.

— Nada.

— Ah, não, Felicity. Você não pode contar as coisas pela metade!

— Meghan, se eu contar, prometa que não vai comentar com ninguém.

— É claro, pode confiar plenamente em mim.

— A empresa de Luke estava prosperando nos últimos anos. Tudo corria bem para a gente. Até o dia em que o prefeito Gordon marcou uma reunião com ele na prefeitura. Foi logo antes do início das reformas dos prédios municipais. Gordon explicou a Luke que lhe passaria o trabalho de renovação dos sistemas de ventilação em troca de uma contrapartida financeira.

— Você quer dizer uma propina? — perguntou Meghan.

— Isso. E Luke recusou. Dizia que poderia ser pego, denunciado, que ele colocaria em risco tudo o que tinha. Gordon ameaçou levar a empresa dele à falência. Disse que a prática era corriqueira em toda a cidade, mas Luke não cedeu. Logo, não obteve os contratos municipais. Nem os seguintes. E, para castigá-lo pela teimosia, o prefeito Gordon acabou com ele. Fez de tudo para prejudicá-lo, espalhou calúnias sobre o trabalho de Luke, tentou dissuadir as pessoas de contratarem os serviços dele.

Não demorou para Luke perder todos os clientes. Mas ele nunca quis me contar nada, para não me preocupar. Eu só soube de tudo na véspera de sua morte. O contador da empresa veio me comunicar a falência iminente, falou dos funcionários desempregados, e eu, uma verdadeira idiota, estava por fora de tudo. Perguntei a Luke naquela noite e ele abriu o jogo. Encorajei-o a lutar e ele me respondeu que nunca venceríamos o prefeito. Falei que ia prestar queixa. Ele me dirigiu um olhar de derrota: "Você não entende, Felicity. Toda a cidade está envolvida nesse caso das propinas. Todos os nossos amigos. Seu irmão também. Como acha que ele obteve todos aqueles contratos nos últimos dois anos? Perderão tudo se os denunciarmos. Irão para a cadeia. Não podemos falar nada, todo mundo está com as mãos atadas." No dia seguinte, ele se enforcou.

— Ah, meu Deus, Felicity! — exclamou Meghan, horrorizada. — Então é tudo culpa de Gordon?

— Não pode contar para ninguém, Meghan.

— Todo mundo precisa saber que o prefeito Gordon é um criminoso.

— Prometa não falar nada, Meghan! As empresas serão fechadas, os gerentes, condenados, os funcionários ficarão desempregados.

— Então vamos deixar o prefeito agir impunemente?

— Gordon é muito poderoso. Muito mais do que parece.

— Eu não tenho medo dele!

— Meghan, prometa não falar com ninguém. Já tenho problemas suficientes.

— Mas ela falou — disse Anna.

— Sim, deu um telefonema anônimo para o vice-prefeito Brown a fim de adverti-lo. Isso me deixou louca de raiva.

— Por quê?

— Se um inquérito policial fosse aberto, pessoas que eu amava estariam correndo um risco enorme. Eu sabia, por experiência própria, o que era perder tudo. Eu não desejaria isso nem a meu pior inimigo. Meghan me prometera nunca falar no assunto. Mas então, dois meses depois, ela me liga para me dizer que desafiou o prefeito Gordon na livraria. Nunca gritei tanto quanto naquela ligação. Esse foi meu último contato com Meghan. Depois disso, não lhe dirigi mais uma palavra. Eu estava com muita raiva dela. Amigos de verdade não revelam os segredos do outro.

— Acho que ela queria defendê-la — objetou Anna. — Queria que, de alguma forma, a justiça fosse feita. Ela foi todos os dias lembrar ao prefeito que, por causa dele, seu marido cometera suicídio. Queria que a justiça fosse feita em nome do seu marido. A senhora disse que Meghan não era muito corajosa, certo? Pois acho que era. Não teve medo de enfrentar Gordon. Foi única a ousar fazer isso. Foi mais corajosa do que toda a cidade junta. E pagou com a própria vida.

— Os senhores querem dizer que Meghan era o alvo? — perguntou Felicity, estarrecida.

— Nós achamos que sim — respondeu Derek.

— Mas quem pode ter feito isso? — refletiu Felicity. — O prefeito Gordon? Ele morreu com ela. Isso não faz sentido algum.

— É o que estamos tentando entender — falou Derek, suspirando.

— Sra. Daniels, por acaso sabe o nome de outra amiga de Meghan que poderia nos contar mais sobre ela? — quis saber Anna. — No diário, ela mencionou uma tal de Kate.

— É, Kate Grand. Também era do clube de tênis. Acho que era uma amiga bem próxima de Meghan.

Quando estavam deixando o shopping, Derek recebeu uma ligação do perito da polícia rodoviária.

— Consegui analisar os fragmentos de carro que você nos mandou.

— E quais são as suas conclusões?

— Você estava certo. É um pedaço da lateral direita de um para-choque. Com tinta azul na beirada, a cor do carro, com certeza. Encontrei também lascas de tinta cinza, isto é, segundo o dossiê da polícia que você me passou, da mesma cor da motocicleta envolvida no acidente fatal de 16 de julho de 1994.

— Então a moto teria sido atingida a toda a velocidade e forçada a sair da estrada? — perguntou Derek.

— Exatamente. Atingida por um carro azul.

Em Nova York, em frente ao prédio onde moravam no Brooklyn, os Bergdorf acabavam de embarcar no trailer.

— E lá vamos nós! — berrou Steven, ligando o motor.

Ao seu lado, sua mulher, Tracy, apertava o cinto. Dirigiu-se às crianças, no banco de trás:

— Tudo bem, queridos?

— Sim, mamãe — respondeu a filha.

— Por que o carro vai atrás?

— Porque é prático! — respondeu Steven.

— Prático? — questionou Tracy. — O porta-malas não abre.

— Para visitarmos o parque nacional mais bonito do mundo não precisamos do porta-malas. A menos que queira colocar as crianças lá dentro.

Ele riu.

— Papai vai nos trancar no porta-malas? — perguntou a filha, preocupada.

— Ninguém vai no porta-malas — tranquilizou-a a mãe.

O trailer tomou a direção da Manhattan Bridge.

— Quando chegaremos a Yellowstone? — perguntou o filho.

— Num piscar de olhos — assegurou-lhe Steven.

— Antes vamos dar uma voltinha pelo país — comentou Tracy, parecendo irritada. Em seguida, dirigindo-se ao filho: — Ainda vai demorar muito, querido. Precisará ter paciência.

— Vocês estão a bordo do Expresso Estados Unidos! — avisou Steven. — Ninguém nunca terá ido tão rápido de Nova York a Yellowstone!

— Eba, vamos voando! — exclamou o menino.

— Não, não vamos voando! — berrou Tracy, que estava perdendo a paciência.

Atravessaram a ilha de Manhattan para alcançar o Holland Tunnel e chegar a Nova Jérsei, antes de pegarem a autoestrada 78 na direção oeste.

No hospital Mount Sinai, Cynthia Éden saiu feito um foguete do quarto de Dakota para chamar uma enfermeira.

— Chame o médico! — gritou. — Ela abriu os olhos! Minha filha abriu os olhos!

Na sala dos arquivos, assessorados por Kirk e Michael, estudávamos os possíveis cenários nos quais o acidente de Jeremiah poderia ter ocorrido.

— Segundo o perito — explicou Derek —, e a julgar pelo impacto, o carro provavelmente se posicionou ao lado da moto e a atingiu para atirá-la longe.

— Jeremiah Fold foi então de fato assassinado — concluiu Michael.

— Não exatamente assassinado, não é? — contrapôs Anna. — Foi deixado lá para morrer. Quem colidiu com ele era um amador.

— Um assassino à revelia! — exclamou Derek. — O mesmo perfil que o Dr. Singh traçou do nosso assassino. Ele não quer matar, mas não tem escolha.

— Havia muita gente louca para matar Jeremiah Fold — observei.

— E se o nome de Jeremiah Fold em *Noite negra* fosse uma ordem para matar? — sugeriu Kirk.

Derek apontou para uma foto do dossiê que mostrava o interior da garagem dos Gordon. Havia um carro vermelho com o porta-malas aberto e cheio de malas.

— O prefeito Gordon tinha um carro vermelho — constatou Derek.

— Engraçado, na minha cabeça ele tinha um conversível azul — pontuou Kirk Harvey.

Ao ouvir essas palavras, lembrei de algo e corri para o dossiê de 1994.

— Tínhamos visto isso na época! — gritei. — Lembro-me de uma foto do prefeito Gordon no carro dele.

Frenético, vasculhei os relatórios, as fotos, os autos dos depoimentos das testemunhas, os extratos bancários. De repente, deparei com o que procurava. Uma foto tirada às pressas pelo corretor de imóveis em Montana, na qual se via o prefeito Gordon descarregando caixotes do porta-malas de um conversível azul em frente à casa que alugara em Bozeman.

— O corretor de Montana desconfiava de Gordon — lembrou-se Derek. — Fotografou-o em frente ao seu carro para registrar sua placa e seu rosto.

— Então de fato o prefeito tinha um carro azul — concluiu Michael.

Kirk se aproximou da foto da garagem dos Gordon e examinou de perto o carro.

— Veja o vidro de trás — disse ele, apontando para a foto. — Há o nome da concessionária. Talvez ela ainda exista.

Após investigação, descobriu-se que o local ficava na estrada de Montauk, funcionava como oficina e concessionária, e estava instalada ali havia quarenta anos. Na mesma hora, fomos até lá e o proprietário nos recebeu em seu escritório, atulhado e insalubre.

— O que a polícia quer de mim? — perguntou ele, de modo educado.

— Gostaríamos de informações sobre um carro comprado na sua loja, possivelmente em 1994.

Ele riu e falou:

— Em 1994? Sinceramente, acho que não posso ajudá-lo. Deve ter visto a bagunça que é esse lugar.

— Antes dê uma olhada no modelo — sugeriu Derek, mostrando-lhe a foto.

O sujeito olhou por um segundo.

— Vendi um monte de carros desse modelo. Lembra-se do nome do cliente?

— Era Joseph Gordon, o prefeito de Orphea.

Ele ficou lívido.

— Essa foi uma venda da qual nunca me esquecerei — disse num tom grave. — Duas semanas depois de comprar o carro, o pobre coitado foi assassinado com toda a família.

— Então ele comprou o carro em meados de julho? — perguntei.

— É, mais ou menos. Quando cheguei à oficina para abri-la, encontrei-o à porta. Estava com cara de quem não tinha dormido. Fedia a álcool, seu carro estava com a lateral direita completamente amassada. Ele me contou que atropelara um cervo e queria comprar um carro novo o quanto antes. Eu tinha três Dodge vermelhos no estoque, ele escolheu um sem discutir. Pagou em espécie. Disse que tinha tomado umas e outras, que também havia batido num prédio municipal e que isso poderia comprometer sua reeleição em setembro. Deu cinco mil dólares a mais para que eu levasse imediatamente seu carro amassado para o ferro-velho. Foi embora com o novo e todo mundo ficou satisfeito.

— Isso não lhe pareceu estranho?

— Sim e não. Vejo histórias desse tipo o tempo todo. Sabem qual é o segredo do meu sucesso comercial, que faz minha loja existir por tantos anos?

— Não...

— Sou uma pessoa discreta e todo mundo da região sabe disso.

O prefeito Gordon tinha todos os motivos para matar Meghan, mas matara Jeremiah Fold, com quem não tinha nenhuma ligação. Por quê?

Saindo de Orphea aquela noite, Derek e eu estávamos tomados por perguntas. Fizemos o trajeto de volta em silêncio, perdidos em nossos pensamentos. Quando parei em frente à sua casa, ele não saiu do carro. Permaneceu em seu assento.

— O que está havendo? — perguntei.

— Desde que retomei essa investigação ao seu lado, Jesse, é como se eu tivesse uma vida nova. Há muito tempo não me sinto tão feliz e realizado. Mas os fantasmas do passado voltam. Nas últimas duas semanas, quando fecho os olhos à noite, tenho me visto naquele carro com você e Natasha.

— Eu também poderia estar dirigindo aquele carro. Nada do que aconteceu é culpa sua.

— Era você ou ela, Jesse! Tive que escolher entre você e ela.

— Você salvou a minha vida, Derek.

— E, ao mesmo tempo, acabei com a dela, Jesse. Olhe para você vinte anos depois, ainda sozinho, ainda de luto.

— Derek, você não tem culpa nenhuma.

— O que você teria feito no meu lugar, Jesse? É a pergunta que me faço o tempo todo.

Não respondi nada. Fumamos um cigarro juntos, em silêncio. Em seguida, trocamos um abraço fraterno e Derek entrou em casa.

Eu não estava querendo ir direto para casa. Queria encontrá-la. Fui até o cemitério. Àquela hora, estava fechado. Escalei o muro sem dificuldade e percorri as aleias silenciosas. Vaguei por entre os túmulos, a grama alta engolindo meus passos. Tudo estava calmo e belo. Passei para saudar meus avós, que descansavam em paz, e parei diante do túmulo dela. Sentei-me e fiquei assim por muito tempo. De repente, ouvi passos atrás de mim. Era Darla.

— Como sabia que eu estaria aqui?

Ela sorriu.

— Você não é o único que escala o muro para visitá-la.

Sorri também. Então disse:

— Sinto muito pelo restaurante, Darla. Era uma ideia estúpida.

— Não, Jesse. Ela é maravilhosa. Eu é que peço desculpas pela minha reação.

Sentou-se ao meu lado.

— Eu nunca deveria tê-la deixado entrar no nosso carro aquele dia. Foi tudo culpa minha.

— E eu, Jesse? Nunca deveria tê-la expulsado do meu carro. Nós duas nunca deveríamos ter tido aquela briga estúpida.

— Então todos nós nos sentimos culpados — murmurei.

Darla aquiesceu com um movimento de cabeça.

— Às vezes tenho a impressão de que ela está aqui comigo — continuei. — Quando volto para casa à noite, surpreendo-me esperando encontrá-la.

— Ah, Jesse... todos nós sentimos falta dela. Todos os dias. Mas você precisa seguir em frente. Não pode mais viver no passado.

— Não sei se algum dia conseguirei curar essa ferida, Darla.

— É exatamente o meu sentimento, Jesse. A vida é que vai curar isso.

Darla apoiou a cabeça no meu ombro. Ficamos assim por muito tempo, contemplando a lápide à nossa frente.

NATASHA DARRINSKI

02/04/1968 – 13/10/1994

DEREK SCOTT

13 de outubro de 1994

Nosso carro arrebenta a mureta de segurança da ponte e despenca dentro do rio. No momento do impacto, tudo é muito rápido. Tenho o reflexo de soltar meu cinto e abrir a janela, como aprendemos na academia de polícia. Natasha, no banco, grita, aterrorizada. Jesse, que não tinha colocado o cinto, desmaiou ao bater a cabeça no porta-luvas.

Em poucos segundos, o carro foi invadido pela água. Grito para Natasha se soltar e sair pela janela. Percebo que seu cinto está travado. Debruço-me sobre ela, tento ajudá-la. Não tenho nada para me ajudar a tentar soltar o cinto, precisaríamos arrancá-lo de sua base. Puxo-o para cima feito um louco. Em vão. Estamos com água na altura dos ombros.

— Ajude o Jesse! — grita Natasha para mim. — Eu me viro sozinha.

Hesito por um segundo. Ela grita novamente:

— Derek! Tire o Jesse!

A água bate no nosso queixo. Saio da cabine pela janela, agarro Jesse e consigo puxá-lo comigo.

Agora estamos afundados, o carro submerge em direção às profundezas do rio, prendo a respiração o máximo que consigo. Olho pela janela. Natasha, completamente submersa, não conseguiu se soltar. Está presa ao carro. Não tenho mais ar. O peso do corpo de Jesse me arrasta para o fundo. Natasha e eu trocamos um último olhar. Nunca esquecerei seus olhos do outro lado do vidro.

Sem oxigênio, de maneira desesperada, consigo alcançar a superfície com Jesse. Nado com dificuldade até a margem. Viaturas policiais chegam, vejo oficiais descendo o barranco. Alcanço-os, entrego-lhes Jesse, inerte. Quero voltar para resgatar Natasha, nado de novo para o meio do rio. Não sei mais sequer o lugar exato onde o carro afundou. Não vejo mais nada, a água está barrenta. Estou arrasado. Ouço sirenes ao longe. Tento mergulhar mais uma vez. Vejo de novo os olhos de Natasha, o olhar que me assombrará a vida inteira.

E a pergunta que continua a me atormentar: se eu tivesse tentado puxar um pouco mais aquele cinto para arrancá-lo de sua base em vez de socorrer Jesse, como ela havia me pedido, será que teria conseguido salvá-la?

3

A troca

QUINTA-FEIRA, 31 DE JULHO — SEXTA-FEIRA, 1º DE AGOSTO DE 2014

JESSE ROSENBERG

Quinta-feira, 31 de julho de 2014
5 dias após a noite de abertura

Restavam-nos três dias para esclarecer o caso. Estávamos com o tempo contado, mas, mesmo assim, Anna marcou um encontro conosco aquela manhã no Café Athena.

— Não é exatamente o melhor momento para ficarmos de bobeira no café da manhã — protestou Derek, a caminho de Orphea.

— Não sei o que ela quer com a gente — repliquei.

— Ela não falou mais nada?

— Não.

— E ainda por cima no Café Athena? É realmente o último lugar onde eu gostaria de pôr os pés, considerando as circunstâncias.

Sorri.

— O que houve? — perguntou Derek.

— Você está de mau humor.

— Não, eu não estou de mau humor.

— Conheço você como a palma da minha mão, Derek. Está com um humor do cão.

— Vamos logo — apressou ele. — Vá mais rápido, quero saber o que Anna tem em mente.

Acionou a sirene para me fazer acelerar ainda mais. Caí na risada.

Quando finalmente chegamos ao Café Athena, encontramos Anna sentada a uma mesa grande no fundo do estabelecimento. Xícaras de café já nos esperavam.

— Ah, até que enfim! — bufou ela ao nos ver, como se tivéssemos demorado de propósito.

— O que aconteceu? — perguntei.

— Isso não me sai da cabeça.

— O quê?

— Meghan. Está claro que o prefeito queria se livrar dela. Ela sabia demais. Talvez Gordon tivesse a esperança de conseguir ficar em Orphea, sem ter que fugir para Montana. Tentei falar com essa Kate Grand, amiga dela. Está de férias. Deixei uma mensagem em seu hotel. Estou aguardando que ela retorne a minha ligação. Mas pouco importa: não resta nenhuma dúvida, o prefeito queria eliminar Meghan, e fez isso.

— Com a ressalva de que matou Jeremiah Fold e não Meghan — lembrou Derek, que não compreendia aonde Anna queria chegar.

— Ele fez uma troca — disse Anna. — Matou Jeremiah Fold para outra pessoa. E essa outra pessoa matou Meghan para ele. Um cometeu o assassinato pelo outro. E quem tinha todo o interesse do mundo em matar Jeremiah Fold? Ted Tennenbaum, que não suportava mais ser extorquido por ele.

— Mas acabamos de nos convencer de que Ted Tennenbaum não era culpado — irritou-se Derek. — O escritório do promotor já entrou com um recurso oficial.

Anna não se deixou abater:

— Em seu diário, Meghan conta que, em 1º de julho de 1994, o prefeito Gordon, que não colocava mais os pés na livraria, foi até lá mesmo assim para comprar uma peça de teatro, que sabemos que ele já tinha lido e detestado. Logo, não foi ele que escolheu comprá-la. Foi o mandante do assassinato de Jeremiah Fold que, usando um código simples, escreveu o nome da vítima.

— E por que fazer isso? Eles poderiam ter simplesmente se encontrado.

— Talvez porque não se conheçam. Ou não queiram ser vistos juntos. Não queriam que a polícia chegasse até eles depois. Lembro a vocês que Ted Tennenbaum e o prefeito se detestavam, o que constitui um álibi perfeito. Ninguém poderia suspeitar que estivessem tramando alguma coisa juntos.

— Ainda que tenha razão, Anna — admitiu Derek —, como o prefeito teria identificado o texto contendo o código?

— Ele folheou todos os livros — respondeu Anna, que refletira sobre a questão. — Ou então foi feita alguma marca nele.

— Quer dizer uma marca como aquela que o prefeito Gordon deixou no livro de Steven Bergdorf aquele dia? — perguntei, lembrando-me da menção que Meghan fizera em seu diário.

— Exatamente — respondeu Anna.

— Então precisamos encontrar esse livro de qualquer maneira — sentenciei.

Anna assentiu.

— Foi por isso que marquei de encontrar vocês dois aqui.

Nesse instante, a porta do Café Athena se abriu: Sylvia Tennenbaum entrou, lançando um olhar furioso para mim e para Derek.

— O que significa isso? — perguntou a Anna. — Você não me avisou que eles estariam presentes.

— Sylvia — interveio Anna, num tom afável —, precisamos conversar.

— Não tenho nada para falar — replicou secamente Sylvia Tennenbaum. — Meu advogado está entrando com um processo contra a polícia estadual.

— Sylvia — insistiu Anna —, acho que seu irmão está envolvido no assassinato de Meghan e da família Gordon. E acho que a prova está na sua casa.

Sylvia ficou atordoada com o que acabara de ouvir.

— Você também vai começar com isso, Anna? — ofendeu-se.

— Será que podemos conversar civilizadamente, Sylvia? Tenho algo para lhe mostrar.

Desnorteada, Sylvia aceitou sentar-se conosco. Anna fez um resumo da situação e lhe mostrou os trechos do diário de Meghan Padalin. Em seguida, disse:

— Sei que você herdou a casa do seu irmão, Sylvia. Se Ted estiver de fato envolvido, esse livro poder estar lá e precisamos dele.

— Fiz várias obras na casa — murmurou Sylvia. — Mas mantive a estante dele intacta.

— Será que poderíamos dar uma olhada? — perguntou Anna. — Se encontrarmos esse livro, teremos a resposta para a pergunta que atormenta a todos nós.

Após uma hesitação que durou o tempo de um cigarro terminando de ser fumado na calçada, Sylvia acabou concordando. Fomos então à sua casa. Derek e eu voltávamos pela primeira vez à casa de Tennenbaum, que tínhamos revirado vinte anos antes. Na época não havíamos encontrado nada. A prova, contudo, estava bem na nossa cara. E não a vimos. O livro sobre o festival, cuja capa continuava marcada, tinha sido perspicazmente encaixado numa prateleira entre os grandes autores americanos. Não havia sido tocado esse tempo todo.

Foi Anna quem o pegou. Fizemos uma roda e ela folheou lentamente as páginas, revelando palavras sublinhadas à caneta. Do mesmo modo que no texto da peça de Kirk Harvey, encontrada na casa do prefeito, as primeiras letras de cada uma das palavras sublinhadas formavam um nome:

MEGHAN PADALIN

* * *

No hospital Mount Sinai de Nova York, Dakota, que na véspera despertara do coma, dava sinais impressionantes de recuperação. O médico que viera checar seu estado de saúde encontrou-a devorando um hambúrguer trazido pelo pai.

— Devagar — disse ele, sorrindo. — Mastigue direito.

— Estou faminta — respondeu Dakota, com a boca cheia.

— É tão bom vê-la assim!

— Obrigada, doutor, acho que devo minha vida a você.

O médico deu de ombros.

— Deveria agradecer a você mesma, Dakota. Você é uma guerreira. Queria muito viver.

Ela baixou os olhos. O médico verificou o curativo em seu peito. Dakota levara dez pontos.

— Não se preocupe — tranquilizou-a o médico. — Podemos fazer uma cirurgia reparadora e eliminar a cicatriz.

— De jeito nenhum — murmurou Dakota. — É a minha reparação.

A 2 mil quilômetros dali, o trailer dos Bergdorf voava pela autoestrada 94 e tinha acabado de atravessar o estado de Wisconsin. Estavam nas proximidades de Minneapolis quando Steven parou num posto de gasolina para encher o tanque.

As crianças saíram e caminharam um pouco em volta do trailer para esticar as pernas. Tracy também saiu e juntou-se ao marido.

— Vamos conhecer Minneapolis — propôs ela.

— Ah, não — irritou-se Steven —, não vai começar a mudar todo o roteiro!

— Que roteiro? Eu gostaria de aproveitar a viagem para mostrar algumas cidades às crianças. Já se recusou a parar em Chicago ontem, agora não quer ir a Minneapolis. Qual é o objetivo dessa viagem então, Steven, se não pararmos em lugar nenhum?

— Vamos ao Parque Nacional de Yellowstone, querida! Se começarmos a parar o tempo todo, nunca chegaremos lá.

— Está com pressa?

— Não, mas estávamos de acordo sobre Yellowstone, não falamos de Chicago, de Minneapolis ou sei lá de que outro buraco. Estou ansioso para ver aquela natureza tão única. Nossos filhos ficarão decepcionados se continuarmos enrolando.

Bem nesse momento, as crianças correram em direção aos pais, gritando:

— Papai, mamãe, o carro está fedendo! — gritou a mais velha, tapando o nariz.

Steven saiu correndo em direção ao carro, apavorado. Um cheiro nauseante e horrível começava efetivamente a escapar do porta-malas.

— Um gambá! — exclamou. — E essa agora, esmagamos um gambá! Puta merda!

— Não seja mal-educado, Steven — repreendeu-o Tracy. — Não é tão grave assim.

— Puta merda! — falou dessa vez o menino, empolgado.

— Vamos, todo mundo para dentro do trailer — ordenou Steven, colocando de volta a mangueira na bomba de combustível, ao passo que o tanque ainda não estava cheio. — Crianças, não se aproximem mais do carro, ouviram? Pode estar cheio de doenças. O mau cheiro pode durar dias e dias. Isso vai feder como nunca. Ah, é horrível esse fedor, um cheiro de defunto! Gambá filho da puta!

Em Orphea, fomos à livraria de Cody a fim de reconstituir o que acontecera em 1º de julho de 1994, de acordo com o diário de Meghan. Havíamos convidado Michael e Kirk para se juntarem a nós: eles poderiam nos ajudar a esclarecer alguns pontos.

Anna posicionou-se atrás do balcão, como se fosse Meghan. Kirk, Michael e eu fizemos o papel dos clientes. Derek, por sua vez, postou-se diante da bancada dos livros dos autores da região, que ficava numa parte um pouco separada da loja. Anna trouxera com ela a matéria do *Orphea Chronicle* do fim de junho de 1994, que ela encontrara na véspera da morte de Cody. Diante da bancada, estudou a foto de Cody e disse:

— Na época, a bancada ficava num espaço separado. Cody inclusive chamava o local de "sala dos autores locais". Só mais tarde Cody mandou derrubar a parede para ganhar espaço.

— Então, na época, quem estivesse no balcão não via o que acontecia na sala — constatou Derek.

— Exatamente — respondeu Anna. — Ninguém poderia ter notado o que estava sendo tramado nessa sala em 1º de julho de 1994. Mas Meghan estava espionando o prefeito. Certamente desconfiava de sua presença ali, logo ele que não colocava os pés na livraria havia meses. Então ficou de olho nele, observando todos os seus passos.

— Portanto, nesse dia — disse Kirk Harvey —, nos fundos da loja, Tennenbaum e o prefeito Gordon anotaram cada um num livro o nome da pessoa de quem queriam se livrar.

— Duas ordens de execução — murmurou Michael.

— Então é por isso que Cody foi morto — sentenciou Anna. — Ele sem dúvida esteve com o assassino na livraria, conseguiu identificá-lo. O assassino pode ter ficado com medo de que Meghan tivesse lhe contado a respeito da estranha cena que testemunhara.

Considerei a hipótese perfeitamente plausível. Mas Derek estava ressabiado.

— O que vem a seguir na sua teoria, Anna? — perguntou ele.

— A troca de livros se deu em 1º de julho. Jeremiah foi morto em 16 de julho. Durante duas semanas, Gordon espionou seus hábitos. Percebeu que ele voltava todas as noites do Ridge's Club pela mesma estrada. Por fim, passou à ação. Mas ele não tinha muito o perfil de um assassino experiente. Não matou a sangue-frio: bateu em Jeremiah e o deixou na beira da estrada, ainda agonizando. Recolheu o que pôde, fugiu, entrou em pânico, vendeu o carro no dia seguinte, arriscando-se a ser denunciado pelo dono da concessionária. Foi uma improvisação total. O prefeito Gordon só matou Jeremiah porque precisava se livrar de Meghan antes que ela o denunciasse e acabasse com ele. Matou contra a própria vontade.

Houve um instante de silêncio.

— Está bem. Que seja — disse Derek. — Vamos admitir que tudo isso se sustenta e que o prefeito Gordon matou Jeremiah Fold. E onde entra Meghan em tudo isso?

— Ted Tennenbaum vinha espioná-la na livraria — prosseguiu Anna. — Ela menciona as visitas dele no diário. Era um cliente assíduo. Provavelmente ouviu, durante uma de suas idas à livraria, que ela não iria à abertura do festival e decidiu matá-la enquanto ela praticava sua corrida, no momento em que toda a cidade estaria reunida na rua principal. Sem testemunhas.

— Há um problema em sua hipótese — lembrou Derek. — Ted Tennenbaum não matou Meghan Padalin. Além disso, morreu afogado no rio após nossa perseguição e a arma nunca foi encontrada, até ser reutilizada no último sábado em pleno Teatro Municipal.

528

— Então há uma terceira pessoa — considerou Anna. — Tennenbaum se encarregou de passar a mensagem ordenando a morte de Jeremiah Fold, mas isso também servia ao interesse de outra pessoa. Que hoje anda por aí apagando os vestígios de tudo.

— O sujeito do spray de gás lacrimogêneo e da tatuagem de águia — sugeri.

— Qual seria a motivação dele para o crime? — indagou Kirk.

— Costico o encontrou graças à carteira deixada no quarto. Fez com que ele passasse por maus bocados. Imagine só: Costico devia estar furioso por ter sido humilhado no estacionamento, na frente de todas as prostitutas. Provavelmente quis se vingar do homem, ameaçando sua família e transformando-o em lacaio. Mas o homem da tatuagem não era nada resignado: sabia que para recuperar sua liberdade precisava eliminar não Costico, mas Jeremiah Fold.

Precisávamos colocar as mãos em Costico a todo custo. Mas tínhamos perdido seu rastro. Os cartazes de "procura-se" não deram em nada. Colegas da polícia interrogaram os comparsas dele, mas ninguém sabia explicar seu sumiço, deixando para trás dinheiro, celular e todos os seus pertences.

— Acho que o Costico está morto — falou Kirk. — Assim como Stephanie, Cody e todos os que poderiam identificar o assassino.

— Então o desaparecimento de Costico é a prova de que ele tem alguma ligação com o assassino. O homem da tatuagem de águia é de fato quem estamos procurando.

— Isso é muito vago para encontrarmos nosso homem — constatou Michael. — O que mais sabemos?

— É um cliente da livraria — disse Derek.

— Um morador de Orphea — acrescentei. — Pelo menos na época.

— Ligado a Ted Tennenbaum — ressaltou Anna.

— Se era ligado a Tennenbaum do mesmo modo que Tennenbaum era ligado ao prefeito — raciocinou Kirk —, então o espectro é grande. Na época, todos se conheciam em Orphea.

— E ele estava no Teatro Municipal na noite de sábado — lembrei. — Esse é o detalhe que nos permitirá acuá-lo. Falamos de um ator. Pode ser alguém com acesso privilegiado.

— Então vamos retomar a lista do começo — sugeriu Anna, pegando uma folha de papel.

Anotou os nomes dos integrantes do elenco:

Charlotte Brown
Dakota Éden
Alice Filmore
Steven Bergdorf
Jerry Éden
Ron Gulliver
Meta Ostrovski
Samuel Padalin

— Acrescente o meu nome. O de Kirk também — pediu Michael. — Afinal, estávamos lá. Ainda que, no que me diz respeito, eu não tenha tatuagem de águia.

Levantou a camiseta para mostrar suas costas e nos provar.

— Também não tenho tatuagem! — bradou Harvey, que tirou prontamente a camisa.

— Já tínhamos eliminado Charlotte da lista dos suspeitos, pois procuramos um homem — prosseguiu Derek. — Bem como Alice e Jerry Éden.

A lista então se reduzia a quatro nomes:

Meta Ostrovski
Ron Gulliver
Samuel Padalin
Steven Bergdorf

— Podemos descartar Ostrovski também — sugeriu Anna. — Ele não tinha nenhuma ligação com Orphea, veio apenas para o festival.

Assenti.

— Ainda mais que sabemos, depois de tê-los visto de cueca, que nem ele nem Gulliver têm uma tatuagem de águia nas costas.

— Então sobram apenas dois — concluiu Derek. — Samuel Padalin e Steven Bergdorf.

O cerco estava se fechando. De modo implacável. Aquela tarde, Anna fora procurada por Kate Grand, amiga de Meghan, que lhe telefonara de seu hotel na Carolina do Norte.

— Lendo o diário de Meghan — explicou Anna —, descobri que ela tinha um caso com alguém no início de 1994. Ela disse que contou sobre ele para você. Lembra-se de alguma coisa?

— Meghan realmente teve uma paixão arrebatadora. Nunca conheci o sujeito em questão, mas me lembro de como tudo terminou: mal.

— Como assim?

— O marido dela, Samuel, descobriu tudo e lhe deu uma tremenda surra. Nesse dia, ela apareceu de camisola lá em casa, com marcas no rosto, a boca ainda sangrando. Ela passou uma noite lá.

— Samuel Padalin era violento com Meghan?

— Ao menos naquela noite foi. Ela me disse que havia temido pela própria vida. Aconselhei-a a dar queixa, mas ela não fez nada. Largou o amante e voltou para o marido.

— É possível que Samuel a tenha forçado a romper com o amante para ficar com ele?

— Sim, é possível. Após esse episódio, ela se distanciou de mim. Dizia que Samuel não queria mais que ela me visitasse.

— E ela obedecia?

— Sim.

— Sra. Grand, desculpe-me por essa pergunta um tanto brusca, mas acha que Samuel Padalin pode ter matado a esposa?

Kate Grand permaneceu em silêncio, depois disse:

— Sempre estranhei que a polícia não tenha investigado sobre seu seguro de vida.

— Que seguro de vida? — perguntou Anna.

— Um mês antes da morte da mulher, Samuel tinha contratado um vultoso seguro de vida para os dois. Girava em torno de um milhão de dólares. Sei disso pois foi meu marido que cuidou de tudo. Ele é corretor.

— E Samuel Padalin recebeu o dinheiro?

— É claro. Como acha que ele pôde pagar sua casa de Southampton?

DEREK SCOTT

Primeiros dias de dezembro de 1994, no centro regional da polícia estadual.

Em sua sala, o major McKenna leu a carta que acabara de lhe trazer.

— Um pedido de transferência, Derek? Mas, afinal, para onde quer ir?

— Basta me colocar na divisão administrativa — sugeri.

— Um trabalho burocrático? — perguntou o major, hesitante.

— Não quero mais exercer minhas atividades em campo.

— Puxa, Derek, você é um dos melhores policiais que eu conheço! Não comprometa sua carreira por uma decisão impensada!

— Minha carreira? — exaltei-me. — Mas que carreira, major?

— Escute, Derek — disse ele, com boa vontade —, compreendo que esteja abalado. Por que não procura um psicólogo? Ou tira uns dias de licença?

— Não aguento mais ficar de licença, major!

— Derek, não posso transferi-lo para a divisão administrativa, seria um desperdício de talento — advertiu o major.

Nós nos encaramos por um instante, então falei:

— Tem razão, major. Esqueça essa carta de transferência.

— Ah, prefiro assim, Derek!

— Vou pedir demissão.

— Ah, não! Isso não! Vá para a divisão administrativa, então. Mas só por um tempo. Em seguida, volte para a divisão de homicídios.

O major imaginava que eu voltaria atrás e pediria para retomar meu antigo posto. Quando estava saindo de sua sala, perguntou:

— Notícias de Jesse?

— Ele não quer ver ninguém, major.

Em casa, Jesse separava os pertences de Natasha.

Nunca imaginara viver um dia sem ela, e, diante desse vazio abissal que ele era incapaz de preencher, alternava entre fases de limpeza e fases em que colecionava os mais diversos itens. Uma parte dele queria virar a página imediatamente, jogar tudo fora e esquecer o que havia acontecido: nesses momentos, enchia freneticamente caixas de papelão com todos os objetos relacionados a ela, pretendendo jogá-los no lixo. Mas bastava um instante de pausa, um objeto que chamasse sua atenção, para que tudo mudasse e ele passasse à fase coleção: um porta-retratos, uma caneta sem tinta, um velho pedaço de papel. Pegava-o na mão, observava-o demoradamente. Refletia e decidia, por fim, que não ia jogar tudo fora, gostaria de guardar algumas lembranças, rememorar toda aquela felicidade, então pousava o objeto numa mesa com a intenção de mantê-lo em casa. Em seguida, começava a retirar da caixa tudo que colocara nela. *Não vai jogar isso fora, certo?*, falava para si mesmo. *Nem isso, por favor! Ah, não, não vai se separar da xícara comprada no MoMA, na qual ela tomava chá!* Jesse acabava tirando tudo das caixas. E a sala, pouco antes desvencilhada de todos esses objetos, ganhava o aspecto de um museu dedicado a Natasha. Do sofá, seus avós o observavam, com os olhos marejados de lágrimas, murmurando: "É tudo uma bosta."

Em meados de dezembro, Darla mandara esvaziar o Pequena Rússia. O letreiro luminoso fora desmontado e destruído, toda a mobília vendida para pagar os últimos meses de aluguel e permitir o cancelamento do contrato de locação.

Sob o olhar de Darla, sentada na calçada, no frio, os funcionários da empresa de mudança carregavam as últimas cadeiras. Iam entregá-las num restaurante que as adquirira. Um dos funcionários veio lhe trazer uma caixa.

— Encontramos isso num canto da cozinha, pensamos que talvez quisesse guardar.

Darla examinou o conteúdo da caixa. Havia anotações feitas por Natasha, ideias de cardápios, suas receitas e todas as lembranças do que tinham sido. Havia também uma foto de Jesse, Natasha, Derek e ela. Ela pegou o retrato nas mãos e contemplou-o demoradamente.

— Vou guardar a foto — disse ela. — Obrigado. Pode jogar o resto fora.
— Sério?
— Sim.

O funcionário assentiu e se dirigiu ao caminhão. Darla, arrasada, irrompeu em lágrimas.

Era preciso esquecer tudo.

JESSE ROSENBERG

Sexta-feira, 1º de agosto de 2014
6 dias após a noite de abertura

Meghan quis se separar de Samuel Padalin? Ele não aceitou e a matou, aproveitando para receber o seguro de vida da mulher.

Samuel não estava em casa quando aparecemos pela manhã. Decidimos ir ao seu local de trabalho. Avisado de nossa chegada pela recepcionista, ele nos conduziu sem uma palavra à sua sala e esperou até fechar a porta para gritar:

— Estão loucos de aparecer aqui assim de surpresa? Querem que eu perca meu emprego?

Parecia furioso. Anna então lhe perguntou:

— Costuma ficar irritado, Samuel?

— Por que essa pergunta? — replicou ele.

— Porque o senhor espancava sua mulher.

Samuel Padalin ficou estupefato.

— Quem lhe falou uma coisa dessas?

— Não precisa fingir que está chocado ou ofendido. Já sabemos de tudo — respondeu Anna.

— Quero saber quem falou isso para vocês.

— Não importa — rebateu Anna.

— Olha só, cerca de um ano antes de sua morte, Meghan e eu tivemos um grande bate-boca, é verdade. Eu a esbofeteei e não deveria ter feito isso. Cometi um erro. Não há desculpa para isso. Mas aconteceu apenas uma vez. Eu não espancava Meghan!

— Qual foi o motivo da briga?

— Descobri que Meghan me traía. Pensei em me separar.

Segunda-feira, 6 de junho de 1994

Naquela manhã, quando terminava seu café e se preparava para sair para o trabalho, Samuel Padalin notou que sua mulher continuava de robe.

— Não vai trabalhar hoje? — perguntou ele.

— Estou com febre, não me sinto muito bem. Acabei de ligar para Cody para avisar que não irei à livraria hoje.

— Fez muito bem — disse Samuel, terminando seu café de um só gole. — Volte para a cama.

Deixou a xícara na pia, beijou a mulher na testa e foi para o trabalho.

Sem dúvida nunca teria descoberto o caso se, uma hora mais tarde, não tivesse sido obrigado a voltar para pegar um dossiê que levara para estudar em casa no fim de semana e que esquecera na mesa da sala.

Quando chegava à sua rua, viu Meghan saindo de casa. Usava um magnífico vestido de alcinha e sandálias elegantes. Parecia radiante e de bom humor, bem diferente da mulher que ele vira uma hora antes. Ele parou e a observou entrar no carro. Ela não o viu, então Samuel decidiu segui-la.

Meghan dirigiu até Bridgehampton sem se dar conta da presença do marido apenas alguns carros atrás dela. Após atravessar a rua principal da cidade, pegou a estrada para Sag Harbor, bifurcando duzentos metros depois em direção à suntuosa propriedade do hotel Rosa do Norte. Era um hotel de alto nível, mas muito discreto, apreciado pelas celebridades de Nova York. Ao chegar diante da majestosa construção com várias colunas, ela entregou o carro ao manobrista e entrou no estabelecimento. Samuel fez o mesmo, mas dando certa vantagem à mulher para não ser visto. Uma vez dentro do hotel, não a encontrou nem no bar nem no restaurante. Subira diretamente a algum andar. Para encontrar-se com alguém em algum quarto.

Naquele dia, Samuel Padalin não voltou ao trabalho. Esperou sua mulher no estacionamento do hotel durante horas. Como ela não apareceu, voltou para casa e mergulhou em seus diários. Descobriu aterrorizado que fazia meses que ela encontrava aquele sujeito no hotel Rosa do Norte. Quem era ele? Ela dizia tê-lo conhecido no baile de gala do Ano-Novo. Eles tinham ido juntos. Ele então o vira. Talvez até o conhecesse. Sentiu vontade de vomitar. Refugiou-se no carro e vagou um longo tempo pelas ruas, não sabia mais o que fazer.

Quando finalmente voltou para casa, Meghan já tinha retornado. Encontrou-a acamada, de camisola, fingindo estar doente.

— Coitada da minha querida — disse ele, com uma voz que procurou manter calma. — Então não melhorou?

— Não — murmurou ela. — Passei o dia na cama.

Samuel não se aguentou mais. Explodiu. Disse-lhe que sabia de tudo, que tinha ido ao Rosa do Norte, que ela encontrara um homem num quarto. Meghan não negou.

— Fora! — berrou Samuel. — Você me dá nojo!

Ela começou a chorar.

— Me perdoe, Samuel — suplicou ela, lívida.

— Suma da minha frente! Rua! Pegue suas coisas e saia daqui. Não quero mais vê-la!

— Samuel, não faça isso, eu imploro! Não quero perder você. Você é o único homem que eu amo.

— Deveria ter pensado nisso antes de ir para a cama com o primeiro que apareceu!

— Foi o maior erro da minha vida, Samuel! Não sinto nada por ele!

— Você me dá vontade de vomitar. Vi seus diários, vi o que escreveu sobre ele. Li sobre todas as vezes que o encontrou no Rosa do Norte!

Ela então desabafou:

— Você não liga para mim, Samuel! Eu não me sinto importante! Não me sinto desejada. Quando aquele homem começou a dar em cima de mim, achei simpático. Sim, acabei encontrando com ele com certa regularidade! Sim, flertamos! Mas nunca transei com ele!

— Ah, então agora a culpa é minha?

— Não, eu apenas quis dizer que às vezes me sinto sozinha ao seu lado.

— Li que o encontrou na véspera do Ano-Novo. Então você fez isso debaixo do meu nariz! Quer dizer que conheço esse sujeito? Quem é?

— Não importa — respondeu Meghan, chorando.

Ela não sabia mais se devia falar ou se calar.

— *Não importa*? Você deve estar de brincadeira!

— Samuel, não me deixe! Eu imploro!

O tom começou a subir. Meghan censurou o marido pela falta de romantismo e atenção, e este, transtornado, acabou dizendo:

— Eu não estimulo você, não faço você sonhar? E você, acha que me faz sonhar? Você tem uma vida desinteressante, nunca tem nada para contar, apenas suas medíocres historinhas de vendedora de livros e todos os filmes que tem na cabeça.

Ouvindo essas palavras, Meghan cuspiu no rosto do marido, que, por reflexo, esbofeteou-a com violência. Pega de surpresa, Meghan mordeu a língua com força. Sentiu sangue invadir sua boca. Estava absolutamente perplexa. Pegou as chaves do carro e foi embora, ainda de camisola.

— Meghan só voltou para casa no dia seguinte — explicou Samuel Padalin em seu escritório. — Implorou que eu não me separasse dela, jurou que aquele sujeito não passara de um erro terrível e que aquilo tudo fizera com que ela se desse conta de quanto me amava. Decidi dar uma segunda chance ao meu casamento. E querem saber? Isso nos fez um bem danado. Comecei a lhe dar mais atenção, ela se sentiu mais realizada. Isso transformou nosso relacionamento. Nunca tivemos tanta sintonia. Vivemos dois meses maravilhosos, passamos a ter mais e mais planos.

— E o amante? — perguntou Anna. — O que aconteceu com ele?

— Não faço ideia. Meghan me jurou que não tinha mais qualquer contato com ele.

— E qual foi a reação dele diante do rompimento?

— Não sei — respondeu Samuel.

— Então nunca soube quem era?

— Não, nunca. Inclusive nunca o vi.

Houve um instante de silêncio.

— Então foi por isso que nunca releu os diários dela e os guardou no porão? — indagou Anna. — Eles lhe lembravam desse episódio doloroso?

Samuel Padalin assentiu, sem conseguir falar mais nada. Um nó na garganta o impedia de emitir qualquer som.

— Uma última pergunta, Sr. Padalin — interveio Derek. — O senhor tem alguma tatuagem?

— Não — murmurou ele.

— Posso lhe pedir para levantar a camisa? É apenas uma verificação de praxe.

Samuel Padalin cedeu em silêncio e tirou a camisa. Nenhuma tatuagem de águia.

E se o amante, não suportando perder Meghan, tivesse decidido matá-la?

Não convinha desprezar pistas. Após nossa visita a Samuel Padalin, fomos ao hotel Rosa do Norte, em Bridgehampton. Evidentemente, quando explicamos ao recepcionista que procurávamos identificar um homem que se hospedara em um quarto no dia 6 de junho de 1994, ele riu da nossa cara.

— Entregue-nos o registro de todas as reservas de 5 a 7 de junho e nós mesmos estudaremos os nomes.

— O senhor não entendeu. Está falando de 1994. Ainda usávamos fichas preenchidas à mão nessa época. Não há nenhum banco de dados que eu possa consultar para ajudá-los.

Enquanto eu argumentava com o funcionário, Derek andava de um lado para outro no lobby do hotel. Subitamente, parou diante de uma parede, um mural de honra, no qual havia fotos de clientes famosos, atores, escritores, cineastas. De repente, pegou um dos quadros.

— O que está fazendo, senhor? — indagou o recepcionista. — Não pode...

— Jesse! Anna! — gritou Derek. — Venham ver!

Corremos até ele e deparamos com uma foto de Meta Ostrovski, vinte anos mais jovem, num terno de gala, sorrindo muito e posando ao lado de Meghan Padalin.

— Onde foi tirada esta foto? — perguntei ao funcionário.

— Isso foi no Ano-Novo de 1994 — respondeu ele. — Esse homem é o crítico Ostrovski e...

— Ostrovski era o amante de Meghan Padalin! — exclamou Anna.

Nós nos dirigimos imediatamente ao Palácio do Lago. Ao entrar no lobby do hotel, encontramos o gerente.

— Já? — espantou-se ele, ao nos ver. — Mas eu acabei de ligar.

— Ligar para quem? — perguntou Derek.

— Ora, para a polícia — respondeu o gerente. — Por causa de Meta Ostrovski. Ele acabou de deixar o hotel, aparentemente tinha uma emergência em Nova York. Foram as camareiras que me avisaram.

— Avisaram o quê, caramba? — impacientou-se Derek.

— Venham, sigam-me.

O gerente nos conduziu até a suíte 310, que fora ocupada por Ostrovski, e abriu a porta com sua senha. Entramos no quarto e vimos, colada na parede, uma profusão de reportagens sobre o quádruplo homicídio, o desaparecimento de Stephanie, nossa investigação e, por toda parte, retratos de Meghan Padalin.

4

O desaparecimento de Stephanie Mailer

SÁBADO, 2 DE AGOSTO – SEGUNDA-FEIRA, 4 DE AGOSTO DE 2014

JESSE ROSENBERG

Sábado, 2 de agosto de 2014
7 dias após a noite de abertura

Então seria Ostrovski o famigerado terceiro homem?

Havíamos perdido seu rastro na véspera. Sabíamos apenas que retornara a Nova York: as câmeras de vigilância do departamento de polícia de Nova York o tinham filmado em seu carro, atravessando a Manhattan Bridge. Mas ele não foi para casa. O apartamento estava vazio. O celular, fora de área, o que impossibilitava qualquer localização, e sua família resumia-se a uma irmã mais velha, que também não conseguíamos encontrar. Derek e eu então ficamos vigiando a frente do prédio dele e estávamos lá havia quase 24 horas. Era tudo que podíamos fazer por enquanto.

Todas as pistas levavam a ele: tinha sido amante de Meghan Padalin de janeiro a junho de 1994. O hotel Rosa do Norte nos confirmou que frequentara com assiduidade a região durante todo o semestre. Naquele ano, viera aos Hamptons não apenas para o festival de teatro de Orphea, pois fazia meses que estava lá. Certamente por Meghan. Também não aceitara que ela o deixasse. Matara-a na noite de abertura do festival, bem como a família Gordon, infelizes testemunhas do crime. Tivera tempo de, andando, ir ao Penfield Crescent, voltar e ainda estar na sala de espetáculo para o começo da peça. Em seguida, após a encenação, pudera escrever sua crítica para a publicação, de modo que todo mundo soubesse que ele se encontrava presente no Teatro Municipal aquela noite. Era um álibi perfeito.

Um pouco mais cedo aquele dia, Anna mostrara uma foto de Ostrovski a Miranda Bird na esperança de que o identificasse, mas ela se mostrara confusa.

— Pode ter sido ele, mas é difícil afirmar isso vinte anos depois.

— Tem certeza de que ele tinha uma tatuagem? — perguntou Anna.
— Porque Ostrovski nunca teve uma.

— Não sei mais — confessou Miranda. — Será que estou confundindo?

Enquanto caçávamos Ostrovski em Nova York, em Orphea, na sala dos arquivos do *Orphea Chronicle*, Anna repassava todas as provas do dossiê com

Kirk Harvey e Michael Bird. Queriam certificar-se de que não haviam deixado passar nada. Estavam cansados e famintos. Não tinham comido quase nada o dia inteiro, exceto balas e chocolates que, a intervalos regulares, Michael ia buscar na gaveta de sua escrivaninha, onde mantinha um estoque.

Kirk não tirava os olhos da parede coberta de anotações, imagens e recortes de jornal. Disse a Anna:

— Por que será que o nome da mulher que poderia identificar o assassino não aparece? Entre as testemunhas, consta apenas como: "A mulher do motel da rodovia 16". As outras estão com nome.

— É verdade — concordou Michael. — Como ela se chama? Isso pode ser importante.

— É Jesse quem está cuidando disso — respondeu Anna. — Teremos que perguntar a ele. De toda forma, ela não se lembra de nada. Não vamos perder tempo com isso.

Mas Kirk teimou em não mudar de assunto.

— Olhei o dossiê da polícia estadual de 1994: essa testemunha não consta nele. Será então uma prova nova?

— Teremos que perguntar a Jesse — repetiu Anna.

Como Kirk ainda insistia, Anna pediu gentilmente alguns chocolates a Michael, que saiu da sala. Ela aproveitou para fazer um breve resumo da situação para Kirk, esperando que ele compreendesse a importância de não mencionar mais aquela testemunha na frente de Michael.

— Ah, meu Deus — sussurrou Kirk —, não acredito: a mulher de Michael fingia-se de prostituta para Jeremiah Fold?

— Shhh, Kirk! Bico calado! Se falar, juro que atiro em você.

Anna arrependeu-se de ter lhe contado. Pressentiu que ele cometeria uma gafe. Michael voltou à sala com bombons.

— Então, e essa testemunha? — perguntou.

— Já passamos para outro ponto. — Anna sorriu. — Falávamos de Ostrovski.

— Não imagino Ostrovski massacrando uma família inteira — comentou Michael.

— Pois saiba que é melhor não confiar nas aparências — observou Kirk. — Às vezes julgamos conhecer as pessoas e descobrimos segredos espantosos sobre elas.

— Não interessa — interveio Anna, fuzilando Kirk com o olhar —, veremos isso quando Jesse e Derek pegarem Ostrovski.

— Notícias deles? — perguntou Michael.

— Nenhuma.

Eram oito e meia da noite em Nova York, em frente ao prédio de Ostrovski.

Derek e eu estávamos prestes a desistir da nossa vigília quando vimos Ostrovski caminhando tranquilamente pela calçada. Saltamos do carro, empunhando nossos revólveres, e corremos para interceptá-lo.

— Mas você está completamente louco, Jesse! — disse Ostrovski, gaguejando, enquanto eu o imprensava contra um muro para algemá-lo.

— Sabemos de tudo, Ostrovski! — gritei. — Acabou!

— O que você sabe?

— Você matou Meghan Padalin e os Gordon. Além de Stephanie Mailer e Cody Illinois.

— O quê? — berrou Ostrovski. — Mas vocês estão loucos!

Um grupo de curiosos formava-se à nossa volta. Alguns filmavam a cena com seus celulares.

— Socorro! — gritou Ostrovski. — Esses dois não são policiais! São malucos!

Fomos obrigados a nos identificar para a multidão, mostrando nossos distintivos, e arrastamos Ostrovski para dentro do prédio.

— Eu gostaria muito que me explicassem o que deu na cabeça de vocês para pensarem que matei todas aquelas pobres pessoas — exigiu saber Ostrovski.

— Vimos a parede da sua suíte, Ostrovski, com os recortes de jornais e as fotos de Meghan.

— Prova de que não matei ninguém! Há vinte anos tento entender o que aconteceu.

— Ou então há vinte anos vem tentando apagar o seu rastro — retorquiu Derek. — Foi por isso que contratou Stephanie, não é? Queria saber se era possível descobrir que tinha sido você, e, como ela estava se aproximando da verdade, você a matou.

— Claro que não, porra! Tentei fazer o trabalho que vocês deveriam ter feito em 1994!

— Não nos chame de idiotas. Você era lacaio de Jeremiah Fold! Foi por isso que pediu ao prefeito Gordon para se livrar dele.

— Não sou lacaio de ninguém! — protestou Ostrovski.

— Chega de conversa fiada — replicou Derek, impaciente. — Por que foi embora de Orphea de forma tão súbita se não devia nada a ninguém?

— Minha irmã teve um AVC ontem. Foi operada de urgência. Eu queria estar ao lado dela. Estou lá desde ontem. É a única parente que me resta.

— Ela está em que hospital?

— New York Presbyterian.

Derek ligou para o hospital para verificar. As afirmações de Ostrovski eram precisas: não estava mentindo. Retirei as algemas na hora e lhe perguntei:

— Por que esse crime o deixa tão obcecado?

— Porque eu amava Meghan, porra! É tão difícil de entender? Eu a amava e alguém a tirou de mim para sempre! Vocês não devem saber o que é perder o amor da sua vida!

Encarei-o por muito tempo. Seus olhos estavam com um brilho terrivelmente triste.

— Eu sei muito bem — respondi.

Ostrovski não era mais suspeito. Tínhamos perdido tempo e energia preciosos: restavam-nos 24 horas para fechar aquele caso. Se não entregássemos o culpado ao major McKenna até segunda de manhã, seria o fim de nossa carreira como policiais.

Restavam-nos duas opções: Ron Gulliver e Steven Bergdorf. Já que estávamos em Nova York, resolvemos começar por Steven Bergdorf. Eram várias as pistas que o incriminavam: era ex-editor do *Orphea Chronicle*, ex-chefe de Stephanie e ele deixara Orphea no dia seguinte ao quádruplo homicídio antes de voltar para participar da peça de teatro que supostamente revelaria o nome do culpado. Fomos a seu apartamento no Brooklyn. Batemos à porta várias vezes. Ninguém atendeu. Quando estávamos prestes a arrombá-la, seu vizinho de andar apareceu e disse:

— Não adianta bater, os Bergdorf viajaram.

— Viajaram? — repeti, surpreso. — Quando?

— Anteontem. Da minha janela, vi todos entrarem num trailer.

— Steven Bergdorf também?

— Sim, Steven também. Com toda a família.

— Mas ele está proibido de deixar o estado de Nova York — disse Derek.

— Isso não é problema meu — respondeu o vizinho, pragmático. — Talvez tenham ido ao Hudson Valley.

Nove horas da noite no Parque Nacional de Yellowstone

Os Bergdorf haviam chegado havia uma hora e se instalaram num camping a leste do parque. Anoitecia, a temperatura estava amena. As crianças brincavam do lado de fora, enquanto Tracy, dentro do trailer, botava água para ferver para fazer macarrão. Mas não encontrava o espaguete que tinha comprado.

— Não entendo — comentou com Steven, contrariada —, acho que vi quatro pacotes ontem...

— Ora, isso não é grave, querida. Vou dar uma saída para comprar, tem uma loja na beira da estrada, pertinho daqui.

— Vai sair com o trailer agora?

— Não, vou de carro. Vê como fizemos bem em trazê-lo? A propósito, quero ver se compro algum produto para nos livrar do cheiro de gambá atropelado.

— Ah, sim, pelo amor de Deus! — falou Tracy. — Está um fedor medonho. Eu não sabia que gambá fedia tanto!

— Ah, esses animais são terríveis! A gente fica se perguntando se Deus os criou por algum outro motivo além de nos atormentar.

Steven despediu-se da mulher e das crianças e dirigiu-se ao carro, que estava um pouco afastado. Saiu do camping e seguiu pela estrada principal até a mercearia. Mas não parou lá. Seguiu adiante, rumo às fontes termais ácidas.

Quando chegou ao estacionamento, não havia vivalma. Estava escuro, mas dava para enxergar onde pisava. As fontes se encontravam a poucas dezenas de metros, depois de uma pequena ponte de madeira.

Certificou-se de que não vinha ninguém. Nenhum farol de carro no horizonte. Então, abriu o porta-malas. Foi logo tomado por um cheiro horrendo. Não conseguiu segurar o vômito. O fedor era insuportável. Parou de respirar pelo nariz e levantou a camiseta para cobrir a boca e o nariz. Foi obrigado a se esforçar para se segurar e pegar o corpo de Alice embalado no plástico. Arrastou-o com dificuldade até as fontes termais ácidas. Mais um último esforço. Quando se aproximou da água, largou o cadáver no chão, depois empurrou-o com o pé até fazê-lo despencar pelo barranco e cair no líquido fervente. Viu o corpo afundar lentamente em direção às profundezas da fonte e logo desaparecer no fundo escuro.

— Adeus, Alice — disse ele.

Caiu na gargalhada de repente, depois começou a chorar e vomitou de novo.

Naquele instante, sentiu uma luz forte apontada para si.

— Ei, você aí! — chamou uma voz de homem de modo autoritário. — O que está fazendo aqui?

Era um guarda do parque. Steven sentiu o coração martelar no peito. Quis responder que se perdera, mas, em pânico, gaguejou algumas sílabas incompreensíveis.

— Aproxime-se! — ordenou o guarda, continuando a cegá-lo com sua lanterna. — Perguntei o que está fazendo aqui.

— Nada, senhor — respondeu Bergdorf, que conseguiu recobrar um pouco da compostura. — Estou dando um passeio.

O guarda aproximou-se dele, desconfiado.

— A uma hora dessas? Aqui? O acesso é proibido à noite. Não viu as placas?

— Não, senhor, desculpe — reforçou Steven, parecendo alterado.

— Tem certeza de que está tudo bem? O senhor está com uma cara estranha.

— Certeza absoluta! Tudo bem!

O guarda pensou estar lidando apenas com um turista imprudente e limitou-se a repreendê-lo:

— Está muito escuro para passear aqui. Saiba que se cair aí dentro, amanhã não tem mais nada do senhor. Nem os ossos.

— Sério? — perguntou Steven.

— Sério. Não viu, ano passado, aquela história terrível no noticiário? Todo mundo comentou sobre o caso. Um sujeito caiu numa dessas fontes sulfúricas, aqui mesmo, em Badger, na frente da irmã. Quando os socorristas chegaram, não encontraram nada a não ser as sandálias dele.

Após Derek e eu enviarmos uma ordem de busca para Steven Bergdorf, decidimos voltar a Orphea. Avisei Anna e pusemo-nos a caminho.

Na sala dos arquivos, Anna desligou o telefone.

— Era Jesse — disse a Michael e Kirk. — Pelo visto, Ostrovski não tem nada a ver com os assassinatos.

— Eu já desconfiava — manifestou-se Michael. — O que vamos fazer então?

— Deveríamos comer alguma coisa, a noite promete ser longa.

— Vamos ao Kodiak Grill! — sugeriu Michael.

— Ótimo — aprovou Kirk. — Estou sonhando com um bom bife.

— Não, você não vai, Kirk — sentenciou Anna, temendo que ele desse alguma bola fora com Michael. — Alguém tem que ficar aqui de plantão.

— De plantão? — perguntou Kirk, espantado. — Plantão de quê?

— Você fica, ponto final! — ordenou Anna.

Ela e Michael deixaram a redação pela porta dos fundos, saindo no beco, e pegaram o carro de Anna.

Kirk praguejou por ficar mais uma vez sozinho. Lembrou-se dos meses como "chefe-sem-tropa", os quais passou confinado no subsolo da delegacia. Vasculhou os documentos espalhados na mesa à sua frente e estudou o dossiê policial. Pegou os últimos chocolates e enfiou tudo na boca.

Anna e Michael seguiam pela rua principal.

— Você se incomoda se antes dermos um pulo na minha casa? — perguntou Michael. — Eu queria dar um beijo nas minhas filhas antes de elas irem para a cama. Faz quase uma semana que não as vejo.

— Será um prazer — disse Anna, tomando a direção de Bridgehampton.

Quando chegaram em frente à casa dos Bird, Anna constatou que tudo estava apagado.

— Ué, não tem ninguém? — perguntou Michael, surpreso.

Anna estacionou junto ao meio-fio.

— Sua mulher deve ter saído com as crianças...

— Com certeza foram comer uma pizza. Vou ligar para elas.

Michael pegou o celular no bolso e xingou ao ver a tela: não tinha sinal.

— Já faz um tempo que o sinal está ruim — irritou-se.

— Também estou sem sinal.

— Espere um instante, vou lá dentro ligar do fixo para minha mulher.

— Posso aproveitar para ir ao banheiro? — perguntou Anna.

— Claro. Venha.

Entraram na casa. Michael indicou o banheiro para Anna e foi telefonar.

Derek e eu nos aproximávamos de Orphea quando recebemos uma chamada de rádio. A operadora nos informava que um tal de Kirk Harvey tentava desesperadamente falar conosco, mas não tinha nossos números de celular. A chamada foi transmitida por rádio e ouvimos a voz de Kirk ressoar no interior do carro.

— Jesse, as chaves estão aqui! — berrou ele, em pânico.

— Que chaves?

— Estou na sala de Michael Bird, na redação do jornal. Eu as encontrei.

Não entendemos nada do que Kirk estava falando.

— O que você encontrou, Kirk? Seja mais claro!

— Encontrei as chaves de Stephanie Mailer!

Kirk explicou que subira até a sala de Michael Bird para pegar mais chocolate. Remexendo numa gaveta, dera com um molho de chaves com uma bola de plástico amarela. Já tinha visto aquilo em algum lugar. Forçando a memória, viu-se no Beluga Bar com Stephanie, quando ela ia embora e ele, querendo impedi-la de partir, pegara sua bolsa. O conteúdo da bolsa se espalhara pelo chão e ele pegara as chaves para lhe devolver. Lembrava-se muito bem daquele chaveiro.

— Tem certeza de que são as chaves de Stephanie? — perguntei.

— Tenho. Aliás, há uma chave de carro junto. De um Mazda. Qual era o carro de Stephanie?

— Um Mazda — respondi. — São as chaves dela. O principal agora é não falar nada e segurar Michael na redação de qualquer jeito.

— Ele saiu. Está com a Anna.

Na casa dos Bird, Anna saiu do banheiro. Tudo estava silencioso. Ela atravessou a sala: nenhum sinal de Michael. Seu olhar deteve-se nos porta-retratos dispostos sobre uma cômoda. Fotos da família Bird em diferentes épocas. O nascimento das filhas, as férias. Anna observou então um retrato no qual Miranda Bird parecia bem jovem. Estava com Michael, era Natal. No fundo, um pinheiro decorado e, pela janela, via-se neve do lado de fora. Embaixo, à direita da imagem, aparecia a data, como era praxe na época que os filmes fotográficos eram revelados. Anna se aproximou: *23 de dezembro de 1994*. Sentiu o coração acelerar: Miranda declarara ter conhecido Michael muitos anos após a morte de Jeremiah. Ela mentira.

Anna olhou à sua volta. Imperava um silêncio absoluto. Onde estava Michael? Começou a ficar nervosa. Levou a mão ao coldre e se dirigiu com cautela à cozinha: ninguém. Tudo parecia subitamente deserto. Sacou a arma e entrou num corredor escuro. Apertou o interruptor, mas a luz não acendeu. De repente, recebeu um golpe nas costas que fez com que caísse no chão e largasse a arma. Quis se virar, mas logo teve o rosto aspergido por um produto incapacitante. Gritou de dor. Seus olhos queimavam. Foi então atingida na cabeça e perdeu os sentidos.

Foi como se tivesse sido sugada por um buraco negro.

Derek e eu lançamos um alerta geral. Montagne despachou seus homens para o Kodiak Grill e o domicílio dos Bird, mas não sabíamos onde estavam Anna e Michael. Quando finalmente chegamos à casa dos Bird, os policiais no local nos mostraram vestígios de sangue ainda frescos.

Naquele instante, Miranda Bird chegou da pizzaria com as filhas.

— O que está havendo? — perguntou ao ver os policiais.

— Onde está Michael? — gritei.

— Michael? Não faço ideia. Falei pelo celular com ele ainda há pouco. Disse que estava aqui com Anna.

— E você, onde estava?

— Fui comer pizza com as minhas filhas. Afinal, capitão, o que está acontecendo?

Quando Anna recuperou os sentidos, estava com as mãos algemadas às costas e um saco cobria sua cabeça, impedindo-a de enxergar. Tentou não entrar em pânico. Pelos sons e vibrações que sentia, intuiu que estava deitada no banco de trás de um automóvel em movimento.

Era possível perceber que o carro seguia por uma estrada não pavimentada, sem dúvida de terra ou cascalho. De repente, o veículo parou. Anna ouviu um barulho. A porta de trás se abriu de maneira brusca. Anna foi agarrada e arrastada pelo chão. Não via nada. Não sabia onde estava, mas ouvia o coaxar de sapos: estava perto de um lago.

Na sala dos Bird, Miranda não acreditava que seu marido tivesse alguma relação com os assassinatos.

— Como podem imaginar que Michael esteja envolvido nesse caso? Talvez seja o sangue dele que encontraram aqui!

— As chaves de Stephanie Mailer estavam na mesa de trabalho dele — revelei.

Miranda negava-se a acreditar.

— Estão cometendo um erro. Perdendo um tempo valioso. Michael pode estar em perigo.

Juntei-me a Derek no cômodo ao lado. Ele tinha um mapa da região aberto à sua frente e estava com o Dr. Ranjit Singh ao telefone.

— O assassino é inteligente e metódico — instruiu-nos Singh no viva-voz. — Sabe que não consegue ir muito longe com Anna, não quer se arriscar a cruzar com viaturas. É muito cauteloso. Quer limitar os riscos que corre e evitar a todo custo um confronto.

— Então ele permaneceu na região de Orphea? — perguntei.

— Tenho certeza disso. Numa área que ele conhece bem. Um lugar onde se sente em segurança.

— Será que está repetindo o que fez com Stephanie? — perguntou Derek, estudando o mapa.

— É provável — respondeu Singh.

Derek circulou com uma caneta a praia perto da qual o carro de Stephanie fora encontrado.

— Se o assassino marcou com Stephanie aqui — considerou Derek —, é porque planejava levá-la para um lugar próximo.

Segui com o dedo o traçado da rodovia 22 até o lago dos Cervos, que circulei em vermelho. Em seguida, levei o mapa para mostrá-lo a Miranda.

— Vocês têm outra propriedade nesta região? — perguntei. — Uma casa de família, um chalé, algum lugar onde seu marido se sinta seguro?

— Meu marido? Mas...

— Responda à minha pergunta!

Miranda observou o mapa. Olhou o lago dos Cervos e apontou a extensão de água próxima: o lago dos Castores.

— Michael gosta desse lugar. Há um pontão com uma canoa. Dá para ir para uma pequena ilha encantadora. Costumamos ir até lá fazer piquenique com as meninas. Nunca tem ninguém. Michael diz que lá estamos sozinhos no mundo.

Derek e eu nos entreolhamos e, sem precisar trocar uma palavra sequer, corremos em direção ao carro.

Anna acabara de ser jogada dentro do que julgava ser um barquinho. Fingia continuar inconsciente. Sentiu o movimento da água e percebeu o barulho de remos. Estava sendo levada para algum lugar, mas onde?

Derek e eu seguíamos à toda pela rodovia 56. Logo avistamos o lago dos Cervos.

— Tem uma bifurcação à sua direita — avisou Derek, desligando a sirene. — Uma estradinha de terra.

Nós a vimos em cima da hora. Entrei e acelerei feito um louco. Logo vi o carro de Anna parado à beira d'água, bem ao lado de um pontão. Pisei com força no freio e saímos da viatura. Apesar da escuridão, distinguimos uma canoa no lago tentando alcançar a ilha. Sacamos nossas armas.

— Mãos para o alto! Polícia! — gritei antes de dar um tiro de advertência.

Ouvimos como resposta a voz de Anna, na canoa, pedindo socorro. O vulto que empunhava os remos lhe desferiu um soco. Ela gritou ainda mais alto. Derek e eu mergulhamos no lago. Tivemos tempo apenas de ver Anna ser lançada por cima do costado. Ela submergiu, antes de tentar, só com a força das pernas, subir à superfície para respirar.

Derek e eu nadamos o mais rápido possível. No escuro, era impossível distinguir claramente a silhueta da canoa, que voltara em direção aos carros, nos contornando. Impossível detê-la: tínhamos que salvar Anna. Juntamos nossas últimas forças para ir a seu encontro, mas Anna, esgotada, afundou no lago.

Derek lançou-se em direção ao fundo. Fiz o mesmo. Estava tudo escuro à nossa volta. Finalmente, ele sentiu o corpo de Anna. Agarrou-o e conseguiu trazê-lo à tona. Fui ajudá-lo e conseguimos rebocar Anna até a praia da ilha próxima, e então a içamos para terra firme. Ela tossiu e cuspiu água. Estava viva.

Na outra margem, a canoa acabava de atracar no pontão. Vimos o vulto entrar no carro de Anna e fugir.

Duas horas depois, o frentista de um posto de gasolina isolado viu entrar em seu estabelecimento um homem ensanguentado e em pânico. Era Michael Bird, com as mãos amarradas com uma corda.

— Chame a polícia! — implorou Michael. — Ele está vindo. Está atrás de mim!

JESSE ROSENBERG

Domingo, 3 de agosto de 2014
8 dias após a abertura do festival

Em seu quarto de hospital, onde passara a noite em observação, Michael nos contou ter sido agredido ao sair de casa.

— Eu estava na cozinha. Tinha acabado de ligar para minha mulher. De repente, ouvi um barulho do lado de fora. Anna estava no banheiro, não podia ser ela. Saí para ver o que estava acontecendo e fui atingido por gás lacrimogêneo antes de receber um soco violento na cara. Apaguei. Quando recuperei os sentidos, estava no porta-malas de um carro, as mãos amarradas. De repente ele foi aberto. Fingi estar inconsciente. Fui arrastado pelo chão. Senti cheiro de terra e plantas. Ouvi um barulho, como se alguém estivesse cavando. Acabei abrindo um pouco os olhos: estava no meio do mato. A poucos metros de distância, um sujeito encapuzado cavava um buraco. Era meu túmulo. Pensei na minha mulher, nas minhas filhas, não queria morrer daquele jeito. O desespero me deu coragem, então levantei e me pus a correr. Desci uma ladeira, corri o mais rápido que pude pela floresta. Ouvi o sujeito atrás de mim, me perseguindo. Consegui ganhar um pouco de distância. Cheguei então a uma rodovia. Segui por ela esperando cruzar com um carro, até finalmente avistar um posto de gasolina.

Derek, após prestar atenção à história de Michael, disse:

— Chega de blá-blá-blá. Encontramos as chaves de Stephanie Mailer numa gaveta da sua mesa.

Michael pareceu perplexo.

— As chaves de Stephanie Mailer? Que história é essa? Isso é o maior absurdo.

— No entanto, é a verdade. Um molho com as chaves do apartamento dela, do jornal, do carro dela e de uma unidade num guarda-móveis.

— Isso é impossível — disse Michael, que parecia mesmo estar em choque.

— Foi você que matou Stephanie, Michael? — perguntei. — E todas aquelas pessoas?

— Não! Claro que não, Jesse! Enfim, isso é completamente ridículo! Quem encontrou essas chaves na minha mesa?

Nós gostaríamos que ele não tivesse feito aquela pergunta: as chaves não haviam sido encontradas por um policial numa busca. Não possuíam, portanto, qualquer valor como prova. Não tive escolha a não ser lhe dizer a verdade.

— Kirk Harvey.

— Kirk Harvey? Kirk Harvey foi bisbilhotar minha mesa e, por um milagre, encontrou as chaves de Stephanie? Isso não faz nenhum sentido! Ele estava sozinho?

— Estava.

— Ouçam, não sei o que tudo isso significa, mas acho que Kirk Harvey está enrolando vocês. Igualzinho como fez com a peça de teatro. O que está acontecendo, afinal? Por acaso estou preso?

— Não — respondi.

As chaves de Stephanie Mailer não constituíam uma prova legal. Kirk de fato as encontrara na mesa de Michael, como afirmava? Ou as carregara consigo desde o início? A menos que Michael estivesse tentando nos enganar e encenara sua agressão... Era a palavra de Kirk contra a de Michael. Um dos dois estava mentindo. Mas qual deles?

O ferimento no rosto de Michael era grave e ele levou vários pontos. Encontramos sangue nos degraus da entrada da sua casa. Sua história se sustentava. O fato de Anna ter sido jogada no banco de trás do carro era totalmente coerente com a versão de Michael, que afirmava ter sido colocado no porta--malas. Além disso, tínhamos efetuado buscas em seu domicílio, bem como em toda a redação do *Orphea Chronicle*, e não encontramos nada.

Após nossa visita a Michael, Derek e eu fomos ver Anna no quarto ao lado. Ela também passara a noite no hospital. Até que se saíra bem: um hematoma feio na testa e um olho roxo. Escapara do pior: haviam encontrado, enterrado na ilha, o corpo de Costico, morto a tiros.

Anna não vira seu agressor. Nem ouvira sua voz. Lembrava-se apenas do gás lacrimogêneo que a cegara e dos golpes que a deixaram inconsciente. Quando recuperou os sentidos, estava com um saco de lona enfiado na cabeça. Seu carro, no qual seria possível coletar digitais, ainda não havia sido encontrado.

Anna recebeu alta e nos oferecemos para levá-la em casa. No corredor do hospital, ao ouvir a versão de Michael, sua reação foi de descrença.

— O agressor o teria deixado no porta-malas do carro enquanto me arrastava para aquela ilha? Por quê?

— A canoa não teria aguentado o peso de três adultos — sugeri. — Ele tinha planejado fazer o trajeto duas vezes.

— Chegando ao lago dos Castores, vocês não viram nada? — perguntou Anna.

— Não — respondi. — Nós pulamos imediatamente na água.

— Então não podemos fazer nada contra Michael?

— Nada, a menos que tenhamos uma prova irrefutável.

— Se Michael afirma ser inocente — refletia Anna —, por que Miranda mentiu para mim? Ela disse ter conhecido Michael anos após a morte de Jeremiah Fold. Mas vi na sala deles uma foto do Natal de 1994. Ou seja, apenas seis meses depois dos acontecimentos. Naquela época, ela tinha voltado para a casa dos pais em Nova York. Ou seja, ela só poderia ter conhecido Michael na época em que ainda era prisioneira de Jeremiah.

— Acha que Michael pode ser o homem do motel? — indaguei.

— Acho — disse Anna. — E que Miranda inventou essa história de tatuagem para nos despistar.

Naquele instante, topamos justamente com Miranda Bird chegando ao hospital para visitar o marido.

— Meu Deus, Anna, seu rosto! — comentou ela. — Sinto muito. Como está se sentindo?

— Tudo bem.

Miranda voltou-se para nós:

— Estão vendo como Michael não tinha nada a ver com isso? A prova é o estado em que ele se encontra!

— Achamos Anna no lugar que você nos indicou — observei.

— E qual a importância disso? O lago dos Castores é conhecido por todo mundo da região. Vocês têm alguma prova?

Não tínhamos qualquer prova material. Eu tinha a impressão de estar revivendo a investigação de Tennenbaum em 1994.

— Você mentiu para mim, Miranda — afirmou Anna. — Declarou ter conhecido Michael muitos anos após a morte de Jeremiah Fold, mas isso não é verdade. Conheceu-o quando estava em Ridgesport.

Miranda ficou muda. Parecia desconcertada. Derek notou uma sala de espera vazia e nos incentivou a entrar ali. Fizemos Miranda se sentar num sofá e Anna insistiu:

— Quando conheceu Michael?

— Não sei mais — respondeu Miranda.

Anna então perguntou:

— Michael é o tal homem do motel, aquele que enfrentou Costico?

— Anna, eu...

— Responda à minha pergunta, Miranda. Não me obrigue a levá-la à delegacia.

Miranda estava visivelmente abalada.

— Sim, era — acabou respondendo. — Não sei como vocês ficaram sabendo desse incidente no motel, mas era ele mesmo. Conheci Michael quando eu era recepcionista no Ridge's Club, no fim de 1993. Costico queria que eu o fizesse cair na armadilha do motel, como todos os outros. Mas Michael não caiu nela.

— Então, quando conversamos sobre isso — interveio Anna —, você inventou a história da tatuagem para que seguíssemos uma pista falsa? Por quê?

— Para proteger Michael. Se vocês ficassem sabendo que ele era o homem do motel...

Miranda parou, percebendo que estava falando demais.

— Diga, Miranda! — exclamou Anna, irritada. — Se soubéssemos que Michael era o homem do motel, o que teríamos descoberto?

Uma lágrima correu pela bochecha de Miranda.

— Teriam descoberto que Michael matou Jeremiah Fold.

Voltávamos ao mesmo ponto: Jeremiah Fold, que já sabíamos ter sido assassinado pelo prefeito Gordon.

— Michael não matou Jeremiah Fold — declarou Anna. — Temos certeza disso. Foi o prefeito Gordon que o matou.

A fisionomia de Miranda se iluminou.

— Não foi Michael? — alegrou-se, como se toda aquela história não passasse de um pesadelo.

— Miranda, por que achava que Michael tinha matado Jeremiah Fold?

— Depois do incidente com Costico, encontrei Michael várias vezes. Nós ficamos perdidamente apaixonados. E Michael cismou que iria me libertar de Jeremiah Fold. Durante todos esses anos, achei que... Ah, meu Deus, que alívio!

— Nunca tocou nesse assunto com Michael?

— Após a morte de Jeremiah Fold, nunca mais falamos do que acontecera em Ridgesport. Precisávamos esquecer tudo. Era o único meio de seguir em frente. Apagamos tudo da nossa memória e nos concentramos no futuro. E deu certo. Olhe para nós, somos muito felizes.

Passamos o dia na casa de Anna tentando recapitular todos as pistas do caso.

Quanto mais refletíamos, mais ficava evidente que tudo levava a Michael Bird: ele era próximo de Stephanie Mailer, teve acesso privilegiado ao Teatro Municipal e teria podido esconder a arma lá. Além disso, acompanhou de perto nossa investigação na sala de arquivos do *Orphea Chronicle*, que ele espontaneamente pusera à nossa disposição, o que lhe permitira ir eliminando tudo o que pudesse atrapalhá-lo. Apesar da série de indícios que apontavam em sua direção, sem uma prova concreta nada podíamos fazer contra ele. Um bom advogado o livraria com facilidade.

No fim da tarde, tivemos a surpresa de receber o major McKenna na casa de Anna. Repetiu a ameaça que pairava sobre Derek e sobre mim desde o começo da semana:

— Se o caso não estiver solucionado até amanhã de manhã, serei obrigado a pedir a demissão de vocês. É uma decisão do governador. Isso já foi longe demais.

— Tudo indica que Michael Bird poder ser o responsável — expliquei.

— Não precisamos de possibilidades, precisamos de provas! — explodiu o major. — E provas concretas! Preciso lembrar a você o fiasco que foi o caso de Ted Tennenbaum?

— Encontramos as chaves...

— Esqueça as chaves, Jesse — interrompeu McKenna. — Elas não constituem prova legal, e você sabe muito bem disso. Nenhum tribunal as aceitará. O promotor quer uma acusação consistente, ninguém quer correr riscos. Se não solucionarem esse caso, ele será arquivado. Essa investigação é pior que uma maldição. Se acham que Michael Bird é o culpado, façam com que ele abra o bico. Vocês precisam de uma confissão, custe o que custar.

— Mas como? — perguntei.

— Vocês têm que pressioná-lo — aconselhou o major. — Descubram o ponto fraco dele.

Derek então sugeriu:

— Se Miranda achava que Michael tinha matado Jeremiah Fold para libertá-la, é porque ele está disposto a tudo para proteger a esposa.

— Aonde você quer chegar com isso? — perguntei.

— Não é Michael que temos que pressionar, é Miranda. E acho que tenho uma ideia.

JESSE ROSENBERG

Segunda-feira, 4 de agosto de 2014
9 dias após a noite de abertura

Às sete da manhã, irrompemos na residência dos Bird. Michael finalmente pudera voltar para casa na noite anterior.

Foi Miranda quem abriu a porta e Derek não perdeu tempo e a algemou.

— Miranda Bird, a senhora está presa por ter mentido para um oficial de polícia e tentado obstruir o andamento de uma investigação criminal.

Michael veio correndo da cozinha, seguido pelas crianças.

— Vocês estão loucos! — gritou, tentando intervir.

As crianças caíram no choro. Não me agradava agir daquela forma, mas não tínhamos escolha. Acalmei as meninas, ao mesmo tempo mantendo Michael afastado, enquanto Derek levava Miranda.

— A situação é séria — expliquei a Michael, num tom de confidência. — As mentiras de Miranda tiveram consequências graves. O promotor está furioso. Ela não escapará de uma pena de reclusão.

— Mas isso é um pesadelo! — exaltou-se Michael. — Deixem-me falar com o promotor. Trata-se, sem dúvida, de um mal-entendido.

— Sinto muito, Michael. Infelizmente não há nada que você possa fazer. Precisa ser forte. Pelas crianças.

Saí para encontrar Derek no carro. Michael veio em nosso encalço.

— Soltem minha mulher! Soltem minha mulher e confessarei tudo.

— O que tem a confessar? — perguntei.

— Falarei se prometerem deixar minha mulher em paz.

— Negócio fechado — concordei.

Derek tirou as algemas de Miranda.

— Quero um acordo por escrito do promotor — exigiu Bird. — Com a garantia de que Miranda não corre risco algum.

— Posso providenciar isso — assegurei.

Uma hora depois, numa sala de interrogatório do centro regional da polícia estadual, Michael Bird relia uma carta assinada pelo promotor que salvaguardava sua mulher de qualquer processo por ter nos induzido ao erro durante nossa investigação. Ele assinou-a e nos confessou, num tom quase aliviado:

— Eu matei Meghan Padalin. E a família Gordon. E Stephanie. E Cody. E Costico. Matei todos eles.

Houve um longo silêncio. Vinte anos mais tarde, enfim obtínhamos uma confissão. Incentivei Michael a prosseguir, perguntando:

— Por que fez isso?

Ele deu de ombros.

— Confessei, é o que interessa, certo?

— Queremos entender. Você não tem o perfil de um assassino, Michael. É um bom pai de família. Por que um homem como você matou sete pessoas?

Houve um instante de hesitação.

— Não sei nem por onde começar — murmurou.

— Comece pelo começo — sugeri.

Ele ficou absorto em lembranças. Então disse:

— Tudo começou numa noite no fim de 1993.

Início de dezembro de 1993

Era a primeira vez que Michael Bird ia ao Ridge's Club. Aliás, aquilo estava longe de ser o seu tipo de programa preferido. Mas um amigo insistira para que ele o acompanhasse.

— Tem uma cantora com uma voz extraordinária — garantiu.

Porém, chegando lá, não foi a cantora que fascinou Michael, e sim a recepcionista na entrada. Era Miranda. Foi paixão à primeira vista. Michael ficou enfeitiçado por ela. Começou a ir com frequência ao Ridge's Club só para vê-la. Estava perdidamente apaixonado.

Miranda a princípio rejeitava as investidas de Michael. Dera a entender que ele não devia se aproximar. Ele pensou que aquilo era só um jogo de sedução. Não notou o perigo. Costico acabou reparando nele e obrigou Miranda a atraí-lo para o motel. A reação inicial dela foi se recusar a obedecer à ordem. Mas uma sessão de afogamento na tina obrigou-a a aceitar. Uma noite, em janeiro, ela acabou marcando com Michael no motel. Ele encontrou-a na tarde do dia seguinte. Ambos se despiram e então Miranda, nua na cama, advertiu-o:

— Sou menor de idade, ainda estou no ensino médio, isso deixa você excitado?

Michael ficou pasmo.

— Você falou que tinha 19 anos. Mentiu para mim? Está louca? Não posso ficar neste quarto com você.

Ele quis se vestir, mas notou um sujeito forte atrás da cortina: era Costico. Os dois se engalfinharam, mas Michael conseguiu fugir do quarto, completamente nu, levando as chaves do carro. Costico seguiu-o pelo estacionamento, mas Michael teve tempo de abrir a porta do carro e pegar um spray de gás lacrimogêneo. Conteve o ataque de Costico e fugiu. O capanga, porém, não encontrou dificuldades para descobrir seu endereço e lhe deu uma surra, antes de levá-lo à força, no meio da noite, ao Ridge's Club, que já estava fechado. Michael viu-se no tal escritório. Com Jeremiah. Miranda também estava lá. Jeremiah explicou a Michael que de agora em diante ele trabalhava para eles. Que era seu lacaio. Ameaçou:

— Enquanto fizer o que a gente mandar, sua namorada permanecerá seca.

Naquele momento, Costico agarrou Miranda pelos cabelos e a arrastou até a tina. Mergulhou a cabeça dela na água durante muitos segundos e repetiu o ato até que Michael prometesse cooperar.

— Então você virou um dos lacaios de Jeremiah Fold — falei.

— Isso, Jesse. Eu era o lacaio preferido dele. Eu não podia recusar nada. Bastava me mostrar reticente que ele atacava Miranda.

— E você não tentou avisar à polícia?

— Era muito arriscado. Jeremiah tinha fotos de toda a minha família. Um dia, fui à casa dos meus pais e encontrei-o na sala, tomando chá. E eu temia por Miranda também. Estava completamente apaixonado por ela. E era recíproco. À noite, ia encontrá-la em seu quarto no motel. Queria convencê-la a fugir comigo, mas ela morria de medo. Afirmava que Jeremiah nos encontraria. Dizia: "Se Jeremiah descobrir, matará nós dois. Dará um sumiço na gente, ninguém encontrará nossos corpos." Prometi tirá-la de lá, mas as coisas se complicaram. Jeremiah tinha decidido lucrar com o Café Athena.

— Ele passou a extorquir Ted Tennenbaum.

— Isso mesmo. E adivinhe a quem ele confiou a missão de recolher o dinheiro uma vez por semana? A mim. Eu conhecia Ted um pouco. Todo mundo conhece todo mundo em Orphea. Quando fui lhe dizer que eu estava lá em nome de Jeremiah, ele sacou uma arma e encostou o cano na minha testa. Achei que ia me matar. Abri o jogo. Contei que a vida da mulher que eu amava dependia de minha cooperação. Este foi o único erro cometido por Jeremiah Fold. Ele, que era tão meticuloso, tão atento aos detalhes, não imaginou que Ted e eu pudéssemos nos mancomunar contra ele.

— Vocês decidiram matá-lo — antecipou-se Derek.

— Sim, mas seria complicado. Não sabíamos como fazer aquilo. Ted tinha pavio curto, mas não era um assassino. Além de que era preciso que Jeremiah estivesse sozinho. Não podíamos atacá-lo na frente de Costico, nem de ninguém. Então decidimos estudar seus hábitos. Saía às vezes para passear sozinho? Gostava de dar uma corrida na floresta? Tínhamos de descobrir o momento propício para matá-lo e livrar-nos do corpo. Mas logo descobriríamos que Jeremiah era inatingível. Que era ainda mais poderoso do que Ted e eu pudéramos imaginar. Seus lacaios espionavam uns aos outros, ele montara uma rede impressionante para obter informações, fizera um acordo com a polícia. Estava a par de tudo.

Maio de 1994

Fazia dois dias que Michael estava vigiando as proximidades da casa de Jeremiah, escondido em seu carro, observando-o, quando de repente a porta do veículo se abriu. Antes de conseguir reagir, ele levou um soco no rosto. Era Costico. Após tê-lo retirado à força do carro, Costico o arrastou até o Ridge's Club. Jeremiah e Miranda esperavam no escritório. Jeremiah parecia estar furioso. Perguntou:

— Está me espionando? Pretende falar com a polícia?

Michael jurou que não, mas Jeremiah não quis ouvir nada. Ordenou a Costico que o espancasse. Quando terminaram com ele, atacaram Miranda. Uma tortura interminável. Ela ficou tão machucada que não pôde sair de seu quarto por semanas.

Após aquele episódio, temendo estarem sendo vigiados, Michael e Ted Tennenbaum continuaram a se encontrar, mas no maior sigilo, em lugares improváveis, longe de Orphea, para não arriscarem ser vistos juntos. Ted disse a Michael:

— Nós dois não temos como matar Jeremiah. Precisamos encontrar alguém que não saiba nada sobre ele e convencer essa pessoa a matá-lo.

— Quem aceitaria fazer uma coisa dessas?

— Alguém que esteja na mesma situação que nós dois. Em compensação, mataremos alguém para o nosso parceiro. Alguém que também não conhecemos. A polícia nunca chegará até nós.

— Alguém que não nos fez nada? — perguntou Michael.

— Acredite em mim, não fico feliz ao propor isso, mas não vejo outra solução.

Após refletir, Michael não conseguiu pensar em outra saída para salvar Miranda. Estava disposto a tudo por ela.

O problema era encontrar um parceiro, alguém sem nenhum vínculo com eles. Como? Não podiam anunciar num classificado.

Seis semanas se passaram. Enquanto se desesperavam procurando alguém, em meados de junho Ted fez contato com Michael e lhe informou:

— Acho que encontrei o nosso homem.

— Quem é?

— Melhor você não saber de nada.

— Então você não sabia quem era o parceiro encontrado por Tennenbaum? — perguntou Derek.

— Isso, não sabia. Ted Tennenbaum era o intermediário, o único a saber quem eram os outros dois. Assim, todas as pistas ficariam embaralhadas. A polícia não poderia chegar até nós, uma vez que nós mesmos não sabíamos a identidade um do outro. Apenas Tennenbaum, mas ele era bem esperto. Para se certificar de que não teríamos nenhum contato, ele combinara com o comparsa um método para trocar os nomes de nossas vítimas, dizendo-lhe algo do tipo: "Não podemos mais nos falar ao vivo, não podemos mais nos encontrar. No dia 1º de julho, você irá à livraria. Há uma sala aonde ninguém vai, com livros dos escritores da região. Escolha um e escreva o nome da vítima na parte de dentro. Não de maneira direta. Circule palavras cujas primeiras letras componham o nome e o sobrenome da pessoa. Em seguida, faça uma marca nesse livro. Será este o sinal."

— E você escreveu o nome de Jeremiah Fold — interveio Anna.

— Escrevi, na peça de Kirk Harvey. Nosso parceiro, por sua vez, escolheu um livro sobre o festival de teatro e circulou palavras cujas iniciais formavam o nome de Meghan Padalin. A gentil livreira. Então era ela que teríamos de matar. Passamos a observar seus hábitos. Ela corria todos os dias até o parque de Penfield Crescent. Cogitamos atropelá-la. Restava saber quando. Deu para perceber que nosso comparsa tivera a mesma ideia: em 16 de julho, Jeremiah morreu num acidente na estrada. Mas aquilo quase havia sido um desastre: ele ficou agonizando, poderia ter sido salvo. Era o tipo de vacilo a ser evitado. Ted e eu éramos bons atiradores. Meu pai me ensinara a usar um rifle quando eu ainda era garoto. Dizia que eu tinha um verdadeiro talento. Decidimos matar Meghan a tiros. Seria mais seguro.

20 de julho de 1994

Ted encontrou Michael num estacionamento deserto.

— Temos que fazer isso, meu caro. Temos que matar essa garota.

— Será que não podemos desistir? — perguntou Michael, fazendo uma careta. — Já conseguimos o que queríamos.

— Bem que eu gostaria, mas precisamos cumprir com a nossa parte do pacto. Se nosso parceiro achar que o passamos para trás, pode nos matar. Ouvi Meghan falando na livraria. Ela não irá à abertura do festival. Vai sair para correr como faz em todas as noites, e o bairro estará deserto. É uma oportunidade de ouro.

— Então será na noite de abertura do festival — murmurou Michael.

— Sim — disse Ted Tennenbaum, pegando discretamente uma Beretta. — Tome. O número de série está raspado. Ninguém a rastreará até você.

— Por que eu? Por que não você?

— Porque eu conheço a identidade do outro cara. Tem que ser você, é a única forma de embaralhar as pistas. Mesmo que a polícia o interrogue, você não terá nada para dizer a eles. Acredite em mim, é o plano perfeito. Além disso, você me disse que era um excelente atirador, certo? Basta matar essa garota e estaremos livres. Finalmente.

— Quer dizer que, em 30 de julho de 1994, você partiu para a ação — disse Derek.

— Isso. Tennenbaum iria comigo e me pediu que o buscasse no Teatro Municipal. Ele era o bombeiro de plantão naquela noite. Deixou sua caminhonete estacionada em frente à entrada dos artistas para que todo mundo a visse e aquilo lhe serviria como álibi. Chegamos juntos ao bairro de Penfield. Estava tudo deserto. Meghan já se encontrava no parque. Lembro-me de ter consultado a hora: 19h10. Em 30 de julho de 1994, às 19h10, eu tiraria a vida de um ser humano. Respirei fundo e corri feito um louco na direção de Meghan. Ela não entendeu o que estava acontecendo. Atirei duas vezes. Errei. Ela fugiu em direção à casa do prefeito. Posicionei-me, esperei até que conseguisse mirar nela e atirei mais uma vez. Ela caiu. Aproximei-me e dei um tiro em sua cabeça, para ter certeza de que estava morta. Foi uma sensação de alívio. Foi surreal. Naquele instante, vi o filho do prefeito me observando, por trás da cortina da sala. O que ele fazia ali? Por que não estava no Teatro Municipal com seus pais? Tudo aconteceu numa fração de segundo. Sem parar para pensar, corri até a casa, em estado de pânico total. Com a adrenalina multiplicando minhas forças, arrombei a porta com um pontapé. Vi-me diante da mulher do prefeito, Leslie, que fazia uma mala. O tiro foi disparado praticamente sozinho. Ela desmoronou. Depois mirei no filho, que corria para se esconder. Atirei várias vezes, e na mãe também, para ter certeza de que estavam mortos. Ouvi então um barulho na cozinha. Era o prefeito Gordon, tentando fugir pelos fundos. O que fazer senão assassiná-lo também? Quando saí da casa, Ted tinha fugido. Corri para o Teatro Municipal a fim de me misturar com o público e ser visto. Continuei com a arma, não sabia onde nem como me livrar dela.

Houve um momento de silêncio.

— E depois? — perguntou Derek. — O que aconteceu?

— Não tive mais contato com Ted. Para a polícia, o alvo tinha sido o prefeito, a morte de Meghan não passara de um efeito colateral. A investigação seguia com força numa outra direção. Estávamos seguros. Não havia meio de chegarem até nós.

— A não ser o fato de Charlotte ter usado sem pedir a caminhonete de Ted para ir à casa do prefeito Gordon, logo antes de vocês chegarem.

— Por pouco não esbarramos com ela. Chegamos logo depois de ela sair. Foi só quando uma testemunha reconheceu o veículo em frente ao Café Athena que tudo desandou. Ted começou a entrar em pânico. Ligou para mim. Disse: "Por que matou aquela gente toda?" Respondi: "Porque me viram." Então Ted me revelou: "O prefeito Gordon era nosso parceiro! Foi ele quem matou Jeremiah! Era ele que queria que matássemos Meghan!

Nem ele nem sua família teriam nos denunciado!" Ted então me contou como, em meados de junho, o prefeito tornara-se seu aliado.

Meados de junho de 1994

Naquele dia, Ted Tennenbaum foi à casa do prefeito Gordon para conversar com ele sobre o Café Athena. Queria fazer as pazes. Não aguentava mais a tensão permanente. O prefeito Gordon recebeu-o na sala. Era fim de tarde. Pela janela, Gordon percebeu alguém no parque. De onde estava, Ted não pôde ver de quem se tratava. O prefeito comentou então com um ar sombrio:

— Algumas pessoas não deveriam viver.

— Quem, por exemplo?

— Deixa para lá.

Naquele instante, Ted percebeu que Gordon poderia ser o tipo de homem que ele procurava. Decidiu inteirá-lo do seu plano.

No centro regional da polícia estadual, Michael prosseguiu:

— Sem saber, eu tinha matado nosso comparsa. Nosso plano genial foi por água abaixo. Mas eu estava convencido de que a polícia não pressionaria Ted, uma vez que ele não era o assassino. Sem muita dificuldade eles encontrariam o revendedor da arma. Então chegariam a Ted. Por isso, ele se escondeu por um tempo na minha casa. Não me deixou escolha. Sua caminhonete estava na minha garagem. Iam acabar descobrindo. Eu morria de medo: se a polícia o encontrasse, eu estava frito também. Acabei expulsando-o e o ameacei com a arma que ainda estava comigo. Ele fugiu e, meia hora depois, estava sendo caçado pela polícia. Morreu naquele dia. A polícia apontou-o como o assassino. Eu estava a salvo. Para sempre. Reencontrei Miranda e nunca mais nos separamos. Ninguém nunca soube do passado dela. Para sua família, ela passou dois anos morando numa ocupação, antes de voltar para casa.

— Miranda sabia que você tinha matado Meghan e a família Gordon?

— Não, não estava a par de nada. Mas achava que eu tinha dado um fim em Jeremiah.

— Foi por isso que ela mentiu para mim quando a interroguei outro dia — comentou Anna.

— Exatamente, ela inventou a história da tatuagem para me proteger. Sabia que também investigavam Jeremiah Fold e temia que vocês me desmascarassem.

— E Stephanie Mailer? — perguntou Derek.

— Ostrovski contratou-a para fazer uma reportagem investigativa. Ela apareceu um dia em Orphea para me entrevistar e pesquisar nos arquivos do jornal. Ofereci-lhe um emprego no *Orphea Chronicle* para poder vigiá-la. Esperava que ela não descobrisse nada. Durante meses ela não fez progressos. Tentei induzi-la ao erro, fazia ligações anônimas para ela de cabines telefônicas. Incentivei Stephanie a focar nos voluntários e no festival, que era uma pista falsa. Marquei encontros com ela no Kodiak Grill, aos quais eu não comparecia, para ganhar tempo.

— Você também tentou nos empurrar para a pista do festival — observei.

— É verdade. Mas Stephanie rastreou Kirk Harvey, que lhe disse que o alvo era Meghan, não Gordon. Ela me contou tudo. Queria procurar a polícia estadual, mas antes pretendia examinar o dossiê da investigação. Eu tinha que fazer alguma coisa, ou ela descobriria tudo. Fiz uma última ligação anônima, anunciando uma grande revelação para o dia 23 de junho e marquei um encontro no Kodiak Grill.

— O dia em que ela foi ao centro regional da polícia estadual — comentei.

— Eu não sabia o que fazer aquela noite. Não sabia se falava com ela ou fugia. Mas sabia que não queria perder tudo. Ela apareceu no Kodiak Grill às seis horas da noite, como combinado. Eu estava afastado, sentado a uma mesa do fundo. Observei-a a noite inteira. Finalmente, às dez horas, ela foi embora. Eu precisava fazer alguma coisa. Liguei para ela da cabine. Marcamos de nos encontrar no estacionamento da praia.

— E você foi para lá.

— Fui. E ela me reconheceu. Eu disse que ia explicar tudo, que ia lhe mostrar uma coisa muito importante. Ela entrou no meu carro.

— Você pretendia levá-la para a ilha do lago dos Castores e então matá-la?

— Sim, ninguém a teria encontrado lá. Mas, quando chegamos ao lago dos Cervos, ela percebeu o que eu estava prestes a fazer. Não sei como. Instinto, sem dúvida. Saiu do carro em disparada, correu pela floresta, eu a persegui e a alcancei na margem. Afoguei-a. Empurrei o corpo para a água e ele afundou. Retornei ao carro. Naquele momento, um motorista passou na estrada. Entrei em pânico e fugi. Ela tinha deixado a bolsa no carro. Dentro, suas chaves. Fui dar uma olhada em seu apartamento.

— Você queria ter em mãos a investigação que Stephanie realizara — compreendeu Derek. — Mas não encontrou nada. Então, do celular de Stephanie, enviou uma mensagem para você mesmo, sugerindo que ela viajara, ganhando tempo com isso. Em seguida, encenou o saque do jornal para roubar o computador dela, o que só foi descoberto dias depois.

— Sim — concordou Michael. — Naquela noite, livrei-me de sua bolsa e de seu celular. Guardei as chaves, que ainda poderiam ser úteis. Em seguida, quando, três dias depois, você apareceu em Orphea, Jesse, entrei em pânico. Naquela noite, voltei ao apartamento de Stephanie, passei outro pente-fino. Mas então você chegou, quando eu supunha que não estava mais na cidade. Não tive alternativa a não ser atacá-lo com um spray de gás lacrimogêneo para conseguir fugir.

— E depois deu um jeito de acompanhar a peça e a investigação do mais perto possível — deduziu Derek.

— É. E fui obrigado a matar Cody. Eu sabia que ele havia falado sobre o livro do Bergdorf. Era justamente num exemplar desse livro que o prefeito Gordon assinalara o nome de Meghan. Comecei a achar que todo mundo sabia o que eu tinha feito em 1994.

— E depois matou Costico também, pois ele poderia nos levar até você.

— Sim. Quando Miranda me contou que havia sido interrogada por vocês, pensei que fossem procurar Costico. Não sabia se ele se lembraria do meu nome, mas eu não podia correr riscos. Segui-o do Ridge's Club até a casa dele. Toquei a campainha e ameacei-o com a minha arma. Esperei anoitecer e forcei-o a me levar até o lago dos Castores e remar até a ilha. Então, atirei nele e o enterrei lá mesmo.

— Depois veio a estreia da peça de teatro — lembrou-se Derek. — Achava que Kirk Harvey sabia que era você?

— Estava apenas me precavendo de uma surpresa desagradável. Escondi, na véspera da estreia, uma arma no Teatro Municipal. Antes da revista. Depois, assisti à apresentação, escondido na passarela acima do palco, pronto para atirar nos atores.

— Você atirou em Dakota porque achava que ela revelaria seu nome.

— Eu estava paranoico. Fora de mim.

— E quanto a mim? — perguntou Anna.

— Sábado à noite, quando fomos à minha casa, era porque eu de fato queria ver minhas filhas. Contudo, ao observar você saindo do banheiro e olhando aquela foto, saquei na mesma hora que algo lhe chamara a atenção. Após conseguir escapar do lago dos Castores, abandonei seu carro na floresta. Bati na minha cabeça com uma pedra e amarrei minhas mãos com um pedaço de corda que encontrara.

— Então fez tudo isso para proteger seu segredo? — perguntei, surpreso.

Michael me encarou.

— Quando você mata uma vez, pode matar duas. E quando mata duas, pode matar a humanidade inteira. Não há mais limites.

— Vocês tinham razão desde o começo — disse McKenna, saindo da sala de interrogatório. — Ted Tennenbaum era de fato o culpado. Mas não o único culpado. Bravo!

— Obrigado, major — falei.

— Jesse, podemos ter esperanças de que tenha decidido ficar mais um pouco na polícia? — perguntou o major. — Eu tinha ordenado que esvaziassem sua sala. Quanto a você, Derek, se quiser voltar à divisão de homicídios, há um lugar esperando por você.

Derek e eu prometemos pensar no assunto.

Quando saímos do centro regional da polícia estadual, Derek fez um convite a Anna e a mim:

— Querem jantar lá em casa hoje à noite? Darla fez carne assada. Podemos comemorar o fim da investigação.

— Seria um prazer — respondeu Anna —, mas prometi à minha amiga Lauren que ia jantar com ela.

— Que pena — lamentou-se Derek. — E você, Jesse?

Sorri e comentei:

— Tenho um encontro hoje à noite.

— Sério? — perguntou Derek, surpreso.

— Com quem? — quis saber Anna.

— Conto depois.

— Você está cheio dos segredinhos — disse Derek, achando graça.

Eu me despedi dos dois e entrei no carro para voltar para casa.

Naquela noite, fui a um pequeno restaurante francês do qual gostava muito, em Sag Harbor. Esperei-a do lado de fora, com flores. Então a vi se aproximando. Anna. Estava radiante. Ela me abraçou. Num gesto cheio de ternura, acariciei o curativo em seu rosto. Ela sorriu e demos um beijo demorado. Então ela perguntou:

— Acha que Derek desconfia de alguma coisa?

— Acho que não — respondi, rindo.

Beijei-a mais uma vez.

2016

Dois anos após os acontecimentos

No outono de 2016, entrou em cartaz num pequeno teatro de Nova York uma peça intitulada *A noite negra de Stephanie Mailer*. Escrita por Meta Ostrovski e dirigida por Kirk Harvey, a peça foi um completo fracasso. Ostrovski ficou encantado com isso. "O que não faz sucesso é necessariamente bom, palavra de crítico", assegurou ele a Harvey, que se regozijou com essa boa notícia. Atualmente os dois estão em turnê por todos os Estados Unidos, muito satisfeitos com a vida.

Um ano depois de sua funesta viagem a Yellowstone, Steven Bergdorf continuava sendo assombrado pela imagem de Alice. Via-a em toda parte. Acreditava ouvir sua voz. Ela surgia no metrô, no seu escritório, no banheiro.

Para aliviar o peso na consciência, decidiu confessar tudo à mulher. Sem saber como começar, escreveu sua confissão. Contou tudo nos menores detalhes, do hotel Plaza ao Parque Nacional de Yellowstone.

Terminou o texto uma noite, em casa, e correu até a esposa, a fim de que ela o lesse. Mas ela estava de saída para um jantar com algumas amigas.

— O que é? — perguntou ela, olhando o maço de folhas de papel que o marido lhe estendia.

— Você precisa ler. Agora.

— Estou atrasada para o jantar, lerei mais tarde.

— Comece agora. Vai entender.

Intrigada, Tracy Bergdorf mergulhou na primeira página da confissão ainda em pé no corredor. Em seguida, emendou na segunda página, antes de tirar o casaco e os sapatos e se sentar no sofá da sala. Não se mexeu mais a noite inteira. Não conseguia tirar os olhos do texto. Leu tudo de uma vez só, esqueceu-se do jantar. Desde o momento em que começara a leitura, não pronunciara mais uma palavra. Steven havia ido para o quarto. Estava sentado na cama, prostrado. Não se sentia capaz de enfrentar a reação da mulher. Acabou abrindo a janela e se debruçou sobre o vazio. Precisava pular. Agora.

Preparava-se para passar a perna sobre o parapeito quando, bruscamente, a porta do quarto se abriu. Era Tracy.

— Steven — disse, extasiada —, seu romance é genial! Eu não sabia que estava escrevendo um romance policial.

— Um romance? — balbuciou Steven.

— É o melhor romance policial que leio em muito tempo.

— Mas não é...

Tracy estava tão empolgada que nem sequer escutava o marido.

— Victoria precisa ler isso. Sabe, ela trabalha numa agência literária.

— Não, não creio que...

— Steven, você tem que publicar esse livro!

Contrariando a vontade do marido, Tracy entregou o texto de Steven à amiga Victoria, que o encaminhou a seu chefe, que ficou estupefato ao lê-lo e escreveu imediatamente às mais prestigiosas editoras nova-iorquinas.

O livro foi publicado no ano seguinte e fez um sucesso estrondoso. Uma adaptação cinematográfica está em curso.

Alan Brown não se candidatou para as eleições municipais de setembro de 2014. Partiu com Charlotte para Washington, onde passou a integrar o gabinete de um senador.

Sylvia Tennenbaum, por sua vez, elegeu-se prefeita de Orphea. É muito apreciada pelos moradores. Na primavera do ano passado, ela deu início a um festival literário que faz cada vez mais sucesso.

Dakota Éden ingressou na faculdade de letras da Universidade de Nova York. Jerry Éden pediu demissão. Ele e sua mulher, Cynthia, deixaram Manhattan e se mudaram para Orphea, onde assumiram a livraria do saudoso Cody, rebatizada de "O Mundo de Dakota". O local agora é conhecido em toda a região dos Hamptons.

Quanto a Jesse, Derek e Anna, foram condecorados pelo governador após desvendarem o caso do desaparecimento de Stephanie Mailer.

Derek, a seu pedido, foi transferido da divisão administrativa para a divisão de homicídios.

Anna deixou a polícia de Orphea e juntou-se à polícia estadual, onde foi promovida.

Jesse, por sua vez, decidiu estender um pouco mais sua carreira na polícia e teve o nome cogitado para major, mas recusou. Em vez disso, pediu para trabalhar em trio, com Anna e Derek. Até hoje, são a única equipe da polícia estadual que tem permissão para trabalhar dessa forma. Desde então, resolveram todos os casos que caíram em suas mãos. Seus colegas os apelidaram de Equipe 100%. Os casos mais complexos são sempre encaminhados para eles.

Quando não estão em campo, estão sempre em Orphea, onde passaram a morar. Se alguém precisar deles, certamente os encontrará nesse simpático restaurante no número 77 da Bendham Road, endereço onde antes funcionava uma loja de ferragens, até pegar fogo no fim de junho de 2014. O estabelecimento chama-se Chez Natasha, e é gerenciado por Darla Scott.

Se forem até lá, digam que vieram visitar a Equipe 100%. Eles vão achar engraçado. Estão sempre na mesma mesa, no fundo do estabelecimento, bem embaixo de uma foto dos avós de Jesse e de um grande retrato de Natasha, sublimes por toda a eternidade, e cujas almas velam pelo local e pelos clientes.

É um lugar onde a vida parece mais doce.

1ª edição	SETEMBRO DE 2018
reimpressão	OUTUBRO DE 2024
impressão	IMPRENSA DA FÉ
papel de miolo	HYLTE 60 G/M²
papel de capa	CARTÃO SUPREMO ALTA ALVURA 250 G/M²
tipografia	MINION